20世纪海峡两岸文学比较研究

A Comparative Study of Cross Strait Literature in the 20th Century

方 忠 等著

中国社会科学出版社

图书在版编目(CIP)数据

20世纪海峡两岸文学比较研究/方忠等著. —北京：中国社会科学出版社，2023.12
ISBN 978-7-5227-2740-0

Ⅰ.①2… Ⅱ.①方… Ⅲ.①中国文学—文学研究—20世纪 Ⅳ.①I206.6

中国国家版本馆 CIP 数据核字(2023)第 218948 号

出 版 人	赵剑英
责任编辑	郭晓鸿
特约编辑	孔　岳
责任校对	冯英爽
责任印制	王　超

出　　版	中国社会科学出版社
社　　址	北京鼓楼西大街甲 158 号
邮　　编	100720
网　　址	http://www.csspw.cn
发 行 部	010-84083685
门 市 部	010-84029450
经　　销	新华书店及其他书店

印　　刷	北京君升印刷有限公司
装　　订	廊坊市广阳区广增装订厂
版　　次	2023 年 12 月第 1 版
印　　次	2023 年 12 月第 1 次印刷

开　　本	710×1000　1/16
印　　张	22.75
字　　数	408 千字
定　　价	118.00 元

凡购买中国社会科学出版社图书，如有质量问题请与本社营销中心联系调换
电话：010-84083683
版权所有　侵权必究

国家社科基金后期资助项目

出 版 说 明

后期资助项目是国家社科基金设立的一类重要项目，旨在鼓励广大社科研究者潜心治学，支持基础研究多出优秀成果。它是经过严格评审，从接近完成的科研成果中遴选立项的。为扩大后期资助项目的影响，更好地推动学术发展，促进成果转化，全国哲学社会科学工作办公室按照"统一设计、统一标识、统一版式、形成系列"的总体要求，组织出版国家社科基金后期资助项目成果。

全国哲学社会科学工作办公室

目　　录

绪　论 …………………………………………………………（1）

第一章　光复前台湾与东北沦陷区乡土文学比较论 ……………（7）
　　第一节　两地乡土文学的精神渊源 ………………………（7）
　　第二节　两地乡土文学的创作母题 ………………………（15）
　　第三节　两地乡土文学文化探源 …………………………（19）
　　第四节　两地乡土作家创作心态及话语策略 ……………（30）

第二章　台湾现代主义诗歌与大陆朦胧诗比较论 ………………（38）
　　第一节　现代主义诗潮的革命性发生 ……………………（38）
　　第二节　对新诗传统的反叛与重建 ………………………（46）
　　第三节　两股诗潮中的诗人主体形象 ……………………（57）
　　第四节　两股诗潮的本体特征 ……………………………（64）

第三章　鲁迅现实主义精神对陈映真小说的影响 ………………（74）
　　第一节　鲁迅现实主义创作精神在台湾 …………………（76）
　　第二节　鲁迅现实主义创作精神对陈映真小说主题的影响 ………（86）
　　第三节　鲁迅现实主义创作精神对陈映真小说创作
　　　　　　技巧的影响 ………………………………………（100）

第四章　沈从文与黄春明乡土小说比较论 ………………………（114）
　　第一节　文学创作缘起 ……………………………………（117）
　　第二节　地域风情书写 ……………………………………（125）
　　第三节　小说悲剧艺术 ……………………………………（138）
　　第四节　中国文化视野中的沈从文和黄春明 ……………（147）

第五章　曹禺与白先勇悲剧意识比较论 …………… (158)
- 第一节　悲剧意识的文化本质 ………………… (159)
- 第二节　悲剧主题 ……………………………… (170)
- 第三节　悲剧形象 ……………………………… (183)
- 第四节　悲剧意识成因 ………………………… (196)

第六章　余光中与徐志摩诗性散文比较论 ………… (210)
- 第一节　余光中与徐志摩诗性散文意象比较 … (212)
- 第二节　余光中与徐志摩诗性语言比较 ……… (222)
- 第三节　余光中与徐志摩诗性散文风格比较 … (243)

第七章　施叔青与张爱玲小说比较论 ……………… (255)
- 第一节　施叔青与张爱玲小说主题比较 ……… (255)
- 第二节　施叔青与张爱玲小说人物比较 ……… (271)
- 第三节　施叔青与张爱玲小说艺术比较 ……… (288)

第八章　高阳与二月河清代叙事比较论 …………… (306)
- 第一节　史传传统的承继 ……………………… (307)
- 第二节　现代意识的张扬 ……………………… (325)
- 第三节　精英意识和大众意识的兼容 ………… (340)

主要参考文献 ………………………………………… (350)

后　　记 ……………………………………………… (357)

绪　　论

　　1979年元旦，时任全国人大常委会委员长叶剑英发布了《告台湾同胞书》，揭开了两岸关系新篇章。海峡两岸由冷战、对峙逐渐走向缓和、交流，尤其是民间的经济、文化交流越来越频繁。在两岸的交流中，文学发挥了先导的作用。台湾文学进入了祖国大陆读者的阅读视野，给了读者新鲜别样的审美体验，并进而形成了"台湾文学热"。四十余年来，台湾文学研究者以他们卓越的学术成果有力地论证，台湾文学是中国文学的有机组成部分，它与祖国大陆文学无法割裂；它是在中国政治历史文化大背景下由于台湾地区的特殊际遇而形成的一种特色鲜明的文学。一方面，它与大陆母体文学有着深刻复杂的渊源关系；另一方面，由于特定的政治经济文化环境，它又呈现出独特的艺术样貌与审美品格。台湾文学的这一普遍性和独特性，使它在20世纪中国文学史中占据了特殊的地位。

　　百年历史沧桑和社会变迁，铸就了20世纪台湾文学独特复杂的艺术风貌。由于《马关条约》一纸割台，台湾被迫沦为日本的殖民地，但台湾民众并不屈从于亡国奴的命运，进行了多种形式的抗争。作为民族情感载体的台湾文学自20世纪之初即呈现出鲜明的反日爱国倾向。这一倾向跨越了新旧文学两个时期。台湾新文学的发生发展，受到祖国大陆新文学运动的深刻影响，直接以"五四"新文化和新文学的理论为旗帜，以鲁迅等新文学作家的作品为典范，经历了与祖国大陆大体的由新文化运动走向新文学革命的历程。在20世纪20年代新文学兴起后，被誉为"台湾的鲁迅"的赖和等一批新文学作家吸纳了"五四"新文学精神，致力于把现实主义与时代精神、本土环境结合起来，树起了光辉的反帝反封建旗帜，开创并确立了台湾现实主义与乡土文学的传统。他们的作品揭露了日本殖民当局对台湾人民的政治压迫和经济剥削，批判了殖民地社会的顺民心态，显示了现实主义作家高度的理性精神。这种文学精神一直贯穿于整个日本占据时期。即使在日本帝国主义发动全面侵华战争，殖民当局竭力推行皇民化运动，台湾新文学运动遭到重挫的时候，仍有相当一部分作家以合法的手段继续活跃在文坛上，艰难地承传着新文学的传统。杨逵、吕赫若、张文环、龙瑛宗、巫永福等在创作中曲折地表现爱国情感和反日意识，对抗皇民化运动。而吴浊流等作家则冒着危险进行地下创作，等待着黎明的到来。这使20世纪上半叶的台湾文学形成了弥足珍贵的民族精神。台湾文学的这一精神既与同一时期祖国大陆文学所具有的精神是一致的、合拍的，也由于这一时期台湾处于日本严酷的殖民统治之下，文学发展的环境和情势与祖国大陆又有所不同，因此如二三十年代赖和的《觉悟下的牺牲》《南国哀歌》《一杆秤仔》《不如意的过年》等直接表现抗日情绪和反殖斗争生活的作品在中国现代文学史上就有了特殊的意义。它大大丰富了中国现代文学反帝的主题。

　　20世纪台湾文学从大陆母体文学中汲取了充分的文学与艺术质素。其中包括传统人文精神、文学母题、表现技巧、文化乡愁等。与此同时，它也以开放的胸怀向西方学习，在欧风美雨的洗礼中追踪世界文学新潮。五六十年代台湾崛起了现代主义文学，一大批台湾作家广泛学习和借鉴西方现代派文学观念和技巧，在文学的现代性方面进行了多元化的探索。台湾现代主义文学深受精神分析学、存在主义、超现实主义、意识流等西方现代文艺思潮的影响，从卡夫卡、乔伊斯、伍尔芙、福克纳、詹姆斯、劳伦斯等现代派作家的作品中汲取了丰富的营养，从而形成了自己的艺术特征。它把表现自我放在主要地位，着重开掘人的"内宇宙"，对内心世界进行自我省思，强调表现潜意识，具有鲜明的反理性倾向。在表现手法和艺术形式上追求多元化，广泛运用隐喻、象征、超现实和意识流手法，刻意于意象的经营和语言的求新求变。在诗的领域讲求"张力"，而在小说方面则讲究多角度的叙述观和多层次的结构，从而使主题较为含蓄隐晦、耐人寻味。它对新的艺术手法和表现形式的探索，丰富了文学的表现力。它是一代知识分子的心灵记录，反映了当时社会普遍存在的失落感和逃避主义倾向。观念的现代化、审美的现代化、文学主题与表现形式的现代化，使台湾现代主义文学呈现出鲜明的现代性特征。

　　而在中国现代文学史上，现代主义文学一直不绝如缕。从20年代的象征诗派到30年代的现代诗派、新感觉派，到40年代的九叶诗派（西南联大诗人群），现代主义文学时有耀眼的时期。但在中华人民共和国成立后，西方的现代主义文学被作为资本主义腐朽的文学而扫进了历史的垃圾堆，现代主义文学在大陆绝迹了。改革开放以后，现代主义文学才重新登上了大陆的文学舞台。大陆这三十年现代主义文学的空白，恰好由台湾的现代主义文学填补上了。尤其值得一提的是，50年代初在台湾率先揭起现代主义文学大旗的正是30年代在上海和戴望舒一起推动现代主义诗歌运动的纪弦，他把大陆现代主义文学的火种带到了台湾，为台湾的现代主义文学在"横的移植"的同时接上了大陆现代主义文学的源头。

由此可以看到，一方面，20世纪台湾文学深受大陆母体文学的影响，借鉴和吸收了大陆母体文学的经验；另一方面，20世纪台湾文学与大陆母体文学存在着较大的兼容和互补性。作为中国文学的重要组成部分，台湾文学在诸多方面为丰富和发展中国文学提供了宝贵的艺术经验。从文学史的角度加以考察，台湾文学在一些文类和文体方面所取得的成就，甚至要超过同一时期的大陆文学。如从60年代至80年代长盛不衰的包括言情、武侠、历史小说在内的台湾通俗文学，正好填补了这一时期大陆文学的空白。而名家辈出的台湾当代散文和诗歌，也"可以和大陆的散文、诗歌颉颃"①。

20世纪以来的台湾与大陆文学同根、同源、分流、融汇，比较研究意义重大，涉及的内容十分丰富。鉴于此，本书遵循学术创新的原则，在吸收海内外相关研究成果的基础上，于20世纪中国文学的整体框架中展开台湾与大陆文学的比较研究，以具体的文学史事实和文本分析进一步论证了台湾文学与祖国大陆文学母体之间深刻的历史渊源关系，也凸显出作为20世纪中国文学重要组成部分的台湾文学由于历史机遇的差异而形成的独特美学经验。本书旨在建构台湾文学乃至整个中国现当代文学新的研究视界，使台湾文学研究由单纯的封闭的研究走向复合的开放的研究。

全书共有八章。

第一章旨在借鉴比较文学研究中诸如平行研究、影响研究和历史类型学研究等方法，以整合两岸文学的视角，把光复前台湾与东北沦陷区乡土文学创作放置在20世纪中国文学的大框架中进行对比考察，纵向梳理两种文学现象的发展轨迹，追踪"五四"文学精神的承传与流变，深入考察两地乡土文学的深层内蕴、文化动因，横向比较两地乡土文学在话语环境、言说方式、文化根源，以及文本审美趋向和艺术手法上的异同。

第二章以整合为视角，从历史的生成、诗歌观念、主体觉醒、艺术特征四个方面较为全面地论述了台湾现代主义诗歌与大陆朦胧诗的异时同质性，旨在揭示整合乃是两岸诗歌乃至两岸文学的发展趋势。

第三章从文学观念、小说主题、艺术技巧三方面论述了鲁迅现实主义创作精神对陈映真小说的影响。在创作观念上，陈映真继承和发展了鲁迅

---

① 陈辽：《台港散文四十家·序》，中原农民出版社1995年版，第2页。

的现实主义创作精神,致力于国民性的改造,揭示在资本主义入侵下国民灵魂的异化,真实地描绘台湾社会在急遽变迁的转型期所经历的伤痛。在创作主题上,鲁迅所开创的批判主题、启蒙主题、救赎主题对陈映真的小说创作产生了巨大影响。在艺术手法上,陈映真继承了鲁迅现实主义创作的开放姿态,将意识流、心理分析、象征等富有表现力的创作手法引入现实主义创作中,增强艺术创作的表现力和感染力,形成了多样化的、开放型的、独特丰富的艺术风格。

第四章将沈从文、黄春明这两位海峡两岸乡土小说极具代表性的作家进行了比较研究。身处海峡两岸,加之时空背景的差异,沈从文和黄春明的小说创作呈现出不同的风貌,但他们在乡土小说创作上又存在着诸多共同点。在传统与现代的冲突中,他们具有相似的精神价值立场和乡土情怀。将其小说创作进行比较研究不仅可以探讨二者在创作上的某些关联,也有助于深入研究海峡两岸的文学关系。

第五章将曹禺、白先勇进行了比较研究。曹禺是现当代文学史上杰出的剧作家,白先勇是著名的现代派小说家,无论是创作体裁,还是他们的生活年代、社会背景,二者都存在着诸多差异。但是他们都有一颗敏感的心、一腔悲悯的情怀;他们以不同的文学体裁为载体,都发出了对人生困惑和人类命运的叩问,表达了对人类的终极关怀。他们的作品有着极大的共通性,都具有一种深刻的悲剧意识。他们的悲剧意识源于独特的成长经历、中西方文学的熏陶和宗教文化的影响,在悲剧意识的导引下,他们极为生动、形象地表现了"对抗""沉沦""死亡"等一系列悲剧主题。

第六章将余光中与徐志摩诗性散文进行了比较研究。一是散文意象的比较,探讨了他们散文中的山水意象、星空意象、花鸟意象等自然意象。二是从语言的音乐美与绘画美、语言的隐喻性与陌生化及感性化与知性化三个方面比较研究了两位作家散文的诗性语言。三是比较研究了余光中与徐志摩的散文风格:余光中散文融入现代主义的因素,古典情怀与现代情趣相结合,呈现出阳刚豪放、幽默风趣的散文风貌;徐志摩以铺张华丽的语言,积极乐观地书写触动他心灵的事物,感性浓烈,散文多清新典雅。

第七章从小说主题、人物形象和小说艺术等方面来探讨施叔青与张爱玲小说创作的异同。张爱玲小说围绕男女婚恋题材揭示20世纪40年代小人物缺乏真情实感的情感困境,施叔青小说则以留学生婚恋题材和香港、台湾中上层男女的婚姻恋爱问题表现人们褊狭冷漠、功利自私的情感困境。由于时代、教育、性格的不同,施叔青与张爱玲笔下的女性存在不能独立和不愿独立的差别。施叔青和张爱玲都讲究叙事技巧,"反复吟咏"和"重复、回旋、衍生的叙事学"有异曲同工之妙;在修辞手法上,张爱玲多用隐喻、局部象征,施叔青多用明喻、整体象征等手法,形成了同中有异的艺术魅力。

第八章从史传传统的承继、现代意识的张扬、精英意识和大众意识的兼容等方面把高阳、二月河两位作家结合起来考察,通过对他们清代叙事进行全面的比较,对其历史小说的叙事方式、艺术特色的共性和差异性做出了细致的分析研究,进而厘定了他们在中国现代历史小说创作中的地位和影响。

从上述内容可以看出,本书选取了鲁迅、沈从文、徐志摩、曹禺、张爱玲等现代经典作家,通过将台湾作家分别与他们进行比较研究,系统梳理了现代作家对台湾作家和台湾文学的影响。如第三章探讨了鲁迅现实主义创作精神对陈映真小说创作的影响。鲁迅的现实主义创作精神具有非常丰富的内涵,它不仅深刻影响了大陆的作家,也对台湾文学产生恒久的影响。早在20世纪20年代鲁迅作品就流传到了台湾。黄朝琴、黄呈聪、张我军、赖和、蔡孝乾、许乃昌、杨运萍、张深切、吴浊流等都受到过鲁迅的影响。20世纪六七十年代鲁迅及其作品在台湾的传播掀起一个新高潮,王祯和、黄春明等一批作家在鲁迅现实主义创作精神的引领下,致力于描绘台湾社会的真实图景,关注台湾民众的生存境况。在这时期的作家中,受到鲁迅现实主义创作精神影响最为显著的当属陈映真,他在鲁迅现实主义创作精神于台湾的传承中更是发挥了不可替代的作用。陈映真对鲁迅现实主义创作精神的传承既丰富了鲁迅现实主义创作精神的内涵,也拓展了陈映真本人的文学创作道路,同时引领着台湾文学的发展方向。陈映真在自己的创作中将鲁迅现实主义创作精神巧妙地加以创化,形成了自己独特的风格,以至最终成为台湾文坛乃至整个华文文学界成就卓著的作家。第六章将施叔青与张爱玲小说进行了比较研究。施叔青曾多次自述张爱玲小说对她产生的影响。综观施叔青的小说创作,无论是早期的鹿港故事,移居香港后的"香港的故事"系列与"香港三部曲",还是归返台湾后的《微醺彩妆》等作品,在内容与风格上均传承了张爱玲的文学衣钵。在主题方面,她们都关注人们物质和精神的双重困境,试图表现现实世界表面华美、内在丑陋的两重性;在人物方面,她们都塑造了一系列经典的人物形象,敏感细致地刻画了无法独立和不敢独立的女性世界,以及虚伪自私的男性形象;在小说艺术方面,她们都运用重复、回旋与衍生的叙事机制,讲究语言的色彩感和文白相融,大量使用精妙贴切的修辞,使小说别具艺术魅力。但施叔青毕竟不是张爱玲，她总是不断自我创新和蜕变，形成了不同于张爱玲的独特之处。

本书还运用平行研究的方法，将光复前台湾与东北沦陷区乡土文学、台湾现代主义诗歌与大陆朦胧诗等进行了比较研究。通过多维度、多视角、多层面的比较，在梳理了两岸文学同中有异、异中有同的关系之后，进一步揭示了台湾文学的独特风貌和艺术价值。

总体上来说，本书以影响研究为切入点，以比较研究为主要研究方法，运用翔实的史料，深入分析大陆母体文学对台湾现代文学的影响，积极探求现代文学精神、现代文学思潮和现代经典作家等对台湾文学发展的意义，从而在更加广阔的视野中建构起中国现代文学学术新体系。本书较为系统地梳理了台湾文学与大陆母体文学深刻的渊源关系，探讨了台湾文学在走向现代化的过程中，"五四"以降的中国现代文学对它产生的恒久而深刻的影响。这一影响研究在20世纪中国大陆文学及台湾文学的研究中常常是缺席的。通过对两岸文学进行全方位、多层次、立体的比较研究，在20世纪中国文学的宏阔视野中，更清晰地明确台湾文学的特色和价值，这将有助于包括台湾文学在内的中国现当代文学研究不断走向深化。

近年来，"台独"派否认台湾文学为中国文学之一环，提出台湾文学完全是自主自足发展的文学，这种论调是荒谬的，也是十分有害的。本书通过大量的史料考证、作家研究和文本分析，清晰地梳理出大陆母体文学与台湾文学的渊源关系，充分论述了祖国大陆文学对台湾文学的深刻影响。因此，本书具有较为重要的现实意义。

20世纪海峡两岸文学关系是一个需要探讨也是值得认真探讨的问题。在当下两岸文化和文学交流日益频繁的时代，台湾文学应该以一种新的更为合适的姿态进入大陆学者的视野。本书对此进行了新的尝试。我们期待，通过对20世纪海峡两岸文学关系更加深入系统地研究，推动学术界真正建构起多元共生、整合两岸、兼容雅俗的中国现当代文学史。

第一章 光复前台湾与东北沦陷区乡土文学比较论

每种艺术都有属于它的民族和时代，各有特殊环境。一种文学现象总是根植于一定的社会土壤中，反映着特定的民族情感和文化态势。光复前台湾乡土文学与东北沦陷区乡土文学，犹如两朵形态各异的山茶花，在大致相同的时代，绽放在台湾宝岛和东北大地上，南北遥相呼应。台湾同胞和东北人民共同承担着历史沿续下来的阶级压迫的苦痛，共同承受着日本侵略者以刺刀大炮强加给中国人民的巨大民族灾难。台湾作家和东北作家同时以乡土文学为武器、以家国苦难为创作母题，绝非偶合现象。这两种文学现象之间纵横交错的内在联系、互动关系，以及它们同20世纪二三十年代关内乡土文学的潜在因缘，都具有深入研究的价值。

本章以整合两岸文学的视角，把两岸乡土文学创作置于20世纪中国文学的大框架中进行对比考察，纵向梳理两种文学现象的发展轨迹，追踪"五四"文学精神的承传与流变，深入考察两地乡土文学的深层内蕴、文化动因，横向比较两地乡土文学在话语环境、言说方式、文化根源，以及审美取向和艺术手法上的异同。

第一节 两地乡土文学的精神渊源

一 "五四"精神的承传与流变

"五四"是中国历史的一个重要转折点。新文化运动播下的种子改变着中国人的思想观念，催发了思想文化层面的大变革。它对封建文化思想的批判和谴责，预示了中国文化新纪元——启蒙时代的到来。郭沫若回忆说："统治了中国几千年的'古先圣王之道'，到这时在新兴的青年间真如摧枯拉朽的一样，合盘倒溃了下来。"[①] "从国民到'人'是辛亥革

[①] 郭沫若：《郭沫若文集》（第10卷），人民文学出版社1959年版，第367页。

命过渡到'五四'的一个重要标志。"① 新文化运动的基点是个体本位，它高扬个性解放，强调人的主体意识和自我意识，主张人们一方面要破除"自己心中的奴隶"，另一方面要摆脱外物的奴役。"五四"先贤们强烈反抗着传统文化对人性的摧残和压抑，痛切揭露礼教的吃人本质和理学的野蛮，指责其为"制造顺民的大工厂"。伴随着《新青年》这轮壮丽的精神日出的升起，20世纪初期的中国思想界的银河群星璀璨。鲁迅、陈独秀、李大钊等思想先驱者在其心灵深处激荡着报国安天下的满腔热忱。"心事浩茫连广宇"正是他们深沉的忧患意识的流露。

个性解放、启蒙意识、忧患意识和人道主义，这些"五四"先贤所张扬的文化精神宛如缕缕清泉，涤荡着几代知识分子的心灵，五四运动的空谷足音仿佛就在昨天！纵览日据时期台湾乡土文学和东北沦陷期乡土文学，我们能清晰地洞见贯穿其间的"五四"文学精神。而两地乡土文学在对"五四"文学精神的承传形态上或暗合或貌合神离，颇具探究之趣。

（一）民族意识的升华、救亡意识的高涨

"五四"时期，精英知识分子不约而同地将炮弹射向千疮百孔的封建传统文化，用人道精神的雨露滋润着已被封建文化冻结了的大地，以期拯救岌岌可危的中华民族。可以说，人道主义和救亡图存的忧患意识是"五四"时期的二重奏。正如李大钊所说："我们应该承认爱人的运动比爱国的运动更重要。"② 从陈独秀到鲁迅，都不同程度地坚持着由立人而立国的思路。进入30年代，随着民族危机的加深，中国面临亡国灭种的危险，陷入深重的灾难之中。血浓于水，澎湃着的中华血液令先驱们自觉肩起"士不可不谓任重而道远"的文化承诺。他们坦然地放下手中"人本主义"的底牌，接受了集体主义的传唤。一时间，文化思想领域民族主义声音高涨，日趋上升为主流文化精神。救亡图存的忧患意识压倒了对启蒙的渴求，"五四"以来文化思想领域中人道主义启蒙和救亡图存的二重奏变成了救亡图存的独唱。

30年代初的东北文坛一片悲凉。白山黑水的上空弥漫着日本法西斯主义的腾腾杀气。到1945年"八一五"东北光复，日本人统治了我东北国土整整十四个春秋。在这期间，日本政府利用其一手扶植起来的伪满洲

---

① 张宝明：《自由神话的终结》，上海三联书店2002年版，第57页。
② 李大钊：《"少年中国"的"少年运动"》，《李大钊选集》，人民文学出版社1959年版，第238页。

国，在政治上实行法西斯统治，对东北人民进行压迫和奴役；在经济上夺取经济命脉，疯狂掠夺搜刮；在文化上大搞"官制文化"，实行文化专制。东北人民挣扎在水深火热之中。"五四"时期弥漫于知识界的忧患意识更多投射于"国民性改造"这一启蒙主题，他们更注重于国民个体的萌醒和成长。而在面对灭种之灾的东北大地上，救亡的呼喊湮没了启蒙的呻吟声，人本主义与启蒙立人的思想一起汇入了民族主义的洪流中。与其说这是一次思想的升华，毋宁说是一次对传统儒家文化精神的回归。"兼济天下"的入世精神又一次紧紧抓住了知识分子的心灵，刚刚弘扬和试图建立的个体本位价值观，在经历了一场惊天动地的拼杀后，又悄无声息地回到了原点。当然，这不是一次机械的复归，这幅入世精神的救亡图画中多了些现代性色彩和民众身影。救亡的旋律异常高亢，忧患意识的长剑冷气森森。

"五四"文化精神唤醒了荒芜的东北文坛。"白话文来了，到处传，因为看也容易，做也自然。"① 它为文坛带来了内容、文字形式等方面全新的气息。"九一八"的炮声把东北沦陷区乡土文学推上了历史的前台。"在日伪当局极力想泯灭东北人民民族意识的社会形势下，更需要用'乡土文学'来直面东北社会。"② 他们以乡土精神来对抗来自异域的铁蹄，拿起本土文化的盾牌来抵御异域文化的入侵。"九一八"之前的东北文坛虽受到了"五四"的涤荡，但仍缺乏文学作为一种社会功能和人生导向的参与意识。那时所谓的东北新文学，仍脱胎于落后的、闭塞的东北旧文学传统，"内容上已完全被黑幕武侠、宫闱、艳情等乌七八糟的东西所充斥"③。日寇入侵后，东北乡土文学强烈的参与意识和忧患意识便充分地表现了出来。他们从暴露乡土现实写起，侧重描写民族阶级压迫下东北农村的现实关系，表现农民的苦痛和农村的灾难。这使我们从中看到了"五四"新文学在困境中挣扎着的历史走向。

东北沦陷区乡土文学开拓者是山丁。从《跑关东》到后来的《绿色的谷》，山丁的作品散发着浓郁的乡土气息，奔突着强烈的民族忧患意识和抗争精神。亡国的内心隐痛，催发了作家们参与意识的萌芽，他们以笔为旗，加入民族救亡的洪流。"九一八"事变前，东北发生了"万宝山惨案"，时隔半年，李辉英就以"万宝山事件"为题材，创作了长篇小说

---

① 王莲友：《我的杂感》，《盛京时报》1923年2月10日。
② 张毓茂：《东北现代文学史论》，沈阳出版社1996年版，第9页。
③ 东北现代文学史编写组：《东北现代文学史》，沈阳出版社1989年版，第4页。

《万宝山》,再现了那场血淋淋的民族悲剧。沦陷初期,萧军、萧红、金剑啸等作家都将批判的锋芒指向凶残的日本侵略者。乡土文学创作寄予的民族意识和抗争精神唤起了东北人民的民族良知和民族热情,是对民族精神、"五四"文学精神的深情呼唤,"大家能在无路的颠扑里,一同寻到明显坦荡的历史大陆"①。乡土文学就是通往民族精神家园的大道。

台湾光复前的乡土文学是在"五四"精神的洗礼下成长、壮大起来的,对"五四"文学精神进行了继承和发扬。总体而言,台湾的乡土文学萌芽于20年代(早于东北沦陷区乡土文学),30年代开花结果。从1895年到1945年漫长的五十年中,台湾与大陆处于割裂状态,但思想文化上的沟通是割不断的。"台湾文学乃中国文学的一支流"②,这已是不争的事实。"五四"新文学运动引起了台湾同胞的密切关注,而当时大陆的新文学家也对台湾给予了关注,鲁迅曾会见来大陆求学的张我军,郁达夫和许地山则先后到过台湾。③ 由台湾知识分子组建的"新民会"为台湾文化界开启了一扇通向大陆的天窗,《新青年》的台湾克隆版《台湾青年》随即问世,轰轰烈烈的台湾新文化运动拉开了帷幕。20年代中期,大陆新文学运动已进入高潮期。新文学已稳固地占据了文坛。而此时的台湾文坛仍大量充斥着吟风弄月或无病呻吟的旧文学作品。曾在北京大学接受过"五四"洗礼的张我军奋然打响了反对旧文学的第一枪。《糟糕的台湾文学界》《为台湾文学界一哭》等几篇文章给了旧文学界迎头痛击,新旧文学的论战开始了。发生在台湾的这场新旧文学之争,颇似大陆"五四"文学革命的续曲。从这场论争中我们感受到了"五四"文学精神的延续,在思想上同样流贯着反帝反封建、争取自由、人道主义等文化精神。日据时期台湾乡土文学作品充满着对遭受着封建意识迫害的弱小者的同情和关怀,呼唤着民族民主精神的张扬。如赖和的小说《可怜她死了》中的阿金因家中缴不起苛捐杂税,十一二岁便被卖到人家做"童养媳",17岁丧夫,为了养活婆婆,她成了财主阿力哥的外室,遭受蹂躏后又被遗弃。走投无路的阿金满腔愤怒地带着腹中的胎儿投河自尽。重赋、贫穷、童养媳和纳妾制度是吞噬阿金生命的群魔。日据时期,这些腐朽的封建毒瘤仍保存着,贫弱的妇女成了金钱和权势搭起的封建祭坛上的牺牲品。赖和将批判的锋芒指向了数千年来形成和遗留下来的封建意识。长篇小说《亚细

---

① 秋萤:《〈文选〉刊行缘起》,《文选》创刊号。
② 张我军:《请合力拆下这座败草丛中的破旧殿堂》,《台湾民报》1925年1月1日第3卷第1号。
③ 林曙光:《台湾的作家》,《文艺春秋》第10卷第4期。

亚的孤儿》是吴浊流的杰作,作品以日本殖民统治下的中国台湾和日本、祖国大陆的社会为背景,通过主人公胡太明一生坎坷的道路,从苦闷到觉醒的思想历程的记述,深刻揭露了日本殖民者的残酷统治,真实地记录了台湾知识分子和广大人民的苦难生活、民族情感和不屈的抗争。它写于1943—1945年,正值中日战争的后期,当时台湾同胞正处于日本战时政策的残暴统治和战争威胁之中,吴浊流是冒着生命危险坚持写作的。文中胡太明的悲凉绝望的境况是抗战期间台湾人民的处境,胡太明的感受是整个台湾民众的感受,作品激发起人民的民族意识和反抗意识。

以上分别论述了两地乡土文学对"五四"文学精神的继承。它们都受到了"五四"个性解放、崇尚自由民主等思想的巨大影响。"五四"时期,作家往往囿于个人生活空间,涂抹着个性、自由的水墨写意,带着浓厚的乌托邦色彩。30年代,在亡国灭种的巨大灾难下,在阴霾密布的现实政治环境中,"五四"精神迅速衍化成一曲曲铁蹄下的乡土悲歌。参与意识、民族意识和反抗精神是这曲悲歌中的主旋律。两地乡土作家们把民族激情融贯于"五四"文学精神之中,或仰天长啸,或歌哭呐喊,浩大的民族气韵在乡土文学中涌动。正如鲁迅评价萧军的《八月的乡村》时所言:"作者的心血和失去的天空、土地、受难的人民,以至失去的茂草、高粱、蝈蝈、蚊子,搅成一团,鲜红地在读者眼前展开……"① 两地乡土文学在承续"五四"文学精神的主流上是相同的。然而,由于现实政治格局、历史基因和现实因素等方面的差异,两地乡土文学对"五四"文学精神的承传形态也有所不同。就时间而言,台湾早在1895年就被割让给日本,而东北则是20世纪30年代初始沦陷,台湾乡土文学诞生明显早于东北;东北文坛在接受了"五四"精神十几年后,才开始面对日本殖民文化,而台湾则是在日本殖民统治期间爆发了新文学运动。在题材的选择方面,台湾光复前乡土文学抗争意识固然表现了对日本殖民统治的抨击,但更多的则体现在对封建主义的批判中;东北沦陷区乡土文学则更多体现在反抗民族侵略上,立意都在抗争,却有不同侧重。东北抗联文学那不熄的圣火和高扬的民族意识,像划破长空的闪电,比台湾光复前乡土文学中的抗争意识更为猛烈,也更直接、更坚决。

(二)"表现人生""暴露真实"——"五四"文学观念的延伸

如果说"五四"文学精神对两地乡土文学的影响是两代知识分子的精神接力,那么"五四"文学观念对两地乡土文学的影响则表现为现实

---

① 鲁迅:《八月的乡村·序》,萧军《八月的乡村》,人民文学出版社2005年版,第2页。

主义创作原则仍牢牢地占据了主流地位。从周作人"平民文学"概念的提出，①到李大钊初步尝试运用马克思主义解释"什么是新文学"②，再到文学研究会"文学应当反映社会的现象，表现并讨论人生的一般问题"③的写实态度的确立，现实主义一直引领着文坛的主潮。即便是创作社诸作家也难以和现实主义划地为界，其作品在"为艺术而艺术"的花衣下仍露出"表现人生""暴露真实"的痕迹。

台湾乡土文学的口号提出要早于东北，但时间上的差异并不妨碍我们考察二者对"五四"文学观念的继承问题。赖和，被誉为"台湾新文学运动之父"，他的创作从一开始就为台湾乡土文学创作打上了现实主义的基调。"他替台湾新文学竖起了第一面反帝反封建的旗帜，并且启示了此后台湾小说应走的社会写实方向。"④ 1937 年的东北文坛上，山丁以《乡土文学和〈山丁花〉》奏响了一场文学争论的序曲。⑤ 以山丁为首的乡土文学派明确提出了"暴露乡土现实"的现实主义口号。这是现实主义创作原则对乡土的运用，无疑是对"五四"现实主义的回归。严酷的环境剥夺了作家直接以文字形式介入民族解放斗争的自由和权利，浓郁的忧患意识又使他们无法回避生灵涂炭的社会图景，于是，他们将笔锋转向"乡土现实的暴露"。这里的现实主义褪尽了"五四"时期的稚嫩和浅表化倾向，走向了生活深处。艺术锤炼的加强和文化抗争的渗入，使得现实主义有了更深层的意蕴。

二 从大陆二三十年代乡土文学到两地乡土文学创作意识和价值取向的变化

从关内二三十年代乡土文学到东北沦陷区和日据时期的台湾乡土文学，本质上经历了从文化意识到民族意识的转变。这一转变的原因是多方面的：乡土文学创作理论由自发状态发展至成熟；作家主体意识的转变；社会历史环境的变迁；等等。

"五四"时期，鲁迅的《故乡》等小说，以浓郁的乡土气息和质朴的风格，令文坛为之一新，开创了中国现代乡土小说的先河。鲁迅说他

---

① 周作人：《平民文学》，《每周评论》1919 年第 5 期。
② 李大钊：《什么是新文学》，《星期日》社会问题专号 1919 年 12 月 8 日。
③ 茅盾：《中国新文学大系·小说一集·导言》，上海良友图书印刷公司 1935 年版，第 4 页。
④ 钟肇政、叶石涛主编：《光复前台湾文学全集》第 1 卷，台北远景出版社 1979 年版，第 46 页。
⑤ 《东北现代文学史》编写组：《东北现代文学史》，沈阳出版社 1989 年版，第 101—103 页。

"将乡间的生死,泥土的气息,移在纸上"①。随后一大批作家都将目光投向自己魂牵梦萦的乡村世界,乡土文学的存在已是不争的事实。然而,关于"有无乡土文学"的论争,让我们看到了事实的另一面:这一时期的乡土文学创作完全处于一种自发状态。鲁迅本人也是在"乡土文学"过去之后的10年,即1935年才提出了"乡土文学"的口号。② 当年乡土文学的当事人之一蹇先艾曾撰文认为20年代中国没有乡土文学理论。这一提法,现在看来似乎不无道理。这批人远离故土,踏上进京求学之路,动荡的时代大潮冲击着他们思想意识,现代都市文明更新着他们的经验世界。于是,他们以现代文明和"为人生"为参照视角,不约而同地将思绪拉回到乡村田园。这一流派的乡土文学创作完全是随机的、不自觉的创作行为,谈不上明确的主观目的和理论主张,而"乡土文学"的名号也是后来的文学史家给予的。这一创作潮流兴起于20年代中期,其现实主义特色、多姿多彩的地方色调吸引了大批读者,也引起了文学评论家的关注。胡愈之呼吁"希望中国也有农民文学家,成为农民的代表呐喊者"③。周作人、沈雁冰都曾撰文发表过对这一创作趋向的看法。这些评论更多地注意到了这些创作的"地方特色"和"乡村土味",还未能形成较为系统的乡土文学理论。尽管这一时期的乡土文学创作处于自发状态,但还是取得了杰出的成就,"突破了'五四'新文学诞生以来主要写知识青年的相对狭小天地,拓宽了新文学的反封建题材,影响和吸引了大批新作家将关注的目光更多地转向社会,转到民众身上,从而使得新文学和社会生活的土壤的联结更为紧密"④。30年代初的沙汀、艾芜、周文、叶紫等人及台湾的赖和、杨逵领军的乡土创作,还有东北沦陷区的乡土文学创作,都是20年代乡土文学的延伸。

就乡土文学理论的倡导而言,以赖和、杨逵为首的台湾光复前乡土文学与20年代乡土文学颇为相似,也呈现出一种朦胧的、随机的特点。台湾乡土文学原来是20年代抗日文化运动中出现的口号,"由于日治时代台湾和祖国大陆隔绝,当时,伤时忧国之士,乃有主张,以在台湾普遍使用的闽南话从事写作,以保存中华文学于殖民地,而名之以'乡土

---

① 鲁迅:《中国新文学大系·小说二集·导言》,《鲁迅全集》,人民文学出版社1981年版,第255页。
② 鲁迅:《中国新文学大系·小说二集·导言》,《鲁迅全集》,第255页。
③ 胡愈之:《再谈谈波兰小说家莱芝人的作品》,《文学》1925年第156期。
④ 钱理群等:《中国现代文学三十年》,北京大学出版社1998年版,第71页。

文学'"①。"……能创造特种文化始能发挥台湾的特性，促进社会的文化向上。"② 可见，初期台湾乡土文学只是作为一种与皇民文化的对应物而存在的。在"五四"新文化运动的影响下，人们习惯把那些描写台湾本土现实，运用方言土语的作品称为乡土文学。随着赖和、杨逵、吴浊流等人的创作摸索，乡土文学的内涵渐趋明朗化。赖和对台湾乡土文学的开创功不可没。《斗闹热》《不如意的过年》《一杆称仔》等小说，均取材于台湾现实社会生活，洋溢着反帝反封建精神，含有浓郁的乡土气息。台湾乡土文学传统开始于 20 年代中后期，产生时间上和大陆 20 年代乡土文学是暗合的。它们都处于一种萌芽状态，没有明确的理论倡导，然而它们可贵的探索精神和创作实绩为后世乡土文学的发展提供了借鉴。

在东北沦陷区，带着故土沦亡之痛的一批文学青年，刚刚走上弥漫着硝烟的文坛，便以其熔铸了血泪的佳作，证明了乡土文学的存在。东北沦陷区乡土文学一开始就显现出明确的目的性和计划性。1934 年，在沦陷区的高压环境中，一些爱国进步作家出于斗争策略的考虑，决定采取两项措施："一：大伙计划着出单行本；二：先从暴露乡土写起。"③ 这就是东北乡土文学的滥觞。1935 年，山丁的《跑关东》从创作实践上拉开了乡土文学序幕。不久之后，山丁在评论疑迟小说《山丁花》时提出"满洲需要的是乡土文学，乡土文学是现实的"④，正式提出乡土文学的主张。这一口号的提出，引发了东北文坛艺文志派和文选派的论争⑤。双方的论争使东北乡土文学创作呈现炽热之势，给沉潜中的东北文坛带来了勃勃生机。东北沦陷区乡土文学的产生，是在自觉意识和历史责任感的驱使下，经历了酝酿—提出主张—创作尝试—理论总结这样一个清晰的历程。

综上所述，从 20 年代乡土文学及同时间的台湾乡土文学过渡到东北沦陷区及 30 年代台湾乡土文学，从自发期到自觉期，从随机性到带有主观目的性；从单兵作战到有组织有理论纲领的流派，完成了自发期到自觉期的转变。

---

① 陈映真：《文学来自社会，反映社会》，台湾《仙人掌》1977 年第 5 期。
② 黄呈聪：《应该着手创设台湾特种的文化》，《台湾民报》1925 年第 3 卷第 1 期。
③ 山丁：《萧军与萧红》，《新青年》1937 年第 2 期。
④ 山丁：《乡土文学与〈山丁花〉》，《明明》1937 年第 5 期。
⑤ 东北现代文学史编写组：《东北现代文学史》，沈阳出版社 1989 年版，第 102 页。

第二节　两地乡土文学的创作母题

一　苦难与文学

(一) 苦难：永恒的文学母题

苦难，是人类的普遍意识，是承受肉体或心灵不自由的痛苦，是与幸福相对立的负性体验。"悲愤出诗人"，苦难是文学的酵素，是文学的宠儿。在漫长的中国文学史上，从古乐府《悲歌行》的"悲歌可以当泣，远望可以当归"到司马迁的"《诗》三百篇，大抵圣贤发愤之所为作也"，从韩愈的"大凡物不得其平则鸣"到清人蔡家琬的"蒲聊斋之孤愤，假鬼狐以发之；施耐庵之孤愤，假盗贼以发之。同是一把辛酸泪也"，无不明示着苦难与文学的鱼水关系。外国文学亦如此。德国的尼采认为诗人的歌唱是"痛苦使然"；英国诗人雪莱认为"最甜美的诗歌就是那些诉说最忧伤的思想的"；日本文艺理论家厨川白村给文艺下的定义是"苦闷的象征"，他指出艺术创造出于艺术家心灵的矛盾和痛苦而需要诉说，某种程度上揭示了艺术家进行艺术创作的心灵动机。从心理学的角度来讲，苦难在艺术家的内心激起了冲突，使其心理乃至机体失去了平衡陷入悲痛、愤懑或苦闷。只有通过艺术作品宣泄出来，他才能取得心灵的平静，恢复心理和机体的平衡。于是，苦难便成为文学的重要母题，"作为文学中经常出现的因素，起着扩展叙事的基石作用"[①]。

(二) 苦难的美学意义

世事沧桑，人生似梦，苦难与我们如影随形。面对苦难，有人顾影自怜感叹生活多艰，有人呼天抢地控诉命运不公，有人坦然面对，对其进行理性消解，并通过这种理性的消解增加生活信心，将辛酸的泪水化作奋进的源泉。现实生活中的苦难走进艺术王国便具有美学价值和社会意义。如上节所述，苦难催生了作家的创作动机，是文学的重要酵素，然而在心理学意义上，动机属于人的个性的积极性，也就是个性需要的表现，"是满足某些需要有关的活动动力"[②]。艺术家的不同个性需要使文学中的苦难呈现消极和积极两种不同层次。有些作家视野狭窄，整天沉浸在自我生活

[①] 王又平等主编：《文学批评术语词典》，上海文艺出版社 1981 年版，第 196 页。
[②] [苏联] 彼得罗夫斯基主编：《普通心理学》，朱智贤等译，人民教育出版社 1981 年版，第 118 页。

的小天地之中,对个人生活或情感上的苦闷浅吟低唱,甚至"为赋新词强说愁"。这类感时伤春之作仅仅留在浅层次的、静观的个人苦难描述,即使偶有妙语佳句,也无甚社会意义。而苦难进入审美范畴的真正使命并非机械简单地抄录苦难的生活内容,也需要作家主体情感的融入,作家只有扩大艺术视野,走出个人天地与大众进行情感的有效沟通,才有可能实现"苦难"的高级审美观照。好的文学作品不但要静态地描述苦难现实,还要将个人苦难融入民族苦难之中,表现出苦难中的动态抗争,使读者能从苦涩的泪痕中看到希望之光。这样,作品就具有美学精神和社会精神的双重特质,能唤起大众对苦难现实的关注,并唤起超越苦难、摆脱苦难的勇气和信心。

二 两地乡土文学对苦难的审美观照

(一) 两地乡土文学的苦难意识

随着台湾和东北两地相继沦为殖民地,苦难以民族浩劫的极端化形态,逼近作家们的生活现实。在血与火、生存与死亡相抗衡的时代背景里,两地作家以乡土文学为利器,诉说着他们灵魂上的苦闷和压抑。在东北,乡土文学冲破殖民高压的铁蹄和怀柔的网络,带着黑土地的气息,传达着沦陷区人民内心深沉的痛楚和反抗异族的呼声。金剑啸最先奏响苦难的东北乡音。《兴安岭的风雪》描述了东北抗联32名战士转战于风雪弥漫的兴安岭的故事。在14人战死了后,余下的18人继续以无畏的精神应对着死神的威胁。作品描述了一幅充满淋漓的鲜血的画面。继之而起的山丁、秋萤、袁犀,一直到后来的"东北作家群"都将民族兴亡的苦难融进了他们的作品中。这些作家从民族苦难而走向创作,他们内心的愤慨、焦灼和痛苦流露在作品中,极大地鼓舞了受难的东北人民,引导人们坚定地走上摆脱苦难的反抗之路,以赖和、杨逵为代表的台湾前乡土文学作家都自觉地继承了"为人生"的文学观,将触角伸向被侮辱和压迫的人,把人的苦难、民族的苦难作为重要的题材。吴浊流的《亚细亚的孤儿》是一部雄壮的叙事诗,作品以胡太明一生的坎坷经历多侧面地揭示了台湾在日本半个世纪的统治下的悲惨情状和台湾人民作为亡国奴的悲哀。胡太明悲剧的意义在于唤醒台湾人民克服自己的"孤儿意识",回归祖国的怀抱。总之,两地乡土文学中的苦难描述大多摆脱了机械静态的范畴,通过动态的刻画,融入强烈的主体情绪,具有唤醒民众、激励民众的重大社会意义。

(二) 怀乡和流亡：两地乡土文学苦难意识的不同表现形态

中华民族五千余年的文化传统是两地共同的文化渊源。沦陷后，脱离母体文化的焦灼和困惑使两地人民心中经受着巨大的文化苦难。浸透着流亡意识的东北沦陷区乡土文学和浸透着乡愁及孤儿意识的台湾前乡土文学从不同的角度诠释着苦难这一传统的文学母题。

1. 台湾前乡土文学中的乡愁和孤儿意识

台湾是中国领土不可分割的一部分，同为炎黄子孙，海峡两岸人民有着共同的民族之根，有着共同的文化之源。台湾被日本帝国主义占据之后，台湾人民为争取自由进行了不屈不挠的抗争。1937年卢沟桥事变后，日本殖民当局推行"皇民化运动"，不准台湾人用中国姓，不许中国人祭祀中国神和祖宗，还强制台湾人穿日本和服，带日本帽子。诸如此类的同化政策激起了台湾人民自发的反抗。台湾人民的反抗斗争虽然得到了大陆各界人士的声援，但大陆人民给予的实际援助是十分有限的。因为同样遭受日本帝国主义欺凌的大陆自身也处在水深火热之中。一面是孤立无援的反抗，一面是高压统治，台湾人民那犹如被母亲抛弃般的"孤独意识"就这样孕育着、滋长着。中文的禁用使台湾知识分子一度"失语"，"失语"后的台湾作家被无情地抛入另一种语言存在之中。因此，对台湾作家而言，其"孤儿"身份是双重的。作为民族群体的一部分，他们同时承受着失掉母语的另一种"孤儿"身份。台湾作家的"孤儿"体验积淀成浓厚的"孤儿意识"。对海峡两岸精神家园的怀恋和"孤儿意识"成为台湾作家心中挥之不去的情绪，乡愁情结和孤儿意识是台湾乡土文学的一个重要存在。这里的乡愁是对民族文化传统深深的依恋，凝结着台湾人的故土之思和对中华民族命运的关切。乡愁是"孤儿"对故土、母亲的深情呼唤，它像一层淡淡的雾体现在文学作品对"孤儿意识"的表述中。吴浊流的《亚细亚的孤儿》将战时台湾人民的孤儿境遇表现得异常清晰。主人公胡太明是这群"孤儿"的代表。童年时期，胡太明按照祖父的安排，读四书五经，汉学教育使少年时代的胡太明心里萌生了朦胧的民族意识。青年时期，为实现"爱的教育"的理想，他来到乡间学校当教师。执教期间，有三件事让他受到震动和打击。一是日本籍教师辱骂体罚台湾学生；二是台湾籍教师曾老师，不甘忍受日本籍教师的歧视，愤然辞职；三是他与日本籍教师内藤久子相恋，但因为他是台湾人，日籍校长下令调走了内藤久子，隔断他们的恋情。这些打击使他陷入苦闷和孤独的煎熬中，深深地感受到了台湾知识分子遭遇的种种歧视和侮辱。接下来，他东渡日本，苦学本领，打算回国后以知识报效民族。然而，回国后却连一份像样的工作都难以找到。这一切将胡太明推向了绝望的深渊,在昔日的同事曾老师的鼓励下,胡太明前往大陆寻求新的生活。然而,此时的大陆与台湾一样黑暗混沌,不幸的婚姻更增添了他的烦恼。政府当局因他是台湾人而将他当成间谍投入监狱。在学生的帮助下,他逃回台湾,却又遭到殖民当局的怀疑、跟踪和监视。日本全面发动侵华战争,胡太明被强征入伍,到广东当日军翻译,他听到了同胞们在日军铁蹄下的痛苦呻吟,也听到了愤怒的呐喊声。他受到强烈的刺激,精神失常,被遣回台湾。一度消沉之后,他开始反省自己,和友人一起编辑杂志,揭露抨击日本殖民统治的罪恶。弟弟被日本强征做苦役折磨致死,更激起了他的愤怒。小说以胡太明"疯了"的悲剧结束,给读者留下了意味深长的思考。胡太明这一典型的"亚细亚孤儿"始终不能抓住机遇而在社会中确立自己的位置,苦闷和彷徨伴随了他大半生,他感觉到自己像离群的孤雁,"宛如一叶漂流于两种不同时代激流之间的无意志底扁舟"。太多的痛苦,太多的孤儿寂寞,使得他无法承受,终于"疯狂"了。胡太明悲凉绝望的处境正是整个台湾人民命运的写照。黑暗的社会环境、孤苦无助的绝望、备受欺凌的辛酸……这种鲜明的孤儿意识也体现在吕赫若、张文环等许多作家的创作中,它反映了台湾人民对祖国真挚的情感,对民族文化的向往和认同,凝结着深沉的民族情感。

2. 流亡意识与东北沦陷区乡土文学

"九一八"事变后,抗战的烽火在白山黑水间升腾。"文学把你投入战斗;写作,这是某种要求自由的方式;你一旦开始写作,不管你愿不愿意,你已经介入了。"① 东北沦陷区作家拿起笔来参加战斗,他们带有浓厚乡土气息的作品唤起东北人民内心的羞耻、愤怒和抗争的勇气,体现了鲜明的时代精神,回荡着"一个垂危的民族的生活最后回声,人民的最初的希望和要求"②。随着东北沦陷区环境的恶化,1934年6月,萧军和萧红离开哈尔滨去青岛;10月,萧军完成了奠定其文坛地位的成名作——《八月的乡村》。随后,舒群、白朗等先后流亡到关内。《八月的乡村》《生死场》《科尔沁草原》等乡土力作大都产生于作家流亡关内时期,浪迹天涯、寄人篱下的流亡境遇,使东北沦陷区乡土文学带上了明显的流亡意识。这种流亡意识在作家的笔下幻化成万种情思,抒发着流亡作家对受

---

① [法]萨特:《为什么写作》,柳鸣九编《萨特研究》,施康强译,中国社会科学出版社1981年版,第24页。
② [苏联]车尔尼雪夫斯基:《车尔尼雪夫斯基论文学》(中卷),辛未艾译,上海译文出版社1979年版,第269页。

难乡土的无比眷恋。在他乡遥望着千里之外的故乡，故乡的山水草木、人物风景都成了作家寄托悲愤的客体。萧军在《绿叶的故事》的序中亦表达了这种感情——他热爱家乡的雪原、蓝天、柏松、桦树、白杨，他热爱那里彪悍而直爽的人民。蔡天心的《东北之谷》展现东北城市、乡村、山谷、平原，散发着悲郁、苍茫的气息。端木蕻良的《遥远的风沙》中，粗犷、强悍的军人与春寒料峭的荒原、苍老的浮云、孤寂中的马啸等自然景观的描述都寄托着作者对故乡刻骨铭心的思念。有的作品则远距离重新审视故乡人民落后的文化积习。萧红的《呼兰河传》对国民劣根性进行了深刻的透视，呼兰河畔愚昧落后的乡风民俗、麻木悲哀的人生的情状都发人深省。在《马伯乐》中，萧红对马伯乐这类人物奴性畸形心理的刻画更是入木三分。他们胆小、吝啬，在抗战中，不顾民族大义，只顾个人安危，其状若丧家之犬，丑态毕现。这些叙述中流淌着浓重的流亡意识，作家们自觉地把流亡的不幸、个人的痛苦升华为民族忧患意识，以其时代的强音，扣动着读者的心弦。

两地乡土文学以流亡意识和孤儿意识为出发点，诠释着家国沦亡的苦难母题；又以怀乡为联接点，它们是恋乡、文化反思的产物。"恋乡情结"一直潜隐在中国人的内心深处，在民族危难的特殊历史时期，它又被充分地强化了，进入了集体无意识的层次，成为民族历史文化的心理积淀。台湾作家在脱离母体文化的焦灼和困惑中，遥望海峡对岸的大陆母亲，殷切盼望着遥遥的归期。东北流亡作家有家难归，他们日夜思恋着那块"生于斯，长于斯"的土地，那片白山黑水、林海雪原。他们在时代的重压下发出民族苦难的诉说，苦难的描写在两地乡土文中便具有了时代精神和美学意义。

第三节 两地乡土文学文化探源

一 传统文化与两地乡土文学

（一）入世精神——使命感和两地乡土文学创作

同为殖民地的台湾和东北，共同承担着家国沦丧的民族苦难。两地人民在不同的时空咀嚼着相同的苦涩，文化危亡的局面使海峡两岸的有识之士以崇高的使命感，自觉肩负起维持民族文化不坠的重任。这种强烈的参与意识实质上正是儒家"兼济天下"入世精神的体现。春秋战国时期，士阶层从沉重的宗法枷锁中解放出来，赢得了人格独立，形成了新的品格,这些品格包括以天下为己任的开放心态、强烈的政治参与意识和自觉的社会责任感。"忧患意识是一种勇于承担人间忧患的悲悯情怀。群体意识是它的核心,理性自觉是它的主导,强烈的时代感是它的基本特征。"①这种"行道于天下""以天下为己任"的入世精神和忧患意识,不仅反映在文化精英的表层行为模式中,更潜行于其深层的民族文化心理结构中,左右着民族的生存发展,也影响着文学的航向。经历过"五四"新文学疾风骤雨洗礼的山丁、袁犀、疑迟、秋萤、萧军、萧红等东北作家自然摆脱不掉传统文化的缠绕;而海峡对岸,在汉文化滋养下成长起来的赖和、杨逵、吴浊流等也自然而然地深受其影响。"入世精神""使命感"这些传统文化的因子在两地乡土文学中燃烧为反帝反封建的怒火,而反帝反封建恰恰是两地乡土文学的精神实质。反帝反封建的特质是漫长的中国文学传统在多难的东北沦陷区和台湾沦陷区传承的结果。有关参与意识、忧患意识、使命感等话题前文已有详论。接下来我们就中华传统文化与皇民文化的对抗,以及由此导致的文化冲突展开论述。

(二)文化抗争意识:传统文化与皇民文化的短兵相接

武力征服、经济掠夺、文化移植是日本侵略者手中三把闪亮的屠刀。文化移植是一场没有硝烟的战争,其惨烈程度并不亚于战场上的肉搏。在外来文化大举入侵的形势面前,中华传统文化以其宽阔的胸怀、无比的坚韧巍然应对。

甲午战争后,台湾沦为日本殖民地。在长达50年的殖民岁月中,日本对台湾人民发起了一波又一波的文化攻势。日据初期,统治者便设立学校,极力推行日本教育并加以物质诱惑。但岛上依然私塾盛行,汉学不断,四书五经之声不绝于耳。1937年7月,日本进一步发动全面侵华战争。为了从精神上解除台湾人民的武装,日本殖民当局明令禁止使用中文,一场旨在全面彻底地用大和文化取代中华民族文化的大战愈演愈烈。台湾进步作家积极利用新文学报刊弘扬民族文化,扎根乡土,以鲜明的本土色彩和民族风格对抗来势汹汹的异域文化。以赖和为旗手的《台湾新民报》刊发带有浓郁民族风格的作品,执着地发出民众的呼声。张文环主编的《台湾文学》与日本作家西川满主编的《文艺台湾》针锋相对,体现了两种文化强烈的冲突和碰撞。从这些事实中我们可以看到台湾知识分子的铮铮傲骨。

在两种文化的对抗冲突中,尽管皇民文化依仗其政治强势,摆出咄咄

---

① 臧宏、张海鹏主编:《中国传统文化论纲》,安徽教育出版社1996年版,第57页。

逼人的架势，但终究难偿所愿。文化同化与反同化的角力更鲜明地反映在乡土文学作品之中。台湾作家拾起"乡土"这一武器，以浓厚的民族文化氛围和精彩的民俗风情延续着民族文化圣火不熄。如《斗闹热》（赖和）中轰轰烈烈的迎神赛会；《祭猪》（陈华培）中庆祝中元节的热闹场面；《先生妈》（吴浊流）中先生妈身穿唐装过大年的举止，以及作品中乡言土语的大量运用，都是传统文化顽强生命力的佐证。台湾作家还有意识地借鉴传统的现实主义手法、白描手法写景状物，都是对皇民文化的回击。杨逵对《三国志》的翻译，黄得时对《水浒传》的改写，更是对民族意识的深情呼唤。

以赖和、吴浊流、杨逵等为代表的台湾乡土作家以其良知、勇气和不俗的创作实绩捍卫了民族文化的尊严，让我们清晰地感受到铁蹄下的乡土悲歌中那不灭的文化精魂。

同是沦陷区，东北存在过一个伪满洲国，时间长达14年，"国策"文化色彩浓郁。在军事侵略、政治压迫和经济掠夺的同时，日本帝国主义大搞殖民地思想文化统治。他们重点是摧残中华民族传统思想文化，割断东北与内地的血缘联系，推行所谓"宫制文化"。如1933年成立的"满日文化协会"，从一开始就带着文化移植气息。两大沦陷区就像两个巨大的文化竞技场，东北人民同台湾人民一样挣扎在两种文化的碰撞之中。因而，两地的乡土文学在反帝的总主题之外，更强调了对与中华民族文化传统和农业文明的回顾和眷恋，散发着淡淡的幽香和沁人心脾的泥土味儿。

综上所述，两地的乡土文学作家从"五四"先行者的手中接过"为人生"的圣火，成为平衡文化倾斜的匡扶力量。他们在民族传统文化大厦将倾之际挺身而出，以其带有浓郁本土文化色彩的作品，将离轨偏斜的文学重新推回民族文化的轨道上。东北作家"乡土文学"的口号和台湾乡土文学勃兴，旨在以本土文化对抗来势汹汹的皇民文化，最终消解了殖民者构建的"文化共同体"的神话。对民族传统文化的依恋和呼唤并没有因故土沦陷而停歇，"无论赤县也好神州也好中国也好，变来变去，只要仓颉的灵感不灭美丽的中文不老，那形象，那磁石一般的向心力当必然长生"①。

（三）东北沦陷区文学与关东文化

讨论两地乡土文学对传统文化的认同和捍卫的同时，我们还应注意到

---

① 余光中：《听听那冷雨》，《桥跨黄金城》，人民文学出版社1996年版，第213页。

区域文化生态的差异性带给它们迥异的审美风貌。区域文化一直是文学风格的制约因素之一，它悄无声息地参与着文学风格的建构。东北沦陷区乡土文学在审美风范上呈现出较为鲜明独特的关东文化色彩，豪壮、悲怆、豁达、友爱、野性美往往成为作品人物的共性和价值尺度，悲壮、刚健、雄浑、苍凉则是作品主要美学风格。而这些鲜明的特色都离不开东北那独特的自然景观和人文积淀。广袤而伟美的黑土地，寒带的林海雪原、北国冰川，使东北人民在争得生存的同时，表现出顽强的生命力和创造力。文学是文化的载体，区域文化精神结构、价值取向规范制约着特定地区的人们，影响着他们的言行习惯、风俗人情。作家是区域群体中最敏感的阶层，区域文化对其作品的影响是顺理成章的。我们从以下几个方面谈谈关东文化对东北沦陷区乡土作家作品的影响和制约。

1. 强悍、豪迈的文化精神和人格精神

"关东文化的载体、材料、观念意象都是热烈、火爆、宏大、雄壮、强悍、勇鸷、力量等等。"[①] 其文化气质具有雄健性、阳刚性。严酷的生存环境使东北人只得以原始的野性的蛮勇才能与原始的大自然相抗衡。东北人以游牧、渔猎为主的生产方式使他们充满行动力量与奔放的活力，以及由此而形成的"东北精神"。上述特征在乡土作家的作品中体现得淋漓尽致。这种"东北精神"特别明显地表现在乡土作品的人物群像身上，从萧军的长篇小说《第三代》到端木蕻良的《遥远的风沙》，都描写了一个个爱憎分明、豪放粗野的"胡子"形象。这些"土匪"在一定程度上代表了东北人民求生存、追求光明的坚强意志，体现了一部分人的生存状态。在生命张力上充满粗野、冒险、苦斗和挣扎。《第三代》描绘了一个"土匪"的世界，描述了他们独特的语言、生活方式、习俗等。当然，在萧军的笔下，"土匪"并非贬义，他们更像一群"义匪"或"仁义之师"，作者将那种轻利重义、豪爽仗义的"东北精神"涂抹到了这群人身上。作品通过半截塔的回忆，说明了规矩的严厉与"忠义"的标准。当汪大辫子入狱，他的妻子翠屏为了逃避迫害来到羊角山之后，置身于世人所惧怕的"匪窝"，在一大群男"光棍"中，翠屏为他们缝衣补袜，掌管钱财，来往不绝，赢得的是普遍的尊重而无半点猥亵。这些"土匪"大多正直、善良、打富济贫、同情弱小，有的最后成了抗日战士，成了新的力量的化身和美的形象。山丁的《绿色的谷》中的大熊掌是个宽容大度、豪气干云的东北汉子，他受到了狼沟乡亲们的爱戴。山丁以浓墨大写了这

[①] 董鸿扬主编：《黑土魂与现代城市人》，西苑出版社2000年版，第34页。

个人物：他的嗓音虽然浊重，却沉甸甸地有说不出的力，在这浊重的声音里，那顽强的盘踞不动的山谷，辽阔无垠的密林，无边伸张的大地，全成了他的俘虏。他似乎是希腊神话中的安泰俄斯，是力与美的象征。

同样的精神气质也体现在乡土作品中女性形象身上：杏子（《大地的海》）、李七嫂（《八月的乡村》）、水水（《科尔沁草原》），她们率真、奔放不乏温柔，细腻又不让须眉，充满原始犷放的野性的力之美。这些形象是东北文化精神的化身，她们不向自然社会屈服，为黑暗中的人们提供了一股积极进取的力量和崇高的精神境界，催人奋进，并拿起刀枪捍卫家园。

2. 宏大、粗犷、质朴的审美风范，粗糙的艺术处理

关东文化的熏染使东北沦陷区乡土文学表现出宏大、粗犷的审美特色，也导致了其粗犷有余、细腻不足的粗糙化弊病。东北文化有其雄壮阳刚的一面，也有落后野蛮的一面。"求大尚奢""重实轻文"等落后层面是关东文化中的消极部分，同样也深刻地影响了作家的创作。我们先看到乡土文学作品粗犷、壮美的美学风格，这种风格首先体现在作品意象的选择上。无论是作为背景还是作为人物活动空间的自然环境，无一不是大漠、大地、大江、大山，充满着原始的粗犷色彩。单从《大地的海》《科尔沁草原》《呼兰河传》《绿色的谷》等一系列小说标题上，我们就已经感受到了那扑面而来的宏大之气。《绿色的谷》以大熊掌、狼狗村、呼啸的山野、传奇式的绿林人物等一系列意象织就了小说宏大粗犷的审美格调。"绿色象征青春、健壮、活泼，并含有追求成熟的喜悦，这就是小说的主题。"① 震动文坛的《大地的海》是东北沦陷区乡土文学宏大粗犷美学风格的代表性作品。"大地"和"海"两个庞大的意象联结成"大地的海"构成负载思想感情的符号，他借助"大地"来表达他对故乡的深切关怀，以及对践踏大地、蹂躏百姓的日本侵略者的仇恨，"大地"这一意象被作者诗化、人格化和立体化，铺就了整部作品宏大壮丽的美学基调。《大地的海》在《文学》月刊上发表时，该刊在后记中指出："作者以其特有的雄健而又'冷眼'之笔给我们描绘出了伟大沉郁的原野和朴厚坚强的人民。"这种粗犷宏大的美学风格还表现在作家主体性格气质上，其中萧军就是中国现代文学史上典型的"硬汉"作家。他性情刚烈，侠肝义胆，曾投身行伍，在哈尔滨的大水中救出孤儿萧红，同闯上海，其一生坦坦荡荡、轰轰烈烈。山丁、萧红、端木蕻良、舒群、白朗等诸作家的性

---

① 山丁：《绿色的谷》，春风文艺出版社1987年版，第226页。

情中都有类似萧军的粗犷雄强的一面。

我们在关注东北乡土文学粗犷豪放、壮美宏大的美学风格的同时，还应看到其作品粗疏、鄙陋的一面。关东文化"求大尚奢"的反面特质造就了东北人心理上的粗疏和空旷，给东北沦陷区乡土作家的创作带来了局限。如艺术处理方式的粗糙。《绿色的谷》算得上是东北早期乡土小说的代表作了，小说虽有着宏大的框架结构和浓郁的乡土气息，以及对方言土语熟练的运用，但还是遮蔽不住其艺术手法的粗糙。小说着力叙述的是林、钱、于、石四家族的没落，描绘了一部地主阶级的衰亡史。小说中前四章重墨描写地主阶级和农民阶级的矛盾，后五章则重点表现买办资产阶级和农民阶级的矛盾，间或穿插地主与胡子之间的矛盾。但从创作的整体来看，后两种矛盾虽有涉及，但仍限于蜻蜓点水，并未充分展开。至于农民对地主的阶级斗争，小说甚至未做具体的描述。另外，小说中小彪是一个从地主家庭走出来，接受"五四"新思想的青年，作者对其性格的成长与发展历程的描写明显粗糙，缺乏说服力。端木蕻良的小说出手不凡，《科尔沁草原》《大地的海》等以其宏大的气魄、奔涌的豪情令文坛一震，但读来仍令人甚感遗憾，其手法缺乏精雕细凿，较少节制，削弱了作品的艺术感染力。《八月的乡村》《生死场》起到了一定的唤醒国民御辱图强的作用，但其意念化、粗糙化等艺术手法上的不足受到了批评界的指责："语词生涩，缺乏的是修辞的内在的清醒，作者在行文中替他的人物说话，是读书人的白话文章。"[①] 胡风也在《生死场读后记》中指出《生死场》"在人物的描写里面，综合的想象的加工非常不够""语法句式太特别了"，而又显得"对于修辞的锤炼不够"。当然，乡土文学的粗糙化也和作家的艺术功力、时代的特点有关，但我们从中更多看到东北地域文化的影响，这才是真正的原因。地域文化本身的人文土壤不够深厚，边缘化色彩圈定了这些作家在艺术创作上的成就和作为。某种程度上可以说是白山黑水间的关东文化成就了他们，又限制了他们。这是文学史上的一个遗憾。

3. 浓郁的东北风情、方言土语和黑土地文化景观

东北沦陷区的乡土文学作品展示给了读者一幅幅东北风情画面，黑土地特有的人文景观和生活方式，以及东北地方语言的熟练运用都参与了整体审美风格和文本特征的构造，同时又有了一定的民俗学意义上的价值。首先我们来看其中的风俗人情描绘。萧军的小说创作中对风土景物的描

---

① 张大明编：《李健吾创作评论选集》，人民文学出版社1984年版，第505页。

绘，给人留下了深刻的印象。他在自传《我的童年》中多处描述了辽西地区的民俗特色。如有三灾八病要占卜问卦，驱邪送神，跳大神；司空见惯的械斗、酗酒；传统文学和民间文学对乡土的描绘；冬日的炕头上，夏日的碾盘上，老少爷们如醉如痴地讲说着《杨家将》《呼延庆打擂》等大喜大悲、大忠大奸的故事；等等。萧红的小说里也富含有浓厚的乡土气息。如《呼兰河传》中对"北大荒"赶车的车夫的描写及对北方天寒地冻气候的点染。从大地被"冻裂了"，到来人进屋先"用扫帚扫着胡子上的冰溜"；从早晨卖馒头老头的鞋底子上"挂了掌了"，到住家屋里的"水缸被冻裂了"；大风雪的夜里门被封住，一早起来"推不开门了"等多方面说明北方冬季的寒冷。通过对跳大神、放河灯、野台子戏、四月十八娘娘庙会等风俗习惯的描写把呼兰河的风土人情、社会风貌艺术地表现了出来。

"文化存在于语言之中，任何文化的特性只能在自己的语言中展示出来，要认识一种文化，只能从语言特性出发。"① 独特的地方语言传达出丰富多彩的东北自然人文信息，是东北沦陷区乡土文学作品的一个文本特征。山丁、秋萤、萧红、端木蕻良等人的小说语言都具有群众口语化的特点，他们熟练自如地运用东北方言口语，纯朴、自然、流畅，形成了独特的语言风格。如《绿色的谷》《第三代》对"土匪"黑话的描述："崽子""躺桥""顶靠"等；《第三代》中"秤杆离不开秤砣，老头离不开老婆""宾服"（佩服）、"是儿不死，是财不散""白真的凤凰不如鸡"等方言俚语的大量运用，强化了这些作品的东北特色。

4. 台湾光复前乡土文学

台湾与福建一水相连，关系异常特殊。台湾的高山族同胞与大陆移民将他们辛勤的汗水洒遍美丽的宝岛。从民族构成来看，台湾人口主要由南岛语系的高山族群、闽南人、从中原南迁的粤客家人和小批来自港澳、南洋及世界各地的华侨组成，而其中祖籍福建的占台湾汉族人的80%以上，尤以泉州、漳州籍居多。大量闽南人拥入台湾，不仅为台湾的开发建设注入了活力，而且带去了闽南方言、风土人情、地域文化。闽南风情代代相传，遍布台湾民间，成为台湾文化的重要组成部分。从台湾民俗风情中我们能看到闽南风土人情的延伸。如对"王爷公""土地公"的祭拜、对"妈祖"的崇敬、迎神赛会及男女老幼之间的特定称谓——阿公、阿仔等。台湾文化是中原文化的延伸，由闽粤人民无比顽强地捍卫着，使之在这块

---

① 《辞海》语言文字分册，中国大百科出版社1988年版，第406页。

东南海疆之上生根、发芽并茁壮成长,保持着与大陆文化的血脉联系。而光复前乡土文学的重要特色之一,就是其浓郁的闽南地域文化风情。

(1) 闽南风情、宗教信仰和宗教活动

赖和,被称为"台湾的鲁迅",是台湾新文学运动的先驱。他的小说扎根乡土,具有鲜明的闽南风情。《斗闹热》中描述了迎妈祖日子里的盛况:"神舆的绕境,旗鼓的行列,是繁荣上等紧要的工具。"妈祖在台湾深得广大民众的尊敬,妈祖是海神,沿海居民不论是出海捕鱼或渡海经商,都会面临海上风险,他们便崇信妈祖,以求平安。这一风俗实际上发端于闽南,妈祖是闽南人为了纪念林默娘而塑造的,其原神最先供奉在福建莆田湄洲岛上,三百年前由闽籍移民把她的分神带到台湾,供奉于云林县北港镇,而后分布岛上各地,崇拜妈祖的风俗便流传开去。每年三月二十三日妈祖的生日,全岛都会举行迎妈祖的盛大活动。①《善讼人的故事》中对观音亭市集上卖小吃的、讲故事的、算命的各色人等的描写,都会使人联想到闽南城镇中的热闹去处。乡土小说中常常描述的诸如"做牙"、拜"王爷爷""土地公"等风俗活动都散发着闽南特有的情趣。作品中对称谓上"阿""仔"的习惯及饮食习惯、娱乐游戏等的描述都流贯着闽南人情。

(2) 闽南方言土语的提炼加工

方言是语言的活化石,台湾早期乡土文学作家大都熟谙闽南方言。闽南方言通俗、简约,经作家的提炼加工运用,除了表情达意的功能,还直观地承载着闽南地域文化信息。如赖和作品中的"死鸭硬嘴巴"(固执不服输)、"狗屎埔变成了状元地"(拉狗屎的荒地变成了聚宝盆)、"囝仔子"(小孩)、"水漏"(浇水器)、"演武亭鸟仔"(指听惯了枪声,大胆至极,根本不怕枪声)等方言俚语,极富乡土色彩。

台湾前乡土文学中的闽南风情不仅增强了作品本身的乡土气息,某种程度上还起到了抵制"皇民文化"的作用。在表现台湾本土生活的基础上,着意带入民间风情,糅进闽南方言,突出民族风格,对抗殖民主义思想文化的恶浪。对于这一点,黄呈聪认为:"应重视发挥台湾的特性,台湾人民是汉族传来的子孙,台湾文化多由闽粤两省渐次移来,建设台湾新文化不能倾于日本或倾于西洋,应发挥台湾文化的特性,促进社会的文化向上。"②从实际创作来看台湾本土语言,尤其是闽南方言的大量运用,无

---

① 王力同编:《台湾风情》,华夏出版社1989年版,第183页。
② 黄呈聪:《应该着手创设台湾特种的文化》,《台湾民报》1925年第3卷第1期。

疑起到了促进"文化向上"、抵制文化移植的作用，受到台湾民众的欢迎。

从上面的论述中我们看到，东北沦陷区和台湾光复前乡土文学都植根于中华民族五千年文化传统，共同的文化渊源使它们犹如同根之树，表现出审美倾向、文本特征上的共同性；民族意识的高涨、入世精神的高扬……我们从两地乡土文学中感受到了中华民族精神不灭的延续。地域文化的差异又使两地乡土文学呈现出不同的特征：粗犷豪放、宏大壮美与细腻平易、务实谨严的风格差异；粗糙化、大刀阔斧与细腻化、精雕细刻的艺术手法对比；外倾化、奔涌喷泻与内敛化、舒缓委婉不同的表达方式；等等。当然，这仅就两地乡土文学的整体特征而言，具体到每个作家的风格，则是五光十色、各具风韵的。

二 外国文化、外国文学对两地乡土文学的影响

前面分别从传统文化、地域文化的角度对两地乡土文学进行了透析。"文化既是文学活动的背景，又是文学构成的整合性要素。反过来讲，文化又是人类文化成果的一种富有独特价值的载体，或者说，它是一种文化显现的符号，它总是包含着丰富的文化内涵，而这种文化内涵又只有联系文化背景才能发掘。"[①] 因此，我们可以说，任何文学研究只要当它企图对文学活动、文学现象的发生发展进行研究，企图探寻其深层的意蕴和形成根源等问题时，也就是当它向纵深方向发展的时候，就必须超越文学站在文化的高度上来审视。对两地乡土文学文化根源的探究，仅通过传统文化和区域文化两个通道是不够的，我们还应关注外国文化、外国文学对它们的冲击和影响。

众所周知，外国文学、文艺思潮对我国"五四"以降的现代文学影响巨大。"五四"文学革命的发难者就直接从外国文学运动中得到启示，对外国文艺思潮的翻译介绍为当时闭塞的文坛带来缕缕春风。现代文学的发展离不开外国文学的滋养，"正是中国文化机体自身需要，思变，才引来西方文化为参照系，在中西方文化的碰撞、冲突、对话中寻求自我的文化出路"[②]。"五四"期间，西方各种哲学思潮、文化思潮潮水般涌入中国：人道主义、进化论、实证主义、尼采的超人哲学、弗洛伊德主义、无政府主义、现实主义、自然主义、象征主义、唯美主义等，它们同传统文

---

① 孙景尧、谢天振主编：《比较文学》，高等教育出版社1997年版，第50页。
② 范伯群、朱栋霖：《1898—1949 中外文学比较史》（上册），江苏教育出版社1993年版，第45页。

化在碰撞中不断交融，在中国作家本土化、中国化的努力中不断地影响着现代文学的发展进程。

东北沦陷区乡土文学受外国文学的影响因地域不同而不同，辽宁地区受日本文学的影响较大，黑龙江地区受俄罗斯文学影响更多些，而冷雾社则十分推崇欧洲象征主义。但总体而言，家国苦难和悲惨的生活处境，使人们自觉地将目光投向了苏俄、东北欧等国家和地区的被压迫被奴役的弱小民族文学。共同的心态、共同的苦难处境使这些作品极易引起东北乡土作家和读者的共鸣。从这些地区文学的翻译介绍来看，1933年温佩筠自出版了译文集《零露集》，收有托尔斯泰等人三十余篇作品；"1936，对高尔基的文学作品与理论的介绍竟达到了高潮，他的理论文章《论文学》、《我们的文学修养》等相继被介绍给东北读者，《满洲报》等许多报纸除了刊登高尔基的作品外，还以相当的篇幅刊登一代文豪高尔基逝世的消息，发表了戈宝权的《高尔基的葬礼》等文章"。其他诸如《文选》《文丛》《前哨》等刊物都曾致力于苏俄、东北欧文学的译介工作。而从作品的主题、创作意图和艺术手法上则更鲜明地体现出这种借鉴和参照。从借鉴方式上说，东北沦陷区乡土文学创作对上述国别文学的借鉴主要有直接和间接两种渠道。苏俄、东北欧、匈牙利、波兰、保加利亚、捷克等国家和地区的文学对"五四"文坛的冲击力是极强的。鲁迅的小说明显受到其影响，果戈理、契诃夫对小人物、灰色人物的病态心理的精细刻画，波兰作家显克微支"幽默中透着绝望"的思想风格，陀思妥耶夫斯基对人物病态心理的渗入挖掘等都融入了鲁迅的小说创作中。关内20年代乡土文学在主题、风格、人物描写等各方面受到了苏俄、东北欧文学的影响，他们集中描写小人物的苦难和无奈，以及讽刺国民落后、可悲的劣根性等。我们知道，东北沦陷区作家与鲁迅等20年代乡土作家的渊源颇为深厚，山丁、萧红、萧军、端木蕻良等都和鲁迅保持着程度不同的精神联系。鲁迅及20年代乡土文学对苏俄、东北欧文学的汲取都影响着东北作家的审美取向，他们也不约而同地开始了对苏俄、东北欧文学的借鉴。间接的影响加上上面讲到的东北文坛对苏俄、东北欧文学的直接译介、倡导，使山丁、袁犀、王秋萤、疑迟、萧军、萧红、端木蕻良等人都对苏俄、东北欧文学抱着浓厚的兴趣和热衷的态度。以山丁和萧军为例，山丁的《绿色的谷》以宏大的历史事实为背景，在时代风云的动荡中，通过描写一个地主家族的兴衰来表现农村的历史变化，在写作意图上和肖洛霍夫的《静静的顿河》是一致的。它们都以家族为主线，拉出民族历史命运的主题。可以说后者是前者的"蓝本"，从主题、结构、风格等方面都能看到二者的血脉联系。可惜的是，山丁的笔力和粗糙化的艺术处理方式使《绿色的谷》给人留下了几许遗憾，在艺术价值上是无法与《静静的顿河》相比肩的。萧军的《八月的乡村》应时代的需要而产生，喊出了那个时代的最强音。在谈及《八月的乡村》时，人们总愿意把它和绥拉菲莫维奇的《铁流》和法捷耶夫的《毁灭》相联系，甚至将其称为"中国的《铁流》"或"中国的《毁灭》"。萧军在创作《八月的乡村》时的确借鉴了这两部作品，而且是创造性地汲取其合理之处。正如鲁迅所说译介苏联文学的目的是"私运军火给造反奴隶"①。从描写战争、展示党的领导力量、广大民众在战争中觉醒和成长、正义与邪恶的较量等内容看，它们都体现出惊人的一致性。此外，诸如在人物形象的塑造及群体形象的描绘上，《八月的乡村》也参考了这两部作品：陈柱司令和铁鹰队长几乎就是中国版的莱奋生，他们都有着钢铁般的意志，都是铮铮铁骨的硬汉形象。

东北沦陷区乡土作家还借鉴了法国象征主义的艺术表现手法，用迂回的方式表达着内心的情感。隐晦、象征等手法的大量运用，这显然和当时的高压文化政策密不可分。关于这一点，在后面的章节里将会做进一步阐述。

"任何一种外来文学能发生影响和作用，都是由于本土文化的主导作用，接受影响的特点必然是应本土文化需求与传统制约所产生的。"② 东北沦陷区乡土文学对苏俄、东北欧文学的借鉴也是如此。他们从中寻找思想和艺术上可资借鉴的东西，用作"军火"，给战斗中的东北沦陷区人民提供了精神上的动力。

台湾新文学自诞生始，就没有停止过对外国文学的汲取。一方面，它不停地把目光投向欧美文艺界；另一方面，它还从日本文学的发展中汲取有益的东西。《台湾民报》艺术栏发表了不少翻译作品，如都德的《最后一课》、吉卜宁的《百悉门》、莫泊桑的《二渔夫》等。来自大陆的译介作品也对台湾的新文学产生了影响。台湾作家借鉴日本文学的心态是异常复杂的，本能的文化抗拒意识使其作品大都具有"抗争文学"的色调，大量的乡土题材小说反映了台湾人民民不聊生的境况，揭露和批判了社会的不公正，确立了台湾乡土文学反帝反封建的总主题。然而反抗意识的抒发并不能淹没台湾人尴尬的文化身份，文化困惑依然沉潜在其意识深处。日本文化对相对弱势的台湾本土文化的冲击力是巨大的，它为落后的殖民

---

① 《鲁迅全集》第4卷，人民文学出版社1957年版，第170页。
② 安本兴：《冲突的台湾》第三卷，华文出版社2001年版，第7页。

地带来较为先进的文化经济形态，占领了台湾人部分心理阵地。追风的《她往何处去》中的日本，是一个开放、自由、文明的国度。随着殖民统治的深入，日本文化对台湾人民的压力越来越大，台湾作家作品的日本文学因素日益明显，而不单是"展示台湾人民强烈的民族意识和坚定的爱国信念"①。大量的"皇民文学"作品和媚日作家的涌现即为最有力的佐证。日据时期的乡土文学对外国文学的借鉴和50年代后的"西化"大潮相比无疑是微弱的，这除了时代环境和读者的接受期待视野不同有关系，还与皇民文化的"隔绝政策"密不可分。1942年6月成立的"日本文学报国会"宣称"不受外来文化的毒害，确立日本主义的世界观，阐明并完成建设大东亚新秩序的原则，积极挺身于皇国内外思想战"。这种"国策文学"弘扬"皇民精神"，攻击西方启蒙时期以降的理性主义、人文主义等文艺思潮。日本殖民者对西方文学的这种拒斥和封锁态度，造成了日据时期台湾文学对西方文学养料的汲取极其有限，这也为光复后西方文学思潮潮水般涌入台湾埋下了伏笔。

第四节 两地乡土作家创作心态及话语策略

政治环境的残酷和异质文化的大面积入侵，造成了两地沦陷区低气压的时代水土，而这种恶劣的水土环境显然是不利于文学成长的。两地乡土文学在文网高张的环境中倔强地成长，正如石头下生出的小草，弯弯曲曲地挣扎着，其主题、语言风格、艺术表现手段呈现出一种奇特而又复杂的形态，这些文本特征与两地乡土作家的创作心态是直接关联的。心灵敏感于常人的艺术家强烈地感受着这种低气压的生存氛围，由社会、人生、个人遭际所引起的个性化的情感使他们产生了"我想狂叫"的写作冲动②，而政治打压的残酷又使他们惮于长歌当哭，一种特殊的宣泄方式诞生了——曲折抗争。

一 媚日、中间派、抗日——三种文学价值取向的并行

就两大沦陷区文学整体创作形态而言，其形态和面目是异常复杂的。面对国破家亡和异族的高压统治，不同的作家有不同的创作心态，这导致

---

① 刘登翰等：《台湾文学史》（上），海峡文艺出版社1991年版，第495页。
② ［苏联］高尔基：《论文学》，曹葆华等译，人民文学出版社1987年版，第185页。

了不同的创作价值取向。

（一）媚日文学——附势心态、文化趋同心态的表露

文学是时代的晴雨表，日本帝国主义对台湾和东北实行文化高压政策，打压中国本土文学，推行其"皇民文学"。他们一边发动在台湾和东北的日本文人，一边软硬兼施，拉拢网罗了一大批认贼作父的民族败类从事反动文化活动，制造了大量的皇民文学"垃圾"。

1941年3月，日伪统治者精心炮制的反动文学纲领《艺文指导纲要》正式出台。这份纲领鼓吹文艺作品应宣扬日本帝国主义的侵略行为有理，鼓吹殖民主义奴化思想，企图毒化东北人民思想，泯灭其民族感情和意志，培养俯首帖耳的奴才顺民。日本殖民主义作家山田清三郎的《建国列传》对"九一八"事变和伪满政府都做了有违历史真实的描写，将日本帝国主义对中国人民的奴役高尚化。高本恭造的《奉天城附近》把关东军铁蹄践踏东北的侵略史描绘成皇军光荣的战斗历程，恶毒咒骂中国人民和八路军，丑化中华民族。日本籍作家的反共作品是其"日本民族优秀论"心理极度膨胀的产物，他们极力美化大和民族，为日本侵略者的移民开拓歌功颂德。与此同时，效忠日伪政权、为殖民当局为虎作伥的汉奸文学在日伪文坛也占有重要地位。这一情况在日伪统治末期尤其明显。这些作家被日伪统治者所笼络而丧失民族气节，他们或艳羡日本帝国的兵强马壮，或倾心于大和文化的强势，奴颜婢膝，认贼作父。日伪时期著名的汉奸文人首推郑孝胥。这个老牌的汉奸文人著有《海藏楼诗集》《郑孝胥日记》等反动诗文集。在台湾，日本殖民当局禁止报刊使用汉文，"台湾文艺家协会"和机关杂志《文艺台湾》大力倡导皇民文学，培养媚日作家，诸如台湾皇民作家周金波的《志愿兵》等作品陆续出台。少年叶石涛曾一度有媚日倾向，他宣称："以无限幸福，光辉和上正的建国理想建设起来的当今日本文学，正是清算明治以降来自外国的狗屎现实主义，回归古典雄浑的时代的绝好机会。"① 但就整个台湾文学创作而言，这些"拍马屁"文学，只限于一股逆流而已，它无力左右整个台湾文学的走向。东北文坛情况和台湾大致相同，从1933年拼凑起来的"满日文化协会"，到《艺文指导要纲》的发布，侵略者用刺刀指挥着文学，卖国投降的汉奸文学大行其道，爵青的《欧阳家的人们》等媚日作品纷纷出版。据不完全统计，1942年前后，沦陷区出版各种书籍、杂志339万余册，而从外地输入的书籍、杂志却有1784万余种，其中日本出版

---

① 叶石涛：《给世氏的公开书》，《文艺台湾》1944年1月1日。

物竟达 1740 万册。①

两地媚日文学潮流是现代文学史上可耻的一页。这类作品或由当局发起"征文"或由从政者为之，内容上不外乎美化日伪傀儡政权，歌颂王道乐土，歌颂法西斯侵略战争，咒骂中国人民的反抗斗争等。此类作品明显远离了水深火热的沦陷区现实生活，极度膨胀的政治目的使作品的审美性荡然无存，有的只是苍白浮泛的宣传图解。它是汉奸文人趋附侵略者，认同皇民文化心态的产物。内容上的虚假、手法上的拙劣、语言上的粗鄙，使其不可能改变两地沦陷区的文学走向，充其量不过是主流文学的陪衬而已。

（二）中间派文学——怯懦、利益权衡、自我保护心态的折光

汉奸派文学不得人心，抗战文学正义高扬。在两大对立的文学潮流中间，活跃着"中间派文学"。它努力以超拔的姿态，为自己争取到了稳定的生存空间。唯美、娱乐性、颓废倾向是其总体特征。"怯懦的个性、心灵上的老钝加上理性上的清醒权衡"②，使这些作家躲开政治上的喧嚣，重知识、重娱乐、谈古事、说狐谈鬼、言情武侠，甚至自溺于描绘家庭琐事、个人感慨等。这些作品多以个人生活为主，写的是自己生活中的琐事。这些作品同现实疏离，表现出的超然平和的风格适合了部分沦陷区民众，尤其是青年知识分子、小市民阶层的阅读心态，因此在文坛上占据了一席之地。这种创作倾向或表现为唯美主义，或为已失去"五四"时期进步意义的"个人主义"，同政治重压下作者不得不寻求生存之计有关，反映出作者的自我保护心态，但求苟全性命于乱世。在东北文坛，《满洲报》的《星期》副刊所发表的大都为此类文艺作品，大多数作者的创作都远离严酷的社会现实，从为艺术而艺术出发，倾向于唯美主义，把文艺创作看成享受，其内容往往虚幻伤感、消极避世。冷雾社早期是以新诗为主的社团，其主要成员成弦、马寻、灵非等深受徐志摩、朱湘、戴望舒的影响，诗作格调不高，躲进个人的小天地中，抒发个人的哀愁和忧郁，刻意追求艺术上的"全"与"美"，内容空洞苍白。1937 年后，日本殖民者为了扩大侵略战争，把台湾作为后方基地，从人力、物力、财力等多方面进行疯狂掠夺，急剧变化的社会形势和全岛性的白色恐怖使作家们失去了安定的创作环境。有的作家隐居乡间，静观时局变化，或欲写不能，欲罢不休。有的作家则致力于对作品艺术美的追求，如 30 年代的台湾"风

---

① 东北现代文学编写组：《东北现代文学史》，沈阳出版社 1989 年版，第 55 页。
② 解志熙：《美的偏至》，上海文艺出版社 1997 年版，第 314 页。

车诗社"主张诗必须超越时间、空间,抛弃中国传统诗歌的音乐性与形式,远离政治,追求纯艺术的境界与形式。这些主张无疑是一种企图远离现实的逃避,无论如何也是精神的懦弱。台湾作家龙瑛宗的一些作品如《黄昏月》等也充满了虚无、颓废的色彩,让人无法从中感受到动荡的时局。当然,透过文本我们也能感受这些作家在殖民强权压抑下无可奈何的失落心态。

(三)抗日乡土文学——多样抗争心态的产物

上述两节分别谈到沦陷区两种文学创作心态,纵然超出了乡土文学的范畴,但能使我们在鲜明的对比中加深对乡土文学价值取向的认识。抗日的乡土文学是两地文坛的主流,爱国进步作家以抗争的心态,唱出了反帝反封建的主旋律。同是表达抗争心声的作家有着两种不同的创作心态。

1. 良知、勇气——直露、急切地呼喊

一些心怀天下的知识分子急于改变乌烟瘴气的文坛现状,振臂高呼。"描写真实""暴露真实"是他们共同的心声。"古往今来,但凡大艺术家没有哪个人不是国士的,他们是忧国之士,是民族之父"①,这些作家以无畏的战斗精神,继承反帝反封建的"五四"新文学传统,坚持以创作表现沦陷区人民在殖民统治下的苦难和反抗,展示军国主义的凶狠和残暴。在台湾,杨逵、吴浊流是代表人物。被誉为"压不扁的玫瑰花"的杨逵一身傲骨,曾先后被捕十余次,但始终积极从事反日文化活动,坚持自己的信仰。1937年4月1日,日本帝国主义加强文化攻势,在台湾全面禁止使用汉文。然而,杨逵和《台湾新文学》的同人不畏日本统治者的白色恐怖,依然使用祖国语言。在不得不停刊时发表了宣言:"汉文栏不得不以这一期为限全面废止。这不但是专用汉文写作的作家们以及专读汉文创作的读者们的悲哀,也让我们觉得感慨无量。不过,我不以为汉文作家就此可以退却了。"② 在已全面禁止汉文的形势下,公开发表这段语重心长的言论是需要莫大的勇气的,这让我们看到了杨逵桀骜不驯的铁汉性格和与黑暗斗争到底的决心。在东北文坛,"九一八"事变以后,抗日文学活动风起云涌。以金剑啸、舒群等党员作家为中心,聚集了年轻的文学爱好者,开始了反满抗日文化活动。萧军是东北抗日文学活动的急先锋,1933年他靠文学伙伴的资助,出版了与萧红的作品合集《跋涉》,因其内容触怒了殖民当局而遭禁卖。萧军在作品中毫无遮掩地抒发了自己对

---

① 古丁:《当为"国士"——满洲文艺家协会创立之际》,《满日》1941年7月31日。
② 《台湾新文学》1937年6月15日第2卷第5号。

日本殖民者的憎恨："我咬紧了腭骨/他们是无所见的经过了我的身旁/悲哀只是变成铁的仇恨/眼泪只有变成黑的血浆。"① 字里行间，迸溅着仇恨的血泪。这种直露大胆的感情喷发一直贯穿在萧军的文学创作中。

2. 高压下的郁闷、双重挤压下的抉择——曲折抗争、暗示、比喻

上述沦陷区乡土作家大胆直露创作心态，一方面来自作家不屈的个性和无畏的精神；另一方面离不开沦陷初期管制相对宽松的环境。后来，随着日本殖民者监视力度的加大，有的作家被捕，有的作家流浪，这种高亢的反日呼喊越来越稀疏。作家既要保证自身安全，又要避免陷入精神困境，他们在困惑中作出了抉择——曲折抗争。他们绕开敏感的政治话题，以乡土为题，通过对下层人民苦难生活的展示和对国民文化劣根性的思考来迂回地表达他们反帝反封建的主观意愿。这便引出了我们下面要谈的话题，两地乡土文学文本策略。

二 两地乡土文学的话语策略和文本特征

（一）文本特征——主题的转移、背景的淡化

主题的转移。日本殖民统治的文化控制紧箍咒越来越紧，乡土作家的创作方式和策略由明到暗，在主题上力争避开敏感政治话题，避免与皇民文化正面交锋，早期那种明刀明枪式直露的表达方式越来越少。他们较少以日本殖民统治及抗战为主题，往往着眼于描写乡土现实，关注小人物的命运，反映下层社会苦难与不幸，寄寓反抗异族统治的情绪。秋萤的《小工车》《去故集》等小说集较多开掘都市生活中苦不堪言的工人和怨愤满腔的知识青年形象；山丁的《乡愁》等小说集展示了东北人民被奴役的生活和悲苦的处境，以依稀可见的泪痕显示了"王道乐土"的黑暗。赖和的《一杆秤仔》《惹事》、吴浊流的《先生妈》等作品展示了台湾人民在殖民统治下苟活的现状。对下层人苦难的描写透射着作家们的民族忧患意识和反抗精神，蕴含着深广的社会现实，带有鲜明的时代色彩。还有的作品致力于反省中华民族文化，侧重从审视民族文化病态的角度来寄托自己对异族统治的激愤怨恨。中华传统文化中积淀的劣根性日益成为普及性的心理机制与性格特征。国难当头，这些劣根性并未得到根本改造和消解。两地乡土作家在苦难描述中反思人生、剖析社会，当他们在抗日战争的大背景下，重新审视民族文化时，新的认识升腾而起。这一心理机制逼迫他们对中国传统文化进行省思乃至批判。骆宾基的小说《吴非有》中

---

① 萧军：《秋叶集（二）·骨颚紧咬》，《大同报》1933 年 11 月 17 日。

展现了上层社会的昏聩庸俗，以及在这种腐烂的生活圈子中小人物命运的沉浮，表达了作者对民族沉疴的历史沉思。山丁在小说集《乡愁》中讲述了许多在死亡线上苦苦挣扎的小市民的故事，描述了他们混沌麻木、其生若死而不自知的精神状态，作者无情地解剖着人们身上的劣根性。台湾沦为殖民地后，清醒的台湾知识分子在痛恨殖民统治的同时，也看到了封建伦理、封建文化的罪恶，正是由于封建制度、封建文化的长期毒害，导致了人民的愚昧、麻木，因而在殖民统治下表现出奴性的思想，丧失了民族气节和反抗斗志。吕赫若是日据时期使用日文创作成就较高的作家之一。他的小说常常以封建制度下的农村家庭为视点，探讨家庭成员之间的矛盾和社会变迁对家庭的影响，对传统文化陋习进行反思。《风水》中善良忠厚的长兄周长乾为尽孝道，想尽早把入土八年的父亲遗骨挖出洗净，重新修墓作永久性埋葬。自私阴险的弟弟长坤认为破坏风水会影响其发达兴旺，坚决不允许哥哥修墓，并大打出手。不久，家人灾祸迭起，有两人暴病而死，长坤认为是母亲坟地风水不佳所致，竟然掘开棺木，使尸骨未烂的母亲遗体暴尸棺外。作者揭示了封建迷信思想对人们灵魂的扭曲，鞭挞了人物狡诈、自私的丑恶灵魂。吕赫若的另一篇小说《财子寿》中的主人公是守着祖业过日子的寄生虫，满脑子封建价值观念，多财、多子、多福寿就是他的人生追求，这种价值追求背后隐藏的是自私、享乐等封建道德思想，它满足了一己私欲，却制造了无数罪恶。两地乡土作家这类写作的现实意义就在于警示人们，在遭受异族欺凌的时代，首先要正视自己民族文化中的顽疾，并且克服它们，才能通过反抗获得自由。萧红、萧军等人作品中对"国民性"的思考，赖和、吕赫若等人对下层众生忍耐、苟且等劣根性的批判，都使我们能从文化审视角度感受到沦陷区动荡不安的人生。

还有些作家以描写家庭、家族在时代风云之中的沉浮为主题，在他们的笔下，家庭就是社会的缩影，一个家族的荣辱兴衰总是有着特定的时代社会意义。山丁的《绿色的谷》通过四个家族的兴衰，展示了一幅日伪统治下东北农村衰败的图景，曲折地喊出了反抗日本帝国主义暴行的呼声。吴浊流的《先生妈》集中描写了一个家庭中的母子矛盾。小说中的先生妈虽吃穿优裕，生活起居有丫头侍候，然而，她却经常感到不满。她认为，自己虽然从前很穷，但比现在快活，她施舍金钱给乞丐，不喜欢挂日本蚊帐，用菜刀砍烂了儿子给她买的日本和服。小说通过一对母子之间的矛盾隐晦地表达了台湾人民沉郁的反日之志，指出日本占领者不可能征服台湾人的中国心。

两地乡土文学作家在创作中常避开敏感的政治主题,借咀嚼城乡小人物的命运意味,以及借反省中华民族文化来寄托自己在异族欺凌下的激愤怨恨。以家庭为窗口,透视殖民地的生活全景,暗含了反帝的色彩,写出了黑暗社会的实景。

两地乡土文学作品很少正面挖掘乡土悲剧的社会根源,带有政治色彩的社会背景总是雾一般飘荡在作品的深处,若隐若现。作者通常以曲折的暗示与点染的方法使作品的背景朦胧化。如山丁《绿色的谷》意在反映"九一八"事变前后的社会现实,却不得不将文本的时间前移,以躲避殖民当局的扼杀。而一些乡土作品甚至对故事的社会背景都不做交代以应对高张的文网。

(二) 话语策略——隐晦、象征手法的运用

两地乡土文学的特异形态还表现在独特的艺术手法运用上。作者借助暗示、隐喻、象征的艺术手法曲折地表现愤怒情绪和反抗思想。这些艺术表达手段和话语方式使乡土文学作品呈现出飘忽不定、若明若暗的美学风格。象征主义是19世纪末起源于法国,后蔓延至全世界的文学流派。它强调作家的主观世界,主张文学要表现主观精神,创作就是从客观世界中寻找主观世界的"对立物",从而使主客观世界之间形成一种神秘的"象征关系",通过象征、隐喻的手法激发读者的联想。它虽然也描写客观事物,但描写总是若明若暗、扑朔迷离,塑造的整体形象呈现出朦胧飘忽、让人猜测摸不透的特点。两地乡土文学作家大量运用象征主义手法首先是由其抑郁苦闷的创作心态决定的,同时这种晦涩的文学手法能帮助作家躲过日伪残酷的文艺统治,起到自我掩护作用。作品中的"荒村""黑夜""风雪"往往都带有象征的意味,表征着现实的阴森黑暗,抒发着作家难以排遣的苦闷和惆怅。写"母亲",暗喻"祖国";写"出走",暗指投身抗日。陈提的《离婚》和《结婚》中,前者"暗示日满必须分离",后者"系对真理的追求",可谓妙笔。山丁在《开拓者旁》一诗中写道:"那些野狐偷吃了我们底葡萄/那些山鼠盗破了我们的仓房/我们底绵羊被狼叼去/我们底牲口全牵进市场/兄弟,你回来了再不要回去了/这家业须由你来撑起/不要迟疑,再不要迟疑!"① 其中"野狐""山鼠""豺狼"的象征意义不言自明。赖和的旧体诗《夕阳》云:"日渐西斜色黄昏,炎威赫赫竟何存。人间苦乐无多久,回首东山月一痕。"其中"日"字,一语双关,全诗借景抒情,表达了作者坚信日本帝国主义来日无多的信念。

---

① 山丁:《拓荒者》,《青年文化》1943年第1卷第1期。

无论日伪统治者采取何种高压政策,两地乡土文学总会以千变万化的姿态隐晦地表达出暴露"王道乐土"黑暗和渴求民族解放光明前景的宗旨和主旋律。

两大沦陷区时势多艰,风雨如晦,乡土作家们身处困境,既要避免殖民当局的文化捕杀,又不甘沉沦,曲折抗争自然成为其无奈而又必然的选择。现代"比兴"手法的运用,暗淡阴晦色彩的涂抹,使两地乡土文学如运行的地火,奔突着民族正气,潜行着反抗意识,呈现出奇异的文本特征和美学风格。

第二章　台湾现代主义诗歌与大陆朦胧诗比较论

　　作为文学思潮和文学运动的现代主义已经烟消云散，但作为一种基本原则和文学精神的现代主义则恒久地存在了下来，并持续产生着世界性的影响。对世界敞开的中国现当代诗歌无法不受其影响。"五四"以后，救亡图存、启蒙救国为主题的社会历史环境，使中国诗歌乃至文学不得不承受太多的政治使命，因此在现代中国，文学的政治化具有了某种历史的合理性。但毋庸讳言，这种历史的合理性一定程度上是以艺术的合理性为代价的。现代主义诗歌精神与"五四"以后的中国社会是不相契合的，这也就是为什么中国现代文学中现实主义与浪漫主义诗歌蔚为大观而现代主义诗歌难成气候的原因。当中国社会一旦进入一个平稳的历史时期，诗歌不再背负沉重的使命，不再是政治的奴隶，中国的现代主义诗歌才显示出自身应有的意义。

　　海峡两岸对台湾现代主义诗歌、大陆朦胧诗的研究已取得了丰硕的成果。这为将二者进行比较研究做好了充分的理论准备。本章从历史的生成、诗歌观念、主体觉醒、艺术特征四个方面较为全面地论述台湾现代主义诗歌与大陆朦胧诗的异时同质性，旨在揭示整合乃是两岸诗歌的发展趋势。

第一节　现代主义诗潮的革命性发生

　　如果说在"五四"时期新文学的先驱者提倡白话文反对文言文，是中国新诗的第一次革命，那么20世纪50年代纪弦在台湾提倡现代主义诗歌，则是新诗的再革命。而在祖国大陆，70年代末崛起的朦胧诗也宣告着大陆新诗再革命的开始。杜国清指出："大陆的朦胧诗与台湾的现代诗，在整个中国新诗的发展过程中，分别实践新诗的再革命……两者都是对一种新的诗质和审美原则的探索，而在创作的实践上，两岸共同完成中国新诗的再革命,使中国新诗变成世界各国的现代诗中的一环。"① 所谓新的诗质,即台湾现代主义诗歌与大陆朦胧诗同属现代主义诗歌,对二者历史生成的整合研究无疑有助于把割裂的两岸诗歌在诗歌史中恢复它的完整性。

一 对本土艺术的继承

西方现代主义诗人艾略特指出:"诗人,任何艺术的艺术家,谁也不能单独地具有他完全的意义。他的重要性以及我们对他的鉴赏就是鉴赏对他和已往诗人以及艺术家的关系。你不能把他单独地评价,你得把他放在前人之间来对照,来比照。我认为这是一个批评的原理,美学的,不仅是历史的。"② 显然,正像任何创新都包含着继承一样,台湾现代主义诗歌与大陆朦胧诗的革命之举亦并非无源之水、无本之木,它们有着悠久的渊源,其中近的是"五四"新文学传统,远的是中国古代文学传统。个性狂傲的纪弦一再宣称现代诗"乃横的移植,而非纵的继承",然而,我们可以清楚地看到他所倡导的台湾现代诗与30年代以戴望舒为代表的现代诗派的密切联系。纪弦30年代在戴望舒等的影响下,大力推动现代诗运动,遗憾的是他生不逢时,未能将现代主义发扬光大。李欧梵认为:"诗比小说抢先一步成为台湾现代主义的主流,原因很明显。纪弦为戴望舒所主持下的气数不佳的《新诗》杂志的同仁之一,在一九五三年创办的《现代诗》杂志,显然又使一九三零年代那点微末的遗绪复活起来。"③ 不仅现代诗社的诗人与"五四"传统有这种历史的关联,台湾现代诗的又一重镇——蓝星诗社的发起人覃子豪也接续了这一传统。覃子豪1932年于北平中法大学学习期间,最爱读的作品就是戴望舒与徐志摩的诗。蓝星诗社的另一位诗人钟鼎文,早年曾以番草的笔名在戴望舒主编的《现代》杂志上发表诗歌作品,表现出对现代主义诗歌的热忱。以上纪弦、覃子豪、钟鼎文三位诗人被称为"台湾诗坛三老",这较为充分地说明台湾诗坛对"五四"历史传统的重视。另外,创世纪诗社的洛夫、蓝星诗社的余光中也与"五四"诗人有较密切的关系。洛夫"其第一个诗集《灵河》燃烧着对五四优秀诗歌传统香火继承的痕迹"④。余光中早期诗歌明显有着新月诗风影响的痕迹。

---

① 杜国清:《诗情与诗论》,花城出版社1993年版,第167页。
② 赵毅衡:《新批评文集》,中国社会科学出版社1988年版,第25页。
③ 洪子诚、刘登翰:《中国当代新诗史》,人民文学出版社1994年版,第465页。
④ 刘登翰、朱双一:《彼岸的缪斯——台湾诗歌论》,百花洲文艺出版社1996年版,第195页。

与台湾现代诗的倡导者对三四十年代现代诗的直接参与不同，大陆的朦胧诗人则以自己的方式接续了"五四"新诗的传统。他们是在与僵化的正统诗歌观念的猛烈碰撞中，改变了多年来的诗歌运行轨迹而与"五四"诗歌传统接轨的。正如谢冕所言："新诗潮弭平了新诗史上的最大一次断裂，它使五四开始的新诗传统得到了接续和延伸……"① "我推翻了一道道定义/我打碎了一层层枷锁，心中只剩下/一片触目的废墟……/但是，我站起来了/站在广阔的地平线上/再没有人，没有任何手段/能把我重新推下去"（舒婷《一代人的呼声》）；"我是人/我需要爱/我渴望在情人的眼睛里/度过每个宁静的黄昏/在摇篮的晃动中/等待着儿子第一声呼唤/在草地和落叶上/在每一道真挚的目光上/我写下生活的诗……"（北岛《结局或开始》）这是梦醒的人的真实的声音，是对真实人性复归的呼唤，是向蒙昧时代挑战的宣言。让人似乎又回到那个个性飞扬的"五四"时期。应该说朦胧诗对正常人性呼唤构成了朦胧诗对五四新诗传统的隔代呼应。"他们重新评价中国新诗的发展历程，发掘了长时间受冷遇，几被忘却的有独创性的诗人（如徐志摩、李金发、戴望舒、汉园三诗人、七月派诗人和中国新诗派诗人，也包括五十年代以来台湾的诗歌运动和诗作者），给他们以应有的地位，从他们那里获得借鉴。"② "他们的诗风混合郭沫若式的自我，新月派的情调与何其芳的忧郁。"③ 正是"五四"诗歌传统滋养了年轻的朦胧诗人。

"五四"诗歌传统是两岸诗人较切近的艺术基础，更深厚而悠远的则是博大而精深的古典诗歌传统。台湾现代诗人中有不少人国学底蕴深厚，古典文学修养很高，在钟鼎文、郑愁予、羊令野、余光中、蓉子、杨牧、周梦蝶、洛夫等人的作品中，古典诗歌的意象、意境、典故等几乎随处可见。如蓉子的《一朵青莲》中写道："可观赏的是本体/可传诵的是芬美一朵青莲/有一种月色的朦胧，有一种星沉荷池的古典/越过这儿那儿的潮湿和泥泞而如此馨美//……紫色向晚　向夕阳的长窗/尽管荷盖上承满了水珠，但你从不哭泣/仍旧有蓊郁的青翠，仍旧有妍婉的火焰/从澹澹的寒波　擎起。"出淤泥而不染的莲的意象、宁静优美的意境与氛围呈现出蓉子诗歌的东方古典美。再看羊令野的《秋兴》，连题目都是古典诗歌中常咏的题材，其中"一轮不能每圆的秋月/就牵挂着你的阴晴颜面"明显化

---

① 谢冕：《20世纪中国新诗：1978—1989》，《诗探索》1995年第4期。
② 洪子诚、刘登翰：《中国当代新诗史》，人民文学出版社1994年版，第241页。
③ 王光明：《艰难的指向》，时代文艺出版社1993年版，第100页。

用了苏轼的"何事长向别时圆?/人有悲欢离合,月有阴晴圆缺"的诗句,而"我们忘年相对/彼此坐成一座悠悠南山/不待菊花盛开/已经重阳过了",让人忆及五柳先生"采菊东篱下,悠然见南山"的名句。

不仅在艺术手法上,"文章合为时而著,歌诗合为事而作"的古典诗歌精神也同样体现在台湾现代诗人的作品中。试以余光中为例,他的作品具有浓郁的对国家、民族命运的忧患意识和强烈的爱国意识。如《当我死时》《白玉苦瓜》《在冷战的年代》《长城谣》等作品表现了诗人对现实中国的忧患和对文化中国的孺慕。古典诗歌精神为余光中的诗歌避免恶性西化走向良性西化起了基础的作用。

比起儒家的影响来,佛道的影响似乎更大。台湾现代诗人中不少作者深受道教和佛禅的影响,周梦蝶、洛夫、余光中、羊令野等人作品呈现出物我合一、清虚澄明的化境。他们显然承继了以王维、陶渊明等人为代表的中国古典诗歌传统之另一路。如周梦蝶的《菩提树下》,此诗写一修禅者坐禅彻悟的过程。修禅者只有经过雪与火冷热两极的煎熬,才能彻悟,才能进入是非合一、物我合一的境界。另外如洛夫的《金龙禅寺》、覃子豪的《瓶之存在》、余光中的《听瓶记》,均表现出这一特征,体现出台湾现代诗较为超脱的一面。

与台湾现代诗人侧重对出世精神的继承不同,朦胧诗人主要侧重于对传统的入世精神的传承。他们的作品表现出强烈的入世精神和现实关怀,呈现出强烈的中华传统知识分子的思想抱负和艺术情怀。北岛那首著名的《回答》充满了"虽千万人,吾往矣"的英雄主义激情,表现出一种"人生自古谁无死,留取丹心照汗青"的大丈夫气概;舒婷的《祖国啊,我亲爱的祖国》表现了对祖国的深深眷恋和刻骨铭心的思念;江河的《纪念碑》则饱含"先天下之忧而忧,后天下之乐而乐"的忧患情怀。这种古典诗歌精神的浸染使得朦胧诗人的作品成为中国的现代主义而与西方的现代主义有很大的不同。

二 对异域营养的汲取与借鉴

两岸新诗的再革命,像"五四"时期的新诗革命一样,离不开对外来诗歌的借鉴。可以说没有对外来诗歌的借鉴,就没有中国新诗的一次革命,也就不会有新诗的第二次革命。

20世纪五六十年代的台湾,出现了一股强劲的西化思潮。正如台湾著名作家陈映真所言,西化是"三十年来,台湾精神生活的焦点""在社会经济全面附庸于西方的时代,文学艺术不向西方一面倒才是不可能的"①。杜国清翻译的《艾略特文学评论选集》、余光中的《艾略特的时代》、覃子豪的《论象征派与中国新诗》、张汉良的《象征主义》、痖弦的《诗人手札》、洛夫的《诗人之镜》《超现实主义与中国现代诗》等书和文章对西方现代主义文学流派的特征及代表作家作品进行了系统的介绍。在西方现代主义文学潮流的推动和影响下，现代主义很快在台湾诗坛占据了统治地位。1956 年 1 月，纪弦在台北发起召开了现代诗人第一次代表大会，系统阐述了现代派诗人的六大信条。其中第一条就是："我们是有所扬弃并发扬光大地包容了自波德莱尔以降一切新兴诗派精神与要素的现代派之一群。"第二条是："新诗乃横的移植而非纵的继承。"纪弦在这里主张移植和借鉴西方现代主义诗歌精神，推行台湾新诗的再革命。

在西方现代主义诗歌里，世界是虚无的，人生是孤独的，人们生存在精神的荒原中。"一切都四散了，再也保不住中心/世界上到处弥漫着一片混乱/血色模糊的潮流奔腾汹涌/到处把纯真的礼仪淹没其中……"（叶芝《基督重临》）"我们是空心人/我们是稻草人/互相依靠/头脑里塞满了稻草。"（艾略特《空心人》）西方现代主义诗人艺术观念和价值取向在台湾现代诗人那里获得了共鸣。在纪弦的笔下，天地是黑暗而恐怖的："黑下来，黑下来，黑下来，/夜的神秘的顽童/把无数黑色的粉末撒将下来/而且将他的巨大的阴影/于大地，覆盖大地……这里，那里，远处，近处/枭叫，浪噑，凄厉而且幻异。"（《命运交响曲》）在罗门那里，现代都市成了丑陋无比的鸟兽："都市　白昼缠在你头上黑夜披在你肩上/你是不生容貌的丑陋的肠胃/一头吞食生命的不露伤口的无面兽……你是一头挂在假日里的死鸟/在死里被射死再被射死/来自荒野的恶鹰。"都市里的人是没有灵魂的躯壳，在无望中挣扎着："在这里脚步是不载运灵魂的/在这里神父以圣经遮目睡去/凡是禁地都成为集市/凡是眼睛都成为蓝空里的鹰目/如行车抓住马路急驰，人们抓住自己的影子急行……"（《都市之死》）在这里，我们不难发现罗门的都市风景与艾略特笔下所着力描写的荒原世界何其相似，这也正好反映了现代主义诗人在艺术认知上的高度一致。

为丑恶的社会所不容，西方的现代诗人多为时代的弃儿，而被世俗嘲弄，像只被捉的信天翁："这插翅的旅客，多么怯弱发呆/本来那样美丽，却显得丑陋滑稽/一个海员用烟斗戏弄它的大嘴，另一个跷着脚模仿会飞的跛子。"（波德莱尔《信天翁》）他们只能像波希米亚人那样永世漂泊，

---

① 陈映真：《文学来自社会，反映社会》，台湾《仙人掌》1977 年第 5 期。

在漂泊中唱着自己的歌:"于是在我精神流亡处的森林里,响起像号角狂吹的一段古老的回忆:我想起被弃在一座岛上的那些船员,那些囚徒,失败者……和其他许多人士。"(波德莱尔《天鹅》)

西方现代诗人的这种世纪末情绪在台湾现代诗人那里找到了知音。"太阳有家而我没有//我甚至不知道故乡/陌生的关于祖先们/可敬而我却不认识他们。"(方莘《夜的前奏》)"我从何处来/我往何处去?/我不知道。我不知道。"(纪弦《午夜的壁画》)。"我不是归人,是个过客。"(郑愁予《错误》)

台湾诗人,这些失根者、被放逐者、文化的孤儿,在孤岛唱着无家可归的流浪之歌。这也是为什么台湾诗歌中总洋溢着一股浓郁的乡愁的原因。

在对外部世界深深失望之后,西方现代诗人开始向内转,转向对潜意识梦甚至幻觉的探索,试图在那儿重建灵魂的栖息之所,并开始对生死、灵肉、时空等命题展开超越性的思考。在布勒东、艾吕雅、阿拉贡等超现实主义者的影响之下,现代主义诗人全面借鉴西方现代主义诗歌理论与艺术技巧,将笔触深入人的内心世界,去寻找生命的意义与价值。以纪弦为代表的现代派移植了英美现代主义的知性理论与前期象征主义的纯诗理论。"纪弦等现代诗社诗人对知性在理论上的强调和创作上的表现的价值和意义仍是不可低估的。在文学功能上,对知性的强调,使台湾文学由重视政治教化功能开始向重视智慧启迪功能方面转型;在实际效果上伴随着功能目的论的转换,它促使五十年代的台湾诗人由注重现实注重情感开始向注重推理的思维方式转型,在台湾诗坛上形成一股将哲理境界当成文学最高境界的诗风。"① 对纯诗理论的借鉴使台湾现代诗人十分重视诗歌的语言和技巧,催生了图案诗(符号诗)这一新奇的艺术形式,进一步丰富和提升了人们的艺术想象力。正如罗振亚所论:"台湾现代诗追求纯粹性,钟情于探索人性、人生的孤绝咏叹,怀念故土旧事的乡愁,歌颂爱情、友情等一系列带超越性、永恒性特征的精神命题;艺术上借助张力,经营创造新奇饱满的意象语体系;通过图象诗的形式实验,调动读者听与看的双重阅读经验;对古典风味传统的挖掘更为成熟与自觉。使台湾现代诗基本完成'领导新诗再革命,推进新诗现代化'的历史使命。"② 当然,对西方诗歌的全面移植也带来了虚无、晦涩的弊端,这一偏颇直到 70 年

---

① 赵小琪:《台湾现代诗与西方现代主义》,长江文艺出版社 2004 年版,第 42 页。
② 罗振亚:《中国现代主义诗歌史论》,社会科学文献出版社 2002 年版,第 7 页。

代才得以调整。

与台湾社会的西化背景不同,大陆朦胧诗产生于由愚昧、封闭的"文化大革命"时期向改革开放过渡的历史转型期,朦胧诗人对西方现代主义文学的吸收经历了由地下状态的阅读到改革开放后公开、系统地学习借鉴两个阶段。

为了对西方现代主义文学进行全面彻底的批判,学术界翻译了在西方颇有影响的现代主义文学作品。这些书多为黄色或灰色封面,因此被称为"黄皮书"或"灰皮书"。有趣的是,这些黄皮书、灰皮书不仅没有达到对西方现代主义批判的初衷,反而启蒙了朦胧诗人的思想与艺术的觉醒,就像沙漠里的甘露,滋润了他们干涸的心田,又像暗夜里的星火照亮了他们探索的眼睛。"黑夜给了我黑色的眼睛,我却用它来寻找光明。"(顾城《一代人》)正是借助从西方盗来的现代主义思想艺术之火,朦胧诗人们实现了觉醒。

"文化大革命"结束后,对西方现代主义的接受由地下转入地上,由隐秘转入公开,尤其是改革开放后,各式各样的现代主义文学被大量译介到中国,几乎每个朦胧诗人都在这里汲取了思想和艺术的力量。舒婷读西方古典派的作品较多,后来在蔡其矫的指导下接触到西方现代主义作品。"他不厌其烦的抄诗给我,几乎是强迫我读了聂鲁达、波德莱尔的诗,同时又介绍了当代有代表性的译诗。"① 江河的诗歌也受到外国作家的影响,"从《纪念碑》《祖国啊,祖国》这些作品中,可以看到聂鲁达的影响。从为纪念张志新而写的《没有写完的诗》则可以看到梅拉热依梯斯的影响。在诗歌理论上,有关传统与创新的关系,源于艾略特的新古典主义,通过古代神话发掘民族心理积淀的尝试——《太阳和它的反光》是受神话仪式学派理论的启发;他后期的一些语言实验,新的语境或语言空间的重构,则是在意象派诗歌理论指导下进行的"②。北岛受西方象征主义的影响也是明显的。"在北岛的作品中,波德莱尔的影子无处不在。"③ 另外,顾城、杨炼、多多、芒克等朦胧诗人无不受西方现代主义的影响。

西方现代主义对于朦胧诗的产生及对于新时期文学的发展具有不同寻常的意义。"从整体上说,朦胧诗与西方现代主义文学之间有着一种内在

---

① 廖亦武:《沉沦的圣殿——中国20世纪70年代地下诗歌遗照》,新疆青少年出版社1999年版,第304页。
② 廖亦武:《沉沦的圣殿——中国20世纪70年代地下诗歌遗照》,第250页。
③ 程光炜:《中国当代诗歌史》,中国人民大学出版社2003年版,第259页。

的血缘关系，这种关系使它成为中国新时期文学的先锋……它从西方现代主义文学中所汲取的反叛思想、自我意识及个性意识，对文革期间的禁欲主义、个人崇拜、造神运动形成了巨大的冲击，对结束文革愚昧统治产生了巨大的精神启蒙作用。它从西方现代主义文学中所汲取的艺术营养，恢复了中国现代新诗的特征，极大推动了中国新时期文学的发展。"[1]

台湾现代诗兴起于 50 年代，兴盛于 60 年代，调整于 70 年代，在 80 年代汇入多元并存的时代之潮，历经约三十载而绵延不绝，发展成为波澜壮阔的现代主义诗歌运动。大陆朦胧诗萌生于酷似文化沙漠的"文化大革命"时期，崛起于改革开放之初，但仅四五年时间便被更为激进的第三代诗所取代，而成为过时的风景。因而，与台湾现代诗人对西方现代主义的深入理解与全面移植不同，大陆朦胧诗人对西方现代主义的认识是零碎的而非全面的，是浅层的而非深入的。然而，无论是台湾的现代诗还是大陆的朦胧诗都是中国的现代主义诗歌，它们共同从西方现代主义那里汲取营养，实现着两岸新诗的再革命，催生着民族新诗的现代化。

三 "时代的肖子"

台湾现代诗运动在 20 世纪五六十年代的兴起有着深刻的政治、经济、文化、文学等方面的原因。何欣对当时的情况曾有过这样的描述："在这十年之间，文学作品大部分都是反映抗俄的、战斗的主题，小部分仍迷醉于贩卖春情，贩卖案头清谈，贩卖古董，贩卖传奇，贩卖鬼话中；而另一部分较严肃的作家对前述二者均感相当失望，他们觉得文艺作品沉于声音洪亮、内容空洞的八股消闲玩意均非正途于是开始探索另一条偏重于艺术的路。"[2]

朦胧诗也是特殊历史背景下的产物。"假如没有文革，那些细小的泉流，终究仍会在高燥的泥土中流失蒸发。这条地下河的形成是由文革直接导致的。1960 年至 1976 年是这批共和国成立前后的诗人由少年转入青年的时期，人生意识开始形成的时期。文革这场旷古未有的风暴把他们彻底地卷入社会：批斗走资派，接受检阅，全国大串联，然后是上山下乡，在边远的乡村接受'再教育'他们由文革形成时的生力军变成多余人：由狂热的幻想者变成理想的破灭者。没有任何别的东西能寄托急剧变幻的现

---

[1] 吕周聚：《中国当代先锋诗歌研究》，中国广播电视出版社 2001 年版，第 89 页。
[2] 白少帆等主编：《现代台湾文学史》，辽宁大学出版社 1987 年版，第 306 页。

实生活与人生道路在他们心灵中留下的内心风暴,于是当年对诗的热爱发生了作用,异质于七十年代的诗就被哺育出来了。"① 在经历了"文化大革命"之后,觉醒了的朦胧诗人们随着新时期的到来,以其敏感的艺术触角和丰富的艺术情思,以现代主义的艺术技巧表现自我。"当时,我们既想用现代一些的手法,但又下意识的担心因文字而被定罪,所以写的时候,会多多拐几个弯,但那股被压抑的忧愁气氛在诗里从头贯穿到尾。现代手法或称对西方现代诗的模仿反过来让我们对放入的情感有种慰藉……"② 这是朦胧诗产生的深刻原因。

"文化大革命"时期,由于受极"左"思潮的影响,诗歌已沦为非诗,文坛上充斥着标语诗、口号诗。朦胧诗正是在对非诗的对抗中产生的。朦胧诗人提出:"诗是这样的空间,它饱含思想,但仅仅以思辨传达思想,它说——不!它充满感性,但对于把感觉罗列成平面的感性,它说——不!它是现实的,可如果只把这理解为某种社会意识或情绪,它说——不!它是历史的,可假如昨天只意味着传奇故事,它说——不!它是文化的,但古代文明的辉煌结论倘若只被加以新的图解和演绎,它说——不!它体现着自身的时间意识,但对日常的顺序和过程,它说——不!它具有坚实的结构,但对任何形式的因果链,它说——不!……"③ 正是在对非诗的全面否定中,朦胧诗人继承了"五四"诗歌传统,并在此基础上开始了新诗再革命。

综上所述,无论是台湾新诗的再革命,还是大陆新诗的再革命,它们都是时代使然,肩负起了时代的使命。

第二节　对新诗传统的反叛与重建

诗是什么?诗人们对此问题的不同回答形成了各种诗歌观念。尽管台湾现代诗人与大陆朦胧诗人的回答千差万别,然而共同的现代主义诗质使得两岸诗人的诗观在缤纷各异的表象之下也呈现出相同之处。

一　在对传统的反叛中寻求新生

一种新的诗歌观念的确立绝非轻而易举,就像中国历史上的王朝更迭

---

① 王光明:《艰难的指向》,时代文艺出版社1993年版,第49页。
② 严力:《我也与白洋淀沾点边》,《诗探索》1994年第4期。
③ 老木编:《青年诗人谈诗》,北京大学五四文学社1985年刊行,第75页。

一样,必须经过血雨腥风般的碰撞与拼杀,新的诗歌观念才能最终确立它在艺术王国中的地位。台湾现代诗与大陆朦胧诗刚出现时,都分别遭受台湾的传统诗人和大陆的正统诗人的指责。然而长江后浪推前浪,弃旧而出新,历史的辩证规律,谁岂能挡?

1956年,当纪弦提出"领导新诗再革命,推行新诗现代化"的宏图大愿时,马上就召来了一片反对之声。一向反对鲁迅的台湾学术界保守势力的代表人物苏雪林向台湾的现代诗坛射出了她的第一支箭——《新诗坛象征创始者李金发》。在文中她攻击台湾现代诗"更像是巫婆的蛊词,道士的咒语,匪盗的切口",称50年代以后"这个象征诗的幽灵又渡海飞来台湾,传了无数徒子徒孙"。此文遭到覃子豪的回击后,苏雪林又作《为象征诗体的争论敬答覃子豪先生》,覃子豪则再写《简论马拉美、徐志摩、李金发及其他》予以回应,双方唇枪舌剑,兵来将挡,苏雪林终因诗观陈旧且对现代诗缺乏理解而败下阵来。

"如果说上述的论争只是一个小小的序幕,那么下面便有了真枪真刀的闪光,进入了正规战。"① 1959年,专栏作家邱言曦在台湾"《中央日报》"副刊发表了《新诗闲话》,从传统的角度批评台湾现代诗,认为"诗必须是可以读得懂的,而不是醉汉的梦呓;必须在造句的习惯上可以通得过的,而不是铅字的任意排列;必须是具有韵律的可以击节欣赏的诗句,而不是诘屈聱牙的散文的分列……"② 紧接着,另一位专栏作家寒爵发表了《四谈现代诗》,对台湾现代诗提出责难。"这些责难基本上与苏雪林一样,是站在维护旧诗传统立场上,以'造境''琢句''协律'的旧诗价值尺度,来衡量现代诗……由于批评者所持的观念陈旧,对现代诗的了解有限,只纠缠在现代诗表面的懂与不懂上面,因此未能击中要害,倒是现代诗人在为现代诗所作的辩护中,进一步扩大了现代诗在社会上的影响。"③

随着台湾现代诗运动向纵深不断发展,其本身所固有的一些缺点也逐渐暴露出来,同时在70年代初期的台湾,由"保钓运动"所激发的民族意识高涨。这样,人们把现代诗作为"全盘西化"的恶果而大加挞伐。首先发难的是关杰明,他连续发表《中国诗的困境》与《中国诗的幻境》,认为"忽视传统的中国文学,只注意欧美文学的行为,就是一件愚

---

① 古继堂:《台湾新诗发展史》,人民文学出版社1989年版,第99页。
② 古继堂:《台湾新诗发展史》,第99页。
③ 刘登翰、朱双一:《彼岸的缪斯——台湾诗歌论》,百花洲文艺出版社1996年版,第65页。

不可及而且毫无意义的事",并给现代诗人扣上了一顶"文学殖民主义"的帽子。把这一批评推向深入并引起轰动的是台大客座教授唐文标,他接连抛出《僵毙的现代诗》《诗的没落——台湾新诗的历史批判》《日之夕矣——平原极目序》《什么时代,什么地方,什么人》四篇被称为"核弹式"的文章,对现代派进行猛烈攻击。"他指责服膺于'艺术至上'的台湾现代诗,只追求'纯粹的、超越的和独立的宇宙之创造',而不问'作者为什么要写?他是不是在控诉什么?指出什么?作者所处的是什么时代?他个人的社会背景又如何?'……认为这样的文学'是嗜好的,而非需要的;是赏玩的,而非合成一体的;是小摆设,而非可以运用的;是装饰的,而非生活的',这是'文学最坏的逃避主义'。"[①] 应该说他们对现代诗的忽视传统及脱离现实的批评是正确而深刻的,但也有以偏概全、过于情绪化的偏激,且这种批评带有强烈的政治意味、社会色彩而难以在学术的层面对诗歌本体的认识做深入的探讨。

此次论战并非像有人认为的那样是传统对现代的胜利,此时的现代诗开始进入了它的调整期,即"新古典主义"时期,也是现代诗的收获期。"实际上,通过批评和论争,现代诗的缺陷与失误被进一步揭露,而它的价值,它对台湾乃至中国新诗发展的意义,也在被逐渐认识。因此批论界的另一种观点认为,这种被称为'批评时代'的时期,也可称为现代诗的'收获时期'。"[②] 总而言之,传统诗歌观对台湾现代诗观的轮番进攻、轰炸并没有置现代诗于死地,相反使得它不断地克服自身作为新生事物必然的幼稚的缺点而逐渐地成熟起来,完善起来。

台湾现代诗观的确立不仅要抵御来自传统诗人的非难,同时由于台湾现代诗运动中社团众多、派别林立,也发生了因对诗歌不同的理解而起的内部论争,如纪弦与覃子豪等蓝星诗人关于现代诗走向的论争及洛夫与余光中关于《天狼星》的论争等。尽管这些论争在性质上与旧派诗人的论争有很大区别,但它们都推动着台湾现代诗的成熟与发展,使台湾现代诗的观念得以在台湾诗坛确立了下来。

与此相类似,大陆朦胧诗观念的确立也非一帆风顺,它经历了与正统诗歌观念的激烈搏杀才得以最终确立。

大陆正统的诗歌观念,由20年代的革命诗歌始,历经30年代的抗战诗歌、40年代的解放区诗歌、50—60年代的颂歌与战歌,直至"文化大

[①] 刘登翰、朱双一:《彼岸的缪斯——台湾诗歌论》,百花洲文艺出版社1996年版,第67页。
[②] 刘登翰、朱双一:《彼岸的缪斯——台湾诗歌论》,第70页。

革命"期间的红卫兵诗歌发展到它的极致,因为源远流长,所以根深蒂固。在这样一个传统与正统都十分强大的土地上建立一种新的诗歌观念,可想而知,该是多么艰难。

"文化大革命"时期,朦胧诗人像地火奔突于黑暗,改革开放的雷声使他们惊喜而怵然,然而毕竟他们可以喊出自己的声音,而不必担心雷霆的震怒。当他们以新异的姿态登上诗坛就遭到来自正统派的猛烈攻击。"现在出现的所谓朦胧诗,是诗歌创作的一股不正之风,也是我们新时期的社会主义文艺发展中的一股逆流。"[①]"而且他们所说的这个自我,是脱离集体的、脱离社会的、无限膨胀的自我表现。"[②]但同时他们也赢得前卫诗评家诸如谢冕、孙绍振、徐敬亚等人的同情与支持。谢冕称赞朦胧诗人的出现是"一批新诗人在崛起"。孙绍振从"新的崛起"中看到一种新的审美原则,他说:"与其说是新人的崛起,不如说是一种新的审美原则的崛起。这种新的审美原则,不能说与传统的美学观念没有任何联系,但崛起的青年对我们传统的美学观念常常表现出一种不驯服的姿态。他们不屑于作时代精神的号筒,也不屑于表现自我感情世界以外的丰功伟绩,他们甚至于回避去写那些我们习惯了的人物的经历、英勇的斗争和忘我的劳动的场景。他们和我们五十年代的颂歌传统和六十年代战歌传统有所不同,不是直接去赞美生活,而是追求生活溶解在心灵中的秘密。"[③]徐敬亚也看到了新、旧两种诗歌观念的斗争,他说:"正是那些吹牛诗、僵化诗、瞒和骗的口号诗将新诗艺术推向了不是变革就是死亡的极端!才带来整整一代人艺术鉴赏的彻底转移——这是新诗自身的否定,是一次伴着社会否定而出现的文学上的必然的否定。"[④]较之前两文,徐敬亚的长文《崛起的诗群》对朦胧诗派做了更为全面深入的介绍并给予了热情的赞美与鼓励:"走下去!前面什么也没有,甚至没有脚印,没有道路。追求早已注定,开端已经降临。走,仿佛带着使命。"[⑤]弃旧而图新,历史的铁律又一次得到验证。经过论争,朦胧诗迅速崛起,旧派诗人黯然引退。诚如老诗人顾工所言:"但,看来我在节节败退;看来和我相似的同代人在节节败退……"[⑥]

---

① 姚家华编:《朦胧诗论争集》,学苑出版社1989年版,第75页。
② 姚家华编:《朦胧诗论争集》,第73页。
③ 姚家华编:《朦胧诗论争集》,第107页。
④ 姚家华编:《朦胧诗论争集》,第285页。
⑤ 姚家华编:《朦胧诗论争集》,第275页。
⑥ 姚家华编:《朦胧诗论争集》,第41页。

二　诗人主体意识觉醒

和传统的诗歌理论相比，台湾现代诗与大陆朦胧诗的诗歌观念都更强调诗歌主体的觉醒。应该说这更接近诗的本质，因为诗的本质就是诗的主观性或主体性。黑格尔曾言："从诗创作这种一般方式来看，在诗中起主导作用的是这种精神活动的主体性。"①"真正的抒情因素也不是实际客观事物的面貌，而是客观事物在主体心中所引起的回声，所造成的心境，即在这种环境中感觉到自己的心灵。"②

50年代的台湾文坛，虚假的标语诗、口号诗充斥诗坛。在这些诗里，人们看不到诗人主体灵魂的颤动，有的只是"反攻大陆""保卫大台湾"的歇斯底里的叫喊声。在这样的历史环境中，敢逆潮流而动，强调诗的主体性确需一番勇气。纪弦说："诗，连同一切文学，一切艺术，首先必须是个人的。唯其是个人的，所以是民族的；唯其是民族的，所以是世界的。唯其是个人的，所以是时代的；唯其是时代的，所以是永恒的。因为在每一个诗人，每一个文学家，每一个艺术家的我里有他所从属的民族之民族性格，有他所从属的时代之时代精神。而这民族性格，时代精神，又必须是借一个诗人，一个文学家，一个艺术家之我的表现而综合化，具体化于作品中，方能成为活的，有生命的和发展的。否则，他们止于是一个抽象的、概念的无生物罢了。所以否定了我，否定了个人，便没有诗，没有文学，没有艺术。诗人啊，忠实的表现你自己：这才是比一切重要的！"③这种自觉的精神实在是难能可贵的。

1956年，纪弦提出现代派的六大信条，其中第四、第五条指出知性之强调与追求诗的纯粹性。这两条可谓纪弦诗观的核心内容。显然，此时纪弦对诗的自我表现的特质有着深刻的认识，那就是诗不仅是情感自我的表现，更是知性自我的表现；诗的世界不应是道德的、国家的、政治的，而应是纯粹的自我世界。纪弦诗观的这一变化显示着他向现代主义诗观的大踏步前进。他进一步解释说："知性之强调，这一点关系重大。现代主义之一大特色是：反浪漫主义的。重知性，而非排斥情之告白。单是凭着热情奔放有什么用呢？读第二篇就索然无味了。所以巴尔那斯派一抬头，雨果的权威就失去作用啦。冷静、客观、深入运用高度的理智，从事

---

①　[德]黑格尔：《美学》第三卷下册，朱光潜译，商务印书馆1979年版，第187页。
②　[德]黑格尔：《美学》第三卷下册，朱光潜译，第213页。
③　杨宗翰：《中化现代——纪弦、现代诗与现代性》，《中外文学》2001年第1期。

精微的表现。一首诗必须是，一座坚实完美的建筑物，一个新诗作者必须是一位出类拔萃的工程师。"① 显然，这体现着主体的进一步觉醒。他还强调诗的纯粹性，反对非诗的杂质对诗的入侵。"追求诗的纯粹性。国际纯粹诗运动对于我们这个诗坛还没有激起过一点的涟漪。我们认为这是很重要的：排斥一切非诗的杂质，使之净化、醇化，提炼复提炼，加工复加工，好似把一条大牛熬成一小瓶的牛肉汁一样，天地虽小，密度极大。"② 虽说纪弦大多数的诗并不表现出很强的知性，反而浪漫主义的色彩较浓，且排斥一切非诗的杂质的愿望在当时的社会环境下难以真正做到，但整体看来，台湾现代诗已开始由浪漫的抒情向沉思的、哲理的、知性的风格转换。诗歌主体也由抒自我之情变为写自我之思，完成了由"诗情"到"诗想"的转型。这种转型表明台湾诗人开始了更高层次上的自觉。

现代诗人认为，在一个法律、道德、文化、制度都充满着虚伪性的社会里，一个浪漫诗人的直抒胸臆也就显得过于天真，是不能达到对社会及自身的深刻认识的。只有冷静、客观、知性的态度，诗人才能达到对社会、人生、自我的深入骨髓的认识。正是在这个意义上，我们说，较之浪漫诗人，现代诗人更为自觉。

台湾诗人的主体自觉还表现在对主体自我的更深层次的开掘上。这在以洛夫为代表的创世纪诗人们那里有鲜明的表现。创世纪诗人受超现实主义的影响，他们把探索的目光转向主体自我更深处的潜意识世界和梦幻世界。他们认为，一切道德的、社会的、美学的传统观念都是虚伪的，必须加以破坏，而只有在自我的潜意识之中才能重建一种新的美与一种新的秩序。洛夫说："超现实主义者在创造过程中首先就唾弃了传统的美学观念而服从纯心灵的活动。创造艺术家追求真我，真我唯有从潜意识中获得。"③

这样看来，台湾诗人的觉醒主要得自外来思潮的影响。与此不同，大陆朦胧诗人的主体觉醒则更多是来自对极左诗歌的反叛。

极左诗歌在"文化大革命"时期发展到了它的极致。正如有的论者所言："建国以来，极左的诗歌观念得到了极端的发展，自我受到社会的异化而彻底丧失其主体性，诗人们争做螺丝钉，铺路石，诗歌语言标语化、口号化，诗歌与政治之间简单的划上了等号，诗歌成为各种运动的直

---

① 赵小琪：《台湾现代诗与西方现代主义》，长江文艺出版社2004年版，第31页。
② 赵小琪：《台湾现代诗与西方现代主义》，第43页。
③ 洛夫：《诗人之镜》，《洛夫自选集》，台北黎明事业出版公司1975年版，第240页。

接产物……诗歌已丧失了其作为诗歌的本质，彻底沦为政治的附庸，诗已不成其为诗，而成了一种非诗的存在。诗歌创作进入了死胡同，诗歌面临着死亡的危机。"①

不过，有时死亡的危机往往意味着新生。此时的朦胧诗人已开始觉醒，伴随着思想解放的春潮，他们终于大胆地发出自己的叛逆的呼声。

顾城说："我们过去的文艺、诗一直在宣传着另一种非我的我，即自我取消，自我毁灭的我。如我在什么什么面前，是一粒沙子，一颗铺路石子，一个齿轮，一个螺丝钉。总之，不是一个人，不是一个会思考，怀疑，有七情六欲的人。如果说是，也就是个机器人、机器我。这种我也许是有一种献身的宗教美，但由于取消了作为最具体存在的个体的人，他自己最后也不免失去了控制，走上了毁灭之路。"② 杨炼说："我永远不会忘记作为民族的一员而歌唱但我更首先记住作为一个人而歌唱。我坚信：只有每个人真正获得本来应有的权利，完全的互相结合才会实现。"③ 诗人梁小斌说："我认为诗人的宗旨在于改善人性，他必须勇于向人的内心进军。"④ 北岛说："诗没有疆界，它可以超越时间，空间和自我；然而，诗必须从自我开始。"⑤ 显然，这些朦胧诗人的觉醒具有鲜明的反叛性。

徐敬亚也看到了这种艺术觉醒的时代性，他说："七十年代我国思想猛烈的变革性冲动，给予了艺术革新者以足够的勇气，催动了一代人艺术感觉的觉醒。一批青年人最先起来，撼动了过去不敢怀疑的一系列诗歌理论柱石——这是产生新鲜诗歌的前提与条件。"⑥

必须说明的是，朦胧诗人的主体自觉与台湾现代诗人有着明显的区别。台湾现代诗人的自我倾向于向内挖掘，颇具超越性的色彩；朦胧诗人的自我则向外拓展，与社会紧密相连，是自我与"大我"的统一。"八十年代的青年（包括中年）最可贵之处在于他们与社会的血肉联系。作为一代人，他们与这个时代一起走过来。他们的'自我'符合中国社会走向现代化的总趋势。他们的感觉方式适于现代手法。"⑦ 而台湾现代诗人则更多的是从生死、灵肉、时空等较为抽象、超越的角度思考自我、人

---

① 吕周聚：《中国当代先锋诗歌研究》，中国广播电视出版社2001年版，第29页。
② 老木编：《青年诗人谈诗》，北京大学五四文学社1985年刊行，第29页。
③ 姚家华编：《朦胧诗论争集》，学苑出版社1989年版，第109页。
④ 姚家华编：《朦胧诗论争集》，第109页。
⑤ 吕周聚：《中国当代先锋诗歌研究》，中国广播电视出版社2001年版，第34页。
⑥ 姚家华编：《朦胧诗论争集》，学苑出版社1989年版，第252页。
⑦ 姚家华编：《朦胧诗论争集》，第277页。

生。就是在申诉个人的痛苦的时候，朦胧诗人们仍然没有忘记他们作为一代人的使命感。"我站得笔直/无畏、骄傲，分外年轻/痛苦的风暴在心底/太阳在额前/我的黄皮肤光亮透明/我的黑发丰洁茂盛/中国母亲啊/给你应声而来的儿女/重新命名"（《黄昏剪影》之十三），舒婷这样歌唱；就是色彩较为暗淡的北岛的诗篇，也有"如果海洋注定要决堤/就让所有的苦水流入我心中"的万丈豪情。与台湾诗人自我觉醒后表现的孤绝、悲观的放逐情绪不同，朦胧诗人痛苦却未绝望，悲伤却不失自信，迷惘中仍有希望。

同时，朦胧诗人的主体觉醒与他们的前辈诗人——30年代的现代派诗人，也大有不同。正如徐敬亚所言："这一代诗人接续了二三十年代诗人的探索，但主要是接续了他的艺术部分。在对社会、对民族、对人生的认识上，昔日的那批青年诗人也许是放大了中华民族的劣根性的一面，中华民族最本质的阳刚之气则更多的奔流在今天的青年诗人身上笔下。无论是对黑暗的揭示和对未来的希望，新一代诗人显然都更深刻、更明确——有一种彻底抛弃几千年的因袭，全面走向现代社会的现代感。两代人的差异是明显的。这种差异是六十年来中国社会变迁、进化的反映。"①

三　诗歌本体建设的突进

诗歌观念包含有两个层次：内容的世界与形式的世界。一般来说，传统的诗观是把内容与形式分开来看的，且更重视前者而轻视后者。与此不同，现代主义诗人认为二者是二而一的关系，相较而言，他们更重视对诗歌形式的探索，把形式放在诗本体的高度来看待。保尔·瓦雷里（杨匡汉等编《西方现代诗论》于1988年出版时译为瓦莱里）说："试想一个摇动在两个对称点之间的钟摆，假设一端表示形式，语言的各种明显特征、声音、节奏、重音、音色，一句话，'讲话者'的声音；另一方面，让另一端表示一切涵义、形象、思想、激昂的感情、联翩的浮想、潜在的冲动、含义的形式，总之，内容所包括的一切。在你身上观察诗歌的效果，你会发现每一行诗对你产生的意义不仅没有损害你感受到的音乐形式，反而要求这种形式。有生命的钟摆从声音摆向意义，又从意义摆回起点，仿佛在你头脑中产生的意义除了给它以生命的声音之外再也没有其他归宿、其他表达方式和回答。这样形式和内容，声音与意义，诗作与诗意

---

① 姚家华编：《朦胧诗论争集》，学苑出版社1989年版，第278页。

之间便出现了在重要性、价值和能力方面完全相等的对称。诗的钟摆正是这样均匀的、连续不断地摆动在声音与思想，形式与内容，存在与非存在之间。一首诗的意义往往伴随着诗的音韵、节奏色彩变化而俱来。这意义是不能脱离那芳馥的外形的。因为它并不是牵强的附在外形的上面，象寓言式的文学一样；而是完全濡浸和溶解在形体里面，如太阳的光和热之不能分离。"①

台湾现代诗人由于放逐而产生的孤寂情怀，大陆朦胧诗人由于"文化大革命"而产生的荒诞感，这些都要求用全新的诗歌形式来表现，传统的形式已不能容纳这些复杂的情感、经验。

那么，台湾现代诗人与大陆朦胧诗人又是如何建设自己的诗歌本体世界以安放自己的思想的呢？

纪弦认为要建设现代诗的新形式必须从反对旧的传统的诗歌形式入手，因此他竭力反对诗的音乐化，主张诗的口语化；反对诗的格律化，主张诗的散文化。

现代诗人认为："要怎样才能算是新诗？有人因袭古人意境的'语体的旧体诗词'，因为他们不知道除了一个使用白话一个使用文言外，新诗与旧诗之特质上的区别；有的死拖住18世纪的'韵文即诗观'，专门在'韵脚'上做诗人的'可哼的小调'，因为他还不晓得'诗'与'歌'。'文学'与'音乐'的分野……把'语体的旧诗词'遣返'旧诗'着急原籍；把可哼的小调发回歌的故乡，音乐的本土……新诗必须是以散文之新工具创造了的自由诗……"②这样，台湾的现代诗人就把诗歌语言的散文化与口语化作为他们建设诗本体的努力的方向。试以纪弦的《悼某资深教员》为例："埋，就埋了吧！/把这溺死在红墨水瓶里的；/葬在粉笔灰的坟墓中，/要比泥土的干净些。/然后把他的姓名，/从薪水册上除去好了；也不必给他建个铜像/或者纪念碑什么的。"这里我们看不到传统的整齐划一的豆腐块式的诗的外形，感受不到叮当作响的韵脚和高低抑扬的音乐旋律，他让我们更多的是去关注诗歌语言的本身，这是诗向语言本体回归的努力。

这种努力还表现在现代诗人对"图像诗"的追求上。林亨泰、詹冰、叶维廉等人在这方面都进行了艺术探索。试以林亨泰的《农舍》为例：

---

① [法] 瓦莱里：《诗》，杨匡汉、刘福春编：《西方现代诗论》，花城出版社1988年版，第209页。
② 赵小琪：《台湾现代诗与西方现代主义》，长江文艺出版社2004年版，第48页。

```
门    被    神    正    被    门
打    明    厅    打
开    开
着    着
的    的
```

这似乎是一种文字的游戏，但绝不是一种纯粹的技巧的卖弄。正如有论者所分析的："这首诗排列成两扇被开着的门的形状，门内是正厅，厅中摆着神明，神明既是一种文化的象征，又是一种乡俗的表现，打开着的两扇门，既是农舍人一种淳朴心态的隐喻，又是乡村中良好的人际关系的暗示，还可理解为对都市中门窗紧闭的人际关系的反讽。诗的意义的这种再生性和扩张性，使平常的农舍焕发出异常的光彩，它不再是一幅简单的素描也不是形与义的机械相加，而是对生活的丰富性内涵的一种开掘和发现，显示着诗人在瞬间最大限度的集合各种经验的才华和能力。"① 应该说，台湾诗人对图像诗的实验是对诗的语言的表意功能的一次历险，是对诗向自身回归的多种可能性的又一探索，它的意义不在成功了多少而在于探索本身。

台湾现代诗人对意象的精心营造是他们重视诗本体建设的又一个例证。现代主义诗学大师艾略特认为："用艺术形式表现情感的唯一方法是寻找一个客观对应物；换句话说，是用一系列实物、场景，一连串事件来表现某种特定的情感。要做到最终形式必然是感觉经验的外部事实一旦出现，便能立刻唤起那种情感。"② 正是在这一理论的启发下，台湾诗人开始构建自己的象征体系。而经营得最为成功的当推余光中，那首华人世界几乎尽人皆知的《乡愁》所表达的浓烈的家国之思正是通过邮票、船票、坟墓、海峡这些作者精心创造的意象而传达的；而为了表现对历经苦难而终成永恒的中华文明的孺慕，余光中在《白玉苦瓜》中创造了白玉苦瓜这一经典的诗歌意象。其他一些著名诗人也都有自己的成功意象，如纪弦的狼意象、蓉子的青莲意象、郑愁予的过客意象、痖弦的深渊意象、覃子豪的画廊意象……

大陆朦胧诗人对诗本体的重建源于"文化大革命"期间他们独特而复杂的生命体验。荒诞的世界给了他们深刻的怀疑和批判，也给了他们无

---

① 赵小琪：《台湾现代诗与西方现代主义》，长江文艺出版社2004年版，第62页。
② [英]艾略特：《艾略特诗学文集》，王恩衷编译，国际文化出版公司1989年版，第13页。

边的迷惘、寂寞与空白。这些异端的思想和复杂的情绪已非正统的诗歌形式所能包含，他们要求着新的诗歌艺术形式。

顾城的感受很能说明这一点："每天我能阅读土地和全部天空。那不同速度移动的云、鸟群使大地忽明忽暗，我经常被那伟大的美慑得不能行动。我被注满了，我无法诉说，我身体里充满了一种微妙的战栗，只能扑倒在荒地上企图痛哭。我多想写呀、画呀，记下那一切，那云上火焰一样摇动的光辉，可我笨极了，我的笔笨极了，我的句式蠢极了。一旦陷入韵和'因为……所以'中，那笔就团团乱转，那伟大的美就消散了。我多么想尽情地写呵，可我不懂技巧，或者就只懂一些俗浅的技巧。"①

朦胧诗人的诗歌本体意识开始觉醒了。北岛说："诗人应该通过作品建立一个自己的世界，这是一个真诚而独特的世界，正直的世界，正义和人性的世界。"② 江河说："诗不是一面镜子，不是被动的反映。""艺术家按照自己的意志和渴望塑造。他所建立的东西，自成一个世界，与现实世界发生抗衡，又遥相呼应。……诗人无疑要争夺自己独特的位置。并且看到自己的征服。"③ 杨炼说："一首成熟的诗，一个智力的空间，是通过人为的努力建立起来的一个自足的实体。一个诗人仅仅被动的反映个人感受是不够的，在现实表面滑来滑去，玩弄一下小聪明的技巧游戏，并不能创造伟大的作品。诗的能动性在于它的自足性：一首优秀的诗应当能够把现实的复杂经验提升得具有普遍意义，使不同层次的感受并存，相反因素互补，从而不必依赖试之外的辅助说明即可独立；它的实体性，在于它本身就是一个意象，一个象征，具有活生生的感觉的实在性。它不解释，只存在。""一个智力空间，由结构、中间组合的意象组成。读懂一首诗像进行一次破译……一首诗的总体结构就像一个'磁场'、一组浮雕。"④ 打破时空秩序，超越理智、法则、寻常逻辑，众多意象与场景的叠加、碰撞、聚合是他们建设自己诗歌本体的主要方法。如北岛的《可疑之处》、舒婷的《往事两三》和顾城的《弧线》。如果不了解他们的诗歌创作观念，仅囿于传统的诗观，就难免有"读不懂"之叹。试以顾城的《弧线》为例。

鸟儿在疾风中/迅速转向/少年去捡拾/一枚分币/葡萄藤因幻想/

---

① 顾城：《顾城诗全编》，上海三联书店1995年版，第906页。
② 老木编：《青年诗人谈诗》，北京大学五四文学社1985年刊行，第2页。
③ 张学梦等：《请听听我们的声音——青年诗人笔谈》，《诗探索》1980年第1期。
④ 吴敬思编选：《磁场与魔方——新潮诗论卷》，北京师范大学出版社1993年版，第123页。

而延伸的触丝/海浪因退缩/而耸起的背脊

这首诗就像一个晶莹剔透的宝石,这里,物理的时空和寻常的逻辑沉默了,它最大限度地调动了读者的想象力,激发他们去破译,去填补意象大幅度跳跃间留下的空白。整首诗并置了转向的鸟、捡币的少年、弯曲的葡萄藤和退缩的海浪四种意象,我们可以说它暗示了荒诞世界对人性的压抑,也可以说它也许包含着事物在曲折中前进的哲理。当然,聪明的读者也许还有其他的感悟。总之,这种诗歌本体的无限生成性正是朦胧诗人所要的。正是在他们所创造的这种朦胧的艺术世界中,他们才使得他们异端的思想和奔波的灵魂得以安息。

第三节 两股诗潮中的诗人主体形象

20世纪五六十年代台湾社会的政治动荡及祖国大陆"文化大革命"均在敏感的两岸诗人心灵上烙下伤痕。他们共同的时代感受就是丑恶与荒诞。面对这种荒诞,两岸诗人的艺术表现是有很大差异的。

一 两岸诗人的荒诞感

五六十年代台湾社会的白色恐怖使许多台湾诗人逃避现实,转而去书写内心的风景,然而,正是这些内心的风景间接地传达了诗人们荒诞的现实感受。

在纪弦的心中,现实是无尽的黑暗:"黑下来,黑下来,黑下来。/夜的神秘的顽童,/把无数黑色的粉末撒将下来,/而且将他的巨大阴影/于大地,覆盖大地。……这里,那里,近处,远处,/枭叫,狼嗥,凄厉而且幻异"(《命运交响》)有时,现实又是空无一物:"我乃旷野里独来独往的一匹狼。/不是先知,没有半个字的叹息。/而恒以数声凄厉已极之长嗥,/摇撼彼空无一物之天地……"(《狼之独步》)现实是丑恶、荒诞的,而梦境呢?依然是那样的凄凉、冷清:"但我所梦见的是这池沼的冬天,/水草凋零了,只剩下萧条的残茎;/荒池的潦水映下冷月的清辉,/透露出宇宙间最凄凉的情味……"(钟鼎文《梦里的池沼》)有时,诗人把人类比作肮脏的东西,比如苍蝇。"倘你问我为什么憎恶人类,/则我问你为什么憎恶苍蝇。/人类并不比苍蝇高贵些!/苍蝇的形体也是一种美学之实践/……你岂能否认它是上帝的杰作之一?/而世界乃一奇臭的垃圾堆,/我亦具有苍蝇之一切脾性的。"(纪弦《人类与苍蝇》)这种"人类乃一垃圾堆;我亦具有苍蝇之一切癖性"的荒诞感与自轻自贱,体现了诗人对现实的极度失望。

把对现实及人生的荒诞感推向极致的是痖弦的《深渊》。诗中写道:"哈里路亚!我仍活着。走路,咳嗽,辩论,/厚着脸皮占地球一部分。/没有什么现在正在死去。/今天的云抄袭昨天的云。""哈里路亚!我仍活着。/工作,散步,向坏人致敬;微笑和不朽。/为生存而生存,为看云而看云,/厚着脸皮占地球一部分……"在这里,人们成了行尸走肉,成了无灵魂的躯壳。人们的烦冗所为只是为了生存而无关灵魂。

洛夫更是在一大早就看到了无处不在的死亡:"只偶然昂首向邻居的甬道,我便怔住/在清晨,那人以裸体去背叛死/任一条黑色支流咆哮横过他的脉管/我便怔住,我的目光扫过那座石壁/上面即凿成两道血槽。"(《石室之死亡》)

商禽眼中的现实更是变幻莫测、荒诞不经:"死者的脸是无人一见的沼泽/荒原中的沼泽是部分天空的逃亡/遁走的天空是满溢的玫瑰/溢出的玫瑰是不曾降落的雪/未降的雪是脉管中的眼泪/升起来的泪是被拨弄的琴弦/拨弄中的琴弦是燃烧着的心/焚化了的心是沼泽的荒原。"(《逃亡的天空》)

对于这种荒诞的现实感受,洛夫作了这样的解释:

> 揽镜自照,我们所见到的不是现代人的影象,而是现代人残酷的命运,写诗即是对付着残酷命运的一种报复手段。廿世纪心理学家分析现代人迷惘失落的原因主要者有三:一为一八五九年达尔文的物种原始观暴露了人的原性,破坏了人的尊严,而导致信仰的幻灭。一为佛洛伊德的心灵剖析,发现人的潜意识是一切行为的主宰,而使人转而去追求历来被理性主义者视为恶之源的自然本能,遂引起人类对道德价值的怀疑。再就是近代科学文明的发达,使许多构成价值判断的基本原则被彻底否定,且由于人的主观经验受制于科学法则的客观性,故人成了集体组织与机械的奴仆,使生命降至科学的物质化与机械化中,因而导致精神的全部崩溃……人的价值与希望是在历经两次惨酷大战之后粉碎殆尽,而在核子菌状云的阴影下,人类更紧迫的面临生存的威胁。[①]

---

① 洛夫:《诗人之镜》,《洛夫自选集》,台北黎明文化事业股份有限公司 1975 年版,第 217—218 页。

姿态较为激进的现代派诗人与创世纪诗人固然有着这种强烈的感受,就连一向较为温和的蓝星诗人也感受到了这种荒诞。先来看罗门眼中的都市:"都市白昼缠在你头上黑夜披在你肩上/你是不生容貌的粗陋的肠胃/一头吞食生命不露伤口的无面兽/……你是一头挂在假日里的死鸟/在死里被射死再被射死/来自荒原的饿鹰。"都市里的人又是怎样的呢?"沉船日,只有床与餐具是唯一的浮木","挣扎的手臂是一串呼叫的钥匙/喊着门喊着打不开的死锁"(《都市之死》)。一旦接触现实,就是古典范的诗人蓉子也难以避免现实的荒诞感:"我们的城不再飞花,在三月/到处蹲居着那庞然建筑物的兽——/沙漠中的司芬克斯 以嘲讽的眼神窥你/而市虎成群的呼啸/自晨迄暮……入夜,我们的城象一枚有毒的大蜘蛛/张开它闪漾的诱惑的网子/网行人的脚步/网心的寂寞/夜的空无。"(《我们的城不再飞花》)

再来看看余光中眼中的现实:"电线杆电线杆支撑的低空/一百万人用过的空气/阿嚏阿嚏/特效药的广告,细菌、原子雨。"(《天狼星》)"同时另一个恢恢巨网,/以这城市为直径,/从八方四面冉冉升起,无声,无影,/染毒你呼吸的每一口空气,/且美其名曰红尘,滚滚十丈。/于是两张巨网的围绕下,/一百万只毒蜘蛛展开大规模的集体屠杀,/在天上,在地上,在地下。/没有一只不中毒。"(《焚鹤人》)"永恒的风吹着,/面纱在风中飘动。/已死了一千多年啊,/这长城之夜,/无人岛,沙漠,旱海之鱼,/只有天罡星怔怔亮着,/废堞上,/谁遗忘的一盏灯笼。如果我死了,/可有驼群唱我的安魂曲,/伸长了伸不直的长脖子,/如一排悲戚的木萧。"(《天狼星》)"城市的景象俨然已是非人的世界。个人犹如和怪物拼斗的侏儒。争斗的结果,一切绝废如荒原。""死亡的景象充斥人间,人的遗迹消失殆尽,只剩下一盏灯笼。生灵俱逝,即使以沙漠为家的骆驼也被人为的沙漠所灭绝。文明是谋杀者也被谋杀。人忧虑现代化掠劫人世,但没有人能改变推土机行进的方向。余光中只能忧虑月桂树即临的死亡。尽管树已变成时空的象征,但不论其指涉的是此时或彼时,这里或那里,诗人爱莫能助,只能任其被砍伐,被连根拔起。"①岂止荒诞,简直荒诞至极。

"文化大革命"是中国史无前例的巨大灾难,给人们的心灵带来了极大的伤害。

在朦胧诗人的眼中,天空已失去了它的蔚蓝与明朗,变得荒诞而血

---

① 简政珍:《余光中:放逐的现象世界》,(台北)《中外文学》1992年第8期。

腥："太阳升起来，/天空血淋淋的/犹如一块盾牌。"（芒克《天空》）对世界荒诞性感受最深的还属北岛。他写的《一切》《无题》《古寺》《履历》《可疑之处》《期待》等篇，对人的生存处境的荒诞做了深刻的揭示，表现了诗人对这个世界的怀疑以至绝望，闪烁着存在主义的思想光辉。在诗人看来，一切都是虚幻的、无意义的："一切都是命运/一切都是烟云/一切都是稍纵即逝的追寻/一切苦难都没有泪痕/一切语言都是重复/一切交往都是初逢/一切爱情都在心里/一切往事都在梦中/一切希望都带着注释/一切信仰都带着呻吟/一切爆发都有片刻的宁静/一切死亡都有冗长的回声。"（《一切》）

一切都值得怀疑，从大理石到信号灯，甚至美丽的爱情："历史的浮光掠影/女人捉摸不定的笑容是我们的财富/可疑的是大理石/细密的花纹//信号灯用三种颜色代表季节的秩序/看守鸟笼的人也看守自己的年龄/可疑的是小旅馆/红铁皮的屋顶/从张满青苔的舌头上/淌落语言的水银/沿立体交叉桥/向着四面八方奔腾/可疑的是楼房里/沉寂的钢琴/疯人院的小树/一次次被捆绑/橱窗内的时装模特/用玻璃眼珠打量行人/可疑的是门下/赤裸的双脚/可疑的是我们的爱情。"这样人生就变得虚空，成为一片空白。"贫困是一片空白/自由是一片空白/大理石雕像的眼眶里，胜利是一片空白黑鸟从地平线涌来/显露了明天的点点寿斑/失望是一片空白/在朋友的杯底/背叛是一片空白/情人的照片上/厌恶是一片空白/那等待已久的信中/时间是一片空白/一群不祥的苍蝇落满/医院的天花板/历史是一片空白/是待续的家谱/故去的，才会得到承认。"（《空白》）

在这样的世界里，语言也成了毒蘑。"许多语言在这世界上飞行/碰撞，产生了火星/有时是仇恨，有时是爱情/理性的大厦/正无声地陷落/竹蔑般单薄的思想编成的篮子/乘满盲目的毒蘑……许多种语言在着世界上飞行，语言的产生并不能增加或减轻人类沉默的痛苦。"（《语言》）

与人的交往变成了伤害，到处都是雷鸣，都是触电："我曾和一个无形的人握手/一声惨叫/我的手被烫伤，留下了烙印/当我和那些有形的人/握手，一声惨叫/他们的手被烫伤/留下了烙印/我不敢再和别人握手/总是把手藏在背后/可当我祈祷上苍，双手合十/一声惨叫/在我的内心深处，/留下了烙印。"（《触电》）

杨炼的《诺日朗》也呈现了一种无奈的荒诞感受："为期待而绝望/为绝望而期待/期待是最漫长的绝望/绝望是最完美的期待/期待不一定开始/绝望也未必结束/也许召唤只是一声，最嘹亮的，恰恰是寂静。"

二 两岸诗人的姿态

面对荒诞的社会现实,两岸诗人的主观态度是截然不同的。与大陆朦胧诗人所表现出来的对社会现实的强烈介入不同,台湾的现代主义诗人则表现出回避或者超然的姿态。

先看纪弦。他50年代的诗作在抒写对荒诞现实强烈不满的同时,也隐含着一种面对荒诞的无奈和无助的悲叹,读者看不到一丝光明的亮色,有的只是黑暗和悲叹。到后来,这种无奈和悲叹发展为一种调侃与自嘲。到了创作晚期,他渐渐以温柔敦厚的诗教为归依,才表现了诗人与现实浑然一体的境界。他在《一小杯的快乐》中这样写道:"一小杯的快乐,两三滴的过瘾,/作为一个饮者,这便是一切了。那些鸡尾酒会,我是不参加的;/那些假面舞会,也没有我的份。/如今六十岁了,我已与世无争,/无所求,亦无所动:此之谓宁静。……啊啊命运!命运!命运!/不是乐天知命,而是认了命的;亦非安贫乐道,而是无道可乐。/所以我必须保持宁静,单纯与沉默,/不再主演什么,也不看人家的戏。然则,让我浮一大白以自寿吧!/止于微醺而不及于乱,此之谓酒德。"显然,诗人已失去了先前的愤怒而与荒诞的社会握手言和了。他转向对更为抽象的人生奥义的探求,写出极具超脱意味的《瓶之存在》:"挺圆圆的腹/似坐着,又似立着/禅之寂然的静坐,/佛之庄严的肃立/似背着,又似面着/背深渊而面虚无/背虚无而临深渊/无所不背,君临于无视/无所不面,面面的静观/不是平面,是一立体/不是四方而是圆,照应万方/圆通的感觉,圆通的能见度/是一轴心,具有引力与光的辐射/挺圆圆的腹/清醒于假寐,假寐于清醒/自我的静中之动,无我的无动无静/存在于肯定中,亦存在于否定中……一澈悟之后的静止/一大觉之后的存在/自在自如的/挺圆圆的腹/宇宙包容你/你腹中却孕育着一个宇宙/宇宙因你而存在。"早期执着的热情让位于对人生超然的思辨。而这种思辨最终陷入虚无和不可知论。

与纪弦的诗路大致相同,台湾很多诗人的诗作到后期都转入了这种庄禅的超越之境。如余光中,在其后期作品中也体现着这种变化。《白玉苦瓜》以后的几部诗集里,咏史的题材明显增多。在这些作品中,诗人通过咏史抒写自己的人生体验,将现实人生和历史感悟巧妙融为一体。而先前较为强烈的忧患意识,也逐渐趋于道家的旷达恬淡。《磨镜》《松下有人》《松下无人》这类作品代表了一种新的风格和趣味。

且看他的《松下有人》:"松下才坐了半下午/自觉万般已忘机/一声长啸吐出去/却被对山的石壁/隐隐反弹了过来——可惊这回声啊,听/就是一百年后/世人耳中的我吗?/何以又像是预言/竟传到自己的耳边?/料古松在笑了:/既然一心要面壁/就应该背对着虚空/连同身后的虚名。"此时的诗人已成为一个面壁而顿悟、陶然而忘机的隐者,已失去了在《乡愁》《碧潭——载不动,许多愁》《当我死时》《白玉苦瓜》等名篇中所有的浓郁的亲情、乡情、爱国情。

洛夫的《石室之死亡》堪称超现实主义的经典之作,其中艰深繁复的诗歌意象所指决非具体的社会现实而是指向形而上的人生奥义。正如有论者所分析的:"诗人繁富地运用各种与光明黑暗相关的意象,如白、白昼、太阳、火,乃至子宫、荷花、向日葵、孔雀等,和黑、夜、暗影,乃至坟、棺材、蝙蝠等等,分别象征生命与死亡,通过矛盾语法的碰撞,在繁复意象的交错中来表现生与死的对立与认同……主题本身的神秘幽奥,以及作者表达主题的超现实方式,和几乎一句一个或数个意象使诗质达到极为稠密的程度,在为读者提供极为广阔深奥的诠释空间的同时,也造成它艰深苦涩难以被普遍接受。"①

罗振亚对台湾现代主义诗人的这种普遍情形作出了精当的概括:"无论是现代诗社、蓝星诗社侧重的人生境界抒写,还是创世纪诗社侧重的无限人性的展开,台湾现代诗人对人的思考表现,都有一种脱离阶级关系与历史内涵的抽象唯心色彩,有一种超功利的倾向;并且也都掩饰不住内心的悲怆,如大量存在的生死玄想就烙印着空虚暗淡的影象。"②

与此不同,大陆朦胧诗人则表现出对现实,尤其是政治现实的关注。面对"文化大革命"荒诞的社会现实,朦胧诗人没有像台湾的现代诗人那样逃离现实躲进诗的超越的艺术世界进行人生奥义的思考,他们关注民族的前途和命运,关注现实,表现出强烈的忧患意识和历史责任感,执着于社会现实人生的思考和对荒诞现实的批判。他们以一种觉醒的战士的姿态和救世英雄的形象为真理而斗争。

面对诗友的低沉,舒婷这样写道:"一切的现在都孕育着未来,/未来的一切都生长于它的昨天。/希望,并且为它奋斗,/请把着一切放在你肩上。"(《这也是一切》)是的,诗人的心底有着深深的悲哀、痛苦和迷惘。然而,她没有沉溺其中,而是将自己的信念、理想和乐观融化在诗中。于是我们在她的《会唱歌的鸢尾花》一诗中看到的是一个不屈的中

---

① 刘登翰、朱双一:《彼岸的缪斯——台湾诗歌论》,百花洲文艺出版社1996年版,第198页。
② 罗振亚:《中国现代主义诗歌史论》,社会科学文献出版社2002年版,第172页。

华儿女的英雄的形象。

> 我站得笔直
> 无畏、骄傲，分外年轻
> 痛苦的风暴在心底
> 太阳在额前
> 我的黄皮肤光亮透明
> 我的黑头发丰洁茂盛
> 中国母亲啊
> 给你应声而来的儿女
> 重新命名

对从灾难岁月走过的一代人命运的沉重思考，使舒婷的诗呈现出悲剧性的崇高。

即使是色调阴郁压抑的北岛、江河等人，在面对人类生存的荒诞时，他们也仍然在荒野里看到了远处的花朵。不似台湾诗人遁入老庄或潜意识的深处，朦胧诗人的脚步踏着大地，执着于现实世界，他们不是超脱的隐者。"这种怀疑批判和坚定的英雄注意信念和英雄姿态，使他们成为民族主义者和爱国主义者。"[①] 可以说，在某种程度上朦胧诗人也可称为民族诗人或爱国诗人。

再看江河的《纪念碑》《遗嘱》《葬礼》《祖国啊，祖国》《星星变奏曲》和杨炼的《蓝色狂想曲》《沉思》，无不发出对黑暗、邪恶的诅咒，对真理、光明、自由的渴望。让我们听听这声音："当祖国的土地上只有呻吟/真理的声音才更响亮/既然希望不会灭绝/既然太阳每天从东方升起/真理就把诅咒没有完成的/留给了枪/革命把用血浸透的旗帜/留给风，留给自由的空气/那么/斗争就是我的主题。"（《纪念碑》）"在这民族曾被凌辱的地方/我要求新生的尊严"，"让我用歌声/亲吻你那/明天的曙光"（《沉思》）。

在台湾现代主义诗歌中，我们是听不到这雄壮的声音的。朦胧诗人虽然痛苦，但他们并不茫然，他们还有着理想与信念。"当杨炼立足于十年动乱刚结束的现实来回顾历史时，他们深切地感受到这个民族的灾难，以及所走过的屈辱、抗争的漫长、曲折的道路。因而他们的诗中有沉郁悲怆

---

① 罗振亚：《中国现代主义诗歌史论》，社会科学文献出版社2002年版，第7页。

的素质。不过，他们对未来普遍持一种乐观的态度，'在英雄倒下的地方/我起来歌唱祖国'，他们努力从人民求生存的历史中，发现、塑造痛苦而又不屈的灵魂，挖掘民族生生不息的生命力，因而表现了悲剧英雄的崇高感。不管他们是直接讴歌心目中的英雄，还是让'我'成为英雄的化身，他们都把歌颂的对象作为人类追求光明的象征。"① 这或许就是台湾现代主义诗歌与大陆朦胧诗在内容上的最大不同。

第四节　两股诗潮的本体特征

与台湾现代主义诗歌和大陆朦胧诗在主体形象上所表现的较大差别不同，两岸诗人在塑造主体形象、表达生命感受时所运用的艺术技巧，以及诗歌文本所体现的外在形式特征上显示出更大的趋同性。

现实主义诗歌是以对外在世界的直接摹写来表现思想主题的，而浪漫主义则侧重于内在情感的直接抒发。与以上二者不同，现代主义则主要靠营造意象去间接地而非直接地暗示诗人的意图。从这个意义上说，现代主义诗歌也可以称为意象诗。那么现代主义诗人为什么要营造朦胧多义的意象去暗示自己飘忽不定的意图，而不是去直接明了地说出来呢？

艾略特认为："就我们文明目前的状况而言，诗人很可能不得不变得艰涩。我们的文明涵容着如此巨大的多样性与复杂性，而这种多样性与复杂性，作用于精细的感受力，必然会产生多样而复杂的结果。诗人必然会变得越来越具涵容性、暗示性和间接性，以便强使——如果需要可以打乱——语言以适合自己的意思。"② 五六十年代的中国台湾与"文革"前后的中国大陆，均处于政治的动荡和社会的转型期，这一时期历史的丰富性、多样性与复杂性甚至荒诞性使敏感的诗人无法不变得复杂起来，同时他们的诗风也必然变得朦胧、晦涩，而不可能像以前的现实主义与浪漫主义诗人那样直接与明了。

总的来说，两岸诗人在借鉴外国现代主义诗歌艺术的基础上，创造出了自己具有鲜明特色的现代诗歌技巧。

---

① 洪子诚、刘登翰：《中国当代新诗史》，人民文学出版社1994年版，第426页。
② ［英］艾略特：《艾略特诗学文集》，王恩衷编译，国际文化出版公司1989年版，第13页。

一　意象的捕捉与营造

无论是台湾的现代诗人还是大陆的朦胧诗人，他们都执着于诗歌意象的营造。

意象本为中国古代美学中的一个术语，"意"是指作者的主观思想感情，"象"则指具体形象的物象，"立象以尽意"是指用具体的物象来表达作者的思想感情。"意象"即意与象的有机结合，亦即主体与客体的有机融合。意象派诗人庞德认为，意象是"在一刹那的时间里表现出一个理智和情感复合物的东西"。而在艾略特看来，意象就是情感的"客观对应物"。

最先别出心裁地把意象与象征合成一个词的是台湾诗人杜国清，他说："我的诗基本上是这两个东西的结合的路子。所以在我的诗论，我自己创造了最好的最理想的诗是'意象征'的结晶。意象加象征，变成一个词。"①

余光中对意象有着独特的理解，他说："向日葵之于梵高，牡牛之于毕加索，稻草人之于叶芝，短发之于海明威，鹰之于杰弗斯，莫非象征，莫非个人商标式的有系统的意象。利用旧意象也是可行的；也许这是才气的一块试金石。平庸的诗人大概写些'战争之神射死了白鸽'或者'玫瑰刺伤了我的手指'之类的句子。现代诗人就会加入新的成分，使其现代化。他也许会说'白鸽迷失于喷射云中'或者'把纸制的玫瑰献给太妹'。我们甚至可以进一步说，一个诗人性灵发展的过程亦即他追求新象征的探险。"② 应该说，在众多的台湾诗人当中，余光中是最精于意象营造的一位，也是影响最为深远的一位。他所经营的"个人商标式的有系统的意象"，我们耳熟能详的就有莲、白玉苦瓜、火、灯等。其《白玉苦瓜》共有三小节。在第一节中，诗人对白玉苦瓜的外在形象进行了细致的刻画，不仅写其如须之茎且写其如掌之叶如酪白葡萄之表皮乃至苦瓜的顶部，诗人都做了细致的观察与真情的描写。当然还写到它的光彩、它的清莹、它整体的完美与圆润和它似睡似醒的情态。此时，在我们心目中只感受到它的外在的美丽及诗人对它不同寻常的关注与喜爱，似乎还谈不上有什么深意，或说象征意义。然而行文至第二小节，我们感到诗人所要赞美的绝不仅仅是台北故宫博物院的一件文物。诗人告诉我们，这苦瓜又何

---

① 陈仲义：《台湾诗歌艺术六十种》，漓江出版社1997年版，第117页。
② 余光中：《论意象》，《余光中集》（7），百花文艺出版社2004年版，第15页。

尝不是伟大而慈祥、多灾多难的中国母亲哺育的肖子——灿烂辉煌的中华文明。诗至第三小节,这种象征意义就更为明显了:"一个自足的宇宙""一只仙果""一首歌"暗示白玉苦瓜绝非凡物,而是超越时间和空间的中华文化的象征。由于意象的暗示性,很容易造成对意象理解的多义性。比如我们把白玉苦瓜理解为诗的艺术的象征,亦未尝不可。还是听一听诗人自己是怎么说的吧:"台北'故宫博物院'珍藏的白玉苦瓜;滑不留指的莹白玉肌下,隐隐然透出一片浅绿的光泽,是我最喜欢的玉器之一。我当然也叹赏鬼斧神工的翠玉白菜和青玉莲藕之类,但是以言象征的含义,仍以白玉苦瓜最富。瓜而曰苦,正象征生命的现实。神匠当日临摹的那只苦瓜,像所有的苦瓜,所有的生命一样,终必枯朽,但是经过白玉也就是艺术的转化,假的苦瓜不仅延续了,也更提升了真苦瓜的生命。生命的苦瓜成了艺术的正果,这便是诗的意义。"①

可以说每一位成功的诗人都有属于自己的意象,如纪弦的槟榔树、覃子豪的瓶、蓉子的青莲、罗门的都市、痖弦的深渊、洛夫的石室等,不一而足。这些意象成为台湾诗坛最耀眼的星辰,把诗的天空映照得辉煌灿烂。

台湾诗人似乎并不满足于单纯意象的经营,尤其是创世纪诗人接受超现实主义手法的影响,更为热衷于意象与意象的碰撞与相接。

来看一看商禽的《逃亡的天空》。"死者的脸是无人一见的沼泽/荒原中的沼泽是部分天空的逃亡/遁走的天空是满溢的玫瑰/溢出的玫瑰是不曾降落的雪/未降的雪是脉管中的眼泪/升起来的泪是被拨弄的琴弦/拨弄的琴弦是燃烧的心/焚化了的心是沼泽的荒原。""死者的脸"等意象在不断的跳跃转换中,开拓出无限广阔而丰富的意境,同时也生发出语义难明的象征意味。

其他诗人如洛夫、痖弦、叶维廉、张默等,也在他们的诗作中打开心窗,让潜意识深处的意象之鸽自由翱翔,造成一幅幅极具张力的场景。不过,由于意象并置得过于密集,也造成了一定程度的晦涩难懂,影响了读者的接受,削弱了诗的社会意义。

大陆的朦胧诗人也创造了属于自己的意象体系:北岛的古寺、舒婷的橡树、顾城的黑色的眼睛、多多的太阳、江河的纪念碑。可以说朦胧诗人对意象的追求不仅具有技术的意义,更体现出一种反叛的姿态。北岛说:"诗歌面临着形式的危机,许多陈旧的表现手段已经远不够用了,隐喻、

---

① 余光中:《余光中集》(2),百花文艺出版社2004年版,第246页。

象征、通感,改变视角和透视关系,打破时空秩序等手法为我们提供了新的前景。我试图把电影蒙太奇的手法引入自己的诗中,造成意象的撞击和迅速转换,激发人们的想像力来填补大幅度跳跃留下的空白。另外,我还十分注重诗歌的容纳量、潜意识和瞬间感受的捕捉。"① 让我们看一首典型地运用意象手法经营的诗——北岛的《迷途》:"沿着鸽子的哨音/我寻找着你/高高的森林挡住了天空/小路上一棵迷途的蒲公英/把我引向蓝灰色的湖泊/在微微摇晃的倒影中/我找到了你/那深不可测的眼睛。"初读起来,令人费解、迷惑,如坠云雾中,讲的究竟是什么呢?似清晰而又朦胧,似懂而又非懂,让人既有朦胧的迷惑,又生探究的热情,在一种朦胧的美的诱惑中,不能自拔。你可以把它看作一首情诗,也可理解为对一种理想的追求,当然,你也完全有理由认为它反映的是一代人从迷惘到觉醒的心路历程。这就够了,对诗,尤其朦胧诗,不必也不可能一看到底,像我们在清澈的小溪边把碎石游鱼一览而穷。这就是朦胧诗,这就是意象手法的奇妙之用。再看舒婷的《思念》:"一幅色彩缤纷但缺乏线条的挂图,/一题清纯然而无解的代数,/一具独弦琴,拨动檐雨的念珠,/一双达不到彼岸的桨橹。//蓓蕾一般默默地等待,/夕阳一般遥遥地注目,/也许藏有一个重洋,/但流出来,只是两颗泪珠。"诗人不去写思念谁,如何思念,而是用一系列高度密集的意象从多个侧面来暗示思念的特征,可以说把思念揭示得淋漓尽致而又含蓄隽永。

  与台湾诗人热衷于意象与意象的碰撞与相接相类似,大陆的朦胧诗人热衷于"意象的蒙太奇",他们把这一电影艺术手法嫁接于诗歌艺术,通过意象的迅速转换与组合,造成大幅度的时空转换,创造出极具包容性的心理时空,收到奇幻的艺术效果。顾城的《弧线》是"意象的蒙太奇"运用得颇为成功的典型例子。由于诗节之间缺乏逻辑的关系,造成每一小节构成一个封闭的画面,我们也可称为单镜头,镜头与镜头之间的并列产生一种深刻的寓意,它是意象与意象相互碰撞所生成的新质,而非各个意象的简单相加。

  朦胧诗人的蒙太奇手法,和以往传统的意象诗的意象组织方法有很大的不同。朦胧诗人不采用那种简单的线形排列结构,而是把一个个意象组成一个立体的网状结构,在意象的转换和跳跃中,获得多重意蕴,诗歌具有了不确定性、模糊性的审美张力。这是对中国现代诗歌意象的极大丰富和拓展。

---

① 老木编:《青年诗人谈诗》,北京大学五四文学社 1985 年刊行,第 2 页。

二 变形手法的运用

变形是指在艺术中通过改变所反映的现实对象的性质、形式、色彩，以达到最大的表现力的目的。

当然，变形这一艺术手法也非现代主义诗歌所独有，古典诗和浪漫诗也有其变形的手法。不过，二者有着极大的区别。

比如同是写月亮，古典诗的月亮不过是"初生似玉钩，才满如团扇"或"呼作白玉盘，又疑瑶台镜"，这种变形比较合乎法度，切合常理；浪漫诗人"盈了又亏，像一只悲伤的眼睛"，这样的变形也不算离谱。而到了朦胧诗人那儿，皎洁的明月变成了红色的橙子："红色的月亮/像个浑圆的，八月的橙子/陨落在我心中的深渊里。"（杨炼《蓝色狂想曲》）在台湾现代诗人笔下，月亮竟成了"被踢起来/是一只刚吃光的凤梨罐头，/铿然作响"（方莘《月升》）。这就十分奇特，非正常的逻辑所能理解的了。

陈仲义曾对现代主义的变形手法有深刻的论述，他说："变形，是突破事物原来规范，扭曲原来关系的强有力的手段。变形，可以在知性的支配下，无视相近律、相似律、相反律、因果律等形式逻辑，任由主观'发酵'，也可以在非理性笼罩下，凭借梦幻、潜意识、潜感觉，纵情'跑马'，它大量地由变异的知觉产生，有时也来自错觉、幻境、联觉，甚至一个小小的意念。它常因感情的高度热化激化而触发，也不时依恃'远取譬式'的想像来完成。总之，在日益开发的艺术家心理场上，变形，和主观的心灵的驱动形影不离。"[①]

作为现代主义的歌者，台湾的现代诗人与大陆的朦胧诗人都对变形的艺术手法情有独钟，并进行了成功的运用。

台湾诗人周梦蝶《刹那》："当我一闪地震栗于/我是在爱着什么时/我觉得我的心如垂天的鹏翼/在向外猛力地扩张又扩张//永恒——/刹那间凝驻于'现在'的一点，/地球小如鸽卵/我轻轻地将它拾起/纳入胸怀。"爱的力量真是如此的神奇、伟大，她可以使心胸宽大到足以容纳地球，她可以使时间凝固静止而获得永恒。这种强烈而感人的艺术效果显然是通过诗人对时空的变形来实现的。

再来看一首富有浪漫情调的爱情诗——郑愁予的《如雾起时》："我从海上来，带回航海的二十二颗星。/你问我航海的事儿，我仰天笑

[①] 陈仲义：《台湾诗歌艺术六十种》，漓江出版社1997年版，第117页。

了……/如雾起时,/敲叮叮的耳环在浓密的发丛找航路,/用最细最细的嘘息,吹开睫毛引灯塔的光。//赤道是一痕润红的线,你笑时不见,/子午线是一串暗蓝的珍珠,/当你思念时即为时间的分割而滴落。//我从海上来,你有海上的珍奇太多了/迎人的编贝,喷人的晚云,/和使我不敢轻易近航的珊瑚的礁区。"诗人的航行,浓雾中的钟声,是爱人叮叮作响的耳环,而船的穿云破雾是诗人在撩拨浓浓的发丝,寻找海上的灯塔之光,就是挑逗地吹开情人睫毛后的秀眸。润红的嘴唇,变成航海图上的赤道;暗蓝的"子午线",幻化为串串思念的泪滴。在诗人强烈的情思作用下,诗人航海时的常见之物与爱人的音容笑貌发生叠印变形,生动形象而又丰富含蓄,十分耐人寻味,成为一首经典的爱情诗歌。

再来看另一首爱情诗——洛夫的《爱的辩证式一:我在水中等你》:"日日/月月/千百次升降于我胀大的体内/石柱上苍苔历历/臂上长满牡蛎。"诗取材于《庄子·盗跖》中一段动人的爱情故事:"尾生与女子期于梁下,女子不来,水至不去,抱梁柱而死。"诗人将痴情的尾生变形为顶立于急流中的石柱,任随时光流逝而不消失,以赞颂尾生忠贞爱情的崇高和永恒。

余光中对此手法的运用也已臻化境。且看他的《我之固体化》:"在此地,在国际的鸡尾酒里/我仍是一块拒绝溶化的冰/常保持零下的冷/和固体的坚度//我本来也是很液体的/也很爱流动,很容易沸腾,/很爱玩虹的滑梯,/但中国的太阳距我太远,/我结晶了,透明且硬,/且无法自动还原。"其时,独自身处美国的诗人内心寂寞荒凉,在这种巨大的孤寂情绪的浸染之下,诗人感到自己已变异为鸡尾酒里的一块冰——坚硬且拒绝融化。通过强烈的变异,抒写了诗人强烈的故土、故国之思。台湾现代诗人对这一手法的运用应当说是比比皆是,此处就不再赘述。

接下来,再来看看朦胧诗人是怎样运用这一手法的。

朦胧诗人杨炼在《我的宣言》中说:"我的诗是生活在我心中的变形。是我按照思维的秩序、想像的逻辑重新安排的世界。那里,形象是我的思想在客观世界的对应物,它们的存在、运动和消失完全是由我主观调动的结果。"[①] 他的代表作《蓝色狂想曲》中充满了荒诞变形的形象。如"黎明摇着棕榈叶,摇着绿色的光""天空和大海的胸襟/插满千千万万朵紫罗兰""红色的月亮/像一个浑圆的,八月的橙子/陨落在我心的深渊里,就在那儿/露珠的戒指摔得粉碎"。在诗人心里,光变成绿色的,月

---

① 吴晟:《中国意象诗论探索》,中山大学出版社2000年版,第267页。

亮变成了红色的,露珠变成了戒指,天空和大海的胸襟插满紫罗兰,少女们从贝壳中走出。诗人正是通过变形造成的荒诞性,揭示了十年动乱中世界的丑恶。

在朦胧诗人中,运用变形手法最多也最成功的当推顾城。他的《眨眼》《感觉》《远和近》《一代人》《微微的希望》等诗,由于变形手法的运用,显得奇妙幻美。尤其是《眨眼》:"我坚信,/我目不转睛。//彩虹,/在喷泉中游动,/温柔地顾盼行人,/我一眨眼——/就变成了一团蛇影。//时钟,/在教堂里栖息,/沉静地嗑着时辰,/我一眨眼——/就变成了一口深井。//红花,/在银幕上绽开,/兴奋地迎接春风,/我一眨眼——/就变成了一片血腥。//为了确信,/我双目圆睁。"诗中共有三组变形的意象:在诗人一眨眼的瞬间,在喷泉中游动的彩虹变成了一团蛇影,在教堂里栖息的时钟变成了一口井,在银幕上绽开的红花变成了一片血腥。通过这些变形形象,诗人暗示在"文化大革命"期间,正常事物在外在的不正常的社会力量的压迫之下发生的是非颠倒、人妖混淆而又变幻莫测的时代特征,真实深刻地反映了假、恶、丑横行的社会现实。

舒婷也在诗中表现出类似的变形形象。在诗人的心目中,压抑人性、窒息心灵的各种陈腐的社会力量幻化成那长着"柔软的伪足"的"墙",在"墙"的压迫之下,诗人神经错乱,导致幻觉的产生:"夜晚,墙活动起来,/伸出柔软的伪足,/挤压我/勒索我,/要我适应各种各样的形状/我惊恐地逃到大街,/发现相同的噩梦,/挂在每一个人的脚后跟。/一道道畏缩的目光/一堵堵冰冷的墙。"(舒婷《墙》)诗中的"墙"正是"文革"期间人与人之间互相隔绝、猜疑的精神栅栏的变形,也是社会上陈腐力量的象征。诗人的那种迫害狂般的恐惧心理幻化成"挂在每一个人的脚后跟"的"相同的噩梦",这种恐惧心理在"文化大革命"时期是很普遍的,由强烈情感所致的噩梦表现出当时人们普遍的精神恐慌。

痛感于"文化大革命"荒诞不经的现实,北岛的诗中也经常出现变形的荒诞意象:"别问我们的年龄/我们沉睡得像冷藏库里的鱼/假牙置于杯中/影子脱离了我们/被重新裁剪/从袖口长出的枯枝/绽开了一朵朵/血红的嘴唇。"(《别问我们的年龄》)残酷异己的社会力量对个体的无情摧残与打击造成个体的极端冷漠与麻木,这种情思的激化与强化便幻化出诗人心中变形的艺术形象——"冷库里的鱼",形象地揭示了诗人的心境;而袖口竟能长出枯枝,且枯枝竟变成血红的嘴唇,这些变形的意象与顾城在《眨眼》中的变形虽有不同,但可谓异曲同工,都是由对社会现实的强烈的荒诞感而生的客观事物的心理变形,控诉了那个是非颠倒、黑白不分、变幻莫测的荒诞现实。

三　意识流技巧的运用

意识流最早由美国心理学家、哲学家威廉·詹姆斯提出。他认为心理生活在任何一点上都是一个统一体，它流动着、变化着，像一条溪流。后来它作为一种描述人物心理过程的艺术手法，风靡文坛。这种艺术手法首先得到了小说家的青睐，形成了意识流小说流派。弗吉尼亚·伍尔夫这样论述："让我们在那万千微尘纷落心田的时候按照落下的顺序把它们记录下来，让我们描述每一事每一景给意识印上的（不管表面看来多么互不关系，全不连贯的）痕迹吧。传达这变化多端的，这尚欠认识尚欠探讨的根本精神，不管它的表现会多么脱离常轨，错综复杂，而且如实传达，尽可能不属于它本身之外的，非其固有的东西，难道这不是小说家的任务吗？"①

显然，这同样也是诗人的任务。意识流以海阔天空的自由联想为特征，带有极大的随意性、跳跃性及散漫性，这种思维方式正好适应了诗歌创作自由联想的需求。

在台湾现代主义诗人中，商禽的诗作带有较大程度的意识流成分，这突出表现在自由联想手法的运用上。以他那首著名的《逃亡的天空》为例："死者的脸是无人一见的沼泽／荒原中的沼泽是部分天空的逃亡／遁走的天空是满溢的玫瑰／溢出的玫瑰是不曾降落的雪／未降的雪是脉管中的眼泪／升起来的泪是被拨弄的琴弦／拨弄中的琴弦是燃烧着的心／焚化了的心是沼泽的荒原。"这首诗中意象的流转实际上是诗人心理意识的流转，在短短的一首小诗中，诗人的意识的精灵忽上忽下，无拘无束，飘忽不定，流转不停。由死者的脸想到荒原中的沼泽，由沼泽想到逃亡的天空，再到玫瑰、眼泪、琴弦、心，又回到沼泽，诗人的意绪在无边、快速地流动，表现了诗人面对无力掌控的现实所产生的荒诞感，以及作为个体的现代人的无尽的悲哀。

意识流的运用改变了传统的思维方式和表达方式，它打破了过去那种按照物理时空来叙述的方式。在以意识流为方法创作的诗作中，我们再也看不到过去、现在和未来的时间的延续性，诗人构筑了将现实时空浑然一体的新的艺术形态。

再看余光中的《访故宫》："而摆了几百年的架子／所有守宫的兽像／

---

① ［英］弗吉尼亚·伍尔夫：《现代小说》，《外国文艺》1981年第5期。

都蠢蠢欠起身来/在像座上笑谈起前代/许多讹传的野史/直到储秀宫深处传来/慈禧的一声咳嗽/把所有的飞凤，蟠龙/都吓了一大跳/所有的龟鹤和太监/肃静中，听更远处/沿着运河/正隐隐地撼动/八国联军的炮声"。在现实的时空中，故宫的兽像起身而谈野史是绝对不可能的，能听到慈禧咳嗽，听到八国联军的炮声更是天方夜谭。然而在诗人的意识流中，这一切都可以在瞬间实现。也就是在诗歌的心理时空中一一发生了。这里凭借诗人强大的心理能量或意识动能，超越了物理时空而进入了心理时空。

再看洛夫的《与李贺共饮》："嚼五香蚕豆似的/嚼着绝句。绝句。绝句。/你激情的眼中/温有一壶新酿的花雕/自唐而宋而元而明而清/最后注入/我这小小的酒杯/我试着把你最得意的一首七绝/塞进一只酒瓮中/摇一摇，便见云雾腾升/语字醉舞而平仄乱撞/瓮破，你的肌肤碎裂成片/旷野上，隐闻/鬼哭啾啾/狼嗥千里"。诗人与李贺对饮，在现实的时空中显然是不可能实现的，而在诗中，在心理时空中，在诗人的意识流中，却是可以实现的。

意识流在"文化大革命"期间得到朦胧诗人的认同并加以运用。先看顾城的《我是一个任性的孩子》："我希望/每一个时刻/都像彩色蜡笔那样美丽/我希望/能在心爱的白纸上画画/画出笨拙的自由/画下一个永远不会流泪的眼睛/一片天空/一片属于天空的羽毛和树叶/一个淡绿的夜晚和苹果。"诗人的意识之流任意而淌，生发出一连串的联想：由"眼睛"想到"天空"，由"天空"想到空中飞翔的"羽毛"和"树叶"，意识之流一泻千里，看似散漫无羁，实是有他的整体所指。在意识的长流中涌动的意象都透着自由、美好、鲜明的色彩与芳香的气息，体现了童话诗人对美好世界的憧憬与向往。

再看舒婷的《路遇》："凤凰树突然倾斜/自行车的铃声悬浮在空间/地球飞速地倒转/回到十年前的那一夜/凤凰树重又轻轻摇曳/铃声把破碎的花香抛在悸动的长街/黑暗弥合来又渗开去/记忆的天光和你的目光重叠/也许一切都不曾发生/不过是旧路引起我的错觉/即使一切已经发生过/我也习惯了不再流泪。"诗人所写的是十年前一个难忘的夜晚，由旧路而触发，以及在心中引起的情感变化。这里，诗人采用过去、现在互渗的结构来表现把握主观心理时空。这样的例子还有很多，这里不再多举。

总之，意识流手法之所以得到运用，是因为其自由联想的特征正好应和了生命的变化无常与神秘莫测，它改变了按照外在的物理时空秩序来构思表达的思维方式，拓展了诗的领域，也丰富了诗歌的表现手法。

但同时还应该看到，意识流实际上是以自由联想为主要途径的，为了使这种手法具有可接受性，诗的意识流写作，应当特别注意好自由联想的"度"，即自由联想必须以与读者能够交流为限，尽量避免那种满篇呓语的状况。

第三章　鲁迅现实主义精神对陈映真小说的影响

　　作为中国新文学现实主义精神的开拓者，鲁迅以启蒙者的姿态登上"五四"文坛，关注现实，正视人生，反对"瞒"和"骗"的文学，用极具表现力的笔触描绘黑暗的社会现实，刻画形形色色的人物形象，对"吃人"的封建制度和封建礼教予以无情的批判。鲁迅及其创作对20世纪中国现实主义文学的发展产生了深远的影响。后起的现实主义作家在创作观念、主题表现及艺术技巧的运用等方面大都传承了鲁迅的现实主义创作精神，他们的现实主义创作既丰富了鲁迅的现实主义文学理论和实践，也为现实主义文学的发展增添了新动力。

　　鲁迅的现实主义创作精神是清醒而深刻的。他坚持"为人生"的文学观。鲁迅说："说到'为什么'做小说罢，我仍抱着十多年前的'启蒙主义'，以为必须是'为人生'，而且要改良这人生。"① 鲁迅主张把描写人、表现人生作为写作的第一要务，在这一文学观的影响下，他关注病态社会中的底层人物，描绘农民、知识分子、妇女等各阶层的生存境况，深刻揭示人的内在世界和精神遭遇，同时致力于国民性的改造。在主题表现上，他秉持严峻的现实主义态度，以笔为刀，深入剖析国人的灵魂，对于国民劣根性进行猛烈的抨击，对旧制度、旧思想、旧文化、旧道德给予"必不容有反对之余地"的彻底批判。鲁迅现实主义创作精神的深刻并不止于清醒的描绘与揭示，更在于他致力于"揭出病苦，引起疗救的注意"②。鲁迅立足于思想启蒙，深刻剖析人物思想性格赖以形成的社会土壤，指出中国几千年封建专制主义和封建蒙昧主义所形成的思想意识、文化观念和伦理道德对中国民众精神的戕害。同时他的启蒙以立人

---

① 鲁迅：《南腔北调集·我怎么做起小说来》，《鲁迅全集》（第4卷），人民文学出版社1981年版，第512页。

② 鲁迅：《南腔北调集·我怎么做起小说来》，《鲁迅全集》（第4卷），第512页。

为要旨，关怀底层民众，展现个体的非人处境，自觉担负起探索人性、疗救人生的使命，凭借人道主义来完成对困顿灵魂的救赎，形成鲜明的人道主义救赎主题，在中国现代文学史上产生了巨大的影响。在艺术手法上，鲁迅秉持开放现实主义态度，广泛吸收各种艺术手法，形成自成一家的现实主义创作风格。他借鉴了象征、潜意识等现代主义的创作手法，同时对中国文学传统进行了扬弃，创造性地转化传统文学的优秀部分，将传统文学中的白描等技法运用到现实主义创作中，增强了作品的表现力。在开放现实主义的影响下，鲁迅小说的语言富于鲜明的个人色彩，丰满洗练，隽永舒展，形成了凝练而冷峻的语言风格，在现代文学史上独树一帜。

鲁迅的现实主义创作精神具有非常丰富的内涵，不仅深刻影响了中国大陆的作家，也对台湾文学产生了恒久的影响。早在20世纪20年代鲁迅作品就流传到了台湾。张我军、赖和、黄朝琴、黄呈聪、杨云萍、蔡孝乾、张深切、吴浊流等都接受过鲁迅的影响。20世纪六七十年代鲁迅及其作品在台湾的传播掀起了一个新高潮，王祯和、黄春明等一批作家在鲁迅现实主义创作精神的引领下，致力于描绘台湾社会的真实图景，关注台湾民众的生存境况。在这时期的作家中，受到鲁迅现实主义创作精神影响最为显著的当属陈映真，他在鲁迅现实主义创作精神在台湾的传承中更是发挥了不可替代的作用。朱双一在《陈映真在鲁迅现实主义批判传统于台湾传承中的作用》一文中对陈映真在鲁迅现实主义批判传统于台湾传承中所发挥的作用给予了高度肯定，认为鲁迅的韧性战斗精神给予陈映真对抗威权统治、批判社会丑恶的勇气和力量，同时陈映真在鲁迅现实主义创作精神影响下形成了强烈的批判性、战斗性、敏锐性，自我反省能力，"就现实主义批判传统而言，鲁迅和陈映真分别辉耀于20世纪上半叶和下半叶的中国文坛，也共同成为20世纪中国文学的宝贵财富"[①]。

本章将运用平行比较和影响研究相结合的研究方法，从文学观念、小说主题、艺术技巧等方面论述鲁迅现实主义创作精神对陈映真小说的影响，并试图通过这一研究能够管中窥豹，较好地梳理大陆新文学与台湾新文学的传承脉络。

[①] 朱双一：《陈映真在鲁迅现实主义批判传统于台湾传承中的作用》，《广东社会科学》2011年第3期。

第一节　鲁迅现实主义创作精神在台湾

鲁迅的创作思想包罗万象，其现实主义创作精神的内涵也是极为丰富的。鲁迅的现实主义创作所体现出来的对现实清醒而深刻的认识、对底层人物的深切关怀，以及开放的艺术姿态，深刻影响着台湾新文学的内在品格和前行方向。一批又一批台湾作家沿着鲁迅所开创的现实主义创作道路不断前行，既丰富了鲁迅现实主义创作精神的内涵，又拓展了20世纪中国现实主义文学的创作。

一　鲁迅现实主义创作精神的内涵

鲁迅的现实主义创作精神有着极为丰富的内涵，研究者对于鲁迅的现实主义的精神内涵的认识可谓是见仁见智："灵魂的写实主义""启蒙的现实主义""清醒的现实主义""战斗的现实主义""开放的现实主义""悲剧性的现实主义"……不同的研究者从鲁迅作品中看到了不同的现实主义意蕴。瞿秋白在《鲁迅杂感选集序言》中用"最清醒的现实主义"来概括鲁迅的现实主义精神，他认为鲁迅"历年的战斗和剧烈的转变给他许多经验和感觉，经过精炼和融化之后，流露在他的笔端。这些革命传统（revolutionary tradition）对于我们是非常之宝贵的，尤其是在集体主义的照耀之下"①。瞿秋白的这一观点得到很多研究者的认可，王瑶在《鲁迅思想的一个重要特点——清醒的现实主义》一文中肯定了瞿秋白的这一观点，同时又予以进一步深化，认为鲁迅的现实主义是"实事求是的清醒的现实主义"，"注重中国国情、从中国实际出发来考察问题的现实主义的精神"，且"鲁迅的这种'实事求是'的现实主义精神是贯彻始终的。即从本世纪初他在日本开始独立考虑中国的前途和命运的时候开始，直至逝世；在这期间他的思想尽管有变化，有发展，但仍然有其一贯性"②。胡风在《文学上的五四——为五四纪念写》中谈到"五四"文学的两个艺术主张"为人生的艺术"和"为艺术的艺术"时说："如果说，前者是带着现实主义的倾向，那后者就带有浪漫主义的倾向了，但他们却

---

① 瞿秋白：《鲁迅杂感选集序言》，《鲁迅杂感选集》，上海出版公司1952年版，第22—23页。
② 王瑶：《鲁迅思想的一个重要特点——清醒的现实主义》，《北京大学学报》（哲学社会科学版）1981年第4期。

同是市民社会出现底人本主义的倾向了。这原来不应该分裂的两种精神，在伟大的先驱者鲁迅里面终于得到了统一。"① 许寿裳在《鲁迅的人格和思想》一文里也指出："鲁迅的思想，虽跟着时代的迁移，大有进展，由进化论而至唯物论，由个人主义而至集体主义，但有为其一贯的线索者在，这就是战斗的现实主义。其思想方法，不是从抽象的理论出发，而是从具体的事实出发的，在现实生活中得其结论。"② 唐弢在《雪峰——鲁迅的现实主义创作思想的阐述者和发展者》中总结概括了鲁迅的现实主义创作精神，即"含有浪漫主义的成分"，"发扬了中国古典文学中语言精练、描画入神的民族传统，即所谓传神的传统"，"和革命的现实斗争有着紧密的联系，因此，这种现实主义是发展的，开拓性的，作家从他自己对现实的感受中，不断地为现实主义作了修正和补充"③。

基于此，本书主要从以下几个方面来探讨鲁迅现实主义创作精神。

其一，鲁迅的现实主义创作精神是清醒而深刻的。鲁迅的作品在对现实生活的反映上不仅有广度，而且达到了人所难及的深度。"五四"时期，鲁迅深感于旧中国的黑暗，参悟出封建礼教、封建制度"吃人"的本质，他直面惨淡黑暗的人生，以严峻的现实主义手法，真实地再现中国的社会世相，描绘所处时代的农民、妇女、知识分子等各阶层的生存境况，对"病态社会的不幸人们"寄予深切的同情；同时，鲁迅揭示人的内在精神和心灵遭遇。鲁迅现实主义创作精神的深刻不止于清醒地揭示与描绘，更在于他致力于"揭出病苦，引起疗救的注意"。在狂人、阿Q、单四嫂子、闰土、祥林嫂等一系列人物身上，揭示了摧残弱小、吞噬无辜、残害民众、虐杀良善的"吃人"的社会制度的罪恶，激起人们要改变现实的强烈愿望，促使人们积极探求民族灾难深重的原因和广大民众的出路。

其二，鲁迅的现实主义创作精神是开放的。鲁迅坚持和发展现实主义的基本原则，但又不拘泥于现实主义的创作形式，兼收并蓄，博采众长，积极吸收其他艺术表现方式方法，形成自成一家的现实主义创作风格。对艺术创作，鲁迅主张"拿来主义"，他说："看见鱼翅，并不抛在路上以显示其'平民化'，只要有养料，也和朋友们像白菜萝卜一样的吃掉，只是不用它来宴宾客；看见鸦片，也不当众摔在厕所里，以见其彻底革命，

---

① 胡风：《胡风论鲁迅》，黄河文艺出版社1985年版，第22页。
② 许寿裳：《许寿裳文集》（上卷），百家出版社2003年版，第9页。
③ 唐弢：《西方影响与民族风格》，人民文学出版社1989年版，第163—171页。

只是送到药房里，以供治病之用……"① 鲁迅在处理继承借鉴与创新的关系上坚持践行"拿来主义"。他将现代主义的手法巧妙地加以转化利用。在其写实作品中，大量采用象征、隐喻、意识流等手法，积极探索人物的内心世界。鲁迅是反封建、反传统的旗手，但是在他的文学创作中，并未否定中国古典文学，也并未摒弃中国古典文学的艺术手法，他对其进行了扬弃，摒弃了古典文学中与现代文学发展不相适应的陈旧部分，对古典文学的优秀因素进行了创化，将中国古典文学艺术手法创造性地转化运用到创作中，增强了作品的艺术感染力。他运用白描手法，简练地勾勒人物外表肖像，着重刻画人物的内在性格，将人物最富特征的细节略加点染，展现出人物的精神风貌。鲁迅以开放的姿态来进行现实主义创作，使其现实主义创作精神呈现出丰厚的内涵。

鲁迅伟大的人格、深邃的思想、广博的学识修养，铸就了他宽广的艺术情怀，使他的现实主义创作具有了丰厚的内涵，留下了无限的解读空间。他那"表现的深切"和"格式的特别"的现实主义创作不仅影响了现代文学的发展，也辐射到整个华文文学并延伸至今。因此，在当下探讨鲁迅的现实主义创作精神及其影响对中国现当代文学的发展具有重要的意义。

二 鲁迅现实主义创作精神对台湾作家的影响

钱理群在《中国现代文学三十年》中说："鲁迅堪称现代中国的民族魂，他的精神深刻地影响着他的读者、研究者，以至一代又一代的中国现代作家、现代知识分子。鲁迅极富创造力与想象力的文学创作，则为中国现代文学的发展奠定了深厚的基础，开拓了广阔天地。几乎所有的中国现代作家都是在鲁迅开创的基础上，发展了不同方面的文学风格体式。"② 台湾文学作为中国文学不可分割的组成部分，其发生和发展都与"五四"新文学有着无法割裂的联系。台湾作家在创作观念、主题表现及艺术追求上对鲁迅的现实主义创作精神在传承的基础上不断创新，他们的创作实绩丰富并发展了鲁迅现实主义创作精神的内涵。

早在"五四"时期，对台湾新文学的发展产生过重要影响的作家，如张我军、赖和、黄朝琴、黄呈聪、杨云萍、蔡孝乾、张深切、吴浊流

---

① 鲁迅：《且介亭杂文·拿来主义》，《鲁迅全集》（第6卷），人民文学出版社1981年版，第39页。
② 钱理群等：《中国现代文学三十年》，北京大学出版社1998年版，第37页。

等,都曾到过大陆,受到了以鲁迅为代表的大陆新文学作家的影响。他们回台以后,发表了宣传大陆新文学运动和作家作品的文章,扩大了鲁迅等"五四"作家对台湾新文学的影响。其中张我军的贡献尤为突出。"五四"时期,他到大陆求学,在此期间,鲁迅在北平接待了来访的张我军,张我军给鲁迅留下了深刻的印象。鲁迅后来追忆此事时,对以张我军为代表的台湾青年予以高度赞扬:"但正在困苦中的台湾的青年,却并不将中国的事情暂且放下。他们常希望中国革命的成功,赞助中国的改革,总想尽些力,于中国的现在和将来有所裨益。"① 张我军回台后担任《台湾民报》汉文编辑,曾先后转载鲁迅的《狂人日记》《故乡》《阿Q正传》等多篇作品。当时,《台湾民报》作为台湾人发表言论、获得信息的重要渠道,转载鲁迅作品产生的影响是非常明显的。鲁迅现实主义创作精神中"我以我血荐轩辕"的情感追求、"横眉冷对千夫指,俯首甘为孺子牛"的奉献精神,以及坚忍顽强的战斗精神和勇于开拓的创新精神,与当时台湾作家反封建、反帝国主义殖民侵略的主题相切合,他的作品在当时的台湾文学界得到广泛呼应。鲁迅作品在台湾得以广泛流传,除了台湾作家来大陆学习及回台后的大力宣传,还有一个重要的方式就是日本的中介作用。"五四"时期,台湾新文学作家巫永福、张文环等曾赴日本求学,而大陆亦有不少新文学作家和知识青年远赴日本,这为两岸作家的交流提供了机会。同时这时期,日本出现了鲁迅作品的日译本,如1927年《大调合》上发表的《故乡》,1931年白杨社出版的《阿Q正传》,1935年岩波书院出版的《鲁迅全集》及赛棱社出版的《中国小说史略》等一系列鲁迅的作品。这些日译鲁迅作品,使在日本留学的台湾青年得以广泛接触到鲁迅。台湾作家通过以上渠道对鲁迅及其作品有了不同程度的了解,受到了鲁迅现实主义创作精神的影响,在此后的文学创作中都有所体现。有"台湾鲁迅"之称的赖和,对封建陋俗及国民的麻木愚昧予以强烈的批判,并希望能以自己的文章去医治他们在思想精神上的创伤,以自己手中的笔为底层民众发言,体现出明显的鲁迅现实主义创作精神的影响;杨守愚在谈到赖和时就指出:"先生生平很崇拜鲁迅先生,不单是创作的态度如此,即在解放运动一面,先生的见解,也完全和他'所以我们的第一要著,是在改变他们(国民)的精神,而善于改变精神的,当然要推文艺……'合致。"② 钟理和在小说

---

① 鲁迅:《而已集·写在〈劳动问题〉之前》,《鲁迅全集》(第3卷),人民文学出版社1981年版,第425页。
② 蔡辉振:《鲁迅对台湾新文学发展的影响探究》,《鲁迅研究月刊》2007年第5期。

技法、结构、人物刻画等方面都有着鲁迅的影子,他以写实的笔调描绘台湾光复后的农村风貌,对现实进行深刻的思考和批判,他笔下的炳文、阿煌叔与鲁迅笔下的闰土都由朝气蓬勃走向思想萎缩,他们的勇敢、勤劳、踏实并没有换来欣欣向荣的生活,反而是身心备受重创。杨逵正视社会的苦难,揭示处于社会底层的小人物充满艰辛的生活状态和无法言说的心灵痛苦。《送报夫》中揭示资本家对工人的压榨,《鹅妈妈出嫁》描绘官僚体制的腐败及其对贫苦人民的巧取豪夺,他的作品展示出那个时代的苦难与台湾人民在殖民统治下的一幕幕悲剧。陈虚谷《荣归》中的王秀才,将儿子王再福考上日本高等文官学校视为家族的荣幸。吴浊流《先生妈》中,钱新发在"皇民化运动"中奉行日本人生活方式,穿日本服装,说日语,改日本名字;《亚细亚的孤儿》中,面对日本的侵略,胡太明发出"誓将热血为义死"的怒吼。台湾作家满怀爱国主义的热情,用漫画式的笔触勾勒民族败类的丑态,对其丑恶的灵魂给予鞭挞。在《植有木瓜树的小镇》里,龙瑛宗展现了一群在现实中迷失自我的知识分子,陈有三从积极向上到最终堕落的心路变化历程与鲁迅笔下的魏连殳、吕纬甫等非常相似。日据时期台湾新文学作家在思想文化战线上展开的反帝反封建斗争及从中所体现出来的启蒙意识,与鲁迅现实主义创作精神的影响是分不开的。

1945 年台湾光复后,在许寿裳、黄荣灿等一批赴台知识分子的努力下,鲁迅及其作品在台湾掀起了一股新热潮。许寿裳在 1946 年鲁迅逝世十周年之际,发表《鲁迅和青年》一文来纪念鲁迅:"他的爱护青年,奖掖青年,并不仅对个人,而是为整个民族,因为一切希望不能不寄托在青年。他看到旧习惯的积重难改,新文化的徒有虚名,只嫌自己力量不够,不能不寄希望于第二代国民……"① 因此,他极力呼吁青年人向鲁迅学习。在《鲁迅的人格和思想》中,他写道:"鲁迅的思想,虽跟随着时代的迁移,大有进展,由进化论而至新唯物论,由个人主义而至集体主义,但有为其一贯的线索者在,这就是战斗的现实主义……因之,鲁迅的著作中,充满着战斗精神,创造精神,以及为劳苦大众请命的精神。"② 许寿裳宣传鲁迅及其作品的活动在台引起热烈反响,鲁迅的现实主义创作精神也得到进一步弘扬。

1949 年后,台湾当局为了政治上的需要,大力提倡反共文学,鲁迅

---

① 许寿裳:《许寿裳文集》(上卷),百家出版社 2003 年版,第 24 页。
② 许寿裳:《许寿裳文集》(上卷),第 9—10 页。

及其作品在台湾成为禁忌,但是这并没有阻断鲁迅的现实主义创作精神在台湾的传承。台湾作家与鲁迅作品的交流通过一种隐秘的方式继续进行着,许多学者和文学爱好者都通过地下的方式来阅读和收藏鲁迅的作品,鲁迅及其作品在台湾"戒严"时期仍然在台湾得以传播。从那个年代成长起来的青年在20世纪六七十年代开始活跃于台湾文坛,他们中很多人都透露过他们对鲁迅的崇敬,以及在他们成长或创作过程中鲁迅对他们产生的影响。美国学者白芝在论文《朱西宁、黄春明、王祯和三人小说中的苦难意象》中指出:"事实上,王祯和的作品在有些地方强烈的使人想起周著,最显著的就是他对阿好的描写……她无疑是《故乡》里'豆腐美人'的直接后裔……再者,万发自己也有点象阿Q……"① 黄春明在求学期间,暑假常留在学校看书,偶然间他翻到了鲁迅的《阿Q正传》,恍然大悟:原来无知愚昧的阿Q也可以做小说的主角。于是,农民、工匠、学徒、小职员、商贩、妓女、打锣人等卑微的小人物也成为黄春明小说着力刻画的对象。他的《甘庚伯的黄昏》《青番公的故事》《溺死一只老猫》等对小人物的关注与同情,与鲁迅现实主义创作中对底层人民命运的关注非常相似。特别是他的小说《锣》中的主人公憨钦仔,被认为是阿Q的翻版。憨钦仔原本以打锣报事找人为生,但装了扩音机的三轮车出现之后,他的生意便每况愈下。不得已他只好与抬棺材埋死人的"罗汉脚"为伍。黄春明描绘出了憨钦仔在贫困生活中的挣扎,也刻画出了憨钦仔在没落中努力维护"尊严"的心态,他身上有着明显的阿Q及其精神胜利法的影子。黄春明以真挚的人生态度为基础关心底层人、关心社会,使其作品具有了打动人心的力量。王拓在创作中始终坚持乡土文学主张和现实主义道路,表现出明显受鲁迅影响的迹象。《一个年轻的乡下医生》中"我"返回故乡的见闻、"我"和好友医生义雄的会面、义雄的变化,以及他们和故乡人民间产生的隔阂,都与鲁迅《故乡》的构思是一致的,在描述"我"返乡时和抵乡后的心情及描绘故乡的人、事、景、物时,直接借鉴了鲁迅《故乡》的部分句式。旺财仔有少年闰土的影子,"我"和义雄的情谊犹如鲁迅《孤独者》中的"我"和吕纬甫。白先勇的小说或针砭时弊,或回顾历史,或关注弱势族群的生存状态,与鲁迅的现实主义创作精神有着内在的一致性。他自己也一再强调鲁迅对他的创作产生过很大影响,坦承自己的小说也力求做到客观冷静,不带夹评,含蓄

---

① [美]白芝:《朱西宁、黄春明、王祯和三人小说中的苦难意象(上、下)》,童若雯、杨泽摘译,台湾《联合报》1979年2月27—28日第12版。

不露。其小说《那片血一般红的杜鹃花》中,愚昧与木讷的王雄与《故乡》中被残酷的社会现实压榨却无法言说自身伤痛的闰土的精神气质也极为相似。白先勇小说在氛围渲染和结尾的处理上对鲁迅的作品也多有借鉴。

总之,自20世纪20年代台湾新文学在大陆"五四"新文学影响下发轫,鲁迅的现实主义创作精神就一直贯穿于台湾新文学的发展过程。日据时期,赖和、杨逵、吴浊流、钟理和、陈虚谷等新文学作家极力描绘台湾社会的现实遭遇,展现劳苦大众的人生困境,力图唤醒沉睡中的庸众,重塑民族灵魂。光复后的台湾文坛,台湾作家继续秉承鲁迅的现实主义创作精神,描绘台湾社会的真实图景,关注民众的生存状态,黄春明小说中的"坤树仔""青番公"们在台湾现代社会转型过程中的尴尬情状,白先勇描绘"台北人""纽约客"等社会特殊群体的真实心态,王拓笔下农民和知识分子的艰难处境,陈映真笔下跨国企业中人的异化,再到新生代作家面对现代人的生存困境而进行的文学救赎……台湾作家一直传承着鲁迅的现实主义创作精神,同时在传承中也不断丰富发展着鲁迅现实主义创作精神的内涵。

三 鲁迅现实主义创作精神对陈映真创作的影响

"说到鲁迅,他是中国革命文学里一面很大的、大到可以遮天蔽日的旗帜,可是鲁迅迷惑我的,除了他的思想,他的对于旧中国的人民的关怀、对国民性改造的热情以外,他的现实主义的魅力,不仅来自于他的现实主义本身,还来自于他早年受到的俄国象征主义的影响,像《狂人日记》那样的小说,成为中国第一篇白话小说,是中国文学史上的一个很大的奇迹。我一直到今天都是鲁迅迷:他不但文字好,连他的标点符号,我都觉得充满了生命力。除了他的现实主义、革命主义之外,还有他的散文诗,在他的小说里面,那种象征主义的手法,使他的现实主义更加丰润,在审美上更加丰富。"① 陈映真用"鲁迅迷"来定位自己与鲁迅的关系,可见鲁迅对他的影响是非常深刻的,正如他自己所说的,是"命运性"的。对于陈映真而言,鲁迅是他魂魄与共的精神追求,在鲁迅精神的指引下,他坚持客观写实的创作立场,以冷峻而独特的批判视野来洞察广阔的社会生活和苦难的民族记忆;他继承鲁迅开放现实主义的创作理

---

① 陈映真:《我的文学创作与思想》,《陈映真文选》,生活·读书·新知三联书店2009年版,第39页。

念，在艺术手法上不断创新，他的作品不仅有现实的内涵，又有浪漫的抒情、现代主义的技巧，既闪现着鲁迅卓越的艺术光芒，又融各家之长，形成了自己独特的艺术风格。

陈映真在《鞭子和提灯——〈知识人的偏执〉自序》一文中谈到自己初读《呐喊》时的感受：彼时，他对书中的其他故事似懂非懂，却对《阿Q正传》中阿Q的滑稽搞笑印象深刻，当时他并未明了鲁迅"哀其不幸，怒其不争"的深切关怀，但是这并未阻碍《呐喊》对陈映真的思想观念、文学创作产生影响。"随着年岁的增长，这本破旧的小说集，终于成了我最亲切、最深刻的教师。我于是才知道了中国的贫穷、愚昧、落后，而这中国就是我的；我于是也知道：应该全心全意去爱这样的中国——苦难的母亲，而当每一个中国的儿女都能起而为中国的自由和新生献上自己，中国就充满了无限的希望和光明的前途。"[①] 陈映真谈及鲁迅对自己的影响时，一再强调鲁迅对他在祖国和民族认同方面的影响："几十年来，每当我遇见丧失了对自己民族认同的机能的中国人；遇见对中国的苦难和落后抱着无知的轻蔑感和羞耻感的中国人；甚至遇见幻想着宁为他国的臣民，以求取'民主的、富足的生活'的中国人，在痛苦和怜悯之余，有深切的感谢——感谢少年时代的那本小说集，使我成为一个充满信心的、理解的、且不激越的爱国者。"[②] 陈映真看到了鲁迅作品沉郁冷峻背后的温厚与关切，他的文学创作沿着鲁迅开创的国民性改造道路，致力于探索一条理想主义和人道主义相结合的道路。鲁迅一直热衷于译介外国文学作品，他说："我们在日本留学时候，有一种茫漠的希望：以为文艺是可以转移性情，改造社会的。因为这意见，便自然而然的想到介绍外国文学这一件事。"[③] 无独有偶，陈映真也选择了研究译介外国文学，特别是第三世界的文学作品，他对台湾文学和第三世界的文学如拉美文学、菲律宾文学等做了比较，认为："台湾文学和其他第三世界文学的第一个殊异点，是台湾文学具有比其他第三世界文学远为完整的文化和语言系统。"[④] 鲁迅译介外国文学作品是为了给沉闷的中国输入异国

[①] 陈映真：《鞭子与提灯——〈知识人的偏执〉自序》，《陈映真文集·杂文卷》，中国友谊出版公司1998年版，第181页。
[②] 陈映真：《鞭子与提灯——〈知识人的偏执〉自序》，《陈映真文集·杂文卷》，第181页。
[③] 鲁迅：《译文序跋集·〈域外小说集〉序》，《鲁迅全集》（第10卷），人民文学出版社1981年版，第161页。
[④] 陈映真：《台湾文学和第三世界文学之比较》，《陈映真文集·杂文卷》，中国友谊出版公司1998年版，第59页。

新声,而陈映真选择了同样的道路:通过对第三世界文学的研究来对抗西方文学的入侵,提升人民对本民族文学价值的认同感。由此,可以看到鲁迅对陈映真的文学观念产生的巨大影响。

鲁迅所处的时代,正值国难当头、民族危在旦夕之时。民族危难激发了鲁迅强烈而深沉的忧患意识。现实社会的剧烈变化促使他重新反思社会和自我,而梦醒后无路可走的黑暗现实促使他不断反思国民劣根性,力图挖掘出民族精神中被掩埋的优秀品质。他着力揭露封建制度和封建礼教对国人灵魂的戕害,并对其进行毫不留情的讽刺与批判,以引起民众的警觉,寻求救治的良药,即他所谓的"揭出病苦,以引起疗救的注意"。"立人"的启蒙思想成为鲁迅文学创作的主导思想,促使他坚定地走现实主义道路。与鲁迅相比,陈映真有着不同的历史背景和社会经历,台湾经历了从日本的殖民统治到国民党的白色恐怖,再到发达资本主义国家新的殖民侵略;从抵制"皇民化运动"到反共肃清,再到跨国公司的林立……但陈映真所处的时代与鲁迅所处的时代一样都经历着巨大的社会危机。陈映真秉承鲁迅的现实主义创作精神,揭示在资本主义入侵下国民灵魂的异化,力图探寻优秀的民族精神,探索新时代背景下国民性的改造之路。

陈映真在鲁迅影响下将关注社会、关注人生作为自己的创作方向。正如他在《试论陈映真》中所说的:"在每一历史时期中,人们总是在各种艺术作品中寻求他们生活中最急切的诸问题的解答;寻求指导他们的人生的理念;寻求他们起而变革生活和世界时所能信赖的认同的人物底形象;寻求经过各种艺术形式集中起来的民众自身的愿望和心声。"[①] 其作品将社会生活上升到历史、人性的高度,俯瞰社会的发展动态,人的生存境况,揭示在急遽变迁的社会转型期所经历的伤痛,展现了既有历史沉重感,又有远瞻性、寓意深刻的社会话题。鲁迅作品中的文学生命在陈映真的作品中得以延续。从《我的弟弟康雄》里的姐姐身上,我们看到了鲁迅《孤独者》中魏连殳的影子或隐或现:他们都采用极端的方式去抗衡社会的黑暗与残酷,他们都背叛了自己的理想,做了自己所反对所厌恶的事情,试图用扭曲的方式来反抗严酷的现实,用物质自我的牺牲来换取精神的胜利。《我的弟弟康雄》中,父女俩给康雄送葬,伴着秋天的夕阳孤独地对坐在康雄坟地边上,这让我们想起了《药》中夏瑜母亲和华小栓

---

① 陈映真:《试论陈映真——〈第一件差事〉〈将军族〉自序》,《陈映真文集·文论卷》,中国友谊出版公司1998年版,第139页。

第三章　鲁迅现实主义精神对陈映真小说的影响　85

母亲，伴着寒春的冷风站在儿子坟边的场景。陈映真《故乡》中的哥哥，与鲁迅《在酒楼上》中的吕纬甫恍如一人：同为知识分子，同样怀有美好的理想，同样经历了理想与现实的巨大矛盾和冲突，同样为了理想而不断奋斗，但是理想在现实的巨大冲击下都走向了幻灭，两人又不约而同地在理想幻灭后颓唐、消沉，陷入悲观与绝望，最终由积极进取的社会改革者沦为消极堕落的苟活者。陈映真在《乡村的教师》中写吴锦翔战后归乡，终于走出心理的阴影，燃起生活的热情，投身乡村的教育事业，却始终有一个无法解开的心结，在学生入伍的欢送会上，他酒后道出缘由：残酷的战争泯灭了人性的美好，陷入"吃人"的罪恶里。他大声质问："人肉咸咸的，能吃吗？"这极端的发问和惨烈的答案，与鲁迅《狂人日记》里的狂人恰似一人，他亦发出振聋发聩的质问，对"吃人"的残酷现实进行强烈的谴责。吴锦翔就是狂人形象的再现。《凄惨的无言的嘴》里的叙述者"我"是一个即将痊愈出院的精神病人，与《狂人日记》中迫害妄想症患者的狂人十分相似。此外，鲁迅作品中还塑造了"看客"群像。如《示众》中民众围观犯人游街示众；《阿Q正传》中阿Q在赴刑场行刑之前被拉去游街示众，那些张着嘴的蚂蚁似的愚昧民众；《药》里在黑暗中伸长了鸭子一样的脖子观看夏瑜就义的冷漠的围观者；《孔乙己》中咸亨酒店里讥笑孔乙己迂腐可笑的酒客们；《祝福》中玩味祥林嫂不幸遭遇的鲁镇人；等等。这些看客形象在陈映真的小说中也得到"重生"。《乡村的教师》中，吴锦翔酒醉后诉说战争中吃人肉的残忍，内心经受着巨大的煎熬。周围没有人同情吴锦翔的遭遇，反而对他投来了异样的眼光，"学生们谈论着；妇女们在他背后窃窃耳语。课堂上的学童都用死尸一般的眼睛盯着他。他不住地冒着汗，学生的头颅显得那么细小，那些好奇的眼睛使他想起婆罗洲土女的惊吓的眼神。他揩着汗，夏天的山风呼呼地吹着，然则他仍旧在不住地冒着汗"①。这是鲁迅《风波》中场景的再现：八一嫂站出来和赵七爷激烈论辩的时候，人们只是呆呆站着，"他们也仿佛想发些什么议论，却又觉得没有什么议论可发。嗡嗡的一阵乱嚷，蚊子都撞过赤膊身子，闯到乌桕树下去做市；他们也就慢慢地走散回家，关上门去睡觉"②。《乡村的教师》中村人把吴锦翔吃人的经历当作罪恶、丑闻，他们漠视吴锦翔的痛苦，而鲁迅《祝福》中那群充满好奇的看客们也将祥林嫂的不幸经历当作罪恶、丑闻。陈映真接过鲁迅现实主义创作

---

① 陈映真：《乡村的教师》，《归乡》，昆仑出版社2001年版，第24—25页。
② 鲁迅：《风波》，《鲁迅全集》（第1卷），人民文学出版社1981年版，第473页。

精神的火炬，秉承着鲁迅清醒的、开放的现实主义创作道路。在鲁迅现实主义创作精神的影响下，陈映真的小说具有一种力透纸背的深刻，有一种发人深省的精神力量，更有一种真挚深切的人文关怀。

第二节　鲁迅现实主义创作精神对陈映真小说主题的影响

　　鲁迅现实主义创作精神对陈映真小说的主题表现产生了很大的影响。鲁迅以严峻的现实主义态度，剖析国人的灵魂，对于国民劣根性进行了猛烈的抨击，对旧制度、旧思想、旧文化、旧道德给予"必不容有反对之余地"的彻底批判。在批判的同时，鲁迅坚持启蒙立场，深刻剖析人物思想性格赖以形成的社会土壤，鲜明地指出中国几千年的封建专制主义和封建蒙昧主义及帝国主义的压迫对中国民众精神的戕害。鲁迅的启蒙以立人为要旨，自觉担负起探索人性、疗救人生的使命，拯救那些深陷困顿的灵魂。陈映真深刻地领悟了鲁迅现实主义创作精神的内涵，沿着鲁迅开创的批判主题、启蒙主题和救赎主题，在新的时代背景下一路前行。

一　批判视野

　　鲁迅以战斗者的姿态卓立于"五四"文坛，其批判精神历来为人们所称道。鲁迅的现实主义批判精神对台湾文坛也产生了深刻影响。陈映真于20世纪50年代末正式步入文坛，他的诸多作品中都涌动着鲁迅现实主义批判精神。他在《作为一个作家……》中明确提出："作为一个作家的第三个基本条件，我认为就是应该具有批判的视野……因此，一个作家，必须要有批判的知识和眼光，善于替社会的底层，从最不被重视的大多数人的立场去看世界、看生命、看生活。"[①] 批判主题成为陈映真小说着力表现的一个主题。

（一）鞭挞社会的黑暗与残酷

　　《呐喊》《彷徨》中有大量作品以犀利的笔触揭露和批判中国封建专制制度和封建礼教的"吃人"本质。作为中国现代白话小说的开山之作，《狂人日记》借患有迫害狂恐惧症的"狂人"之口揭露几千年来封建礼教吃人的本质。"早上小心出门，赵贵翁的眼色便怪：似乎怕我，似乎想害

[①] 陈映真：《文学、政治、意识形态——专访陈映真先生》，《陈映真代表作》，河南文艺出版社1997年版，第711—712页。

我。还有七八个人,交头接耳的议论我,又怕我看见。一路上的人,都是如此。"① 作品中有多处描写狂人以为人人都要迫害他的心理。从外在言行看,狂人具有精神病学中"迫害症"患者的诸多特点:恐惧、多疑、感知障碍、思维形式障碍等精神病性症状。事实上,狂人的疯言疯语看似错乱和偏执,却表现出深刻的思想、清醒的认识和发人深省的见解:"我翻开历史一查,这历史没有年代,歪歪斜斜的每页上都写着'仁义道德'四个字。我横竖睡不着,仔细看了半夜,才从字缝里看出字来,满本都写着两个字是'吃人'!"② 寥寥数语揭露了几千年中国封建礼教"吃人"的本质,揭示了封建礼教在精神上对人性的压抑与摧残,揭露了封建制度对人的奴役与压迫。在《离婚》中,受尽婆家凌辱却又被丈夫遗弃的爱姑勇敢地找夫家去"离婚",她要在老爷、大人物、洋少爷面前控告丈夫的恶行,申诉自己的冤屈。但在封建势力的联合压迫下爱姑反抗封建夫权的斗争最终失败了。封建礼教尊卑贵贱的等级名分把人的主体性消融了,使得个体独立价值被人伦关系所取代。鲁迅在小说中冷峻而深刻地揭露了封建礼教的这一本质特征,并予以批判。

  面对惨烈的民族灾难而产生的忧患意识在小说文本中常体现为叙述者对民众"哀其不幸,怒其不争"的愤慨。陈映真作为鲁迅忠实的追随者,秉承了鲁迅现实主义批判精神,继续对社会的黑暗与残酷进行揭示,真实生动地描绘了社会急剧变迁的悲怆图景,显示出浓重的历史沧桑感和现实感。换一个时代,换一个社会背景,鲁迅笔下的芸芸众生在陈映真的作品中获得了文学意义上的"重生"。《凄惨的无言的嘴》中,主人公"我"是一位精神病患者,即将痊愈出院,在散步时目睹了一具女尸,"有一只乳上很干净地开了一个小凿口,甚至血水也没有。伊的脸瘦削,嘴角挂着含血的唾液",之后做了许多离奇怪诞的梦,"有一个女人躺在我的前面,伊的身上有许多的嘴……同时那些嘴还说:'打开窗子,让阳光进来吧。'"③《文书》讲述的是精神病患者安某因神经错乱而不断出现幻觉,在意识不清晰的状态下误杀了自己妻子。安某在战争年代目睹了一幕幕惨痛的死亡场景,并在无奈的情形下枪杀了一位少年,恰巧这位少年的妹妹成了他的妻子,战争过去了但是他的生活始终无法走出战争的阴影。猫的意象在文本中反复出现,隐喻着战争年代遗留下来的创伤如影随形,饱受心灵折磨

---

① 鲁迅:《狂人日记》,《鲁迅全集》(第1卷),人民文学出版社1981年版,第423页。
② 鲁迅:《狂人日记》,《鲁迅全集》(第1卷),第425页。
③ 陈映真:《凄惨的无言的嘴》,《陈映真小说选》,福建人民出版社1983年版,第74—75页。

的安某生不如死。陈映真用精神病患者的梦境、幻觉来折射当局的高压及其对人性的压抑和扭曲，与鲁迅的《狂人日记》何其相似，透过精神病患者的视角折射社会的专制高压，更加发人深省。

（二）揭露国民的精神病态

在鲁迅的很多作品中，对普通民众的刻画虽然未着浓重笔墨但占据了重要位置，他往往寥寥数笔便勾勒出"五四"时期民众的麻木与冷漠，塑造了中国现代文学史上影响深远的一系列人物。鲁迅少年时代家道中落，品味到了人情冷暖。因家庭变故遭受冷遇及留学期间的幻灯事件成为鲁迅揭露批判国民精神病态的内在动力。鲁迅曾痛切地指出："暴政的臣民，只愿意暴政暴在他人的头上，他却看着高兴，拿'残酷'做娱乐，拿'他人的苦'做赏玩，做慰安。"①《阿Q正传》中阿Q被押赴刑场行刑之前游街示众，两旁多是些张着嘴的蚂蚁似的看客。阿Q说出半句话人群中便发出豺狼嗥叫般的叫好声来。阿Q游街没唱戏文让他们觉得自己是白跟了一趟。《药》里在黑暗中伸长了鸭子一样的脖子观看革命者夏瑜就义的围观者的麻木、愚昧、冷漠，以及在华老栓茶馆对革命及革命者的无知；《明天》里红鼻子老拱和蓝皮阿五之流在单四嫂子的独子宝儿垂死之际，不仅没有同情与安抚却想着打她的歪主意；《祝福》中赏玩祥林嫂不幸遭遇的鲁镇人；《孔乙己》中，同是下层人却无情嘲笑落魄文人孔乙己迂腐可笑的酒客们。鲁迅笔下的这群愚钝民众麻木、冷漠，精神空虚，内心缺少温情，缺少自我意识。作为社会群像，嘈杂的社会背景和朦胧的群体意识使他们的性格特征并不鲜明，闹哄哄的一群，身处黑暗而浑然不知。

20世纪60—70年代的台湾社会虽然在政治文化生态方面有了很大的改变，却未从根本上转变民众的冷漠与麻木，那群尚未觉醒的庸众依然在陈映真笔下"活跃"着。《乡村的教师》里就刻画了一群与鲁迅笔下的人物有着千丝万缕关系的冷漠民众。小说中的吴锦翔战后回到家乡当了一名乡村教师，企图用新的生活来医治战火带来的精神创伤，但战时吃人肉的罪恶感时时咬噬着他的心。在送学生参军的筵席中，学生的应召入伍重新唤醒了他沉睡的梦魇，他仿佛又回到了热带的南方，回到了婆娑如鬼魅的树林，回到了炮声如雷的战火年代。在吴锦翔质问他们吃过人肉没有时，村民没有同情吴锦翔的遭遇，反而给予他异样的眼色。在吴锦翔死后，年

---

① 鲁迅：《热风·随感录六十五·暴君的臣民》，《鲁迅全集》（第1卷），人民文学出版社1981年版，第366页。

第三章　鲁迅现实主义精神对陈映真小说的影响　89

轻人甚至愠怒于他阴气的死和根福嫂的尖声号啕,"而老年人则多半都沉默着。他们似乎想说些什么,而终于都只是懒懒地嚼嚼嘴罢了。但到了人夜的时候,这哭声却又沉默了。那天夜里有极好的月亮,极好的星光,以及极好的山风。但人们似乎都不约而同地提早关门了"①。在《故乡》中,"我"家道中落在旁人冷漠异样的目光中逃离故乡,有家归不得。鲁迅在《且介亭杂文二集·论"人言可畏"》中写道:"小市民总爱听人们的丑闻,尤其是有些熟识的人的丑闻。"②《乡村的教师》中村民把吴锦翔吃人的秘密当作丑闻,他们对吴锦翔没有同情和帮助,只是满足好奇心的漠然和麻木。恰如鲁迅所说的:"假使有一个人,在路旁吐一口唾沫,自己蹲下去,看着,不久准可以围满一堆人;又假使又有一个人,无端大叫一声,拔步便跑,同时准可以大家都逃散。真不知是'何所闻而来,何所见而去'⋯⋯"③《祝福》中的祥林嫂,先是丧夫、被迫改嫁,后又丧夫丧子,这一连串的不幸被众人当作茶余饭后的谈资一次次予以窥探。当个人隐私被熟知后,就失去了看客们谈论的"价值",于是,庸众的残酷再次显露——漠视曾经费尽心思窥探的不幸。

庸众的麻木与冷漠塑造了令人窒息的社会环境,他们在无意之中成为扼杀先觉者和不幸者的帮凶,鲁迅对他们进行了猛烈批判和深刻揭露,而陈映真所处的是 20 世纪 60—70 年代的台湾,当时的台湾正面临着欧风美雨的侵蚀,即新殖民主义对台湾社会新的殖民侵略,如何深刻批判国民性中的种种局限性,重构优良的民族精神,成为陈映真面临的新课题。

(三) 对知识分子自身局限性的批判

鲁迅说:"我的确时时解剖别人,然而更多的是更无情面地解剖我自己。"④ 对自身命运的积极探索促使鲁迅不断反思知识分子自身的局限性。鲁迅严峻审视知识分子的软弱性及其对现实的妥协。鲁迅在反封建反传统过程中不断反观自身,洞悉了自身的历史局限,于是常借作品中的人物来自省。鲁迅既批判了知识分子的软弱与妥协,又表达了身为群体一员的思想困惑。鲁迅深刻的自省意识和反传统的决绝态度使其对处于新旧交替历史大潮

---

① 陈映真:《乡村的教师》,《归乡》,昆仑出版社 2001 年版,第 25 页。
② 鲁迅:《且介亭杂文二集·论"人言可畏"》,《鲁迅全集》(第 6 卷),人民文学出版社 1981 年版,第 331—332 页。
③ 鲁迅:《花边文学·一思而行》,《鲁迅全集》(第 5 卷),人民文学出版社 1981 年版,第 474 页。
④ 鲁迅:《坟·写在〈坟〉的后面》,《鲁迅全集》(第 1 卷),人民文学出版社 1981 年版,第 284 页。

中的知识分子有了更深刻的认识,开创了中国知识分子的现代表达范式。

《孔乙己》中,孔乙己满口"之乎者也",一心想走"学而优则仕"的道路,却始终未曾及第。他一贫如洗,穷困潦倒,却不愿脱下象征着"上等阶级"的长衫,穷途末路的他最终成了封建科举制度的殉葬品。《白光》里的陈士成,将自己全部的希望和失望、愤然与幻觉全都维系于能否进入统治阶层,从而失去了作为知识分子的自主意识。《孤独者》中,魏连殳是接受过新式教育的知识分子,他接受过新式教育又满怀理想,对封建礼教和封建制度进行批判,但他招来的却是别人的仇视与暗算,失业后的魏连殳变得意志消沉。在生活的逼迫下他向封建势力低下了头,做了军阀杜师长的顾问,每天吃喝玩乐、玩世不恭。孤独者魏连殳本是具有个体自觉的觉醒者,但是知识分子的软弱性和妥协性却使他在现实压力下向黑暗势力屈服。《在酒楼上》中,吕纬甫曾是一个受过革命思想熏陶的进步青年,青年时代他曾到城隍庙里去拔神像的胡子来破除迷信,也曾为中国如何改革而和同伴激烈争吵。但是辛亥革命以后,颠沛流离、步履维艰的生活现实使他意志渐渐消沉,最终放弃了自己的理想追求和社会责任,开始了浑浑噩噩、苟且偷安的日子,甚至为了糊口而违背意愿去教孩子们充满了封建毒素的《女儿经》。他由一个激进者而退化为一个落荒者,从一个极端走到了另一个极端,最终选择在颓唐消沉中消磨生命。鲁迅惋惜于他们的妥协、颓废与堕落,更对他们的消极予以严厉的批判。

陈映真是以"市镇小知识分子"自居的。他冷静地审视知识分子在社会转型时期的生活处境,以批判的视角来描写知识分子形象,透过知识分子对社会和人生进行思考与探索,将鲁迅对知识分子的清醒与自省进一步发扬。陈映真清楚地意识到:"贫困、饥饿、愚昧、不正和压迫,在我们这个世界上,一直都是、而且愈来愈是一个急迫而深在的问题。就在这个时候,在这个世界上,存在着我们不能想象之多的人口在营养不良、恶性的饥饿,永续的贫困、无知,医药缺乏和道德堕落中挣扎着。"[①]《我的弟弟康雄》中的康雄,一直幻想着一个能建立很多贫民医院、学校、孤儿院的乌托邦。康雄为了下学期的学费,暑假在一个仓库当职员,不想与房东太太相恋失去童贞,后因职业无着落,又无力改变现实,只好住进一个教堂。理想中虚无缥缈的美境和现实产生了巨大的差距,这个虚无主义少年最终死在了一个因通奸而崩溃了的乌托邦里。《乡村的教师》中的吴

[①] 陈映真:《最牢固的磐石》,《陈映真文集·杂文卷》,中国友谊出版公司1998年版,第193页。

锦翔是南洋战争幸存者之一。五年的战火几乎泯灭了他人性中的美好，但是接办小学唤醒了他埋藏在心底的理想，他开始全心全意投身教育事业。但吴锦翔的理想很快被现实摧毁，他改革的热情在怀疑中渐渐熄灭了，开始颓废。吴锦翔重新陷入战争的阴影中无法自拔，最终选择结束自己的生命。《故乡》中的哥哥，从日本留学归来，自愿到焦炭厂当保健医师，济世助人，却在家中发生变故后遭遇乡人的冷眼，这使他心灰意冷，自暴自弃成了一个无所事事的赌徒。具有改良思想的小资产阶级知识分子，都选择或精神或肉体的自我毁灭来对抗理想的失落。

陈映真承续了鲁迅作为知识分子的自省意识，同时又将鲁迅的自省意识进一步深化，他站在新的角度来观察和分析知识分子形象，对台湾由农业社会向资本主义工商业社会转型期及新殖民主义时期知识分子的堕落和异化进行了无情的讽刺。《唐倩的喜剧》讽刺了唐倩试婚的行径，暴露了台湾社会意识形态全盘西化的现实，批判了知识分子在存在主义、新写实主义、拜金主义等浪潮冲击下自我的迷失。"华盛顿大楼"系列小说描写了企业体制和企业行为下的一群知识分子，作者对这些在跨国企业内部挣扎而失落自我的知识分子予以抨击，如《夜行货车》中的林荣平、《上班族一日》中的黄静雄、《万商帝君》中的刘福金、陈家齐，等等。

陈映真说过："通过鲁迅，我早就对现代派保持着批评的态度。"① 对于知识分子，陈映真与鲁迅一样保持着清醒的自省，在不断地批判与审视中思考与探索生活。在陈映真所处的社会中，许多知识分子在资本主义的侵蚀下，丧失了民族尊严，逐渐异化为金钱的奴隶。陈映真对于知识分子的软弱与妥协予以了严厉的抨击，成为鲁迅现实主义批判精神脉络传承中的经典范例。陈映真的创作思想不仅来自鲁迅的影响，还有家庭的基督教熏陶。陈映真曾提到过他父亲曾对他说的话："孩子，此后你要好好记得：首先，你是上帝的孩子；其次，你是中国的孩子；然后，啊，你是我的孩子。我把这些话送给你，摆在羁旅的行囊中，据以为人，用以处事。"②

二 忧患意识

鲁迅在《南腔北调集·我怎么做起小说来》中说："我的取材，多采

---

① 冯伟才：《那孤单的背影——记在台北晒陈映真》，《百姓》1988年第6期。
② 陈映真：《鞭子与提灯——〈知识人的偏执〉自序》，《陈映真文集·杂文卷》，中国友谊出版公司1998年版，第182页。

自病态社会的不幸的人们中,意思是在揭出病苦,引起疗救的注意。"①鲁迅对旧制度、旧思想、旧文化、旧道德的暴露和批判不纯粹是为了批判,而是为了更好地启蒙,即"揭出病苦,以引起疗救的注意"。他曾说:"说到'为什么'做小说罢,我仍抱着十多年前的'启蒙主义',以为必须是'为人生',而且要改良这人生。我深恶先前的称小说为'闲书',而且将'为艺术的艺术',看作不过是'消闲'的新式的别号。"②鲁迅怀着极大的热情,把目光聚焦于广阔的社会,以全新的视角审视现实人生,以极大的同情描写普通民众的命运,揭示他们愚昧、麻木和自私的灵魂,张扬人格独立和个性尊严,塑造了一系列性格鲜明的人物形象。

鲁迅洞悉了国民性的复杂性,以拯救庸众为己任,以立人为要旨,揭示黑暗展现个人主体的非人处境,剖析并呈现其痛苦的心灵遭遇,进而建构个人的主体自由。鲁迅认为:"凡是愚弱的国民,即使体格如何健全,如何茁壮,也只能做毫无意义的示众的材料和看客,病死多少是不必以为不幸的。所以我们的第一要著,是在改变他们的精神,而善于改变精神的是,我那时以为当然要推文艺,于是想提倡文艺运动了。"③《药》中的夏瑜,在狱中坚守启蒙的重任,寻找一切可以利用的机会宣扬进步思想,企图唤醒民众:劝牢头造反,告诉他这大清的天下是大家的。《狂人日记》中的"狂人"也是一个觉醒了的启蒙者,带着冲破阻碍、勇往直前的锐气,面临被"吃"的危险,却丝毫不畏惧,"虽然不吃人,胆子却比他们还壮……我忍不住,便放声大笑起来,十分快活,自己晓得这笑声里面,有的是义勇和正气"④。作为先觉者的"狂人"义无反顾地揭露这"吃人"的罪恶,让民众清醒地认识到,生活在"吃人"的社会里,自己也是其中的一分子。

20 世纪 60—70 年代的台湾社会正处在十字路口,其发展走向成为人们关注的焦点。面对这一社会现实,陈映真以跨国企业为切入点,将笔触投向殖民体制影响下台湾民众的现实生活,探索在消费主义观念影响下,如何重塑民众的灵魂。陈映真从台湾社会现实出发,对芸芸众生的生存境遇予以真切的同情和深刻的思考。陈映真说:"关心民众的疾苦,与自己民族的独立与自由,是几千年来中国知识分子重要的传统操守之一。这一

---

① 鲁迅:《南腔北调集·我怎么做起小说来》,《鲁迅全集》(第 4 卷),人民文学出版社 1981 年版,第 512 页。
② 鲁迅:《南腔北调集·我怎么做起小说来》,《鲁迅全集》(第 4 卷),人民文学出版社 1981 年版,第 512 页。
③ 鲁迅:《呐喊·自序》,《鲁迅全集》(第 1 卷),人民文学出版社 1981 年版,第 417 页。
④ 鲁迅:《狂人日记》,《鲁迅全集》(第 1 卷),人民文学出版社 1981 年版,第 424—426 页。

代在台湾的中国作家,谦虚地、严肃地秉承了这个传统……中国的新文学,首先要给予举凡失丧的、被侮辱的、被践踏的、被忽视的人们以温暖的安慰,以奋斗的勇气,以希望的勇气,以再起的信心。"① 陈映真的启蒙观念与鲁迅一脉相承,他擎起启蒙的旗帜,将清醒而深邃的思考聚焦于苦难的民族记忆。在广阔的社会背景中,陈映真在洞察生存的荒诞与虚无以后,仍然选择启蒙。他超越了启蒙而依然专注于启蒙,以犀利的语言、深沉的忧患意识担当起了当代台湾知识者的启蒙重任,以激进的革新者姿态独立于台湾文坛。

"华盛顿大楼"系列作品,如《夜行货车》《万商帝君》《云》《上班族的一日》等正是在这一时代背景下创作出来的。所谓的华盛顿大楼是发达资本主义国家的跨国企业在台北的办公大楼,陈映真通过描绘华盛顿大楼里形形色色的人物,着力探讨和解剖了在跨国企业侵蚀下人的异化,并以此来警醒世人,最终实现启蒙。《夜行货车》中,林荣平和詹奕宏都是台湾南部的农家孩子,进入华盛顿大楼以后,却选择了不同的生活道路。林荣平担任公司的财务部经理,对老板摩根索奴颜婢膝,帮助摩根索欺骗上级以此来换取金钱和地位,在摩根索侮辱他的秘书兼情妇刘小玲时,林荣平为了名利对洋老板的欺侮佯装不知。在名利面前,林荣平异化为洋老板的奴才,异化为物欲的奴才。在刘小玲赴美的欢送会上,面对洋老板侮辱中国人的行径,詹奕宏挺身而出:"先生们,当心你们的舌头……"并愤然宣布:"我以辞职表示我的抗议……可是,摩根索先生,你欠下我一个郑重的道歉……像一个来自伟大的民主共和国的公民那样的道歉。"② 林荣平劝他息事宁人,詹奕宏用台湾方言对林荣平说:"在蕃仔面前我们不要吵架……你,我不知道;我,可是再也不要龟龟琐琐地过日子!"③ 林、詹二人的表现形成鲜明的对比,詹奕宏作为小说表现的主要人物表现出中国人的民族气节,维护了中国人的尊严,对于当时沉迷于资本主义的生活方式而背弃中国人尊严的人们是一个警醒。《上班族的一日》中的黄静雄由大学时那个没有摄影机但却狂热迷恋拍片的穷学生,在跨国企业这个大染缸里一步步变为物质欲望的奴隶。虽然对当下的处境有些不满,但对费尽心思得到的"奴隶"位置他却欲罢不能。《云》中的中学教员出身的公司行政主任张维杰,曾是一位正直而有理想的知识青年,他希望能用

---

① 陈映真:《建立民族文学的风格》,《陈映真文集·文论卷》,中国友谊出版公司1998年版,第415页。
② 陈映真:《夜行货车》,《陈映真文集·小说卷》,中国友谊出版公司1998年版,第334页。
③ 陈映真:《夜行货车》,《陈映真文集·小说卷》,第334页。

自己的真才实学为台湾同胞谋福利。他幻想着美式民主能为公司的工人带来福利，试图在公司建立第一个开明工会，但他的努力却因公司上层的争权夺利而化为泡沫。他感悟到跨国公司唯利是图的本质：对企业经营者而言，企业的安全和利益远比他们所谓的人权要重要。于是他毅然选择了辞职，开始独立经营出口生意。张维杰的道路选择，反映了台湾民众的普遍愿望和要求，也一定程度上预示了民族经济的发展走向。《万帝商君》由三条叙事线索交错贯穿而成。第一条线索以刘福金、陈家齐为代表人物，他们在跨国公司中属于"成功者"，都坐到了经理的位置，但是两人都在跨国公司文化的侵蚀下迷失了自我，背弃了自己的民族文化，向万帝商君俯首称臣，沦为跨国公司文化的奴隶。小说第二条线索的代表人物是林德旺，他欲做"奴隶"而不得。他日夜梦想能升做经理人，当这一梦想一次次被拒之门外的时候，林德旺由失望而绝望，由绝望而精神错乱。他在黑暗中回到了少年时代那段最灰暗绝望的日子，他看见发胖的、店老板的女儿正在舀人肉给顾客，顾客们装作毫不知情地把人肉送进嘴里吃，老板娘笔直地望着他，狰狞地朝他笑。置身黑暗的世界里，林德旺面对着的是人与人倾轧恶斗、人吃人的惨剧，面对着的是人为了保全自己而互相欺诳，不敢说破吃同类肉、啃同类骨、喝同类血的虚假。对此，林德旺愤愤地质问："这懦弱的、说谎的人世……"① 林德旺一步步被残酷的现实和无尽的欲望吞食。鲁迅在《狂人日记》里，借狂人揭露封建社会"人吃人"的本质，以此来警醒世人；而陈映真同样借林德旺疯狂的异样眼光揭露跨国企业吃人的本质，来警醒民众要保持清醒。小说的第三条线索人物是Rite（瑞特），她信仰基督教，为人谦和、努力工作，作为工作狂陈家齐的秘书，再忙都会为有需要的人送福音单。在"人吃人"的跨国公司里，Rite希冀可以用基督的爱来挽救迷失自我的人们，单纯的基督爱对于消灭"人吃人"的残酷有些乏力，但是Rite的努力仍然给社会的黑暗带来些许光明与希望。

陈映真深切地感受到跨国企业在利润贪欲驱使下，以消费主义来毒害人的心灵，影响了台湾人民的利益。对此，知识分子需要保持高度的警惕，对迷失的民众进行启蒙。他的"华盛顿系列"着重描绘了外资企业中形态各异的知识分子：出卖尊严爬上高层的"成功者"、在理想与现实的夹缝中碌碌无为的失败者和坚守民族和人格尊严的抗争者。在华盛顿大楼里工作的台湾知识分子在外界看来是一群成功者——他们受过高等教

---

① 陈映真：《万商帝君》，《陈映真文集·小说卷》，中国友谊出版公司1998年版，第495页。

育，有着专业的优势，有优越的工作条件和待遇。但他们要维持在华盛顿大楼的地位，却要出卖自己的良心，甚至做人的尊严。如林荣平、杨伯良、黄静雄为上司做假账。而那些维护做人尊严的人常常是无法在华盛顿大楼里站稳脚跟的。跨国企业里形形色色的众生相，都传递出了一个共同的主题，即试图通过对国际帝国主义残酷本质的揭露与批判，来启蒙被美式"享乐主义"所蒙蔽而迷失自我的民众，唤起他们对民族文化的认同。国际垄断资本主义打着友好通商的旗号，借着向第三世界国家的人们推销最新研究的成果，来推销西方的文化理念、意识形态，包括政治主张、社会理想、生活方式、道德观念等。陈映真通过"华盛顿大楼"系列文学形象的塑造，深刻地反映了台湾在资本主义经济侵略下的文化危机。他试图在对西方资本主义经济的揭示与批判中唤醒麻木的民众，唤起他们的民族认同感和文化归属感。

在《陈映真的自白》里，陈映真谈鲁迅对他的影响时，认为鲁迅的一个重要影响就是对中国的认同和民族情感的认同。1976年，当陈映真回忆往事时说道："几十年来，每当我遇见丧失了对自己民族认同的机能的中国人；遇见对中国的苦难和落后抱着无知的轻蔑感和羞耻感的中国人；甚至遇见幻想着宁为他国的臣民，以求取'民主的，富足的生活'的中国人，在痛苦和怜悯之余，尤其的感谢——感谢少年时代的那本小说集，使我成为一个充满信心的、理解的、并不激越的爱国者。"[①] 鲁迅指引着陈映真不断前行，并激励着他为民族的振兴而不断努力。陈映真接续了鲁迅的文学精神，传承和发展了鲁迅的民族情感认同，他意识到民族、文化认同不能沦丧在美式资本主义的侵蚀下，不能失去自我，更不能失去民族尊严。要实现民族振兴，不能靠美帝国主义，也不能靠台湾当局，要靠台湾的广大民众，要维护中华民族的尊严，保持和发扬中华民族的伟大精神，做一个"胸襟坦荡、脊骨挺直"的中国人。

三 人道主义的救赎

鲁迅在小说中对黑暗的社会现实、愚昧麻木的庸众、软弱的知识分子予以毫不留情地批判和嘲讽，但在他冷峻批判背后隐含的是对民众生存状态的沉思和对民族命运的探索。在《且介亭杂文二集·七论"文人相轻"——两伤》中他写道："能杀才能生，能憎才能爱，能生与爱，才能

---

① 陈映真：《鞭子与提灯——〈知识人的偏执〉自序》，《陈映真文集·杂文卷》，中国友谊出版公司1998年版，第181页。

文。"他怀着人道主义的温情,对芸芸众生给予真挚的关怀,试图用大悲悯和大爱来救赎麻木的民众。于是,在小说文本中他为实现人道主义的救赎而不断尝试。在无情的批判和深刻的启蒙之后,鲁迅开始探寻如何唤醒"铁屋子里沉睡的人们",被批判者在被先觉者启蒙之后,面对强大而黑暗的社会现实将走向何方、归于何处,这成为鲁迅小说叙事的一个重点。

陈映真师承鲁迅的人道主义精神,对于台湾民众的出路问题做了不懈探索。他怀着悲天悯人的人道主义情怀,对生活在底层的人们予以深切关怀,并致力于为在资本主义经济、文化的侵略下,逐渐丧失自我、丧失民族尊严的庸众指明前行的方向。他秉承鲁迅的救赎理念,用社会关怀和人性观照来剖析、批判新时代背景下的诸种症候,不断探寻"救治"之道,这成为他创作高扬的主旋律。这种人道主义精神可以激发人们内心深处的怜悯之情。人道主义精神的构成,不仅有博爱的成分,也有牺牲救世的因子,二者是有机统一、融和不悖的。陈映真在小说文本中刻画了一批具有牺牲精神的救世者形象。这些救世者不断地考问自我灵魂,表现出强烈的自我更新的欲望,继而实现救赎。在救赎理念上和救赎主题的处理上,陈映真与鲁迅是一脉相承的。

(一) 死亡言说

在文学文本中,死亡作为情感宣泄的一种方式,常常蕴含着作家对生命独特的思考和感受。死亡言说探讨的是人靠什么在世界上生存,当人在遭遇生存困境时凭借什么支撑。伴随着对个体生存状态的沉思,鲁迅将个体存在价值、生命体验超越了法律道德的束缚,上升到哲学的高度,死亡成为一种表达生命自觉的方式。在小说文本中死亡超越了生物学上的生命体征消失的意义,在残酷的生存状态下,鲁迅在死亡中表现"生"的意志——"向死而生"。他以沉重的姿态背负芸芸众生的苦痛,通过死亡言说来救赎"病入膏肓"的灵魂,引导民众认识自身的生存境况,进而反思国民性与民族精神,承担起救国救民的重任。如他在《坟·我们现在怎样做父亲》一文中所说,"自己背着因袭的重担,肩住了黑暗的闸门,放他们到宽阔光明的地方去;此后幸福的度日,合理的做人"[①]。鲁迅将死亡这一极端形式作为对黑暗社会的一种救赎。救赎是一个少数唤醒多数的过程,救赎者是庸众社会中的孤独者,作为少数者的救赎者承受着不为

[①] 鲁迅:《坟·我们现在怎样做父亲》,《鲁迅全集》(第1卷),人民文学出版社1981年版,第130页。

庸众所理解的痛苦和孤独，但是鲁迅没有因痛苦和孤独而放弃救赎的责任，而是将救赎的理念奉为至高信念坚守。

陈映真在构建救赎主题时将生与死联系起来，将死亡与人物在遭遇生存困境、理想破灭时的精神状态、价值取向联系起来，探究他们死亡背后的深层意蕴。刘小枫在论及诗人自杀的意义时曾说："既然生没有意义，主动选择死就是有意义的，其意义在于毕竟维护了某种生存信念的价值。"① 在陈映真的小说中有不少人物是主动选择结束生命的，一幕幕触目惊心的"死亡"，展现的是历史和现实加诸人们身心的种种磨难，流露出作家悲天悯人的人道主义情怀，同时借人物的死亡到达超脱自己和现实之卑污的"自由"，用精神信念替代生存信念，用灵魂的永恒或再生替代肉体的消失，从而完成人道主义救赎。陈映真的这一文学救赎方式明显师承于鲁迅。

《我的弟弟康雄》中康雄最后选择了自杀，一方面是由于生活的困顿，贫穷让他在现实的泥淖中步履维艰；另一方面则是由于理想的受阻，他努力想建构乌托邦的社会蓝图，但在现实中却与房东太太通奸，这让他内心充满自责与悔恨。康雄在理想与现实的激烈冲撞中，在生活的重负挤压下，最终选择了用死亡的方式来坚守理想，完成生命的救赎。《第一件差事》中的胡心保，事业有成，经济充裕，有一个温馨的家庭，还有令人羡慕的情妇。但胡心保也选择了死亡。胡心保对酒店老板说："人为什么能一天天过，却不晓得干吗活着。大概是这样。"② 面对无意义的生存，胡心保勇敢地选择了毁灭。《将军族》中三角脸和小瘦丫头经历千辛万苦，终于重逢。但因现实加诸身上的苦难，他们的爱情未能如愿，最终选择以死殉情，以死来反抗残酷的现实，捍卫自己的精神家园。《某一个日午》里，房恭行因理想的迷失，而走向了死亡。他在遗书中写道："我无能力自救这一切的欺罔，我唯愿这死亡不复是另一个欺罔……"③ 房恭行是为不被欺罔而走上死亡的，既然生不能给以希望，那就在死的追求中实现梦想。在小说文本中，陈映真给死亡注入现实历史内涵的同时，赋予"死亡"救赎功能："死亡"与"死者"，既照出台湾社会现实的黑暗，也唤醒了生者沉睡的意识，照亮了一条自由选择的理想之路。

---

① 刘小枫：《拯救与逍遥》，华东师范大学出版社 2007 年版，第 42 页。
② 陈映真：《第一件差事》，《陈映真文集·小说卷》，中国友谊出版公司 1998 年版，第 201 页。
③ 陈映真：《某一个日午》，《陈映真文集·小说卷》，中国友谊出版公司 1998 年版，第 262 页。

同是死亡言说，但是陈映真在继承鲁迅死亡言说的基础上，又赋予它新的历史内涵。陈映真出生在一个具有基督教信仰的家庭，从小便受到了基督教精神的熏陶，因此他的人道主义救赎理念不仅有来自鲁迅的影响，也有宗教信仰的影响。基督教的博爱的人间情怀、严明公正的自律精神在其小说人物身上都有所体现：《我的弟弟康雄》中康雄选择死既是经受不住理想与现实之间巨大落差的打击，也是因为基督伦理观念对肉体出轨的强烈谴责，促使他以死来救赎被伦理逼迫的灵魂；《乡村的教师》中的吴锦翔无法摆脱战争中"吃人肉"的心理阴影，既有周围人所给的压力，亦有基督博爱精神的感召，最后促使他选择死来完成人性的救赎。陈映真笔下的人物试图用死亡来消除罪恶、净化世界，完成精神的审判与人性的救赎。

（二）"归乡"范式

"中国文学中的家乡永远无保留的是指中国人祖祖辈辈生长的那分土地。长久以来安土重迁是他们的生活常规，背井离乡则是一种最悲惨的人生遭遇，这不仅指战乱灾荒年代的流离失所，也指和平生活下的远嫁和漂泊。因而乡土不仅给古代中国人、也给现代文学提供着诗意。"① 于是在中国现代文学中，"离乡—归乡—再离乡"成为一种屡见不鲜的创作范式，又称为"归乡"范式。鲁迅小说创作中的"归乡"叙事因其独特的生命体验和浓郁的写实性成为这一创作范式的开创者。他以深刻的笔触对故乡做了全面的剖析和审视，解析了离乡人在理想受挫后归乡的心路历程，透露出鲁迅浓重的人道主义关怀。当人物在现实的逼迫下无路可走时，启悟并且还乡成为鲁迅救赎的又一方式。借形态各异的乡土中国图景和人生画面的不断呈现，来启悟那些在冷酷现实中找不到出路的迷茫的灵魂。

《故乡》中"我"阔别故乡多年后重返故乡，与儿时亲密无间的好友闰土已然隔阂成两个世界的人，梦中美轮美奂的故乡变得破败凋敝，"我"与故乡人之间的隔阂，使"我"震惊，最终不得不再次离去。《祝福》中的"我"也是一个不满足于闭塞乡村的现代青年，满怀希望到都市找寻梦寐以求的理想，对故乡的想念又促使他回到故乡，但在故乡迎接他的则是祥林嫂在时间流逝中的被损害，备感失望的他满怀心酸再次踏上了离乡之路。《故乡》《祝福》中的归乡者都是接受了西方文明洗礼的现代知识者，他们不满于乡村的愚昧落后，奔向都市寻找理想中的世界，但

---

① 许志英、邹恬主编：《中国现代文学主潮》，福建教育出版社2001年版，第548页。

是现实社会与理想世界有着巨大的落差,在大都市里他们没有找到理想的锚泊之地。经历了理想受挫、生活困顿、异国他乡的漂泊辛酸、心灵深处无家可归的苦楚,故乡成了他们精神慰藉的良药,家乡的一切都是那么的美好。他们鼓起勇气满心壮志忐离开都市,回到阔别已久的故乡寻求心灵的寄托。这些最先觉醒的知识分子从故乡出走又回到故乡,是现实的回归也是心灵的洗礼。当他们回到魂牵梦绕的故乡时发现故乡远非想象中的那么美好,心目中那美如风景画的故乡被衰败萧瑟的现实所取代,归乡使他们内心深处清除了对故乡的美好想象,从而更清醒地对故乡进行重新定位。在那些知识分子眼中,故乡一定程度上是乡土中国的缩影,对故乡的态度与对乡土中国的态度有其内在的一致性。首次离乡是去大都市寻找理想的世界,而归乡是企图寻找精神的避难所,当两者都失败后,他们选择了再次离乡,此次离乡已与前者截然不同。经历了现实的洗礼后,他们对乡土中国都有了更为清醒的认识,对未来也重新燃起了希望。在一定意义上,他们完成了传统知识分子向现代知识分子的转换,实现了精神的自我救赎。

  陈映真继"死亡"救赎之后,开始探索新的救赎之路,探索如何有尊严地活着离开现场。无独有偶,陈映真亦作了一篇名为《故乡》的小说。陈映真《故乡》中的"我"四年前因不堪忍受家庭剧变的打击而离家求学。学业结束后,不得不回到梦魇似的却又一直挂念的家乡。回到故乡后,展现在"我"面前的却是噩梦般的场景——原本虔诚的基督教徒哥哥放弃了济世救人的理想,在残酷的现实面前沦落为一个终日浑浑噩噩的赌徒。回到阔别已久的故乡,"我"看到哥哥理想的破灭,看到有价值的东西被毁灭,"我"感到沉闷和困惑。"我"毅然决然再次离开了那个令人沉闷的地方,去远方找寻理想的世界。陈映真的《故乡》结尾有几分鲁迅的味道:"我不回家,我要走,要流浪。我要坐着一列长长的、豪华的列车,驶出这么狭小,这么闷人的小岛,在下雪的荒瘠的旷野上飞驰,驶向遥远的地方,向一望无际的银色的世界,向满是星星的夜空,像圣诞老人的雪橇,没有目的地奔驰着……"① 怀着无尽的希望,"我"再次离开了故乡,将自己从悲观绝望中解救出来。陈映真另一力作《归乡》也采用了"离去—归来—再离去"的"归乡"范式。杨斌是1947年被国民党招募来的一万多名台湾兵中的一员。为了年迈的父母和两个弟弟,杨斌投入国民党军营,这些台湾籍士兵很快被送往大陆打仗,守锦州,打塔

---

① 陈映真:《故乡》,《陈映真文集·小说卷》,中国友谊出版公司1998年版,第28页。

山。随着国民党军队的溃败,不少人死在了枪林弹雨中,有些做了俘虏留在了大陆,有家归不得,杨斌就是其中之一。他流寓大陆四十多年。在四十多年里,历尽沧桑,经历了"文化大革命"的风风雨雨,见证了大陆的历史变迁。终于,飘零离散大半生的杨斌有机会重返魂牵梦绕的故乡台湾了,他迫切地想要找回温暖人心的亲情,但是历尽千辛万苦回到故乡时,他所看到的台湾早已面目全非,了无当年的温情:成为暴发户的胞弟林忠失去了农民时的淳朴,为了独占田产,不愿与他相认,还诬赖他是冒充台湾人前来谋夺财产的"外省人"。对此,杨斌无奈地说道:"别人硬要那样,硬不做人的时候,我们还得坚持绝不那样,坚持要做人。这不容易。"① 感慨之余,杨斌只得再度离开魂牵梦绕的故土,返回大陆,"毕竟,台湾和大陆两头,都是我的老家"②。陈映真的这些作品都显示出他对鲁迅"离去—归来—再离去"的"归乡"范式的承袭。

概言之,陈映真的小说创作,高举人道主义的圣火,为在冷酷黑暗现实中苦苦挣扎的民众照亮了前行之路。他延续了鲁迅"死亡"言说、"归乡"范式等救赎路线,进一步拓展了鲁迅现实主义创作道路。

第三节 鲁迅现实主义创作精神对陈映真小说创作技巧的影响

一 现实主义与现代主义的融合

鲁迅在小说创作中,以自己的创作经验和艺术积累丰富发展了现实主义,成为新文学史上卓有影响的现实主义作家。他的小说创作具有强大的艺术表现力,为现实主义的创作手法增添了新的艺术光辉;他用自己的创作实绩为新文学现实主义传统奠定了基础。鲁迅将现代主义的一些创作手法创造性地运用到了现实主义创作中,形成了现实主义与现代主义的完美融合。深得鲁迅创作真传的陈映真在其小说创作中也达到了现实主义与现代主义的完美融合。陈映真对有利于增强作品艺术表现力的创作手法批判性吸收,去补充、丰富现实主义创作手法,进而增强作品的批判力度。就像陈映真自己所说的:"我认为现实意义有非常辽阔的道路……我们要注意一点,现实主义也要再解放,不要像过去的现实主义一样,愁眉苦脸,

---

① 陈映真:《归乡》,《归乡》,福建人民出版社1983年版,第247页。
② 陈映真:《归乡》,《归乡》,第247页。

严肃得不得了,不敢接触实质问题,不让你的想象力飞扬。"①

鲁迅在现实主义创作中融入现代主义的因子不是要取消现实主义,更不是为了炫技,而是为了增强现实主义的表现力。在《狂人日记》中,鲁迅为了表现封建社会的残酷及其"吃人"的本质,刻画了一个被害妄想症患者,他通过狂人敏感多疑的联想、不正常的推理、错觉及幻觉来表现狂人所处的社会现实。在塑造狂人形象时,鲁迅采用了心理描写、意识流等现代主义的创作手法。随着作者笔触的流动将狂人意识的流动清晰而又深刻地展现在读者面前,从狂人的视觉、联想推理及错觉、幻觉等,来展现狂人被压抑的内心感受,营造狂人被迫害的感觉氛围,表现社会环境的黑暗与残酷。狂人沉浸在自己病态的精神中,在虚无的幻想中产生错误的想象,甚至会凭空幻化出自己与他人对话的情景,将书中"仁义道德"转换成"吃人"符号。鲁迅将精神病患者常见的幻觉、错觉等感知觉症状与小说主人公所处的外界环境联系起来,用精神的病态来反映社会的病态,同时予以深刻的思想内涵,达到深化主题的目的。在《狂人日记》中,鲁迅运用象征手法赋予已有的现实主义骨架以新的内涵和光彩,将生活中常见的意象寄予丰富寓意。患被害妄想症的狂人既反映出封建社会对人的摧残,又是反封建传统和封建礼教的新生力量的象征;狼子村象征着"人吃人"的封建礼教;"黑漆漆的,不知是日是夜"象征着腐朽黑暗的半殖民地半封建社会;等等。而这些象征寓意最后都凝聚到文本的主旨"吃人"这一点上,形成了一个总体的象征。《药》也运用了象征主义的创作手法来升华作品的现实主义主题。革命者夏瑜为了社会的进步而心甘情愿牺牲自己,死后竟变成他致力于解救的民众的"药方",而作为被救治者的华小栓并未因吃了人血馒头而得救,通过"人血馒头"事件写出了两个家庭的悲剧。中华民族又称华夏民族,而小说中华、夏两家的悲剧又通过姓氏的象征意义上升为整个中华民族的悲剧。华小栓是华家的独子,夏瑜是夏家的根苗,而两人一个因病夭折,一个为民众牺牲,作品强烈地暗示:如果再不唤醒沉浸在愚昧之中的民众,整个中华民族都将岌岌可危。

鲁迅在这方面给予陈映真许多启示。日本学者松永正义1984年在所写的《透析未来中国文学的一个可能性》中认为,鲁迅给予陈映真的是与他的爱国主义结合在一起的观察中国台湾社会的广阔视野和清醒的批判力,使陈映真置身在"台湾民族主义"气氛中,"还能具备从全中国的范

---

① 彦火:《陈映真的自剖和反省》,《陈映真文集·文论卷》,中国友谊出版公司1998年版,第73页。

围来看台湾的视野,和对于在六十年代台湾文坛为主流的'现代主义',采取批判的观点"①。赵遐秋在与陈映真谈话时说过:"你(陈映真)一开始创作,自始至终,就是现实主义创作方法,不过你运用的现实主义创作方法具有开放性的姿态,就像鲁迅所说的,实行的是拿来主义。你引进了浪漫主义、存在主义、象征主义中一切有表现力的艺术手段,去补充、丰富你的现实主义的艺术手法,从而增强了你的小说的艺术表现力度。"②此种说法得到了陈映真的认可。作为鲁迅现实主义批判传统在台湾的传承者,陈映真坚守现实主义的创作土壤但又从未局限于现实主义的创作手法,在他的小说创作中,创造性地借鉴了鲁迅开放的现实主义的创作手法,他遵循现实主义的创作原则真实地描绘了台湾当时的社会现实,同时又运用多种创作手法塑造了一批具有丰富内涵的人物形象。用陈映真自己的话来说,他的小说是在进行现实主义的"再解放",既有现实的内涵,又有浪漫式的浓郁抒情、现代派似的梦幻及象征的色彩等。陈映真对现代主义文学的创作技巧进行了扬弃,将意识流、心理分析、象征等现代主义的创作技巧充分融入现实主义创作中,形成兼容并蓄的现实主义风格。正如古继堂所说的:"陈映真的小说艺术十分独特,他把现实主义深沉的揭露和批判精神与现代派的象征、暗示、时空交错等灵活多样的表达艺术相融合,使他的小说既有思想深度,也有艺术高度;既有现实内涵,也有梦幻色彩。"③

陈映真将人物意识的流动作为架构小说叙事的线索,在贯穿小说情节的同时塑造多元丰满的人物形象,展现广阔的社会图景。陈映真的小说在总体把握人物性格的基础上以人物的心理流程作为内在情节发展的依据,用感知的方式展示人的精神世界和潜在意识。大量的感觉、幻觉、梦境等充斥于作品,呈现出颇为壮观的潜意识景观。《我的弟弟康雄》中康雄的哀愁、苦闷、屈辱的情绪都是通过姐姐的追忆思绪和心理活动来渐次呈现,叙述者"我"时而忏悔自己的堕落,时而引用康雄的日记,时空交错、主客颠倒,看似杂乱无章,其实是在激动情形下真实的内心体验。通过"我"的回忆,以康雄为代表的有志青年在梦醒后无路可走的现实困境与精神困境被清晰地展现出来。在《死者》中,生发伯弥留之际的思想活动犹如一条细流,随着意识的流动,细腻而又鲜活地流淌。他老来孤

---

① [日]松永正义:《透析未来中国文学的一个可能性》,《陈映真作品集》(第14卷),台北人间出版社1988年版,第232—233页。
② 赵遐秋:《生命的思索与呐喊:陈映真小说气象》,作家出版社2006年版,第137页。
③ 古继堂:《台湾小说发展史》,春风文艺出版社、辽宁教育出版社1985年版,第353页。

独,先是妻子抛夫弃子,却又经不起贫困的折磨而跳河自尽。他独自一人把三个孩子养大,孩子们却又先后因病离他而去。于是,他将这一切归咎于命运:"命运如今在他是一个最最实在的真理了,否则他的一生的遭遇,都是无法解释的:他劳苦终生,最终还落得赤贫如洗;他想建立一个结实的家庭,如今却落得家破人亡;他想尽办法逃离故乡,却终于又衰衰败败的归根到故乡来。而那些败德的,却正兴旺。这都无非是命运罢。"① 认命了的生发伯心如止水,一心等着归去,他想着自己死后还魂的体验,想着死后终于可以安睡在那巨大而光亮的桧木棺材里了,他觉得自己可以带着这一生唯一的轻微的欢喜,走上那朦胧的旅程……陈映真通过生发伯意识的流动将生发伯一生的悲惨经历叙述出来,将生发伯对现实、对命运的无奈心态细致地表现出来。《夜行货车》也采用了意识流的方法。林荣平下班去小热海的路上,时而忆起洋老板摩根索的嘲笑,时而想起情人兼秘书刘小玲对摩根索调戏的哭诉,时而陷入对刘小玲发怒的惶恐,随着林荣平意识的流动,既生动地揭示了洋老板摩根索的丑恶嘴脸,又刻画出了林荣平奴颜婢膝的丑态。

除了意识流,陈映真还经常运用心理分析,通过对人物心理鞭辟人里的剖析,揭示人物的灵魂。《将军族》中,作者描写三角脸在那个月夜的复杂情感时,有这样的描绘:"那时对于那样地站着的,并且那样轻轻地淌着泪的伊,始而惶惑、继而怜惜,终而油然地产生了一种老迈的心情。想起来,他是从未有过这样的感觉的。从那个刹时起,他的心才改变成为一个有了年纪的男人的心了。这样的心情,便立刻使他稳重自在。"② 寥寥数语将三角脸"惶惑—怜惜—老迈—自在"的感情波涛渲泄得淋漓尽致,堪称精笔妙语。《乡村的教师》中,在吴锦翔自杀之前,作者通过对其心理进行分析,来展现吴锦翔难以承受良心谴责而即将崩溃的精神状态,这样他接下来的自杀也就顺理成章了。这种开放的现实主义创作手法增强了陈映真作品的表现力和感染力。

陈映真对象征手法的运用也达到了娴熟自如的境界,他巧妙地将象征性与现实性相结合,在描绘现实图景时运用整体象征、部分象征、主题象征等多种多样的象征方式深化小说的内涵意蕴。《永恒的大地》讲述了一个三口之家,客居在海岛之上。重病的父亲怀念家乡,肩负重振家业重任的主人公却没有故乡感,妻子是他从妓院里赎回来的,长相丑陋但身体强

---

① 陈映真:《死者》,《陈映真文集·小说卷》,中国友谊出版公司1998年版,第37页。
② 陈映真:《将军族》,《陈映真文集·小说卷》,中国友谊出版公司1998年版,第92页。

壮、精力充沛,像一块"质朴却又肥沃的大地"。这个女人对丈夫既恨又怕但却不得不依附于他,当她知晓自己孕育了新生命的时候,母性的悲悯战胜了惶恐、怨恨,对未来充满了希望与期待。妻子即小说题目《永恒的大地》的所指。伊象征着被日本侵略者所侵略过的台湾,伊的命运亦即台湾的命运,丑陋却有着顽强生命力的伊正如台湾一样,虽然有种种弊端,但仍潜藏着巨大的力量。最后,伊孕育了新生命,也预示着台湾将有一个崭新而光明的未来。《一只绿色的候鸟》全篇故事由一只绿色的鸟引起,这种据说在寒冷北国繁殖起来的禽类,飞行几万里来到海岛,最终无法适应周围的环境落寞而死。它象征一群大陆知识分子在台湾的迷失。小说中的季叔城从大陆流落到台湾,娶了台湾人做妻子,却不被周围人所接纳,季妻终于忍受不过接踵而来的歧视和压迫,离奇病倒,郁郁而终。陈映真在《夜行货车》里也运用了象征手法。他以现实主义创作手法为主,运用多层次的象征,深化文本的内涵意蕴。《夜行货车》中的四个小标题都有着丰富的象征意义。"长尾雉的标本"象征着林荣平一类的人像长尾雉一般,对洋老板摇头摆尾、奴颜婢膝;"温柔的乳房"象征着中华民族永不枯竭的生命力;"沙漠博物馆"象征着西方文明世界物品繁多,但是却像沙漠一样无根无蒂;"景泰蓝的戒指"象征着中华民族历史悠久、包罗万象的文化传统必将焕发新的生命力。小说的总题"夜行货车"在篇末才出现,体现出整体的象征意义:轰鸣咆哮着奔向光明的长途货车既象征着詹奕宏、刘小玲等热血沸腾的爱国青年冲破黑暗的牢笼,奔向光明未来的志向,又象征着台湾人民维护民族尊严、回归乡土的自由选择。同时,詹奕宏、刘小玲最终的结合也象征着大陆与台湾始终是不可分割的,最终将会融合到一起。

正如陈映真自己所说:"我认为现实主义有非常辽阔的道路,可是现代主义只能走一次,比如将人的鼻子画成三个,其他人再依样葫芦这样做,就没有意思。例如毕加索建立了自己的画风,后来产生了很多'小毕加索',这些小毕加索只能是模仿者,没有什么意义。现实主义为什么辽阔,因为生活本身的辽阔规定了现实主义的辽阔。不过,我们要注意一点,现实主义也要再解放,不要像过去的现实主义一样,愁眉苦脸,严肃得不得了,不敢再接触实质问题,不让你的想象力飞扬。"[①] 陈映真以鲁迅为师,在领会鲁迅现实主义创作精神的深刻内涵后,他继承了鲁迅具有

---

① 彦火:《陈映真的自剖和反省》,《陈映真文集·文论卷》,中国友谊出版公司1998年版,第73页。

开放姿态的现实主义创作手法，秉持现实主义创作原则，同时广泛借鉴现代主义的表现手法，将意识流、心理分析、象征等一切有表现力的创作手法引入现实主义创作中，丰富他的现实主义创作，增强艺术创作的表现力和感染力，形成了多样化的、开放型的、独特丰富的艺术风格。

二 传统写作技巧的借鉴与创化

鲁迅是为思想启蒙与文化革新而从事文学创作的，但是他的文学创作绝不是一个孤绝的存在，他对文学始终怀有自觉的审美追求。纵观鲁迅对于传统文学的批判可以发现，鲁迅对于中国传统文学的否定主要集中于对儒家"诗教"的否定上，通过对传统文学大量的研究，鲁迅对传统"诗教"观进行了深刻的批判，但是他并未完全否定传统文学。鲁迅说过："因为新的阶级及其文化并非突然从天而降，大抵是发达于对于旧支配者及其文化的反抗中，亦即发达于和旧者的对立中，所以新文化仍然有所承传，于旧文化也仍然有所择取。"① 对于文学创作中的传统因素，鲁迅曾指出："我们有艺术史，而且生在中国，即必须翻开中国的艺术史来。"② "没有拿来的，文艺不能自成为新文艺。"③ 鲁迅"拿来"的不只是外国文学的因子，还有对中国传统因子的继承。

苏雪林说过："鲁迅好用中国旧小说的笔法……他不惟在事项进行紧张时，完全利用旧小说笔法，寻常叙事时，旧小说笔法也占十分之七八，但他在安排组织方面，运用一点神通，便能给读者以'新'的感觉了。化腐朽为神奇，用旧瓶装新酒……"④ 中国古典小说是非常重视小说的情节设置的，而鲁迅充分借鉴了古典小说对情节的重视，同时又根据时代的要求对中国传统小说的情节表现方法进行了创化，形成了带有鲜明个人色彩的小说情节模式。在小说创作中，鲁迅充分重视情节设置对于人物性格的塑造和主题的深化作用。鲁迅在《药》的创作中就充分体现出对中国传统小说情节设置的借鉴与创化。《药》的主要情节是：华老栓为治华小栓的哮喘，花重金买了蘸着革命者夏瑜鲜血的馒头，但最后儿子还是死

---

① 鲁迅：《集外集拾遗·〈浮士德与城〉后记》，《鲁迅全集》（第7卷），人民文学出版社1981年版，第355页。
② 鲁迅：《且介亭杂文·论"旧形式的采用"》，《鲁迅全集》（第6卷），人民文学出版社1981年版，第23页。
③ 鲁迅：《且介亭杂文·拿来主义》，《鲁迅全集》（第6卷），人民文学出版社1981年版，第40页。
④ 苏雪林：《〈阿Q正传〉及鲁迅创作的艺术》，《苏雪林文集》（第三卷），安徽文艺出版社1996年版，第287页。

了。看似充满戏剧性的故事情节，一旦放入当时的社会背景中，一切就变得顺理成章。作品主要是为了表现民众的愚昧麻木及革命者脱离群众，鲁迅没有从轰轰烈烈的革命斗争着手，而是选取了买药、吃药、谈药、上坟四个细节。开头写华老栓天未亮时就带了一包洋钱出去。在此，鲁迅就留了个悬念，让人想继续读下去看个究竟：华老栓带这么多钱究竟要去做什么。华老栓在黑漆漆的路上，走了许久，一个浑身漆黑的凶神恶煞的人，塞给他一个鲜红的馒头，抢过钱就匆匆离开了。如此离奇的情节让读者仍然一头雾水，直到有人询问是给谁治病的时候，才明白原来是将人血馒头当作了药，但是华老栓没有回答。一个疑问解决又出现另一个新的疑问，环环相扣。直到天亮了，大家讨论夏瑜被杀，才知道这人血馒头是蘸了革命者夏瑜的鲜血。为解放民众而牺牲，鲜血却被心心念念的民众当作治病的药方，这是革命者的悲哀。华小栓死后，华大妈上坟的时候遇见了夏瑜的母亲，而她对儿子的革命行为不理解，更显得劳苦人民的愚昧与麻木，主题得到了进一步的升华。在描写手法上，鲁迅巧妙地化用传统艺术中的白描手法，即鲁迅所谓的"力避行文的唠叨，只要觉得够将意思传给别人了，就宁可什么陪衬拖带也没有"[①]。鲁迅抓住人物的个性特点，寥寥数笔就使人物跃然纸上，形神毕现。在《阿Q正传》中鲁迅用白描传神地勾勒出人物性格的大体风貌。阿Q与小S的龙虎斗、和王胡由捉虱子比赛到动手打架，简洁的几笔就勾勒出阿Q争强好胜的性格特点。"中兴"之后阿Q回未庄，做的第一件事就是来到酒店门前，从腰间伸出手来，满把是银的和铜的，在柜上一扔说"现钱，打酒来！"阿Q掏钱、扔钱的动作，以及招呼打酒的口气，无不显示了他"中兴"之后的得意心情和忘形姿态。鲁迅用简洁生动的语言将人物的性格特点清晰地勾勒出来。鲁迅还将白描手法运用到人物对话中，寥寥数语就勾画出芸芸众生的群像。《长明灯》中屯上的人们对是否熄灭长明灯发表自己的见解，鲁迅通过他们的简短对话将各人的性格特点等描绘得栩栩如生："'他不是发了疯么？你还没有知道？'方头带些藐视的神气说。'哼，你聪明！'庄七光的脸上就走了油。'我想：还不如用老法子骗他一骗，'灰五婶，本店的主人兼工人，本来是旁听着的，看见形势有些离了她专注的本题了，便赶忙来岔开纷争，拉到正经事上去。"[②] 简洁的话语将说话者的神态活灵

---

① 鲁迅：《南腔北调集·我怎么做起小说来》，《鲁迅全集》（第4卷），人民文学出版社1981年版，第512页。

② 鲁迅：《长明灯》，《鲁迅全集》（第2卷），人民文学出版社1981年版，第57页。

活现地展现了出来。

此外，鲁迅还用白描手法来渲染环境：

> 临河的土场上，太阳渐渐的收了他通黄的光线了。场边靠河的乌桕树叶，干巴巴的才喘过气来，几个花脚蚊子在下面哼着飞舞。面河的农家的烟突里，逐渐减少了炊烟，女人孩子们都在自己门口的土场上泼些水，放下小桌子和矮凳；人知道，这已经是晚饭时候了。
>
> 老人男人坐在矮凳上，摇着大芭蕉扇闲谈，孩子飞也似的跑，或者蹲在乌桕树下赌玩石子。女人端出乌黑的蒸干菜和松花黄的米饭，热蓬蓬冒烟……①

这是《风波》中开头的环境描绘和场面描写，鲁迅用简练和朴实的语言，渲染封建统治下农村的荒凉气氛，绘制出一幅充满地方色彩和生活气息的风景画和风俗画。

陈映真曾说："一个民族的文学青年，总是首先、而且主要地从自己民族的过去和当代的文学家及其作品中，吸取滋养，受到鼓励，逐渐成长为那个民族新生一代的文学家。一个民族的文学教育，总是首先、而且主要地把自己民族的文学，当作主要的教师和教材，使那个民族的文学之独特的民族风格，得以代代传续。"② 陈映真不仅如鲁迅一样对中国古典文学进行了借鉴与创化，他更承袭了鲁迅的方式方法，在具体的历史环境语境中，将情节的设置服务于人物与人物的关系，人物之间的性格冲突，从而表现各色人物的性格、深化主题。陈映真曾经对"华盛顿大楼"系列有这样的构思：每一层楼都有一个公司，他就负责研究这些公司里的人的问题，以及这些跨国公司对台湾的影响。所以"华盛顿大楼"系列的四篇作品——《夜行货车》《上班族的一日》《云》《万商帝君》，都以"华盛顿大楼"的里里外外为典型环境展开故事情节。《夜行货车》以两男一女的感情纠葛为线索展开故事情节。在马拉穆国际公司下设的台湾马拉穆电子公司里，南部农家子弟林荣平与其情人兼下属刘小玲及同为南部农家子弟的詹奕宏既是同事又是三角恋的主角，陈映真选取了刘小玲与林荣平相处的几个片段，表现以林荣平为代表的一批人丧失民族气节、沦为外国

---

① 鲁迅：《风波》，《鲁迅全集》（第1卷），人民文学出版社1981年版，第467页。
② 陈映真：《建立民族文学的风格》，《陈映真文集·文论卷》，中国友谊出版公司1998年版，第411页。

老板的奴才,表现跨国企业下人的异化,又通过刘小玲离开林荣平与詹奕宏的最终结合,彰显了回归乡土的主题。《上班族的一日》选取黄静雄之前的生活片段和如今的生活片段,形成鲜明的对比,将黄静雄如何从一个善良上进的有志青年变为欲望奴隶的过程清晰地展示出来,在故事情节的推动下,将资本主义社会消费主义对人的毒害及对人性的扭曲逐步展现出来。《云》的故事发生在麦迪逊台湾公司,作者以矛盾交织、波澜迭起、万象纷呈的开放式的多维结构,通过改革工会的两条路线的铺展,将张维杰、小文和何春燕三个主要人物的突出特点在工会改革过程中逐步展现出来,同时表现了资本主义的自由、民主、人权的虚伪,以及中国工人与帝国主义跨国公司的矛盾,形成小说既恢宏又统一、既壮观又清晰的整体风格。在《万商帝君》中,陈映真选取了三个主要事件,即刘福金主讲训练会、关于小型铁板烤炉的营销业务会和主办国际会议,来表现刘福金和陈家齐的钩心斗角,最后两人的矛盾分歧都在跨国公司的文化中消融了。由此在经济全球化浪潮中,跨国企业对弱势民族文化的入侵、对人性的摧残,其"吃人"的本质显露无遗。在此,可以看到陈映真对鲁迅现实主义创作中以情节带动人物性格发展的表现方法的吸收与借鉴,他继承了鲁迅小说注重用情节铺陈来塑造人物形象、深化小说主题的表现手法,人物塑造和主题彰显融进故事情节的发展中,将中国传统文学的表现手法进行了创造性转化,取得了良好的艺术效果。在《面摊》中讲到爸爸还年轻警察面钱的时候有这样一段描述:

> "他不要钱吗?"孩子说。
> "追上了吗?"爸爸说。点起一根皱折的香烟:"啊——他是个好心人。啊——"
> "他是个好心人。"爸爸说。半截香烟在他的嘴角一明一熄:"好心人。"
> "他,不要钱吗?"孩子说:"不要,不要——"
> 通过一家三口简单的对话,使得年轻警察带给这一家三口的感动跃然纸上。
> "忍住看,"妈妈说,忧愁地拍着孩子的背:"能忍,就忍住看罢。"①

---

① 陈映真:《面摊》,《陈映真文集·小说卷》,中国友谊出版公司1998年版,第7页。

简洁的对话中包含着生动的生活画面,在平铺直叙中蕴含人物的内心感觉,并且在只言片语中将环境气氛与人物心境融为一体,于简洁白描中透出充满感情的温厚和爱心。《将军族》中的三角脸是一位随国民党军从大陆败逃到台湾的退伍老兵,在他跟小瘦丫头儿谈到家乡时有一段描写,作者运用简朴的白描手法,透过人物的简单对话,甚至只字未提战争,就把三角脸这样一个因战争流落到异乡、无家可归的孤独者形象勾勒出来了。

陈映真2001年发表的小说《忠孝公园》也采用了白描手法。小说描写了台湾籍的林标和东北籍的马正涛两位老人的人生经历,一个在日据时期被迫以"日本兵"身份参加太平洋战争,战后却因"不是日本国民"而被克扣可怜的抚恤金,一再被欺凌,最后郁郁而终;另一个在大陆时先后依附日本人和国民党,被捕时因出卖同党免遭一死,逃往台湾后却依然"平步青云",但始终无法摆脱心灵上的孤独感,最终发疯。作者看似不经意的描写却是举重若轻,别有一番寓意深含其中,在平实的叙述中展现出来的是一种震撼人心的力量。

三 凝练冷峻的语言风格的影响

鲁迅小说的语言洗练而不失丰满,舒展而不失隽永,总体上形成了一种凝练冷峻的语体风格。鲁迅颇具个人色彩的语言风格,得到评论界的广泛认同。沈雁冰曾经评价鲁迅小说集《呐喊》:"犹如久处黑暗的人们骤然看见了绚丽的阳光。这奇文中冷隽的句子,挺峭的文调,对照着那含蓄半吐的意义,和淡淡的象征主义的色彩,便构成了异样的风格,使人一见就感着不可言喻的悲哀的愉快。"[①]

鲁迅行文力避唠叨,务求简洁,不用那些叠床架屋的修饰和不必要的唠叨,但是这并没有降低鲁迅小说语言的艺术含量,他力争抓住事物的主要特征,选用最富有表现力的词汇,用寥寥数语把想要表达和应要表现的东西展现无遗。他凝练冷峻、言简意丰的文学风格,可谓是"增之一分则太长,减之一分则太短"。寥寥数语便塑造出了富有表现力和感染力的艺术形象,用简练的文字描绘细节,营造意境,展现出一个多彩而又质朴的艺术世界。《故乡》中,当"我"见到阔别多年业已成年的闰土时,询问他的景况,"他只是摇头;脸上虽然刻着许多皱纹,却全然不动,仿佛

[①] 沈雁冰:《读〈呐喊〉》,《茅盾全集》(第18卷·中国文论一集),人民出版社1989年版,第394—395页。

石像一般。他大约是只觉得苦,却又形容不出,沉默了片时,便拿起烟管来默默地吸烟了"①。鲁迅透过闰土简单的几个动作,使闰土长年累月在封建压迫下所遭受的无休止的苦役和灾难一览无遗。鲁迅凝练冷峻的语言风格还体现为善于抓住人物性格特点,把人物的性格特征凝聚为一两句高度性格化的语言,一类人说一类话,人物的语言成为人物性格的化身。《药》中,华老栓夫妇准备去买人血馒头,"华大妈在枕头底下掏了半天,掏出一包洋钱,交给老栓,老栓接了,抖抖的装入衣袋,又在外面按了两下"②。"掏""抖抖的""按了两下",充分表现了华老栓夫妇的贫苦;写康大叔把人血馒头交给华老栓,而华老栓踌躇着不敢去接时,"黑的人便抢过灯笼,一把扯下纸罩,裹了馒头,塞与老栓;一手抓过洋钱,捏一捏,转身去了"③。这里描写了华老拴的摸钱、交钱,而又不敢接人血馒头的神情、动作,与康大叔粗野的"抢""扯""裹""塞""抓""捏"形成成鲜明对比:一个胆小怕事,安分善良,一个凶恶残忍,蛮横无理。鲁迅在另一篇小说《离婚》中,也有精当的描写:"前舱中的两个老女人也低声哼起佛号来,他们撷着念珠,又都看爱姑,而且互视,努嘴,点头。"④"看""互视""努嘴""点头",几个简单的动作却使她们心里的各种情绪跃然纸上,非常传神。"都看爱姑"是对爱姑好奇,"互视"表示两人在交换意见,"努嘴"表示对爱姑看不起,"点头"表示两人看法一致。鲁迅用极其俭省的笔墨,对两人的神态与内在心理做了惟妙惟肖的刻画,用词简练、一语中的,充分表现出其凝练冷峻的语言风格。

　　陈映真谈及鲁迅对他的影响时说:"鲁迅给我的影响是命运性的。在文字上,他的语言、思考,给我很大的影响。"⑤鲁迅小说语言对于陈映真小说创作影响是非常深刻的,从他小说的字里行间我们都可以找到鲁迅的影子,陈映真被誉为"台湾的鲁迅"不仅是文学创作观念、主题和技巧上的,而且在小说语言上也深受鲁迅的影响。他对于鲁迅小说语言的欣赏几乎到了迷恋的地步,陈映真谈道:"读鲁迅的小说,很喜欢先生用的'伊',用在他的创作中,他自觉别有一番风味。"⑥在20世纪60年代以

---

① 鲁迅:《故乡》,《鲁迅全集》(第1卷),人民文学出版社1981年版,第485页。
② 鲁迅:《药》,《鲁迅全集》(第1卷),人民文学出版社1981年版,第440页。
③ 鲁迅:《药》,《鲁迅全集》(第1卷),第442页。
④ 鲁迅:《离婚》,《鲁迅全集》(第2卷),人民文学出版社1981年版,第147页。
⑤ 韦名:《陈映真的自白——文学思想及政治观》,《陈映真文集·文论卷》,中国友谊出版公司1998年版,第27页。
⑥ 赵遐秋:《生命的思索与呐喊——陈映真小说气象》,作家出版社2006年版,第119页。

前，陈映真在小说中，都是用"伊"作为女性的第三人称代词。读着陈映真小说中不断出现的"伊"字，可以体会到鲁迅的语言艺术对陈映真小说创作所产生的巨大影响。在《我的弟弟康雄》中有一段对于康雄葬礼的描写：

> 葬礼以后的坟地上留下两个对坐的父女，在秋天的夕阳下拉着孤伶伶的影子。旷野里开满了一片白绵绵的芦花。乌鸦像箭一般的刺穿紫灰色的天空。走下了坟场，我回首望了望我弟弟康雄的新居：新翻的土，新的墓碑，很丑恶的！于是又有一只乌鸦像箭一般的刺穿紫灰色的天空里了。①

这让人想起鲁迅《药》中关于坟场的描写：

> 这坟上草根还没有全合，露出一块一块的黄土，煞是难看。在往上仔细看时，却不觉也吃一惊：——分明有一圈红白的花，围着那尖圆的坟顶。
>
> ……
>
> 只见那乌鸦张开两翅，一搓身，直向着远处的天空，箭也似的飞去了。②

空旷清冷的坟场、悲伤寂寥的上坟人、丑陋不堪的坟墓、如箭一般飞去的乌鸦，鲁迅《药》中的场景在陈映真的《我的弟弟康雄》中一一再现。用乌鸦意象来映衬坟场的孤寂，用箭来形容乌鸦飞速之快……由此可以看到鲁迅对陈映真小说语言所产生的影响。简练精当的词汇表达出丰富的思想意蕴——通过凄凉、冷漠氛围的点染，写出贫困的父女俩面对亲人被黑暗社会所吞噬的残酷现实，以及叫天天不应、顿地地无声的无奈与绝望。

陈映真一直提倡用明白易懂的语言写最大多数人可理解的一般经验，所以他小说中常用人物的简洁对话表现人物的性格特点。《归乡》中，台湾农家子弟杨斌即林世坤，当年为果腹被国民党骗进军营，后来被送往大陆，背井离乡，备受两岸分离的痛苦煎熬。在大陆辗转生活了近五十年，

---

① 陈映真：《我的弟弟康雄》，《陈映真文集·小说卷》，中国友谊出版公司1998年版，第13页。
② 鲁迅：《药》，《鲁迅全集》（第1卷），人民文学出版社1981年版，第442—445页。

他说年月日，习惯于大陆的说法，用"19××年"，称呼上也是习惯用"共产党""共军"。朱老大也是被国民党哄骗当兵的，从此转战各地，最后他是从大陆辗转到了台湾，尝尽了思念家乡、思念亲人的痛苦。在台湾生活了大半个世纪，所以一开口就说"民国××年"，以至于脱口而出的称呼共产党为"共匪""匪军"。台湾经过了日据时期的统治，称"会见"为"面会"，这对于没有经历过日据时期的朱老大是无法理解的，弄得他丈二和尚摸不着头脑，而林世坤虽然离开台湾几十年，对于此种说法还是一听就懂了。只是简单的说法、称呼，陈映真却将两位老兵大半辈子的辛酸历程融入其中，也进一步说明了不管是台湾还是大陆都是家，而林世坤和老朱的切身经历也迎合了文章的题目"归乡"。在《归乡》中，陈映真运用简洁精练的语言将林世坤和老朱的性格差异区分开来：林世坤性格内敛，为人处世都谨小慎微，即便说到锥心蚀骨的悲痛时，他也仅仅是舒长气感叹，无奈地低声说一句："那真是天下父母心……心"；而老朱则不一样，他性格直爽，大大咧咧，敢说敢骂，说到悲痛欲绝的往事的时候，总是咬牙切齿地诅咒国民党的残暴，文章中他前后骂了国民党五次"这亡国灭种"的。陈映真将两人的性格特征凝聚为一两句高度性格化的语言，不一样的性格促使林世坤和老朱说出不一样的话，读到这样的语言如见其人，特点鲜明。陈映真的语言艺术功力由此可见一斑。

在《乡村的教师》中，吴锦翔醉酒后有一段关于"吃人"的对话：

"没东西吃，就吃人肉……娘的，谁都不敢睡觉，怕睡了就被杀了。"他眯起眼睛，耸着肩，像是挣扎在一支刺刀之下。

"真的咸咸的吗？"

"咸的？——咸的！还冒泡呢。"

"……"

"吃过人心吗？嗯？"

"……"

"吃过吗？……拳头那么大一个，切成这样……一条一条的——"他用筷子蘸着酒，歪歪斜斜地在桌子上画着小长条子，"装在 hango（饭盒）……"[1]

鲁迅《狂人日记》中，狂人对于"吃人"也做过振聋发聩的质问：

---

[1] 陈映真：《乡村的教师》，《归乡》，昆仑出版社2001年版，第24页。

你们可以改了,从真心改起!要晓得将来容不得吃人的人。活在世上。

你们要不改,自己也会吃尽。即使生得多,也会给真的人除灭了,同猎人打完狼子一样!——同虫子一样!①

不止"吃人"意象的塑造、思想意蕴的揭示及"看客"形象的塑造,陈映真的《乡村的教师》从鲁迅《狂人日记》中汲取了创作的营养,就在语言上也有明显的鲁迅风格。通过酒醉后的呓语将吴锦翔内心被压抑的"吃人"的恐惧表达得淋漓尽致。他"眯着眼睛,耸着肩",表现出当年的残忍场面对于他而言仍然历历在目,可见"吃人"事件对吴锦翔所造成的巨大伤害。村民对于吴锦翔"吃人"怀有的只有好奇,没有任何的理解与同情,在吴锦翔陷入对过往的痛苦回忆时,不仅没有得到安慰,反而被追问"真的咸咸的吗",充分体现出村民的无知愚昧与残忍冷酷。读者仿佛又看到了鲁迅笔下的那群麻木冷酷的"看客"。陈映真紧紧抓住人物的性格特点并结合人物当时的语境,用精简的对话勾勒出人物的性格和心理,令人惊叹不已。

鲁迅作品中运用凝练冷峻的语言营造意境的写作方法,在陈映真的作品中也屡见不鲜。他运用凝练而又情韵极浓郁的语言塑造出色彩鲜明、韵味独特的意境。如《云》:"忽然间,几百只蓝色、白色、黄色,分别标志着不同劳动部门的帽子,纷纷、静静地举起,在厂房、在宿舍二楼、在装配部楼顶,在电脑部的骑楼上纷纷地举起,并且,在不知不觉间,轻轻地摇动着,仿佛一阵急雨之后,在荒芜不育的沙漠上,突然怒开了起来的瑰丽的花朵,在风中摇曳。"②凝练的语句却蕴含无限的深情,这不仅表现工人们对于改革的期待,更包含着作家那份沉重的人间真爱。

正如陈映真本人所说,鲁迅对他的影响是"命运性"的。陈映真对鲁迅现实主义创作精神的传承既丰富了鲁迅现实主义创作精神的内涵,也拓展了陈映真本人的文学创作道路,也引领着台湾文学的发展方向。陈映真在自己的创作中将鲁迅现实主义创作精神巧妙地加以创化,形成了自己独特的风格,以至最终成为台湾文坛乃至整个华文文学界成就卓著的作家。

---

① 鲁迅:《狂人日记》,《鲁迅全集》(第1卷),人民文学出版社1981年版,第426—427页。
② 陈映真:《云》,《陈映真代表作》,河南文艺出版社1997年版,第256页。

第四章　沈从文与黄春明乡土小说比较论

沈从文和黄春明的文学创作虽年代相隔较远，但他们皆以乡土文学的显著成就而蜚声文坛。沈从文在中国现代文学史上具有举足轻重的地位，他以乌托邦式的乡土想象开辟了鲁迅之外的中国乡土文学新传统。黄春明则被誉为"台湾顶级作家"，其20世纪60—70年代的文学创作代表了台湾乡土文学的最高成就。本章将沈从文与黄春明的小说创作进行比较，其根本出发点即在于二者在创作上都具有乡土文学的鲜明特点，将其小说创作进行比较研究不仅可以探讨二者在创作上的某些关联，同时有助于深入了解海峡两岸的文学关系。鉴于沈从文和黄春明乡土作家的特殊身份，因此在对二者的小说创作进行比较之前，有必要厘清两岸乡土文学的发展脉络及其关联。

自新文学伊始，乡土文学便在文学史上占据着举足轻重的地位。1925年1月，张定璜在《现代评论》上称鲁迅《呐喊》中的"作品满熏着中国的土气，他可以说是眼前我们惟一的乡土艺术家"[①]。在鲁迅的影响下，20世纪20年代涌现了诸如许杰、王鲁彦、蹇先艾、台静农、彭家煌等一批优秀乡土小说家，他们的创作与鲁迅的乡土小说一道，形成了中国现代文学史上第一次乡土小说创作的高潮。这一时期的乡土小说是在中西文化的碰撞下产生的，创作者以启蒙者的姿态采用现实主义的创作手法，一方面以人道主义的同情关注着农民的不幸命运；另一方面又对封建传统的痼疾予以抨击，以此来拯救社会和人生。至此形成了以鲁迅为代表的中国第一代乡土小说流派。

这一时期的台湾文学，也呈现出乡土文学崛起的局面，在情形上与大陆颇为相似。台湾在1895年沦为日本的殖民地，随着日本在台湾殖民统治的进一步加深，台湾人民进行着不屈不挠的反抗殖民统治的战斗。20世纪20年代，在大陆"五四"新文学的影响下，台湾也发起了新文化运

[①] 张定璜：《鲁迅先生》，《现代评论》1925年1月号。

动。1922年追风的小说《她要往何处去——给苦恼的姐妹们》发表,标志着台湾第一篇白话小说的诞生,小说以乡土社会的男女婚姻为描写对象,对封建婚姻进行了批判。随着"鲁迅风"吹到台湾,被誉为"台湾新文学之父""台湾的鲁迅"的赖和,站在民族民主主义的立场上对台湾乡土社会的封建痼疾、日本殖民主义及其走狗进行了无情的批判。赖和的小说着眼于台湾底层民众,作品中包含着浓郁的乡土风情和民俗描写,对民间陋习进行了无情的暴露,对苦难的民众寄寓了深切的同情,充满了反封建反殖民统治的呼声。在赖和的带动下,杨云萍、杨守愚、蔡秋桐等人纷纷创作乡土小说。海峡两岸乡土小说的产生与发展除了时代境遇的相似之外,从创作手法和主题上也颇为相近。从以鲁迅为代表的"五四"乡土文学到以赖和为首的台湾乡土文学忠实于现实主义的表现手法,作家们共同站在民族民主主义的立场上,以启蒙者的姿态,反省乡土社会的落后和痼疾。

大陆乡土文学发展到了30年代,呈现出色彩斑斓的局面,20年代已经成熟的鲁迅风创作模式在这一时期依然存在。以萧军、萧红为代表的东北作家群的乡土小说创作书写着东北沦陷区的哀痛与血泪,将炽热的民族情感与北国的血泪交融,将抗日的热情聚于笔端,这类富于东北地域色彩、质朴粗犷、充满野性力量的乡土小说,为中国现代乡土文学增添了一笔宝贵财富。而以废名和沈从文为代表的京派乡土小说创作则开创了另一种显著区别于鲁迅风格的乡土文学传统。京派小说主张"在乡土中国的文化记忆中艺术化地呈现人的尊严、和谐的生命境界和永恒的价值,保持并延续延展自身偏于古典的审美特质"①,他们着力表现的是自然状态下的人性庄严,精心呵护着被现代文明浸染的古老乡村遗留下来的传统美德和美好的人性。这种异于鲁迅写实风格的乡土小说,即是后来所谓的写意乡土小说,自废名始,至沈从文而近于完善。30年代是中国社会矛盾、阶级矛盾、民族矛盾空前激烈的年代,适应政治的需要,左翼文学应运而生成为当时的文坛主流。以沈从文为代表的京派小说创作在当时的时代境遇下成了边缘创作。然而沈从文以不同于前代启蒙者的姿态,换之以乡下人的平民视角,构筑了一座供奉人性的希腊小庙。他的作品中蕴藏着传统与现代、文明与愚昧、城市与乡村的种种冲突,由此,沈从文完成了对传统与现代、文明与愚昧、城市与乡村的二重批判,显现了沈从文作为一名文坛巨擘的独特审美价值观。

---

① 陈映真:《云》,《陈映真代表作》,河南文艺出版社1997年版,第256页。

30—40 年代大陆乡土文学发展历程曲折，取得了诸多成就。台湾新文学到 30 年代也进入了蓬勃发展时期。从时代背景来看，从 30 年代开始，日本殖民统治者不断加大对台湾人民的压迫，皇民化运动的推进、台湾民众党的取缔、渔火管制的实行等都进一步激发了台湾人民的仇恨和奋起抗日的决心，文学正是在这个时刻记载了台湾人民的觉醒和反抗。30 年代前后的"台湾话文论争"对乡土文学的发展也起到了重要的促进作用。这一时期出现了以赖和、杨逵、吕赫若、张文环、王锦江等为代表的乡土小说家。赖和延续了 20 年代的创作主题，通过对乡土社会的描写，对台湾社会封建势力与封建习俗进行了暴露与批判，鼓舞激励人们反抗殖民统治，追求民族独立。杨逵被称为"台湾文学的脊梁"，他和同时期其他作家一道为台湾乡土小说的创作作出了巨大贡献，他们围绕抗日这一母题，表达对殖民统治的不满，呼吁台湾同胞觉醒，为捍卫民族尊严而斗争。日据末期和光复初期，陆续涌现了吴浊流、钟理和等乡土小说家。吴浊流将小说背景置于乡村，在表现爱国情感的同时深刻地剖析了严酷形势下知识分子的彷徨、困惑和无助。最有乡土特色的当是"倒在血泊里的笔耕者"钟理和的小说创作，他以坎坷的人生经历和不屈的灵魂谱写了一曲台湾乡土风情的恋歌，在作品中表现了乡土情怀和民族风格的统一。综观 30—40 年代台湾的乡土小说创作，可以看出作家站在民族主义和民主主义的立场上反帝、反封建，抒发对故乡深沉的爱，这也是大陆现代文学作品尤其是乡土文学作品的一贯追求；同时，这一批乡土作家并不忘抒写记忆中家乡的风土人情、自然景色，这些特点在大陆东北流亡作家的身上表现得最为明显。

50 年代，大陆出现了赵树理、周立波等一批作家的乡土文学创作，推出了《三里湾》《山乡巨变》等优秀的乡土文学作品；在台湾，也出现了钟理和、钟肇政等乡土作家，他们坚持现实主义的传统写出了一部部充满乡土情怀的乡土小说。

60 年代，大陆乡土文学走入了政治的怪圈。政治上经历"大跃进"和三年困难时期的重压，左倾思想愈演愈烈，直接导致了"文化大革命"的爆发。这种意识形态在文学上得到了突出表现。"从赵树理到柳青《创业史》，从《创业史》到浩然《艳阳天》，中国大陆 60 年代的乡土文学经历了从'问题'到'歌颂'，再从'歌颂'到'典型'的过程。"[①] 由赵树理方向转向柳青《创业史》风格，再到浩然的《艳阳天》模式，大陆

---

① 丁帆：《中国大陆与台湾乡土小说比较史论》，南京大学出版社 2001 年版，第 268 页。

的乡土小说创作逐渐丧失了文学的精神,而走上了政治传声筒道路。同时期的台湾文学则走上了一条与大陆迥异的文学道路。50年代的政治封锁隔断了台湾与大陆的联系,60年代台湾经济实行对外开放政策,使台湾由一个传统落后的农业型经济社会迅速向开放的现代化资本主义形态过渡。经济的发展带来人们精神文化的发展,由经济转型带来的各种冲突也日益明显,人们经受着种种不适应和心灵的迷茫。孤岛意识、怀乡情绪及强烈的漂泊感,使60年代的台湾社会充满了绝望感和虚幻感,台湾文坛开始盛行现代主义思潮。

60年代后期,台湾对外资的依赖越来越严重,一批有社会责任感的作家意识到这种依赖性带来的不良后果,诸如道德的沦丧、人情的淡漠、底层群众生活的困苦等。陈映真、黄春明、王祯和等乡土作家经过长期的积淀和探索,重新使现实主义的乡土文学走上了复归的道路。他们关注社会和民众生活,描写乡村变迁,创造了台湾乡土文学创作的的又一次繁盛局面。黄春明这一时期的创作别具一格,犹如沈从文在30年代,他在传统和现代、乡村和城市、文明和落后之间做着艰难的选择,为那一片被工业文明冲刷的乡土表达出不尽的留恋。

80年代至今,两岸乡土文学继续发展,其中也包含了很多值得深思的问题。在现代文明的背景下,两岸乡土文学更呈现出价值观上的某些相似之处。海峡两岸民间文化交流的不断互动,为包括乡土小说在内的两岸文学交流提供了更多的机遇。

由以上对于两岸乡土文学的发生与发展及其之间关联的简要梳理,可以看出,海峡两岸乡土文学的发生与发展呈现出诸多的相似之处。沈从文和黄春明作为海峡两岸乡土文学极具代表性的作家,虽然存在时空的差异,但在传统与现代的冲突中,他们的创作具有相似的精神价值立场和乡土情怀。

第一节 文学创作缘起

作家的成长经历对作家的文学创作有着重要影响。沈从文自称乡下人,儿时湘西的生活体验及后来的人生经历都对他产生了深远的影响,因此,湘西就成为沈从文创作取之不尽的源泉。在台湾文坛被称为乡土文学代表作家的黄春明,童年在宜兰乡村度过,其作品是从宜兰到台北之后才臻于成熟,其最为人称道的作品大都是"用童年的记忆跟材料写的小说",其中描写了许多童年时期在家乡宜兰的所见所闻。这一点上,"黄春明继承了沈从文的文学传统,在作品中追忆再现童年家乡的地域风情,捕捉奇人轶事的风貌,成就了他们小人物传奇故事体般风貌的小说;皆肇因于他们与家乡的土地亲密贴近,以及日后有机会离开家乡到都市,带着城市和现代人的眼界和关怀,回头对照审视自己所生长的家乡,使他们的作品呈现出城乡流动的视域"①。沈从文、黄春明的文学创作和他们各自的成长经历以及当时的社会历史条件是分不开的。

一 成长经历与审美体验

沈从文原名沈岳焕,1902年12月28日出生于湘西的一个军人世家。沈从文兄妹共九人,他排行第四。沈从文的祖父沈宏富,因统率部队平息太平军的造反,一跃成为将军,这让沈家从此在当地占据显赫地位。

沈从文的童年生活温馨而幸福,那时候沈家在当地算得上是富裕之家。在沈从文的印象中,家乡凤凰县是一个世外桃源,在离开故乡将近十年之后,他还回忆说:"现在还有许多人生活在那个城市里,我却常常生活在那个小城过去给我的印象里。"② 这个小城位于湖南西北部,大体上属于沅江和澧水流域,家乡那条长年澄清、绵延千里的沅水是沈从文无法忘怀的,甚至成了他创作的源泉。东南临近大河,西北万山重叠,树木葱翠,高山流水,山水良田,还有他在《边城》里写到的吊脚楼、憨野的水手、白脸长身善作媚笑的女子……这就是沈从文浓墨重彩要描画的家乡。大自然赋予这里的人民淳朴、勤勉、善良的品格。沈从文在《从文自传》中这样描述家乡人民:

> 兵卒纯善如平民,与人无侮无扰。农民勇敢而安分,且莫不敬神守法。商人各负担了花纱同货物,洒脱单独向深山中村庄走去,与平民作有无交易,谋取什一之利……城乡全不缺少勇敢忠诚适于理想的士兵,与温柔耐劳适于家庭的妇人。在军校阶级厨房中,出异常可口的饭菜,在伐树砍柴人口中,出热情优美的歌声。③

沈从文的这段叙述从整体上概括了当地的风土人情,寄寓了作者对家

---

① 徐秀慧:《黄春明小说研究》,硕士学位论文,台湾淡江大学中国文学研究所,1998年。
② 沈从文:《从文自传》,《沈从文全集》(第13卷),北岳文艺出版社2002年版,第246页。
③ 沈从文:《从文自传》,《沈从文全集》(第13卷),第244—245页。

乡无限的爱恋。沈从文就在这样的环境里长大，近十五岁时才离开，这里的一切成为后来远涉北京的沈从文精神上的栖息之地。

沈从文六岁时开始上私塾。从那时起，沈从文开始凭着自己的聪明换着花样逃学，他不喜欢私塾学校那种沉闷的教学，反而更喜欢亲近自然，甚至不惜逃学、说谎、受处罚。逃学得来的自由让沈从文开始接触大自然，去橘柚园，领略各处的山和水，沈从文正是从这时候开始与水结下了不解之缘。水给予沈从文的启迪无疑是巨大的，他说："我幼小时较美丽的生活，大部分都与水不能分离。我的学校可以说是在水边的。我认识美，学会思索，水对我有极大的关系。"① 童年的这些生活培养了沈从文的审美情趣和对自然的热爱，影响了后来创作的情感取向及对美的热爱和追求。

辛亥革命的爆发，在这个边远的小城也引起了轰动。辛亥革命的不彻底带来的愚蠢的杀戮持续了约一个月，这时候的沈从文开始看到杀头的场面，他"看着些虽应死去还想念家中小孩与小牛猪羊的，那分颓丧那分对神埋怨的神情，真使我永远忘不了"。用沈从文自己的话说就是，"我刚好知道'人生'时，我知道的原来就是这些事情"②。革命给予沈从文的记忆就是关于杀戮几千无辜农民的"那几幅颜色鲜明的图画"。在后来沈从文的从军生涯中类似的场面一再出现，清乡剿匪，在怀化镇的驻留，其间辗转于湘川边境及沅水流域。在这五六年间，沈从文目睹了黑暗如地狱般残酷的杀人场面，在人流最多的地方杀人、看客们对于落地人头的兴趣，还有挑着两头是人头的担子的十二三岁的孩子的背影，这一切的一切都给沈从文留下了深刻的印象，成为他后来不相信军队、不愿意沾染政治、不愿意再看到这样的"革命"的一个很重要的原因，同时也给他的创作心理产生了极大的影响。这些人类所做的"蠢事"，在沈从文的生命体验里增加了与一般人不相同的爱憎观念。"这一分经验在我心上有了一个分量，使我活下来永远不能同城市中人爱憎感觉一致了。"③ 在军队后来的日子里，沈从文有机会接触了《改造》《新潮》，以及刊登郁达夫、郭沫若作品的创造社刊物。这些传送着"五四"气息的刊物使沈从文大开眼界，他开始明白："人活到社会里应当由许多事情可作，应当为现在的别人去设想，为未来的人类去设想，应当如何去反思生活，且应当如何

---

① 沈从文：《从文自传》，《沈从文全集》（第13卷），北岳文艺出版社2002年版，第252页。
② 沈从文：《从文自传》，《沈从文全集》（第13卷），第272页。
③ 沈从文：《从文自传》，《沈从文全集》（第13卷），第306页。

去为大多数人牺牲,为自己一点点理想受苦……"① 为了接受更好的教育,实现自己的理想,沈从文前往北京。

1922年,沈从文到达北京。之后的生活并不如沈从文想的那样顺利,他没有学历,想上大学也不容易,这时候他的家庭也已经败落,在成为一名真正的作家以前沈从文一直在为生计奔波。因为他是乡下来的没有上过什么正规学校,没有关系也没有钱,所以沈从文想进学校读书的愿望不久就落空了。他乡下人的口音和穷酸的衣着,让他缺少大城市的绅士气度,这些一度让他产生自卑的心理,也是他日后在作品中经常暴露城市人丑陋一面的深层心理原因。在此之后,沈从文渐渐地与郁达夫、周作人等文坛大家结识,慢慢地走上了自己的文学之路。虽然踏入文坛后生活有了改善,也有了些朋友,但所有的成长印记使得沈从文的内心十分孤独。

同时代的作家与沈从文的经历能够相提并论的并不多见。丰富的经历和生命体验影响了沈从文日后创作的最终价值取向。相比之下,黄春明的成长历程虽比不上沈从文那样惊险和丰富,却也波折坎坷。

黄春明在台湾文坛被称为小人物的代言人。他于1935年2月13日出生在宜兰县罗东镇,这是昔日农村社会的商业区。黄春明小时候家庭还是一个商人之家,家境相较乡村人要稍好些。他家斜对面是罗东戏院,附近有罗东公园,这是黄春明小时候常常玩耍的去处。黄春明曾回忆小时候经常有机会去罗东戏院看电影,可是每每看到的总是电影的结尾。他在一篇文章里谈道:"写短篇小说,像电影,一部电影导演最需用心的,是beginning,还是ending? beginning是重要的,但我更重视的是怎么结束。这也与我童年的生活经验有关。"② 由此不难看出,作家小时候的生活经历对作家日后的创作具有很大的影响。

黄春明的出生地所在的兰阳平原,是台湾稻米之乡,在工业文明还未进入这里之前,是典型的农村社会。随着稻作期的变换,到处弥漫着浓郁的田园风光。这里风光秀美,山清水秀,三面环山,一面临水,形成了宜兰独立封闭的地理环境。这在黄春明的作品如《青番公的故事》里有较为真实贴切的描述。生活在这里的人们淳朴、勤劳、自尊、讲究伦理亲情,这些都让黄春明对这片土地充满眷恋。现在,年近晚年的黄春明仍在

---

① 沈从文:《从文自传》,《沈从文全集》(第13卷),北岳文艺出版社2002年版,第362页。
② 黄春明:《黄春明谈自己的写作历程》,《联合文学》2008年第285期。

为家乡遗风的传承做贡献,他在宜兰成立了吉祥工作室,致力于口述历史与草虫鸟兽博物志等地方人文、自然方面的整理工作,为传扬家乡文化创办了杂志《九弯十八拐》。

  身为"商家之子"的黄春明,童年并不如沈从文那样衣食无忧,在他八岁那年,母亲早逝,父亲再婚。黄春明与继母的关系很不好,姊妹兄弟五人都是由"比祖父还男性化""整个夏天打赤膊的祖母"①一手带大,祖母很凶,黄春明小时候又很调皮,惹得祖母经常打他。黄春明并没有因为挨打屈服,仍然跑到外面到处玩耍,就这样黄春明认识了他所生长的那块兰阳平原。黄春明曾提到对他影响最深的两个人,"一个是祖母,一个是母亲;祖母是具体的影响,母亲虽然早死,却具有抽象的影响,时时警惕自己要比别人更争气,不可将挫败归诸于从小没有妈妈"②。因此,祖母和母亲的形象成了日后黄春明小说创作中坚韧的女性形象的原型。童年直至少年时代的黄春明顽皮叛逆,不被看作好孩子。一次在国小读书的黄春明,画了一幅画——《屋顶上的番茄树》,屋子很小,番茄却大过屋子。老师觉得不伦不类,质问黄春明,可是黄春明坚持己见,最后被老师狠狠地捆了几个巴掌,黄春明还是坚持到底,这足以说明黄春明倔强叛逆的个性。因为性格顽劣,黄春明小时候一直是在挨打中长大的。黄春明曾在一次演讲中说:"童年时母亲很早就过世了,我是五个小孩中的老大,虽然拥有四个小部下,但是我的祖母非常凶,常打得我很没面子,于是我就往外发展,不喜欢待在家里。于是我就用两只脚,把出生地罗东的地理读完了,而且还不只读一遍,甚至邻近的乡村也都跑过了……对地理的熟悉,无形中增加小孩子对土地的感情,像根窜开了,永远也不会改变。用脚去读完自己出生地的地理,比现在的年轻人或小孩幸运多了,它不是从书本中的理论可以得到的。这是我作为一个写作的爱好者相当重要的基础。"③ 黄春明对人和事物充满好奇,逢上农忙收割,或是近海渔村传统的施网牵罟的捕鱼作业,他都爱亲自体验一番,给人帮助的同时也满足了自己的好奇心。正是对这些乡村人事的好奇与体验,才会有日后《青番公的故事》《看海的日子》等作品中农村生活景观的真切描写。黄春明后来谈到自己的创作时说:"我从小生活在故乡宜兰,我用我的脚跑遍了家乡,熟悉了从山地到海边的周围环境。我最熟

---

① 黄春明:《屋顶上的番茄树》,《等待一朵花的名字》,台北:联合文学出版社有限公司2009年版,第35页。
② 徐秀慧:《黄春明小说研究》,硕士学位论文,台湾淡江大学中国文学研究所,1998年。
③ 徐秀慧:《黄春明小说研究》,硕士学位论文,台湾淡江大学中国文学研究所,1998年。

悉的是宜兰，我的创作从宜兰出发，没有故乡的孕育和滋养，就没有我的写作。"① 后来的日子里黄春明不堪继母的虐待而离家出走，躲在一辆从宜兰开往台北的货车上，被一个搬运工人发现，这个工人不但没有揭发他，还给他抛过去一个麻袋，让他得以睡在里面。这些细微的照顾却使深受欺凌的黄春明无限感动，从此知道给人怜悯和温暖的重要。他事后回忆说："我那天晚上享受了前所未有的温暖，也就是从那晚起了解了怜悯弱小的重要。"②

黄春明的求学道路也相当不顺利。青年时期的黄春明敏感冲动，屡遭退学，曾被校长戏谑为"流学生"。黄春明曾写了一篇自传，这样介绍自己的求学历程："我读过好多学校：罗东中学（退学），县城中学（退学），电器行学徒，北师（退学），南师（退学），屏东师范毕业。当教员时学生们喊我黄哥哥，当过两年通讯兵，曾在石门水库给水工程处拿圆锹十字镐，现在是宜兰电台编辑。"③ 黄春明因为倔强好打抱不平的性格屡遭退学，毕业之后，他干过好多工作，当过兵，教过书，做过学徒，收集过民谣，拍过电影，从事过电台播音，这些经历为黄春明日后的创作奠定了深厚的基础。

二 时空差异与文学选择

沈从文与黄春明虽然相隔年代较远，但是联系二者在文学创作时期所处的时代背景，就会发现在具有相似性的时代境况中他们有着共同的文学选择。

乡土文学的发轫始于"五四"新文学发展初期的特定历史条件。1920年以后，"乡土文学"创作潮流逐渐兴起，鲁迅举起了乡土文学的第一面大旗。而在乡土理论方面做出了重要贡献的是周作人。沈从文的创作很大程度上受到了周作人的影响。周作人认为彰显乡土文学特点应遵循三个方面：一是应对西方文学而兴的新文学；二是强调民族本位；三是强调扎根于土地的地方风情。沈从文30年代之后的创作基本上遵循了周作人提出的原则。沈从文选择以湘西为自己的写作园地亦是与当时的历史时代背景有密切关系。

30年代的中国迎来了现代以来最为激烈的社会变革。中国社会的历

---

① 樊洛平：《我要做一个播火者——一个乡土之子的情怀》，《文艺报》2001年4月3日第4版。
② 王安祈：《黄春明和他的小说》，《书评书目》，台北书评书目出版社1974年版，第100页。
③ 古继堂：《台湾小说发展史》，春风文艺出版社1989年版，第355页。

史进程从"五四"时期的思想启蒙发展到了社会革命阶段,"中国社会向何处去"的命题成为时代意识的中心问题。同时西方工业文明的冲击加速了国内资本主义的发展,而农村的封建宗法制的社会生活方式开始动摇,出现了现代都市与传统农村相对峙的局面,引起了国内知识分子对都市与乡村、现代与传统等命题的深层次思考。在这样的历史背景下,沈从文开始了他的湘西系列作品的创作,通过对乡村美丽的生命形式的书写完成他重塑国民性的理想,希望自己的作品能给那些"对中国社会变动有所关心""各在那里很寂寞的从事与民族复兴大业的人"以"一种勇气同信心"。①

沈从文的乡村赞美和鲁迅的乡村批判显然是不同的。沈从文站在传统与现代、文明和愚昧、城市和乡村二元对立的角度去缅怀那被工业文明侵蚀的湘西,赞美那里的人性美、人情美、风景美,构建了战争年代知识分子精神上的伊甸园。湘西代表的是一种自然完美的人性,一种"优美,健康,自然,而又不悖乎人性的人生形式"②,这也正是他的全部创作负载的内容。沈从文孜孜不倦地叙述着原始乡村社会在现代文明冲击下的挣扎和残影,展示着近现代湘西社会处于新旧文化势力下,急剧变动的人生图景。

作家的文学选择,一方面受到当时的社会历史环境的影响;另一方面缘于作家自身深层次的心理因素。沈从文选择湘西与城市题材相结合的创作道路与他的个人经历,以及由此带来的深层心理因素是分不开的。初到北京,沈从文先是为考大学四处奔忙,因为没有像样的中学毕业文凭,又是没钱、没关系的乡下人,沈从文上大学的愿望落空了,还受到了许多嘲讽和讥笑。后来,沈从文为了生计,开始干各种杂活,一面工作一面读书,生活非常艰苦,常因为交不起房租而被房东赶走。沈从文因为生活上的落魄,说话还有乡下的土音,穿着又很破旧而遭到了城里人的鄙夷。由此他产生了一种自卑和自怜的心理,这在他的早期小说里得到了充分的表现,他第一篇刊发出来的作品《一封未曾付邮的信》便是代表。后来在作品中显现出的越来越明显地颂扬乡下人、批判城里人的意识应当也与这种潜意识里的自卑有一些关联。他说自己"实在是个乡下人",偏爱用乡下人的视角来描写湘西,赞美那里的人和事,批判城里人的虚伪和狡诈。沈从文创作之初的许多作品表现出的自怜、自伤的悲观主义倾向,受到了

---

① 沈从文:《边城题记》,《沈从文文集》(第六卷),花城出版社1983年版,第68页。
② 沈从文:《沈从文自传》,江苏文艺出版社1995年版,第298页。

哲学家林宰平的批评。林宰平让他与自我怜悯情绪一刀两断，让他懂得"找条谋生之道并不难，难得是生计不成问题之后，怎样对待你的生命"①。沈从文接受了林宰平的批评，不再只为谋生来写作。他开始寻找真正表达自己思想的文学创作。30年代的沈从文创作表明他已经找到了真正可以表达自己思想和信仰的属于自己的文学园地。无独有偶，若干年后身处台湾的黄春明也经历了这样一个阶段。

黄春明的创作以1956年年底发表《清道夫的孩子》为开端。黄春明真正奠定自己文学史地位的是他的乡土小说，在文坛他一直被论者拿来与乡土文学画上等号。他对乡土的选择跟当时的时代政治背景及个人的心理因素也有很大关系。50年代台湾仍处于农业社会，乡镇一般大众的日常生活形式仍在继续，源自世代相传的农村生活的土地经验和群族记忆依然存留在人们的记忆中。60年代台湾实行经济开放政策，大量的外资经济涌入台湾，这给当时还是农业社会的台湾带来了巨大的冲击。黄春明的乡土小说即展现了一部台湾从农村社会向工商业社会过渡的社会生活史，他以一个怀旧的老灵魂的姿态，谆谆告诫着过去曾经美好的家园里被工业文明逐渐扼杀的一些生活经验，对小人物身上的人性光辉进行褒扬，讴歌被他称为"完整的世界"的罗东小镇。

黄春明初涉文坛正是现代主义文学风靡文坛的时候，他的创作难免不受到现代主义的影响，所以在黄春明早期的小说创作中也弥漫着现代主义的味道。从1956年至1966年，他早期的小说如《清道夫的孩子》《小巴哈》《把瓶子升上去》《男人与小刀》《北门街》《借个火》《照镜子》等作品无可避免地染上了这种"时代病"。他自称这一时期的作品"苍白而又孤绝"。这些作品充满了现代主义的个人主观情绪宣泄，表达了一种愤懑、焦躁与自我毁灭的主观情感。然而，60年代后期到70年代台湾步入了社会转型的关键时期，政治上高度戒严，经济上急速变化，思想上受到禁锢，社会正经历剧烈的变动。美援和外资的导入，使台湾的社会经济在短期内从小农经济进入资本主义经济，传统农业社会逐步瓦解，取而代之的是现代工商业，社会经济结构发生深层次的变化，台湾民众的现实生活受到冲击，特别是底层民众产生了生活危机。现代主义的无病呻吟、脱离现实的写作渐渐受到排斥，被一种健康的写实艺术和文学所取代，文坛"回归现实"的呼声日益强烈，引发了后来的"乡土文学论争"。黄春明正是在这个时期重新确立了自己的写作方向，真正进入乡土题材，找到了

---

① ［美］金介甫：《沈从文传》，符家钦译，国际文化出版公司2005年版，第85页。

自己真正的创作矿藏，他将笔触延伸到底层民众生活中，密切关注现实，反应现实。从这之后的创作逐步奠定了黄春明的文学史地位。

　　黄春明自小在宜兰长大，来到城市以后，乡村便作为一种与过去息息相关的温情存在于他的记忆中。在社会变革面前，传统与现代、都市与乡村产生了前所未有的碰撞，这种融入了自己感情的乡村正在遭受摧毁，摇摇欲坠。这难免会引起黄春明的感伤。在一篇文章中，黄春明回忆台湾乡村的"牵猪哥"时说道："时代的巨轮是无情的，只要在前面碍路，管他前面赶猪哥的老伯伯是孤苦伶仃的，照碾不误……车子不见了，余音未了。我有一点不能相信，刚刚眼睛所看到的情景。一股淡淡的时间的乡愁，偷偷的从心底升起。"① 黄春明正是凭借对乡土的无限眷恋，开始了自己的乡土文学创作。作为一名有社会责任感的作家，黄春明正是要用笔记录下乡村的美好一面，拯救濒临传承危机的乡村文化经验。

　　和沈从文一样，黄春明创作之初也有颗自怜的心。"我原来相当自怜的。我很早就没有母亲，发生在我的身上，往往是些不愉快的事，我顽皮，喜欢打架，不爱做功课。在学校是个坏学生，在邻居是一个坏伙伴……小小年纪，我有什么成长的空间？……为什么我这么可怜？"这可能是黄春明初期创作具有颓废色彩的现代主义作品的深层次心理原因。在读了沈从文和契诃夫的小说后，黄春明说："阅读这些小说之后，我从此不再为自己哭泣了，我发现世界上还有比我更可怜的人。"② 这之后黄春明的创作正式走上了现实主义的道路。事实也证明他的乡土小说比起其先前的现代主义创作更加受到文学界的重视。黄春明本着现实主义的精神，表现小人物的生活和苦难，应该跟这种心理是有一定关联的。

第二节　地域风情书写

　　乡土小说现代审美特征的一个不可或缺的方面即是对于地域风情的描绘。赫姆林·加兰说："艺术的地方色彩是文学生命的源泉，是文学一向独具的特点。地方色彩可以比作一个无穷地、不断地涌现出来的魅力。我

---

①　黄春明：《往事只能回味》，《等待一朵花的名字》，台北联合文学出版社有限公司2009年版，第30页。
②　黄春明：《黄春明谈自己的写作历程》，《联合文学》2008年第285期。

们首先对差别发生兴趣;雷同从来不能吸引我们,不能像差别那样有刺激性,那样令人鼓舞。如果文学只是或主要是雷同,文学就毁灭了。"① 加兰将差别归因于地方色彩,也就是乡土小说中所注重的地域风情的描绘。沈从文和黄春明在其乡土文学作品中都以不同的笔调展现出各异的地域风情,寄托着作者怀乡情绪和关于乡土的想象。沈从文有自己的"湘西世界",黄春明有宜兰罗东那个"完整的世界"。沈从文以浪漫而写实的笔调,用大量风景画铺排和渲染,使作品弥漫着一种浪漫气息,勾画出一个诗意的世外桃源。黄春明则运用现实主义手法真实再现了家乡的一草一木,展现底层人的生活现状,写实中又不乏浪漫气息。环境对人的影响是不言而喻的,相对于被现代文明包装过的城里人,乡下人勤劳、善良、淳朴,这成为黄春明和沈从文共同的精神指向,他们正是借着这样的指向,以此作为其对于现实世界不满的一种心灵慰藉。沈从文笔下的湘西世界清新自然的土地蕴藏的是生命的原始的力量和美感,伦理秩序被忽略,一切因自然而美。黄春明笔下的罗东大地厚重笃实,这里生活着的人们承受着生活所带来的各种重压,却奇迹般地拥有超乎常人的坚韧和耐力,在伦理亲情的温情中人们高耸着自己的尊严,昂扬挺立在宜兰大地上。

一 共同的民间价值立场

民间是一个意蕴复杂的概念。"在20世纪中国文学发展史上,民间至少可以理解为具有写作意义的民间艺术形式,具有民俗化意义的民间生活情景和具有知识分子话语意义的民间社会三个层面,这三个层面的'民间'在文学史上都有不同的实践意义,都有它们存在的文学史合理性和合法性。"② 民间文化的形成,是民族历史文化在底层乡村民间的长期积淀。通常来讲,民间文化的组成通常包括某一特定区域的自然风光和人文精神。对民间文化的书写可以体现出作家一定的民间价值立场。

中国农业社会历史悠久。在长久的农业生产关系中,人们赖以生存的大地被赋予了多重色彩,土地不再只是那一抔黄土,而是规定了人类的生存形态,以原型母题的形式制约着他们的自我意识。"大地以其大,最宜于充当对心灵、人格的感召,诱使人以其内在境界与之对应。"在乡土文

---

① [美]赫姆林·加兰:《破碎的偶像》,《美国作家论文选》,刘保端等译,生活·读书·新知三联书店1984年版,第84—85页。
② 朱德发:《20世纪中国文学理性精神》,上海人民出版社2003年版,第326页。

学中,"大地的厚重、沉静、坚忍、富于涵容、德化同类——在被认为'动人'的描写中,人格化的大地,与赋有大地品格的人俨然同体"①。在沈从文和黄春明的笔下,大地被寄予乌托邦的厚望,记载着那个群体肢解之前的美好记忆,体现了传统的"天人合一"的思想。在对大地的描写中,显示出不同的创作风格:沈从文采用"写意"的笔法浪漫而又写实性地描绘湘西大地,黄春明则用"写实"的笔法写实又不失浪漫地表现宜兰风情。

沈从文以浪漫的笔墨点染出一个静谧的湘西。沈从文被认为是文体家,很大一部分原因即在于小说创作中的散文化倾向和诗化意境。他的湘西是可以当作山水画来欣赏的,在小说中沈从文笔之所至,尽兴渲染,对自然风光、人情风俗的描画详尽繁复,大力铺染家乡的桃源意境。清澈的小溪、铺满玛瑙石的白河、古老的渡船、动人的情歌、翠色逼人的山、青青的翠竹、金黄的橘子园、热闹非凡的龙舟赛、自然纯美的少女、俊美的少年、神奇的跳帷场面、古老原始的风俗……这些富有诗意的意象和充满画意的场景,是沈从文小说永远吟歌的对象。在《边城》中,自然环境的描写颇能代表沈从文的这种对环境的诗意描画:

> 那条河水便是历史上知名的酉水,新名字叫作白河。白河到辰州与沅水汇流后,便略显浑浊,有出山泉水的意思。若溯流而上,则三丈五丈的深潭皆清澈见底。深潭为白日所映照,河底小小白石子,有花纹的玛瑙石子,全看得明明白白。水中游鱼来去,全如浮在空气里。两岸多高山,山中多可以造纸的细竹,长年作深翠绿色,逼人眼目。②

这段景物描写如山泉般在作者笔下自然流淌,一切顺应自然,和谐澄明,错落有致。这种沉静舒缓的笔调传达出的诗意弥漫了全篇小说,正是这样清新自然的大地,哺育了一群勤劳、善良、质朴的小人物。纯真的翠翠、夜间传遍山间的情歌及日日守候在河边的老水手,这些形象与大地融为一体,山水田园给予这里的人们纯净的境界,这里没有虚伪和狡诈,没有权势欲望,有的只是自然、沉静。这是沈从文乐山悦水的心境给予湘西独特的生命观照。

---

① 赵园:《地之子》,北京大学出版社2007年版,第4页。
② 沈从文:《边城》,《沈从文别集》(边城集),岳麓书社1992年版,第104页。

长篇小说《长河》开头便着意刻画了"多橘柚"的辰河流域。终年绿叶浓翠的橘柚树,花开便香馥醉人。辰河中部"银杏白杨树成行高矗,大小叶片在微阳下翻飞,黄绿杂彩相间,如旗纛,如羽葆。又如有所招邀,有所期待"①。橘子园的果实如天上繁星,光明幻异,不可形容,就如在《边城》中表现的一样,沈从文从来都不吝啬笔墨去铺陈渲染自然之景,湘西的山山水水在沈从文的笔下都成了一幅山水画,仿佛只可意会,不可言传。小说承载的不仅是乡村景色的客观描绘,更是沈从文内心深处与自然合二为一的美学理想,正是这种浪漫主义的思想倾向使沈从文对自然风光的描绘体现出诗意情怀。

相对于沈从文清新自然的环境描绘,黄春明笔下的罗东则显得厚重笃实。沈从文以一个诗人的浪漫气质,在小说中运用散文的抒情笔法来写现实的环境;黄春明则将人物融入环境中,在人物与环境的交融中再现他们的生存境况,在写实中飘逸着葱郁的田园气息。在黄春明的小说中,大地当之无愧地成了小人物的原型意象。土地,与人类自古就有一种割不断的联系,正是生于斯长于斯的乡村人让我们体会到了田地的气息和与土地紧密相连的归根感。他们与土地已经融为一体,土地承载了他们的艰辛和收获,也分享着他们的喜悦和哀伤。黄春明不止一次地强调乡土之于人的重要性,他认为一个人如果没有了乡土的认同感就缺少身份的认知,人格就会扭曲。因此他笔下的人物热爱土地,成为真正的"地之子"。

黄春明的代表作之一《青番公的故事》刻画了一位忠实于土地的"地之子"——青番公,同时描绘了早已与青番公融为一体的田园风光。作者并没有像沈从文那样对环境做大量的诗意描绘,而是在将人物与环境和谐融为一体中完成了静谧温馨的田园风光的呈现。

  当太阳的触须开始试探的时候,第一步就爬满了土堤,而把一条黑黑的堤防顶上镶了一道金光,堤防这边的稻穗,还被笼罩在昏暗的气氛中,低头听着潺潺的溪流沉睡。清凉的空气微微地带着温和的酸味,给生命注入了精神。青番公牵着阿明到田里去。②

黄春明以生动的细节描写展现了稻田日日更新的气象,谱写了一曲浪漫的田园牧歌。他以一种童话式的语言,描写青番公对那片田园的守护。

---

① 沈从文:《长河》,《沈从文全集》(第10卷),北岳文艺出版社2002年版,第23页。
② 黄春明:《青番公的故事》,《黄春明小说选》,福建人民出版社1985年版,第13—14页。

这一番描写勾画了一个富有原始生命力的、未经现代文明浸染的大自然风光。青番公熟悉田园环境，他深谙自然，与大地融为一体；他固执地坚守田园；他要让孙子阿明明白尊重自然、敬仰自然的意义；他不遗余力地告诉阿明一颗露珠就是一个世界。乐蘅军评论黄春明透过人和自然的流动关系，传达出这样的启示："人类对大地和田园所执持的宗教式崇敬情感，可以使人类永恒地存在它上面。"①

《甘庚伯的黄昏》和《看海的日子》也采用了同样的叙述手法。《甘庚伯的黄昏》中甘庚伯带着疯癫的儿子阿兴从街市上回来，走在夕阳的余辉中，甘庚伯埋怨着阿兴的疯癫，但当他们经过甘庚伯自己耕作的花生田时，眼看今年有了收成，甘庚伯的气便渐渐平息了。《看海的日子》描写了渔港和白梅生活的炕底两种场景。白梅在渔港沦为妓女，回到了乡村炕底，换来了自己新的生活。无论是青番公祖孙布置稻草人的天真情景，以及白梅实现自我重塑的坚忍意志，还是甘庚伯忍辱却不失达观的生活韧劲，这些人物都依傍土地与自然实现生活的理想。黄春明正是用这样的创作手法展示田园风光，在写实的基础上传达出丝丝浪漫的气息。

对民间文化价值立场的认同，不仅表现在自然生态的描摹上，还包含对地域民风、民俗、人情伦理的描述。沈从文用诗意的笔墨点画湘西的各种乡野传奇、民风民俗，还有乡间的价值信仰。湘西的民俗描写渗透在沈从文几乎所有的乡土文学作品中。如《雨后》《边城》《萧萧》《龙珠》等篇目中写到的"求爱恋歌"。苗族中人会用歌声传递和表达爱恋，《边城》里的翠翠被二佬的歌声所吸引，《雨后》中四狗想要摸他情人的胸脯时要唱歌，《萧萧》中萧萧未成年的丈夫从长工那学来的歌正是长工勾引萧萧时唱的，《龙珠》跟喜爱的女孩也是用唱歌……这些歌曲大胆狂野，展现了苗族人开放的情爱观念，成为他们浪漫质朴的情爱表达方式。其他的社会习俗诸如《边城》中描写的端午节看赛龙舟的习俗，这一天人们不仅要看赛龙舟吃粽子，还要穿新衣，用雄黄酒在额上画个"王"字。《七个野人和最后一个迎春节》里写到的苗人过迎春节的习俗，苗人遇到喜事和节庆日理所当然喝得大醉，聚会上所有男女青年一同唱歌作乐，所有老年人都会讲述各自光荣的历史与渔农知识。

在湘西系列作品中，沈从文还通过对宗教仪式的描写表现了民间的精神信仰。《神巫之爱》中叙述打猎前拜山神的情形，描写了人们对神巫的敬重，《阿黑小史》写到乡民如何为山神做生日。这些宗教仪式和风俗的

---

① 徐秀慧：《黄春明小说研究》，硕士学位论文，台湾淡江大学中国文学研究所，1998 年。

描写表现了苗族人的民间信仰。淳朴的民风、诗意的生态环境、散发原始力量的美好生命及各种奇异的风俗习惯,这一切形成了湘西整体的文化风貌。沈从文在作品中关于湘西的民风民俗的描写,不仅显示了作者对苗族人生活的熟悉,也揭示了这种风俗所含有的文化根系。苗人以歌示爱,以及各种崇神的仪式信仰,展示了苗乡淳朴的民风和原始的气息,难怪乎生于其间的人们如此具有"人情味"。

和沈从文相似,黄春明也深谙故乡的民风民俗,并在作品中积极表现。"我在意吸收民间的风俗习惯,小说中想用各种角度切入,把一个时代、一个社会陈述出来。……许多民间习俗或禁忌都是民间的智慧,运用它们可以规范小孩子养成好的习惯和正确的行为。"① 黄春明对老一辈留下来的经验无法得到应有的传承感到忧虑,这也是后期他积极推广家乡文化,以唤起人们对传统的传承的重要原因。

黄春明的作品中有大量的民间传说、乡野传奇、风俗仪式的生动描绘。其小说的民间文化色彩很大程度上得益于对民间传说、乡野传奇的穿插叙述,同时也增加了故事的生动性。这些民间传说和传奇反映了特定时空中人们的情感倾向和价值判断。如《青番公的故事》中,浊水溪雄芦啼在相思林哀啼是山洪暴发的征兆,歪仔歪之所以遭洪水侵袭,是因为村里的秋禾吃了歪仔歪人忠实的报信鸟雄芦啼。《甘庚伯的黄昏》中关于消灾破煞的故事,甘庚伯如此告诫小孩子:"要是有消灾破煞的戏,刚开始有一个黑脸出来乱蹦乱跳的那一场戏,小孩子千万不能看。要是无意看到了赶快摘一片青叶子,衔在口里就没事。"② 《现此时先生》写到民间"斩鸡头"的传说,《溺死一只老猫》中叙述了痔疮石的故事,《锣》则写到民间用扫把头敲打棺材的故事,等等。这些民间传说和乡野传奇表现了当地人在长久生活中所积累的生活经验和价值判断,是宜兰先人对本土生活最本初、最朴素的阐释和展现。这些极具地方性和民间性的传说构成了宜兰独具的地方色彩,成为宜兰民间文化不可分割的一部分。

黄春明的小说还描写了许多宜兰的生活习俗。《青番公的故事》中,歪仔歪遭遇了洪水,为了重建家园,歪仔歪人凑钱上演了一场"大水戏"压水灾的活动。在差不多割稻后两个礼拜,歪仔歪为了谢平安要做大戏。青番公和儿媳阿菊到土地庙烧香感谢土地公的保佑,是否养母猪也要掷圣

---

① 樊洛平:《我要做一个播火者——一个乡土之子的情怀》,《文艺报》2001年4月3日第4版。
② 黄春明:《甘庚伯的黄昏》,《黄春明小说选》,福建人民出版社1985年版,第35页。

答，得到土地公的同意才敢养母猪。《瞎子阿木》中描写了瞎子阿木为女儿招魂的仪式：一碗白饭，上面插一仙纸人，还有两碗简单的菜饭，然后拿着梳子喊三声秀英，这样秀英就可以回来了。再如《锣》中的憨钦仔敲锣通知乡民庙事："明天下午两点啊，埼顶太子爷要找客子呀，顺时跳过火画虎符，列位善男信女啊，到时备办金纸炮竹，到埼顶太子爷庙烧香参拜啊，列位慎足听唷，不干净的有身孕的查某人不可去呀，带孝的人不可去呀，去的人每人虎符一张赠送，拿回来贴门斗保平安啊。"①《癣》中提到农历初二做乐，拜土地公的记载。这些表现民间信仰的仪式和活动在后期的作品集《放生》中，表现得更为突出。

宜兰封闭的地理环境和悠久的历史使得那里的人们在长期的生活中形成了特定的文化心理机制，这种文化心理就表现在这些民间的民风民俗上。这些风俗信仰长期积淀在人们的生命中，成了宜兰人得以生存下来的最为宝贵的体验。"不同的地理风貌制约着各自的风情民俗，风情民俗的不同保持了各地文学的存异。"② 黄春明对这些独具特色的民间仪式的偏爱和书写为传承和研究宜兰民风民俗做出了重要贡献。正如台湾学者季季所言："黄春明早期描写的乡村生活，以八十年代的眼光去看，几乎是找不到了。这使得他的那些作品，越来越珍贵。许多没有经历过五十、六十年代乡村生活的人，只有到他的作品里寻找先人生活的形貌和挣扎。"③

在中国现代文学史上，乡土小说大都会描写民间风俗，并且形成了不同的风格。沈从文和黄春明对于民风民俗的描绘反映了特定区域民族的传统民族心理和传统的生活方式，是长期积淀下来的关于宗教、伦理、信仰和日常生活的经验和价值取向的体现。它们虽带有落后、迷信的成分，但并不野蛮残酷，写进作品倒增添了不少生活的情趣。

民风民俗是农民生活的重要组成部分。沈从文和黄春明对各自生活的乡村的民间习俗大量的书写，对中国传统文化的保存和延续做出了贡献。站在现代和传统的交叉点上，他们对传统文化既有留恋也存在批判。正如朱双一在分析70年代台湾乡土小说时所说的："这时的民俗描写最为关注的却是在农业社会向工商社会的转型中，传统价值和现代价值的冲突。作家们忧心忡忡地看着传统价值在现代价值的压力和冲击下节节败退，即

---

① 黄春明：《锣》，《儿子的大玩偶》，时事出版社1996年版，第72页。
② 贾平凹：《静虚村散文》，陕西人民教育出版社1990年版，第159页。
③ 徐秀慧：《黄春明小说研究》，硕士学位论文，台湾淡江大学中国文学研究所，1998年。

使在理智上认可了现代价值,但在感情上,仍对传统价值含情脉脉。"①

二 张扬的生命力与坚韧的生存意志

真正的文学应该是立足于描写和表现人性的文学。沈从文和黄春明不约而同地对人性进行了执着的探索,他们将目光锁定在乡村小人物身上,赞美他们美好的人性。现代化带来了物质的巨大繁荣,它以涤荡一切的汹涌气势驱逐愚昧和落后,但同时也带来了人类的异化,造成道德、人性的沦丧,形成了人们精神上的荒原状态。也正是基于这样的认识,沈从文和黄春明都以一种说书人的口吻,向我们讲述了一个个发生在那些小人物身上的传奇故事,描绘了"健全的人生形式"。

"我只想造希腊的小庙。选山地作基础,用坚硬石头堆砌它。精致,结实,匀称,形体虽小而纤巧,是我理想的建筑。这种庙供奉的是'人性'。"② 从沈从文的自白中可以看出,人性是沈从文刻画平凡小人物的核心和精神,是他创作的起点和归宿。在沈从文看来,文学是"人性的治疗者",他要把乡村人的善良、淳朴、勤劳和洋溢着原始的生命力的精神状态用笔墨进行宣扬,以此来拯救正在堕落的民族,重新树立起希望。而在黄春明那里,小人物是萦绕于心头的情感寄托,在他笔下,平凡的人不仅具有沈从文笔下小人物的善良、淳朴等美德,他们还具有超强的意志力和韧性。现代工业给农村经济带来的冲击和随之而来的生活重压摧毁不了他们生存的意志和重塑自我的决心。这就是沈从文和黄春明所共同看到的人性之美。在社会转型过程中,沈从文感觉到了城市人的羸弱和病态,他极力寻找一种"健康的生命形式",那充满了野性生命力的湘西,就成了他吟咏的对象,他从哲学和美学的高度传达着生命的真谛——与自然相适应便是美的生命。黄春明看到了在现代经济冲击下,传统美德在丧失,崇洋媚外愈演愈烈,资本主义经济冲击着昔日的田园经济,这一切使得他笔下的小人物屡遭苦难。怀着对小人物的怜悯和对他们勇敢面对困难的敬仰,黄春明赋予了他们无限的韧性和耐力,成就的是一个关于人的尊严的问题。

《边城》是一首讴歌人性的赞美诗。主人公是摆渡船的老船夫和他的外孙女翠翠,整个故事讲述的是一段凄美的爱情故事。老船夫日夜摆渡,

---

① 朱双一:《台湾新文学民俗描写中的"传统"与"现代"》,《台湾研究集刊》2002 年第 2 期。

② 沈从文:《从文小说习作选·代序》,《沈从文文集》(第十一卷),花城出版社 1984 年版,第 42 页。

风雨无阻,忠于职守,五十年如一日。老人的热忱和负责受到过渡客人由衷的感激,但他却觉得一切理所当然。"渡头属公家所有,过渡人本不必出钱;有人心中不安,抓了一把钱掷到船板上时,管渡船的必一一拾起,依然塞到那人手心里去,俨然吵嘴时的认真神气:'我有了口粮,三斗米,七百钱,够了。谁要这个!'"① 实在却情不过,他就把这些钱买了烟草、茶叶,放在船上免费供应。他上街,请人喝酒,"从不吝啬"。这种"投我以木瓜,报之以琼琚"的风尚是人性美的最好体现。从老船夫身上我们看到的是令人起敬的淳朴和善良。在淳朴善良的祖父的熏陶下,翠翠延续了爷爷身上的美好品格,她天真活泼,心地善良,既带有少女的羞怯,又充满了大自然赋予的青春活力。除了老船夫和翠翠,其他人物如船总顺顺和他的两个儿子,以及许多陪衬的人物,无一不是那样的热诚、质朴、善良。这种对乡村小人物品性的褒扬在沈从文的许多作品中都可以找到。即使是地位向来卑微的妓女,在沈从文的笔下也不乏人性的光辉。这些吊脚楼里的妓女,多只是出卖肉体不出卖灵魂的未丧失人性的妇女,特别是当她们得到了正常人该得到的尊重时,尤其是这样。《曙》中描写了"我"对那个妓女真实情意的表达,甚至把她比作《茶花女》中的玛格丽特;《十四夜间》里那个妓女也是"遇到了一个情人",她们虽操皮肉生涯,但天真未泯、生性浑厚。在沈从文看来她们并无值得指摘的地方,反而表现了他们自然本真的生活态度,以及相互同情、爱慕和慰藉的真实情意,这正是低贱如妓女的小人物身上所显示的人性美。

沈从文笔下的人性之美集中于"爱"字上,同时,他还呈现了一种健康的人生形式:不悖乎自然的原始的生命力。这是来自沈从文的自然观和对生命之美的领悟。在沈从文的作品中,男女情爱表现得大胆而狂放,他们不计较得失,生命中似乎蕴藏着无限的力量,敢爱敢恨。《柏子》中的柏子不在意将风雨里辛苦赚来的钱全部倾倒在那个妇人身上。柏子与妓女的欢娱更是写得粗犷野性。柏子身上的这种"力",正是沈从文欣赏的原始的生命张力。《媚金·豹子·与那羊》中媚金因为等不到心爱的人竟然愤然自杀,豹子看到垂死的媚金也为了证明自己的爱而随心爱的人殉情而去。这正是为了爱勇敢付出生命的举动,比起城里人的羸弱和懦弱是何等的震撼人心。

黄春明笔下小人物的人性之美也体现于人与人之间的"爱"之上,以及这些小人物所具有的那种超乎想象的韧性和耐力。黄春明对那些生活

---

① 沈从文:《边城》,《沈从文文集》(第六卷),花城出版社1983年版,第74页。

在乡间的小人物充满了难以忘却之情。"在此间的写作圈子,我已经被列入写乡土的了。……一旦望着天花板开始构思的时候,一个一个活生生的浮现在脑海的,并不是穿西装打领带,戴眼镜喝咖啡之类的学人、医生,或是企业机构里的干部,正如我所认识的几个知识分子。他们竟然来的又是,整个夏天打赤膊的祖母,喜欢吃死鸡炒姜酒的姨婆,福兰社子弟班的鼓手红鼻狮仔……"这些小人物在黄春明的脑海里为何有如此的生命力?"想一想他们的生活环境,想一想他们生存的条件,再看看他们生命的意志力,就令我由衷地敬佩和感动,想了想,我好像已经得到一个答案。"①

　　黄春明在这些平凡的人身上寄寓了可贵的精神追求,实现了作家自己所设想的"完整的人"和"完整的世界"。这些小人物往往在经受生活的种种考验的过程中,无形中得以将人格升华。小说《甘庚伯的黄昏》写六十多岁的甘庚伯和他四十六岁的疯儿子阿兴的故事。小说在一派乡间田园浪漫气息下透露出一丝淡淡的忧伤。原来,正当甘庚伯正在田地里辛勤劳作的时候,他的疯儿子从家里偷偷跑了出来,赤裸着身子在街上发疯,甘庚伯便以飞快的速度去将儿子接了回来。路上,村里人议论着甘庚伯:

　　　　"也只有遇到老庚伯这样的人。人家疯子是疯子,但是给他养的勇健得很。"
　　　　"唶!做人也是如此!像老庚伯做人这么善良,命运却这么歹?"
　　　　"就是。孤子来这样。老伴又来死。"
　　　　"天实在是太没有眼睛。……"②

　　这些议论包含着对甘庚伯的同情和怜悯,小说将邻里乡亲对甘庚伯的同情、赞佩和尊敬充分地表现出来了,乡土社会中的人性美也由此散发出来。甘庚伯一个人孤苦地抚养着四十六岁的疯儿子,无怨无悔、爱护有加。这种悲悯的怜爱之心,体现了甘庚伯高尚的品德,也正是甘庚伯身上无穷的耐力和韧性可以支持着他抚养自己的疯儿子几十年如一日。

　　另一篇小说《看海的日子》,表现了妓女身份的白梅身上所散发的人性光辉,也最能体现黄春明对人性的看法。在黄春明看来"世界上的女人比男人有责任感,意志较坚定,耐性大,遭受的苦难更多"③。在这篇

---

① 黄春明:《屋顶上的番茄树》,《等待一朵花的名字》,台北:联合文学出版社2009年版,第33—42页。
② 黄春明:《甘庚伯的黄昏》,《黄春明小说选》,福建人民出版社1985年版,第27页。
③ 魏可风:《黄春明答客问》,《联合文学》1994年第118期。

小说中，黄春明生动地描写了一个台湾底层女性白梅的形象。白梅的地位是卑微的，她八岁的时候被母亲卖给别人做养女，后来又被养母卖给了一家低级的妓院，小说中的歌谣"雨夜花"无疑就是白梅自身形象的一种象征。白梅虽然饱受欺凌，但她有一颗善良向上而坚韧的心，她挺身而出代替雏妓莺莺受辱，后来白梅又借钱给莺莺，设法帮她逃出火坑。几年之后，当她在公交车上再次偶遇莺莺时，莺莺已经组建了一个家庭，有了自己的孩子，这让白梅突然间燃起了希望，她要做一个母亲——做一个正常的人。当初就是这样一个女性，她负担起整个家庭的吃、穿、用、住，她再次回到自己的家乡——这个未经现代工业污染的村庄时，"炕底这表征着相对于残破文明的原始自然，以及和炕底一样质朴混沌的村人，帮助梅子得到了她所渴望的一切"①。那里的人们并不嫌弃白梅的过去，他们"果然给她以抚慰，让她把儿子生下来，并给她以尊重"②。而白梅也帮他的大哥做了截肢手术，保住了他的生命。白梅终于将孩子生下来了，虽然其中波折重重，她没有让孩子的父亲（那个渔港里的年轻憨厚的嫖客）知道，而是自己一个人回到家乡生下了这个象征着她的新生的孩子。小说在叙写白梅的故事的同时也突出表现了城乡的差距，显示出乡下人的美德。在象征现代都市的渔港，白梅是遭人践踏、备受歧视的妓女；但回到山村炕底待产的白梅，则变成了孝顺的女儿和友爱的妹妹；在乡亲们看来，更是惹人疼爱的孩子。

从这篇小说里，不难看出作者在白梅身上所赋予的那种执着于人的尊严的坚忍耐力和不屈性格；同时，也映射了乡间人与人之间的温情。黄春明对这种温情与爱的书写还反映在其他的小说中，如《青番公的故事》和《鱼》中的祖孙情、《苹果的滋味》里江阿发一家那种相濡以沫的珍贵亲情、《儿子的大玩偶》中夫妻间的温情、《放生》中的父子情、《瞎子阿木》中的父女情……

黄春明和沈从文一样，坚信最美好的人性体现在那些与大地共同生息的乡村平凡人身上。他们因为没有受到现代工业文明的冲击，所以仍然保存着原始的本性。沈从文醉心于乡下人所散发出的原始的生命力，黄春明着意描写小人物在面临生活考验时所表现出来的超人般的意志力。李汉伟在《台湾小说的三种悲情》一书中将黄春明的小说的悲剧模式归结为一种"穷困之悲"模式。的确，黄春明的乡土小说基本上都是以悲剧收尾，

---

① 肖成：《大地之子：黄春明的小说世界》，作家出版社2006年版，第159页。
② 肖成：《大地之子：黄春明的小说世界》，第159页。

主人公承受着赖以生存的土地行将失去从而带来的生存危机，在挑战这种危机中黄春明给予了他们高贵人格的高度赞扬。沈从文笔下的人性美，是一曲生命力的赞歌，他以诗意的表达传达自己对美的事物的喜爱，坚信"美在生命"，他的人性赞颂其实是生命与力的赞颂。沈从文的作品大多也是以悲剧收场，但他不同于黄春明笔下人物所面临的穷困之苦，而是生命本身的悲剧，是"善"的悲剧。他笔下的翠翠、阿黑、水手、萧萧，这些人物丝毫没有现代文明下的贪婪欲望，有的只是生命本身的美丽和执着，在他们身上洋溢着那种原始的、纯乎自然的生命力。他们的行为无碍乎伦理，一切合乎自然就好。以"阿黑小史"为总题的系列小说，"不只被描写的人物生活状态，对待性爱的态度，而且作者的描写方式，小说的组织，都以'自然'为归依"①。

与沈从文相比，黄春明似乎显得更加理性。沈从文的湘西题材作品对湘西农民是很少批判的，即使出现了如《长河》中的保安队长和《贵生》里的四爷等道德质疑人物，也是与农民非一个阶层。沈从文将批判矛头直指封建弊端，而与农民本人似乎并无关联。如《萧萧》《贵生》中萧萧和贵生的悲剧其实暗含的是对封建制度的批判，《新与旧》中也批判了鲁迅所表现的"看客"形象，对小人物身上存在的陋习似乎并不在沈从文的批判之列。相比较而言，黄春明在着意表现他们美德的同时，也对他们身上的国民性弱点进行了批评，虽然这种批判的背后还隐藏着作者深深的同情和怜悯。《溺死一只老猫》《锣》《苹果的滋味》是这一类作品的代表作。

《溺死一只老猫》中的主人公阿盛伯是一个很具有典型意义的人物。他思想保守，行为激进，为了反对在村子里修建游泳池（现代文明的象征），带领一帮老人展开了乡村"护卫战"。他们不让建泳池的原因是：天然的地理不容破坏、淳朴的民风不容破坏有伤风化。接着以阿盛伯为首的清泉村民与街仔人之间展开了精彩的斗争。阿盛伯看到大家因为他带来的消息"脸上的表情开始罩上困忧，心里才升起一种应该的沉重的满足"②时，他小人物的那种自尊心得到了满足。在村民大会上，阿盛伯开场的无知可笑情景引发了大家的哄笑，但是阿盛伯却"每一次都好像受到了鼓励，而他就越变得带憨带粗起来了"③。护卫清泉村的行动像一种宗教的虔诚使阿盛伯的躯壳人格化了，于是阿盛伯开始觉得自己和一般人

---

① 赵园：《沈从文构筑的"湘西世界"》，刘洪涛、杨瑞仁编《沈从文研究资料》，天津人民出版社2006年版，第493页。
② 黄春明：《溺死一只老猫》，《儿子的大玩偶》，时事出版社1996年版，第105页。
③ 黄春明：《溺死一只老猫》，《儿子的大玩偶》，第108页。

不再一样,俗气在他身上脱落了。他感觉自己正忠于一种信念,整个人在向神的阶段升华。然而,强大的现代文明终归不是农村的小农意识所能抵抗的,阿盛伯输了,像一头老猫一样溺死在游泳池中。因为他"爱这块土地,和上面的一切东西"①。阿盛伯固然体现着老一辈乡土人的淳朴秉性,但作者也同时嘲讽了他身上那种小人物所有的自负、冥顽守旧和"螳臂当车"的愚蠢行为。从这里亦可以看出作者陷于二律背反中的矛盾情绪——他深深眷恋着那古老的乡土传统,但又不得不考虑现代社会带给人们的实际利益。

另一篇小说《锣》也对乡下人身上的缺点进行了反思。主人公憨钦仔是黄春明塑造的最为丰满的人物形象之一。他"愚昧又狡猾、胆怯又逞强、善良又机灵、自卑又自负、坚忍又超迈、穷涩又油滑、倾轧又健忘、违心又忏悔,以及屈辱又自尊"②。钦仔是原来村子以打锣来传讯息为职业的人,那时候,他的名字比镇长的名字还响亮,工作体面收入可观,日子过得无忧无虑,他以从事这样的职业为荣。那时候憨钦仔为政府通告政令公文、替公所催缴各类税收、为寺庙提醒善男信女谢平安、帮助丢孩子的人家找回孩子,但是随着一部装有扩大机的三轮车(现代工业的产物)的到来,憨钦仔失业了。失业了的憨钦仔因为经济没有着落开始了他的悲剧生活。开始时,憨钦仔利用自己的"聪明",干起偷窃和诈骗的事情来。当他在番薯田里想下手的时候被主人发现了,憨钦仔灵机一动,就"从容不迫地蹲在那里不动了",等主人快到跟前时,憨钦仔先发制人:"怎么?你想跑过来吃屎吗?小偷怎么可以乱赖?……好歹不识,你把这装的看成什么货色?真失礼!"③主人自认有所失礼走开后,憨钦仔满载而归。偷窃和欺诈终不是长久之计,憨钦仔开始想法加入靠吃死人饭的"罗汉脚"行列。但是憨钦仔很要面子,他费尽心机,以利诱和欺瞒的方式终于加入了罗汉脚们的行列,然而他又言不由衷地说道:

> 喂!各位等一下,我憨钦仔有言在先,目前我还没找到适当的工作,想暂时和大家一起生活,一旦我找到工作,我马上就要离开。你们知道?是暂时的,说不定明天就走。因为是暂时很难料。

---

① 黄春明:《溺死一只老猫》,《儿子的大玩偶》,时事出版社1996年版,第110页。
② 肖成:《大地之子:黄春明的小说世界》,作家出版社2006年版,第117页。
③ 黄春明:《锣》,《黄春明小说选》,福建人民出版社1985年版,第71页。

……
　　不，不，不，我说是暂时的。到时候我走了，大家不要骂我无情就好。我说过了，是暂时的。①

　　从这里不难看出憨钦仔"死要面子"的可笑形象。由于棺材店好久没生意，憨钦仔提议："人家说棺材店如果没有生意，只要用扫把头敲打棺材三下，隔日就有人去买棺材。"然后自告奋勇地去了，他敲完棺材头后又时时担忧着可能发生的后果，日夜担心不已，连做梦都会梦见自己成了"杀人犯"。小说中还描写了憨钦仔遭追债时的场面——活脱脱一个阿Q被人打后自称"虫豸"的形象。

　　黄春明对现代文明冲击下的乡村社会和乡土人物进行了深刻的反思，他的小说既表现了对即将逝去的乡土传统的眷恋，也抨击了乡土小人物身上种种落后、愚昧的东西，从而使其作品充满了表现力和批判力。

第三节　小说悲剧艺术

　　悲剧在美学和文学史上一直享有崇高的声誉，被称为"文艺的最高峰"②"戏剧诗歌的最高阶段和皇冠"③。悲剧并不是单纯的人物悲苦情境的描摹，更重要的是传达出生命的激情与力量，在悲剧的书写中给人以生命本质的体认和感悟，进而得到一种升华。沈从文和黄春明的悲剧书写不仅体现出作者悲悯的情怀，同时带给我们的是精神的力量，这是作者超越悲剧创作精神的体现。他们的悲剧主人公往往对悲剧的成因并没有清晰的认识，他们在苦难面前没有那种西方式的激烈的反抗，有的只是默默承受生命所给予他们的考验，在考验中展现生命的种种艰辛和美好，这种几乎"无事的悲剧"往往可以达到增添悲剧气氛的效果。作者清醒地认识到现代文明的冲击下，乡村的乌托邦世界必然会遭到毁灭，正是这种"预见性"导致了他们潜意识中的悲剧创作心理。在他们的作品中，美好的人性、美好的田园生活都被置于人物苦难的命运之中。

---

①　黄春明：《锣》，《黄春明小说选》，福建人民出版社1985年版，第103页。
②　[德] 叔本华：《作为意志和表象的世界》，石冲白译，商务印书馆1982年版，第350页。
③　[俄] 别林斯基：《别林斯基选集》（第三卷），满涛译，上海译文出版社1980年版，第76页。

一 悲剧基调的营造

沈从文和黄春明的作品，醉心于抒写乡村的美好生活和乡下人的美好品性，虽然如此，他们却不约而同地将自己心爱的人物置于悲剧的旋涡中。30年代前后的中国和60—70年代的中国台湾地区无疑充满着种种的不确定性，现代文明的侵入将无可避免地成为乡村的宿命。正是预见到了美好乡村无可奈何的归宿时，这种心底的悲剧性才成为作家创作时悲剧心态和悲剧意识生成的深层心理因素。无论是沈从文笔下的湘西还是黄春明笔下的宜兰，那里的人们都承受着生命的考验，演绎着一幕幕悲剧故事，反映在创作中就是作品中所特有的令人产生"怜悯和同情"的悲剧情境。这种悲剧情境体现了作家悲悯的情怀，给作品笼罩了一种悲剧的氛围，悲剧氛围的营造体现了作者高超的艺术表现手法。

沈从文小说中的人物往往没有大起大落的命运，互相之间也没有强烈的矛盾冲突，他们安然地承受着仿佛宿命般的悲剧人生。正如前文所述，沈从文的乡村描写是诗性的，这种诗性的描述不仅被运用来描写湘西世外桃源的自然生态，同时，在悲剧的书写中也占有重要的作用。这种诗性书写营造的是中国古典式的哀伤意境，对悲剧形象的塑造起到一种反衬作用，同时也缓解了西方悲剧给人的恐惧感，在意境中领悟悲剧人物的悲剧性，引发对生命的反思。他的小说"浸透了一种'乡土抒情诗'气氛，而带着一份淡淡的孤独悲哀，仿佛所接触到的种种，常具有一种'悲悯'感。这或许是属于我本人来源古老民族气质上的固有弱点，又或许只是来自外部生命受尽挫伤的一种反应现象"[1]。沈从文是不倦于美的，他认为"不管是故乡还是人生，一切都应当美一些！丑的东西虽不全是罪恶，总不能使人愉快，也无令人由痛苦见出生命的庄严，产生那个高尚情操"[2]。这就是沈从文何以用美来表达悲剧的缘由所在。"神圣伟大的悲哀不一定有一摊血一把泪，一个聪明的作家写人类痛苦是用微笑来表现的。"[3]

由上述的悲剧观和审美观，沈从文的悲剧便得益于作品中对美的事物的描写和氛围的营造。《边城》无可置疑是沈从文的代表性作品。《边城》

---

[1] 沈从文：《散文选译·序》，《沈从文文集》（第十一卷），花城出版社1984年版，第89页。
[2] 沈从文：《〈看虹摘星录〉后记》，《沈从文文集》（第十一卷），花城出版社1984年版，第48页。
[3] 沈从文：《废邮存底·给一个写诗的》，《沈从文文集》（第十一卷），花城出版社1984年版，第303页。

讲述了一个凄美的爱情故事，通过对周围环境的诗意的铺陈和渲染，与翠翠凄美的爱情故事融为一体。在氛围的营造过程中，作者善用衬托、诠释、象征的手法来达到物我交融的意境。例如，《边城》里"两岸多高山，山中多可以造纸的细竹，常年作深翠颜色，逼人眼目"，翠翠的名字便由此而来；这里的人家"多在桃杏花里"，似乎也在暗示翠翠的美丽和善良；还有多次提到的崖边的白塔，从某种意义上成了边城人宿命的象征，老船夫死了，留下孤单的翠翠等待不知是否还会归来的傩送，雷雨中白塔毁掉了，白塔的这种象征意义至此最为明朗。在描述翠翠的爱情憧憬和渴望时，翠翠是羞涩的，作者的表现手法也很诗意含蓄，月光下的歌声、肥大的虎耳草、白塔下飘浮的暮霭，这些意象共同构成了小说的悲剧氛围，赋予悲剧一种诗意的哀伤情调。《阿黑小史》中，作者使用了暗示的手法，一步步让悲剧逼近，到了最后一章才写出悲剧的所在。正是前四部分的描述充满了温情和野性魅力的形象刻画，才不得不让人扼腕最后的悲剧——阿黑死了，五明癫了。前四部分的描写，充满了诗情。生长在油坊里的五明只要"把笛子一吹，一匹鹿就跑来了……来的这匹小鹿有一双小小的脚，一个长长的腰，一张黑黑的脸同一个红红的嘴。来的是阿黑"①。作品描写他们共同欣赏暮色：

　　站在门边望天，天上是淡紫与深黄相间。放眼又望各处，各处村庄的稻草堆，在薄暮的斜阳中镀了金色。各个人家炊烟升起以后又降落，拖成一片白幕到坡边。远处割过禾的空田坪，禾的根株作白色，如用一张纸画上无数点儿。一切景象全仿佛是诗，说不出的和谐，说不尽的美。
　　在这光景中的五明与阿黑，倚在门前银杏树下听晚蝉，不知此外世界上还有眼泪与别的什么东西。②

　　景色的渲染造成诗化的意境是沈从文最拿手的。末了的"不知此外世界上还有眼泪与别的什么东西"却又暗示了一种宿命性的悲剧。全篇小说用下雨来烘托出悲剧的氛围。同样的两场雨却两番场景："为什么在两次雨里给人两种心情，这是天晓得的事。"其次油坊也具有象征意味。小说开头描写油坊的人过着充满力量和歌声的生活，油槌的声音总是"随着悠长歌声荡漾到远处去"。"这歌声比佛钟还使人感动，能给人气

---

① 沈从文：《阿黑小史》，《沈从文文集》（第五卷），花城出版社1982年版，第206页。
② 沈从文：《阿黑小史》，《沈从文别集》（阿黑小史），岳麓书社1992年版，第83页。

力，能给人静穆和和平。"然而，在小说的最后，生活在油坊里的五明成了癫子，这个地方开始"如此的颓败，如此的冷落……可是如今真已不成地方了。……像聊斋里说的有鬼的荒庙了"。《菜园》里的玉家母子以菜园为生，原本过着诗情画意般的生活。最后儿子和儿媳都死了，秋天开满一地的、儿媳妇最喜爱的菊花，此时也只有玉太太一个人对花无语。玉家菜园变成了玉家花园，这象征着时事的变迁，母子俩的幸福生活被彻底打破，憔悴如七十岁的女主人上吊自杀了。前后的意境形成了鲜明的对照。菜园、花园和菊花随着主人一家人的死亡也不见了踪影。

沈从文正是以这种诗性的语言酝酿出古典的意境，烘托悲剧的气氛，运用象征、暗示、衬托的功能来塑造作品中的悲剧人格。意境的美妙、气氛的熏染，更加衬托出悲剧之悲。这种反衬式的表现手法几乎渗透在沈从文所有的湘西题材的悲剧性小说中。

沈从文这种意境的营造烘托悲剧氛围的手法和象征手法的运用在黄春明的作品中也可以看到。黄春明的作品异于同时代其他乡土作家的最显著的特点就是他将视角放在传统与文明、乡村与城市的二元对立中剖析乡村生活。他看到了乡村行将逝去的美好和无可奈何的命运，为乡村文化传承的危机感到焦虑，对那里的人们因为现代文明带来冲击从而陷入了艰难的生活境地充满了同情和怜悯。他的小说更多的是借助人物内心独白的方式替那些哀痛的人们诉说悲痛，与沈从文用景反衬悲剧的手法不同，黄春明长于选用典型的象征性意象，用景衬托悲剧情境，从而烘托出悲剧的氛围。

"成功的作家在作品中往往有一些为其所偏爱、经常描写的事物，作为其象征的品格，并可藉此看出作者的内在精神结构和风格。张爱玲擅长以月亮呼应人物孤寂、落寞的心理，黄春明则酷爱描写太阳的瞬息万变。"[①]黄春明笔下的太阳成了一种"力量"的象征，在不同的情境中有着不同的象征意义。

《瞎子阿木》是黄春明80年代的作品，小说描写了瞎子阿木想念离家出走的女儿秀英的故事。在秀英走后，阿木因为是瞎子，生活上有诸多不便，更因为思念女儿，悲从心生，最后用迷信的方法拿着秀英用过的梳子叫唤着女儿秀英的名字，希望可以把秀英召回。小说中的冷色调的景色描写为阿木的境遇添上了悲凉的颜色。小说开头便是"没有风，空气冻得令人觉得易碎"[②]。既然无风，却又冻得令人易碎，这就是阿木的整个

[①] 徐秀慧：《黄春明小说研究》，硕士学位论文，台湾淡江大学中国文学研究所，1998年。
[②] 黄春明：《瞎子阿木》，《放生》，台北联合文学出版社有限公司1999年版，第36页。

生活氛围。在久婆告诉他只要照着秀英的八字,把"水碗"留在门外,寅时拿着秀英的梳子叫三声"秀英回来",就可以把秀英召回来了。这时候的阿木"一下子觉得额头像一扇天窗打开了。他马上直觉到太阳升起。他不慌不忙的停下,把雨伞骨掖在左边的腋下,朝着刚才离开地面的旭日,双手合十默默挺立片刻"。阿木是个瞎子,太阳的升起降落对他来说毫无意义,然而,这时候他感觉太阳升起了,对着太阳做着虔诚的祈祷,显然,太阳在这里象征着秀英会回到他身边的一种希望。阿木的这种行为甚至感染了久婆的孙子阿全,"那瞬间所感受到的气氛,令他被感动得愣了"①。

在另一篇小说《儿子的大玩偶》中,太阳就成了主人公坤树的悲剧的"制造者"。坤树工作的时候,"一团大火球在头顶上滚动着紧随着每一个人,逼得叫人不住发汗","近前光晃晃的柏油路面,热的实在看不到什么了。稍远一点的地方的景象,都给蒙在一层黄胆色的空气的背后"②。这时候太阳这一意象成了坤树苦难的制造者和见证者。此外还有《甘庚伯的黄昏》中的太阳,不再是炙热的希望的象征,也不是给人烦躁的热力似火的太阳,而是象征了甘庚伯那种艰难的岁月的黄昏景象中的残阳。

黄春明的这种象征手法不仅借用太阳,还有现代文明的象征物。如《青番公的故事》中的大桥、《儿子的大玩偶》中的广告、《锣》中的大卡车等,这些都象征着工业文明已经侵入了乡村,原有的生产方式在受到挑战,这正是造成他们悲剧命运的先兆。这些象征物不时出现在作品中,使作品酝酿出一种悲情意味。

黄春明的悲剧书写擅长以心理独白来表现人物内心的挣扎,让悲剧主体与悲剧接受者之间产生直接的心灵交流,这就增强了悲剧氛围的感染力。《瞎子阿木》这篇小说充满了阿木的心理描写和独白。当清池提及秀英之后,阿木"不但笑不出来,连刚刚拥有过的愉快,一丝都不见了。他准确的面向着清池的背后,整个人都呆掉了"。"一阵眩晕,心底里浮现急切呼唤秀英的声音。"瞎子阿木一边走,一边回忆跟秀英的对话,回忆着别人夸赞秀英的美,于是心里生出一丝愉快来:

> 瞎子阿木一边走,一边牢牢抓住心里的那一份愉快,严苛自责自己无情。不然为什么想到秀英,我已经不会像前些日子那样痛苦?他

---

① 黄春明:《瞎子阿木》,《放生》,台北联合文学出版社有限公司1999年版,第45页。
② 黄春明:《儿子的大玩偶》,《儿子的大玩偶》,时事出版社1996年版,第167页。

这样想着。嘴巴也嘀嘀咕咕地念给自己听:"我为什么是这款?秀英才跑了,我还乐。我乐什么呢?"话才说完,心理还是莫名的乐着,脸上也对这一颗悲不起来的心,而莫可奈何地笑着。①

这段心理描写表现了阿木心灵深处对秀英的惦念和失去秀英的伤痛。因为阿木失去了秀英不再有快乐可言,想到秀英的好,阿木有了快乐,抓住这仅有的快乐紧紧不放,但是立马又自责起来,认为自己很无情。阿木认为自己没有悲痛是不对了,是冷漠的,但是,作者真正要突出的是那一刻"悲不起来的心",其实是悲得太麻木了。整篇小说细腻地刻画了阿木的心理活动、内心独白及人物间的对话。

另一篇小说《儿子的大玩偶》也充分运用了这种心理描写的手法,还穿插了大量的人物独白,像是人物自己在诉说着亲历的悲苦。《儿子的大玩偶》充分体现了环境下的悲剧,展示了主人公坤树面对环境进行的挣扎。作者集中描写了坤树生活的现实环境和心理环境。小说在大量的人物对话中以括号的形式加入了人物许多的内心独白,这些内心的独白正是人物心理活动最直接的表露。通过环境的刻画和人物的独白与对话,黄春明将他的"小人物"置于困苦的境遇中,烘托出作品的悲剧氛围。

二 悲剧的超越

"悲剧在本质上决不仅仅是苦难的展示,更重要的还在于它是对苦难的一种超越,它要表达人的信念、追求、抗争和自我确认,只有这样,悲剧才能如奥尼尔所说'构成了生活与希望的意义'。"② 普罗米修斯的悲剧在于他为人类带来了火种却因此受到了宙斯残酷的刑罚,但是我们感受最深的并不是普罗米修斯遭受的苦难,而是他对抗宙斯的那种坚忍不屈的意志,这就是悲剧的超越性,它带领我们从悲剧的沉痛感之中走出,怀着坚毅的心向着希望进发,肯定我们作为人自我本体的精神力量。

尹鸿在《悲剧意识与悲剧艺术》一书中指出,"悲剧的超越,存在着两种途径:一种是悲剧中的超越,一种是对悲剧的超越。前者指我们在悲剧观赏中,产生出一种崇高感,从而压倒我们心中的悲痛感而导向超越。后者则指我们在拉开与悲剧世界的距离之后,领悟到一种更永恒、更深远

---

① 黄春明:《瞎子阿木》,《放生》,台北联合文学出版社有限公司2002年版,第44页。
② 尹鸿:《悲剧意识与悲剧艺术》,安徽教育出版社1992年版,第45页。

的东西，从而用一种理智感克服我们心中的悲痛感而完成超越"①。这正是悲剧的美学价值。自悲剧诞生以来，悲剧的主题、表现形式、结构特点等都发生了很大变化，易卜生、契诃夫、海明威、鲁迅这些伟大作家作品的悲剧性已经与古希腊时期有很大的差异，但共同的特点就是向着悲剧的这种超越性努力，使之成为悲剧永恒的美学价值。

沈从文和黄春明作品的悲剧性之所以悲而不伤，就是这种超越性给予人的一种阅读体悟。鲁迅曾言悲剧就是将人生有价值的东西毁灭了给人看，在沈从文和黄春明的笔下，那些为人们所珍惜的"有价值的东西"受到了挑战，这种"价值"就是乡间留下来的值得后代继承发扬的人情味和人性的尊严与韧性。他们笔下的人物并没有意识到自己所受到的苦难的根由，他们不存在与之可抗衡的冲突，他们在这种无知无觉中凭借自己的力量承受着生命带给人的种种考验。无论是沈从文笔下的贵生（《贵生》），还是黄春明笔下的江阿发一家（《苹果的滋味》），他们能做的就是用一个"情"字给生命划上一个感叹号。

沈从文说"我只信仰生命"，这体现了沈从文对生命的一种深刻体悟，表现在小说中就是人物面对不期然的苦难时所表现出来的来自生命原始性的激情。《边城》中似乎人人都是悲剧性的，翠翠最后的孤苦和无尽的等待是悲苦，老船工的死是悲苦的，傩送的内心也是悲苦的，然而这一切的悲苦又是怎样造成的呢？一切皆源于"善"，是一种"善的悲剧"。正是老船工为了心爱的孙女，误以为翠翠喜欢的是大佬，便有意撮合天保大老和翠翠，可是翠翠喜欢的却是傩送二老，大老明知不是弟弟的对手，就随船去了桃源，在茨滩出事死去，二老因为哥哥的死也随船去了桃源，只留下翠翠一个人在默默地等待着。小说里的每个人都是悲剧性的，正是他们身上的种种美好品性和这不应有的悲剧性结局形成强烈的反差，使得悲剧感达到巅峰，作品无时无刻不让人感受到"情"和"善"，正是这种力量给我们留下了了深刻的印象。这也正是《边城》的意义所在。

和《边城》一样，《媚金·豹子·与那羊》中也同样是一连串的善的悲剧。媚金是"白脸苗人中顶美的女人"，豹子是"凤凰族相貌极美又顶有一切美德的男子"，他们的爱情本该是美好的，但作品呈现给读者的却是一个悲剧性的故事。豹子为了给最心爱的媚金送去一头最好的小羊，于是到处寻找合适的小羊，以致错过了和媚金约定的时间，痴情的媚金因为误会豹子是故意失约而自杀了，在豹子得知媚金已经死在山洞里时拔出恋

---

① 尹鸿：《悲剧意识与悲剧艺术》，安徽教育出版社1992年版，第67页。

人胸口的刀殉情而死。一连串的误会和好意酿成了最后的悲剧,这种悲剧在给读者带来悲痛的同时,也净化了人的感情。正是这种对爱情的忠贞和为人的朴实真诚才让悲剧更显得悲,也更让人怜悯。作者在最后写道:"白脸苗的女人,如今是再无这种热情的种子了。她们也仍然是能原谅男子,也常常为男子牺牲,也仍然能用口唱出动人灵魂的歌,但都不能做媚金的行为了!"[①] 显然,沈从文要表达的正是媚金身上那种激情,也正是这种情才是悲剧之后留给读者体悟的生命真谛。

《阿黑小史》中,阿黑死了,五明癫了,然而作者并没有用大量的笔墨去写阿黑为什么会死,只用"阿黑真的化了"来交代阿黑的悲剧结局,失去了阿黑的五明癫了,正是这样的结局显示了他们为爱足以痴癫的深厚感情。作品真正要表达的并不是这个悲剧的结局,而是阿黑和五明那种充满野性和自然的爱。这种至死不渝的爱才能给人以震撼。《菜园》中玉家人自食其力的生活最后被黑暗的社会吞噬了,儿子和儿媳死了,主人最后也自杀了。这一悲剧性的结局和作品渲染玉家之前的美好生活再次成为对照,加深了悲剧感,但是作品中对那种诗意般的田园生活和母子情的描绘又让人在悲情之余获得一种感动。《牛》中的大牛伯,待牛如同自己的儿子,为了一点小事把牛的脚后跟踢伤了,大牛伯在悔恨交加中为牛治脚伤,正当牛差不多要好了的时候,却被衙门征用到不知什么地方去了,失去了牛的大牛伯生活的希望破灭了,这无疑是悲剧性的。然而,作者对这种悲剧性的结尾只是一笔而过,不做过多的描述,反而将笔墨述诸大牛伯和牛之间的深厚感情上。大牛伯把牛打伤后的内心挣扎,突出了大牛伯的善良,也突出了农民生活的疾苦,正是这个因素使得小说不止于悲剧性的结局,而是一种温情的传达。

黄春明的小说也同样重视人的精神力量,在人物悲剧性的生命历程中展示人物精神上的伟大和可敬之处。《癣》和《苹果的滋味》两篇小说共同塑造了江阿发一家的艰辛生活。《癣》中江阿发一家穷得连一瓶癣药水都买不起,但是即使是那样困苦的家庭生活,夫妻间依然存在着深厚的感情;在《苹果的滋味》中,江阿发双腿被美国车撞成残废,一家七口人的生活失去了支柱,小说叙述了江阿发一家的生活窘况,同时表现出了他们一家人之间的亲情,大女儿阿珠在得知父亲被车撞伤之后首先想到的是去做人家的养女,"她一味地想着当养女以后,要做一个很乖很听话的养

[①] 沈从文:《媚金·豹子·与那羊》,《沈从文全集》(第5卷),北岳文艺出版社2002年版,第364页。

女,什么苦都要忍受。这样养家就不会虐待她,甚至于会答应她回家来看看弟弟妹妹。那时候她可能会有一点钱给弟弟买一支枪,给妹妹买球和小娃娃"①。《锣》和《儿子的大玩偶》中,作者借资本主义的侵入带来的变迁,叙述了在变迁中那些小人物的种种悲剧性的故事,同时展示了他们的精神世界和追求。《锣》中的憨钦仔无疑是可怜可悲的小人物形象,他所要求的只是一个正常人所必需的基本生活和作为人的尊严,但是在那样的社会条件下,这最基本的愿望也破灭了,这就酿成了他的悲剧性。作者虽然描写了憨钦仔的狡猾、自负,更渲染了他复杂的内心世界里善良的本性——他担心自己敲棺材真的会有人死,开始不停地自我谴责;他尽心尽责地做好打锣的工作,因为帮助村人找到丢失的孩子感到无限的光荣。《儿子的大玩偶》中的坤树,为了"广告"不得不化装成可笑的模样,最后甚至成了儿子的玩偶。"从干着活儿开始的那一天,他就后悔得急着想另找一样活儿干。对这种活儿他愈想愈觉得可笑,如果别人不笑话他,他自己也要笑的;这种精神上的自虐,时时萦绕在脑际"②。在这种"精神自虐"中,作者描绘了坤树工作的痛苦和生活的艰辛,就是这样的生活,坤树夫妻仍然没有被生活打倒,他们互相体谅和安慰,为生活奔波着。

黄春明小说悲剧的超越性集中体现在《看海的日子》中的白梅这一形象上。故事结局是充满希望的。白梅小时候被生母卖给别人家当养女,接着又被养母家卖去当妓女,饱受身体和精神上的双重摧残,然而白梅却充满了对生活的希望,并为重新找回自己的尊严和生命的意义勇敢地迈出了脚步,孩子的出生载满了白梅的艰辛,也是白梅新生活开始的象征。这篇作品给了读者关于生命的坚韧和人的尊严的深刻启示。小说中不只白梅,还有那个因病锯掉腿却不丧失希望的白梅的大哥,以及坑底村庄充满人情味的底层群众,他们从没有因为生活的艰辛而丧失希望。

在沈从文和黄春明的作品中,无论是《边城》《阿黑小史》《媚金·豹子·与那羊》,还是《锣》《苹果的滋味》《儿子的大玩偶》《看海的日子》,都在刻画人物悲剧性的同时表现出人物身上不屈的生命意志和激情,正是这种激情使得作品在意义上达到升华,带来超越悲剧本身的一种审美效果。

---

① 黄春明:《苹果的滋味》,《儿子的大玩偶》,时事出版社1996年版,第280页。
② 黄春明:《儿子的大玩偶》,《儿子的大玩偶》,第167页。

第四节　中国文化视野中的沈从文和黄春明

沈从文和黄春明的小说创作，从题材上可以分为乡村题材和城市题材，他们以共同的乡村文化价值立场表达了对逝去的乡村田园生活的眷恋，赞美了乡村人美好的人性，对现代文明的侵入表现出不同程度的反抗。与此相应的是二者对传统文化的继承与批判。沈从文和黄春明的小说共同体现了传统文化中"天人合一"的宇宙观和传统的以"家""德"为中心的伦理观；中华民族身上与生俱来的勤劳善良的秉性，还有中国人达观的人生态度在他们的作品中都得到了一定程度的表现。身处城市，他们对现代文明同样进行了深刻的审视与反思。正是在传统与现代的交叉点上，形成了他们在文学史上的独特地位。他们的作品在继承和批判的同时蕴藏着作者重建国民精神的理想。沈从文醉心于"希腊的小庙"，希望人们能从中汲取新鲜的血液，抨击城市人的异化，从而将整个民族的激情重新点燃。黄春明则在台湾急剧转型的时刻，一面描写宜兰人的美好品性，一面以强烈的社会意识批判了奴颜婢膝、崇洋媚外的殖民地城市人的丑恶嘴脸。

一　对中国传统文化的扬弃

"传统"通常被认为是历史中形成的被传承下来的东西，但是传统的"更新"往往遭到人们的忽略。"'传统'作为一个系统有其固定的元素，但继承不是被动的、自在的守恒，而是意义的重新'生成'：在事物的发展过程中，某些彼系统异质的元素也会楔入此系统，经过重新变构而得以丰富，也强化了'传统'中某些真理性的本质因素。"[①] 中国传统文化博大精深，在不同的传统脉流中既有被标举为精华而得到传承的部分，亦有糟粕被剔除于历史之外。文学创作正是对传统扬弃的突出表现方式。

中国有着数千年的光辉历史，在漫长的历史发展中虽历经改朝换代，却始终保持着自己独特的民族文化。中国文化讲求天人合一的宇宙观、仁义道德的伦理观、温柔敦厚的美学观、达观的人生态度和强烈的忧患意识。几千年的文化积淀，既形成了中国人优秀的品性，同时也衍生了不少异化人性的糟粕。沈从文和黄春明的小说创作不仅体现了中国传统文化中

[①] 杨匡汉：《中国文化中的台湾文学》，长江文艺出版社2002年版，第6页。

的天人合一的思想和仁义道德的伦理观念，也对中国文化中的腐朽一面进行了批判。不仅表现了人们的美好人性，也批判了异化的国民性。"从现代文化建构的意义上说，借用传统文化的积极的精神资源以促进现代化的进程，不仅是对'五四'全面抛弃传统文化的一种纠正与反拨，而且，至少在方向上又是富于现代性的。正是这种与中国农业文化和民族性格及审美习惯的感情纽带，使沈从文在同现代人文化心理的演变对照中，创作了《边城》这类具有'内在美'的作品。"①

（一）"天人合一"的宇宙观

天人合一的观念源于中国漫长的农业社会，农民与土地的密切关系导致了这一观念的产生和发展。天人合一的思想观念成熟于先秦，到汉代达到巅峰。天人合一强调人的活动应该顺应自然的发展变化，人赖于天生存，人命即是天命。于是在很多不幸发生又得不到科学的解释时，通常被认为是天意，由此带上了宿命论的色彩。在文学创作中，作家也重视这种人与自然的亲和，与环境的相互谐调，在与自然的亲密和谐中享受生命的酣畅与本真，反映了中国人文精神中特有的宇宙本体哲学。"西方的人文主义，从一开始就从外在设定人与自然的互相对立，人的心灵以探求或控制自然的兴趣为引导。现代的存在主义强调人作为主体的绝对性，也从外在的立场反对科学的心灵。中国传统的人文精神富有内在性，人可与天地合其德，与日月合其明，与四时合其序，乃至与鬼神合其凶吉。由于天与人均被视为生生不已的生命，所以强调文化——文学不能和自然相阻隔，人生命不但不应与自然生命相背，而且要足以丰富自然生命。他们虽物质穷困而精神不衰，命运多舛而生命欢悦。"②

沈从文的湘西系列小说充分体现了天人合一的宇宙观，表现了人与自然的和谐相处，人性人情的淳朴、美好，描写了一幅幅超脱世俗功利的田园牧歌画卷，达到了人与物一体化的精神境界。其中的人物活动于山水之间，在与自然的和谐相处中享受生活的种种。《边城》《三三》《长河》《湘西散记》对天地与人之间的和谐进行了细致的描绘，其中翠翠、三三、夭夭仿佛是自然的化身，她们充满自然的气息，皮肤是自然的太阳晒出的颜色，勤勉温厚如大地，善良淳朴如自然之水。翠翠风日里长养着，与大自然的青山绿水已融为一体，她的名字来于周遭翠色逼人的竹篁，她

---

① 赵学勇：《沈从文与东西文化》（节选），刘洪涛、杨瑞仁编《沈从文研究资料》，天津人民出版社2006年版，第576页。
② 杨匡汉：《中国文化中的台湾文学》，长江文艺出版社2002年版，第10页。

的天真活泼"俨然如一只小兽物"。此外,还如玉家菜园及菜园中的白菜、菊花,与玉家母子和那美丽的儿媳妇,这些人与"物"互相交融、相互映衬、相互感应产生的审美效果,体现了人与自然万物的密切关系。当老船夫死去,屋后的白塔倒了,溪中的渡船也被水冲走了,所有的一切即被打破;当玉家菜园变成了玉家花园,一个静谧脱俗的地方就被达官绅士吃喝享乐所污染并毁掉,作者心中的世外桃源也随之幻灭。

黄春明的乡土小说最能体现天人合一思想的是《青番公的故事》。青番公生活的"歪仔歪"是一个神话般的田园世界,这里的山川、原野洋溢着一种原始纯朴的自然美。青番公把田地里的稻草人称作"兄弟",在青番公眼中,"露珠本身就是一个世界",他和孙子阿明在太阳的跃动中向田园走去。青番公早年家园的丧失,原因是村里一个叫秋禾的年轻人冒犯了自然,杀了芦啼鸟烤着吃,于是导致洪水泛滥淹没了家园,青番一家也只剩下他一个人。青番公凭借着自己的勤劳和对土地的热爱,重新建造起了自己的家园,这正是尊重与违背自然的不同结果。小说细腻地刻画了青番公对土地和自己辛勤劳动得来的田园的深情。另一篇小说《放生》正面描写了现代文明对自然环境造成的危害。小说中的尾仔和金足这对老夫妻面对被严重污染了天空、土地和水源的家园,只有无尽的叹息,他们的儿子因为反对环境污染被抓去坐牢。小说最后写政府下令不许污染环境,歪仔歪将成为鸟类保护区,同时尾仔的儿子重获自由。最后,尾仔将自己捕捉的"田车仔"(鸟类)放生,这象征着儿子的劫后"重生",也是他们尊重自然、重归自然的象征。

(二)重情义礼的伦理观念

中国传统文化以儒家文化为中心,儒家传统中的忠孝节义的伦理观念至今仍有深远的影响力。中国自古就有着非常强烈的伦理规范、道德秩序观念,随着封建体制的完善,逐渐形成了男女关系以男为本位、老幼关系以老者为尊、上下关系则以权力为首位的伦理规范体系。作为个体则要恪守仁、义、礼、智、信的道德规范。在这种忠孝礼义的原则下,中国文化传统中的个体就和家庭及周围的群体形成一种关联,个体的命运与群体之间有着密切联系。因此,中国文化在人与人的关系中强调仁爱、信义、义务、贡献、和睦,追求一种德性的人格升华。传统文化强调君子要"正心、修身、齐家、治国、平天下",将正心、修身列为君子品格的首要标准,可以窥见中国传统文化对个人身心素质的严格要求。

沈从文和黄春明创作的以普通民众为主的作品,描写的多是他们的日常生活和个人的生老病死、悲欢离合。刘西渭描述边城人的品德时说:

"他们的心力全是用在别人身上:成人之美。老船夫为他的孙女,大老为他的兄弟,然后倒过来看,孙女为他的祖父,兄弟为他的哥哥,无不先有人而后——无己。"①《船上岸上》中,"我"从乡下卖梨子、花生的老妇人那"应当少要点"的淳朴观念中,看到了一种诚实,一种良心。沈从文是将个人的道德准则赋予了笔下的人物,他的小说以道德作为分水岭,绘出了城市人与乡下人的不同:城里人全不如乡下人,他们道德沦丧,生命萎缩。沈从文的都市题材小说大都批判了城市人的道德沦丧。小说《大小阮》中对大阮的虚伪、奸吝、一步步地走向道德败坏的深渊进行了无情的揭露和批判。《八骏图》中的那些教授道貌岸然也不过如行尸走肉,达士先生自以为自己是灵魂的医生,却不自觉地沦为精神上的重症者。沈从文从乡村和城市正反两面进行道德叙事,其道德准则亦是传统文化中道德因子的某种再现。黄春明的小说同样注重道德叙事。黄春明的乡间小说肯定中国传统的孝道,赞颂三代同堂的家庭形态,他笔下的小人物,特别是老人,大多安分守命、朴实敦厚、心地善良、有韧性。黎湘萍曾将黄春明的小说划分成三种类型,其一就是"祖孙结构型",从侧面反映了黄春明对传统以家为核心的一种伦理观,强调人与人之间的亲情。《青番公的故事》《鱼》描写了感人肺腑的祖孙情;《放生》《甘庚伯的黄昏》中的舐犊情深的父子情。儒家学说追求"大同"世界,提出要关注鳏、寡、孤、独者的生存问题,黄春明后期创作了一系列关怀乡村老人的作品,表现出对老人问题的关注,对乡间老人的生存境况给予同情,呼吁社会重视老人问题。

沈从文和黄春明的小说表现了传统乡村美好的一面,赞颂了在乡下人身上传承和体现着的中华传统美德。另外,随着时代的发展,他们渐渐也发现了古老中国千百年来形成的封建陋习。远离故乡,时空将作者和故乡相互隔离,这种隔离不仅带来了时空的变迁,更给作家带来了因文化不同而造成的审视和反思。他们站在城市的一角以现代的眼光回望自己的家乡,从而更深切地感受到由于农业文明与封建文化的长期影响,故乡所形成的封闭、狭隘、愚昧、落后、缺乏同情心和自我意识等种种状态,以及由此造成的种种陋习和悲剧。

沈从文的《萧萧》揭示了农业文明的凝固性、无生机性,虽然萧萧最终没有遭遇沉潭的噩运,但却在不知不觉中满怀欣慰地扮演着更深重的

---

① 刘西渭:《〈边城〉与〈八骏图〉》,刘洪涛、杨瑞仁编《沈从文研究资料》,天津人民出版社2006年版,第202页。

悲剧角色。这是深受几千年来封建毒害的农村妇女的共同宿命。"农业社会的文化充满着植物性，连继替作用都会发生植物的特征。"① 正是在这种文化包围中，萧萧失去了作为一个人的独立性，而充当着植物性的传宗接代的工具。《丈夫》中写到了在贫穷地方女人出去以做妓女为营生的这样一种堕落的习俗。此外，沈从文的小说还批判了当地官僚阶级对农民的迫害。《贵生》批判了当地有地位的四爷的抢婚及小卖部的金凤和他的父亲在金钱面前背弃贵生的不道德行为；《牛》《菜园》揭示了统治阶级的残暴，大牛伯和他的牛相依为命，菜园主人依靠自己的双手经营菜园，这一切却因统治阶级的剥削和压迫惨遭毁灭，沈从文对封建社会中长期形成的这种恶习进行了批判。

黄春明的小说面对转型期的台湾社会，对乡村人身上的恶习也有清醒的认识和批判。《溺死一只老猫》中，作者对阿盛伯小农式的自傲和落后给予了讥讽。阿盛伯倚老卖老，当他的言论稍受到大家的吹捧时，就摆架子，做出一副要为正义"牺牲"的样子，而他为了阻止游泳池修建的理由又是极其迷信和落后的。《锣》中的憨钦仔颇像鲁迅笔下的阿Q，他虽然善良，却守旧，惯用阿Q式的精神胜利法。因为时代背景的不同，沈从文对传统痼疾的批判集中于封建制度给予普通民众的残害，以及社会的混乱、政治的黑暗带给大众的麻木和无望的生活；60—70年代的台湾已经摆脱了封建制度，在资本经济的飞速发展下，社会转型加快，黄春明的批判视角由传统国人身上的守旧渐渐转向了对资本主义金钱社会的批判。

二 对现代文明的审视与反思

传统与现代是乡土文学研究中不可或缺的重要范畴。"文学在现代化的过程中虽然获得了直面现实的合法性，却把更多的关心倾注在被现代社会淘汰、遗弃的'小人物'身上，倾注在巨大变迁中的普通人捉摸不定的命运上。"② 沈从文和黄春明的小说都描写了两个世界：城市世界与乡村世界。"五四"时期的中国，资产阶级文化广泛传播，这种文化虽然有其先进性，但也存在消极的一面。中国作为对资产阶级文化被动接受的一方，并无能力完全消化，反而引发了国人人性诸方面的堕落。沈从文正是从乡下人人性的完美中，发觉城市人生命力的孱弱和道德的沦丧，于是开始了针对现代文明的审视与反思。60—70年代的台湾面临着资本经济的

---

① 费孝通：《生育制度》，天津人民出版社1981年版，第23页。
② 罗刚：《面具背后》，上海教育出版社2002年版，第160页。

倾入，金钱开始主宰人的意志，台湾对外国资本的依赖性也越来越明显。同时，这种经济的快速发展付出的代价是沉重的，美好的乡村被破坏，人与人的关系变得冷漠，传统道德遭受质疑。以社会关怀作为原则进行创作的黄春明深刻认识到殖民经济的危害性，70年代转而进行城市题材小说的创作，这一时期他的作品又被称为"殖民批判小说"。

　　沈从文的都市题材小说基本上采用了现实主义的创作手法。他以冷峻的目光对现代文明下的商品经济社会进行了穿透式的审视，揭示批判了都市中金钱、权势、自私、怯懦、"唯利唯实的庸俗人生观"及毫无生气的"阉宦情绪"对人性的摧残和戕害，同时也真实描绘了部分人陷入精神荒芜的泥沼中的困惑，并渴望从金钱、权势、欲望的旋涡中挣脱出来的强烈愿望。前者如《绅士的太太》《八骏图》《大小阮》等，后者如《薄寒》《如蕤》《都市一妇人》等。《绅士的太太》描写了都市政治场上一群所谓"绅士"太太们的荒淫生活，她们整天无所事事，在麻将桌上消磨时光，她们自私、虚伪、软弱却又自命不凡，看似光鲜的外表，却都是些道德上的矮人。和"废物公馆"的三姨太偷情的大少爷，也是胖子公馆太太的"情人"。在沈从文看来，他们只停留在人的生物本性上，而不能成为真正的有自我的人，因为他们要的只是生理上的满足，毫无理想可言。他们是所谓的"高等人"，却是金玉其外，败絮其中，在庸俗和腐败中跌爬滚打。《八骏图》描绘了一幅虚伪的社会画面，一大群所谓的"专家、学者、教授"聚集一起，表面上是一群满腹才华、追求科学的知识分子，但实际上却内心虚伪懦弱，甚至心理畸形。达士先生自以为可以"检查他们的健康"，却在不知不觉中成为精神上的重症者。他们视情欲为兽性，却又难以抑制内心的欲望，享有学识却又不懂真正的人生，是一群真正"心灵不健全"的人，"名分""学问"和所谓的都市文明严重摧残了他们的生命力。《都市一妇人》讲述了一个因天生丽质而遭遇男人欺骗、玩弄、遗弃的妇人的遭遇，这个美丽女人的全部不幸是都市生活中的虚伪和欺诈带来的。当妇人在中年遇到了那个爱她的"完美无疵"的男人时，为了不失去这份爱情竟毒瞎了男人的眼睛，虽然手段残酷，却从另一方面体现了都市社会对人的戕害——在女人看来，唯有这样才能留住这个男人。沈从文善于从婚姻爱情的角度切入，《如蕤》即表现了一对青年男女挣脱世俗泥沼的故事。他们虽出身大户人家却毫不做作，他们的爱情不同于那种"庸俗平凡，一切皆转成商品形式"的爱情。无论是悲剧或是堕落，在沈从文看来，都是由于现代文明社会中的"现代""实际""金钱"等观念，以及外来政治的压迫才促成湘西的崩溃，因此他无法停止对城市的批判。沈从文锋芒所指的城市文化，是"老态龙钟"的传统文化中腐朽虚伪的东西与外来的殖民文化恶习的畸形融合。

60年代中期到70年代初期，台湾社会经历了剧烈的变动。经济大范围的对外开放使台湾由传统农业社会迅速转变成现代工商业社会，但广大的农村却走向衰败。一方面，现代工业文明的发展使小农经济濒临瓦解，随之带来的是底层小人物的艰难生活；另一方面，农村人口开始大量拥入城市，人们对金钱的欲望日益膨胀，致使亲情日趋没落，人们的道德问题随之浮现。正是这些原因使得黄春明的创作自始至终关注着这样的问题：现代文明带来的小人物的不幸命运；日益凸显的道德问题及亲情日益疏离的问题。前者如《两个油漆匠》《儿子的大玩偶》《现此时先生》等，后者如《鱼》《打苍蝇》《死去活来》等。

《两个油漆匠》中的猴子和阿力，厌倦了家乡的贫穷生活，带着对城市的模糊向往，进城当了油漆匠。城市中到处都是刺目的光亮，高楼耸立，人群嘈杂拥挤不堪，大自然被切割打磨得面目全非，剩下的只是钢筋混凝土浇筑的冷冰冰的高楼和无聊空虚的人。而他们的工作就是每天机械地面对一个好像永远也画不完的女明星的乳房，"一对乳房有好几层楼高大。人紧贴在墙上不停地刷啊刷啊，到后来连自己都怀疑到底是在干什么"①。物质和精神的双重贫乏挤压着他们。烦躁不安的他们在下班后爬到尚未竣工的高楼阳台上去散心，当他们唱起家乡的民谣抵抗精神的空虚时却被当作想要自杀，相继而来的警察、记者、消防救生员等的询问、劝解、采访和拍照，这些貌似善意的关怀纠缠使得两个打工仔心烦意乱、神情恍惚。从未想到死的猴子最后在镁光灯的强烈闪烁下和扩音器的嘶叫声中，不慎栽下去摔死了。在这里，真正谋杀他们的其实是伪善的资本主义现代文明，城市给予他们的是冷漠和"观看"，他们在城市感受不到自我的尊严，虚伪的现代文明终于将这两个打工仔送入了深渊。《儿子的大玩偶》中的坤树也是因为工业文明的侵入，使自己不得不成为一个"广告人"，除妻子外似乎没有人再能理解他的艰辛，却只是讥笑他的可笑外表，甚至在儿子的眼里成了"玩偶"。《现此时先生》中现此时先生每天都为村里的老头读报纸，一天，他读到一则关于自己村庄的新闻，新闻上说一个姓黄人家的母牛产下一头小牛仔，却不像牛而像只小象。听众不禁对这则新闻产生了质疑。现此时先生为了顾全自己在众人面前的尊严，不服输的他决定把这则新闻核实清楚，他向大家提议到现场去考察，可就在

---

① 黄春明：《两个油漆匠》，《黄春明小说选》，福建人民出版社1985年版，第159页。

爬山路时心脏病发作丧命。现此时先生的不幸命运，讽刺了现代资讯的价值和诚信度，对于现代社会中新闻的真实性提出了怀疑，从而暴露了现代"文明"的种种荒谬。

80年代黄春明陆续发表了一系列关注老人生活的作品，这些作品揭示了随着现代文明的到来，年轻人相继外流到城市中去实现自己的各种理想，与此相对的就是农村呈现出的一个任老人们自生自灭的现实世界。传统的伦理观念已经被势利的现代人彻底扭曲异化了。《死去活来》通过描写八十九岁的粉娘因两次"回光返照"才得以和儿孙相聚，表现了现代社会亲情的淡薄与传统道德的沦丧，那一场悲喜剧着实令人反思。小说《打苍蝇》描写了一对乡下老夫妻的无聊生活，他们之间的夫妻情义仍在，但父子之情却日渐淡薄。当旺朴伯仔把地契、房契交给儿子去偿债之后，儿子从此便不见踪影，父子之间关系的维系就只剩下每个月六千元生活费了，旺朴伯仔在每日的等待中打苍蝇的技术也练得炉火纯青。最后在焦虑地等待儿子的汇款之时，却等来了老婆因赌博而被罚款的传单。小说深刻揭示了工商业社会中伦理亲情的疏离，以伦理亲情维系的家庭关系在金钱至上的工商业社会遭到了毁灭性打击。

沈从文和黄春明面对现代文明的到来，都保持了一定程度的理性态度。他们不否认现代文明给社会带来的物质上的富足和精神上的满足，但同时他们也看到了现代文明的种种弊端，它带来了社会结构上的失衡，在客观上导致了人们精神上的缺失。

三 重塑民族品格的文学理想

改造愚昧的国民性，重建健康的民族品格，是20世纪中国文学始终坚守的一个主旋律。大陆方面，随着"五四"新文化运动的发端，一大批有识之士开始寻求救国救民的道路，面对国民劣根性，他们提出了要改造国民性、倡导独立自主、重铸民族精神这一任重而道远的课题。在现代文学的发展历程中，大体存在两种主题倾向：一是批判国民劣根性；二是挖掘颂扬民族传统的优良品性。

"五四"时期，鲁迅首先明确了批判国民劣根性的方向。他从立人立场出发，提出要"揭出病苦，引起疗救的注意"，以此来改造国民性。他的小说《狂人日记》《阿Q正传》《药》《祝福》等都深刻地揭示了中国封建文化的愚昧和落后，鞭挞了吃人的礼教制度，批判了国人身上的劣根性。王鲁彦、许杰、蹇先艾、台静农等乡土小说家也都继承了鲁迅对国民性的批判。其后，诸如老舍、张天翼也是国民性批判的代表性作家，无论是老舍笔下的《离婚》《猫城记》《四世同堂》，还是张天翼笔下的《一年》《皮带》《寻找刺激的人》都是批判市民社会的优秀作品。

如果说以鲁迅为代表的小说创作重在国民性的批判，那么以沈从文为代表的京派小说则重在重建民族品格。基于国民性的重造，沈从文挖掘民族精神的美质和人性的健全，他的湘西题材小说重点即是对人物生命力的褒扬，对人物的美好品性进行赞颂，抒发了作者对于爱和美的追求，在这一追求中展现了作者重造国人灵魂的理想。沈从文的人性理想诉诸作品中，主要表现为对湘西世界健康优美人性的讴歌和对城市社会扭曲病态人性的抨击。他希望用原始自然的人性美来恢复民族元气，重造民族品格，以此来改变整个社会。在停止写作以前，沈从文一直未放弃用文字来重造民族品格的理想，在这一点上，他和鲁迅的改造国民性是相通的。虽然出发点相同，但因为选择的方向并不一致，所以鲁迅、萧红、师陀笔下的停滞、沉闷、落后、封闭的社会，在沈从文笔下则成了悠闲、安稳、自足、宁静的世外桃源。

沈从文的生命哲学是爱与美的结合。他认为生命的充盈需要爱，爱与美又实为一体，并企图激发人与人之间的爱及宣扬乡下人的自然的、原始的生命力量来重塑国人的灵魂，对城市人的"阉宦性"发起攻击。"然抽象的爱，亦可使人超生。爱国也需要爱生命，生命力充溢者方能爱国。至如阉寺性的人，实无所爱，对国家，貌似热诚，对事，马马虎虎，对人，毫无感情，对理想，异常吓怕。……精神状态上始终是个阉人。"[①] 为了实现这种愿望，沈从文向人们宣告："我们实需要一种美和爱的心的宗教，来煽起更年青一辈做人的热诚，激发起生命的抽象寻找，对人类明日未来向上合理的一切设计，都能产生一种崇高庄严感情。"只有实现这种爱和美的"新的抽象"，"给新的生命一种刺激启迪"，"国家民族的重造问题，方不止于成为具文，为空话"[②]。沈从文把这种"抽象的爱"与生命紧紧捆绑在一起，并把这种"爱"和生命与国家民族的重造问题紧密地联系在一起。沈从文将鲜明的时代内容包裹于自己关于爱和美的抽象的哲学思想中。他将爱与美合二为一，认为有爱就是美的，美丽的东西也应该是善的，并将此作为衡量人生、取得生命形式的重要价值标准。

在台湾文学中，反殖民文学的创作深刻体现了台湾作家强烈的民族精神。自台湾新文学伊始，赖和、杨云萍、杨守愚、吕赫若、吴浊流等小说

---

① 沈从文：《生命》，《沈从文文集》（第十一卷），花城出版社1984年版，第295页。
② 沈从文：《生命》，《沈从文文集》（第十一卷），第379页。

家，虽然身处日本的殖民统治之下，仍然坚持在创作中宣扬反帝反封建的思想，表现了作家炽热的爱国情怀。至 70 年代乡土文学的兴起，进一步使台湾文学复归中国人立场和中华文化，表现中华文化的民族特质和风格。

黄春明是个民族观念很强的作家，他强调文学的社会功用性。黄春明的作品渗透着浓重的中华文化的历史气息和民族认同感。"我是个乡下土包子，直到七八年前我来台北后才知道大家都在找根，尤其是知识分子。为什么要找根呢？很疑问。后来我发现问题所在了，完全是由于'历史情感'的关系。在乡下，大家历史感情来自亭前老祖父的故事，来自歌仔戏，来自布袋戏，他们或许不知道岳飞、文天祥、郑成功是哪一朝人，却确信自己是他们的后代，是一种代代相传。"他曾把中华民族比喻成"一棵神木"，把自己比喻成"神木"的一片叶子："把我们的民族，把我们的社会，比喻作一棵神木的躯干的话，作为一片树叶子的我们，在枝头上的时光，我们只有努力经营光合作用，当我们飘落地的时辰，我就是肥料。我们个人的生命虽然短暂，但是神木的躯干，即是每一片叶子的努力和尽职。五千年的神木，就意味着五千梯次的发芽与落叶。我的写作经验是彻底失败了，我仍然希望成为一个作者，作为神木的一片叶子，和大家一起来为我们的社会，为我们的国家，为我们的民族献身。"① 诸如《莎哟娜拉·再见》《苹果的滋味》《小寡妇》和《我爱玛莉》等作品，都隐含着寓言的方式，将台湾殖民地的主体性置于小说的叙事脉络中，展现了黄春明作为第三世界文学家的强烈的反殖民意识。黄春明对台湾经济新殖民地色彩进行剖析的焦点集中在对洋奴买办的嘲讽和作者自身民族感情的抒发上。陈映真认为黄春明这些作品能使我们看到"人们朴素、正直的面貌；看见我们自己民族最真切的喜、怒、哀、乐"，这些作品教育我们要"和我们所日日居息的土地，和我们所日日相与的同胞有心连着心的感情"，这样"才和自己的民族血脉相通，才能在弥漫的外来影响中，为淡漠、漂泊甚至失丧的民族感情，找到一个稳固的、中国的归宿"②。

《我爱玛莉》这篇小说集中嘲讽了台湾经济新殖民地色彩下的洋奴买办形象。小说里的大卫·陈极尽能事向洋主子献媚，不仅名字要洋化，而

---

① 黄春明：《黄春明，小说，黄春明》（演讲稿，林清玄记录整理），《书评书目》1974 年第 14 期。
② 陈映真：《建立民族文学的风格》，《陈映真文集》（文论卷），中国友谊出版公司 1998 年版，第 413 页。

且摸熟了一套取悦洋人的手段，为了讨好从洋大人手里继承下来的一条杂种狼狗，连自己的妻儿都不要了。黄春明通过对大卫·陈媚态的刻画，批判了台湾社会中丧失人格只知献媚的洋奴哲学。《苹果的滋味》中江阿发被美国车撞到以致双腿瘫痪，他们一家人不但不感到愤恨，还因为美国人给的大笔赔偿金而高兴不已。江阿发用自己生命的一部分——能独立行动的两条腿去换取赔偿金，不以为祸，反以为福，对给他带来灾难的美军感激涕零，连来探病的工友也羡慕他，黄春明在作品中批判了这种奴颜婢膝的丑态。"在目前媚外崇洋很厉害的环境里，如何对媚外崇洋的人加以开刀，这和我以前写乡下人，写我所熟悉的穷人，下层人的笔调，和目前的笔调大不相同。我现在的笔调是非常无情的，明知道媚外崇洋的人也是我们的同胞，但在这社会他们是属于另一个阶层，而这个阶层，不但自己不能觉醒，而且堕入那一种生活。当我遇到这种实体的时候，我就无法刀下留情。"① 黄春明的这一思想在《莎哟娜拉·再见》中也有突出的表现。小说中一名崇外大学生企图向车上的日本嫖客"请教"一番，因为语言不通，只能请翻译黄君帮忙，黄君便在他们之间搭起一座伪桥梁，借翻译之名，批判了日本的侵华罪行，而以中华民族悠久的传统来启悟中国大学生。作品充分表现了作者强烈的民族主义精神。

---

① 黄春明：《自序》，《莎哟娜拉·再见》，台北远景出版社1974年版，第3页。

第五章　曹禺与白先勇悲剧意识比较论

曹禺是现当代文学史上杰出的剧作家，白先勇是台湾著名的现代派小说家，无论是创作体裁，还是他们的生活年代、社会背景，二者都存在着诸多差异。但是他们都有一颗敏感的心、一腔悲悯的情怀；他们以不同的文学体裁为载体，都发出了对人生困惑和人类命运的叩问，表达了对人类的终极关怀。他们的作品有着极大的共通性，阅读他们的作品，我们能够强烈感受到一种深刻的悲剧意识。他们的悲剧意识源于独特的成长经历、中西方文学的熏陶和宗教文化的影响，在悲剧意识的导引下，他们艺术地表现了"对抗""沉沦""死亡"等一系列悲剧主题，塑造了一大批悲剧形象。

"中国文化的悲剧意识体现在各类文艺体裁中。"[①] 刘鹗在《老残游记·自序》中说："《离骚》为屈大夫之哭泣，《史记》为太史公之哭泣，《草堂诗集》为杜工部之哭泣，李后主以词哭，八大山人以画哭，王实甫寄哭泣于《西厢》，曹雪芹寄哭泣于《红楼梦》。"曹禺、白先勇也分别以不同的文学体裁寄托了对人类生存之痛的苦苦思索和深切体味，表达了人类共通的悲剧意识。

在20世纪中国文学史上，曹禺和白先勇都是具有浓重悲剧意识的作家，他们具有高度相似的创作态度、文学观念和艺术气质，关于这两位文学大家共通之处的研究，大有深入的价值和拓展的空间。本章在前人研究的基础上，打破文体与地域界线，以整合的视角对曹禺、白先勇作品中悲剧意识的文化本质、悲剧主题和悲剧形象进行分析，探讨其悲剧意识与中国文学的历史渊源，并探索其悲剧意识的成因。

---

① 张法：《中国文化与悲剧意识》，中国人民大学出版社1989年版，第2页。

第一节　悲剧意识的文化本质

悲剧在美学和文学史上享有崇高的声誉，被称为"文艺的最高峰"①，"戏剧诗歌的最高阶段和皇冠"②。而"悲剧意识一直是人类艺术精神的核心"③，人类一切精神文化创造，大都包含了深重而博大的悲剧意识，表达着对人类自身命运的深刻反思和深情关怀。曹禺和白先勇都是悲剧感很强的作家，具有鲜明的人生悲剧意识，对人类命运有着异常强烈的悲剧敏感。在他们的创作中，宿命论思想和悲悯的情怀贯穿始终，他们以一种博大而沉郁的悲悯之心去看取人、人生和世界，面对人类的困境，他们苦苦思索，却始终茫然无解，只感到某种神秘的力量在控制着人类，只看到人类苦苦挣扎却在劫难逃。

一　悲剧与悲剧意识

关于悲剧概念，随着时代的发展，有不同的理解。亚里士多德认为，悲剧是"足以引起恐惧与怜悯之情的事件"④；叔本华认为，悲剧，"文艺上这种最高成就以表出人生可怕的一面为目的"⑤；车尔尼雪夫斯基说，"悲剧是人的苦难或死亡，这苦难或死亡即使不显出任何'无限强大与不可战胜的力量'，也已经完全足够使我们充满恐怖与同情"⑥；马克思、恩格斯认为，悲剧是"历史的必然要求和这个要求的实际上不可能实现之间的悲剧性的冲突"⑦。他们对于悲剧的理解不尽相同，但有一点却是共同的，即悲剧反映了生命的苦难。

对于中国而言，悲剧观念是"拿来主义"的产物，清末以前，中文中没有"悲剧"这一概念。"悲剧"一词是晚清王国维等人从西方借用过来的。在中国文学史上，没有被特称为悲剧的作品，也没有系统的悲剧理

---

① [德]叔本华：《作为意志和表象的世界》，石冲白译，商务印书馆1982年版，第350页。
② [俄]别林斯基：《别林斯基选集》（第三卷），满涛译，上海译文出版社1980年版，第76页。
③ 尹鸿：《悲剧意识与悲剧艺术》，安徽教育出版社1992年版，第15页。
④ [古希腊]亚里士多德：《诗学·诗艺》，罗念生、杨周翰译，人民文学出版社1962年版，第37页。
⑤ [德]叔本华：《作为意志和表象的世界》，石冲白译，商务印书馆1982年版，第350页。
⑥ [俄]车尔尼雪夫斯基：《生活与美学》，周扬译，人民文学出版社1957年版，第33页。
⑦ 《马克思恩格斯选集》（第四卷），人民文学出版社1972年版，第346页。

论。但是，悲剧意识作为人类所共有的体验与认识，也深深积淀于中华民族数千年的文化中，在文学艺术中有着极为丰富的表现。由于文化、地域、民族心理等差异，中西方的悲剧意识有着不同的表现形态。中国的悲剧艺术与悲剧意识一起，经历了一个漫长、复杂的发展演化过程。远古神话中"夸父追日""精卫填海"等都包含了明显的悲剧色彩。诗三百篇大都悲愤愁怨，潜伏着心灵的哀痛。春秋战国，百家争鸣，屈原的《离骚》赋予了中国文学以浓郁的悲剧风格。汉魏六朝乐府诗，"感于哀乐，缘事而发"，古诗十九首凄清哀怨，建安诗歌更是雄浑苍凉，叙事长诗《孔雀东南飞》可称为中国古代最早的一部完整的悲剧性叙事作品。隋唐五代的悲诗，感时悲怀的宋词，从杜甫、李商隐到李清照、苏轼等人的作品，深切表达了中华民族的悲剧意识和悲剧情怀。在元杂剧中，元人"四大悲剧"标志着中国悲剧艺术正在走向成熟并形成自己的民族风格。明清时期，悲剧艺术得到进一步发展，出现了《牡丹亭》等一批中国古典悲剧的杰作；而小说《红楼梦》更被视为中国古典悲剧艺术的顶峰，王国维先生称其为"悲剧中之悲剧"[1]。20世纪以后，悲剧概念真正进入中国，悲剧文学不仅成为中国20世纪文学的重要组成部分，而且代表了这一时期现实主义文学的最高成就。

人类从诞生以来就一直在追寻着生存的真正自由与幸福，但人类的认识能力的有限性和客观条件的复杂性使得人类能够真正自己把握的东西太少，而难以预料、无法掌控的东西太多。"人类始终面临着理想与现实、目的与手段、对象化与自我确证——自由与必然的悲剧性冲突。"[2] 这种永恒的悲剧性冲突构成了人类的宿命。人作为能动的、能思想的、具有自我反思能力的存在物，面对着生存的困境、生命的苦难与毁灭，进行了理性的思考。人类的悲剧意识就是这种自我反思的结果。悲剧意识是人类所共有的、对人类遭受的悲剧性命运的一种感受和认识，是对悲剧性现实的文化认知。

悲剧意识包含着两个层面：首先，是对悲剧性根源的探究，追问人为什么要受难，悲剧是谁造成的；其次，是对人类生存意义的关怀，思考人应该如何应对困境。

而悲剧精神则是人类在应对困境中呈现出来的一种超理性的情感，是"人面对生活中的不幸、苦难与毁灭的必然性时主体所表现出的抗争与超

---

[1] 王国维：《红楼梦评论》，上海古籍出版社2005年版，第15页。
[2] 尹鸿：《悲剧意识与悲剧艺术》，安徽教育出版社1992年版，第3页。

越精神"①。理性是悲剧意识产生的前提，但人生的悲剧性是理性把握不了的，"想把现实的一切都解释得清清楚楚的时代理性，当然解释不了本来就解释不清的事情"②。狄克逊说："只有当我们被逼得进行思考，而且发现我们的思考没有什么结果的时候，我们才在接近于产生悲剧。"③ 由此可以看出，悲剧意识必然与人的生存价值是紧密联系着的。

人类最深沉的情感是悲剧感，人类艺术精神的核心是悲剧意识。古今中外流传下来的优秀文艺作品，大都包含了深重而博大的悲剧意识，是对人类苦难、困境的反抗和超越。文学艺术史上那些最伟大最优秀的作品，绝大多数都被称为悲剧艺术，它们最集中、最强烈地表达了人类的悲剧意识。古希腊悲剧、莎士比亚悲剧、贝多芬的《命运交响曲》、曹雪芹的《红楼梦》都是伟大的悲剧艺术，代表了文学艺术史上的最高成就。任何伟大的艺术家都不可能没有对人生的悲剧感。正是悲剧感，使人们发现和理解人类生存的本质和困境，能够对丰富复杂的人生和社会进行思考，表达人类对自身命运和世界最真挚的关心和最痛苦的求索。

二 宿命的存在

曹禺的创作是以"人"为核心的，他苦苦思索"人究竟该怎么活着？……为什么活着的问题"④，关注着人的存在与发展。而白先勇也"以'人'作为自己的关注焦点……形成了以对'人'及'人的生存形态'的终极探索为核心的思想底蕴"⑤。在关于"人"的诸多问题中，人类命运——宿命的存在是他们一直求索的重要问题之一。

关于人类命运的困惑与思索，一直是哲学与文学的永恒主题。朱光潜认为：命运是"以玄妙不可解而又必然不可避免的方式在操纵着人类"的"不可知的力量"⑥，其基本特点是"不可以理性说明和无法抗拒"⑦，宇宙间这种"人的意志无法控制、人的理性也无法理解的力量……不问善恶是非的区别，把好人和坏人一概摧毁"⑧。布拉德雷在《莎士比亚悲剧的实质》中说，对于作品中那些悲剧主人公来说，"不论他梦想什么事

---

① 邱紫华：《悲剧精神与民族意识》，华中师范大学出版社1990年版，第1页。
② 张法：《中国文化与悲剧意识》，中国人民大学出版社1989年版，第7页。
③ 朱光潜：《悲剧心理学》，人民文学出版社1983年版，第212页。
④ 曹禺：《我的生活和创作道路》，《曹禺论创作》，上海文艺出版社1986年版，第132页。
⑤ 刘俊：《悲悯情怀——白先勇评传》，花城出版社2000年版，第37页。
⑥ 朱光潜：《悲剧心理学》，人民文学出版社1983年版，第89页。
⑦ 朱光潜：《悲剧心理学》，第128页。
⑧ 朱光潜：《悲剧心理学》，第255页。

情,他最终达到的总是他最少梦想到的事情,那就是他本人的毁灭"①。宿命论与悲剧感密切相关,从古至今,中外艺术家都在通过自己的创作对宿命进行了阐释。在曹禺构筑的艺术世界里,"命运"更是像一个无法驱离的幽灵,"无论悲剧主人公多么大智大勇,无论他怎样殚精竭虑,拼死挣扎……他的不幸、毁灭几乎是命中注定,不可逃避的"②。关于《雷雨》,曹禺说:"《雷雨》对我是个诱惑。与《雷雨》俱来的情绪蕴成我对宇宙间许多神秘事物一种不可言喻的憧憬。"③《雷雨》所显示的这宇宙中不可知的神秘力量可以称为"宿命"。在"宿命"的阴影中,《雷雨》中的各个人物无论怎样"盲目地争执着,泥鳅似地在情感的火坑里打着昏迷的滚,用尽心力来拯救自己",都难以逃脱冥冥之中命运之手的掌控,到最后有罪的、无罪的全都遭受了命运的惩罚或嘲弄,因为"宇宙正像一口残酷的井,落在里面,怎样呼号也难逃脱这黑暗的坑"④。在《雷雨》中的八个人物中,鲁侍萍最明显地体现了曹禺的宿命思想。而周朴园性格残酷、冷漠无情,做过许多伤天害理的事,似乎从不相信所谓天命、报应;但是三十年前抛弃的妻儿竟然又出现在自己家里,而且自己的儿子在矿上罢工,这样的人生变故让他觉得"天意很——有点古怪,今天一天叫我忽然悟到为人太——太冒险,太——太荒唐"。戏剧化的人生遭际使他不得不承认命运的存在,不得不对天命心存敬畏。在四凤触电身亡后,侍萍陷入欲哭无泪的巨大悲恸之中,老仆人劝她:"这是天意,没有法子。"究竟什么是天意?为什么有罪的、无辜的、死了的、活着的,都要受到惩罚?《雷雨》留给我们无尽的思索。

《日出》中的人物似乎是自由的,尤其是那一群"上流人物",夜夜笙歌,纵情欢乐,还能随心所欲操纵着穷人的命运。然而,他们逼得黄省三、小东西、李石清等无路可走,最终也被代表一种可怕的黑暗势力的"金八"逼上了绝路。他们同《雷雨》中的人物一样,"仿佛是自己来主宰自己的命运,而时常不是自己来主宰着"⑤。曹禺曾说:"《雷雨》里原有第九个角色,而且是最重要的,我没有写进去,那就是称为'雷雨'的一名好汉。他几乎总是在场,他手下操纵其余八个傀儡。……同样,在《日出》……我曾经故意叫金八不露面,令他无影无踪,却时时操纵场面

---

① 尹鸿:《悲剧意识与悲剧艺术》,安徽教育出版社1992年版,第63页。
② 尹鸿:《悲剧意识与悲剧艺术》,第28页。
③ 曹禺:《〈雷雨〉序》,《曹禺选集》,人民文学出版社2002年版,第182页。
④ 曹禺:《〈雷雨〉序》,第183页。
⑤ 曹禺:《〈雷雨〉序》,第182页。

上的人物。"① 《雷雨》里，不出场的"好汉""操纵其余八个傀儡"，《日出》中没露面的"金八""操纵场面上的人物"。在这里，曹禺所喻指的是：真正"操纵"人类命运的是没有露面的宇宙中的神秘力量。

如果说曹禺对世间苦难与黑暗的认识还带有一些阶级意识的话，白先勇对于人生悲剧宿命的理解则更多的是沧桑之感。白先勇的命运观"主要由'无常感'和'孽'"②组成，"无常感"是指人生的种种变故是没有缘由、难以预料和控制的，人在这些变故面前是那样无奈、无助和无力；"孽"是指一种人性无法避免、无法根除、好像前世命定的东西。对于人生中无法解释、难以避免的灾祸，白先勇给出的解释就是"命"与"孽"。《思旧赋》既已"思旧"，说明今不如昔。李长官一家曾经有过的"轰轰烈烈的日子"已成为过去，如今夫人去世，长官病重，小姐"和一个有老婆的男人搞上了，搞大了肚子"，少爷根本就是个白痴。这一切，只能归结为"他们家的祖坟，风水不好"。《游园惊梦》中，随着时间的流逝，青春、荣耀、情人、丈夫乃至嗓子都离钱夫人而去了，以终身幸福换来的荣华富贵也不过是昙花一现，只因"错长了一根骨头"，这是"前世的冤孽"。《孽子》中，这群孩子的命运是注定的，因为这是他们"血里头带来的"，他们的血里头"就带着这股野劲儿"。王夔龙与阿凤为何爱得那样惨烈、那样深重？因为这段孽缘是"前世注定的，那个姓王的是来向阿凤讨命的"。

欧阳子曾评价白先勇"是一个百分之百的宿命论者"③。的确，"宿命"正是白先勇对于人类命运痛苦思索的结论。在他的笔下，无论是叱咤风云的将军，还是没有地位的奴仆，无论是享尽荣华的贵妇，还是受尽欺凌的妓女，无论是风华绝代的上流名媛，还是潜心苦读的贫苦学生，虽然地位相异，身份各殊，但是他们都在命运的摆布下走向同样的人生结局，领受到同样的人生体验。作者通过他们喻示了整个人类普遍的生存困境——在命运面前，人是那样的脆弱和渺小，分明能够感受到冥冥之中一种"神秘的力量"将自己推进深渊，却无力改变这一悲剧事实。《谪仙记》中的李彤，桀骜不驯，美丽孤傲，但她发际上那颗晶光四射的"大蜘蛛"总是如影相随，如魔咒一般预示着李彤不幸的命运。世事难料，一夜之间，李彤的父母双双罹难。她由一个家境优裕、父母娇宠的大家闺秀变得一下子一无所有了。遭此重创后，李彤的性情发生了很大变化，她

---

① 曹禺：《〈日出〉跋》，《曹禺论创作》，上海文艺出版社1986年版，第36页。
② 刘俊：《悲悯情怀——白先勇评传》，花城出版社2000年版，第25页。
③ 欧阳子：《王谢堂前的燕子》，白先勇《白先勇文集第2卷：台北人》，花城出版社2000年版，第308页。

更加不妥协，不近人情，喝烈酒、押大注、走冷门，处处违背常规、特立独行，这正是她抗拒庸常、反抗一切既定规范的方式，也是对命运的反抗手段，但她最终也没能敌过强大的宿命。《永远的尹雪艳》中，"麻将桌"成为整个人生的缩影，围着尹雪艳的麻将桌"互相厮杀互相宰割"的客人们，其实就是陷落在人生泥淖中的"盲目地争执着""泥鳅似地"打着滚的人类。因为"在麻将桌上，一个人的命运往往不受控制"，而人生历程中，人的命运就能够掌握在自己手中吗？没有一个人能够成为真正的胜利者。《一把青》中，朱青受尽了命运的折磨，战争使她失去了用生命爱着的男人，当她找到一个"替代品"时，命运之神故伎重施，再次夺走了她的爱人，但是这一次她对"命运"已经有了戒备，筑起一层厚厚的心灵外壳，将真情包裹起来。命运就是有这种法力，将一个纯真、痴情的女孩子变成一个妖娆、孟浪、游戏人生的歌女。《孤恋花》中，娟娟的人生命里注定一般承载了太多的罪孽，母亲是个疯子，狠狠地在她的脖颈上咬下一个蚯蚓似的红疤，如同给她的人生烙下苦难的印记；父亲更是禽兽不如，强暴了亲生女儿，毁了她的一生。娟娟在完全没有自我保护能力和选择权力的情况下，已经注定要走一条悲苦的人生之路。对于命运的安排，娟娟一再地"认"和"顺"，从未想过反抗，但命运还不放过她，直逼得她杀了"虐待狂"般的男人，成了和母亲一样的疯子。

除了对命运无从把握，人类的悲剧宿命在曹禺的悲剧艺术中还表现为一种"两难"结构。所谓"两难"，是指"悲剧主体无从选择，——任何一种选择都是毁灭"[①]。处于"两难"境况中的悲剧人物一般会面临如下情形：第一，处于无从选择之中，选择任何一方都必须侵害、危及另一方；第二，两方都是无法割舍的，放弃任何一方都是痛苦或毁灭；第三，可选两方都是悲剧主体所逃避的，不愿选择又不得不选，选择任何一方都是苦难。《雷雨》中的周萍，高扬生命意识便成了有悖天伦的罪人，认同伦理意识又对不起情人。《家》中的觉新面对瑞珏和梅小姐——一边是贤淑善良的妻子，一边是青梅竹马的恋人，无论选择谁，对另一方都会造成巨大的伤害。他们属于第一种情况。《原野》中的焦大星面对焦母和金子，是鱼和熊掌不可兼得的痛苦，家庭中婆媳关系剑拔弩张，但母亲和妻子都是他难以割舍的，放弃任何一方都是痛苦。这是第二种情况。第三种情况更为普遍，《雷雨》中，繁漪必须在死水般的生活和对自由的追求中做出抉择，然而选择任何一方都是痛苦。《日出》中，陈白露追求着爱与诗的世界，但生存的前提

---

① 邱紫华：《悲剧精神与民族意识》，华中师范大学出版社1990年版，第82页。

条件是牺牲自己的精神本质,"对男人尽可怜的义务",从一开始,自我肯定的精神追求中就包含着自我否定的因子,所以她生存是痛苦、死亡是悲剧。《原野》中,仇虎不复仇对不起死去的父亲、妹妹,家族的仇恨使他无法安宁;但复仇则要滥杀无辜,自己手上的血永远洗不干净。仇虎的独特性在于,他敢于承担自己的宿命,义无反顾地做出抉择,去和命运进行抗争。

将人类纳入一种"两难"境地的作品,往往更能引起人们深深的思考,更"有可能通向伟大"①。"两难"交给我们一个无法解决的问题,但是"这个问题又是那么有魅力,它使下一代人一定投入选择,但是这一代人一定完不成这个选择,它又把这个两难交给下一代,下一代一定交下去,这就叫作品的永恒"②。遗憾的是,白先勇的小说较少出现"两难"结构。《芝加哥之死》中的吴汉魂千方百计地摆脱与母体文化的牵连,之后却发现根本融入不了西方文化体系,于是成了文化的弃儿,欲进不能,欲退不愿,是可谓一种"两难"。而《金大班的最后一夜》中,"两难"的意味就不那么强了。金兆丽当然愿意嫁给年富力强的痴心汉子秦雄,但是"四十岁的女人不能等。四十岁的女人没有功夫谈恋爱",四十岁的女人要的是实实在在的荣华富贵。于是稍作权衡之后,金大班决定也去"捧块棺材板"了。虽然这里也有无奈与悲哀,但以金大班泼辣的性格和务实的观念,做出"明智"的选择不会有太大困难。《闷雷》里,福生嫂处在与蘩漪相似的境况中,是安于现状被闷死,还是积极追求、冒险一搏?在传统伦理道德和内心情欲、精神要求的撕扯中,福生嫂屈从了前者,没有陷入"两难"。而蘩漪则揭开了生命的真相——两条路都通往痛苦与毁灭。

三 悲悯的情怀

一位作家,只有当其怀着对人类的悲悯情感和终极关怀,以人类的眼光看取世界时,才能获得人的灵魂的伟大发现。曹禺和白先勇正是这样的作家。曹禺说:"我用一种悲悯的心情来写剧中人物的争执。"③ 白先勇说:"我之所以写作,是希望把人类心灵中的痛楚变成文字。"④ 他们哀痛地注视着曾经辉煌过、光鲜过、美丽过的生命无可奈何地衰颓、毁灭。面

---

① 余秋雨:《文学创作中的未知结构》,舒乙、傅光明编《挑战与和解》,华艺出版社2003年版,第184页。
② 余秋雨:《文学创作中的未知结构》,舒乙、傅光明编《挑战与和解》,第194页。
③ 曹禺:《〈雷雨〉序》,《曹禺选集》,人民文学出版社2002年版,第183页。
④ 蔡克健:《访问白先勇》,白先勇《白先勇文集第4卷:第六只手指》,花城出版社2000年版,第544页。

对着人类悲剧宿命之无法改变,他们不能不油然而生一种悲悯之心。

曹禺创作时,"念起人类是怎样可怜的动物,带着踌躇满志的心情,仿佛是自己来主宰自己的运命,而时常不是自己来主宰着"。作者怀着悲悯情怀来写剧中人物的命运,"他们正如一匹跌在泽沼里的羸马,愈挣扎,愈深沉地陷落在死亡的泥沼里"①。《雷雨》中,无论是繁漪、周萍、侍萍,还是周冲、四凤、大海,他们都力图通过自己的努力来摆脱命运的困境,但是,宇宙间某种"神秘的力量"却偏偏让他无路可走,最后都归于毁灭或失败。《日出》中的翠喜、小东西们处在这"损不足以奉有余"的社会里最黑暗的一个角落,求生不得,求死不能,被曹禺称作"可怜的动物"。《原野》中,仇虎"代表一种被重重压迫的真人""是美的,值得人的高贵的同情的"②;而仇虎与金子在黑树林中艰难跋涉了一夜,却发现仍在原地徘徊,这正是人类共同生存困境的象征。

曹禺不仅为完全无辜、善良的人们一掬同情之泪,而且对于身上有缺点、有罪责的人物,也能从人类终极关怀和拯救的高度给予他们理解与怜悯。对于繁漪——做下许多"罪大恶极"的事情的女人,曹禺却认为,"她应该能动我的怜悯和尊敬,我会流着泪水哀悼这可怜的女人的。我会原谅她"③,因为繁漪有着火一般的热情和勇敢的心。周萍是个性格复杂的人,他曾经充满情欲,不顾一切地反叛伦理与秩序,然后强大的道德感又让他完全否定自己,陷入深深的悔恨与自责之中;他是冲动的、懦弱的、颓废的,又是对生活充满激情、渴望新生的。对于这样一个"不易获得一般观众的同情"的人,曹禺依旧满怀悲悯,认为"演他的人要设法替他找同情"。《日出》中,曹禺花了大量笔墨刻画荒淫狠毒的潘月亭、流气十足的胡四、虚伪自私的张乔治、装腔作势的顾八奶奶,通过他们批判社会的黑暗与丑恶。可是,他又安排一个不露面的"金八"暗中操纵着潘月亭之流的命运,并在他们被"金八"逼上绝路时,忍不住投之以伤感与同情——潘月亭破产后颓然离去,托人嘱咐陈白露保重身体;顾八奶奶和胡四不知道银行破产已经殃及自己,还揣着各自的美梦,不知"千万仞的深渊在眼前张着巨大的口"。曹禺的这种复杂的情感态度,被李蕤先生指责为"过分的护短,即使是鞭打,无意中也是重起轻落。纵放他们躲入无罪中去"④。曹禺赞美他的深刻与锐利,却辩白道:"《日

---

① 曹禺:《〈雷雨〉序》,《曹禺选集》,人民文学出版社2002年版,第183页。
② 曹禺:《原野》,人民文学出版社1994年版,第135页。
③ 曹禺:《〈雷雨〉序》,《曹禺选集》,人民文学出版社2002年版,第185页。
④ 曹禺:《〈日出〉跋》,《曹禺选集》,人民文学出版社2002年版,第398页。

出》里这些坏蛋，我深深地憎恶他们，却又不自主地怜悯他们的那许多聪明。奇怪的是这两种情绪并行不悖，憎恶的情绪愈高，怜悯他们的心也愈重，究竟他们是玩弄人，还是为人所玩弄呢……想到这一点，不知不觉又为他们做一些曲宥，轻轻地描淡了他们的责咎。"① 他们是有过错的，可他们依然是命运的玩物。可以说，曹禺笔下所有人物，甚至包括市侩鲁贵、刻薄女人曾思懿、恶毒婆婆焦母，都是值得同情的。在周、鲁两家的那场灾难中，鲁贵也遭遇了人生惨剧：女儿死了，妻子疯了，吃点、赌点、玩点的生活理想彻底破灭；曾文清自杀、瑞贞出走、曾家败落，曾思懿何以自处；儿子、孙子都已惨死，孤独的焦母活着便是最大的痛苦。他们都陷入了家破人亡的悲惨境地，遭受着命运严酷的惩罚。

白先勇曾表示过对于悲悯情怀的高度推崇，他认为伟大的作家"能从各种角度去透视人生：个人、社会、国家、宇宙，而存着一种悲天悯人的胸怀来看芸芸众生"；一部伟大作品中成熟的人生观应该是"能从多方面去了解人生，而对众生产生一种悲悯与恕道"②；"那些伟大的小说家，与宗教家的情怀初无二致，面对着充满罪恶的人心，一颗悲天悯人的爱心，不禁油然而生"③。而白先勇自己也正以悲悯的眼光注视着曾经辉煌过、光鲜过、美丽过的生命无奈地衰颓、老去，他痛苦地思索着、扣问着，将一个个引人悲悯的生命形态展露在世人面前。

与吴汉魂相比，《夜曲》中的吴振铎可谓"学业有成"，事业如日中天，还娶了美国太太，他刻意地不交中国朋友，不看中文书，不医中国人，斩断与"中国"的一切联系。他似乎已经融入了美国，但是骨子里却依然是孤独无根的"纽约客"，初恋的吕芳、老父的遗愿是他心底永远的痛。《骨灰》中，"我"的大伯曾是声威显赫、叱咤风云的英雄人物，但到了台湾受到排挤，移民美国后亦是老境颓唐，唯有靠回忆曾经风光的戎马生涯聊以自慰。大伯的心愿是死后烧成灰，"统统撒到海里去，任他飘到大陆也好，飘到台湾也好，——千万莫把我葬在美国"。无论大陆，还是台湾，都是中国的土地，老人的愿望终是叶落归根。而鼎立伯的心愿是将他与老伴葬在一起，即使是葬在异国他乡。因为他们夫妇在"文化大革命"期间受尽了苦，目睹了挖坟掘墓的场景，恐死后不得安生，便不再希望在祖国安葬了。大伯那代人的一生充满了

---

① 曹禺：《〈日出〉跋》，《曹禺选集》，人民文学出版社2002年版，第398页。
② 白先勇：《谈小说批评的标准》，《白先勇文集第4卷：第六只手指》，花城出版社2000年版，第193页。
③ 白先勇：《谈小说批评的标准》，《白先勇文集第4卷：第六只手指》，第197页。

心酸与坎坷,中国让他们如此伤心,而在美国哪里又是归宿?他们满怀着对家国的无限深情与感伤,病老在异国他乡。"纽约客"中,无论是年富力强的青年,还是风烛残年的老人,无论是跻身上流社会的白领,还是自暴自弃的酒吧女,无法简单地通过外在的财富、地位来判断他们人生的得意与失意、成功与失败,他们的心灵深处都是对于身份认同的混乱和精神家园失落的恐慌。对于纽约客的生活与心境,白先勇感同身受,因为初来美国,他也"心慌意乱,四顾茫然",去国一年,已"老尽少年心";置身于车水马龙、红尘万丈的纽约街头,他竟茫然"不知身在何方"。白先勇以深刻而同情的态度体认着这群海外游子的心境,对他们的命运做了深沉的思考。

《秋思》中,韶华易逝,美人迟暮,繁华毕竟已经属于过去,辉煌的生命时刻只留存于记忆之中;华夫人却偏偏要拼命遮挽"过去",化妆、美容,无所不用其极,然而再精致的修饰、装扮,制造出来的也只能是假象、幻影,其实内核已经不可挽回地衰老、倾颓。所以,作者只能无限同情和悲哀地告诉人们:人啊,接受自然规律吧,今日之聚终散,今日之花终败,今日之美必不复存。《金大班的最后一夜》中,金兆丽性格豪爽、泼辣,很能接受现实,很会照顾自己,不是娟娟那种惹人怜惜的柔弱女子,但不能由此判断她"不是一个悲剧人物",而是"根本用不着别人怜悯的女人"①。金兆丽十八岁被卖进舞厅,为了"养家",她不得不出卖青春。后来遇到了情投意合的月如,却被无情拆散,连肚子里的孩子也被打掉,心如死灰的金大班只好麻木地在风月场中混生活。遇到"金龟",才二十出头的她不甘心去"捧块棺材板";秦雄有情有义、年富力强却没有钱,她不能嫁。然而舞女的命运是注定的,她最终还是嫁个"棺材板"罢了,还多走了二十年的弯路。有论者认为这篇小说具有喜剧特性,"像货腰娘钓金龟婿这样的题材本身,也颇有喜剧潜能"②。然而,在白先勇的眼中,货腰娘也是有感情的人,"那颗心也一样是肉做的",她们也希望有爱情、有婚姻,过上正常人的生活,但是现实环境迫使她们只能以青春换取金钱,到头来"捧块棺材板"罢了。这哪里有任何喜剧的成分?逢场作戏的欢笑背后是无尽的怅惘与酸楚。白先勇心中对这个女人充满悲悯,文字间始终流淌着淡淡的忧伤。《一把青》中,"蜕变"后的朱青

---

① 欧阳子:《王谢堂前的燕子》,白先勇《白先勇文集第2卷:台北人》,花城出版社2000年版,第251页。
② 欧阳子:《王谢堂前的燕子》,白先勇《白先勇文集第2卷:台北人》,第254页。

"从不提起往事",难道她真的忘掉丈夫郭轸了吗?她为何对往事只字不提?因为那是她心底永远的痛,她的致命伤。她为何"专喜欢空军里的小伙子"?因为她摆脱不了郭轸留给她的阴影,她的心中已经形成了一种情结。但是那些小伙子只是她寻找心灵慰藉的替代品,永远不能让她的心再"活"过来。失去心爱的人是何等彻骨的痛,从这种痛苦的深渊中爬出来的灵魂怎能不伤痕累累?白先勇体会到了这一点,他以极大的悲悯之心勾勒了朱青的灵魂。

在《孽子》的扉页上,白先勇深情地写道:"写给那一群,在最深最深的黑夜里,犹自彷徨在街头,无所归依的孩子们。"作者以博大的悲悯胸襟关怀着这群被主流社会排斥的孩子们,书写着他们的人生百态、喜怒哀乐。"血里带来的"东西,注定这群孩子"背负着与大多数人不同的命运",而他们也是有尊严、有感情、有思想的人,他们不过是命运的承载者,他们无法把握和决定命运,也不能解释某种命运为什么降临;他们要忍受不公命运带给他们的一切——社会的歧视、亲情的背离、生存的危机……小说中的郭老"满怀悲悯的瞅着公园里这一群青春鸟,在午夜的黑暗里,盲目的,危急的,四处飞扑",这实际上是作者自况,他也以悲悯的目光注视着这群特殊的孩子。在《给阿青的一封信》中,白先勇以自己饱经沧桑的心和丰富厚重的人生阅历告诉"阿青"这样的孩子,他们的人生之路应该怎样走下去。他从自己的情感体验出发,真挚地爱这些孩子,同情他们的处境,抒发他们的心声,呼唤社会的理解与包容。

"悲悯"之于白先勇,已经内化为一种精神气质和人文情怀,熔铸在他的作品中。他对笔下的所有人物,包括无根的"纽约客"、孤独的"台北人"、受尽欺凌的风尘女子、社会边缘的同性恋者、没落的贵族……芸芸众生,都毫无保留地一一施与了同情和关爱。在创作过程中,他一次又一次,随同小说人物,在心理上亲历了他们个人的生命悲剧,思索、体悟生命的本质和人生的终极意义。经历了各样的人生状态,白先勇仿佛看破了红尘,超然通脱,大慈大悲,但是白先勇对于人生与命运的理解绝不止于悲观、消极的层面,他最令人感动之处在于洞穿了生命的虚无之后依然热烈地爱恋着。

宿命的存在、悲悯的情怀是曹禺、白先勇悲剧意识中共同的文化质素,而若要分析两位作家悲剧意识内涵的不同之处的话,面对人类的悲剧宿命,曹禺更多的是痛苦的思索,而白先勇更多的是悲悯与同情。

第二节　悲剧主题

曹禺说，"凡是要写出一个问题，这个问题又狭小到极点的时候，这个戏的生命力就不会长久"①，"所有大作家的好作品，都不是被一个问题限制住……而是写出让人思、令人想的作品，让你想得很多很多，想得很远很远，去思索人生，思索未来，甚至思索人类"②。白先勇说，"小说先要反映时代、社会意义，这个很冒险。……世界很伟大的文学，它们有些不见得是反映当时社会意义的"③，"文学之所以可贵，是因为表现永恒的人性"④。他们对文学创作的观点不谋而合，他们感于时代，而超越时代，描写的是不囿于一时一地的人类共通的东西，因而他们的作品具有更大、更深远的艺术价值，他们的作品表现的主题往往是基于人的生命存在与人类命运的思考而阐发的文学母题，如"父子冲突""沉沦""死亡"等。

一　对抗：父与子的冲突

父子冲突是文学创作的基本母题之一，"父"作为秩序和固守的象征，而"子"则代表着变化与发展。在文化的发展过程中，"子"是"父"的传承与延续，但同时又预示着对"父"的分离和超越。"父"对"子"的分离与超越进行着限制，而"子"对"父"的限制又进行着抗拒。由于血缘亲情的天然联系，父子冲突常常在价值取向之外充满了复杂的情感纠葛与心理矛盾，因此这种激烈的代际冲突蕴含了丰厚的人性内容，昭示着永恒的人类生存的困境。古今中外许多作品都涉及"父子冲突"母题。曹禺和白先勇也在不同的文化背景下对这一母题进行了阐释。

"五四"时期，父子冲突富有鲜明的时代特征。冰心的《斯人独憔悴》、鲁迅的《伤逝》、胡适《终身大事》、田汉的《获虎之夜》等都把父子冲突的焦点集中在儿女争取个性解放，尤其是婚恋自主权上，因为婚

---

① 曹禺：《我的生活和创作道路——同田本相的谈话》，《曹禺论创作》，上海文艺出版社1986年版，第142页。
② 田本相：《曹禺传》，北京十月文艺出版社1988年版，第454页。
③ 白先勇：《与白先勇论小说艺术——胡菊人、白先勇谈话录》，《白先勇文集第4卷：第六只手指》，花城出版社2000年版，第215页。
④ 白先勇：《与白先勇论小说艺术——胡菊人、白先勇谈话录》，《白先勇文集第4卷：第六只手指》，第215页。

姻不自主是封建父权中最违背人性、最值得批判的一部分，"五四"启蒙语境下以争取婚恋自由为题材的作品大量涌现是对反对父权的启蒙理论的文本呼应。这一时期的作品不可避免地具有新文学起步阶段的缺陷——人物概念化、故事模式化等。到 30 年代，巴金的《家》成功地把反封建的新文化主题和文学创作有机结合起来，"父与子"象征了族群与个体、压迫与反抗、忍耐与出走、毁灭与新生等一系列时代话语和价值观念。曹禺将巴金的小说《家》改编为剧本时，基本继承了原著的题旨，反映了父与子之间激烈的代际冲突。"子"的代表是觉新、觉民和觉慧等一批年轻人，"父"的代表是克字辈的父辈与祖父高老太爷。高家克字辈的一代，不是迂腐的卫道士，就是纨绔子弟；而高老太爷是集封建家长、官僚、地主为一体的专制统治者。他们共同代表了封建没落势力，站在"子"一代的对立面。"子"一代中，觉慧是叛逆青年中的突出代表，对封建家长制度深恶痛绝，追求光明，向往民主自由。而觉新形象为中国现代文学人物画廊开创了极富特色的长子形象系列。长房长孙与长子身份使觉新委曲求全，奉行"作揖主义"和"无抵抗主义"，背负着沉重的传统负担，一直徘徊于新旧思想之间而表现出双重人格和心理矛盾。和觉新一样，《北京人》中的曾文清也是懦弱无用、克己复礼的长子。当然，觉新原来还是怀有自己的梦想和追求的青年，是被巨大的家族压力困在囚笼似的大家庭里，承受着被封建家族等级制度决定了的命运，而曾文清自幼染受了过度、腐烂的北平士大夫文化，沉滞懒散，已成了一个生命的空壳。他们按照父辈的意愿生活，完全没有自我，唯一与父辈的冲突是在婚姻问题上，他们多么希望能与青梅竹马的恋人结合，然而在封建制度与观念中，婚姻大事岂能自己做主？他们没有任何反抗，屈从了封建父权，埋葬了自己和恋人的终身幸福。

在曹禺的剧作中，《雷雨》中的父子冲突是堪称典范的。周朴园本质上是"监狱似的周公馆"的另一个"高老太爷"，"他的话，向来不能改的。他的意见就是法律"。他与三个儿子——周萍、周冲、鲁大海之间分别构成了三种类型的父子冲突——人性冲突、文化冲突和阶级冲突。周公馆的大公子周萍以"乱伦"的方式展开了和父亲之间的较量，乱伦的事实都给予周朴园"最圆满、最有秩序"的家庭梦想以极大的讽刺。而随着他被同化，他对自己的乱伦行为产生了强烈的恐惧，为了逃避父亲和心中的负罪感，他选择了消极的反抗方式——出走，然而这一行动处处受着阻挠，最终没能实施。当兄妹乱伦的事实在雷雨之夜昭然若揭时，周萍被彻底击垮了——到处都是父亲的影子，父亲三十年前造下的孽和自己犯的灭伦的罪宿命般地纠结在他的身上，强烈的负罪感如天罗地网捕捉他的每一个脚印，让他无处可逃。周萍只有用死亡来摆脱负罪感，永远结束父亲给予他的无尽的苦闷和痛苦。周萍对父亲的感情是复杂的，他曾经憎恨过父亲，现在又对父亲充满强烈的恐惧和愧疚，审父、叛父与畏父、恋父很奇妙地统一在他对父亲的态度中。周冲和周朴园之间的文化观念是完全对立的，周冲纯真、善良、有许多不切实际的憧憬，他藏在理想的堡垒里，有如夏天里的一个春梦；而周朴园世故、狠毒、残酷，道貌岸然地维护家庭的秩序、体面，同时却压榨工人，谋财害命，为了打压罢工，杀了许多工人，为了克扣工钱，故意淹死两千多个小工。因此，周冲认为的人与人应当平等、四凤应该受教育、鲁大海为工人们争取权益值得同情，在周朴园看来是那样天真、可笑，他根本不能理解儿子的思想。周朴园平日里以一种严厉的姿态对待周冲，但在孤独凄凉时也想对儿子表现一点温情关怀，叙叙心里话，然而一贯的"威严"与之前的"喝药"风暴吓住了周冲，他已经将自己与父亲彻底隔绝了起来，父子间筑起了一堵高墙，以至于让周朴园对重建温馨和谐的父子关系失去了信心。鲁大海与生父周朴园这一对父子冲突更多的属于劳资冲突。周朴园得知鲁大海是自己的亲生儿子之后，感慨造化弄人，不禁惊叹"什么？鲁大海？他！我的儿子"，"这么说，我自己的骨肉在矿上鼓动罢工，反对我"。也许在心里他已经承认"他还是我的儿子"。但真的面对这个三十年没见面的儿子时，除了制止下人打鲁大海，他没有一丁点父子重逢的温情表现。如同对待穷苦出身的侍萍一样，他用他资本家的阶级身份与工人代表鲁大海对话。当其他两个儿子都死了以后，他想到了追这个儿子回来，但鲁大海永远不会认他。

周朴园与三个儿子之间的感情都是有隔膜的，周萍对他充满了悔恨和恐惧，心事是绝对不能为外人道，尤其是不能告诉父亲的；周冲试图与父亲沟通的愿望也被周朴园打压了下去；而鲁大海根本就是和他处于对立阶级的人。周朴园与三个儿子之间都曾有过正面交锋，周萍面对父亲的质问诚惶诚恐、唯唯诺诺；周冲常常冲动地与父亲"理论"，但都以被父亲说哭收场；鲁大海毫无顾忌地当面怒斥周朴园的恶行，但是被周朴园以强权制止了。由于力量的悬殊或亲情的纠葛，儿子们只有以死或逃来作为自己的最终结局。父子两代可谓两败俱伤。由于父与子之间特殊的关系，无论父子冲突的形式与胜负如何，最终的结局总是悲剧。

在白先勇的笔下，父子冲突主题也多次出现，并且呈现出独特的艺术风貌。在《寂寞的十七岁》中，少年杨云峰和父亲的关系极为紧张，他认为这是因为他和父亲的八字犯了冲，命中注定了父子不和。其实在某种程度上，父子关系的确是种天然的对立，父亲负有教育儿子的责任，对儿子的成长进行着规导与限制；而儿子总在试图摆脱父亲的限制，按照自己的理想刻画人生轨迹。杨云峰的父亲勤奋上进、白手起家，人至中年成就了一番事业，对儿子自然寄予了厚望；几个儿子也算争气，有的保送美国西点军校，有的读化学硕士，偏偏杨云峰考试不及格、留级、扯谎、逃学……让父亲颜面尽失，所以父子间的冲突在所难免。杨云峰和父亲之间存在着很深的隔膜，由于成绩差产生的自卑使杨云峰对父亲产生了强烈的畏惧心理，在家中没有地位的压抑、在学校没有朋友的孤独、亲情与友情的缺失……他都无法向父亲倾诉，而父亲只凭考试成绩已经完全否定了儿子。杨云峰的单纯、善良、敏感及内心对于理解与沟通的渴望，是父亲永远无法了解的。白先勇的这篇小说不仅表现了父子之间的代沟，而且通过细致的心理描写，展现了孤寂少年一颗寂寞、脆弱、伤痕累累的心，引发了我们对于父与子之间这种源于关爱却终于隔绝现象的思考。

在中国的传统观念中，子是父的传承，父亲总希望儿子不仅要延续自己的血脉，而且能够继承自己的精神和事业，但不同时代和社会背景下成长起来的两代人拥有不同的文化观念和价值取向，儿子往往在长大成人后做出不同于父辈的人生选择。《夜曲》中，吴振铎的父亲吴老医生早年从海外学成归来，将自己的一生都献给了祖国的医学事业。他送儿子留美学医，对儿子有两点希望：一是把医术学精；二是学成后回国医治自己的同胞。但是吴振铎只实现了父亲的第一个愿望，第二个却未能履行。原因很多，国内的战事、美国太太的牵绊，而且没有了"初恋"的牵挂，但是这些理由似乎都很牵强，最根本的原因是他没有如父亲一般强烈的归根意识。对于儿子的选择，父亲只能表示遗憾和无奈，无法强迫儿子遵从自己的意愿；面对父亲，吴振铎也只能是心存愧疚而已了。《梁父吟》和《国葬》中的父亲都是国民党的高级将领，戎马一生，战功显赫，而他们的儿子常年旅居海外，在观念、气质、志向等方面都与父亲大相径庭。《梁父吟》中王孟养将军的公子王家骥从美国回来为父亲治丧，因其浸染西方宗教文化而与故土的传统礼俗格格不入。王将军在病重时常感到心神不宁，因为"打了一辈子的仗，杀孽重"，希望能以佛教仪式超度来求得心理安慰，但儿子王家骥是信基督教的，不肯举行佛教仪式。《国葬》中的李浩然将军希望儿子能继承自己的事业，儿子却从军校装病退下来，李将军气得一脸铁青，指着儿子喝道："你以后不必再来见我的面！"但儿子依然去了美国，成了和父亲完全两样的人；父亲晚景凄凉，寂寞终老。

在白先勇的作品中，《孽子》是唯一的长篇小说，也是表现"父子冲突"最具深度与力度的一篇。《孽子》中出现了多对父子冲突关系。李青被勒令退学后,被父亲赶出了家门。"我打着赤足,拼命往巷外奔逃",父亲挥着自卫枪,"一头花白的头发,根根倒竖,一双血丝布满的眼睛,在射着怒火","嘎哑地喊道:畜生!畜生"。小玉的继父是个山东大汉,在发现小玉是个同性恋者之后,狠狠地用铁链毒打他,而小玉又下毒对继父进行报复,父子俩成了无法见面的仇敌。高官王尚德的儿子王夔龙爱上了野性男孩阿凤,王夔龙用情太深而不能自拔,最后竟然手刃阿凤。事情披露后,王尚德气得将儿子驱逐到美国,并决绝地对他说:"你这一去,我在世一天,你不许回来!"王夔龙就背着这道"符咒"受尽煎熬,"永世不得超生"。傅崇山傅老爷子曾是国民党军队的一位高级军官,他一直不肯原谅同性恋者的儿子傅卫,最终,傅卫绝望之下在父亲生日那天开枪自尽。这些父子关系中的父亲大都出身行伍,而军人最讲究规范和服从,他们往往坚决地"这样去做"而不十分关心"这样去做"的理由,而且他们又是在传统道德理念的浸染下成长起来的一代,因此,在他们的内心深处,传统的伦理道德观念和标准根深蒂固,他们坚定而自觉地成为这种观念的维护者和执行者。而李青们则"代表着对这种道德观念和标准的不自觉叛离"①。白先勇曾说,他是把《孽子》中的"父辈的形象提升至父权象征的层次上"②,因此《孽子》中父亲们对儿子的态度,也正是中国主流文化对于同性恋的态度。"父亲"与"儿子"代表着不同的道德方向,同性恋行为与传统道德观念之间矛盾的不可调和决定了父子之间的冲突和决裂是一种不可克服的命定。

李青、小玉被父亲逐出家门,吴敏的父亲在监狱里,"老鼠"还没出生时父亲就死了,这些男孩是一群得不到父亲的爱与谅解的"孽子",他们失去了家庭,失去了亲情,漂泊流浪,甚至沦落为娼,但是他们并不放弃重新建立自己家园的追求,父爱的缺失反而激起了他们更加强烈的对父爱的渴望,他们怀着如宗教般的虔诚寻找父亲,寻找自己,因此"《孽子》可以说是寻父记"③。这群男孩中,小玉的寻父意识最强,寻父几乎占据了他全部的情感世界,"我这一生,要是找不到我那个死鬼阿爸,我死也不肯闭目的",他的全部生命都在为这个美好的梦想努力着。小说最后,小玉距离寻父理想越来越近,李青捧着母亲的骨灰坛走进了家门,王

---

① 刘俊:《悲悯情怀——白先勇评传》,花城出版社2000年版,第346页。
② 蔡克健:《访问白先勇》,白先勇《白先勇文集第4卷:第六只手指》,花城出版社2000年版,第550页。
③ 蔡克健:《访问白先勇》,白先勇《白先勇文集第4卷:第六只手指》,第548页。

夔龙和李青等人集体为他们的"父亲"傅老爷子送终，他们的寻父历程艰难曲折而曙光在望，他们依然跋涉在寻求"父亲"——主流社会认同的路上。

父子之间的天伦亲情是一种最为天然和亲密的情意，即使父与子站在不同的道德立场上，道德的利剑依然斩不断血浓于水的骨肉亲情。小玉的生父从未尽过父亲的义务，小玉却苦苦地寻找他；李青的眼前总是晃动着父亲挥着自卫枪的身影和那张"悲痛灰败的脸"；王夔龙背着父亲的放逐令等了十年，就在等父亲的一道赦令；傅卫在受审前最大的愿望就是见父亲一面，此刻的傅卫最需要父亲的关爱和庇护。儿子如此强烈地爱着父亲，而父亲又代表着社会道德观念，这使儿子陷于一种痛苦的"两难"：放弃自己的情感特征和性向形态——这是他们的天然缺陷，改变不了；让父亲接受他们的特殊之处——父亲心目中的正统观念又根深蒂固。所以，他们唯有在父亲给予的心灵煎熬和灵魂考问中痛苦挣扎。而父亲对儿子又何尝不是一番"爱之愈深、恨之愈切"的情怀，他们都曾对儿子们寄予了厚望：李青的父亲曾经把儿子作为惨淡晚年的最后一丝希望，期待儿子有一天成为一个优秀的军官，洗雪他被俘革职的屈辱；子承父业的傅卫年轻有为，凝聚着父亲二十多年的心血；身为高官的王尚德对独子王夔龙期望很高，希望他能够出国深造，成就一番事业。然而，他们最心爱、最器重、最令他们骄傲的儿子却做出了"可耻非人的禽兽行为"，于是极度的失望、悲愤、羞辱使他们无法原谅和容忍孩子们的"背叛"，而要加倍地惩罚。但是被惩罚的对象是自己的亲生儿子，父亲处于一种难以选择的"两难"处境：他们如此深挚地爱着自己的儿子，爱得越深，越不能接受儿子的"与众不同"，越要严厉地惩罚；而罚得越重，他们的心也越痛，遭受着远比儿子沉重得多的心灵痛苦。傅卫自杀后，傅老爷子一下子病倒了，"人瘦掉一半，背全弯驼，压得头也抬不起来"，病愈后天天坐在客厅里发怔，如患了痴呆症一般；王夔龙出事后，王尚德的头发"好像猛然盖上了一层雪，全白了"，至死也不忍再见儿子一面；李青回家没有见到父亲，但可以想见他的父亲也一定在为他受着苦。

在父与子都经历了炼狱般的心路历程之后，他们最终的结局是走向理解与交融。当然，要实现这种理解与交融并不容易，白先勇在小说中特意营造了一个象征——傅老爷子，使他成为沟通父子之间那道似乎难以逾越的鸿沟的桥梁。儿子的死使傅老爷子改变了狭隘、僵化的道德观念，他以一颗父亲般、博大、深沉的爱心关怀着这一群遭到社会道德放逐、彷徨无依的孩子。同时，他以自己作为"孽子"父亲的深刻体验，一再地向李青们述说着父亲们被撕扯成碎片的悲苦心灵:"你以为你的苦难是你一个人的么?……你愈痛,你父亲更痛!""阿青……我敢说你的父亲也正在为你受苦呢。"傅老爷子对李青们的一再关爱和在李青们面前对父亲们心态的沉痛表白,沟通了父子间封冻的心灵,使尖锐的父子矛盾冲突走向理解与融合。

二 沉沦:生存的妥协

"五四"时期,在西方浪漫主义思潮的影响下,许多作家萌生了人格独立意识,开始关注和表现人类的心灵世界。当时国弱民贫的现实刺激着作家的神经,使部分作家产生了浓郁的颓废情绪。郁达夫创作于1921年的《沉沦》就是表现这种情绪的代表作,作者以大胆的笔法,刻画了主人公的病态心理和孤独、痛苦的心灵。"沉沦"是人面对生存困境的一种消极反应,其特征为心理颓废和行为放纵。人在巨大的生存压力面前,唯有"沉沦"下去,才能麻木地活下来,因此沉沦是一种为了生存而向命运低头的妥协。在曹禺和白先勇笔下,"沉沦"这一主题亦被着重表现。

首先是醉生梦死的上流显贵。无论在尹雪艳的公馆里,还是陈白露的旅馆房间里,都聚集着一群醉生梦死的上流显贵。那些曾经在大陆叱咤风云的上层人物和他们的时代一起沉落到了台北,今不如昔的失落感、对辉煌岁月的追忆、当下无奈而落寞的心境,都需要在尹公馆里得到消融与抚慰。他们跟着尹雪艳逛街、看戏、吃喝、打麻将,在尹雪艳周身散发的上海大千世界荣华麝香的熏染之下,都进入了半醉的状态,沉湎于暂时的欢乐之中,忘却了现实中的种种不如意。陈白露华丽的大旅馆休息室,是阔佬、贵妇、官僚、洋奴打情骂俏、寻欢作乐和进行幕后交易的地方。阴险狠毒的潘月亭和一心想挤进上流社会、人格扭曲的李石清为了金钱与权势尔虞我诈、明争暗斗;矫揉造作的顾八奶奶和游手好闲的"面首"胡四之间进行着以金钱为基础的令人作呕的表演;庸俗卑鄙的张乔治花天酒地、附庸风雅……这些在金钱本位文化影响下灵魂扭曲的"上流人物"不分白昼地跳舞、打牌、饮酒作乐,得过且过。他们失去了精神的信仰与追求,唯有在灯红酒绿、纸醉金迷的感官刺激之中,才能感受到生命的存在。

其次是追求享乐的高级妓女。尹雪艳、陈白露、金大班、黄凤仪等风尘女子为了生活或者为了获得她们想要的生活而出卖青春和肉体,亦可称为一种沉沦。无论在上海霞飞路,还是在台北仁爱路,尹雪艳公馆一向维持它的气派,装饰精致的客厅、麻将间、挖花间里,冬天有暖炉,夏天有冷气，家具是一色桃花心红木桌椅，古玩花瓶里四时供着鲜花……为了维持这样的排场，享受这样的生活，尹雪艳长袖善舞、左右逢源，以自己独特的魅力将银行经理、纱厂老板、小开、新贵及他们的太太们都拘到跟前来，使他们尤其是男人们心甘情愿地为她提供这样的生活。陈白露的生活目标是："我要人养活我……我要舒服……我出门要坐汽车，应酬要穿好衣服，我要玩，我要跳舞……"为了这些她牺牲了自己，"对男人尽过女子最可怜的义务"。金大班一直以最冷静务实的态度求得最佳的生存状态，为了找到稳固的经济靠山，她在舞厅中蹉跎了二十年光阴。白先勇短篇小说《谪仙怨》中的黄凤仪原是去美留学，但到了纽约之后，完全被美国社会同化，认为"美国既是年轻人的天堂，我为什么不趁着还年轻，在天堂里好好享一阵乐呢"，"在这里，赚钱是人生的大目的"。黄凤仪为了及时享受这种物质文明，过上有钱人的生活，竟然沦为娼妓。

再次是围城内外的悲情男女。婚姻与爱情是一柄双刃剑，也许正因为它甜蜜与苦楚同在、幸福与痛苦并存，无数红尘男女才在其中苦苦纠缠，不得超脱。《一把青》中的朱青是个备受命运捉弄的苦命女子，她用全部的感情乃至生命爱着他生命中的第一个男子——郭轸，然而新婚才几天郭轸就奔赴战场，从此一别竟成永别，几个月后郭轸出事身亡。朱青闻讯后如失了魂魄一般，"她的一张脸像是划破了的鱼肚皮，一块白，一块红，血汗斑斑。她的眼睛睁得老大，目光却是涣散的。她没有哭泣，可是两片发青的嘴唇却一直开合着，喉头不断发出一阵阵尖细的声音，好像一只瞎耗子被人踩得发出吱吱的惨叫来一般"。心灵受到如此重创的朱青，如何寻找到新的生命支点？唯有沉沦。十年后，朱青成了空军乐队的歌手，在舞台上踏着伦巴舞步，"颠颠倒倒，扭得颇为孟浪"；闲时在家里请客打牌，与几个空军小伙子打情骂俏；情人小顾堕机身亡，她照常卷头发、涂蔻丹、做菜请客、打麻将，谈笑风生。今日之朱青失去了曾经的真纯，变得玩世不恭、麻木不仁，但即便如此，就让她继续这样生活吧，清醒地真心去爱意味着承受彻骨的痛，生命是如此残忍。《北京人》中的曾文清从小为母亲所溺爱，早年结婚，身体孱弱，染受了过度的腐烂的北平士大夫文化，成了一个"生命的空壳"，一只失去勇气学习飞翔的老鸟。他的心中有着难言的痛楚——他深爱着空谷幽兰般的愫方表妹，然而毫无抗争精神与能力的他只有沉默地接受这难以挽回的不幸，"想得到一线真正的幸福而不可能"。于是他一年年忍哀耐痛地打发着渺茫寂寞的日子，下棋、赋诗、作画、品茗，最后索性自暴自弃，用鸦片来麻醉自己。沉溺于这种倦怠的生活中，曾文清将生命活动降低到最低限度，懒于动作，懒于思想……懒于做任何费力的事情，懒到不想感觉自己还有感觉，这样他才能减轻心中的痛苦。理想是支撑人前行的精神动力，理想的失落成为导致人沉沦的直接诱因。《花桥荣记》中的卢先生是个曾经拥有并坚守爱情理想的人，他从大陆流落到台北，十五年来紧紧拥抱终有一天能和大陆的未婚妻相聚成亲的理想，"以他那超乎寻常的耐心，坚贞自守，满怀希望，不出半句怨言，也从不自怜自艾"①。未曾想被黑心的表哥欺骗，他失去了攒了十五年的积蓄，也丧失了积蓄十五年的期待。满心的期盼终成泡影以后，卢先生变得自暴自弃，竟然和泼妇般的洗衣女阿春结合，由此我们能够看出卢先生情感上的沉沦倾向，心中的爱情理想丧失殆尽，剩下的只是一份苟活于世的原始本能。在失去了性灵、放纵肉欲的生活里，卢先生在命运莫名的欺弄面前无力地挣扎，他努力麻痹着自己，放弃理想，忘却苦痛。《黑虹》中的耿素裳生活在毫无温暖的家庭之中，冷漠的丈夫，一群耗子似的儿子，阴暗潮湿、会从天花板上掉下老鼠的房间……一切使她窒息，在一次争吵之后，她离家出走，获得了暂时的自由。耿素裳是个可怜至极的女人，回想过去，丈夫只把她当作奴仆和泄欲工具，他打肿过她的脸，"饿了，要吃饭；热了，要洗澡；衣服破了，要她补；鞋子脏了，要她擦"，"她得好好的歇一歇……让一只暖烘烘的手来抚慰一下她的脸颊……哪怕，哪怕像那只毛茸茸的手去抓那个水蛇腰一样"。一个连妓女得到的感情都会羡慕的女人，情感饥渴到了如此地步。所以在醉酒之后，在熟悉的初恋情歌声中，她投入了陌生男子的怀抱……

最后是孤独无根的漂泊者。《那片血一般红的杜鹃花》中，王雄是一个在外漂泊几十年的老兵，他少年时在湖南老家有一个白白胖胖、很像丽儿的童养媳小妹仔，于是便把对家乡、对小妹仔的思念、宠爱转移到了丽儿身上。他独在异乡，身心寂寞，唯有在丽儿身边他能感到些许安慰和寄托，于是他将丽儿作为生活的重心，尽自己的所有力量为丽儿做着一切，但是当丽儿渐渐长大不需要他时，他觉得受到了莫大的冷落和伤害，一种强烈的失落感和彷徨感笼罩着他。他的思乡情绪无法排解，性情变得暴戾怪异，一天趁人不见，竟对下女喜妹施暴，几乎掐死了她。之后，王雄神秘失踪……《芝加哥之死》中的吴汉魂在纽约吃了六年的苦，考试、拿博士学位成了他唯一的生活动力和目标，近乎偏执地他抛弃了所有，将自己埋入了苦行僧般的生活之中。然而当他孤注一掷终于取得了博

---

① 欧阳子：《王谢堂前的燕子》，白先勇《白先勇文集第 2 卷：台北人》，花城出版社 2000 年版，第 334 页。

士学位时，他迷惘了，不知这一纸文凭的价值与意义何在，不知身在何处，去往何方？在漫无目的的逃遁与追逐中，他去了充满欲望与诱惑的地下酒吧，到了妓女萝娜家里……《谪仙记》中，天生丽质的容貌和优裕的家境给了李彤与生俱来的优越感，她美丽孤傲，桀骜不驯，然而父母的双双罹难给了这个锦衣玉食的娇小姐以致命的打击，李彤的沉沦自此开始。她一头扎进了西方光怪陆离的物质世界中，喝烈酒、押大注，放纵于舞厅、赌场，过着得过且过、醉生梦死的生活……

作为关注人性、关怀人类生存状况的作家，曹禺和白先勇描绘了社会各个阶层、各类人物的"沉沦"状态，其中有对自甘堕落者的批判，又有对不甘沉沦、无可奈何者的同情，更有对人类这一本能的消极生存倾向的深刻思考。

三　死亡：绝望的归宿

死亡是人类的生存之谜。海德格尔认为，人是向死的存在；在加缪看来，只有一个哲学问题是真正严肃的，那就是自杀问题。在文学家笔下，死亡是永恒的创作母题，从哈姆雷特的"是生还是死，这是个问题"到鲁迅的"这些大约并不是真的要死之前的情形……究竟如何，我也不知道"[1]，从《诗经》到《红楼梦》，人们关于死亡的思考从未停止过。曹禺早期的剧作《雷雨》《日出》《原野》《北京人》《家》中，部部关涉死亡；而花城出版社出版的《白先勇文集》收录的35篇小说中，涉及死亡的占17篇之多。从身体死亡的角度，可以将这些"死亡"事件分为以下几类：有的是将军、贵妇寿终正寝，如李浩然（《国葬》）、王孟养（《梁父吟》）、夫人（《思旧赋》）；有的死于意外事故，如四凤、周冲（《雷雨》）、郭轸、小顾（《一把青》）；有的是他杀致死，如焦大星、小黑子（《原野》）、黄省三的三个孩子（《日出》）、徐壮图（《永远的尹雪艳》）；更多的是自杀身亡，如陈白露（《日出》）、周萍（《雷雨》）、曾文清（《北京人》）、仇虎（《原野》）、李彤（《谪仙记》）、玉卿嫂（《玉卿嫂》）、吴汉魂（《芝加哥之死》）……然而庄子有云"哀莫大于心死，而人死亦次之"，身体意义上的死亡远不及心灵的创痛来得更为沉重，最为痛苦的死亡应该称为绝望的归宿，人的心灵经由希望→挫折→挣扎→绝望（心死），然后才走向身死。此处着重讨论的便是主人公心灵遭受了绝望的痛苦之后的死亡。

---

[1] 鲁迅：《死》，《鲁迅选集（四）》，人民文学出版社2004年版，第313页。

(一) 命运的安排

曹禺在《〈雷雨〉序》中说："《雷雨》所显示的，并不是因果，并不是报应，而是我所觉得的天地间的'残忍'（这种自然的'冷酷'，四凤和周冲的遭际最足以代表，他们的死亡，自己并无过咎）。"[1] 命运是一个最没有道理可讲的宇宙的主宰者，四凤和周冲是《雷雨》里两个最单纯、最洁净的人物，却被命运之神无情地夺去了生命。

四凤是个善良、纯真的女孩子，她懵懵懂懂地来到了周公馆，爱上了周家的大少爷，她似乎明白两个人地位的悬殊会成为他们爱情梦想的障碍，但初恋的情感对于纯洁的少女来说具有怎样的魔力啊，她爱得那么真挚、盲目，那么无怨无悔，甚至可以违背母亲的意愿，只要能和心爱的人在一起。然而造化弄人，作为一个女孩子，面对兄妹乱伦的事实，四凤崩溃了，悲痛万分的她昏乱地冲出房间，她要逃，逃到哪里她不知道，她只想摆脱这残酷的梦魇，而唯有死才能解脱。作品中，她碰上院子中漏电的电线身亡了，而即使她没有碰上那根电线，也会选择别的方式自杀，因为她感觉到命运的残忍和恐怖，她彻底绝望了，失去了活下去的意志和勇气。

周冲是个天真无邪、富于幻想的男孩，他愉快地生活在自己编织的梦里，用一颗赤子之心爱着周围的人，尤其是母亲和四凤。他并不懂爱情，青春期的男孩是如此容易爱上他周围唯一的一个美丽纯真的女孩子。四凤痛不欲生地跑出了房间，周冲跟着跑出去追她，当四凤碰着那条漏电的电线时，单纯善良的周冲情急之下上前拉了她一把，结果和四凤一块儿电死了。他的死是那样的突然，"这么一个可爱的生命偏偏简短而痛楚地消逝，令我们情感要呼出：'这确是太残忍了。'"[2] 其实，周冲在活着时并不属于那个世界，"在《雷雨》郁热的氛围里，他是个不调和的谐音"[3]，他不了解自己，更不了解他周围的世界，现实的铁锤一次次地敲醒他的梦，父亲的专制、鲁大海的偏见、四凤的离弃、母亲形象的坍塌，每次的失望都如一只尖利的锥，深深刺入他的心灵。他痛苦地感觉到现实的丑恶，一种幻灭的悲哀笼罩着他的心，"他不能再活下去，他被人攻下了最后的堡垒，青春期的儿子对母亲的那一点憧憬。他于是整个死了他生活最宝贵的部分——那情感的激荡。以后那偶然的或者残酷的肉体的死亡对他算不得痛苦，也许反是最适当的了结"[4]。

---

[1] 曹禺：《〈雷雨〉序》，《曹禺选集》，人民文学出版社2002年版，第182页。
[2] 曹禺：《〈雷雨〉序》，《曹禺选集》，第187页。
[3] 曹禺：《〈雷雨〉序》，《曹禺选集》，第187页。
[4] 曹禺：《〈雷雨〉序》，《曹禺选集》，第187页。

（二）主动的选择

人的生存不仅依靠物质的保证，更重要的是精神的动力，当人们的理想破灭，生即是痛，于是主动选择死亡成了一种出路。关于自杀，启蒙思想家孟德斯鸠有过这样的评述："我受到的痛苦、贫困、蔑视等沉重的压迫的时候，为什么别人不让我结束我的苦难……上天给我生命，这是一种恩惠；所以，生命已经不成其为恩惠时，我可以将它退还：因既不存，果亦当废。"① 面对荒谬的人生，人们感觉失望至极，信仰全无，精神低迷，再也没有活下去的力量，于是便在绝望中主动寻求死亡。

首先是对生命的绝望。与继母之间的乱伦行为折磨得周萍痛苦不堪，他刻毒地恨自己，觉得自己卑鄙无耻，对不起父亲。他要将自己从罪恶的漩涡中拯救出来，于是他选择了出走，以此来逃避继母的纠缠和对父亲的负罪感；在情感上，他需要新的活力把他从冲突的苦海中救出来，他在四凤身上看到了自己需要的东西，于是他要紧紧抓住四凤。然而他苦心经营的拯救计划步步失利，出走行动处处受着阻挠，最终没能实施；本以为离开蘩漪、抓住四凤可以摆脱原来的困境，没想到是由一个罪恶泥潭走向另一个更可怕的罪恶深渊。"周萍悔改了'以往的罪恶'。他抓住四凤不放手，想由一个新的灵感来洗涤自己。但这样不自知地犯了更可怕的罪恶，这条路引到死亡。"面对天理人伦和无论怎样也斗不过的命运，周萍绝望了，他认为自己来到这个世界上就是一个罪人，"您不该生我"是他留给父亲的最后一句话，也是他自判死刑的心理写照。陀思妥耶夫斯基在他的小说《死屋手记》中说，一个人"对自己罪行的宣判，要比最严酷的法律的宣判更为无情，更为残酷"，"背负着如此深重罪孽的周萍，已不愿求助任何宽恕，唯有自杀才能惩罚自己"②。

其次是对爱情的绝望。玉卿嫂是个特别的女人，她爱得热烈、执着，乃至偏执，要么有爱，要么死亡，而且是拉上心爱的人一起死，这种极端的爱的方式使她与众不同，甚至比蘩漪、《闷雷》中的福生嫂、欧阳子《魔女》中的倩如母亲都更加果敢与决绝。发现心上人"移情别恋"后，在巨大的绝望中，她选择了与心上人同归于尽。她用自己全部的生命去爱，这极大的热力烧死了别人，也烧死了自己。白先勇《金大奶奶》中的金大奶奶曾是个拥有不菲财产的年轻寡妇，金大先生当年二十来岁，"满身潇洒一嘴巴油腔滑调"，金大奶奶怀着满心的美梦，以为找到了情

---

① ［法］孟德斯鸠：《波斯人信札》，罗大纲译，人民文学出版社 1958 年版，第 133 页。
② 刘艳：《曹禺》，四川人民出版社 2003 年版，第 120—121 页。

感归宿,而金大先生将财产骗到手后,便把金大奶奶弃置一边,任别人百般折磨、欺侮。金大奶奶的爱情梦想破灭了,她苦熬了几十年,在金大先生另娶他人之日服毒自尽。《孽子》中,龙子爱阿凤爱得何等惨烈,阿凤的"用情不专"让他焦躁不安,极度的狂乱与绝望中,他一刀刺向了阿凤,但是龙子说,"我杀死的不是阿凤……我杀死的是我自己。那一刀下去,正正插中了我自己的那颗心,就那样,我便死去了"。因为龙子爱阿凤爱得那样深,所以在杀死阿凤的同时完成了意念上的自杀,在精神层面上和玉卿嫂杀死情人庆生后自杀是一样的。曾文清的自杀有多种原因,封建旧家庭让他懒散、压抑,出走的失败使他心灰意冷,但还有愫方——他灰暗生活中唯一的光亮和心灵的安慰。当愫方出走后,他唯一的希望之光熄灭了,随后吞食鸦片结束了自己的生命。

再次是沉沦之后的绝望。沉沦是一种生存的妥协,有的人在妥协中悠游自在、醉生梦死地活着,而有的人却在短暂的沉沦之后,发现自己难以持续这种妥协,于是他们拒绝了继续沉沦,同时也拒绝了生存。前节所述的许多沉沦过的人物最后都走向了死亡,如曾文清、卢先生、耿素裳、王雄、吴汉魂、李彤、陈白露,其中曾文清自杀是因为失去了愫方这唯一的精神寄托,而其他人是因为厌恶了沉沦生活或者发现沉沦亦不能拯救自己受伤的灵魂。卢先生希望在肉欲的放纵之中忘却苦痛,忘记梦想,也忘了自己,然而这种状况也难以维持,在捉奸、被阿春打伤之后,卢先生彻底绝望了,不久便悄悄地死了,验尸官判断"心脏麻痹",的确,卢先生是心死而亡(他的死也是一种意念上的自杀)。耿素裳在情感的沉沦之后陷入了深深的自责之中,在苍茫的雾色中走向了潭水深处。王雄在彻底地自暴自弃之后,精神崩溃了,他只希望能够赶快回到家乡——即使以死亡的方式,于是他选择了跳海自杀(希望尸体能够漂回大陆),这是他经历了痛苦的心理斗争之后所作的摆脱沉沦现状的努力。吴汉魂午夜时分从妓女萝娜家里出来,彷徨在芝加哥街头,一切更加地迷乱与虚无,"六年来的求知狂热,像漏壶中的水,涓涓汩汩,到毕业这一天,流尽最后一滴",他达到了单纯而唯一的"目标",恍然间若有所失。吴汉魂来美六年,却从未融入这个国家和芝加哥这座城市,他徘徊在文化的夹缝中进退维谷,短暂的沉沦更加让他无地自容,他的世界中又没有亲情、友情、爱情的温暖,于是在极度的空虚和失落中他自沉于芝加哥密歇根湖。李彤和陈白露沉沦的时间要长一些,但是依然殊途同归。李彤试图在放纵的生活中找到生命的支点,但是历经几年之后,她发现自己失败了。失去了精神家园的李彤,在耗尽了生命的热力之后倦怠极了,在威尼斯跳水自杀。至于陈白露的自杀，经济的压力只是其中最小的原因，根本的原因在于她看透了这个暗无天日的世界，彻底厌倦了这种生活方式。她的心底还保有少女的纯真，与她的生活时时碰撞、矛盾；拯救小东西而不能，她感受到自己的无助无力；还不完的债，喝不完的酒，醒不了的梦魇，逃不脱的牢笼，她感到窒息。"哀莫大于心死"，陈白露的心确实死了。即使是做出卖青春和肉体的交际花，灵魂还是自己的，这种醉生梦死的生活还是自己选择的。她时而麻醉放纵自己，时而清醒地反思自己，但她的心灵是自由的。最后，金八用金钱债务掠夺了她聊以自慰的"自由"，她一无所有了，再也没有勇气和动力生存下去。

最后是非人虐待之下的绝望。《日出》中的小东西是个十五六岁的小女孩，瘦弱胆怯，父母双亡，她被拉去伺候金八，又被卖到下等妓院。在黑暗势力面前，这个孤弱的女孩根本无法掌控自己的命运，她的反抗换来的是加倍的折磨、毒打。落在地狱里的小东西，挨打受骂不算，她感到自己如果活下去，就会成为翠喜那般生不如死的"可怜的动物"，人生已经没有任何希望，于是上吊自杀。一个弱小无辜的生命就这样消逝了。《孤恋花》中的五宝十四岁便被人贩子卖到了万春楼，开始了饱受欺凌的妓女生涯，后来被黑社会老龟公华三缠上，百般欺虐，胳臂上被烟枪烙上一排铜钱大的焦火泡子不算，"华三揪住她的头，像推磨似的在打转子，手上一根铜烟枪劈下去，打得金光乱窜……她的两只手在空中乱抓乱捞……"非人的虐待之下，五宝丧失了生的勇气，选择了吞食鸦片自杀，她死的样子那样凄厉，"嘴巴涂满了鸦片膏子，眼睛瞪得老大"，似乎向人们诉说着她的冤屈。

死亡是生命的必然归宿。弗罗姆说："人产生以后，人类也就象单个人一样，从一种象本能一样固定不变的状态，而进入一种非确定的、偶然的自由状态。他只知道过去——至于未来，只能肯定是死亡。"① "死亡"是一个沉重而伟大的主题，无数的作家不断做出理解和阐释。曹禺和白先勇以优秀的作品为解开这个人类的永恒之谜做出了自己的贡献，在中国现当代文学史上留下了浓墨重彩的一笔。

第三节　悲剧形象

作为一个为人类而艺术的作家，曹禺早期的创作一直以深刻的同情心

---

① ［德］埃·弗罗姆：《爱的艺术》，康革尔译，华夏出版社1987年版，第6页。

洞察人类的共同难题，执着于关于灵魂、生存、终极关怀的高贵书写。在中国话剧史上，曹禺真正把话剧由情节中心转移到性格中心，因此他的剧作有着"性格戏剧"之称。他的作品成功塑造了一系列令人难忘的悲剧形象，为现代文学画廊增添了光辉的一笔。白先勇被余光中称为现代中国最敏感的伤心人，他从内心体认着人生的孤绝感，用悲悯的眼光注视着可怜的人类，书写着心灵的痛苦、失望、沉沦，塑造了一大批性格鲜明、栩栩如生的悲剧人物形象。基于对"人"的关注和思考，曹禺和白先勇以歌者的深情吟唱着一首首忧伤凄婉的女性的哀歌，又以医者的冷静剖析了男性残破的灵魂。

一 女性的哀歌——悲剧女性形象

曹禺在创作谈里多次说过，"女人是最苦的，从生理上去讲是这样的；从社会角度上讲，也是一样受苦"，"我是妇女的崇拜者"，"我愿把最美最好的语言，用在描写最好的女人身上"①。曹禺以对女性命运的深切同情和理解，塑造了一个个、一组组个性鲜明的女性形象。白先勇也曾说过，女性是挖掘不尽的宝藏。欧阳子评价白先勇"身为一个男人，白先勇对一般女人心理，具有深切了解。他写女人，远比写男人，更细腻，更生动"②。於梨华也称赞："在二十世纪六十年代的中国，没有任何一位作家，刻画女人能胜过他的。"③白先勇站在"人"的高度，把女性作为独立的主体而不是男性的附庸来塑造，真实地表现了女性在生存困境中的痛楚。

（一）为爱痴狂的"魔女"

欧阳子在短篇小说《魔女》中塑造了一位独特的母亲形象。婚后二十余年她一直以贤妻良母的形象示人，实际上一直盲目地爱恋着风流成性的赵刚，她每月一次以回娘家为借口与赵刚幽会，用这短暂的欢娱慰藉着自己的心灵。丈夫去世后，为了能够和赵刚结婚，她甚至允许他继续拥有其他女人。这是一个偏执地为了"爱"不顾一切的"魔女"典型，她偏执地坚守心中的"爱情"，不管道德、不计后果，也不问值不值得。在曹禺和白先勇笔下，也有一组"魔女"形象，她们用所有的生命热力爱着，

---

① 田本相、刘一军编著：《苦闷的灵魂——曹禺访谈录》，江苏教育出版社2001年版，第43页。
② 欧阳子：《白先勇文集第1卷：寂寞的十七岁·序一》，白先勇《白先勇文集第1卷：寂寞的十七岁》，花城出版社2000年版，第3页。
③ 於梨华：《白先勇笔下的女人》，《现代文学》1969年第37期。

爱得那样勇敢、那样执着、那样痴狂。

　　蘩漪是一个最具"雷雨"性格的人，她的身上交织着最残酷的爱和最不忍的恨，为了所爱的男人什么都可以不要，名誉、地位、自尊，甚至亲生儿子。正如她对周萍所说："我没有孩子，我没有丈夫，我没有家，我什么都没有，我只要你说：我——我是你的。"她将周萍视作救命稻草，她要紧紧地抓住他，甚至"把四凤接来一块儿住"都可以。此时的蘩漪和《魔女》中的倩如母亲一样，爱一个男人爱到只要他的躯壳就够了，甚至可以和别的女人分享。这种女人的心理已经是病态的了。

　　玉卿嫂爱起来也是同样的痴狂。蘩漪曾经求周萍"我现在求你，你先不要走——"，"即使你要走，你带我也离开这儿——"，"日后，甚至于你把四凤接来一块儿住，我都可以，只要，只要你不离开我"；玉卿嫂也对庆生说过"不要离开我，我什么都肯答应你……玉姐愿意一生一世都守着你，照看你，服侍你，疼你……只要你肯要我"。为了心中的爱，她们如飞蛾扑火，毁灭了别人，也燃烧了自己。

　　《原野》中的花金子也是如蘩漪般具有"雷雨"性格的女人。作为资本家太太的蘩漪和作为财主家儿媳的金子在物质上都是富足的，但是精神上都受着重压，"监狱似的周公馆"、阎王般的周朴园把蘩漪渐渐磨成了石头样的死人；金子被焦阎王押来做儿媳妇，被心理扭曲的婆婆不择手段地咒骂、羞辱、压迫，她感觉"在焦家，我是死了的"。当遇见了让她们重新活过来的生命的时候，为了爱情和自由，她们宁愿打碎现有的生活——金制的鸟笼。因为文化背景的缘故，金子没有蘩漪的知识修养，也没有她内敛、深沉，她比蘩漪更加泼辣、粗野、大胆，敢爱敢恨，似一团烈火。

　　在中国传统的伦理道德观念的影响下，女性无法释放自己的原始生命力，她们必须强烈地压抑自己的欲望，将其幽闭在自己的脑海中，说不清，道不明，生出无限幽怨。蘩漪和福生嫂就是这样的情感和欲望备受压抑的女人。周朴园比蘩漪年长二十岁，冷酷、专横，常年工作在外，福生嫂的丈夫相貌猥琐、缺乏男子气概，本来她们都已经认命，准备在苦闷中麻木地了此一生，突然青春、野性的周萍和阳刚之气十足的刘英出现了，她们被唤醒了。然而福生嫂不及蘩漪勇敢，在传统伦理道德和内心情欲、精神要求的撕扯中，屈从了前者。福生嫂和欧阳子《秋叶》中的宜芬是一类女人，都是没有爱情与性的婚姻的牺牲品，都需要爱的慰藉，但是这意外中的爱又是违背伦理道德的，她们是恪守妇德的传统女人，经历了痛苦的挣扎后，带着满心的伤痛又回到了原有的生活之中。虽然她们没有

"魔女"的勇敢与决绝,没能彻底打碎身上的枷锁,追求自己想要的幸福生活,但是她们已经具有了强烈的反叛意识和反叛行动,可称为"准魔女",我们"有理由沿着这条反叛的道路想象下去",闷雷既然已经在天边滚动,也许"有一天会带来冲决一切的暴雨"①。

莎士比亚说:"女人,你的名字是弱者。"懦弱的女人不敢违背传统伦理,张扬自我欲望,而勇敢的"魔女"为了心中的爱,本能地纵身一跃后,等待她们的又是什么?周萍悔改了"以往的罪恶",抓住了四凤,要抛下繁漪出逃;庆生遇到了年轻的戏子金燕飞,要摆脱玉卿嫂占有式的爱情。繁漪和玉卿嫂成了"弃妇"。"弃妇"作为女性的典型形象之一,在古今中外的文学作品中亦多有表现,《诗经》中的《氓》、希腊神话《美狄亚》分别塑造了不同的"弃妇"形象。《氓》中的弃妇是典型的中国传统女性,勤劳、贤惠、任劳任怨,帮助丈夫建立家业后,却被丈夫无情抛弃。而她哀怨地离开了夫家后,心中只有无限怅惘和哀伤,发出"士之耽兮,犹可说也。女之耽兮,不可说也"的感叹,却没有对于丈夫始乱终弃的愤恨。《美狄亚》中的主人公是一个热情、坚强、富有反抗精神的女性,为了丈夫,她背叛了家庭,杀死了兄弟,但是后来,丈夫为了权势要另娶公主,国王下令将美狄亚和她的两个儿子驱逐出境。美狄亚决定报复,她毒死了国王和公主,为了惩罚丈夫,又亲手杀死自己的两个儿子。文化是对弃妇应采取什么态度和行动的一种指导和赞誉,中国文化要求被弃者"怨而不怒,既怨又能受"②,使人同情而充满敬意;西方文化则强调个性、行动、刚勇的抗争,结局是毁灭,以尸体加尸体落幕。《雷雨》中的鲁侍萍应当算作中国传统的"弃妇"类型,而到了繁漪和玉卿嫂这里,中国传统的弃妇形象已经不是柔性的了,她们也像美狄亚一样积极而疯狂地采取报复行动。繁漪发现哭、闹、哀求、威胁都挽回不了周萍的心,于是绝望中的女人开始了报复,在雷雨之夜,她将与四凤幽会的周萍堵在四凤的卧室里,以期被鲁大海和侍萍发现;四凤和周萍准备一同逃走之际,她又怂恿儿子周冲拖住四凤;最后,她反锁了大门,叫来了周朴园,来阻挠"负心汉"的出逃。繁漪和美狄亚报复时都祸及无辜,但是美狄亚是有意为之,而繁漪却是无心之举,她只想打击负心的周萍,却阴差阳错地揭开了天大的秘密,使四凤、周冲、周萍都惨死了。美狄亚报复移情别恋的伊阿宋,杀死了一切与他有关的人,甚至自己与伊阿宋所生的

---

① 刘俊:《悲悯情怀——白先勇评传》,花城出版社2000年版,第129页。
② 张法:《中国文化与悲剧意识》,中国人民大学出版社1989年版,第72页。

两个儿子,而唯独留下伊阿宋的性命,让他承受比死亡更甚的痛苦。而繁漪的报复效果发生了偏移,她实际上报复了周朴园、鲁侍萍和自己,他们三个人都失去了两个最爱的人,还孤独地活着。较之美狄亚和繁漪,玉卿嫂的报复又有所不同。在苦苦哀求庆生回心转意不成之后,她呆呆地立着,"脸扭曲得好难看……死灰死灰的",经历了几天痛苦的挣扎,万念俱灰的玉卿嫂决定要以生命报复,她特意精心梳洗打扮了一番,杀死了庆生之后自杀,幸福地和自己心爱的人一起去了。她的爱最是狭隘和极端的,至死没有从爱情的梦中醒来,她只毁灭了庆生和自己,没有殃及无辜(如金燕飞),她要庆生只属于自己,哪怕在另一个世界中。

(二) 上层社会的附属物

20世纪三四十年代,以上海为代表的现代大都市成为繁华的洋场乐园,高级娱乐场所——夜总会和舞厅,以及伴随着这些消费娱乐方式应运而生的"红舞女""交际花",成为现代都市繁华的产物和象征。这些光彩照人的交际花使繁华靡丽的都市娱乐生活彰显出一种灯红酒绿的现代都会之美,她们是这个繁华世界的附属品——最为华美的点缀。尽管在经济上处于依附地位,但当时"男女平等、社交公开"等现代思想观念使得这些现代洋场中的交际花与传统妓女有了很大的区别,她们拥有相对的自主性和自由身份,"在被男性/娱乐世界主宰、消费的同时也主宰、消费着男性/娱乐世界"①,甘愿拜倒在她们石榴裙下的社会名流前仆后继,女性的美与魅力在这里得到了最为张扬、炫目的体现。在中国三十年代的新文学作品中,交际花被用来表征上层资产阶级社会的"堕落生活",如茅盾在《子夜》中塑造的徐曼丽这一形象。而曹禺和白先勇深入这些衣着光鲜、美艳迷人的交际花的心灵深处,对交际花形象做了另类的书写。

陈白露曾经忘我地沉溺在交际花的热闹生活中,迎来送往,八面玲珑,她认为她的生活是"合理"而"正当"的,"我对男人尽过女子最可怜的义务,我享着女人应该享的权利"。在这种放纵的生活中,她迷醉、疯狂,挥霍着美丽与青春。如果她一直"安心"地在风月场上"混生活",即使潘月亭破产了,还可以再换一个经济靠山,她依然可以潇洒而滋润地生活,然而她不,她和尹雪艳、金大班的不同在于她的内心世界中还有天真的一面,"我喜欢太阳,我喜欢春天,我喜欢年轻,我喜欢我自

---

① 王桂妹:《从陈白露到尹雪艳——对交际花的不同审美书写》,《名作欣赏》2007年第1期。

己。哦，我喜欢"。尹雪艳、金大班绝对不会说出这样的话，成为交际花已是陈白露的不幸，更不幸的是做了交际花的她还保有这份天真。她对那个社会感到憎恨、厌恶，但又摆脱不了那个社会。她没有决心奋斗，最后只有堕落，堕落了以后又不甘心。"她憎恶现实，又憧憬美好的过去。她在矛盾的夹缝里活着。"① 所以陈白露最痛苦、最矛盾、最决绝地告别了人生。

曹禺选择交际花的生活作为表现内容，还带有一些阶级批判的色彩。《日出》设定的主题是批判一个"损不足以奉有余"的社会，而附属于资产阶级生活并迷恋奢华生活、主动选择堕落的交际花自然也成了被批判的对象。他认为，交际花虽然有着种种缺点，但实际上她们是最为悲哀的一个阶层，描写她们的不幸与堕落，也许比表现一般妇女的遭遇所带来的社会批判作用要大得多。而白先勇关于交际花的书写，淡化了阶级的色彩，只从对"人"的普遍同情与悲悯的角度，表现交际花和她周围的"资产阶级"的悲喜人生。

尹雪艳，人如其名，如雪般冰冷，如花般美艳。她从不爱搽脂抹粉，也不爱穿红戴绿，总是一身银白，净扮得不得了，举手投足间总有一份世人不及的风情。尹雪艳不仅有着美丽的容貌，交际手腕也十分了得，她精心布置居所，安排牌局，准备茶饭，无一处不妥当；她不多言、不多语，紧要场合插上几句苏州腔的上海话，总是恰到好处；无论多大的场面，她都照应得游刃有余、妥妥帖帖。尹雪艳做交际花最成功的地方却在于她"总也不老"，无论人事怎样变迁，总有自己的旋律和拍子，绝不因外界的变迁影响自己的均衡。虽然是经济上处于依附地位的交际花，但尹雪艳绝不会将自己的命运与男人绑在一起，男人没有利用价值后，她就会抛弃他，重新开始自己的生活。与陈白露和金大班相比，尹雪艳最"无情"，也最"绝情"，从外到内，她都冷得彻底。她太熟悉风月场中的游戏规则，对任何男人都不会动真情。王贵生说，"如果用他家的金条儿能够搭成一道天梯，他愿意爬上天空去把那弯月牙儿摘下来，插在尹雪艳的云鬓上"，而尹雪艳听了后，"吟吟的笑着，总也不出声，伸出她那兰花般细巧的手，慢条斯理的将一枚枚涂着俄国乌鱼子的小月牙儿饼拈到嘴里去"。她不会相信男人的话，不会乱了方寸，她已经用一层厚厚的铠甲将自己的心包裹了起来，始终以美丽、迷人的姿态示人，而不会陷入任何感

---

① 曹禺：《自己费力找到真理——一九八一年二月十七日在北京人艺〈日出〉剧组的谈话》，《曹禺论创作》，上海文艺出版社1986年版，第54页。

情的纠葛，使自己受到伤害。那些曾与她在一起的男人，也从未得过到她的真感情。王贵生下狱枪毙的那一天，尹雪艳在百乐门停了一宵，算是致了哀；洪处长倒台后，她带走了自己的家当另谋出路；徐壮图被人刺杀后，她神态庄凝地参加了葬礼，当晚的尹公馆却又成了牌局。或许不能埋怨尹雪艳"冷"，作为久经风尘的交际花，她太懂得如何保护自己，相对生存而言，感情算得了什么？白先勇在《永远的尹雪艳》中一直采用第三人称外视角，我们从未深入尹雪艳的内心世界，或许她也有苦痛而不为人知，或许她就是这样冷酷无情。无论怎样，尹雪艳都是交际花人物系列一个独特的典型，在现当代文学人物画廊中闪耀着炫目的光彩。

同为交际花、红舞女，金大班和尹雪艳是完全不同的两种风格，作者在塑造她们的形象的时候也有意无意地进行了对比。尹雪艳总是一身银白、净扮、素雅，而金大班"穿了一身黑纱金丝相间的紧身旗袍……耳坠、项链、发针，金碧辉煌的挂满了一身"，庸俗不堪。尹雪艳从容、优雅，金大班粗俗、泼辣。尹雪艳总也不老，"连眼角儿也不肯皱一下"；金大班感慨岁月无情，"把嘴巴使劲一咧……眼角子上突然便现出了几把鱼尾巴来"。尹雪艳外热内冷，吟吟的浅笑背后是冷若冰霜的铁石心肠；金大班外冷内热，粗俗、泼辣的外表之下是善良、感性的内心世界，她怀恋和月如之间的美好初恋，感怀秦雄的一腔痴情，骂骂咧咧中将自己的首饰送给受骗的小舞女，为她安排生路。尝尽人生百味之后，金大班在无奈中走进苍凉的结局。

（三）被侮辱被损害的一群

在社会的最底层、最黑暗的角落里，住着一群所谓"人类的渣滓"，曹禺称为"可怜的动物"。她们为了自己或者家人的生存，出卖着肉体，屈辱地度着日月。她们是命运最为悲惨的女性群体，没有尊严、没有自由、没有爱情、没有正常的婚姻与家庭、没有未来、没有希望……除了供出卖的肉体，她们一无所有。

然而，在这堆"人类的渣滓"里，也有"金子似的心"，如《日出》中的翠喜和《孤恋花》中的"总司令"。翠喜虽然"染有在那地狱下生活各种坏习惯"，但是她为了一家老小的生活"狗似地效忠"[1]，遇到比她更无助的小东西时，施以由衷的同情和温暖的关心。"总司令"是个老资格的妓女，十分懂得这一行的"生存智慧"，她能够攒下一笔钱，还捞到一个看管那些女孩儿的经理职位。她是一个十分善良的女人，在上海时对

---

[1] 曹禺：《〈日出〉跋》，《曹禺选集》，人民文学出版社2002年版，第392页。

五宝疼爱有加，宛若母亲和姐姐一般，在台湾又收留了苦命的娟娟，为了娟娟倾其所有买了栋公寓。翠喜和"总司令"也只是下层妓女，根本无力改变自己和更弱小者的命运，但是她们尽自己的努力同情和帮助更弱小者。

小东西、五宝、娟娟是那地狱一样的地方最孤弱无依的女孩儿，她们在十四五岁——生命之花含苞待放的时候就遭受了厄运，受尽了摧残。小东西不愿再过这种无望的日子，上吊自杀；五宝不堪嫖客华三的虐待吞烟自尽；娟娟杀掉虐待狂柯老雄后疯掉。要么杀人，要么自杀，她们最终都逃脱不了残酷的命运。

作为被侮辱被损害的一群，她们生不如死，但她们必须生活下去，翠喜的话虽然粗陋，却蕴含深刻的道理："人是贱骨头，什么苦都怕挨，到了还是得过，你能说一天不过么？"苟且偷生就是她们的生存状态，若不是实在无法忍耐下去，小东西和五宝怎么会走上绝路？

她们的生活苦不堪言，却总是"笑"着。陪客人喝酒，娟娟"喝完一杯，咂咂嘴，便对他们凄苦的笑一下"；说到被疯子妈妈咬伤的经历，"娟娟说着又干笑了起来"；说完被父亲强暴的事，"娟娟嘿嘿的干笑了两声"；讲述了身孕堕胎的经过，"娟娟说着又笑了起来，她那张小三角脸，扭曲得眉眼不分"。这些都是触目惊心的惨事，娟娟为何总是笑呢？她在这些罪孽中浸泡得似乎已经麻木了，生活中哪里还有让她可以开心地笑的事情？而哭，多少眼泪能够洗刷得尽她满身的罪孽？她是在以笑当哭吧。她虽然在年岁上还算年轻，但灵魂和肉体已经衰老了，生命的光鲜早已离她而去了。如一根在风中摇曳的蜡烛，她只是在苦挨着残余的生命，等到忍受到了极限，她只有杀人这一条路可以走了。娟娟疯了，"她的笑容却没有了从前那股凄凉意味，反而带着一丝疯傻的憨稚"。成为疯子，忘掉所有罪恶的过去，免受人间的苦难，这或许是她最好的归宿。宝和下处的翠喜们"都在饥饿线上奋斗着，与其他瘪着肚皮的人们不同的地方是别的可以苦眉愁眼地空着肚子，她们却必须笑着的"①。经历了生活这样的折磨之后，翠喜已经"好些年没有眼泪了"。心里苦，脸上却要笑，这是何等心酸的处境。而尹雪艳总是"吟吟的笑着""浅浅的笑着""笑吟吟的"，在这个浮华的圈子里讨生活，她的心里难道满是欢乐，没有苦楚？陈白露的嘴角总挂着一种嘲讽的笑，心里却充满痛苦和矛盾。风尘女子要艰难生存，不戴上"笑"的面具，又当如何呢？甚至于朱青，脱胎

---

① 曹禺：《日出》，《曹禺选集》，人民文学出版社2002年版，第293页。

换骨后的她一直在笑，她"吃吃的笑着""笑得弯了腰""笑吟吟的""笑着说道"，失去爱人，劫后余生，但是日子还得过，不笑难道要哭不成？心里越苦，越要笑得厉害，笑得灿烂，用笑来遮掩自己真实的感情。以笑当苦，这种矛盾的表现恰是这一群薄命女子的悲惨之处。

曹禺和白先勇都是善于塑造女性形象的作家，他们能够把女人的灵魂刻画出来。陈白露、尹雪艳、金大班、翠喜、"总司令"、小东西、娟娟……这群风尘女子的出身、地位、性格各不相同，但是曹禺和白先勇都对她们怀着深沉的爱怜，描写她们生活中的不幸与苦楚，让人们认识、了解她们丰富美丽的内心世界。

曹禺和白先勇笔下的女性人物，个个都是悲剧形象，这三种类型很难将她们全面涵盖，三者之间也未必泾渭分明。如陈白露身上也有"魔女"般强烈的自我意识、叛逆精神和旺盛的生命激情；交际花和下层妓女都是风尘女子，其根本特质具有同一性等。

二　残破的灵魂——悲剧男性形象

相对于女性形象的光芒四射，曹禺、白先勇笔下的男性形象则显得黯淡无光。从虚伪、自私、残酷、卑鄙的潘月亭、张乔治之流，到无根漂泊、心理颓废的"纽约客"；从无德无能、贪图安逸的老朽曾皓、冯乐山，到懦弱无能的曾文清、焦大星……曹禺、白先勇笔下男性的性格或心理大都存在着严重缺陷。有的过分懦弱，没有独立人格，如一根衰草，只能默默忍受别人施予的悲剧命运；有的心理扭曲，冷酷、专横，阎王一般，不断给别人制造悲剧。当然，"命运"不会怜悯弱小无辜者，也没有放过罪大恶极者，他们自身也都是悲剧的制造者和承受者，都是灵魂残破的悲剧形象。

（一）怯懦而自私者

这一类男人懦弱无力、胆怯无能、气质阴柔，明显缺少阳刚雄健的男性气质，既没有建功立业的雄心壮志，又没有任何实际的能力，落魄失意，萎靡不振，百无一用。曹禺在评价繁漪时说，虽然"情热烧疯了她的心，然而不是更值得人的怜悯与尊敬么？这总比阉鸡似的男人们为着凡庸的生活怯弱地度着一天一天的日子更值得人佩服吧"[①]。这"阉鸡似的男人"应该是指周萍、焦大星、曾文清、高觉新等，他们的内心充满了忧郁、矛盾和痛苦，虽然他们在年龄上还处在人生的辉煌时期，但是他们已经没有了生命的激情和心灵的追求。封建意识非常浓厚的家庭成长环境

[①] 曹禺：《〈雷雨〉序》，《曹禺选集》，人民文学出版社2002年版，第185页。

和浓烈的家长专制的气息形成了他们懦弱、屈从、不敢反抗的性格要素；封建伦理道德及士大夫文化的濡染和教育培养了他们毫无主见、无能无为的心理惰性。如《北京人》中的曾家，这样一个没落的士大夫家庭里，过度的腐烂的北平士大夫文化培养出了一代又一代贪图安逸、孱弱无用的儿孙——从曾皓起，都吝啬、自私，没有任何治生的本领，只知道闭门纳福、进补延年；曾文清半生都在空洞的悠忽中度过，在这样一个家庭里，成天就知道叹气做梦，忍耐，苦恼，爱不敢爱，恨不敢恨，哭不敢哭，喊不敢喊；曾霆，小小年纪就被拘束成了小老头。曹禺禁不住讽刺道："曾家的婴儿们仿佛生下来就该长满了胡须，迈着四方步的。"① 可以想见，昨日的曾皓也有过文清、曾霆的岁月，这样的家庭若不打破，今日的文清、曾皓就是曾霆的明天。

周萍、焦大星、曾文清、高觉新都是家族中的长子或独子，封建道德观念、家族的使命沉重地压在了他们身上，"长子"身份如一道咒符，震慑着他们，他们必须克己、隐忍、言听计从，必须端起架子，做弟妹的榜样。在对待父辈的态度上，他们唯父命是从，一切听从父辈安排。周萍佩服他的父亲，崇拜他的父亲，更畏惧他的父亲，在他心目中，周朴园就是标准和规范，父亲的话"向来不能改的。他的意见就是法律"。所以他对周朴园的话绝对服从，从不敢有任何违逆。曾文清一贯在父亲面前唯唯诺诺，对父亲絮絮叨叨、没有任何实质意义的教训，他已经习惯而麻木了，唯一的回应就是连口称"是"。焦大星更是一个没长大的孩子，他的父母一直向他隐瞒做过的罪恶，包括害死仇虎的父亲、卖了仇虎的妹妹、把仇虎送进监狱这样的大事，而他糊里糊涂地一直把仇虎看作自己的兄弟。他一直在父母的羽翼下生活，脆弱到还需要年迈、失明的母亲保护。高觉新应该是这几个人中最有思想和抱负的，他比周萍他们更多地受到新思想的影响，对弟弟觉慧、觉民的叛逆行为表示理解和同情，但新的思想只能在他的头脑中徘徊。作为家族的长房长孙，封建的伦理道德观念对他的影响太深，尽管他心中有种种的不满意和不情愿，但他不敢违背长辈的意愿。他忍痛和心上人分开，接受了家族为他安排的婚姻；在身体十分虚弱的情况下，还要强打精神聆听三爸克明的"教诲"；他对荒淫无耻、伪善狠毒的冯乐山是那样厌恶，却要耐着性子招呼、敷衍，口口声声"太老伯"。

在对待爱情的态度上，他们消极等待、彷徨犹豫，乃至退却逃避。周萍"怯懦胆小，对自己的行为不敢负责任，所以一有风吹草动就背弃前

---

① 曹禺：《北京人》，《曹禺选集》，人民文学出版社2002年版，第431页。

盟，就置自己所爱的人于不顾，想仓皇出逃"①。无论对蘩漪还是四凤，他都不曾真心爱过，他想到的只是自己。曾文清希望和愫方——这个真正了解他的女人共度一生，但是"他就因为胆小，而不敢找她；找到了她，又不敢要她。他就让这个女人由小孩而少女，由少女而老女，像一朵花似的把她枯死，闷死，他忍心让自己苦，人家苦"②。焦大星是一个没有任何男子汉血气的男人，为了让金子留下，他苦苦哀求：

　　焦大星：（忽然疯狂地）那么，只要你在这儿，我可以叫他来，我情愿，我不在家的时候，你……你……可以跟他——（说不下去）
　　焦花氏：（阴郁）什么？
　　焦大星：为……为着你，我，……情愿！

　　这种无原则忍让、退缩的话，反而惹恼了金子，让金子更加鄙视他。正是他的懦弱、谦卑、缺乏决断力的个性，把金子推进了仇虎的怀抱。高觉新不敢违逆长辈的意愿，牺牲了自己和梅表妹的爱情，使梅忧郁而死；他不敢向封建迷信思想、旧礼教做任何反抗，使瑞珏因难产得不到及时照顾而死。他的忍让、怯弱、愚忠愚孝，断送了两个深爱他的女人的性命。不知是否是作家有意的安排，这些"阉鸡似的男人"都处在两个女人对他的爱的争夺中，相对于爱他们的或勇敢执着或温柔贤淑的女性，我们不禁要问，她们怎么会爱上他们？关于这类问题，曹禺曾这样解释，"有人会问为什么她（蘩漪）会爱这样一棵弱不禁风的草，这只好问她的命运，为什么她会落在周朴园这样的家庭中"③。也许这个问题只能用命运的安排和爱情的盲目来解释了。

　　白先勇小说中的"弱男人"与周萍他们有所不同。吴汉魂是一个既进入不了西方文化，又不愿拥抱中国文化的孤独者。他抛弃了母体文化后，不去努力寻求文化上的拯救，融入西方文化，却将自己圈囿在狭小的天地里，对芝加哥的一切视而不见，使自己脱离了社会。游离在两种文化之外，吴汉魂"不知何去何从，他失去了方向观念，他失去了定心力"④，

---

① 晏学：《蘩漪与周萍》，田木相、胡叔和编《曹禺研究资料》，中国戏剧出版社1991年版，第563页。
② 曹禺：《北京人》，《曹禺选集》，人民文学出版社2002年版，第492页。
③ 曹禺：《〈雷雨〉序》，《曹禺选集》，人民文学出版社2002年版，第186页。
④ 白先勇：《芝加哥之死》，白先勇《白先勇文集第1卷：寂寞的十七岁》，花城出版社2000年版，第204页。

成了尴尬的夹缝人。博士毕业后，他不敢面对新的挑战，甚至没有对未来的期盼，没有开拓事业和生活的进取心，却跑到酒吧买醉以逃避现实。最后在现实难题和精神困惑的双重压力下，投湖自尽。这是一个没有远大而明确的生活目标，缺乏融合力，毫无阳刚之气的懦弱男性形象。《藏在裤袋里的手》中，焦仲卿心里有严重的"恋母情结"，他对女性既爱又怕，"从小就对女人有一种奇怪的感情，他畏惧她们……但是他又喜欢跟她们在一起，悄悄的，远远的看着她们"。为了能够维持这种"悄悄的、远远的看着"、静静地守着的满足，他养成了"受虐癖"，姆妈打一天牌，他就坐在凳上守着，"瓷凳子冰冰凉的，坐着很不好受"，姆妈塞到他嘴里的山楂片"甜得他的牙齿直发疼"，他都忍着，就等着姆妈抹完牌回家睡觉，偎到姆妈的胖手臂上，"他喜欢那股浸凉的感觉"；成年后，他将对姆妈的感情转移到了妻子玫宝身上，依然为了一点心灵的满足，情愿忍受种种"虐待"，无论妻子怎样呵斥他、当众羞辱他，甚至和他分居，他都默默地忍着，只要能够在铺架床的上铺上听听妻子均匀的呼吸声，他就很满足了。焦仲卿心里对女性的情感依恋与他对女性的肉体恐惧同时并存，幼年时，侍女荷花洗澡时企图勾引他，他吓得"拼命的挣脱了手，跑回房中跪到姆妈床前，浑身不停的颤抖起来"，从此，心中留下了恐惧女性肉体的阴影。对妻子玫宝，他既有对姆妈般的眷恋，又有对荷花般的恐惧，"不敢亲近"，又"暗暗眷恋着"，这种分裂的矛盾心理让他无所适从，备受折磨。其实他需要的仅是一种安全感，像偎在姆妈的胖手臂上一样，姆妈去世后，玫宝代替了姆妈的位置，他依然渴望这缕不正常的温柔馨香。然而妻子玫宝不能明白他的这种心理，她侮辱他，赶开他，他只有懊恼地来到了街上，在极度的压抑之下，由于荷花的挑逗而郁积在他心中的那个结——藏在裤袋里的手伸向一个陌生女子的臀部。这是一个由童年遭遇形成严重心理障碍的病态男人。

  白先勇的小说还塑造了一组孱弱、俊美、带有女性气质的男性形象。《金大班的最后一夜》中的月如，名如其人，如月光一样美的男子，腼腆羞赧、清秀纤瘦。《玉卿嫂》中的庆生，身材瘦长，眉清目秀，嘴上还有一圈淡青的须毛，性格"害羞得很"。《月梦》中的美少年静思，"身子很纤细，皮肤白皙，月光照在他的背上，微微的反出青白的光来，衬在墨绿的湖水上，像只天鹅的影子"。《青春》中的少年模特，"匀称的肌肉，浅褐色的四肢，青白的腰，纤细而结实，全身的线条都是一种优美的弧线"。他们都长得纤瘦而唯美，气质忧郁而敏感，用《青春》中老画家的话说，是"赤裸的Adonis"——希腊神话中带有女性气质的美少年。在与女性的交往中,他们往往是弱小而被动的,受到女性的关爱与保护,如金大班对月如和玉卿嫂对庆生。

(二)冷酷而伪善者

这一类男人冷酷专横、自私自利、性格残暴、内心狠毒,为了一己之私欲,不惜残害他人的生命,做出伤天害理的勾当。曹禺笔下的这类"恶男人"与"弱男人"相对应,正是周萍们的父辈,作为权威的封建家长,他们都有强横、顽固的特点,而作为黑心的资本家或封建卫道士,他们又显露出残酷、狠毒、伪善的一面。周朴园曾经"故意淹死了两千二百个小工",从中大发死人财;他残酷镇压罢工运动,下令开枪打死三十名工人。在对待侍萍的态度上,足见周朴园的自私与虚伪,他思念的不是侍萍,他回忆的只是年轻时的一段岁月,在他内心寂寞时以此慰藉自己的心灵。他可以以种种形式纪念死去的侍萍,而面对出现在眼前的侍萍却是如此惊惧,他要她消失,只留在记忆里,因为活的侍萍会揭开他不光彩的往事,影响他的名誉。所以他不爱侍萍,只爱自己,自己的需要永远是第一位的,包括青春年少的冲动、今日的事业、地位……《日出》中的潘月亭,冷酷、自私、荒淫无耻。他敛财的手段是投机倒把、压榨工人,银行裁员逼得小职员黄省三亲手毒死了自己的三个孩子;为了省出二百块钱,克扣修理房子工人的工资。而他却花天酒地,包养一个年龄比自己小三十多岁的交际花。《原野》中的焦阎王是个恶霸,为了霸占仇虎家的一片田产,串通土匪活埋了仇虎的父亲,买通官府把仇虎抓进监狱,还将仇虎的妹妹卖入娼门,可谓丧尽天良。《家》中的冯乐山刻毒伪善、淫乱糜烂,满口道德文章,敬孔而又佞佛,实际上是故作高深、附庸风雅、肉麻至极,借收女弟子的名义摧残了许多弱小、无辜的女孩子,是一个地地道道的伪君子、卑鄙无耻之徒。在白先勇小说《孤恋花》中,有两个充满兽性和罪孽的"恶男人"——华三和柯老雄,他们都是黑社会里的大恶棍,都有毒瘾,都是淫荡、残暴、野蛮的虐待狂。华三用烟枪在五宝的胳膊上烙了一排铜钱大的焦火泡子,揪住五宝的头发,像推磨似的打转子,"手上一根铜烟枪劈下去,打得金光乱窜",五宝两只手在空中乱抓乱捞……柯老雄把娟娟手臂上扎的尽是青黑的吗啡针孔,折磨得她七痨五伤。最后华三逼死了五宝,柯老雄被娟娟用黑铁熨斗砸死。这两个人物象征着人类劣根中兽性的遗留,达到了恶的极限。

曹禺、白先勇笔下的男性形象风格各异、个性鲜明,这种类型划分没有将他们作品中的悲剧男性形象完全涵盖,这两种类型之间也有交叉和重合。如《日出》中的李石清就是一个既弱且恶的人物。他居于社会底层,生活贫苦，而作为经理的秘书，他又有机会接触到上层人的生活，于是在有钱人面前他深感自卑，曲意逢迎。为了掩饰这种自卑，并企图挤入这个圈子，他苦撑着面子，甚至当了衣服让妻子陪着这起有钱人打牌。贫穷、嫉妒和仇恨扭曲了他的心，他恨这个不公的社会，恨老实卖命的穷苦人，恨压迫他的有钱人，从而他也压迫比他更贫苦的人。为了成为有钱人，他不择手段，竟然偷看银行的机密文件，要挟老板给他升职。他是一个没有骨气和独立人格的穷人，在有钱人面前卑躬屈膝，讨好谄媚；同时他又有具备黑心资本家残酷、自私的特点，面对失业后走投无路的黄省三，毫无同情心，极尽挖苦、侮辱之能事。可以说，他果真挤进了有钱人的行列，肯定又是一个潘月亭，甚至有过之而无不及。这是一个颇有人性深度的人物形象，曹禺刻画出了一个在金钱诱惑、经济压迫、精神压力下心理扭曲的病态的灵魂。

曹禺和白先勇作品中的女性悲剧形象和男性悲剧形象是相对而生的，女性形象大多具有一种诗意的美，她们心地善良、能干泼辣、颇有英爽之气，她们身上洋溢着生命激情、张扬着自我欲望、充满了现代气息，她们在面临人生困境时，无不显示出一种坚忍不拔的生命的韧性，即使是困在被命运捉弄、揶揄、毁灭的处境中，她们仍然奋勇抗争，焕发出人性力量的美；而男性形象则显得丑恶、卑琐或委顿、衰弱，穷凶极恶的男人身上带有人类兽性的遗留，而懦弱的男性苍白、脆弱，缺少阳刚雄健的男性气质美，缺乏精神上的独立人格及敢于超越自身局限的胆识和勇气。曹禺和白先勇心中怀着这种对女性的偏爱，深入女性的内心世界，与她们一起歌哭悲吟，塑造了一大批光彩照人的女性形象。然而他们又不是狭隘的女性主义者，他们对女性形象浓墨重彩地加以表现的同时，将女性对比男性进而深入人性层面，挖掘女性、男性所共有的人性的弱点，在关注人类的种种生存困境之后，从终极价值层面去关怀命运，生发出悲天悯人的情怀。

第四节　悲剧意识成因

曹禺和白先勇都有一种几乎是与生俱来的"多愁善感"，他们都出身于官宦之家，物质生活优越，但是曹禺说，年轻时"我有着许多痛苦、许多苦闷，也不知怎么会有那么多的难以言传的激愤。记得我的父亲对我说：'你整天皱着眉，成天搞些什么名堂，你哪里有这么多苦恼，你这样一个小孩子!'"① 白先勇回顾自己的经历时说:"对我个人来说,如果很客观,当然我还是比较幸福的,在家庭啊(等方面),表面上都是很顺遂的,表面上。但是我感觉到,就包括我自己,人总有一种无法跟别人倾诉的内心的寂寞跟孤独。"② 这就是熔铸在他们血液中的悲剧意识的作用。独特的成长经历和丰富的情感体验培养了他们敏感、孤独、感伤的性格,中外文学的濡染、宗教文化的影响促进了他们创作观念的形成,多种因素潜移默化的长期作用,使他们形成了悲剧意识,从而影响了他们的创作与人生。

一 独特的成长经历与情感体验

心理学研究表明,童年是人生中重要的发展阶段,对一个人的气质、个性、思维方式等的形成具有决定性作用。童年时期的体验往往在相当程度上决定着作家的艺术风格和创作倾向。

曹禺出生才三天,生母就因产褥热去世,虽然继母对他视如己出,十分疼爱,但是当年仅五六岁曹禺知道自己的身世时,仍然感受到了巨大的伤害,"我心中涌起无限的悲哀。自此,我常常陷于一种失去生母的孤独、寂寞和悲哀之中"③。而曹禺成长的家庭是一个旧式的失势官僚家庭,父亲因官场失意,心境颓废,脾气暴躁,动辄训人、骂人,致使家中有声时一片恐怖,无声时"沉静得像座坟墓似的,十分可怕"④。沉闷、压抑的家庭气氛让曹禺备感孤独、郁闷。他回忆说:"我少年时候,生活一点不苦,但感情上是寂寞的,甚至非常痛苦的,没有母亲,没有亲戚,身边没有一个可以交谈的人,家里是一口死井,实在是闷得不得了。"⑤ 孤寂的童年生活养成了曹禺孤僻、忧郁、敏感的性格。

白先勇对孤独也有过深刻的感受和体验。白先勇是国民党高级将领白崇禧的儿子,家境十分优厚,家中常常"宾客云集,笑语四溢"⑥,白先勇也深得父母的宠爱,应该说白先勇的童年生活至此都是无忧无虑的,他

---

① 曹禺:《我的生活和创作道路——同田本相的谈话》,《曹禺论创作》,上海文艺出版社1986年版,第131页。
② 刘俊:《悲悯情怀——白先勇评传》,花城出版社2000年版,第9页。
③ 田本相、刘一军编著:《苦闷的灵魂——曹禺访谈录》,江苏教育出版社2001年版,第84页。
④ 田本相、刘一军编著:《苦闷的灵魂——曹禺访谈录》,第9页。
⑤ 曹禺:《曹禺自传》,江苏文艺出版社1996年版,第5页。
⑥ 蔡克健:《访问白先勇》,白先勇《白先勇文集第4卷:第六只手指》,花城出版社2000年版,第543页。

是个"很霸道、很外向的小孩子，脾气很坏"①。然而在七八岁时白先勇突然得了肺病，被单独隔离了起来，白先勇"顿感被打入冷宫"②，窗外繁华的大千世界从此与自己无关，一种"被人摒弃，为世所遗"③的悲愤袭上心头。"我们回到上海，我还是一个人被充军到上海郊外去养病"，"在上海郊外囚禁三年，我并未曾有过真正的访客，只有明姐去探望过我两次，大概还是偷偷去的。"④ 在谈到这段养病经历时，白先勇总是用"充军""囚禁"等字眼，可见这段孤单岁月在他心里留下了抹不去的阴影。从那时起，白先勇的性格发生了变化，"我对人特别敏感，自己的性格也因此而变得内向""常感到一种莫名的悲哀"⑤。深刻的孤独体验培养了曹禺和白先勇敏感多思的心灵和善于观察的眼睛，这正是一个成功的作家所必需的。他们能够比常人更敏感更清晰地透视人生和世界，这种痛苦、压抑的生活体验也使他们能够对笔下人物的悲苦命运有更深切的体谅和理解。

孤独寂寞的童年生活还让曹禺和白先勇以一种怜惜、伤感的心态关注自身和周遭的世界，曹禺回忆"小时候我住在租界里，看到那些像潮水般涌来的逃难的人，你挤我攘，哭爹喊娘……心里觉得挺不是滋味"⑥，战乱年代的见闻激发了他心中的悲悯情愫；而白先勇小时候"看见院子里的梧桐落叶，竟会兀自悲起秋来"⑦，他被隔离在小屋中，从窗内看到嘉陵江发大水时"许多房屋人畜被洪流吞没……竹筏上男男女女披头散发，仓皇失措，手脚乱舞……眼看着外面许多生命——消逝，心中只有干急"⑧。幼年时代，他们就对生命的不幸遭遇产生了一种心酸与无奈之感，为他们日后的创作情怀定下了基调。

在曹禺十九岁时，其父亲去世，万公馆从此一蹶不振，年轻的曹禺料理丧事，他看到的是冷漠的目光和冰冷的脸，"所有的人对我的报丧都不

---

① 白先勇：《蓦然回首》，白先勇《白先勇文集第4卷：第六只手指》，花城出版社2000年版，第4页。
② 白先勇：《蓦然回首》，白先勇《白先勇文集第4卷：第六只手指》，第4页。
③ 白先勇：《蓦然回首》，白先勇《白先勇文集第4卷：第六只手指》，第5页。
④ 白先勇：《第六只手指——纪念三姐先明以及我们的童年》，白先勇《白先勇文集第4卷：第六只手指》，花城出版社2000年版，第60页。
⑤ 蔡克健：《访问白先勇》，白先勇《白先勇文集第4卷：第六只手指》，花城出版社2000年版，第543页。
⑥ 田本相、刘一军编著：《苦闷的灵魂——曹禺访谈录》，江苏教育出版社2001年版，第76页。
⑦ 蔡克健：《访问白先勇》，白先勇《白先勇文集第4卷：第六只手指》，花城出版社2000年版，第543页。
⑧ 白先勇：《蓦然回首》，白先勇《白先勇文集第4卷：第六只手指》，花城出版社2000年版，第4页。

起劲……家庭一败，立即脸就变了"①。这件事让曹禺备感世态炎凉，人情如纸。鲁迅先生说，"有谁从小康人家而坠入困顿的么，我以为在这途路中，大概可以看见世人的真面目"②，曹禺也有了类似的经历，对人情冷暖有刻骨铭心的深刻体验。白先勇的父亲是国民党高级将领，显赫的家世对白先勇来说是一笔精神的资本。但1949年他们一家到台湾后，家道渐渐败落，白先勇对于世事无常、人情淡薄总算有了深刻的体会。曹禺和白先勇都目睹了家庭由盛及衰的过程，悲苦的生活磨炼了他们的意志，丰富了他们的人生体验，锻炼了他们成为艺术家的基本心理素质。

在曹禺和白先勇的成长过程中，周围的女性对他们的影响是巨大的。曹禺母亲早逝，所以他的心中特别渴慕女性关怀。而他周围的许多女性都给予了他无私的关爱，包括他的继母、姐姐、保姆段妈等，从童年时代到青少年时代，曹禺完全是在女性的呵护下成长起来的，因此曹禺不仅从这些女性身上获得了母爱般的情感补偿和体验，而且从她们那里得到了安全感，从而使得曹禺形成了女性崇拜情结。继母薛咏南是曹禺生母的孪生妹妹，对姐姐的孩子就如同自己亲生的一样，给予了曹禺加倍的爱抚和照顾。继母不仅在物质上将曹禺照料得无微不至，而且将他抱在自己的怀里看戏，教他背诵诗词，支持他同情和帮助穷苦人，给他生活的勇气和信心。姐姐家瑛十分疼爱曹禺这个小弟弟，把自己好吃的东西都留给他，而且还教他识字，带他玩耍。继母和姐姐在曹禺心目中留下了贤淑、美丽、善良的女性印象，成为他以后塑造女性形象的类型之一。而保姆段妈则给了曹禺另外一种影响，段妈的丈夫、儿子、公婆都被财主害死，她的悲惨遭际给曹禺稚嫩的心灵留下了深刻印记，使他体会到人生命运的悲惨，尤其是女性的命运。

白先勇在成长过程中，受女性的影响很大，尤其是母亲和三姐先明。"母亲出身官宦，是外祖父的掌上明珠，自小锦衣玉食，然而胆识过人，不让须眉。"在战争年代，冒着枪林弹雨与丈夫会合，率领全家老小八十余口安全转移，极有魄力与能力，"母亲胸怀豁达，热爱生命……个性坚强，从不服输"③。白先勇的三姐先明是一个十分善良、纯真的女孩子，遇事忍让、与世无争，后来意外地患了精神分裂症。白先勇和明姐的感情十分深厚，明姐的病带给他强烈的刺激，也使他对人生命运有了更深刻的思索。一方面，他对姐姐的病感到无限痛惜；另一方面，他也无奈地感慨

---

① 田本相、刘一军：《曹禺评传》，重庆出版社1993年版，第18页。
② 鲁迅：《〈呐喊〉自序》，《鲁迅小说全编》，浙江文艺出版社1991年版，第3页。
③ 白先勇：《蓦然回首》，白先勇《白先勇文集第4卷：第六只手指》，花城出版社2000年版，第10页。

姐姐患病是"回到她自己那个童真世界去了"①,似乎在那个世界里她能找到属于自己的快乐。母亲的能干、豁达、坚强及三姐先明的纯真、善良,对白先勇的女性书写产生了深刻的影响。

在一个人的成长过程中,最深刻、最恐惧的体验莫过于死亡,曹禺和白先勇在生命历程中都经历了很多次至亲至爱的人的生死离别。从曹禺出生起,死亡的阴影就像一个巨大的磁场笼罩着他,出生三天,生母去世,这在曹禺心中形成了难以愈合的创伤,直至耄耋之年,曹禺"一提到生母的早逝仍然流露出一种不可言状的伤感和悲痛"②。在曹禺十四五岁的时候,姐姐家瑛因婚事不幸,婚后不久便抑郁而死。姐姐的死给曹禺已是苦闷、忧郁的心灵又增添了新的悲痛和愤懑。曹禺说:"我这个姐姐待我好极了……她死得太可怜了。那时,我就不胜悲哀,我就不明白为什么人生会有这么多痛苦和不幸。"③曹禺十九岁时,父亲又猝然去世。不几年,大哥万家修也撒手人寰。心理学研究表明,同样的事件在生活中反复出现,会大大加深它的影响力,会对经历者产生深刻的情感影响。这一连串的沉重打击使曹禺对死亡产生了深深的恐惧和无奈,他眼睁睁看着亲人一个个离自己而去,却无力挽留,他强烈感受到人类的渺小和死亡的恐怖,对人生产生了深沉的感伤和忧郁。

对于白先勇来说,母亲的死可以说是他生命的一个转折点,"像母亲那样一个曾经散发过如许光与热的生命,转瞬间,竟也烟消云散,至于寂灭","那是我第一次真正接触到死亡,而深深感到其无可抗拒的威力。由此,我逐渐领悟到人生之大限,天命之不可强求"④。母亲的死让白先勇对死亡有了真正的体认,他看着母亲被病魔折磨至死,恨自己无力回天;他深深感到人生的无常、短暂和虚无,生命面对死亡的无奈、无助和无力。为母亲举行完葬礼后,白先勇赴美留学,"月余间,生离死别,一时尝尽,人生忧患,自此开始"⑤。白先勇幼年因病被拘,与世隔绝,心中已经埋下了感伤的种子,而母亲病逝,加上去国离家,深深触动了他心中旧有的感伤情怀,在一片苍凉的心境中,他眼中看到的尽是人生的不如

---

① 白先勇:《第六只手指——纪念三姐先明以及我们的童年》,白先勇《白先勇文集第4卷:第六只手指》,花城出版社2000年版,第64页。
② 田本相、刘一军:《曹禺评传》,重庆出版社1993年版,第10页。
③ 田本相、刘一军:《曹禺评传》,第16页。
④ 白先勇:《蓦然回首》,白先勇《白先勇文集第4卷:第六只手指》,花城出版社2000年版,第11页。
⑤ 白先勇:《蓦然回首》,白先勇《白先勇文集第4卷:第六只手指》,第10页。

意,他笔下表现的多是人生生老病死的悲苦。在四周响着圣诞福音的密歇根湖畔,孤独一人置身芝加哥的白先勇"心里突然起了一阵奇异的感动,那种感觉,似悲似喜,是一种天地悠悠之念……我感到脱胎换骨,骤然间,心里增添了许多岁月"①,白先勇的心灵火山爆发了,他的生命意识发生了巨变,他开始更深入地思考生命的本质。母亲去世四年后,白先勇在美国收到了父亲突然去世的消息,他很震惊,但是没有流泪,"默哀了一个晚上,一夜无眠"②。此时的白先勇已经对死亡有了更深刻、更理性的认识,在痛苦的心灵炼狱之后才有了这种思虑过后的节制和沉静。1982年,白先勇的三姐先明因病去世。1992年,与白先勇相识相知三十八年的中学挚友王国祥病逝,再次增加了白先勇对于人生的宿命感,"我自己亦尽了所有的力量,去回护他的病体,却眼看着他的生命一点一滴耗尽,终至一筹莫展。我一向相信人定胜天,常常逆数而行,然而人力毕竟不敌天命;人生大限,无人能破"③。大限来时挡不住,人的命运能有多少掌握在自己手中。亲友的亡故,增加了曹禺和白先勇心中对死亡的恐惧,也激发了他们探索死亡之谜和人类命运的欲望,他们开始深切地关注人类的生存处境,执拗地探索决定人类命运的未知力量之所在,自觉地思考人生的终极意义。

二 中外文学的濡染

对于一个作家的成长来说,文学的土壤是十分重要的,它能够给敏感的心灵以智慧和灵感,将稚嫩的幼苗培养成参天大树。曹禺和白先勇自幼便处在良好的文化教育氛围中,汲取了中外文学的营养精华,这不仅为他们的创作之路打下了良好的基础,而且对他们创作观念和文学气质的形成也有重要的影响作用。

首先是中国传统文学的熏陶。一个作家背后,如果没有本民族的文化传统作为支撑,便如无源之水、无本之木。曹禺和白先勇也受到了传统文学的滋养。曹禺三岁便开始开蒙读书,在塾师的严格指导下,曹禺陆续读了《论语》《诗经》《史记》《古文观止》等传统经典,这使他开阔了眼界,也打下了良好的旧学根底。但是对曹禺影响更为深远的是他在私塾学习之余阅读的大量"闲书"。在父亲的允许下,曹禺阅读了大量中国古典

---

① 白先勇:《蓦然回首》,白先勇《白先勇文集第4卷:第六只手指》,花城出版社2000年版,第11页。
② 白先勇:《父亲去世我没有流泪——白先勇眼中的白崇禧》,《文史博览》2006年第13期。
③ 白先勇:《树犹如此——纪念亡友王国祥君》,白先勇《白先勇文集第4卷:第六只手指》,花城出版社2000年版,第159页。

小说，如《红楼梦》《三国演义》《水浒传》《聊斋志异》《镜花缘》《西游记》等。曹禺本来性格内向，家中的气氛又十分沉闷，于是他躲进了文学的世界中，这个世界陶冶着他的心灵，孕育着他的艺术感觉，让他从中感受到世事的不公、命运的坎坷和人生的悲欢。升入中学后，曹禺又读了鲁迅、郭沫若、郁达夫等人的作品，深受"五四"新文学的熏陶和影响，他回忆说，《呐喊》"让我更同情人民"，"《凤凰涅槃》仿佛把我从迷蒙中唤醒一般"①。白先勇自幼便大量接触中国古典文学，他的第一位小说启蒙老师是家里的厨子老央，当他病中独居时，"老央的'说唐'，便成为我生活中最大的安慰"②。病愈后，努力学习之余，白先勇便沉浸于小说世界，巴金的《家》《春》《秋》和张恨水的《啼笑姻缘》《斯人记》，以及还珠楼主的《蜀山奇侠传》，都让他爱不释手。《三国演义》《水浒传》《西游记》《红楼梦》这些古典名著也让他着迷。中学期间，白先勇遇到了第二位启蒙先生——国文老师李雅韵。这期间，白先勇背诵了大量古诗词，从屈原的《离骚》、杜甫的诗到后主词，皆而有之。中国旧小说和古诗词使白先勇受益匪浅，他汲取了其中的历史兴亡感和人世沧桑感，形成了小说的历史感和悲剧色彩，而白先勇的文学气质也具有了感伤、悲悯的倾向，被称为"现代中国最敏感的伤心人"③。

需要特别指出的是，《红楼梦》对曹禺、白先勇的影响极为深远。《红楼梦》被王国维先生称为"悲剧中之悲剧"，它不仅使曹禺、白先勇从中学习到人物塑造、环境描写、结构安排、语言艺术等方面的技巧，也提供给他们诸如父子冲突、死亡等文学创作主题方面的启示，更为重要的是，《红楼梦》博大精深的悲剧精神给了他们思想意识上的深刻影响。曹禺曾说，"我年轻读书时最受影响的是曹雪芹的小说《红楼梦》"④。曹禺从小就生活在一个"红楼"氛围浓厚的家庭里，父亲、继母都十分喜爱《红楼梦》，尤其是继母，能够把林黛玉的《葬花词》背得烂熟，在父母的影响下，《红楼梦》的悲凉伤感潜移默化地渗入曹禺的情感之中。此后，通过对《红楼梦》的反复品读，曹禺对女性的地位、命运有了更深

---

① 田本相、刘一军：《曹禺评传》，重庆出版社1993年版，第23页。
② 白先勇：《蓦然回首》，白先勇《白先勇文集第4卷：第六只手指》，花城出版社2000年版，第5页。
③ 王晋民：《白先勇文集第1卷：寂寞的十七岁·序二》，《白先勇文集》第一卷，花城出版社2000年版，序言第43页。
④ 曹禺：《和剧作家们谈读书和写作——在中青年话剧作者读书会上的讲话》，《剧本》1982年第10期。

刻的认识，他说"《红楼梦》中那一群枉死鬼的丫头们使我逐渐明白这个社会"①，他"非常同情晴雯之死，还为那些丫头的不幸暗暗流过眼泪"②，他的心中定下了塑造女性形象的基调：赞美和同情；他的文学观念有了进一步提升，认为"所有大作家的好作品，不是被某个问题箍住的。《红楼梦》把整个社会都反映出来了"③，所以他的作品总以悲悯的眼光关注人类的共同难题。白先勇从小学五年级就开始看《红楼梦》，"以至于今，床头摆的仍是这部小说"④。他对红楼梦的认识颇为深刻，"《红楼梦》是我看了很多遍的一本书，对我的影响当然是很大……《红楼梦》的主题也是讲人世的辛酸，世事的无常，这是整个中国文学传统，不只是《红楼梦》；它有一种兴衰感、历史感，这是中国民族文化最具特殊性的一点……《红楼梦》整个人生哲学，也是在整个中国大传统之下"⑤。自然，深受中国传统文化熏陶的白先勇，受到了《红楼梦》深刻的影响。《红楼梦》的精神气质——兴衰感、身世感及人生如梦的体认，引起了白先勇强烈的共鸣，他的小说中充满了"今不如昔""岁月无情"的慨叹；《红楼梦》的宿命论思想、虚无主义观念也给白先勇很大的影响，"冤孽""轮回"等字眼反复地出现，但是他的宿命与虚无绝不止于悲观、消极，而是表明他对人生的思索与追问；《红楼梦》中塑造了一大批可爱可人或可恨的女性形象，作者强烈的女性崇拜观念直接影响了白先勇的女性观，为他关怀、同情女性的视角埋下了伏笔，他笔下的女性形象也都是那样生动、迷人，寄托着他对世界的美好情感。《红楼梦》哀伤凄婉的情调、对女性的尊崇态度、深刻阔大的主题境界等都深刻影响了曹禺和白先勇的创作观，而他们从《红楼梦》中汲取的精神营养又不尽相同，如白先勇的虚无主义观念是曹禺所没有的。

其次是外国文学的影响。曹禺童年时代就在父亲的藏书中读了《巴黎茶花女遗事》《撒克逊劫后英雄略》《迦茵小传》《鲁滨逊漂流记》等外国名著，大学期间又读了古希腊三大悲剧家、莎士比亚、易卜生、奥尼尔、契诃夫等戏剧大师的大量作品。童年时的阅读带给他精神上的愉悦，

---

① 曹禺：《我的生活和创作道路——同田本相的谈话》，《曹禺论创作》，上海文艺出版社1986年版，第130页。
② 田本相：《曹禺传》，北京十月文艺出版社1988年版，第21页。
③ 曹禺：《戏剧创作漫谈》，《曹禺论创作》，上海文艺出版社1986年版，第390页。
④ 白先勇：《蓦然回首》，白先勇《白先勇文集第4卷：第六只手指》，花城出版社2000年版，第5页。
⑤ 白先勇：《为逝去的美造像——谈〈游园惊梦〉的小说与演出》，白先勇《白先勇文集第5卷：游园惊梦》，花城出版社2000年版，第370页。

让他浮想联翩；大学时对名剧名家的研读让他接受了其思想内涵，获益匪浅。古希腊三大悲剧家的剧作都取材于神话，往往以人与命运的冲突为主题来表达人类对不可解的宇宙人生的神秘困惑，悲剧主人公在与命运的对抗中竭力奋争，企图挣脱不祥的征兆，但是越挣扎陷得越深，最终逃不脱命运的魔掌而毁灭。古希腊悲剧一方面强调命运的强大、可怕；另一方面热烈地赞颂反抗命运的英雄，表现他们敢于抗争的崇高和壮美。古希腊悲剧中超自然的神秘色彩和一定程度的宿命观念影响了曹禺，在他的"四大名剧"中，神秘、恐怖的命运之神时时显现；古希腊悲剧对于"人"的关怀精神也感染了曹禺，他总是以同情与赞美的态度表现悲剧主人公的反抗。莎士比亚是一个可以把人的精神痛苦写到极致的作家，善于刻画人物复杂的性格，发掘人性的弱点。曹禺的剧作和莎士比亚戏剧一样，也被称为"性格悲剧"，注重将悲剧的原因向人性层面挖掘。易卜生的"社会问题剧"站在个性主义立场上，深切关注妇女命运。曹禺对女性命运的关注和表现深受其影响，繁漪、陈白露身上可以看到娜拉的影子。易卜生的"社会问题剧"，加上"五四"人道主义思想、个性解放思潮的影响，曹禺对生活进行艺术概括时总是采取从人，尤其是被压迫妇女的不公命运的人文关怀角度。奥尼尔的悲剧有"灵魂悲剧"之称，主要在人的心理冲突中表现人同自己命运的斗争。曹禺被奥尼尔的戏剧迷住了，他觉得奥尼尔的戏有一种抓人魂魄的东西，那是剧中人灵魂的撕裂和苦斗带来的，让他为之感到震撼。他的作品中对于人物心理斗争和灵魂交锋的刻画，无疑是受奥尼尔戏剧潜移默化的影响。契诃夫对曹禺创作观念的影响体现在对于小人物命运的关注上，书写他们在平淡生活中发生的悲剧命运。

白先勇在台湾大学外文系学习期间，大量涉猎外国文学著作，包括托尔斯泰、陀思妥耶夫斯基、福克纳、莫泊桑、罗曼·罗兰、毛姆、卡夫卡等人的作品，对白先勇产生了深远而强烈的影响。20世纪60年代，西方现代主义文学思潮盛行台湾，现代主义作品对白先勇冲击很大，"西方现代主义作品中叛逆的声音、哀伤的调子，是十分能够打动我们那一群成长于战后而正在求新望变彷徨摸索的青年学生的。卡夫卡的《审判》、乔埃思的《都柏林人》、艾略特的《荒原》、汤马斯曼的《威尼斯商人》、劳伦斯的《儿子与情人》……这些现代主义的经典之作，我们能够感受、了解、认同，并且受到相当大的启示"[①]。现代主义小说以存在主义为哲

---

① 白先勇：《〈现代文学〉创立的时代背景及其精神风貌——写在〈现代文学〉重刊之前》，白先勇《白先勇文集第4卷：第六只手指》，花城出版社2000年版，第98—99页。

学基础，注重揭示人的生存困境，认为孤寂、苦闷、绝望等痛苦情绪是人的最真实的存在和最基本常态。存在主义的观念与白先勇的心理取得了契合。此后，接受了存在主义的白先勇更多关注人类生存环境的艰难、人类进退维谷的两难悲剧，他的作品也流露出现代主义孤独、失落、漂泊、虚无的情绪。白先勇笔下的人物多是不被主流社会理解的"边缘人"；受存在主义悲剧观念影响，白先勇始终以悲剧眼光看待这些世俗人眼中的另类，赋予他们悲剧人物的尊严，以悲悯情怀，对那些"边缘人"及不幸的人们表达深切的同情。

从曹禺和白先勇教育经历来看，他们最早接受的是中国古典文学的教育，他们内向忧郁、善感多思的性格决定了他们较多地对传统文学中感伤、悲凉的部分进行了继承和吸纳，这在某种程度上影响了他们的人生观、审美观，形成了他们认识世界的基本方法；青年时代，他们受到外国文学及文学思潮的影响，在诸多西方文学流派中，他们以自己的艺术直感选择了具有悲剧意蕴的作家作品和文学思想进行学习，使得原本朴素直观的东方式人生感悟获得一种理论提升和思想支持。东西方文学中的感伤情调和悲剧精神进一步促进了他们悲剧意识的形成。

三　宗教文化的影响

宗教文化是对人的生命意义的追问，对人类灵魂的悲悯和救赎。宗教文化中的宿命思想和面对人性罪恶的悲悯情怀，与悲剧意识有颇多暗合之处，可以说，宗教文化的底色就是一种深厚的悲剧意识。因此，宗教文化对曹禺、白先勇悲剧意识的形成起到了重要作用。

曹禺和白先勇的宗教感情是复杂的，他们受到过多种宗教的影响。曹禺自幼丧母，与继母一起生活，他的继母是一个虔诚的基督教徒，所以他很早就接触了基督教，开始了关于人生的思索。他说："我接触圣经是比较早的，小时候常到教堂去，究竟是个什么道理？我自己也莫名其妙：人究竟该怎么活着？为什么活着？应该走怎样的道路？所以，那时候去教堂，也是在探索解决一个人生问题吧！"[①] 之后曹禺就读的是基督教氛围十分浓厚的南开学校，校长张伯苓是受洗的基督徒，秉持宗教救国主张，校内的基督教青年会是极有影响力的团体，这样的基督教氛围对曹禺人生观、世界观的形成产生了很深的影响。在河北女子师范任教时，曹禺还曾

---

① 曹禺：《我的生活和创作道路——同田本相的谈话》，《曹禺论创作》，上海文艺出版社1986年版，第138—139页。

讲授过《圣经》课程。基督教的人文精神渗透到曹禺的意识之中，他将基督教中的原罪意识、拯救意识及博爱意识又融入创作之中。《雷雨》中"宇宙正像一口残酷的井，落在里面，怎样呼号也难逃脱这黑暗的坑"①，所有的人都在罪恶之中，周朴园在序幕和尾声中做了宗教的忏悔；《日出》中张乔治的噩梦，正是基督教中"世界末日"的表现；仇虎在黑树林中反复地自辩，跑不出内心"有罪"的惊惧和悔恨。曹禺在《日出》的跋中说："我挨过许多煎熬的夜晚，于是我读《老子》，读《佛经》，读《圣经》，我读多少那被认为洪水猛兽的书籍。"② 这表明他接受宗教的影响绝不囿于某一具体宗教形态，而是一种泛宗教的影响。除基督教以外，他还受到了中国传统宗教文化的影响。"在曹禺的深层文化心态中，道家文化的影响可能多一些，但总体看来，是儒道相融的。"③ 曹禺从儒家哲学中继承了"现世""仁学""民本"思想；接受佛教的"缘起说"，一定程度上受到佛教因果报应与命运观念的影响；而对道教，继承其顺应天道、回归自然本性、追求感性生命的实现、超越礼教束缚的思想。道家强调人道必须顺应天道，主张应在回归自然的途中建立理想的社会形态，曹禺的剧作也对"文明"对人性的压抑进行了批判。《北京人》充分赞美了人的生命拥有充分自由的文明前的社会；道家把能超越礼教束缚，回归自然本性的人称为"真人"，认为人的自由在于摆脱人为束缚，顺应自然之性，曹禺剧作中做着理想美梦的周冲、赞美春天和太阳的陈白露、向往金子铺地的地方的花金子等都具有"真人"的品格。

中国传统宗教文化对白先勇的影响是深刻而持久的，他说："佛道的精神和对人生的态度对我的影响越来越深。我之所以那么喜欢《红楼梦》，与书中的佛、道哲理很有关系。不光是《红楼梦》，汤显祖的戏曲，例如《游园惊梦》，也充满了佛道的感情和思想，在传统的中国文化里头，佛道与儒家是一而二、二而一、一体的两面。"④ 儒家的"入世"思想和佛教的慈悲观念、色空观念，以及道家的回归本真等观念犬牙交错于白先勇的思想意识中。中国传统哲学、宗教具有一种复杂性，儒、释、道三教相生相克、融会贯通，在白先勇的创作中可以看到三者的纠缠融合。他笔下的"台北人"大多处事精明，机敏过人，曾经在政治生活中大显

---

① 曹禺：《〈雷雨〉序》，《曹禺选集》，人民文学出版社2002年版，第183页。
② 曹禺：《〈日出〉跋》，《曹禺选集》，人民文学出版社2002年版，第383页。
③ 董健：《论中国传统文化对曹禺的影响》，《戏剧艺术》1991年第4期。
④ 蔡克健：《访问白先勇》，白先勇《白先勇文集第4卷：第六只手指》，花城出版社2000年版，第542页。

身手，但最终摆脱不了命运的捉弄，过早地退出了政治舞台。当他们一帆风顺、大展宏图的时候，"修齐治平"的思想就占了上风；当他们仕途、生活失意的时候，往往离群索居，修身养性，有的甚至皈依佛门，万念皆空。在儒、释、道三家中，佛教对白先勇的影响是最大的，因为对于像白先勇这样一个从小就被苦闷围绕并对世界和人生有着"无常"感受的作家来说，佛教文化教义正好契合了他的人生体认，他天然地对"佛教的看法，特别感到动心"①。他在唐诗宋词中找寻佛教情怀，感怀于《三国演义》中的历史兴衰，对《好了歌》中的虚无、无常感到惊心动魄。佛教思想极大地影响了白先勇的小说创作，他的小说情调凄凉、味道苦涩，时时流露处神秘禅思和悲观情绪，表达着人生如梦、世事无常的人生意念。佛家的宿命观念、沧桑失落的悲剧意识已经熔铸在白先勇的内心深处。白先勇曾说过"自己基本的宗教感情是佛教的"，但事实上他的"宗教感情相当复杂"②，他本人是回民，少年时在香港就读的是一家天主教中学——喇沙书院，"要跟着洋和尚念《圣经》、教义问题。那时，我差点信了天主教，其后虽然没入教，但天主教给我很大的启发"③。白先勇接受了基督教中悲天悯人的精神和博爱观念，他所喜爱的作家杜斯妥也夫斯基等人的作品里都有一种悲天悯人的基督精神。白先勇谈及他读完杜斯妥也夫斯基的《卡拉马助夫兄弟们》的感受时说："我不是基督徒，也没有任何宗教信仰，但那一刻我的确相信宇宙间有一个至高无上的主宰，正在默默的垂怜着世上的芸芸众生。是杜斯妥也夫斯基的这部惊心动魄的旷世杰作，激起了我那片刻几近神秘的宗教情感，猛然间我好像听到了悠悠一声从中古教堂传出来的格里历圣歌，不禁一阵怅然。"④ 这种近似宗教的深厚的同情心和博大的悲悯感占据了白先勇的内心世界，贯穿于他的作品中，他对那些陷入绝望、困顿的悲剧人物表达了人道主义的宽容、理解和同情。

曹禺和白先勇的都受到多种宗教的深刻影响，但是他们并不是虔诚的教徒，而是在精神上领受了宗教的人生智慧、哲理，追求一种宗教的境界。他们对于芸芸众生的"爱"与"悲悯"不是来源于神佛或上帝，也不具有劝人皈依宗教的性质，他们拥有的是一种宗教情怀。曹禺对于宗教

---

① 刘俊：《白先勇问答》，《南京大学学报》（哲学·人文科学·社会科学版）1995年第2期。
② 蔡克健：《访问白先勇》，白先勇《白先勇文集第4卷：第六只手指》，花城出版社2000年版，第542页。
③ 蔡克健：《访问白先勇》，白先勇《白先勇文集第4卷：第六只手指》，第542页。
④ 白先勇：《恐惧与悲悯的净化——〈卡拉马助夫兄弟们〉》，白先勇《白先勇文集第4卷：第六只手指》，花城出版社2000年版，第356页。

的接受是一种"扬弃"的态度,基督教主张轮回观念、禁欲主义,他却钟情于现世,关注当下鲜活的生命,他非但不肯摒弃人的种种欲念,还对它的不能实现痛苦不已;对传统宗教哲学,他抛弃了儒家"存天理、灭人欲"的极端理论,反而极力张扬原欲人性,拒绝了道家的"无为"说、保守主义,与佛教修身养性、忍耐痛苦的教义更是格格不入。曹禺主动走近宗教的初衷是"寻找一点生活的道理",思考"人究竟该怎么活着"。"为什么活着的问题,我是想过的。我曾经找过民主,也就是资产阶级民主,譬如林肯,我就佩服过。甚至对基督教、天主教,我都想在里边找出一条路来,但是,我终于知道这些全部都是假的。"① 所以他对宗教怀有一种矛盾的心理,既迷醉过,又怀疑甚至否定过,残酷的现实又让他觉得"宇宙里并没有一个智慧的上帝做主宰"②;周朴园、鲁侍萍身上都显示出了因果报应,但是他又极力否定报应说的存在,"《雷雨》所显示的,并不是因果,并不是报应"③。曹禺对于宗教并不像宗教徒那样虔诚而狂热,而是多了分理性认识,他把宗教文化作为一种哲学思想,将宗教倾向转化成一种艺术精神,以此来帮助自己思考有关"人"的问题。

　　白先勇受到过多种宗教文化的影响,却说自己"没有任何宗教信仰"④。他没有完全地成为任何一种宗教的虔诚信徒,而是把各种宗教共通的"普爱"与"悲悯"综合地继承下来。他对于人类的同情心不仅是由于基督情怀和西方宗教所致,也有着东方儒家精神和佛家教义的渗透。仁义、慈悲、博爱是儒教、佛教和基督教的契合点,白先勇信仰的就是它们所共有的人道主义精神。他把宗教当作一种哲学,而不是迷信,所以他能够领悟宗教之精髓,而又不被其拘囿。他的宗教情怀表现了他对生活的哲理思考,对人生归宿和人类终极命运的极度关切,他认为"小说表现人生理想、宗教的或哲学的……种种比较深奥的思想,如果没有这些在背后,完全是社会写实,这类小说的社会意义比较有限"⑤,而宗教情感对于作家来讲尤其重要,"我想那些伟大的小说家,与宗教家的情怀初无二致,面对着充满罪恶的人心,一颗悲天悯人的爱心,不禁油

---

① 曹禺:《我的生活和创作道路——同田本相的谈话》,《曹禺论创作》,上海文艺出版社 1986 年版,第 132 页。
② 曹禺:《〈雷雨〉序》,《曹禺选集》,人民文学出版社 2002 年版,第 187 页。
③ 曹禺:《〈雷雨〉序》,《曹禺选集》,第 182 页。
④ 白先勇:《恐惧与悲悯的净化——〈卡拉马助夫兄弟们〉》,白先勇《白先勇文集第 4 卷:第六只手指》,花城出版社 2000 年版,第 356 页。
⑤ 王晋民:《白先勇文集第一卷:寂寞的十七岁·序二》,白先勇《白先勇文集第 1 卷:游园惊梦》,花城出版社 2000 年版,序言第 14 页。

然而生"①。

  一位真正优秀作家的不同寻常之处在于,在对人性深刻洞悉的基础上,用悲悯情怀救赎人性的罪恶,并以极大的勇气追问人生永恒的意义和价值,这是一种超越性的宗教思维,是对东西方宗教的理性思考。曹禺和白先勇便是怀着这样的宗教情怀走入文学世界的。宗教文化对他们的创作观念产生了重要的影响作用,已经成为灌溉他们悲剧意识生成的一种精神汁液。

---

① 白先勇:《谈小说批评的标准》,白先勇《白先勇文集第 4 卷:第六只手指》,花城出版社 2000 年版,第 197 页。

第六章　余光中与徐志摩诗性散文比较论

　　向往一种诗意的生活，追求诗性的审美艺术，是古往今来的文人墨客共同的精神追求。回顾中国散文史，那些个性突出、思想放纵、气势雄奇、辞采丰美的散文如同美酒，历久弥香，又如同山谷中的幽兰，以淡淡的诗情与画意陶冶着人们的心灵。这些散文有其独特的审美功能，它"既能超越一切艺术又能深入一切艺术"①，而其决定性的要素在于"诗性"。

　　"诗性"作为散文中一种难以把握的感觉体，它的存在是对世俗化的超越，这种不可触摸的诗性往往通过诗歌的形式赋予散文一种精神性，其精神内蕴与精神气质笼罩在整个作品中，具体地表现为流动状态的诗意美和凝晶状态的意境美。佘树森曾说："好的散文总是贮满诗意的。"② 一篇优秀的散文作品应如诗歌一样晶莹剔透，充满诗情与画意。林央敏曾指出："有意在散文中经营诗的特质，运用诗的神技替散文美容，或为语言的、或为意境的，使散文晶莹如诗。"③ 这里的"诗"质，是赋予一个文本以独特精神意味的东西，这使得它不仅具有思想意义，还具有更多的审美价值。概言之，诗性散文属于散文的范畴，它是散文品质最为生动的呈现，是对散文审美与精神内蕴的超越。它不仅具有散文必备的美质与品格，还具体表现在作品流动的诗意美。诗性散文内涵具体可从两个方面来阐述，即散文的内在精神性和外在形式性。

　　首先，散文的内在精神性是指作家内在生命世界的能动性、丰富性和创造性，从而使作家创作的散文具有自由的本质和批判的精神。散文的精神性既要寓于个体又要高于个体，它需要一个足够的自由空间才能发展起来。当然，这种自由精神的获得离不开特定的时代和社会氛围，每个时代

---

① 徐岱：《基础诗学——后形而上学艺术原理》，浙江大学出版社2005年版，第157页。
② 佘树森：《散文艺术初探》，福建人民出版社1984年版，第47页。
③ 倪金华：《诗化散文与现代性——以余光中为例兼和杨朔比较》，《华文文学》2008年第4期。

思想多元化的局面都能在作品中反照出来。余光中的散文正是对诗性散文的内在精神性的诠释，他的散文追求理想的人格，高扬人的价值，力求建立起天人合一的和谐状态。徐志摩散文一方面执着探求理想的世界和理想的人格，建立人与人之间自由平等的关系，另一方面表达着对工业文明压制和摧残"心灵自由"的前景的担忧。这样的散文无疑是具有精神性的。总之，散文的内涵要更加丰富、深沉和广阔，才能达到理想的诗美境界。

其次，"诗性"散文的外在形式，大致包括三个方面的内容：诗的意象、诗的语言和诗的散文风貌。作为艺术表现的意象，它不仅是作家心物交融的产物，更是作家心理、意识和情感多重综合而构成的一个或者多个意象词的组合，它是构成散文创作的重要元素之一。散文的意象与诗歌的意象有异曲同工之妙。在诗中，意象贯穿于整个作品，意象的最终目的是创造诗的意境，讲究"象外之象""景外之景"。艾青说过："诗人的最重要的才华就是运用意象。诗人把互不相关的事物，通过意象，象一条线串起来，形成一个统一体。"[①] 在散文创作中融入了诗歌的意象，意象成分越充分，诗的成分也就越完满，诗性散文才能更加生机勃勃。在《新科学》中，维柯提出了"诗性语言"这一概念。他认为，原始语言是包含着神话的隐喻，它有着丰富的感性特征，是诗性的语言。他们运用的是"诗性的词句""诗性的文字"，他们本身就是用"诗性语言"说话的"诗人"[②]。作为一位散文家，追求散文的诗意，要能选择言语，驾驭语言和造铸言语，能把言语处理得恰到好处，这样才能成功。事实上，在更多的时候，散文语言呈现的是一种"诗歌的语言"。

余光中与徐志摩都是在中西文化的哺育下成长起来的作家。他们的散文创作在意象的择取、语言的传达及风格的表现上，都呈现出传统与现代兼容并包、中西融汇的风貌，具有鲜明的诗性散文的特点。在不同的时代里，他们以坚实的散文创作实践和积极的理论探索，成为中国现当代文学史上里程碑式的人物，对后世散文的发展产生重要的影响。本章从诗性散文意象、诗性散文语言、诗性散文风格三个方面，对余光中与徐志摩诗性散文创作的独特性和共性特征进行较为全面而深入的研究。

---

① 艾青：《和诗歌爱好者谈诗》，《人民文学》1980年第5期。
② ［意］维柯：《新科学》，朱光潜译，商务印书馆1989年版，第182页。

第一节　余光中与徐志摩诗性散文意象比较

在中国古代,意和象属于两个词,第一个将意象合二为一的是刘勰,他在《文心雕龙·神思》篇中写道:"是以陶钧文思……然后使玄解之宰,寻声律而定墨;独照之匠,窥意象而运斤:此盖驭文之首术,谋篇之大端。"① "意象"不仅是简单地对客观具体形态的呈现,也是主观情感投射在客观具体形态的呈现,蕴含着主体情感的"象"。在我国古代散文理论中,虽然涉及意象这一概念,但"古典散文理论强调造意,而忽视造境;讲究文章平面的谋篇布局,而忽略立体的时空设计;强调笔法的翻新立奇,而不在乎意象的经营"②。

在西方文论中,意象原属哲学的概念,最早是由康德将其引入美学领域。康德在《批判力批判》中指出:"审美意象是一种想象力所形成的形象显现。"③ 直到20世纪初意象主义诗派的出现之后,"意象"一词才被广泛使用。美国意象派诗人庞德认为意象是"理性和感性的复合体"④。意象派作为一个诗歌流派,主张把自己主观感受通过感觉印象含蓄地表现情感,使诗增强了凝练性和客观性。作为文学理论的重要概念,意象长期被视为诗歌的专利,成为贯穿于诗歌创作全过程的一个元素。在散文领域中,意象表现往往没有诗歌意象那么明显,意象这一艺术手法被一些人视为散文的奢侈品,甚至有人认为意象与散文无涉。我们探讨散文诗性,不能忽视意象的存在,因为意象是构成诗性散文的重要元素。在探讨诗性散文的过程中,需要借鉴我国古代散文理论与西方的意象理论,同时也要结合散文的创作实际对意象这一概念进行重新整合。余光中认为:"所谓意象,即是诗人内在之意诉之外在之象,读者再根据这外在之象试图还原为诗人当初的内在之意。"⑤ 余光中的意思显然说明意象是作家主观情思与客观物象的融合统一。

中国作家在创作过程中运用了意象的艺术手法,但是每个作家都有自

---

① 范文澜:《文心雕龙注》,人民文学出版社1998年版,第493页。
② 郑明娳:《现代散文构成论》,台北大安出版社1989年版,第282页。
③ [德]康德:《批判力批判》(上),商务印书馆2011年版,第14页。
④ [美]韦勒克·沃伦:《文学理论》,刘象愚等译,生活·读书·新知三联书店1984年版,第201—202页。
⑤ 余光中:《论意象》,《余光中散文选集》(第1辑),时代文艺出版社1997年版,第144页。

己特别的意象组合,带有鲜明的个性色彩,体现出作家不同的审美追求。余光中和徐志摩均是善用意象的诗人兼散文家,他们借鉴诗歌的艺术形式而密集地使用意象,这些散文的意象主体性很强。不同层面意象的运用,能够恰当地表达散文的诗意和内蕴,增加散文的美学阐释空间,呈现出一个别致的诗性散文世界。

一 山水意象

大自然蕴藏着无限丰富的宝藏,每个作家都有自己情有独钟的自然景观,这些皆有性情的自然万物与作家的情感相遇,便产生了自然意象。在中国文学史上,自然山水意象构成了历代文人生命存在的超越手段和逃避世俗的诗性空间。他们往往寄情于山水之间,把眼中所看、心中所想的事物倾注于笔尖,融汇成一篇篇优美的散文。余光中与徐志摩笔下的山水意象在散文中反复出现,有些意象明显偏向于传统的古典意象,有些则带有鲜明的个人色彩。比较而言,余光中散文中的山水意象借鉴了诗歌的艺术手法,带有现代性的因素,形成了弹性大、密度大的意象结构,而徐志摩散文中的山水意象往往是追求自由、性灵美的表现。

余光中喜爱摄取雄奇壮美的山石意象入文,徐志摩的山石意象则多单纯秀美。余光中笔下的山石意象通常是阔大、瑰丽与雄奇,这与其超凡的想象力息息相关。作者在描绘山石意象时,侧重于自然景物描写,而对心中饱含的情感倾泻较为节制。如他在多篇散文中都描绘过落矶大山。在《咦呵西部》中,它是"群峰横行,挤成千排交错的狼牙,咬缺八九州的蓝天。郁郁垒垒,千百兆吨的花岗岩片麻岩,自阿拉斯加自加拿大西境滚滚辗来,龙脉参差,自冰河期自火山的记忆蟠来……"① 在《丹佛城——新西域的阳关》中,作者展示了落矶诸峰起伏的山势,"似真似幻地涌进窗来。在那样的距离下,雄浑的山势只呈现一勾幽渺的轮廓,若隐若现若一弦琴音……"② 从上述举例中,我们发现作者笔下的大山、岩石、群峰等物象刻画得遒劲雄奇,作者借助了这些阔大的形体抒发自己的情怀,但又不喜形于色,将自己的感情埋藏于对事物的描写之中。这些物象也成了余光中表现阳刚个性的中心意象。再如,他在《山盟》中,写"落矶山美是美雄伟是雄伟,可惜没有回忆没有联想不神秘。要神秘就要峨嵋山五

---

① 余光中:《咦呵西部》,《余光中散文选集》(第2辑),时代文艺出版社1997年版,第10页。
② 余光中:《丹佛城——新西域的阳关》,《余光中散文选集》(第2辑),时代文艺出版社1997年版,第249—250页。

台山普陀山武当山青城山华山庐山泰山，多少寺多少塔多少高僧，隐士，豪侠。那一切固然令他神往，可是最最萦心的，是噶达素齐老峰"①。作者仅仅是列举一系列壮伟神秘的中国高山的名称，从不同的角度将落矶山与中国的山峦之美进行比较，而没有直接借助它的美来抒发自己内心的激情与向往。从作者轻描淡写的文字中，通过比较我们体会到作者对中国山水美景的喜爱与神往。此外，在余光中早期的抒情散文《石城之行》一文中，作者运用现实与虚幻的现代手法，传统散文的因景生情、情景交融的构思方法及叙事、抒情等手法有机的相融，再次向读者呈现出不同的壮阔景观。

余光中写山石之美时，常常把自己崇拜的文学家写入文中并对其表情达意，使得情趣与理趣相融合。如《丹佛城》一文中，作者写美国的山石之俊美，意象新奇，作者在对山石的描写里，运用了联想与想象，山石的雄奇与想象的新奇相结合，富有深厚的文化意蕴，同时也深具艺术趣味，令读者目不暇接。

与余光中雄奇壮阔的山石意象相比较，徐志摩的散文也有着大量的山石意象。他崇尚自然，渴望从大自然中寻找生命的意义和自我存在的价值，寻找那纯真的性灵。当我们翻开他那些颇有诗情画意的散文时，印象深刻的是他对大自然中美好事物的描绘，这些物象单纯美好、天真烂漫，这是他与余光中雄奇新颖的散文意象的区别所在。如《"浓得化不开之二（香港）"》写山的起伏、海的起伏、光的起伏，山的颜色、水的颜色、光的颜色，意象纷繁、离奇而美丽。当作者在赏识山峰的时候，将其比作"一个秀挺的莲苞"，岛屿比作"一只雄蹲的海豹"，海湾像是"一钩的眉月"。"……那波光的灵秀，有的是绿玉，有的是紫晶，有的是琥珀，有的是翡翠，这波光接连着山岚的晴霭，化成一种异样的珠光，扫荡着无际的青空……"作者对灵秀的山峰、雄奇的岛屿还有秀美的湾海极力渲染，用词紧密、色泽缤纷，触动感兴的情景，这些意象能使人通过丰富的想象，进入美好的意境，给读者传达了难以忘怀的美。徐志摩散文中这些山石意象往往以饱满的激情来对美景进行描画，景物细致精妙，色彩浓艳绚丽，作品充满了清新明丽的意象之美。

"水"也是徐志摩和余光中散文的重要意象。在徐志摩散文里，水的意象都围绕在情感脉络周围，色彩浓烈，景物细致，情景交融。徐志摩散文基本是感情浓缩的结晶，有多重的意象建构，充满诗情画意。他喜欢运

---

① 余光中：《山盟》，《余光中散文选集》（第2辑），时代文艺出版社1997年版，第372页。

用奇特的想象、新颖的比喻和诗性化的表达,以及情景交融的艺术手法,来营造广阔的审美空间。雨水的意象在徐志摩笔下是温和、清新明丽和充满生命活力的。如《想飞》中,"你不能不把一种急震的乐音想象成一阵光明的细雨,从蓝天里冲着这平铺着青绿的地面不住的下?不,那雨点都是跳舞的小脚,安琪儿的"①。他笔下的雨是"光明的细雨",这意味清爽明朗。"冲""跳舞的小脚"形象而又生动,赋予了雨点无限的生命活力。在徐志摩的作品中,"水"是多样化的,有河水、湖水、潭水等。作者在《我所知道的康桥》一文中,描写了康河水的美。作者在文中甚至断言说,康河是全世界最秀丽的一条水。可见,此时的康河已经成为他心中理想的象征。康河被作者赋予生命,这些交织着感情的水,使散文呈现浓厚的抒情意味。同时,"水"意象在散文中的出现,增加了作品的灵动性,使散文更加富有诗性。

在余光中的散文中,"水"是多样化的,多以"雨""海""河"等次意象来表达。以雨直接命名的有《听听那冷雨》《鬼雨》《雨城古寺》;以水为文的《南太基》《吐露港上》《春来半岛》《隔水呼渡》等。余光中散文里这些雨的意象组织成不同的意境,作者以诗人的眼光,以直觉的审美体验和诗性的智慧去洞悉雨的生命。

余光中寻求的是有着深厚传统背景的现代意识或者受过现代意识洗礼的古典情怀,在散文中他充分地挖掘了汉语言的诗性特征,创造性地运用古典诗词和人文内涵,为我们营造了现实人生与历史文化之间的"雨"的世界。如《听听那冷雨》,这篇散文意象繁复,多视角、多层次地渲染了"雨"的意象,把雨编织进了一个庞大的整体审美意象系统中。作者的思绪是放射性、跳跃性的,不仅使用通感、比喻等修辞手法,还化解古典诗词为鲜活的意象,将眼前的景物与心中的意境融为一体。作品中既有"整个中国整部中国的历史无非是一部黑白的片子,片头到片尾,一直是这样的下着雨的"这样宏大的意象,也有"古老的琴,那细细密密的节奏,单调里自由一种柔婉与亲切,滴滴点点滴滴,似幻似真"②这样细小精微的意象。历史与现实的穿插,宏大意象与细微意象的映照,给雨打上了历史与文化的深层底蕴,构筑了一个诗意的散文空间,激发了读者无尽的遐想。又如《鬼雨》"潇潇的鬼雨从大禹的时代便潇潇下起。雨落在中

---

① 徐志摩:《想飞》,韩石山主编《徐志摩散文全编》(下册),天津人民出版社2005年版,第927页。
② 余光中:《听听那冷雨》,《余光中散文选集》(第2辑),时代文艺出版社1997年版,第388页。

国的泥土上,雨渗入中国的地层下。中国的历史浸满了雨渍"①。作者在潇潇的"鬼雨"中将对爱子悼亡感受提升到了一个历史的高度。作者对个人命运和社会历史的思考化作为一串串意象,表达自己内心的苦闷。"西陵下,风吹雨……石头城也泛滥着六朝的鬼雨。郁孤台下,马嵬坡上,羊公碑前,落多少行人的泪。也落在湘水。也落在潇水。也落在苏小小的西湖。"② 作者笔下的雨、海、水、泪交织一体,现实、历史、神话相映,意象纷呈。此外作者化用了许多诗句,这里的郁孤台、马嵬坡、羊公碑是历史上的凭吊之处。苏小小、李贺、欧阳修、白居易、李白等是旷世的才子佳人,都逃不过生与死的宿命。《鬼雨》中的"雨"见证了并融化了这一切。这里的雨水不仅是有感情的,而且具有丰富的精神内涵。"水"意象的运用,在很大程度上增加了散文的动态感和流动性,营造了一个富有诗意的审美境界。

综上所述,我们可以看出余光中与徐志摩散文中的山水意象呈现出不同的审美风貌。余光中笔下的山水多雄奇的意象,呈现出历史与文化的底蕴,并且带有现代性因素,而徐志摩笔下的山水多婉柔、明朗,呈现一种清新明丽的自然美。虽然两人笔下的山水意象打上了个人主义色彩,呈现出不同的审美风貌,但是他们共同反映了不同时代的人们对大自然的追寻与向往。

二 星空意象

每一位优秀的作家,都有他们独特的意象世界。像艾青的"土地"与"太阳",戴望舒的"雨巷",舒婷的"橡树"等,这些意象的特殊营造似乎成为这些诗人的专利。其实,不管是诗歌、散文还是小说,意象都存在于作品之中。像徐志摩笔下的星空、飞鸟等意象;余光中散文中的星空、高山、大海、高速公路等的意象。这些具有代表性的意象与他们的生活环境和不同的生命体验紧密相关,从而使意象打上了他们个人的印记。余光中与徐志摩散文中有着相同的星空意象,其主要集中在星星、云彩、月亮等物象,但他们笔下的星空意象却饱含着不同的精神内蕴,因而他们笔下产生了一批能放射异彩的意象。下面通过星空意象这扇窗户,探讨余光中与徐志摩两人和星空之间的缕缕情思及深藏在意象之美后的深层意义。

---

① 余光中:《鬼雨》,《余光中散文选集》(第1辑),时代文艺出版社1997年版,第417页。
② 余光中:《鬼雨》,《余光中散文选集》(第1辑),第417页。

首先，徐志摩笔下的星空意象象征着孤寂苦闷的心情。徐志摩在《自剖》一文中写道："我爱动，爱看动的事物，爱活泼的人，爱水，爱空中的飞鸟。星光的闪动，草叶上露珠的颤动，花须在微风中摇动，雷雨时云空的变动，大海中波涛的汹涌。"① 当他面对茫茫的天宇时，那些天空物象便深深地吸引了他。其实，早在13岁的时候，当徐志摩第一次戴上近视眼镜时就对星星有了深刻的感受："我把眼镜试戴上去，仰天一望，异哉，好一个伟大蓝净不相熟的天，张着几千百支银光闪烁的神眼，一直穿过我的眼镜眼睛直贯我灵府的深处。"② 从此，星星便成了他心中神秘的物象。他曾对他的学生说，除了文学，对天文最感兴趣。徐志摩通过星空物象来表达自己内心的感受，他将常见的星空物象赋予更深层的寓意。如《一封信（给抱怨生活干燥的朋友）》一文中写道："我向我的窗外望，阴沉沉的一片，也没有月亮，也没有星光，日光更不必想，他早已离别了。"③ 作者把月亮、星光比作光明，像朋友一样倾诉，情绪涌上心头，表明自己心中的一片黑暗。"今天的太阳不会出来，一捆捆灰色的云在空中紧紧的挨著，你的那句话碰巧又来添上了几重云蒙，我又疑惑我昨天的宣言了。"④ 作者用云表达自己内心低落情绪，用"一捆捆灰色""几重"来修饰云彩，增加了作者心情低落的程度，给读者抹上阴沉沉的情绪色彩。在《印度洋上的秋思》一文中，作者在大洋之上寻找秋月，对同一轮月亮的感触却不同，初时如"团圆清朗"的新娘，愁时则感叹人生的变幻难解——"秋月呀！/我不盼望你团圆"，作者之愁贯穿大洋之上的秋思。除此之外，值得注意的是他对月的情有独钟。在《鬼话》中有这样一段话：

  盖月之秘，月之美，月之人道，正在其慨锡慈辉，慰旅人之倦，慰夜莺之寂，慰倚阑啜泣之少女，慰石间独秀之野花，时或轻披帘幕，俯吻眠熟之婴孩，河边沉思之诗人，时或仰天默祷月辉照泪，粲若露珠，天真纯洁之孩童，见天上疾驶之圆艇而啼求焉，而展腴白之

---

① 徐志摩：《自剖》，韩石山主编《徐志摩散文全编》（下册），天津人民出版社2005年版，第903页。
② 徐志摩：《雨后虹》，赵遐秋等编《徐志摩全集》（卷四），广西民族出版社1991年版，第61页。
③ 徐志摩：《一封信（给抱怨生活干燥的朋友）》，韩石山主编《徐志摩散文全编》（上册），天津人民出版社2005年版，第422页。
④ 徐志摩：《给抱怨生活干燥的朋友》，韩石山主编《徐志摩散文全编》（上册），第422页。

小手，以搂清光于怀以示爱焉……我因而每见明月愈不能自折其悲，不能自制其泪，然悲怀益深，泪落益多，而得慰，得灵魂之安慰，亦愈深且多……

美哉月！此圆此洁，此自由自在惠地不疑，行天无碍。美哉神话。①

从这段话可以看出他对月至高无上的赞美。在他眼里，月是神秘的物象，它充满了神奇色彩，自然也是一种美的象征。他对月崇拜不已，甚至不能控制自己的情绪。可见他对月的偏爱非同一般。

其次，徐志摩的星空意象表现了他的偶像情结。徐志摩曾受泰戈尔、罗素等人的影响，对他们十分敬仰，这种敬重甚至达到偶像崇拜的地步。在他的诗文中，这种带有情绪色彩的夸张和铺采陈词的渲染随处可见，尤其在散文中，这种情绪色彩的表现更为明显。《罗素又来说话了》中写道："罗素的思想言论，仿佛是夏天海上的黄昏，紫黑云中不时有金蛇似的电火在冷酷地料峭地猛闪，在你的头顶眼前隐现。"②《曼殊斐儿》写她的美"仿佛你对着大自然的杰作，不论是秋水洗净的湖山，霞彩纷披的夕阳，或是南洋莹彻的星空"③。《泰山日出》是一篇歌颂泰戈尔的文章，作者将自己的个人情感融合在文中，每一笔都蕴含着作者对泰戈尔的赞美。偶像崇拜表现出他强烈的理想情感，但是现实和理想总是有一定的差距，因此作者将情感投射到星空等物象上，从这些物象中寻找他的理想，把心中的最深的情感表达出来。

在余光中的散文中，星星、月亮、云彩等星空意象也频繁出现。

余光中散文中云的意象较之徐志摩作品中云的意象，精神内蕴更加丰富。余光中笔下的云可以构成趣味不同的许多意象，如孤云："每次走下台大文学院的长廊，他像是一片寂寞的孤云，在青空与江湖之间摇摆。在两个世界之间摇摆。"④ 这里的"孤云"表示他的桀骜、孤高。此外，其笔下的"暖云"带有春天气息、"停云"表达对亲友的思念，带有不同的精神意蕴。云的物象构成意趣的意象更为多样化，其散文容量更加丰

---

① 徐志摩：《鬼话》，韩石山主编《徐志摩散文全编》（上册），天津人民出版社2005年版，第340页。
② 徐志摩：《罗素又来说话了》，韩石山主编《徐志摩散文全编》（上册），第253页。
③ 徐志摩：《曼殊斐儿》，韩石山主编《徐志摩散文全编》（上册），第231页。
④ 余光中：《蒲公英的岁月》，《余光中散文选集》（第2辑），时代文艺出版社1997年版，第243页。

盈厚重。

余光中喜欢用月亮意象表达自己内心的凄凉与孤独。月亮是中国古典意象中最常用的一个意象。众所周知,月亮象征着团圆,但由于地理和政治等原因,海峡两岸长期分离,思乡怀人便成为他们永恒的主题。对于身处异乡的余光中,他有不少借月来写浓浓乡愁的诗篇。如《送思果》是一篇送别友人的散文,"那天恰是中秋之夕,天上月圆,人间月半。有一位故人将越海关……干掉满杯的月色……"① 送别朋友心情沉重感伤,又在这月夜的烘托下,凄清零落的场景更加凄凉。作者用"灯阑月老"的凄清来表达孤寂的情绪,字里行间透露出乡情与友情交织、相融的情感,两种情感叠加使思乡的情怀更为浓烈,凄凉寂寞不禁从心底涌出。

综上所述,余光中与徐志摩笔下的星空意象不再是单纯的自然景物,而是承载着他们情感与思想的有机载体。两人散文中的星空意象又各有千秋,徐志摩散文星空意象多伴有个人情绪色彩与偶像情结,而余光中笔下涉及的星空意象范围广泛,往往用现代派的色调写出多样化的意象,传达出丰富的情感与内涵,散文容量更加丰厚。

三 花鸟意象

古往今来,很多作家对花鸟进行描绘吟咏。如"羁客有家归未得,对花无语两含情"(杨巽斋《杜鹃花》)、"两个黄鹂鸣翠柳,一行白鹭上青天"(杜甫《绝句》)、"杏叶新阴拂女墙,风吹小燕过池塘"(丁澎《见燕》)。鸟儿、花儿将大自然点缀得这么美好,给人以美感。这些花鸟本身就是美的形象,鸟语花香能唤起人们的爱慕与喜悦之情。余光中与徐志摩散文中花鸟意象的使用,使诗性的种子在散文的园地破土而出,绽放美丽。两人对动植物意象的偏爱各不相同,但这些意象都融入了作者个人的情感,时常借助隐喻、通感、象征等作用,表达了作者思想的感悟,体现出不同的精神内蕴。

在徐志摩散文中,"飞鸟"是一个重要的意象。刘熙载在《世概》中曾说:"文之神妙,莫过于能飞。"② 华兹华斯也强调:"诗人应当跨在想象的狂态的翅膀上遨游。"③ 我们在徐志摩作品中可看到飞鸟的身影。在此,飞鸟被作者赋予丰富的含义。

---

① 余光中:《送思果》,《余光中散文选集》(第3辑),时代文艺出版社1997年版,第406页。
② (清)刘熙载:《世概》,上海古籍出版社1978年版,第35页。
③ 中国科学院外国文学研究所外国文学研究资料丛刊编辑委员会:《外国理论家作家论形象思维》,中国社会科学出版社1979年版,第72页。

徐志摩散文中的"飞鸟"是自由的象征，是他创作的主体意象，代表着人们对自由的热爱和对幸福的追求。想飞需要拥有一双翅膀，才可以自由地在空中翱翔，人们对那飞向天空的身影极为羡慕，表达了人们对自由的渴望与向往。在《想飞》中，作者情感奔涌如飞，想象开阔不羁，一泻千里，对各种鸟飞行的姿态进行勾画，多重意象组合奔涌而出。作者对云雀的起飞与歌唱的勾画，由静到动，让人们心情也随之开朗活跃起来。飞鸟意象不仅是风景的点缀，也是作者向往自由的象征。接着，作者对云雀飞行时形态变化的过程进行勾勒。"瞧着，这飞得多高，有豆子大，有芝麻大，黑刺刺的一屑，直顶着无底的天顶细细的摇，——这全看不完了，影子都没了！但这光明的细雨还是不住的下着……"[①] 这种不连续状态的罗列，让人们又体会到"飞"的感觉。这里，云雀对自由的向往象征着渴望自由自在飞翔的徐志摩。

在徐志摩的想象中，飞的形态是多种多样的，有庄子《逍遥游》的大鹏之飞，也有七层塔顶上饿老鹰之飞。他在描述飞鸟不同形态时，既体现了他自由不羁的浪漫情调，也表现出对压抑性情的文明社会的不满。对自由的渴望与向往是每个人的理想。"是人没有不想飞的。老是在这地面上爬着够多厌烦，不说别的。飞出这圈子，飞出这圈子！到云端里去，到云端里去！"[②] 强烈的"飞"出去的感觉，表现了作者对现实的极度不满。在这里"飞"和"翅膀"是人类理想的象征，但是，在困厄的现实生活中，即使我们有了翅膀，也不意味着翅膀能飞起来。所以，作者力求摆脱社会束缚的要求，力求从生活到思想上自由。在这篇散文中的众多相关的意象，表达了他对压抑人的性情的文明社会的厌恶。在这里，飞鸟不仅作为一个客观物象出现，同时也融入作者的主观情感，把主观的感受通过感觉含蓄地表现，并寄予了它更深层次的意蕴。所以，散文中飞鸟的意象是作者在主观与客观融合统一中铸成的，增强了散文的凝练性与客观性。

除了上文所述的意象，花卉的意象在我国散文中出现也较为繁多。如梅花、蔷薇、野花、月季、玫瑰、丁香花、桂花、莲花等。在古典诗词中徜徉的徐志摩与余光中，与中国传统审美心理有着恒古相通的精神共鸣。徐志摩诗歌中出现次数最多的是莲花（水莲花、并蒂莲、青莲、白莲）。古典诗词中常以莲言情，《诗经》用莲荷表达爱慕之情；南朝乐府《西洲

---

① 徐志摩:《想飞》，韩石山主编《徐志摩散文全编》（上册），天津人民出版社2005年版，第927页。
② 徐志摩:《想飞》，韩石山主编《徐志摩散文全编》（上册），第929页。

曲》"采莲南塘秋，莲花过人头；低头弄莲子，莲子青如水"；也有借美人喻莲的，如宋代杜衍的《莲花》，清代秋瑾的《白莲》、万寿祺的《浪淘沙·荷花》等。而余光中与徐志摩都延承了以莲言情、以美人喻莲传统，有了亦真亦幻的奇境。

徐志摩散文中涉及莲的意象并不多，其主要集中于诗歌里。如《沙扬娜拉十八首》"最是那一低头的温柔，像一朵水莲花不胜凉风的娇羞"①，将一位清逸出尘的女性之美勾勒出来，作者把眼前人比作想象中的莲花，意象精致饱满而又不乏诗意。以女性之美喻莲，曼殊斐儿则是徐志摩心中的那朵洁白无瑕的莲花，他在《曼殊斐儿》中说："我当时未见曼殊斐儿以前，固然没有想她是这样一流的 Futurstici，但也绝对没有梦想到她是女性的理想化。"② 可见，曼殊斐儿是徐志摩心中理想女性的化身，是爱与美的象征。

莲的意象在余光中散文里是一个重要的古典意象。余光中对有灵性的莲花极为偏爱，他在《莲恋莲》中说："对我而言，莲是美、爱和神的综合象征……艺术、宗教、爱情，到了顶点，实在只是一种境界，今乃皆备于莲的一身。"③ 可见，莲在作者心中地位之高，同时这也是他一生寻觅可以寄托情思的意象。余光中散文里莲的意蕴丰富，"它融合美、爱、哲思于一体，使中国古典意象在现代理性观照下焕发出新的艺术光彩"④。在很多作品中莲的蕴含有所不同，如《鬼雨》"今夜的雨里充满了寻寻觅觅，今夜这鬼雨。落在莲池上，这鬼雨，落在落尽莲花的断肢上。连莲花也有诛九族的悲剧啊。莲莲相连，莲瓣的千指握住了一个夏天，又放走了一个夏天"。作者遭失子之痛投射到莲花上，暗示了莲花和人的生命历程一样，都是短暂的，通过莲的意象表达了作者无限的哀痛之情。再如单篇歌颂莲花的《莲恋莲》，这篇散文大量引用古典诗词抒写爱莲的情怀，洋溢着宋词的风采。莲形象上风姿"绰约"；在水上，"华美""冷隽"；与塞尚、梵高名画中的意象相比，"既冷且热"。莲还是美、爱、神的综合象征，作者希望莲是"自物蜕为人，由人羽化为神，而神固在莲上，人固在莲上，一念精诚，得入三境"。作者笔下的莲不仅具有外在美，也具有宗教情怀。

---

① 徐志摩：《沙扬娜拉十八首》，《徐志摩文集》，长城出版社2003年版，第5页。
② 徐志摩：《曼殊斐儿》，韩石山主编《徐志摩散文全编》（上册），天津人民出版社2005年版，第227页。
③ 余光中：《莲爱莲》，《余光中谈诗歌》，江西高校出版社2003年版，第288页。
④ 方忠：《台湾散文纵横论》，江苏教育出版社2008年版，第77页。

此外，在他们的作品中还有其他动植物意象。如余光中笔下的桂花、荷叶、梧桐等都带着古典的气息，表达了作者的故国之思；徐志摩笔下的云雀、夜莺等表达对自由理想的渴望。他们用最美的笔墨来描写这些物象，这些物象不仅展示自己的内心世界，而且点染上了作者的主观情感色彩，是物象与心象的结合。

总的来说，余光中与徐志摩笔下的动植物意象是柔美的，又带有强烈的个性色彩。徐志摩笔下的意象本身秀丽，往往具有理想主义色彩，使散文整体上呈现出了一种清丽与柔美的色彩，为其优美典雅美学风格的形成奠定了基础。而余光中喜欢从古典诗词中搜索意象，通过这些具有古典情韵的意象来表达自己的情思。他散文中有些意象之间跳跃性很大，幽渺飘忽的古典意象给散文增添了几许灵性与浓厚的诗意，点滴中浸润着诗人轻灵的气质。总之，两人诗性散文意象不同，所构成的诗性世界亦不同。

第二节　余光中与徐志摩诗性语言比较

海德格尔说过："语言乃是一地域，也就是说，它是存在的家园。"①作为存在家园的语言乃是一种真正的诗性语言，它与日常生活中的语言有所不同。余光中与徐志摩在散文的写作历程中都十分注重诗性语言。徐志摩曾推行并实践着"三美"理论，尤其是在语言方面，追求诗文的语言美，从而构成了诗性散文的艺术美。余光中在《剪掉散文的辫子》一文中，针对散文的语言而提出现代散文应该致力于"弹性""密度""质料"。徐志摩与余光中都以诗人的身份创作散文，他们使用诗的语言、节奏、韵律铺叙，用诗的跳跃、画意、蕴含来描写，自成格调，诗意盎然。灵动的语言使得他们散文充满诗情画意。

一　语言的音乐美与绘画美

所谓文学语言的音乐性，是指文学语言内在旋律与节奏自然和谐，以"文通字顺""辞能达意"为原则，使文章读起来朗朗上口，听起来悦耳动听。黑格尔在《美学》中指出，"音乐和诗有最密切的联系，因为它们都用同一种感性材料，即声音"②。这里的声音是一种音乐的材料，作品

---

① ［德］海德格尔：《林中路》，孙周兴译，上海译文出版社2008年版，第281—291页。
② ［德］黑格尔：《美学》（第三卷上），朱光潜译，商务印书馆2009年版，第331页。

的诗意诞生于语感的音乐化，它离不开音乐性的旋律与节奏。朱光潜在《散文的声音节奏》一文中论述了我国古代文论家十分重视文章的声音节奏。如清朝"桐城派"文学家学习古文，对朗诵尤为重视，他们用音揣摩声音节奏。可见，无论是诗歌、散文还是小说，语言的音乐性在文学作品里都十分重要，它的存在使得作品具有永恒的艺术魅力。

除了语言的音乐美，语言的绘画美是中国文学另一个重要的因素。"诗中有画，画中有诗"历来是中国诗人、画家追求的理想境界。作家把绘画的因素引入文学创作中，使文学美与绘画美交融，达到艺术的综合美。若文学作品要达到具有像音乐似的旋律和节奏，像绘画般的色彩美和层次美，那么，语言文字的表达是尤为重要的。宗白华在他的《新诗略谈》一文中说："文字能具有两种作用：（1）音乐的作用，文字中可以听出音乐式的节奏与协和；（2）绘画的作用，文字中可以表写出空间的形相与彩色。所以优美的诗中都含有音乐，含有图画。他是借着极简单的物质材料……纸上的字迹……表现出空间、时间中极复杂繁富的'美'。"① 虽然这主要针对诗歌而言，但同样适应于散文，因为它们有着共同的表现对象，即人类的审美对象。

文学语言音乐美与绘画美的创作理论与实践影响着余光中与徐志摩的散文创作。20世纪20年代中期，徐志摩、闻一多提倡"新诗三美"理论并以自己的创作实践着"三美"理论。以诗著称的徐志摩用诗歌理论指导着散文创作，他讲究散文的形式美，追求诗文的辞藻、句式、音韵的艺术美。沈从文认为徐志摩的创作是把"属于诗所专有，而又为当时新诗所缺乏的音乐韵律的流动，加入于散文内"②。所以，徐志摩对音乐美的追求和对诗歌音乐美的主张是相辅相成、互为影响的。徐志摩以独特的诗笔来写作散文，融进诗的艺术美，同时也根据散文的特殊要求，利用各种修辞手法和语言的表现艺术，使散文具有一种音乐美与绘画美，进而也构成诗性散文的艺术美。余光中在诗质散文的建设上受到中西方文化的影响。余光中继承"五四"散文的传统，同时又综合中西文化艺术理论并结合自己创作中的问题，提出兼顾"弹性、密度和质料"的现代散文的审美新范式。就散文而言，强调语言的音乐性能使散文语言更具有弹性和质感，更加优美精致，散文更加具有可吟咏性和耐读性。余光中在《左手的缪斯》中提到自己的散文追求："我所期待的散文，应该有

---

① 宗白华：《美学与意境》，人民出版社1987年版，第49页。
② 邵华强编：《徐志摩研究资料》，陕西人民出版社1988年版，第172页。

声，有色，有光。"① 声、光、色正是他对散文艺术形式上的要求。换言之，追求语言的音乐美与绘画美是构成诗性散文不可或缺的因素。余光中曾套用苏轼的话，认为"诗中有乐，乐中有诗""诗、画、音乐，皆是艺术"②。诗可以贯通绘画，也可以贯通音乐，把诗的意境融入音乐绘画中，从而更加凸显出语言音乐性与绘画性。下面将具体比较余光中与徐志摩诗性散文语言音乐美与绘画美的异同。

（一）余光中与徐志摩语言音乐美的异同

余光中与徐志摩散文语言音乐美是作品中一道亮丽的风景线。综观二者的散文，浓淡疏密、张弛缓急的和谐语言，具有一种匀称美与整体美，这主要源于语言的音乐美，这种语言的音乐美具体表现在音韵节奏美、情韵美等层面上。任何文学作品都离不开音韵节奏美。余光中与徐志摩注重音律、节奏，并将其移植到散文的创作中，构成诗性散文的一个重要方面。散文具备音韵节奏带来的音响效果，通常借助于叠韵或字词的重迭、文白相融、语句的长短等，读者可从中感受到一种优美的旋律，鲜明的节奏。

刘勰在《文心雕龙·声律》中说，"凡声有飞沉，响有双叠"，"声转于吻，玲玲如振玉，辞靡于耳，累累如贯珠"③。叠音即是叠字、叠词和拟声词的统称，是将声韵交错重叠起来使用，增强语言的音乐美。叠音在诗歌和散文中运用极为普遍，余光中与徐志摩的散文也不例外。他们都致力于语言品质，每个字、每个音节都经过反复的斟酌和词语的凝练，使作品处处流动着诗的血脉，情景交融的诗境、心物合一的妙境及亦此亦彼的玄境，使人充分领略到散文的艺术魅力。

徐志摩散文中叠音或字词的重叠使用不容忽视。徐志摩在用词造句上喜欢通过同音字的重复或者双声叠韵来强化散文语言的音乐效果。如："你们先得想象你们自己也教音乐的沉醴浸醉了，四肢软绵绵的，心头痒荠荠的，说不出的一种浓味的馥郁的舒服，眼帘也是懒洋洋的挂不起来……"④ 在这段话中，"软绵绵""痒荠荠""懒洋洋"是 ABB 句式，极具形象性与可感性，似乎大自然的一切都在心满意足地享受着歌声，沉浸在优美的

---

① 余光中：《左手的缪斯》，《余光中散文选集》（第1辑），时代文艺出版社1997年版，第128页。
② 余光中：《诗与音乐》，《余光中谈诗歌》，江西高校出版社2003年版，第54页。
③ （南朝）刘勰：《文心雕龙·声律》，人民文学出版社2002年版，第364页。
④ 徐志摩：《济慈的夜莺歌》，韩石山主编《徐志摩散文全编》（上册），天津人民出版社2005年版，第482页。

歌声中。全段语气平和，语势舒缓，从而形成了一种平和舒缓的格调与节奏。徐志摩还把字句、行数当作外在形式因素看待，把音节内在生命力的有节奏跳跃当作内容因素看待。如《济慈的夜莺歌》："慢慢的她动了情感，仿佛忽然想起了什么事情使他激成异常的愤慨似的，他这才真唱了，声音越来越亮，调门越来越新奇，情绪越来越热烈，韵味越来越深长，像是无限的欢畅，像是艳丽的怨慕，又像是变调的悲哀——直唱得你在旁倾听的人不自主的跟着她兴奋，伴着她心跳。"① 这段话中，叠音词组稍作变化，"越来越亮""越来越新奇""越来越热烈""越来越深长"的顶接使用，气势连贯流畅，加强了情感节奏；接下来，连续用了三个"像是……的……"排比组合，整齐匀称又有所变化，给人以起伏连绵之感；最后破折号承接前面，道出了歌唱所引起的结果。又如《北戴河海滨的幻想》："在这艳丽的日辉中，只见愉悦与欢舞与生趣，希望，闪烁的希望，在荡漾，在无穷的碧空中，在绿叶的光泽里。在虫鸟的歌吟中，在青草的摇曳中——夏之荣华，春之成功。春光与希望，是长驻的；自然与人生，是调谐的。"② "希望"的重复叠合，并且"望""漾"押韵，"希望……的希望，在荡漾"，读来音调优美，朗朗上口。

余光中散文中叠音韵词与字词重叠的使用较之徐志摩散文更加广泛，散文语言整体的音乐效果更加突出，他喜欢通过同音字的重复或者双声叠韵来强化散文语言的音乐效果。如"听听，那冷雨。看看，那冷雨。嗅嗅闻闻，那冷雨，舔舔吧，那冷雨"③。文中先后连续出现单音节重叠，如"听听""看看""舔舔"便是单音节词"听""看""添"分别重叠构成。这三个叠音词与后面重复出现的"那冷雨"排列使用，形成了可感的形象，同时形成了徐缓的节奏和柔美的风格。又如《塔》"他坐在重重叠叠的浓浓浅浅的绿思绿想中。他相信自己的发上淌得下沁凉的绿液。城夏。草木何深深"④。叠音形容词"重重叠叠""浓浓浅浅"的出现，出神入化地使此句具有如诗如歌的音乐效果，这两个词是双音节"重叠""浓浅"的重叠形式，韵致错落，洋溢着抒情诗般的调子，有一种内在的音韵美纵横交织在读者面前。再如"今夜的雨里充满了鬼魂，

---

① 徐志摩：《济慈的夜莺歌》，韩石山主编《徐志摩散文全编》（上册），天津人民出版社2005年版，第482页。
② 徐志摩：《北戴河海滨的幻想》，韩石山主编《徐志摩散文全编》（上册），第449页。
③ 余光中：《听听那冷雨》，《余光中散文选集》（第2辑），时代文艺出版社1997年版，第388页。
④ 余光中：《塔》，《余光中散文选集》（第1辑），时代文艺出版社1997年版，第463页。

湿漓漓，阴沉沉，黑森森，冷冷清清，凄凄惨惨切切"①。这句话中"湿漓漓""阴沉沉""黑森森"这些叠音形式多为形容词性质，与后面的"冷冷清清""凄凄惨惨切切"搭配，带有古典的韵味，使人联想到宋代词人李清照的《声声慢》。这一句中，ABB句式与AABB句式的连用，融化于句法当中，恰到好处地化用诗的音韵，增强言语的韵律感。此外，拟声词的使用也是作品语言节奏美的一个重要方面。实际上，在余光中散文中拟声现象很多，如："鸟声减了啾啾，蛙声沉了阁阁，秋天的虫吟也减了唧唧。"②例中的"啾啾""阁阁""唧唧"再现了一幅生动形象的景象。"现在是秋夜的鬼雨，哗哗落在碎萍的水面，如一个乱发盲睛的萧邦在虐待千键的钢琴。"③在这句话中，"哗哗"可听，"落在碎萍的水面"可视，可听可见共同构成了作品舒缓的节奏，而紧跟其后用了比喻的手法，更加突出了鬼雨的形象。

深受中西方文化碰撞影响的徐志摩，在语言革新上也有所贡献，他汲取了口语、文言、欧化语等表现形式，熔古今中外语言于一炉。他的名篇《迎上前去》《我所知道的康桥》《北戴河海滨的幻想》《"话"》等皆富于诗的音乐性，创造了妙致的诗境。余光中曾在《徐志摩诗小论》中，对徐志摩《偶然》一诗中白话、文言和欧化语言等表现形式加以肯定，他认为徐志摩这首《偶然》"欧化得生动自然，控制有方，采彼之长，以役于我，应该视为'欧而化之'""要在一首短诗里词和白话、文言、欧化三种因素，并非易事"④。虽然这话并非针对散文而言，但是从中可以看出他对徐志摩白话、文言、欧化语言等表现形式恰当运用的肯定。余光中汲取徐志摩散文语言创作上的优点，进行多种方式的试验，创造出自己的一套现代散文的理论。他在《剪掉散文的辫子》中认为现代散文最该致力的是"弹性""密度""质料"。余光中"弹性"的定义是："兼容各种语气，现代散文是以现代人口语为基础，斟酌采用一些欧化的句法，使句法活泼些、新颖些；也不妨容纳一些文言的句法，使句法简洁些，浑成些；有时候，在美学范围内，选用一些单调悦耳表情十足的方言或俚语，

---

① 余光中：《鬼雨》，《余光中散文选集》（第1辑），时代文艺出版社1997年版，第410、417页。
② 余光中：《听听那冷雨》，《余光中散文选集》（第2辑），时代文艺出版社1997年版，第393页。
③ 余光中：《鬼雨》，《余光中散文选集》（第1辑），时代文艺出版社1997年版，第410、417页。
④ 余光中：《徐志摩诗小论》，《余光中谈诗歌》，江西高校出版社2003年版，第132页。

反衬在常用的文字背景上,只有更显得生动而突出。"① 因此,余光中散文语言是融白话、文言、西文之所长的综合语言,以现代白话文为主,以适当的欧化和文言句法为调剂的新的富有弹性的语言。

由此看来,尽管徐志摩与余光中散文中都创造性地运用了文言、白话、欧化语等表现形式,散文节奏流畅,营造了别有风味的散文语言,增加了语言的音乐美。但是,两人在文言、白话、欧化语的运用上也有区别。

徐志摩的散文语言将古文的、白话的、中国的、外国的、上流的、民间的等杂糅一起,使得他的散文形象生动、酣畅淋漓。如"这回我不撒谎,不打隐谜,不唱反调,不来烘托;我要说几句至少我自己信得过的话,我要痛快的招认我自己的虚实,我愿意把我的花押画在这张供状的末尾"②。这里吸收了口语、文言、方言等,很有表现力。又如"你看她们出桥洞的姿态,捻起一根竟象没有分量的长竿,只轻轻的,不经心的往波心里一点,身子微微的一蹲,这船身便波的转出了桥影,翠条鱼似的向前滑了去"③。这里用纯熟的白话文,描写女郎划船撑篙的情景,绘形绘声,形象而生动,仿佛如地底喷出的甘泉——清冽、甜润。作者将现代口语与长短错综句式及欧化句式相糅合,感情充沛。

同样,余光中散文语言比徐志摩散文语言更加炉火纯青,其最大的差异在于余光中在散文里大量地引用典故和四字成语,使得作品精简隽永,气势雄浑开阔。

首先,余光中对文言文的吸收表现在两个方面,一是旁征博引中西典故,二是杂用文言词汇和句法,使用四字句(含成语)。黄维樑认为,余光中"用典之多,知识味道之浓,几乎是空前的"④。这突出表现了余光中散文的语言特色。又如"不久他又爱上表姐凯伊,但凯伊新寡,深忆故夫,又因家庭关系,乃严拒凡高。凡高追到她家,她避不出见。凡高以烛炙手,哀求伊父,但伊父目他为狂,终不允一见。……他日与诸子游,五光十色,应接不暇,摹仿诸子的作品,亦步亦趋,惟恐不及……凡高始

---

① 余光中:《左手的缪斯》,《余光中散文选集》(第1辑),时代文艺出版社1997年版,第334页。
② 徐志摩:《"迎上前去"》,谢冕主编《徐志摩名作欣赏》,中国和平出版社1993年版,第337页。
③ 徐志摩:《我所知道的康桥》,韩石山主编《徐志摩散文全编》(下册),天津人民出版社2005年版,第834页。
④ 古远清:《余光中评说五十年》,文化艺术出版社2008年版,第176页。

而兴奋,继而困惑,再则盛怒,终于厌倦"①。这一段文字,几乎都是四字句,整洁有序,将多重的情思浓缩在一个字或词内,文中的"炙""目""诸子"三字都是古代汉语用法,更显古文简洁凝练的特点。

其次,余光中散文中现代口语和欧化句法的运用增加了散文的弹性。适当地使用现代口语与欧化句法,可使文章生动有趣,洋溢着美感。若白话文太过白话则显得单调无味,因此要汲取古文凝练、整洁的优点,取白话文的亲切自然。这样的散文既能贴近现代生活,又不失古典趣味。有时候余光中还用一些方言俚语表达自己高浓度的情感。如在《咦呵西部》中"大智若愚的样子。绝无表情的荒砂台地,兼盲兼聋兼会装死;什么也看不见听不见而且一躺下去就是我操他表妹好几百哩再也别想他爬起来了"②。《焚鹤人》中,"你这该死的野鸟""我操你娘的屁股!看你飞哪里去"③,这些俚语或者俏皮话,都是社会上活生生的语言。他把口头语言用于文中,以丑喻美,增加了散文语言的弹性。有时候基于情感表达的需要,文中大量运用英文单词、句法。余光中的这种写作方式无疑是值得肯定的,但是处理不当则会影响散文整体意境。此外,他在文中增添一些现在流行的口语。如:"有时候来不及转头,仙踪已渺,不免令人怅怅。珊珊倒不大惊小怪,只淡淡地说:'我们后院子里也有几只。'真的吗?帅呆了吧?真有这种野福仙趣吗?"④ 前半部分基本上带有古雅的韵味,后半部分以现代口语的方式出现,并以三个反问句来表现天真纯然的童趣。这就是白话、文言、欧化语言结合一起所产生的音韵节奏美。

中国现代散文很讲究节奏。杨政认为散文通过巧妙运用"语音的抑扬顿挫,语调的升降起伏""句式的长短变化,段与段之间的疏密结合,情感的急促和舒缓控制调节"来"表达出音乐的旋律、节奏、和声的流动之美"⑤。散文的节奏是由作者感情的跌宕起伏、语言的抑扬顿挫而形成的一种音乐感。

一般来说,文学作品中的短句一般明快简洁,适于表达强烈的情感。而长句往往结构复杂,表现力强,能够表达平稳的情感。徐志摩散文长短句式在作品中俯拾即是。在《我所知道的康桥》中,作者写英国的天气

---

① 余光中:《凡高——现代艺术的殉道者》,《余光中散文选集》(第1辑),时代文艺出版社1997年版,第58页。
② 余光中:《咦呵西部》,《余光中散文选集》(第2辑),时代文艺出版社1997年版,第12页。
③ 余光中:《焚鹤人》,《余光中散文选集》(第2辑),时代文艺出版社1997年版,第228页。
④ 余光中:《萤火山庄》,《余光中集》(第9卷),百花文艺出版社2004年版,第396、397页。
⑤ 杨政:《散文艺术之旅——散文审美新视点》,重庆出版社1996年版,第132页。

和气候非常极端,文中用了欧化的长句"逢着连绵的雾盲天你一定不迟疑的甘愿进地狱本身去试试",把消化这句子的节奏放慢、时间拉长,感受力也加强了。一个"盲"字用得出神,语言在一瞬间活过来,并将扩大到无限,具有一种超现实的情趣。又如《翡冷翠山居闲话》中"阳光正好暖和,决不过暖;风息是温驯的,而且往往因为他是从繁花的山林里吹度过来,他带来一股幽远的淡香,连着一息滋润的水气"①。作者写景时常用长句,把读者"消化"一个句子的时间拉长、节奏放慢,恰似一种从容漫步在山水之间的那份闲适的心情。而写感悟时,则多用短句,以合适地表达感情的急促与热烈。或者用长句把一连串短句轻轻托住,或者长短句错落出现,使长短相间,错落有致,快慢相间,形成一种起伏的节奏美。

在抒情散文中,余光中也擅长用长短句交错的写法。但是,较之徐志摩,余光中散文的句式有其独特之处,他散文中无标点的长句与两三字构成的短句交错,造成整齐匀称、往复回旋的节奏感。如"汤汤堂堂。敲打格希文的节奏敲打浪子的节奏敲打霍内格雷霆的节奏敲打伯恩斯泰因电子啊电子的节奏。八巷的税道上滚动几百万只车轮,纽约客,纽约客全患了时间的过敏症"②。作者进入曼哈顿市区时"千幢的建筑,棋盘格子的玻璃上反映着对岸建筑物的玻璃反映着更多的冷面建筑。因为这是纽约,陌生的脸孔拼成的最热闹的荒原。行人道上,肩相摩,踵相接,生理的距离不能再短,心理的距离不能再长"。在《登楼赋》中最长的句子有40字,无逗号的长句与短句交错,造成缓急相间的气势,具有鲜明的节奏美。然而,当作者想到祖国时,语言忽然就变得轻松了:"而我立在最高峰上,前,无古人,后,无来者,一任苍老的风将我雕塑,一块飞不起的望乡石,石颜朝西,上面镌刻的,不是拉丁的格言,不是希伯来的经典,是一种东方的象形文字,隐隐约约要诉说一些伟大的美的什么,但是底下的八百万人中没有谁能够翻译。"③这段话基本上都是短句,最少只有一个字,显示作者心情的明快。余光中重视散文语言的革新,他曾说:"我尝试着把中国的文字压缩,捶扁,拉长,磨利,把它拆开又拼拢,折来且迭去……我的理想是想要让中国的文字,在变化各殊的句法中,交织成一个大乐队,而作家的笔应该一呼百应,如交

---

① 徐志摩:《翡冷翠山居闲话》,韩石山主编《徐志摩散文全编》(上册),天津人民出版社2005年版,第608页。
② 余光中:《登楼赋》,《余光中散文选集》(第2辑),时代文艺出版社1997年版,第30页。
③ 余光中:《登楼赋》,《余光中散文选集》(第2辑),第30页。

响乐的指挥棒。"① 他的散文常出现无逗号的长句或两三字构成的短句参差相间，诵之入口，悦之入耳，在阅读中回荡着抑扬顿挫的音乐旋律，加强了文字的音乐感。

余光中散文中标点符号的灵活运用，不但表明文意，而且调整了句子之间进行的速度，发挥了艺术创造的功能。除了标点的灵活运用，散文中短句子的跳跃组接也非常独特。在《鬼雨》"上风处有人在祭坟。一个女人。哭得怪凄厉地。荨麻草在雨里直霎眼睛。一只野狗在坡顶边走边嗅"② 这段文字中，跳跃的短句就像是镜头的切入，形象鲜明，节奏跳跃，在读者面前展现出一片阴凄的坟场。在《伐桂的前夕》"最后的芬芳总是最感人。那样的嗅觉，从鼻孔一直达到他的灵魂。秋天。成熟的江南。古典的庭院。月光。童时。诗"③ 几个跳跃的短句中，蒙太奇手法的使用，表达了作者对故国家园的追忆与怀念。余光中利用句型鲜明的节奏来增强散文的音乐美。较之徐志摩，余光中诗化和情绪化的散文更加凝练、灵活。

（二）余光中与徐志摩语言绘画美的异同

"色彩组成了生活，生活离不开色彩。……奇光异色在生活中无处不在。作为反映与表现社会生活的散文作品，自然免不了要通过语言的巧妙运用来敷彩着色，对客观世界作真实的描摹。"④ 的确，我们的生活充满了色彩，整个世界充满了色彩。

徐志摩与余光中都是擅长色彩描绘的散文大师。在他们的散文作品中，精妙的色彩描写随处可见，文中大量铺陈辞藻，设色往往大胆而奇异，色彩成为他们捕捉事物外貌，抒发个人情怀的重要手段。徐志摩在《婴儿》一文中描绘了一个产妇临产前的痛苦：

> 你看她那遍体的筋络都在她薄嫩的皮肤底里暴涨着，可怕的青色与紫色，象受惊的水青蛇在田沟里急泅似的，汗珠站在她的前额上象一颗弹的黄豆。……她的眼，一时紧紧的阖着，一时巨大的睁着，她那眼，原来象冬夜池潭里反映着的明星，现在吐露着青黄色的凶焰，

---

① 余光中：《逍遥游·后记》，《余光中散文选集》（第1辑），时代文艺出版社1997年版，第469—470页。
② 余光中：《鬼雨》，《余光中散文选集》（第1辑），时代文艺出版社1997年版，第415页。
③ 余光中：《伐桂的前夕》，《余光中散文选集》（第2辑），时代文艺出版社1997年版，第238页。
④ 傅德岷：《散文艺术论》，重庆出版社2006年版，第256页。

第六章　余光中与徐志摩诗性散文比较论　231

眼珠象是烧红的炭火，映射出她灵魂最后的奋斗，她的原来朱红色的口唇，现在象是炉底的冷灰……

这段文字描写的色彩较为丰富、奇特，作者用"青色和紫色""水青蛇""黄豆""青黄色的火焰""烧红的炭火""冷灰"等一系列富有色彩的词汇，形象地描写了产妇忍受临产痛苦时所引起的身体颜色的变化。一个柔和端丽的少妇形象完全被阵痛扭曲了。又如《浓得化不开（星加坡）》："廉枫最初感觉到的是一球大红，像是火焰；其次是一片乌黑，墨晶似的浓，可又花须似的轻柔；再次是一流蜜，金漾漾的一泻，再次是朱古律（Chocolate），饱和着奶油最可口的朱古律……乌黑的惺忪的是她的发，红的是一边鬓角上的插花，蜜色是她的玲珑的挂肩，朱古律是姑娘的肌肤的鲜艳，得儿朗打打，得儿铃丁丁……"① 作者对"一股彩流的袭击"般的瞬间体验把握得生动之极。在描写色彩时，运用了多种手法，生动形象。火焰似的大红、墨晶似的乌黑、金漾漾的流蜜、奶油朱古力，一一映入读者眼帘，这种色彩感的描写熨帖而饱满。同时，运用比喻的手法，把黑女人肤色的浓艳比作"饱和着奶油最可口的朱古律"，这些富于鲜明色彩的事物，调动了读者对色彩的想象。

同样，余光中散文中也充满了五彩缤纷的色彩美。两人的抒情散文的色彩性都很突出。徐志摩的散文语言被称为"浓得化不开"，余光中也打破以往散文朴素的写法，代之以辞藻华丽、浓笔涂抹的写法，颜色的搭配大胆而奇异，具有一种印象主义油画般绚丽色彩的质地。英国评论家艾迪生曾有这样的见解："凭借文字的渲染描绘，读者在想象力看到的一幅景象，比这个景象实际上在他眼前呈现时更加鲜明生动。"② 不论是描写自然景色，还是描写人物的肖像，作者都善于抓住色彩来表达感情。

综观两人的散文，徐志摩散文中色彩绚丽的彩色画面，用不同的色彩突出个人的情感。余光中散文的"诗性"语言更多的具有一种现代主义的因素和心理跳跃的色彩，并且在色彩运用上颇为独到。如《山盟》："火葬烧着半边天。宇宙在降旗。一轮橙红的火球降下去，降下去……日轮半陷在暗红的灰烬里，愈沉愈深。山口外，犹有殿后的霞光在抗拒四围的夜色，横陈在地平线上的，依次是惊红骇黄怅青惘绿和深不可泳的诡蓝

---

① 徐志摩：《浓得化不开（星加坡）》（下册），长城出版社 2003 年版，第 49—50 页。
② 汪流：《艺术特征论》，文化艺术出版社 1984 年版，第 48 页。

渐渐沉溺于苍黛。怔望中,反托在空际的林影全黑了下来。"① 文中日落时"橙红的火球""暗红的灰烬",颜色和动态组合,新颖奇特。而对地平线的描绘是"惊红骇黄怅青铜绿和深不可泳的诡蓝渐渐沉溺于苍黛",用色彩的变化表现动态美,使画面呈现层次感,捕捉感觉过程中的光和色的变化,增强了文字的视觉冲击力。又如《塔阿尔湖》:"一瞬间,万顷的蓝——天的柔蓝,湖的深蓝……如果你此刻拧我的睫毛,一定会拧落几滴蓝色。不,除了蓝,还有白,珍珠背光一面的那种银灰的白。"② 云彩是"颇具芭蕾舞姿但略带性感的";木瓜树是"挺直的淡褐色的树干,顶着疏疏的几片叶子,只要略加变形,丹锋说,便成为甚具几何美的现代画了";还有感伤的紫色,黄是"那种略带棕色的亮晃晃的艳黄"。作者绘制了一幅浓丽的彩图,颜色的搭配带有强烈的主观性,加之拟人的手法的运用,表现效果新颖奇特,将色彩动态美完整地呈现在了读者面前。

二 语言的隐喻性与陌生化

在余光中和徐志摩散文中,语言往往表现出一种强烈的主观化情感。两人散文语言有时精练简洁,有时繁复浓艳,在传达感情时语言充满了矛盾和意义,或者用法上发生偏离、转换,形成了诗性散文语言独特的特质,即隐喻性。在这种隐喻性话语中,常蕴含着生活中普遍的情感与状态,使散文的语言上升到一个哲理的高度。同时,两人通过改变语言的日常用法,使词语字面意思模糊起来。在本节中,通过论述余光中与徐志摩散文语言所体现出来的隐喻性与陌生化来比较和说明其散文语言的诗性美。

(一) 隐喻化的语言修辞

大量的人类学资料表明,人类最初的语言似乎具有诗性的特征,它浸润着强烈的情绪,驾驭着奇特的想法,以及它的感性具体性的魔力似乎跟诗性语言并无二致。特别是语言的根须扎在隐喻上,而隐喻恰恰是诗的特点,所以"隐喻是诗的基础,也是诗性语言的根底"③。"没有隐喻就没有诗性的语言。"④ 换言之,诗性散文的魅力不仅在于语言的华美和情感的浓烈,更在于散文内在的隐喻。一般来说,隐喻不仅影响人类表达自己内

---

① 余光中:《山盟》,《余光中散文选集》(第2辑),时代文艺出版社1997年版,第378页。
② 余光中:《塔阿尔湖》,《余光中散文选集》(第1辑),时代文艺出版社1997年版,第97页。
③ 马大康:《诗性语言研究》,中国社会科学出版社2005年版,第152页。
④ [美] 特伦斯·霍克斯:《论隐喻》,高丙中译,昆仑出版社1993年版,第8页。

心的丰富情感和描写复杂的内心世界,还是塑造诗语的结构和隐藏思想感情的工具。现代隐喻理论认为,隐喻首先是一种语言行为,其次是一种心理行为。当现有的语言不足以表达我们的感受时,某些独特的思考与思想只能通过隐喻的方式来表达,它总是基于语言又超乎语言,是以语言的方式呈现出来的心理行为。用修辞层面的隐喻来暗示更具深意的心理现象,让读者在间接的语言行文中言语用意"异于"字句本义,营造了具有张力的语言效果。在余光中与徐志摩散文中,修辞层面上的这种隐喻手段很常见,可以从两人的散文语言中寻找它的蛛丝马迹。

徐志摩散文中隐喻手段是新颖、奇丽、亲和的。他的散文中喻体较少有重复他人或者前人所用的,完全是作者独创的,可以说是徐志摩式的,正是因为隐喻化语言修辞手法创造性地使用,才令人耳目一新。《这是风刮的》中的"曼殊斐儿文笔的可爱,就在轻妙——和风一般的轻妙,不是大风像今天似的,是远处林子里吹来的微喟,蛱蝶似的掠过我们的鬓发,撩动我们的轻衣,又落在初蕊的丁香林中小憩,绕了几个弯,不提防的又在烂漫的迎春花堆里飞了出来,又到我们口角边惹刺一下,翘着尾巴歇在屋檐上的喜鹊'怯'的一声叫了,风儿它已经没了影踪。"这段文字,作者通过隐喻这一手段,写曼殊斐儿文笔的可爱,用"和风一般的轻妙"来作比喻,一个"轻妙"呈现出一系列的形象,将无形的"和风"化为有形的"蛱蝶"和"喜鹊",进行了动作描写,生动地概括了曼殊斐儿文笔的特点。文字的高度妙用,被徐志摩童话般的魔手耍活了。由此可见,作者通过隐喻的修辞手法对喻体进行生动的描绘,把抽象或者无生气的本体注入了血脉与精神气儿,使之变得栩栩如生。类似这样的描写在作品中多处可见。例如:

①他尤其惊讶那波光的灵秀,有的是绿玉,有的是紫晶,有的是琥珀,有的是翡翠,这波光连着山岚的晴霭……
——《"浓得化不开"之二(香港)》
②这当前的景象幻化成一个神灵的微笑,一折完美的歌调,一朵宇宙的琼花。
——《"浓得化不开"之二(香港)》
③这是秋月的特色,不论她是悬在落日残照边的新镰,与"黄昏晓"竞艳的眉钩,中宵斗没西陲的金碗,星云参差间的银床……
——《印度洋上的秋思》

例①、例②两句的喻体是由一系列排比句构成的,并且用的都是隐喻。排比的隐喻流畅、唯美,具有亲和力。"绿玉""紫晶""琥珀""翡翠"来比喻"波光的灵秀";用"神灵的微笑""完美的歌调""宇宙的琼花"比喻香港的美景。这两句所用的喻体本身就是容易引起人们美好想象的物体,是有灵秀之气、让人陶醉的事物。例③中,句中的"新镰""眉钩""银床""金碗"均是古人用来比喻月亮的,作者在这里省略了喻体,并且将几个比喻连用,使人容易联想到月亮的不同形状。此外,在《一封信(给抱怨生活干燥的朋友)》这篇散文中,开头的第六段都是由比喻构成,从第七段到第十五段中间也用了多个比喻,全文几乎通篇采用隐喻。徐志摩隐喻手法的恰当运用使他的散文字里行间处处闪耀着诗的光芒。

隐喻化的语言修辞是艺术作品的重要的特征之一,余光中与徐志摩在散文中大量而又恰当运用了隐喻的修辞手法,使散文富有想象力和创造力,带有强烈的感情色彩和抒情的氛围。余光中奇喻巧拟灵活多样,他对隐喻手法使用尤为偏爱。他曾在《论朱自清的散文》中说:"在想象文学之中,明喻不一定不如隐喻,可是隐喻的手法毕竟要曲折,含蓄一些。"①他指出了朱自清多用明喻而致使散文浅白明了,缺乏曲折、含蓄。可以看出,余光中十分注重使用隐喻性的诗歌语言,这在他的散文中充分地体现了出来,隐喻性的语言修辞构成了他诗性散文的一个重要的因素。

余光中散文隐喻新颖奇特,雄奇奔放,化静为动。在散文中,比喻的本体涉及生活的方方面面,喻体奇特新颖,往往超乎人们的想象。请看《逍遥游》这篇具有代表性的散文:

> 怒而飞,其翼若垂天之云,抟扶摇而上者九万里。喷射机在云上滑雪,多逍遥的游行……曾几何时,武陵少年竟亦洗盘子,端菜盘,背负摩天楼沉重的阴影。而那些长安的丽人,不去长堤,便深陷书城之中,将自己的青春编进洋装书的目录。当你的情人已改名玛丽,你怎能送她一首菩萨蛮?②

这段文字,作者以诗歌的语言写散文,隐喻化十分鲜明,诗意浓重,读起来不亚于诗歌,加之散文中移入了现代主义的因素,语言获得特殊的

---

① 余光中:《论朱自清的散文》,《余光中散文选集》(第3辑),时代文艺出版社1997年版,第146页。
② 余光中:《逍遥游》,《余光中散文选集》(第1辑),时代文艺出版社1997年版,第427页。

言语情调和诗歌形象感受。《逍遥游》叙事语言虽然单一，但是隐喻手法很高明，散文不仅具有了现代诗歌的叙事特征，语言也获得了一种诗性的隐喻特征。

一部散文作品可以借助隐喻的手段来丰富和扩大自己的诗意内涵，使得语义曲折、富于象征意义。请看下面几个例子：

①台北是婴孩，华盛顿是一支轻松的牧歌，纽约就不同，纽约是一只诡谲的蜘蛛，一匹贪婪无厌的食蚁兽，一盘纠纠缠缠的千脚章鱼。
——《登楼赋》

②落矶山是史前巨恐龙的化石，蟠蟠蜿蜒，矫乎千里，龙头在科罗拉多，犹有回首攫天，吐气成云之势，龙尾一摆，伸出加拿大之外，昂成阿拉斯加。
——《丹佛城—新西域的阳关》

③直线的超级大道变成一条巨长的拉链，拉开前面的远景蜃楼摩天绝壁拔地倏忽都削面而逝成为车尾的背景被拉链又拉拢。
——《高速的联想》

④当喷射机忽然跃离跑道，一刹那告别地面又告别中国，一柄冰冷的手术刀，便向岁月的伤口猝然切入，灵魂，是一球千羽的蒲公英，一吹，便飞向四方。再拔出刀来时，已是另一个人了。
——《蒲公英的岁月》

例①中，作者将台北比作婴儿，华盛顿比作一支牧歌，纽约比作蜘蛛、食蚁兽、千脚章鱼。雄奇的隐喻和排比的隐喻都十分流畅，追求一种气势，给人以流畅之感。

例②中，这段文字是对山脉的描写，把落矶山比作"史前巨恐龙的化石"，通过对喻体奇异的描绘，化静为动，将无生命的事物赋予生机勃勃的生命力，在变幻中展示其气势之大，动感之强，带给读者强烈的震撼。

例③中，高速公路上的超级大道在作者眼中已经是"一条巨大的拉链"，加之长句子和比喻手法的使用，直接在读者面前呈现出物象来，借着雄奇、奔放这股气势，以达到"以势压人"的目的。这种独特的感受必然带来新颖和生动。

例④中，《蒲公英的岁月》题目就是比喻，传达的是一种凄凉的心境。作者将告别中国刹那间的痛楚比作手术刀切入岁月的伤口，通过明喻和隐喻的手法，描绘蒲公英般的生活处境，更好地抒发了个人复杂的心理感受，表达出人物内心复杂的情感及落寞的情绪。在这里，隐喻的功效不仅在于它能"以其所知，喻其所不知"（《说苑·善说》），而且在于它能通过具体的事物表达抽象的事物、感情或者概念，把具体与抽象完美地融为一体，在散文中流露出诗人的气质和风格。

通过上文的比较，从徐志摩散文中看到的是一些阴柔唯美的字词来做喻体，将抽象或者无生气的本体注入了血脉，使之栩栩如生。散文的语调多亲昵，修饰词往往浓郁艳丽，隐喻较为含蓄、曲折，少有气势恢宏之势和大气磅礴之韵。而余光中隐喻手法不同于徐志摩，他喜欢选择带有阳刚之气的字词，雄奇、奔放、瑰丽，多富有动态的特征，少有静态的平铺直叙。此外，隐喻手段的使用，是介于平淡的常用词与难懂的奇字之间，富有创造力和想象力的，大大提升艺术的审美趣味，同时赋予作品深刻的哲理，因此余光中散文中的隐喻具有丰富的弹性，能给人带来一种极大的愉悦。

（二）陌生化的遣词造句

陈建晖认为："陌生化是构成散文诗性语言的一个重要方面。"① 所谓陌生化，是指对常规日常话语的偏离，造成了语言理解和感受上的陌生感。文学家通过改变司空见惯的常规话语，创造性使用陌生化的语言来表达自己独特的感受，形成了一种新的形态，从而延长读者审美的时间，增添诗意的空间。

要使得作品充满诗意与张力，"陌生化"是一个重要的艺术手法。沙夫曾说："假如我们通过约定的方法完全消除了词语的模糊性，那就会使我们的语言变得如此贫乏，使它的交际和表达的作用受到如此大的限制。"② 这种模糊性不仅使作品语言的"字里行间"存在着一些"默默隐藏的东西"，而且也体现着一种张力。诗性散文应推翻人对事物的既成感觉，追求语言新颖独特的陌生感。

徐志摩散文中陌生化语言并不那么明显，但在文中也可以找到。如《丹农雪乌》："他有耳能听精微的色彩，他有目能观察馥郁的香和味，他有鼻与舌能辨析人间无穷的隐奥的变换和结合，他有锐利的神经能认识、能区别、能通悟。"③ 这个例子是阐述通感特征最好的例子。"色彩"是个

---

① 陈建晖：《诗性散文》，广东教育出版社2009年版，第217页。
② ［波兰］阿达姆·沙夫：《语义学引论》，罗兰、周易译，商务印书馆1979年版，第352—355页。
③ 徐志摩：《丹农雪乌》，韩石山主编《徐志摩散文全编》（上册），天津人民出版社2005年版，第525页。

视觉范畴，但是作者将其转换为听觉的对象，色彩也能用耳倾听了。"香与味"分别是嗅觉和味觉的对象，但是作者也将它们转化为视觉的对象，香与味可以用眼睛观察。"人间无穷的隐奥的变换和结合"属于五官，但作者将其转化为嗅觉和味觉。日常用词"神经"用"锐利"来修饰，给人陌生感与新鲜感。《求医》里"别看他说话的外貌乱石似的粗糙，它那核心里往往藏着直觉的纯璞"① 一句中，"说话"是听觉的范畴，以"乱石似的粗糙"来比喻，把听觉转化为视觉，形象地说明了作者的朋友虽然不善言辞，但往往说话都是实话，所谓"话丑理正"。在这里，作者将朋友说话的内容做了形象的比喻，使人产生无限的联想。在《关于女子》一文中，当作者说到杭州我们不由得觉得"舌尖上有些发锈"。"说"是听觉，生"锈"的东西是视觉形象，作者把说不出来的话转换为舌尖上"发锈"，实际上也是把听觉转化为视觉。同时使语言充满了新鲜感。

同样，余光中散文中陌生化的遣词造句也是不容忽视的。余光中与徐志摩散文在遣词造句上都达到了陌生化的效果，他们借助语言的特殊搭配组成句子，以高度的具体性来激发读者的联想与想象，进而在语义理解与视觉感受上造成陌生化，使作品的语言变得新奇与陌生。

综观两人的散文，徐志摩善于用通感、比喻等修辞手法，尤其对声音较为偏爱，将听觉形象转化为视觉、味觉、嗅觉，进行具象的描写，表达作者独特的感受，亦使语言文字有一种新的意境。而余光中不仅注重修辞手法的特殊使用，而且对散文个别字词的使用也尤为重视。他认为："构成全篇散文的个别字或词的品质几乎先天就决定了一篇散文的趣味甚至境界的高低"②。在余光中散文里，他大量地运用了一些令读者感到陌生或者模糊的字词，偏离常规用法，采用陌生化的手法来设置障碍，增加感觉的阻力，激发感觉的活力，延长审美的时间。正是散文中这些反常规、反逻辑、反习惯的语言组合，才给散文语言注入了新鲜的生命力，使散文具有了诗性的语言张力。

首先，语言的超常搭配，主要表现为把平淡、普通的字词置于特定的语境中，使之发挥出极致的艺术效应，进而产生一种新奇、脱俗的艺术情趣。余光中是对文字极为敏感的作家，他主张"真正丰富的心灵，在自然流露之中，必定左右逢源，五步一楼，十步一阁，步步莲花，字字珠玉，

---

① 徐志摩：《求医》，韩石山主编《徐志摩散文全编》（下册），天津人民出版社2005年版，第1049页。
② 余光中：《剪掉散文的辫子》，《余光中散文选集》（第1辑），时代文艺出版社1997年版，第334页。

绝无冷场"①。他作品中使用的词汇奇特、新颖,具有诗性的张力,带给我们一个鲜明生动、诗意葱茏的美的世界。下面将列举几个例子来说明。

  ①他坐在重重叠叠浓浓浅浅的绿思绿想中。

——《塔》

  ②枕着润碧湿翠苍苍交叠的山影和万籁都歇的岑寂,仙人一样睡去。

——《听听那冷雨》

  ③月蚀夜,迷路的白狐倒毙,在青狸的尸旁。竹黄。池冷。芙蓉死。

——《鬼雨》

  ④一炉晚霞,黄铜烧成赤金又化作紫灰与青烟。

——《沙田山居》

  例①中的"思想"是抽象词和名词。作者巧妙地把名词活用动词,用色彩词"绿"和叠词"重重叠叠浓浓浅浅"来修辞,使作者内心情感在空间弥漫渗透。同时,作者用一个动词"坐"字来搭配使用,不合常规给人以陌生感同时也延长了读者审美时间。例②中"枕"往往同具象的名词性短语使用,在这里"枕"后面却跟着抽象的名词和形容词,这种新奇陌生的搭配给人以想象的空间,充满诗情画意的空灵美。例③句中"在青狸的尸旁"是倒装句,为了突出地点,暗示白狐与青狸之死之间密切的关系。例④"炉"本是个名词,在句中作者灵活地转化为量词来修饰晚霞,然后加上一系列变化着的色彩词,这种超常的言语搭配把空中燃烧的晚霞写活了,营造了某种审美效应。

  其次,利用修辞手法进行创新。作者突破传统,打破常规思维模式,以全新的视角审视世界,在修辞上大量采用比拟、通感等,使在语义理解与视觉感受上陌生化,从而使作品的语言变得新奇和陌生。请看下面的例句。

  ①夜凉如漫,虫吟似泣。星子的神经系统上,挣扎着许多折翅的光源,如果你使劲拧天蝎的毒尾,所有的星子都会呼痛。但那只是一

---

① 余光中:《剪掉散文的辫子》,《余光中散文选集》(第1辑),时代文艺出版社1997年版,第334页。

瞬间的幻觉罢了。天苍苍何高也,绝望的手臂岂得而扣之?

——《逍遥游》

②温柔的灰美人来了,她用冰冰的纤手在屋顶拂弄着无数的黑键啊灰键,把晌午一下子奏成了黄昏。

——《听听那冷雨》

③美国的西部,多山多沙漠,千里干旱,天,蓝似安格罗·萨克逊人的眼睛,地,红如印第安人的肌肤,云,却是罕见的白鸟。

——《听听那冷雨》

例①中作者描写的是美丽苍穹的星子。余光中笔下的星子似乎跟人一样,有了人的神经系统,有疼痛感,有生命力,作者把他们写得鲜活而又新奇,使读者得到更真切、更深刻的审美感觉。例②中,作者使用比喻、拟人手法,在这里雨被比作一个弹钢琴的"灰美人",雨声成为"灰美人"弹奏的音乐,在视觉上使读者获得一种新鲜的奇特感,引发读者丰富的联想。例③中,作者把美国西部的蓝天比作"安格罗·萨克逊人的眼睛",红土地比作"印第安人的肌肤",而云彩比作"罕见的白鸟"。在这里,作者用了三个巧妙的比喻,打破了常规的思维模式,让读者获得一种新奇的审美体验,并体会到了语言上不同的陌生感。

此外,余光中在《蒲公英的岁月》《南太基》等散文中,大量地使用陌生化的语言,令读者耳目一新,给人感官上的冲击。在散文创作中,余光中善用各种修辞手段拆卸、整合中国文字,中国文字在他笔下加工变形,成为更为漂亮的语言组合,因而被黄维樑先生称为"文字的魔术师"。

三 语言的感性化与知性化

徐志摩、余光中的创作历程有相似之处,都曾以诗歌闻名,并且随着诗歌成就和影响力的扩大,最终在文坛上确立了自己的地位。虽然其散文创作比诗起步晚,但是成熟的过程却比诗歌快。"以诗为文"的散文创作使两人的散文充满诗情画意。在诗性散文中,感性和理性的调配极其重要,是构成诗性散文一个不可缺少的环节。众所周知,中国散文长期以抒情为正宗,以感性思维为特征,兼具感性与知性的作品并不多,散文缺乏知性的因素。"五四"新文化运动以来,不少散文家对散文创作的感性化与知性化做出了许多有益的探讨。郁达夫曾指出没有情感的理智,则是"无光彩的金块",而没有理智的情感,则是"无鞍镫的野马",从哲学的角度来说，这原是"智与情的合致"；傅斯年在文学革命中引入感情，启人理性。虽然他们已经意识到感性与理性在散文创作中的重要性，在实践中理性的因素并不是很明显。余光中曾以徐志摩、何其芳等具有诗人气质的散文家所创作的"感性散文"为例，指出他们的散文"缺乏知性来提纲挈领"，说理不够练达，或者全然投入一个情境中经营饱满的感性世界，不能充分地满足我们对散文情理兼修的要求。

20世纪五六十年代，余光中在批判散文浮靡柔弱文风的同时，也阐扬了一种散文的现代意识，提出散文要讲究"弹性""密度""质料"的散文理论。其中"质料"是说语言有一种肌理，选字时代表着感性和知性。他的散文集《听听那冷雨》《掌上雨》《逍遥游》《望乡的牧神》《焚鹤人》中的诗性散文兼具了知性与感性，他用自己的创作践行自己的散文理念。1994年，余光中在《散文的知性与感性》一文中，对知性和感性做了一次比较全面的论述。文章开篇就指出，"文学作品给读者的印象，若以客观与主观分为两极，理念与情感对立，则每有知性和感性之分"①。由此可见，余光中认为作品中的"客观""理念"是"知性"的表现，"主观""情感"则是"感性"的表现。接下来，他在文中对感性与知性做了更具体的阐释："所谓知性，应该包括知识与见解。知识是静态的，被动的，见解却高一层。见解动于内，是思考，形于外，是议论……散文的知性该是智慧的自然洋溢，而非博学的刻意炫夸。"②"至于感性，则是指作品中处理的感官经验；如果在写景、叙事上能够把握感官经验，而令读者如临其境，如历其事，这作品就称得上'感性十足'，也就是富于'临场感'（Senseofimmediacy）。""因此感性一词应有两种解释。狭义的感性当指感官经验之具体表现，广义的感性甚至可指：一篇知性文章因结构、声调、意象等等的美妙安排而产生的魅力。也就是说，感性之美不一定限于写景、叙事、抒情的散文，也可以得之于议论文的字里行间。"③在余光中这里，"知性"包含了知识与见解，洋溢着智慧与哲理。"感性"则是作品中所呈现的感官经验，它不仅包括叙事、抒情、写景等主观情感的抒发，还包括作品中使用恰当的语言与写作技巧而产生的艺术美感。余光中在散文创作中重视散文知性与感性相济，与他对文字的审美要求一样，他认为一篇优质的散文要同时兼具知性、感性，即知性中包含感性，

---

① 余光中：《散文的知性与感性》，《余光中集》（第八卷），百花文艺出版社2004年版，第333页。
② 余光中：《散文的知性与感性》，《余光中集》（第八卷），第333页。
③ 余光中：《散文的知性与感性》，《余光中集》（第八卷），第334页。

感性中融入知性，主观情感的抒发与客观的哲理思考相得益彰。

  作为人文主义者，余光中和徐志摩关注人生，探求生命的意义，力求人与自然之间能达到天人合一的境界。他们借景抒情，借事兴感，在对客观事物敏锐观察的同时积极调动联想和想象等感觉性心理活动，使这种心理活动最终落在文本上，而这种心理活动往往以比喻、拟人、对比等语言形式表现出来。因此，这些语言技巧不仅是外在形式，更重要的是一种建立在主体感觉基础之上，以联想、想象为特征的感性心理活动。余光中、徐志摩散文感性化与知性化正是运用了大量精妙的比喻、奇警的意象、新颖的拟人等表现方法，它不仅是作家主体感觉与体验的外化，更是作家积极展开联想与想象的感情思维的符号结晶。他们的散文在感性之中迸射出的知性光芒。以下将分别分析两人感性化和知性化的散文语言。

  徐志摩散文中具有浓厚的感情色彩，感性语言占主导地位，但文中缺乏知性的因素。在名篇《我所知道的康桥》一文中，作者用一支多情的笔，对康河自然景色进行描绘，诗一般的句子，让人读起来分不清是诗还是散文。在这里，作者以乐器的层次滋润着我们的听觉、视觉、嗅觉、触觉，令人浸润其间。其中"难忘七月的黄昏，远树凝寂，像墨泼的山形，衬出轻柔暝色/密稠稠，七分鹅黄，三分桔绿，那妙意只可去秋梦边缘捕捉……"① 几句用色彩词"墨""暝""鹅黄""桔绿"四种颜色组成一幅恬静的黄昏美景，向读者展现康桥千姿百态的秀丽画卷，艺术地再现自然美，同时也抒发了作者崇尚自然的情怀和对这块土地无限眷恋的情思。在他笔下，"康桥"是感性的、有生命力的，作者通过具体意境，把自己的思绪剪辑成一个个画面，借这些具体可感的画面，表达自我内心的情感。这篇脍炙人口的散文独特之处不仅仅在于完美的艺术形式，还在于作者的真情投入。"真正震撼人心的作品，必然是直指本心，写出人性的共相，触及人性的本然，使读者会其心而同其心。"② 这篇散文便是了。徐志摩的散文无论是抒情、游记类，还是那些哲理性、议论性很浓的演说词，语言情绪性与情感性十足，把自己的思想融进散文中，跟读者像知己朋友一样交流谈心，情感渗透到文章各个地方，作品处处流淌着诗意。如《落叶》这篇演说词，是一篇典型的"自剖"性文章。作者以朋友般亲切的口吻在说话，敞开胸怀直抒胸臆，拉近了与读者之间的距离。这种亲切感

---

① 徐志摩：《我所知道的康桥》，韩石山主编《徐志摩散文全编》（下册），天津人民出版社 2005 年版，第 830 页。
② 陈剑晖：《诗性散文》，广东教育出版社 2009 年版，第 213 页。

在徐志摩很多散文中都有体现。他单纯的真实、真诚、真情表现在感性的语言中，每次读来总能给人亲切感，形成了徐志摩散文的纯情美。然而，他的散文缺少以理服人，感情泛滥而没有了节制，正像一匹脱缰了的野马，无法"行于所当行""止于所当止"。感情激烈而不集中，粉饰不自然，虽给人亲切之感，却使人读后无法捕捉其中的思想倾向。徐志摩在《落叶序》中也曾评价他的散文，认为他的散文"不是质地太杂，就是笔法太乱或者太松"。这意味着作者已经意识到自己散文创作的不足，是事实而非谦虚之说。

相比较而言，余光中散文比徐志摩散文多了几分知性色彩，情感传达层次也丰富。余光中散文，尤其是《听听那冷雨》写景出色，他对客观事物审美观照时，总是调动自己的听觉、视觉、味觉、嗅觉、触觉等各种感官机制，写真实自我的人生经历与体验，感情呼之欲出，借景生情，借事兴感，抒写自我人生的情怀，展现他对现代生活的感受与诗情。他笔下的冷雨是可听、可看、可嗅、可触的，散文中呈现了感官的经验，我们仿佛看到了雨落在屋瓦"浮漾湿湿的流光，灰而温柔"；闻到了"有一点点薄荷的香味，浓的时候，竟发出草和树林之后特有的淡淡土腥气"；听到了"各种敲击音与滑音密织成网"像是"谁的千指百指在按摩耳轮。"字词的重叠，色彩词的选用、比喻、拟人修辞手法的使用，汇成了富有诗情画意的篇章，这便是散文感觉化的语言。同时，淋淋沥沥的冷雨激起他的思绪，作者把对故乡的思念融入意象之中，书写着挥之不去的浓浓乡愁。这些意象与作者的人生遭遇及生活体验是息息相关的。这篇富有诗情的作品，作者把浓浓的乡愁物化为具体的意象，将作者心理的混沌之物（包括感觉、知觉、体验、意象、情绪等）形诸具体的艺术符号，浸透于作者的心灵。此外，作者还对光阴易逝、生命短暂、盛衰变化有所感叹，这种感叹作者并没有正面写而是通过对照自显出来，让读者进行自觉性思索和情感的体验。

在散文革新里，余光中重视散文语言的声、色、味，虽然偏重感官是变革散文的突破口，但是重感性并非意味着他对理性的忽视。余光中批判性地继承"五四"时期徐志摩等人的浪漫主义的优点，摒弃了浪漫主义中情绪泛滥、感觉的夸张、缺乏理性等缺陷，强调知性与感性在散文中的作用。陈建晖曾在他的著作中说"艺术之所以称之为艺术，就是在于它既是感性的，又是理性的；既是自我的，又是社会和整个人类的"，"一切艺术活动包括散文的创作必须具有一种'艺术理性'，但艺术理性又必须以感性为客体对象，艺术理性离不开创作主体的直觉、感知和体验"。

散文的艺术魅力正在于语言的感性化和知性化的合理调配。不论哪种题材的散文，余光中都能收放自如，处处流露真情实感和理性的光辉，他不仅渲染"我眼中的风景"，还描绘"我心中的风景"，以现代人的思想方式透过文字洋溢出现代文明的蓬勃与洒脱，向读者展示了浓厚的诗意美和独特情感体验与感悟。如抒情与哲理完美结合的《猛虎和蔷薇》，以从容平和的心态去体验世间万物和时代的风雨；游记散文《地图》，作者用三个比喻道出了他与新大陆、旧大陆和岛屿之间复杂的感情，表达对祖国大陆的眷念和求索的精神及对现实的责任心；以现代人的思想方式抒发对故国情感的《山盟》，充满了阳刚之气，抒情的同时有对话，记事的同时写景，感性饱满。幽默风趣的学者散文《横行的洋文》，作者生动形象地阐释了外语学习的重要性，以及成人学习并不容易。通过中国与西方语言词类不同的变化，表现出作者对中西语言差异的理性思考，以及作者渊博的知识和在语言学、文学上的造诣，读后让人很受启发和教益。

从上文的分析得出，徐志摩散文中的感性化语言和余光中一样出色。他们借助了感性的生命体验和真挚情感的表达来构成散文的诗性语言，这些诗性语言是作者将情感化作了不同风格、色调构造出的丰富多彩的抒情文字，其语言是主观情绪、情感的外化，是感情思维符号的结晶。一篇散文，如果感性成分在文中占的比重较大，难免会太过阴柔、轻浮。余光中意识到感性与知性在文中的重要性，他曾用旗杆、旗论断两者，认为"许多出色的散文，常见知性之中含有感性，或是感性之中含有知性，而其所以出色，正在两者之合，而非两者之分"[①]。的确，如果散文太急于载道说教，或者一味抒情，过分追求感性，沉溺于诗情画意，读来便会索然无味。所以，只有感性与理性合理的调配才能使作品更加出色。总之，一篇优秀的散文，无论是抒情、说理还是议论，都要拿捏好感性与理性之间的度，笔下才能兼容感性与知性，散文语言才能既获得感性的美，又能达到充满知性美的艺术境界。

第三节 余光中与徐志摩诗性散文风格比较

从散文的创作角度来说，"风格，指散文家的创作见解在作品的思想、

[①] 余光中：《散文的知性与感性》，《余光中集》（第八卷），百花文艺出版社2004年版，第337页。

题材、构思、技巧、语言等方面显示出来的独特的个性和艺术特色。风格的体现,是整体的,不是单一的、孤立的。所以,风格实为散文家内在的思想感情透过文字的表达、而构成的一种属于自己的特殊的格调"①。风格的内核是散文家创作个性与格调。只有具备了与众不同的创作个性,才能创作出属于自己的独特散文风格。郁达夫在《中国新文学大系·散文二集·导言》中指出:"现代散文之最大的特征,是每个作家的每一篇散文里所表现的个性,比以前的任何散文都来得强。"② 可见,散文家的精神个体性是很重要的。若在散文里占有一席之地,散文家需要具有独创的个性,只有这样才能对客观事物做出新的阐述,说出新的话语,形成一种与众不同的风格。

风格是丰富多彩的。刘勰在《文心雕龙·体性》中将文章分为八体,也就是八种风格。他说:"若总其归途,则数穷八体:一曰典雅,二曰远奥,三曰精约,四曰显附,五曰繁缛,六曰壮丽,七曰新奇,八曰轻靡。"③ 不同的作家会显示出不同的散文风格,这种创作风格的迥异不仅取决于作者的才能、阅历、写作习惯等多方面因素,还取决于作家特有的创作个性与格调。余光中与徐志摩的散文正因其特有的、区别于其他人的"声音",而具有独特的风格。

一 古典与现代

余光中与徐志摩都曾受到中国传统文化熏陶,在创作上又借鉴与吸收西方文化,融传统于现代,使他们的散文呈现出古典与现代并包、中西方融汇的美学风格。

余光中是一位学贯中西的作家。他出身于大家庭,良好的家庭环境使余光中受到了很好的教育,奠定了其深厚的民族文化根基,他对古典文学的偏爱也是从小培养起来的。他在《自豪与自幸》中有这样一段描述:"就这么,每晚就着摇曳的桐油灯光,一遍又一遍,有时低回,有时高亢,我习诵着这些古文,忘情地赞叹骈文的工整典丽,散文的开阖自如。这样的反复吟咏,潜心体会,对于真正进入古人的感情,去呼吸历史,涵泳文化,最为深刻委婉。日后我在诗文之中展现的古典风格,正以桐油灯下的夜读为其源头。"④ 余光中在诗文中展现出来古典的风格,正以这段

---

① 傅德岷:《散文艺术论》,重庆出版社2006年版,第292页。
② 郁达夫:《新文学大系·散文二集·导言》,天津人民出版社2003年版,第132页。
③ (南朝)刘勰:《文心雕龙·体性》,人民文学出版社2002年版,第308页。
④ 余光中:《自豪与自幸》,《余光中集》(第六卷),百花文艺出版社2004年版,第589页。

时间对古典文化的偏爱为其源头。大学期间他攻读外文系，精通英语，大学毕业后赴美留学。在60年代，曾两次被邀请赴美讲授古典文学。余光中在美期间，游历了美国的名山胜景，深入地接触了美国文化。丰富的生活阅历与开阔的文化视野，使他创作呈现出一种与众不同的散文风格。他将古典文化与西方文化二者兼容起来，使作品不失中国古典的韵味，又注入了欧美现代之气息。余光中诗性散文中优美的中国古典诗意体现在语言上。作者利用古典诗词、典故等，进行现代的加工改造。如具有代表性的《逍遥游》，就题目而言，与庄子的《逍遥游》一脉相承。作者借用庄子《逍遥游》加以改进，融进现代的事物，古典与现代相结合，焕发出自己独特的散文风格。这篇文章用典较多，如"上有青冥之长天，下有渌水之波澜。长风破浪，云帆可济沧海。行路难。行路难……"几句中，作者活用古诗词，借用李白的诗句，增加标点符号，省字或者加字，用典密度大，文章古朴典雅。其他散文中也常常出现引借古人诗文的句子，如："夜半钟声到客船，那是张继；至于我，总还有一声汽笛。"① "城，是一片孤城。山，是万仞石山。"② 前者让我们很容易想到唐代诗人张继的《枫桥夜泊》，后者是从王之涣《凉州词》"一片孤城万仞山"化用而来的白话文，内容没有变，语言形式发生变化，节奏也随之放慢。"浅深红白宜相间，先后乃须次第栽。" "生生燕语明如翦，呖呖莺声溜的圆。"③ 余光中诗性散文中焕发着古典情愫。

余光中还常信手拈来一些古典意象意境，唤起沉淀在他心中的古典文化意蕴。他散文中有古代人物意象：李白、杜甫、王国维、五陵少年、长安丽人、杜牧、徐霞客等，也有西方著名的作家：雪莱、拜伦、莎士比亚等。这些中西著名人物被余光中引入散文中，新颖独特，韵味十足。正如余光中自己所说："真正的高手，在重现、重组古典意境之余，常能接通那么一点现代感或现实感，不让古典停留在绝缘的平面。"④ 作为现代的知识分子，余光中对驾车尤为偏爱，他崇尚速度，在对高速的赞叹中体验了生命激情的奔放。"更大的愿望，是在更古老更多回声的土地上驰骋……最好是细雨霏霏的黎明，从渭城出发，收音机天线上系看依依的柳

---

① 余光中：《记忆像铁轨一样长》，《余光中散文选集》（第3辑），时代文艺出版社1997年版，第462页。
② 余光中：《丹佛城——新西域的阳关》，《余光中散文选集》（第2辑），时代文艺出版社1997年版，第247页。
③ 余光中：《花鸟》，《余光中散文选集》（第3辑），时代文艺出版社1997年版，第41—44页。
④ 余光中：《从天真到自觉》，《余光中集》（第5卷），百花文艺出版社2004年版，第493页。

枝……我以 70 哩高速驰入张骞的梦高适岑参的世界。轮印下重重叠叠多少古英雄长征的蹄印。"① 在这一段文字中，作者以古代人的情绪写现代人驾车后的期待，通过奇特的想象来表情达意，把自己的感情熔铸到对所想象事物的描写中去。传统意象的细雨、杨柳等与现代意象的收音机天线、挡风玻璃等相映成趣。以现代的高速驾驶闯进古代的张骞、高适、岑参的世界，这种穿越时空的构想把读者带回了古代，寄托了作者对故国文化的眷恋。同时，呈现出现代的奔放与古典的清远的美学风貌。

同样，古典韵味和充满欧美气息的美学风貌也体现在徐志摩的散文中。

徐志摩少年时期便受中国古典文化的熏陶，钟情于庄子的散文，并吸收传统文化之精华于他的散文创作中。在留学生涯中，西学使徐志摩受益匪浅。他受英国随笔散文、人文主义的文学思潮及西方文学家雪莱、济慈、拜伦、罗素等影响，接纳了西方的新思想，走上了一条追求"爱、自由、美"的理想主义与浪漫主义之路。徐志摩推崇《庄子》散文汪洋恣肆的文风、自由奔放的情感宣泄和毫无拘检的文体，诗意细密而浓厚。他的诗性散文中不仅汲取了西方散文艺术的精华，还散发着庄子散文的韵味，是中西文化相互碰撞与融合的产物。有人评价徐志摩的散文语言："徐志摩散文中，美不胜收的语言和西化的风格非常突出。""没有丝毫生吞活剥的蹩脚。而是西方语言与华美多姿的汉语词汇的浑然天成。"② 无疑，徐志摩是一位语言魔术师，是中西合璧的语言巨匠。他散文内容的跳跃、思维的缜密与逻辑都源于语言西化的基础，但是他的散文剔除了西化的晦涩艰深，汲取西文之精华，代之以中西结合，合乎中国人阅读欣赏习惯的风格，这样散文的西化便带有中国化的烙印，呈现了中西文学融汇并包的散文语言风格。

徐志摩的散文风格常体现在语言的行文上，首先表现在直接将中西诗句融入散文创作中，如《曼殊斐儿》作者开篇将诗歌入文，敞开心扉告白自己的性格，渲染出曼殊斐儿的文学美。这篇散文接近于"信手拈来，信笔写去"的英式散文。作者引用其诗句既渲染了她的美，又抒发了作者的感怀。作者汪洋恣肆、用墨如泼，打开了东西方文化知识的宝库，开辟了通向曼殊斐儿的条条曲径，把她的美用铺排的手段进行渲染，造成了空灵超俗之美。这篇散文正是西方的繁采与东方的雍容典雅结合的典范。

---

① 余光中：《高速的联想》，《余光中散文选集》（第 3 辑），时代文艺出版社 1997 年版，第 34 页。
② 吴希华、宋玉华：《独步的文学人——解读徐志摩》，中国文联出版社 2006 年版，第 94 页。

其次，以口语为基础，欧化语、古文、方言等杂糅一起，文章多姿而富有趣味，形成了徐志摩散文浓艳华丽的语言风格。这种散文语言在第二节已经详细阐述，在此不加赘述。

徐志摩认为自然与人类应该和谐相处，天人合一的自然观与庄子自然观有异曲同工之妙。徐志摩对自然与真的追求，对逍遥脱俗意境的营造，崇尚自然的思想，都源于庄子。人类打着文明的旗号人为地破坏环境是违背自然的，城市成为人化的产物，徐志摩散文里的这些城市意象试图征服和改变自然，注重"性灵"的徐志摩在这种人为城市环境下呈现出一种挣扎的姿态，这种精神状态在他的散文创作中体现出来。如《丑西湖》："雷峰也羞跑了，断桥折成了汽车桥，哈得在湖心里造房子，某家大少爷的汽油船在三尺的柔波里兴风作浪，工厂的烟代替了出岫的霞，大世界以及什么舞台的锣鼓充当了湖上的啼莺。"① 在《巴黎的鳞爪》中，作者反映了当时巴黎生活的精神状态，既写了巴黎带给人自由舒适的感受，同时作者又告诫说："巴黎也不定比别的地方怎么不同，不同就在那边生活流波里的潜流更猛，旋涡更急，因此你叫给卷进去的机会也就更多。"② 文中这种灯红酒绿的现代工业文明使人的性灵被挤压，陷入危险病态的精神状态。各种艳丽的意象与丑陋死亡的意象结合，构成了工业文明席卷下的城市文化的景观。

徐志摩与余光中有着相似的人生历程，都有广阔的世界文化背景，"具有世界性的文化性格"，亦有深厚的传统文化根基，但两人又因为时代的不同，社会文化背景不同，作品所呈现的美学风貌亦不同。徐志摩的散文整体基调是乐观的，作品里有大量的理想主义与浪漫主义的成分，铺张华丽的语言和情感的自由抒发，使文章充满了典雅绮丽的诗情画意，总让人看见西方文化与中国古典文化相融的审美风貌。而余光中较之徐志摩多了一分忧思，少了浪漫主义色彩的成分。此外，余光中在文学创作中对传统的利用与现代化的改造，古典与现代的结合，使文章呈现出一种大气磅礴、开阖吞吐的散文风貌。

二 阴柔与阳刚

在散文中，阳刚和阴柔是美的两种主要表现形态，是中国人审视艺术

---

① 徐志摩：《丑西湖》，《徐志摩选集》（下），人民文学出版社2004年版，第299页。
② 徐志摩：《巴黎的鳞爪》，韩石山主编《徐志摩散文全编》（下册），天津人民出版社2005年版，第779页。

的标准。清代姚鼐把风格概括成两类,即阳刚和阴柔。他在论述"阳刚"风格时,指出其特征是"其文如霆、如电,如长风之出谷,如崇山峻崖,如决大川,如奔骐骥,其光也,如杲日、如火、如金镠铁……"论述"阴柔"时,曰"得与阴与柔之美者,则其文如升初日,如清风、如云、如霞、如烟、如幽林曲涧,如沦、如漾、如珠玉之辉,如鸿浩之鸣而入寥廓……"①就我国现当代散文而言,余光中散文中的篇什可谓大气,而徐志摩散文则华丽、婉柔,前者雄健、豪迈、阳刚,后者婉柔、细致、柔美……他们散文中阳刚之美与阴柔之美所引起人们的美感心理状态是不同的,这与散文家所反映的生活内容,所用的笔法、语言分不开,同时与作家的个性特点密切相关。

徐志摩的散文,感情细腻低回,有着诗的意境、诗的格调,意境清新精美,有时候给人一种旷达放浪的美感,有时候给人繁复华丽的浓郁感。在《想飞》这篇抒情散文中,文辞华美,诗意盎然,不少段落都像抒情小诗一样清新流畅,意境深远。如文中对黄泥山顶塔钟声的描写,山顶上高高的七层塔,庭院中艳艳的大红花回照着云彩,也有天空中泅着的几只"饿老鹰"。这一切,同悠扬的钟声构成了色彩绚丽的风景画卷,也构成了文章灵动的意境美。这段文字中,作者借助色彩的描绘、动态的描写、比喻和拟人等修辞手法,对画面进行真实、精练的描绘,大大提高了审美的空间,给人以美的享受。

徐志摩婉约柔美的散文风格主要表现在他飘然的文笔和华丽的语言上。鲁迅曾说徐志摩文笔飘飘,尽管这是对他的批评,但也恰恰说明了徐志摩与众不同的语言风格。在《翡冷翠山居闲话》一文里,作品从不同的角度,运用华丽铺张的语言,表达了置身大自然的闲适与超脱的心境。如写一个人漫游的时候,你可以在草地里"坐地仰卧",可以在地上"打滚","因为草的和暖的颜色自然的唤起你童稚的活泼";你也可以在安静的小道上"狂舞","因为道旁树木的阴影在他们纡徐的婆娑里暗示你舞蹈的快乐";你也可以自由"唱歌","因为树林中的莺燕高速你春光是应得赞美的"。这种轻盈的笔调、飘然的文字、华丽的辞藻和铺张的渲染,写得有声有色、风采绰绰,使人赏心悦目,启人思绪,给人一种细腻精致的美的感受。

如果说徐志摩散文呈现的多是充满诗情画意的婉约、华美散文风格的话,那么余光中散文风格则是雄浑阳刚。余光中在《野虎与蔷薇》中将

---

① 魏家骏:《中国传统文化视野下的绚丽之美》,《宁夏社会科学》2005年第5期。

文章分为两种风格,即雄伟与秀美。阳刚美又称为雄健美、刚性美,是所谓的"金刚怒目""骏马秋风冀北""大江东去";阴柔美又称秀婉美、柔性美,是"杏花春雨江南""杨柳岸,晓风残月"。在早期散文创作中,他追求的是一种"阳性"(Masculine)气质,批斥粉气浓厚的阴柔风格(即所谓的花花公子散文),崇尚韩潮苏海的散文。"散文可以提升到一种崇高、繁复而强烈的的程度,不应永远滞留在轻飘飘软绵绵的薄弱而松散的低调上,我认为散文可以做到坚实如油画,遒劲如木刻,而不应永远是一张素描、一幅水彩。"① 这正是余光中所持的散文风格论。他善用变幻新奇、具有阳刚性的文字,来抒发喷薄而出的激情,形成一种雄伟奇丽的文风。他的散文《登楼赋》《高速的联想》《山盟》《逍遥游》《咦呵西部》等,展现出浑雄博大的气魄与阔大高远的境界。如:"我们立在20世纪最敏感的触须上,20世纪却留在千尺下,大纽约的喧嚣在千尺下,绕着帝国大厦的脚踝旋转旋转成骚音的漩涡,不能攀印地安纳的石灰石壁上来。脚踝踩入曼哈顿的心脏地带踩入第五街街面下五十多英尺,但触须的尖端刺入黄昏的淡霭里……"② "远行。远行。念此际,另一个大陆的秋天,成熟得多美丽。碧云天,黄叶地。……摩天三十六层楼,我将在哪一层朗吟登楼赋?"③ 这两段文字中联想奇特,带有神奇魔幻的色彩,长短句与现代诗融进现代散文中,富有节奏感,表现出一种雄浑的气魄和阔大高远的境界。在风格上,呈现出壮美的风姿;在美感效果上,产生了一种高远感和雄伟感。

余光中散文的阳刚雄健之气还体现在对阳刚意象的选择上。他喜欢的物象往往是巨石、狂风、暴雨、高山、海洋、奔驰的汽车、宽阔的高速公路等,这些充满阳刚之气的物象被作者纳入他的艺术视野,呈现了旷达高远、雄奇壮丽的散文世界。作者在运笔上常常是大笔的勾勒,显得气势宏阔。因此,他笔下的物象刻画的遒劲雄奇,这些阳刚的意象构成了余光中散文磅礴的气势。

余光中曾希望自己舞动的是"一枝难得充血的笔",能够达到"雄厚如斧野犷如碑的风格"④。在他的散文创作中,我们可以看到崇高、雄奇、强烈的散文追求。有论者曾说:"余光中迹近盛唐诗人李白,王鼎钧迹近

---

① 余光中:《六千个日子》,《余光中散文选集》(第2辑),时代文艺出版社1997年版,第102页。
② 余光中:《登楼赋》,《余光中散文选集》(第2辑),时代文艺出版社1997年版,第33页。
③ 余光中:《逍遥游》,《余光中散文选集》(第1辑),时代文艺出版社1997年版,第426页。
④ 余光中:《南太基》,《余光中散文选集》(第2辑),时代文艺出版社1997年版,第27页。

杜甫，余为雄健豪放，王为沉郁顿挫。"① 这从另一个方面补充了余光中"阳刚性"的散文风格。50年代中期至70年代中期，是余光中散文创作的前期，这期间他创作了大量风格奇崛的散文，如《逍遥游》《咦呵西部》《南太基》《丹佛城——新西域的阳关》《登楼赋》等作品，散文的意象阔达、瑰丽与雄奇，语言形式壮美豪爽，叙事、抒情有力而铿锵，节奏鲜明，风格浓艳奇崛，铺张扬厉，豪情毕露，展现出浑雄博大的散文品格。

当然，这并非说徐志摩未曾写过具有雄奇壮美的事物，正像余光中也写过婉约柔美的景观一样。从余光中散文中我们可以发现他曾有意无意间受到了徐志摩散文的启发与影响。虽然徐志摩并没有明确提出一系列的散文革新理论，但他独特的散文风格和与众不同的个性色彩在那个时代是独树一帜的。余光中曾在《早期作家笔下的西化中文》一文中评价新文学的散文家，指出"徐志摩是很杰出很特殊的一位，以感性浓烈，节奏明快，词藻瑰丽，想象洒脱，建立自己的风格"②。可见，余光中对徐志摩的高度赞赏。同时，徐志摩的诗文也潜移默化地影响余光中的文学创作。就阳刚与阴柔的散文风格来说，余光中的散文不仅有阳刚之美，还有徐志摩散文式的阴柔之美，刚中有柔、柔中有刚，刚健之中情韵深长，柔美之中风骨劲健。虽然余光中散文中含有阴柔之美，徐志摩散文中或多或少存有阳刚之魄力，但不能改变他们散文的总体风貌。徐志摩风格多呈现出阴柔美，散文感情细腻，词彩华丽、秀润，境界清新精致，运笔轻灵细巧，笔锋跳跃不大，使人赏心悦目，产生一种亲切感，隽永、绵长。而余光中较徐志摩则更倚重于阳刚的散文风格，在内容与形式相对应中表现出一种力量与气概的美，感情昂扬奔放，气魄刚健雄浑，境界阔达高远，笔法常大笔勾勒，大开大阖，构成波澜起伏、气势磅礴的特色。

三　幽默与典雅

在散文的艺术园地中，余光中与徐志摩散文风格同中有异，异中有同，呈现出对立统一的局面，除了古典与现代、阳刚与阴柔的散文风格，两人的散文还呈现出幽默与典雅的审美风貌。

何谓"幽默"？"幽默"本是一个外来词，英文是"humour"或者

---

① 林文月：《林文月散文精选集》，广西师范大学出版社2003年版，第132页。
② 余光中：《早期作家笔下的西化中文》，《余光中散文选集》（第3辑），时代文艺出版社1997年版，第293页。

"humor"，这个词源于拉丁文，其本义是与"体液"相关的一种医学术语。古希腊医生希波克拉底将体液分为4种，认为每一种体液决定一个人的气质，幽默是其中一种形态。在《辞海》里"幽默"则属于一个美学范畴，是"指以含蓄、凝练、机智、风趣的方式，揭示生活中的某种矛盾或哲理，令人发出会心微笑的审美特性。幽默是与滑稽、讽刺、怪诞等并列的元素"①。幽默在散文中，不同于滑稽、轻薄，它是一种智慧的象征，是一种轻松自由的境界，一种闲适愉快的风格。20世纪初"幽默"这一外来词进入中国人的视野，林语堂率先提倡幽默，他的幽默是一种心境状态，是一种充满智慧的幽默。他在《论幽默》中说："幽默只是一位冷静超远的旁观者，常于笑中带泪，泪中带笑。其文清单自然，不似滑稽之炫奇斗胜，亦不似郁剔之出机警巧辩。幽默的文章在婉约豪放之间得其自然，不加矫饰，使你于一段之中，指不出哪一句使你发笑，只是读下去心灵启悟，胸怀舒适而已。"② 幽默是自然而发的，不滥调，不忸怩作道。在林语堂移花接木、摇旗呐喊中引来"humour"这一西方词汇，紧跟其后出现了老舍、钱锺书、张天翼等若干幽默大家。近年来，在散文创作领域，一些作家纷纷迈向笑与幽默，作品中幽默情调十分浓厚。

60年代初，余光中把幽默写进了他的散文中，创造了典雅与幽默的散文风格。他说："幽默，可以说是一个敏锐的心灵，在精神饱满生趣洋溢时的自然流露。"③ "幽默，恒在俯仰指顾之间，从从容容，潇潇洒洒，浑不自觉地完成。"④ 余光中所谓的幽默产生于心灵深处，反映了主体的一种心态，一种人生观，一种感悟与体验生活的方式。他散文中幽默与典雅的风格源于作者心灵深处自然真情的流露，而不是刻意地去营造幽默感，更忌机械化、公式化。散文《牛蛙记》《我的四个假想敌》《催魂铃》《沙田七友记》等传达出温和谐谑的幽默。

在余光中的散文集里，随处可见那些以技巧的方式表现出来的幽默。比喻、拟人等成了余光中散文幽默语言风格的重要修辞方式。如《如何谋杀名作家？》："稿费终于来了。握在手里，又像'脑浆外流'（braindrain）的赎券，又像是一张灵魂的当票，连一只猫都喂不饱，何况一头狮

---

① 邱明正、朱立元主编：《美学小辞典》（增补本），上海海辞书出版社2007年版，第45页。
② 林语堂：《论幽默》，当代世界出版社2002年版，第39页。
③ 余光中：《幽默的境界》，《余光中散文选集》（第2辑），时代文艺出版社1997年版，第406页。
④ 余光中：《风·鸦·鹈》，《余光中选集》（四），安徽教育出版社1999年版，第13页。

子?问题是猫有九条命,而狮子只有一条。"① 就题目来说,就透露出几分轻松幽默,让人带着轻松的心态去读文章。在这里,余光中把作家比作狮子,连只猫都喂不饱比作作家微薄的稿费,幽默形象又生动有趣,整篇文章给人一种特有的幽默感。《借钱的境界》里作者通过生活中的借钱现象挖掘生活中的趣味,诉之于笔端,来客借钱开价低,作者就说"'兔子小开口',充其量不过要一根胡萝卜吧。谁耐烦去敷衍一只小兔子呢",将出钱人胸有成竹的高姿态形象地表现了出来。当遇到资深的借钱人,作者"忽然变成了一只小兔子,小兔子就算捐躯成仁,恐怕也难塞大狮子的牙缝"。借钱人反倒成为趾高气扬的大狮子。主客颠倒,作者自卑感油然而生,竟有点无地自容,祈求"狮子小张口"少借点钱。作者将人生平凡的琐事外化为作品,以幽默的笔调、形象生动的比喻引读者发笑,显出了勃勃的生趣。余光中散文的幽默还来自变化多端、出奇制胜的语言效果,而这往往通过对话的形式表现对世事的见解。如《蝗族的盛宴》结尾处,客人酒后饭饱后的对话:

"对了,今晚的新郎姓王还是姓黄?"
"好像是姓汪吧。第一个讲话的是谁?"
"我不记得了。"
"海参煮得不够烂。还有,烤鸭也……"
"哎呀,我肚子疼!"
"家里的表飞鸣快吃光了。司机,停一停。我去买瓶药就来。"②

从上面一段文字里,作者用戏谑的笔触,寥寥几句,写出了这些人在婚宴上像蝗虫一样,"把丰年吃成荒年",将一群小人物只知道吃饭的心态,通过对话表现得淋漓尽致。《牛蛙记》也是一篇幽默的散文,记录了自己在沙田山居时所展开的一场人蛙之战。作者痛恨牛蛙的噪声,实施三擒三纵战术,欲"剿灭"牛蛙的吼声,但都以失败告终。这一番描写让人感受到沙田山居的趣味之浓,富于诗意。尤其在文章的结尾部分,搬来新邻居,当不熟悉牛蛙声音的他们问到外面的声音时,夫妇两人机智应对:"那是牛叫。山谷地下的村庄上,有好几头牛。"读到这样的段落,

---

① 余光中:《如何谋杀名作家?》,《余光中散文选集》(第 2 辑),时代文艺出版社 1997 年版,第 285 页。
② 余光中:《蝗族的盛宴》,《余光中散文选集》(第 2 辑),时代文艺出版社 1997 年版,第 396 页。

便会令人忍俊不禁,幽默感十足。

  徐志摩没有像余光中一样对幽默的概念进行具体的阐释,但是他作品中也自有一种幽默风趣的特色。在《巴黎的鳞爪》第二则里,作者讲述的是一位巴黎画家的生活故事,画家这"穷鬼"住在"艳丽的垃圾窝"里。描写画家屋子破时,写道:"屋子破更算什么?……按你说模特儿就不该坐坏沙发,你得准备杏黄贡缎绣丹凤朝阳做垫的太师椅请她坐你才安心对不对?"① 这种语言风趣、幽默,使人想中有笑,笑中有想,轻松幽默。在《欧游漫录——西伯利亚游记》第八则"莫斯科"中,讲到亚历山大攻打拿破仑以及拿破仑惨遭失败的场景时写道:"俄罗斯人知道他会打,他们就躲着不给他打,一直诱着他深入俄境,最后给一个空城,回头等他在 kremlim 躺下休息的时候,就给他放火,东边一把,西边一把,闹着玩,不但不请冰淇淋吃,连他带去的巴黎饼干,人吃的,马吃的,都给烧一个精光。"② 在这段战争之中,徐志摩用温和、幽默笔调将残酷重大的战争写得如此轻松,不愠不火,娓娓道来,呈现出温和的幽默特征。

  阅读徐志摩的散文,明显感觉到他散文中的幽默没有余光中散文中的幽默来得充沛,也很少有一整篇幽默感十足的散文。但是典雅的风格在徐志摩散文中极为明显。徐志摩热爱大自然和追求性灵的美,擅长营造一种典雅绮丽的意境,通过散文表现生活的精致和自己的真切与细腻的感受。作品典雅绮丽的风格主要表现在他常用清雅的笔调描述一些美好的事物,以及这些美好的事物给自己带来的感觉。在本章第二节散文语言美中,曾分析了作者华丽繁复的语言所具有的音韵美与节奏美,散文韵律节奏美与浓厚斑斓的色彩构成的诗情画意,带来一种典雅绮丽的境界。他散文中常见的景象是繁花的山林、常青的草原、炊烟的村舍、潺潺的流水、疏松的海沙、天真的幼童等。在这里,自然万物与人的生命自由是相通的。作者追求精神的自由,在山水田园之间寻求与众不同的高雅,因此在散文中,典雅少了一些社会气息,多了一些自由清新的气息。在《我所知道的康桥》一文中,字字句句都浸透着徐志摩对康桥的挚爱,流露出他的真情。在文中,作者以清静的心去拥抱自然,康桥的美景打上了作者真挚的感情色彩,这感情又借助自然美景倾泻出来,创造出幽远深邃、典雅精致的审美意境。

[①] 徐志摩:《巴黎的鳞爪》,韩石山主编《徐志摩散文全编》(下册),天津人民出版社 2005 年版,第 790 页。
[②] 徐志摩:《欧游漫录——西伯利亚游记》,韩石山主编《徐志摩散文全编》(上册),天津人民出版社 2005 年版,第 583 页。

自然典雅的文学作品往往给人高洁文雅、超尘脱俗的审美感受。在余光中散文里，雍容典雅的散文风格也不例外。他的散文风格是多样的。在他早期的散文中，热情奔放、雄奇壮美等阳刚的散文风格占主导地位，但不同时期、不同的文本会有不同的表现方式，虽然余光中追求阳刚之美，但并不是所有的散文都能以"阳刚"之名冠之。70年代中期以后，随着生活阅历的增长，余光中创作了《听听那冷雨》《青青边愁》《分水岭》《记忆像铁轨一样长》等散文集。这些散文呈现的散文风格与前期散文风格有所不同，作品风格更为多样化。在这一时期余光中更追求知性与感性相互渗透，主观抒情日渐转向了客观叙事，其文字精致又新奇，大量使用古典意象群，文章呈现出了古朴典雅、凝练从容及幽默的散文风格。如《记忆像铁轨一样长》文章主线明确，依照时间的顺序娓娓道来，在文字新奇的基础上多添了一些朴实的字句，抒发了怀乡之情。他善于在大自然中寻找一个切入点，笔下的一景一物都渗透着清雅和秀丽。在技法上，作者还利用古典诗文、比拟等修辞手段，将自己的民族情怀化作文中的意象，这些意象象征的就是美，美的纯真、美的优雅、美的永恒，从而创作出一种雅逸的田园诗意般的作品，给人无限的美感。

　　综上所述，余光中与徐志摩在散文创作中自觉地继承传统，并吸纳了西方文学的养分，有所开拓，有所发展。他们以诗人之手写出了充满诗意的散文，这些散文具有了诗的美质、诗的意境和诗的格调，作品中处处流动着诗意美。同时，他们的散文又各具特色，异彩纷呈。第一，两人在意象类型的选取上有着各自的侧重。徐志摩散文中柔美温婉的意象较多，情感依附于意象上，感情细腻低回，呈现了诗情画意、繁复华丽的散文风貌。余光中则较多使用阳刚意象，呈现了旷达高远、雄奇壮丽的散文世界。较徐志摩而言，余光中更善于从现代性的视角去创作他眼中所看到的景，深度挖掘诗性散文的综合美。第二，就诗性散文的语言而言，徐志摩散文的语言节奏轻快舒缓、色彩浓厚清淡，追求语言的华丽、辞藻的雕琢与铺张。余光中诗性语言更多具有现代主义的因素、心理跳跃的色彩，白话、文言、欧化语的简洁条理，词语构造新颖，知性与感性的完美结合，以及富有诗性的张力语言，引领读者走向一个全新的散文世界。第三，在散文风格上，徐志摩诗性散文情感充沛，辞采华丽，平易流畅，语言浓艳华丽、境界清新精致，有大量的理想主义与浪漫主义成分，形成了典雅婉约的散文风格。余光中诗性散文则立意新颖，意象阔达、雄奇，语言壮美豪爽，浓艳奇崛，叙事、抒情有力而铿锵，呈现出浑雄博大、开合吞吐的散文风格。余光中与徐志摩以各自的方式为中国文学的发展作出了贡献。

第七章 施叔青与张爱玲小说比较论

"'施叔青与张爱玲'一直是个让人比较感兴趣的话题。"① 这两位女作家出生于不同的时代和家庭，性情与人生经历也相差甚大，但在小说创作上却有许多相似之处。施叔青是台湾小说界的"异数"，17 岁即以小说《壁虎》登上文坛，其后 50 年间不断自我超越，变换小说风格，佳作不断。其作品横跨中国台湾、中国香港、美国等地域，涉及婚恋、商业、文艺、历史等领域，续写了城市和男女新的传奇故事，得到了两岸文学评论界的热情关注。20 世纪 90 年代王德威提出了张爱玲文学的影响和延续问题，将施叔青划入"张派"传人的前列。施叔青也曾多次自述张爱玲小说对她产生的影响，以及自己的小说与张爱玲小说之间的异同。综观施叔青的小说创作，无论是早期的鹿港故事，移居香港后的"香港的故事"系列与"香港三部曲"，还是归返台湾后的《微醺彩妆》等作品，在内容与风格上均呈现出与张爱玲小说的一脉相承，即以光怪陆离、幽暗颓靡的格调接续上"三十年前的故事"，书写相同类型人物的新传奇。但施叔青不是张爱玲，也不愿被视为张爱玲的模仿者，由于时代背景、生活经历、文学观念和创作态度的不同，施叔青小说的确呈现出了明显不同于张爱玲的一面。本章选取施叔青与张爱玲的小说作为研究对象，立足于文本分析，从小说主题、人物形象与小说艺术等方面展开综合比较研究，来探讨施叔青小说对张爱玲小说的继承和发展。

第一节 施叔青与张爱玲小说主题比较

张爱玲的创作高峰期只有 1943—1944 年的短暂时段，施叔青则经历了近 50 年的小说创作旅程。如果说张爱玲小说书写的是 20 世纪三四十年

---

① 白舒荣：《自我完成　自我挑战：施叔青评传》，作家出版社 2006 年版，第 283 页。

代上海和香港的传奇,施叔青小说书写的则是四个不同时代与环境的传奇:60年代的台湾鹿港,70年代的美国,80—90年代的香港与台湾,19世纪中后期至20世纪中后期的香港和台湾。虽然二者小说创作的时代和地域差别很大,但是主观上,施叔青的创作接受了张爱玲小说的影响;客观上,"施叔青的作品正应了张爱玲所说的'完不了的故事'。施叔青所写的正是张爱玲所写的同一族类的人物、同一类型的故事三十年后的发展"①。她们探勘大至历史、社会、城市,小至婚姻恋爱、衣食住行等相同或相似的问题,别具慧眼地揭示人的情感和生存困境、现实世界的浮华和人性的丑怪等共同的主题。

一 情感困境:沉沦与挣扎

施叔青与张爱玲书写最多的当属男女恋爱与婚姻题材,"专心致志地研究这些人物的旧式或新式的、正常的或不正常的、幸或不幸的爱情或婚姻生活。其实,无论是四十年代还是今天,也不论是旧式的还是心思的,成功的还是不成功的,她们所描写的爱情或婚姻绝大部分是不幸的,大多是以'半卖'或'全卖'的形式委身于老少爷们充当玩物、宠物为结局"②。在她们笔下,人们精打细算、钩心斗角地上演着热闹、曲折的故事,由此张爱玲侧重表现人们冷漠的、没有真情实感的困境及无奈沉沦于困境的悲凉主题,施叔青则侧重揭示都市男女看似情浓意真、实则功利的情感困境,及其挣扎于困境的悲哀。

(一)情感:冷漠与热烈

施叔青与张爱玲虽然写了大量表现男女恋爱的小说,却不是一般意义上的言情小说,而是不同程度地表现了饮食男女为金钱、地位、情欲所驱使周旋于彼此之间,虽然得到了暂时的满足,却陷入了情感困境这一题旨。具体来看,张爱玲笔下的爱情,大多出于谋生的必要,因此即使是曲折离奇的爱情故事,揭示的是在利己主义的主导作用下冰冷无情的情感。施叔青小说通过人物复杂的恋爱和追求,表现了痛苦与快乐交织的热烈情感,将经济、情欲、感情等多元因素造成的情感困境表现得更为突出。

在张爱玲所处的时代,女性大多没有独立的经济能力和社会地位,因此其小说所写的男女恋爱大多与经济和地位有着极为密切的关系。白流苏尽管"承认柳原是可爱的,他给她美妙的刺激,但是她跟他的目的究竟

---

① 李子云:《施叔青:完不了的故事》,《昨日风景》,浙江文艺出版社1991年版,第277页。
② 李子云:《施叔青:完不了的故事》,《昨日风景》,第272页。

是经济上的安全"；七巧和银娣为了摆脱清贫的生活，毫不犹豫地割舍了与小商小贩互有的好感而嫁入豪门，后来之所以决绝地结束对三爷的爱恋又都是为了维护自己家产的周全；薇龙的爱情是真诚的，但为了成就自己卑微的爱情，她把自己变相卖给了梁太太与乔琪。功利的开端不可避免地导致了无爱的情感和悲哀的结局——流苏如愿成了柳原的"白玫瑰"，乔琪利用薇龙筹钱，七巧和银娣则对着空无一物的一生徒然悲伤。

在张爱玲小说中，情欲常常主导着故事的发展和人物生活的起伏，然而浓重的情欲色彩也掩盖不了冷漠的情感事实。《金锁记》《心经》《连环套》等小说"主要人物的一切思想和行动，处处都为情欲所主宰，所以她或他的行动没有不是出之于疯狂的变态心理，似乎他们的生存是专为着情欲的"①，但七巧从隐忍的有情到彻底的无情，霓喜对几任丈夫和情人始终是没有爱的，似乎也没有痛恨。即使是较为单纯的情感，其出发点也是利己。张爱玲小说中的爱情大多是出于人物的寂寞情绪或病态心理，《封锁》《花凋》《茉莉香片》《年轻的时候》等小说基本如此。川娥渴望独属的自由和爱，因此对于章云藩尽管有种种不满，"然而几次一见面，她却为了同样的理由爱上了他……也许为来为去不过是因为他是她眼前的第一个有可能性的男人"；在聂传庆心里，"如果她爱他的话，他就有支配她的权利，可以对她施行种种绝密的精神上的虐待"；在言丹朱看来，"连这样一个怪僻的人也爱着她——那满足了她的虚荣心"；在封锁的电车上，中年已婚的吕宗祯和未婚女教师吴翠远之间几句简单的对话、一次脸庞的接近就使得"他们恋爱着了"，是因为人们在短暂封闭的时空里发现了各自空虚的生活本质，"他们不能不填满这可怕的空虚"。

如果说在张爱玲笔下，爱情的功利与冷漠并存于表象和本质，那么施叔青小说中的爱情则是表象热烈，本质功利、冷漠，她"以高度商业化的台湾和香港洋场为背景的小说，展示了现代都市女性的情感状态。丰盈的物质享受，填不平爱情的缺憾"②。在20世纪中后期的香港、曼哈顿、台北，都市男女进行着更加多样、刺激的游戏和冒险，在物欲横流的世界里追寻各种慰藉，同时作茧自缚地制造了情感困境。《一夜游》《情探》等作品将人们为了物质享受假借爱情之名满足私欲的情形描绘到极致，以雷贝嘉、殷玫、庄水法等人如梦如幻的遭遇集中表现了女性利用色相和心

---

① 谭正璧：《论苏青与张爱玲》，金宏达主编《回望张爱玲：华丽影沉》，文化艺术出版社2003年版，第44页。
② 杨利娟：《都市女性的情殇——论施叔青都市小说中女性情感状态》，《世界华文文学论坛》2003年第2期。

计换取地位和金钱的现实,通过男性的情感失意表现了真情无处可寄的悲哀。虽然与张爱玲相隔了几十年,情感的"卖"与"被卖"的性质不仅没有改变,反而变本加厉,因此人们在情感和物质上的"失意得意,始终是下贱难堪的"①。

因为寂寞而恋爱,却陷入了更加寂寞痛苦的情感状态,这是都市男女难以走出的怪圈。《后街》写了都市女性朱勤的三段曲折恋情:与年轻男孩调情,半真半假地恋爱;29 岁时与陌生男人在酒吧相识,发生一夜情,怀孕后又被抛弃;过了 30 岁大关之后,更加害怕寂寞的她爱上了一个有妇之夫。朱勤的每次恋爱都充满戏剧性,热烈的付出换来痛苦和伤害,但是她宁愿身陷困境,因为"扰在错综的情爱之中,有恨也有爱,有眼泪也有微笑,这样的日子会过得充实些、快些。朱勤受不了一个人,如果她让他走了,以后的日子,她将寂寂寞寞地过",一语道破都市男女的情感困境。

《愫细怨》可谓施叔青的超越之作,揭示了都市女性的情感状态和陷入困境的深层原因。小说讲述经历失败婚姻的愫细结识了印刷厂老板洪俊兴,落入一个怪圈——厌恶洪的小商人身份和习性,却喜欢他无微不至的照顾;对洪没有感情,却接受他的豢养。这首先是由于寂寞的作用,愫细无法融入单身女同事的"快乐时光"里,十分孤独,而洪俊兴弥补了这个空缺。其次是情欲的作用,"愫细抗拒不了他肉的诱惑。感情的事容易办……不过要断绝这种肉欲的吸引,只怕难极了"。最后是物质的作用,愫细逐渐渴望物质世界的奢华,她愉快地随着洪俊兴进出香港的高档场所,享受好吃好玩,只要她愿意投怀送抱,洪俊兴就乐意奉上豪华饮食和贵重衣饰哄她开心,她像商品一样待价而沽。就像《驱魔》中那位中年女作家所反思的:年轻时她曾经试图挤入老男人沙的生活,不仅因为一厢情愿的爱,还有对上流社会的好奇心与虚荣心在作祟;如今她知道自己是因为害怕自处一室时铺天盖地的隔绝孤立感而不曾放弃寻找真挚的爱情,但是她忽然又意识到这"也许只是在玩一种男女之间的游戏,了解与同情也许只是一种掩护、借口,最终的目的是在索求对方的身体"。

享用不尽的金钱、美食、服饰,走马观花般的异性,热闹的故事、热烈的爱恨背后是人们功利的情感、迷失的心灵。驱魔,这个"魔"不仅是物质、情欲、空虚,更是情感价值的迷失及其导致的困境,这是施叔青小说试图揭示的重要主题。

---

① 张爱玲:《罗兰观感》,《流言》,北京十月文艺出版社 2006 年版,第 221 页。

(二) 困境：沉沦与挣扎

钱锺书说："婚姻就像一座围城，城外的人想进来，城里的人想出去。"对于不同处境的人来说，婚姻是情感的堡垒，也可能是人生的禁锢。水晶曾指出："《传奇》一书，概乎言之，写的是怨偶之间的残缺关系。换言之，作者翻来覆去所吟唱的，无非是不幸的婚姻。"① 施叔青小说也以留学生、台湾和香港中上阶层的婚恋为题材，表现不幸福的婚姻。不同的是，张爱玲侧重表现人们在不幸的婚姻困境中麻木沉沦的主题，施叔青则侧重表现人们在婚姻困境中的痛苦挣扎。

文学作品是作家观察现实生活的产物。张爱玲小说描写的多是旧式婚姻，成于父母之命、媒妁之言的婚姻本质上就是功利的，更容易出现问题。在张爱玲的小说世界，婚姻关系大多是残缺的，夫妻之间没有温情，但很少有剑拔弩张的紧张关系，大多维持一种静默、冷漠的状态。《花凋》里"（如果说）郑先生是连演四十年的一出闹剧，他夫人则是一出冗长的单调的悲剧。她恨他不负责；她恨他要生那么些孩子；她恨他不讲卫生，床前放着痰盂而他偏要将痰吐到拖鞋里"。然而，郑夫人只是每天"仰着头摇摇摆摆在屋里走过来，走过去，凄冷地嗑着瓜子"，只有相互算计，彼此漠视。《相见欢》写了两代人的三种婚姻，伍氏夫妇的关系仅以互通书信和供给家用维持，荀太太常常玩笑地预期丈夫的死亡，苑梅与子范也有出现类似问题的可能。不平等的、冷漠的婚姻导致了怨妇的出现，伍太太和娄太太忍气吞声于丈夫的嫌弃，《等》中的太太们被丈夫随意安置，她们内心充满抱怨。同时，由于无法脱离婚姻家庭、缺乏物质和精神上的独立性，她们无力挣扎，麻木地安于现状。另外，由于旧式婚姻自有一套符合伦理纲常的理念和做法，如私通、离婚是家丑，男人可以娶妾、嫖娼等，因此剑拔弩张的紧张关系很少在张爱玲小说中出现，即使有也被解决得十分"得体"。如振保以沉默终止了烟鹂与小裁缝的私通。即使在已经奉行一夫一妻制的社会背景下，《殷宝滟送花楼会》《五四遗事》里的婚姻纠纷仍在上演，在结婚、离婚、婚外情等时髦形式下，包裹着一夫多妻的封建内容，演绎的仍是无聊、困顿的情感困境。

从留学生题材到香港故事系列，施叔青始终没有停止对婚姻的关注。她说："我一直站在女性主义观点，站在女性立场讲话……（婚姻不幸

---

① 水晶：《象忧亦忧象喜亦喜——泛论张爱玲短篇小说中的镜子意象》，金宏达主编《回望张爱玲：华丽影沉》，文化艺术出版社2003年版，第71页。

福）这样的事听多了，很替她们不平，就用小说来反映她们身心受到的摧残折磨。"① 施叔青小说中的婚姻大体可以分为三种类型。

一是不平等的婚姻。在这类婚姻中，丈夫将妻子视作养育子女的机器、洗衣做饭的仆妇、维持形象的道具，甚至拳脚相向，作家由此表现夫妻之间奴役与被奴役的关系，揭示不平等婚姻对女性造成的伤害。《回首，蓦然》中范水秀在与林杰生认识两个月后就嫁给了他并随之赴美，不料"两年来这一切只是个恶梦"：杰生由于童年的伤痛性格粗暴、仇视女性，他有意折磨举目无亲、语言不通的妻子，带走食物让怀孕的她挨饿，恶毒的咒骂使她完全失去尊严，拳脚暴力使她伤痕累累。最初范水秀想博得丈夫的同情以改变这种状况，但是她面对的矛盾困境是"（丈夫）一回到家，他就变成另外一个人。任凭我怎样去迁就他，取悦他，都不顺他的意。他让我觉得自己很差劲，他故意这样做。明明知道他讨厌我，还千方百计想讨他欢喜"。然而无论她怎样努力，都改变不了丈夫病态的厌恶和专制，每天惊慌不安的生活使她心生恨意、渴望逃离，好不容易回到台湾娘家，父母和心理医生却都站在了丈夫的那一方，不相信或者不支持她的倾诉，她再次陷入了无可进退的困境。在这段不幸的婚姻里，丈夫始终对妻子抱有病态的歧视和仇恨，妻子终日生活在恐惧的阴影里——"墙上有个阴影，在游行，它慢慢扩大，摇晃着，欺近范水秀。她被置身于这一大片阴影底下，动弹不得"。

遭遇了病态的丈夫固然不幸，如果遭遇了"完美的丈夫"呢？施叔青笔下的"完美"丈夫萧与李愫表面上是恩爱夫妻，实际上在这场婚姻里妻子与丈夫始终是不平等的，萧看似翩翩绅士、尊重呵护妻子，实际上他总是专制地决定一切，总是强迫性地改造妻子，指点她的衣着和言行。最初李愫总是"露出一种忍从的微笑，接受丈夫的批评"，按照丈夫的话去做，避免影响丈夫的前程和心情；事实上李愫完全不适应到处应酬的生活，她多次恳求不再参加，丈夫只当听了笑话。"李愫别无选择地扮演着丈夫指派的角色，萧说是什么，她就是什么……萧和她两个人，如果有人犯错，一定是她，萧是永远不会错的。她嫁给了一个'完美'的丈夫。"妻子是被丈夫支配役使的，是丈夫生活的必需品和事业的装饰品，没有平等和尊重可言。如果说林杰生的困境是不幸的童年，萧的困境是过于功利的进取心，范水秀和李愫则面临生活和情感的双重困境，难以挣脱。夫妻一方受到另一方的暴力相向，在男权社会中当然是女性深受其害，这与女

---

① 白舒荣：《自我完成　自我挑战：施叔青评传》，作家出版社 2006 年版，第 100 页。

性社会地位不高、经济不独立、性格软弱有极为密切的关系,若要改变这种状况,必须如鲁迅先生所说女性必须首先获得经济的独立。

二是基于功利目的的婚姻。在这类题材的作品中,施叔青表现了男女在缺乏了解和感情积累的情况下,为功利目的驱使而结婚,婚后却出现严重障碍,陷入长期的挣扎困境。《牛铃声响》中彼得娶安安为妻的原因不仅由于她是温柔的好太太,而且是他研究的助手,甚至能现身说法来论证他的社会学研究;来自台湾乡下的安安嫁给彼得更多是因为能挣脱乡下生活,过上向往已久的异国都市生活。婚后他们生活得并不融洽,彼得好像"唯一的兴趣就是他的研究",除了去学校讲课,整日在家里的书桌前对着打字机思考,准备下次讲课的内容,"安安在家,彼得又觉得她吵得他无法想问题,安安只好带着素描簿,到外面写生"。当晚归的妻子兴高采烈地向丈夫展示成果时,他只是看也不看地敷衍赞赏几句,最后"友好"地提醒妻子自己在思考问题,委婉地请她离开,妻子刚迈出门便迅即把门关上,唯恐再受叨扰。

叶洽与王溪山、吴贞女与杨传梓将这种问题婚姻演绎得更为彻底。叶洽为了在毕业之际寻找依靠,王溪山为了组建家庭,两人一拍即合。但如小说题目《困》所示,这桩仓促婚姻很快陷入困顿处境——夫妻之间日益冷漠。当笨拙的王溪山终于发觉婚姻危机,试着关注和迁就妻子时,叶洽也努力配合,力求让两人变得亲密和谐。然而王溪山像对待研究对象一般的窥视和理性,让叶洽备感不适,以至于只要丈夫不在她就轻松得如同被释放的囚犯。"像个下雨天,泥泞的红土地上,她和丈夫互相绞扭着,一场无声的,没有结果的角力,只是两个人做着徒劳的挣扎,他们感到很累,很疲倦",最后叶洽借酒精麻木自己,王溪山回到学术研究,他们走进最后的困境——不愿再做努力,麻木困守。《微醺彩妆》中,吴贞女在结婚之初想改变家的摆设、丈夫的体质及与丈夫的关系,而杨传梓却总是冷眼旁观、不置一词,只在乎自己严重的失眠和季节性的忧郁症。夫妻关系渐趋冷漠,吴贞女对杨传梓充满了沉默的怨恨,丈夫亦以沉默表示对妻子行为的厌恶,逐渐地没有对话,没有喜怒,没有性,直至恶化为严重的压抑。吴贞女"早已不与丈夫同桌吃饭,丈夫回家,她像传统的妻子一旁伺候,不等他吃完,便到厨房刷锅洗碗,拎起垃圾,打开家中的两道门,木门之外是防盗的铁门。一到外面,吴贞女的呼吸立刻感到舒畅",即使并不共处一室也备感窒息,夫妻之间无声无形的压迫竟如此触目惊心。

三是出现婚外情的婚姻。婚外情往往是不幸福婚姻导致的结果,夫妻一方或双方在婚姻家庭中得不到情感慰藉，转而向其他异性寻找。在这类作品中，施叔青试图表现的不是男性，而是身处婚姻内外的妻子和情妇的困境。《愫细怨》里的洪俊兴、《情探》里的庄水法、《维多利亚俱乐部》里的徐槐，与妻子的关系总是不温不火，他们的婚姻"从开始到现在，平淡得像一杯无味的白开水……在同一个屋顶下和这被称为妻的女人凑合住了十几年，照样生了几个孩子"，事业有成的他们可以寻觅年轻貌美的情人，弥补情感的缺憾。然而，处于他们阴影下的妻子往往为社会舆论、伦理道德、经济不独立等因素所限，困守婚姻，度过苍白的人生；被隐藏的情妇们也只能待在暗无天日的"后街"，在痛苦和矛盾中等待。《窑变》中的方月是一个勇于追求的女性，她与潘荣生本来夫妻恩爱，但是赴港后丈夫一心扑在股票交易上，尽管有过短暂的沟通和调整，但避免不了关系的冷漠化，致使方月"怔怔地望着突然之间变得十分陌生的丈夫。新婚不久，方月坐在床头，连为丈夫折叠刚洗好的袜子，心里都会充满柔情蜜意的那段日子，现在想想，竟如隔世之遥"。后来方月在工作中结识了姚茫，为他的博学和温柔所吸引而成为情人，但仍然避免不了空虚的精神困境，困境之后仍是困境。

综上所述，施叔青与张爱玲通过内容各异的婚姻恋爱故事，写出了人们冷漠、功利的情感困境。张爱玲着力表现的是静止的困境；施叔青着重表现多元因素下挣扎的困境。另外，我们应当注意到，施叔青常常将这种情感困境归咎于男性一方，张爱玲则更多归因为男女双方的自私自利。不管怎样，对于平凡的饮食男女来说，尽管有各种不顺眼不如意，但是"过到现在这样的日子，好不容易苦度光阴，得保住身家性命，单是活着就是桩大事，几乎是个壮举"。在施叔青和张爱玲的小说世界里，物质与生存才是最重要的。

二 物质困境：金钱至上与极端物化

关于移居香港后的生活，施叔青说："往后旅居香江，张爱玲笔下的人与物，对我有着实质的意义……一如葛薇龙翻滚在各式场合的衣服堆里叹世界，天生好奇的我，也如愿以偿跻身这华洋杂处的社会，经历着张爱玲经历过的殖民地特有的风情故事……在我的香江经验只不过是换成另一种语气、另一种情调在复述。"[①] 可以说，张爱玲小说通过艺术和生活两

---

① 施叔青：《两情》，金宏达主编《回望张爱玲：昨夜月色》，文化艺术出版社2003年版，第238—239页。

个层面,影响了施叔青的小说创作。在香港的 17 年中,施叔青并没有安于衣食无忧的生活,她既能亲身体验华洋杂处的社会生活,又能保持思想的清醒,在小说创作中审视那个充斥着物欲的物化世界,探勘喧嚣背后人们身在其中的生存困境。

在张爱玲的小说里,"正常世界内,人惯有的同情和怜悯,恻忍和温柔,对同类那种亲切、合群性、伴侣感觉,在这世界的人物里,几乎没有……即使他们有一点所谓'爱',也是非常物质基础的,庸俗主义的爱"[①]。在她的小说世界中,金钱可以泯灭爱情、人伦亲情和伦理道德。首先,正是人们将爱情当作物与欲的交换中介,使恋爱婚姻与买卖无异,才导致人们陷入情感困境。《金锁记》中白家两兄弟诈取了妹妹离婚后的资产,投资生意失败后便视之为累赘,甚至劝离婚多年的妹妹回去做亡夫的寡妇,其口中的天理人情不过是扫地出门的借口,文雅的说教行不通之后便撕下亲情的面具泼口怒骂。其次,因为钱,父母可以不顾子女的幸福、尊严和性命。《多少恨》中的虞老先生为了讹诈金钱,劝说女儿去做姨太太。《花凋》中郑夫人有钱买股票却不肯给川娥治病,父亲郑先生只想自己过得舒坦:"现在西药是什么价钱,你是喜欢买药厂股票的,你该有数呀。明儿她死了,我们还过日子不过……我花钱可得花得高兴,苦着脸子花在医药上,够多冤!……肥鸡大鸭子吃腻了,一天两只苹果——现在是什么时世,做老子的一个姨太太都养活不起,她吃苹果!"

施叔青小说亦是如此从人际关系功利化这一角度表现物化的生存境况,每个人都像把算盘挂在脖子上一般精打细算、彼此算计,享受着物质充足的快感,物性逐渐取代人性,一旦涉及物质利益,亲情、爱情、友情、尊严、原则都可以弃置不顾。《台湾玉》中,李梅的堂兄最初苦口婆心地劝李梅跟他合伙做生意,但李梅被骗导致自己失去预期的盈利就立刻变了颜色:"索性讲开了,我上过当、吃过哑巴亏,这一次,绝对不肯轻易罢休……你和那骗子,是你们的事,我不管,我这边,多替我想想。"堂兄对李梅好言相劝的提醒、在商言商的两清都不过是为了赚取和维护自己的利益。施叔青小说几乎没有着重表现父母与子女亲情关系的,大部分主人公没有子女,即使有也多与孩子的关系比较寡淡,如姚茫、庄水法、洪俊兴与子女之间,除了作为一家之主提供经济上的养育关系,都忙于自己的事业或婚外情,很少关爱孩子。仅有《寻》这一篇表现亲子之爱,

---

[①] 唐文标:《一级一级走进没有光的所在——张爱玲早期小说长论》,金宏达主编《回望张爱玲:昨夜月色》,文化艺术出版社 2003 年版,第 119—120 页。

主人公是没有血缘关系的孤儿院女童林双香与患有不孕症的富太太杜伊芳。林双香年龄虽小却知道攀住杜伊芳摆脱贫困的生活,可惜杜伊芳只是为了顺应上流社会的慈善工作和满足自己偶尔一发的母亲情怀,看似温情的关系实则各有所图。

值得注意的是,施叔青小说集中表现了人的物化,将人对金钱、物质享受的热衷表现得更为彻底、突出。为了金钱外物,除了各种情感,尊严、原则也可以全然舍弃,家国的文化与传统更可以弃之如敝屣。《票房》中从内地到香港讨生活的京剧演员们,为了生存不仅可以放弃苦习多年的戏曲演艺事业,而且可以去做廉价劳动工人或是去夜总会表演杂耍供人娱乐;即使那些仍然以戏曲为职业的人也不过是将之作为谋取奢华物质生活的工具,如潘又安凭着俊朗的相貌周旋在一群富太太票友中间,丁葵芳费尽心思地固守旦角地位和科班尊严,也不过是为了维持"闪闪生光"的香港生活。在一贯淳朴的台湾小镇,"当入过土的古玉变成人们争相收购的对象,古老的枫城掀起了一阵热潮,年轻一代的妇女,原来不孝顺的媳妇、女儿开始改变态度对待她们半盲半聋的祖母、婆婆以及老一辈的亲属,目的是赚取从结婚那天,就一直戴在她们手上、耳上的耳环、翡翠耳坠。许玉葵听说最近为祖先拾骨的风气很盛,为的是打开棺材,看看当年陪葬的东西中,有没有玉器"。各种文物汇集到了收藏家或富人那里,不过如《窑变》中姚茫的家一样,尽管外部上保存了优雅温馨的殖民式建筑风格,其实"里面完全改修过,黑白强烈的对比,完全是现代的冷线条,特别设计的灯光打在一屋子的瓷器古物上,使方月犹如置身现代化的小型博物馆",瓷器文物件件都精美昂贵却透出阵阵寒气,这个称为"家"的空间里全是死的物,没有人的气息,物质的充盈浮华背后是冷冰冰的虚无。

如此决绝地割弃个人的感情、尊严、文化传统的结果必然是人逐渐丧失人的本性,退化为物,陷入物化的生存困境。《维多利亚俱乐部》与《微醺彩妆》是施叔青描写物性取代人性的力作。徐槐是香港顶级会所维多利亚俱乐部的采购主任,由于多年就与物打交道而练就了购物的天赋,他也愈来愈沉迷在物质中而不能自拔——他如中毒瘾一般喜欢购物,除了为俱乐部采购食材、酒水和饰物,他喜欢为自己买名牌鞋服、名表、豪车甚至名牌行李箱,买来各种赏心悦目、价值不菲的礼物贿赂俱乐部经理,他热衷于为妻子儿女买小菜、衣服和一切日用品,为情人买名牌衣服首饰;"每次出门回来,徐槐必须到他经常流连的商场转过一圈,把他熟悉的名牌店一排看过去,才真正觉得回到家了"。逛街购物本来是众多女性的爱好，男性往往将之视为一件苦差，而徐槐却偏偏嗜于购物，被物质包围着，他感到安全、舒心、有成就感，他已经退化为物的同类。因此，当他因受贿案被停职一个月后再度置身于购物商场时，他"骇然地退了两步，这世界变了……徐槐已经跟不上形势了，他吃惊地向四周回视，那种往日与物连在一起，人在货品中游走，伸手随便可碰触、变成物的一部分的归属感没有了"。正因为他已经与物为同属，因此当他发现自己已经落后于物的潮流、要被甩出物的范围时，他极为害怕恐慌，没有安全感和归属感。

在90年代的台湾，由于投机商人和媒体的炒作，红酒被宣传为品位的象征和健康的保障，广为食客接受，备受酒客推崇。《微醺彩妆》正是以此为题材，再现了"酒国"的怪事：曾以中国著名外交官顾维钧为偶像的外交官唐仁，原本打算退休之后定居华盛顿、研究中美外交史以度晚年，然而为年轻女郎所牵绊，不惜提前结束外交官生涯定居台北，以半生积累的学识、礼仪和关系做起以假易真的红酒生意，可谓"晚节不保"；富家公子王宏文自认为"遗传了他父亲对艺术的爱好，他父亲终始不渝地热爱古典音乐，到了他这一代，转移到口舌的享受"，更将品尝美酒美食美其名曰"为艺术"，殊不知单单享受所谓象征身份地位和品位之物的他与其父对音乐的痴迷享受有天壤之别。丧失人的机能、逐渐物化的最典型人物是财经报编辑吕之翔，以美食家自居的他偶然地如刘姥姥进大观园一般参加了富豪王宏文的酒宴，被挥金如土的酒宴所魇，果断地放弃喜爱了多年的棒球偶像转而决心向学，然而在进军上流美酒美食界的巅峰时刻他的鼻子出了毛病失去了嗅觉——"人类在母体内胚胎时期，最早授形，可以辨识形态的器官，就是鼻子。'鼻祖'这两个字就是这么来的……这个器官具有的功能：呼吸、构音、嗅觉及反射，他的独缺嗅觉。失去了这项功能，生命一片空虚"。专科医生几次诊断仍然找不到他患病的原因，曾经遍尝美食的口鼻不仅香臭不觉，而且味觉也随之逐渐退化，性能力也趋于丧失，到最后连视觉也出现障碍，身体机能紊乱的他如同"生命停滞的死火山，虽生犹死，不是真的在活"，像变成了一台机器，机械地吞吐、劳作，但没有人的活力、味道和色彩。这个世界和其中的人都患了病，一种亲于物、失于心的病，陷入了只以物喜、不以己悲的荒唐境地。

三 现实世界：批判与叹赏

施叔青和张爱玲的小说有相当一部分以香港为故事发生的地点，其次分别是台湾和上海。对于施叔青和张爱玲来说,这些城市是宝藏,它们向两位作家展现了别具一格的世界。在施叔青和张爱玲笔下,城市不仅是上演传奇的舞台,而且参与了传奇的造就,她们通过对城中人与事的书写表现了以香港、台湾和上海为代表的现实世界的华美和丑陋。正如张爱玲所认识到的,"这时代,旧的东西在崩坏,新的在滋长中。但在时代的高潮到来之前,斩钉截铁的事物不过是例外。人们只是感觉日常的一切都有点儿不对,不对到恐怖的程度……回忆与现实之间时时发现尴尬的不和谐,因而产生了郑重而轻微的骚动,认真而未有名目的斗争"[①]。生活在国际大都市的施叔青也领略了歌舞升平、声色犬马的生活表象之下的种种怪异,借助小说表现新的"不对"与"不和谐"。

(一) 鬼话的华美与丑陋

综观张爱玲和施叔青的小说,都很少反映光明的一面,集中描绘的多是外表光鲜华美,实则如鬼魅般昏昏然的人物和生活,如古墓或鬼屋般没有生之喜悦活力的环境。她们通过对与日常经验不相衔接的现实生活的书写,试图表现的是现实世界的种种怪异和不协调。王德威曾将张爱玲的多篇小说界定为"精心编撰的若干则现代鬼话",而"谈到张派鬼话的衣钵传人,在60年代首推施叔青、李昂这对姐妹花。尤其施叔青的作品,不论写鹿港还是香港,均延续了一种光怪陆离、颓靡幽丽的格调"[②]。

张爱玲常常在小说中营造一个外表光鲜亮丽、内部鬼气怪异的梦魇世界,借此达到批判现实世界的目的。如《沉香屑:第一炉香》中葛薇龙初访姑妈家出门后蓦然发现"那巍巍的白房子,盖着绿色的琉璃瓦,很有点像古代的皇陵。薇龙自己觉得是《聊斋志异》里的书生,上山去探亲出来之后,转眼间那贵家宅第已经化成一座大坟山;如果梁家的那白房子变了坟,她也许并不惊奇"。梁家别墅外表华美,实如吸血鬼聚会狂欢之地,梁太太、司徒协等"老鬼"运用美色、金钱、心计等手段吸引新人成为他们的玩物,使其逐渐失去自我成为浑浑噩噩的同类,正如台湾学者唐文标所概括的:"一个少女,如何走进'鬼屋'里,被吸血鬼迷上了,做了新鬼。"[③] 如果说《沉香屑:第一炉香》是张爱玲精心炮制的现代鬼话,《金锁记》则是拟古的鬼话:七巧家不仅鬼影幢幢,而且如《聊

[①] 张爱玲:《自己的文章》,《流言》,北京十月文艺出版社2006年版,第14页。
[②] 王德威:《女作家的现代"鬼"话——从张爱玲到苏伟贞》,《落地的麦子不死》,山东画报出版社2004年版,第50、54页。
[③] 唐文标:《一级一级走进没有光的所在——张爱玲早期小说长论》,金宏达主编《回望张爱玲:昨夜月色》,文化艺术出版社2003年版,第120页。

斋志异》中"吃人"的鬼宅,外表华美但是更为古旧残忍。七巧自愿地进入姜家当了"活死人",心有不甘地要身边的人为她陪葬,因此她将两个儿媳逼死,将儿女折磨成活的"鬼"。这是一个不仅有"鬼",而且"吃人"、将人变成"鬼"的世界,除了死亡和病态,一切美好光明的事物都无法存在。

在早期创作中,施叔青常常刻意刻画阴森、病态的世界,简单的故事、平常的环境、普通的人物在她笔下往往带着几分神秘和鬼气。《泥像们的祭典》写的是小学生"我"受同学松子之邀去其家中玩耍的过程,情节极为简单,施叔青却写得玄秘重重,将稀松平常的事物讲述得极为异样:首先是留着长长指甲、言行诡异的松子,"熏黑的屋檐低下,木棂窗子贴附着枯死的霉苔"的木偶店,龌龊的土娼寮和粗脂庸粉的娼妓等;其次,在松子家"一座白瓷女像躲在神龛里,冷冷在笑……断臂的、缺鼻子的、少了四肢的(泥像)簇挤在一块儿,孤立地喧哗着",松子模仿奶奶持着蜡烛喃喃吟唱;最后,小说通篇终于呈现出一丝正常和光明——她们欢喜地将泥像放到神龛里,孩子气的微笑难得地出现在松子脸上,然而此时松子的奶奶回来了,她围着一条据说可以勒死恶鬼的长围巾,"两粒眼睛,像两把鬼火,不定地闪烁着",刚刚恢复的正常又重归为惊悚的鬼话。

不仅如此,施叔青还写了一些当代都市鬼话,试图表现华美背后隐藏的丑陋、难堪。如《庞贝之魇》的故事发生在意大利,绣菱的女儿从庞贝古城旅行回来后出现种种乖戾行为,绣菱认为是庞贝的古钱币扰乱了女儿的心神,于是来到古城希冀借助怪力乱神的力量拯救女儿的堕落。在女灵媒的作法之下得知原来是死于两千年前火山爆发的妓女"母狼"为"情欲牵绊,无法接受已经死亡的事实,对灵界也一无所知,母狼一缕芳魂无处依附,迷离中演化为无主的游魂,滞留在她生前熟悉的场域,久久流连下去",碰巧依附到了绣菱女儿的身上,俨然一出异国版的借身还魂。然而,这种鬼话书写虽然表现了一些丑怪现象,较少着力于表现或批判现实,更像是作家惊叹于这些奇异现象,在以现代主义的写作手法"把玩"现实世界。

(二) 香港的华美与丑怪

当施叔青和张爱玲以现实主义的眼光关注香港时,殖民地不中不西、半土半洋的种种怪异与不和谐都刺激着她们的视觉和思想,这让香港成了两位作家小说中的主角。张爱玲透过香港的华美表现和批判了香港的丑怪,施叔青则通过殖民背景下香港的美丑叹赏了香港的百年历史。

张爱玲以上海人的眼光写了一部香港传奇，其中包括《沉香屑：第一炉香》《沉香屑：第二炉香》《心经》《倾城之恋》《封锁》《茉莉香片》和《琉璃瓦》等。在这些小说中，张爱玲"试图用力地捕捉并刻意地要传达出她对香港的种种印象，她在创作中的相当一部分快感也来源于此，虽然她更大的兴趣在故事的情节和人物的命运，但是我们仍然可以说，这个刺目、犯冲、不中不西、半土半洋、缺少传统的小小殖民地是她小说中一个潜在的角色。这些地方的色彩、情调与小说中的人物给我们留下的印象同样鲜明，在某些篇章中，前者给我们的印象之强烈，甚至超过了后者"①。在她笔下，"香港是一个华美但是悲哀的城"，她写出了"西方人心目中的中国，荒诞，精巧，滑稽"的香港，常常中西混杂如"这座白房子是流线型的，几何图案式的构造，类似最摩登的电影院。然而屋顶却盖了一层仿古的碧色琉璃瓦。……里面是立体化的西式布置，但是也有几件雅俗共赏的中国摆设，炉台上陈列着翡翠鼻烟壶与象牙观音像。沙发前围着斑竹小屏风"，如此不土不洋、不中不西的建筑摆设在《沉香屑：第一炉香》《倾城之恋》《茉莉香片》《连环套》等香港传奇中屡屡出现。而香港之所以被设计为如此面目是因为香港特殊的殖民地位，既要以殖民国为宗，又无法断然抛弃旧有的一切。

张爱玲声称："一般所说'时代的纪念碑'那样的作品，我是写不出来的，也不打算尝试。"② 因此在其小说中，香港更多的是作为传奇上演的舞台。到了施叔青的笔下，香港才成为传奇的主角。施叔青先是创作了10篇"香港的故事"系列、中篇《维多利亚俱乐部》和长篇"香港三部曲"，白先勇曾说："施叔青选中香港作为她的写作题材，算是挖到了一座所罗门宝藏。这个六百万人居住的小岛是都市中的都市，其历史之错综复杂，文化之多姿多彩，社会之各色人等，华洋混杂，可谓琳琅满目，应有尽有，恐怕世界上还找不到第二个像香港这样无以名之的奇异区域。香港应该是任何小说家梦寐以求的一个好题材，施叔青在香港居住十年，终于孕育出她的香港传奇来。"③

施叔青与张爱玲一样都是以外来者的身份观察香港，因此香港的种种不和谐也让施叔青触目惊心，她借《愫细怨》中的大陆人洪俊兴之口说："香港就是这点奇妙，不同的人、不同的东西全拥在这一小块地上，凑在

---

① 余斌：《张爱玲传》，广西师范大学出版社2001年版，第46页。
② 张爱玲：《自己的文章》，《流言》，北京十月文艺出版社2006年版，第15页。
③ 白先勇：《香港传奇——读施叔青〈香港的故事〉》，《白先勇文集第4卷：第六只手指》，花城出版社2000年版，第351页。

一起。"香港能够实现奇妙的兼容并包,中与西、美与丑、好与坏在香港达成了不协调却又和平共处的相融。在她笔下,这是香港人为西方人设计的中国:"一本殖民地东西拼杂荒诞的特殊品位,基本色调采取今年流行欧洲的梨子红。为了不使远道来看中国的观光客空手而归,特地从大陆运来了朱红雕漆圆柱、琉璃瓦的窗棂、人多高的五彩花鸟仿古大花瓶,全部有碍观瞻地摆在最显眼的角落。"不仅如此,施叔青还着力表现了西方人想象的香港,他们将自认为最具中国代表性的物什安置在西式家中,如《维多利亚俱乐部》中的威尔逊先生开着圣诞酒会的客厅里不仅有沙发和地毯,而且有手工刺绣的椅垫、红木雕花的画框、鸦片烟床和各种古玩珍奇。除夕之夜,《窑变》中的纳尔逊太太将花园洋房的家"布置得像新房一般,古董店买来的八仙喜帐高悬门梁,也不知从哪儿弄来乡下人做被面用的土红大花布,用在圆桌上当台布,喜气洋洋一片",而其中最滑稽的莫过于西洋高脚水晶杯与中国红包的中西搭配。

由表及内,香港特殊性的根源在于其特殊的殖民历史和殖民地位。施叔青的阅历视野和关注题材都较宽于张爱玲,她有更大的创作雄心,她比张爱玲更加关注香港的历史和命运。写尽了香港故事的施叔青,在《维多利亚俱乐部》的构思过程中对香港百年来的殖民历史产生了浓厚的兴趣,开始酝酿从宏观角度写香港历史,以小说为香港的百年历史作见证,以女性的视角重新来诠释这段历史。

施叔青书写香港历史惯用的手法是以小博大,包括她后来创作的"台湾三部曲"(《行过洛津》《风前尘埃》《三世人》)也是如此,选取小人物,以他们的遭际串联起香港和台湾的百年历史。在"香港三部曲"(《她名叫蝴蝶》《遍山洋紫荆》《寂寞云园》)中,施叔青从1892年写起至1997年结束。她首先将贯穿三部曲的主人公黄得云设置为香港的象征——黄得云和香港及其独有的黄翅粉蝶一样,精致美丽,引人入胜;她自小被拐卖为妓女,被迫出卖肉体、仰人鼻息,并且屡被华洋男性占有、玩弄、厌弃,黄得云和她的人生遭际象征了香港的殖民地位和殖民历史;她默默反抗和改变命运、建立黄氏家族的一生,与香港的百年沉浮、终至闪耀世界的历史如出一辙,人与城"于较弱的外表下,却敢于挑战既定的命运,在历史的阴影里擎住一小片亮光"①。其次,黄得云的英国情人史密斯和西恩则象征了不同时期的英国,前者既为妓女黄得云吸引和诱惑,又有奴役和厌恶黄得云的复杂心态,正象征了宗主国对于殖民地香港

---

① 施叔青:《我的蝴蝶》,《她名叫蝴蝶》,花城出版社1999年版,第5页。

爱忌交杂的态度；同样为黄得云所吸引却无性能力的西恩则代表了20世纪中期以后逐渐没落的日不落帝国，所辖殖民地——独立，大英帝国无力延续鼎盛。再次，黄得云生命中两个重要的中国男人——屈亚炳和姜侠魂，共同代表了中国。屈亚炳在英国人面前循规蹈矩、卑躬屈膝，对待黄得云如史密斯一般兼具两面性，他象征了守旧、自卑、狭隘、伪善的负面中国；姜侠魂是一个英武有力、正直勇敢又带有几分传奇和神秘色彩的人，他象征了不屈、侠义、有力、有勇有谋的正面中国。而黄得云对他们的不同态度，则象征了香港对于祖国的复杂态度——黄得云对屈亚炳初为依靠、后则轻视，代表了香港对旧中国的眷恋、鄙薄；对姜侠魂爱慕、敬佩并且念念不忘，又象征了香港对祖国大陆的眷恋和欲归不能的无奈。最后，三部曲以黄得云为主人公，不仅源于施叔青站在女性角度书写历史的初衷，更是由于以黄得云为依托能更好地书写香港的历史变迁。

三部小说暗含两条线索，明线是黄得云的遭际及黄氏家族的变迁，暗线是香港百年来的沧桑历史。在小说内容上，施叔青将黄得云几次三番命运的变化都和香港的重大事件安排得息息相关，在形式上进行交插叙述。如1894年香港暴发了严重的鼠疫，却使黄得云结识了洁净局官员史密斯，与《倾城之恋》相似的是，夺去了数千性命的灾难改变了女主人公的命运。当她决心私自相投武生姜侠魂时，却被殖民政府新设的宵禁令所限而滞留城中，命运也第二次被改变。1895年华人为了抗议殖民政府的住宅限制条例，携带家眷什物迁徙回乡，黄得云也身在人潮，然而19世纪末大规模的填海运动使她找不到回乡的港口，她的命运第三次被香港历史改变。1925年省港大罢工，罢工、罢课、罢商使香港陷入前所未有的混乱，数十万人离港回乡，此时，黄家为孙子黄威廉办满月酒，并利用罢工前后地价的巨大差异广购房地，自此发迹腾达。1941年日军进犯香港，驻港英军抵抗不过，香港被日本占领，云园也被侵略军占据大半作为娱乐室和审问室，直到1945年日本投降。80年代香港本土化的呼声日渐高强，殖民政府为了顺应潮流而打破政府要职为英国人垄断的局面，越来越多的华人开始在政府担任大大小小的职务，在此时代机缘之下黄得云的孙子黄理查律师被任命为香港高等法院的大法官，给黄氏家族带来至高的荣耀。1984年中、英两国政府签署关于香港问题的联合声明，香港确定于1997年7月1日回归并实行"一国两制"，此时中西相融的云园也面临即将被拆除的命运，一如香港的殖民地身份即将瓦解。

在"香港三部曲"中，黄得云是香港的象征，香港是小说最重要的主角，施叔青用心良苦地铺陈小说叙及的每一时期的香港图像，又匠心独运地将历史事件与人物活动交织叙述,营造浓重的历史感,这是施叔青的超越之处。然而,如王德威所说:"施的《香港三部曲》俨然是《海上花》加《倾城之恋》加《怨女》的大集合。故事饶富张派兴味,但施似乎太把她的香港历史小说当回事,反而显得举轻若重,与张的世界大相径庭。"① 张爱玲小说虽然不以历史、战争、革命为题材,不去表现主流宏大的主题,然而不可否认的是,张爱玲小说却深具历史沧桑之感,这也是施叔青小说不同于张爱玲小说之处。

第二节 施叔青与张爱玲小说人物比较

施叔青与张爱玲都是人物形象描写的高手,她们塑造了很多个性鲜明的人物形象,如曹七巧、佟振保和愫细、徐槐等,不仅为读者熟知铭记,并且具有较高的文学价值和社会意义。施叔青和张爱玲笔下的人物有很多相似之处,"似乎有某种血统继承关系。这些人物是一个社会圈子中的两代人"②,甚至可以说"施叔青所写的正是张爱玲所写的同一族类的人物、同一类型的故事三十年后的发展"③。

一 家庭主妇:不能独立与不愿独立

比起曹七巧、白流苏、愫细、黄得云等典型人物,张爱玲和施叔青小说中的家庭主妇形象并不引人注目。事实上,这类人物是有趣且值得关注的,她们代表了现实生活的很多女性。"传统上讲,妇女没有独立性,而是丈夫和儿女的财产",妇女尤其是婚后不再到社会任职的家庭主妇,在家庭中或许举足轻重,但是在社会中往往被视为家庭的附属品,不具有独立的人生意义和社会价值。施叔青与张爱玲常以形形色色的女性为小说中心人物,从女性立场关注现代女性的个性与命运,困守于家庭之内遭遇物质和精神危机的家庭主妇自然成为她们集中刻画的对象。从张爱玲笔下40年代的太太,到施叔青写的当代都市家庭主妇,同一类型的人物,不

---

① 王德威:《张爱玲,再生缘——重复、回旋与衍生的叙事学》,《落地的麦子不死》,山东画报出版社2004年版,第28页。
② 李子云:《施叔青:完不了的故事——关于创作的通信之五》,《昨日风景》,浙江文艺出版社1991年版,第272页。
③ 李子云:《施叔青与张爱玲》,施叔青《颠倒的世界》,中国文联出版公司1986年版,第3页。

同的时代和人生,相同的困境,构成了绮丽多姿的女性形象世界。

(一) 以婚姻为职的"女结婚员"

如果说张爱玲所写的女性"是没有独立的条件与能力的——她们既缺乏足以保障经济上独立的工作能力,也没有摆脱思想中的封建人身依附观念,她们还为'嫁汉嫁汉,穿衣吃饭'的观念所支配"①,因此她们要通过婚姻的形式寻求物质生活的保障;那么施叔青所写的家庭主妇就是那些具有独立能力,却又不敢或不愿独自面对生活的艰辛,以为依仰丈夫就能过上幸福满足的生活,而早早地躲进婚姻围城的女性。

张爱玲的小说中有一种女性,被讽刺地称为"女结婚员",婚前以结婚为职,婚后以婚姻为职。在40年代的都市社会,女子读书升学、谋职就业已是平常,但是婚姻仍然被视为女性最好的前途,新式教育没有帮助她们学会独立自主,反而沦为谈婚论嫁的筹码。如郑川娥姐妹、棠倩姐妹、白流苏等人无一不以婚姻为职,她们"不能当女店员,女打字员,做'女结婚员'是她们唯一的出路……可以说一下地就进了'新娘学校'",为了找到合意的丈夫,她们与父母都使出浑身解数。薇龙低声下气地投靠姑妈本是为了继续学业,但是在声色犬马中她逐渐接受了这样的道理:"大学毕业生还找不到事呢!……还是趁这交际的机会,放出眼光来拣一个合适的人。"就连大学助教吴翠远,在学有所成后家人却忽觉不如嫁个有钱的女婿,她自己也越发沮丧、自卑。

在女性解放程度低、受教育人数少、就业机会少,并且仍然受到自身或传统观念束缚的年代,很多女性不能自主安排人生,需要以婚姻保证物质生活的安稳,因此家庭主妇是唯一适合她们的位置。20世纪后半期,台湾高等教育逐渐普及,女性受教育的机会基本与男性实现平衡,甚至在部分事业领域呈现"阴盛阳衰"。然而,千百年来女性胆小畏缩、依赖男性的弱势心理是难以改变的,仍有相当一部分接受了高等教育、具备独立能力的女性甘愿以婚姻的形式,接受男性物质精神的双重庇护。施叔青着力塑造了这类女性的形象,描绘出新一代的"女结婚员"。"从走出家庭独立的自信,到寻找归宿、回归家庭的渴求,正反映出妇女独立解放所面临的一个尴尬处境。"②施叔青小说中的博士太太、医生太太、高级俱乐部主任夫人、美国公司驻台代表夫人、证券经理太太等正是这类女性的典

---

① 李子云:《施叔青与张爱玲》,施叔青《颠倒的世界》,中国文联出版公司1986年版,第6页。

② 李今:《在生命和意识的张力中——谈施叔青的小说创作》,《文学评论》1994年第6期。

型代表,她们本是在经济和精神上能够独立的女性群体,但是却因为自己的怯懦和惰性而成为自愿被牺牲、自愿被主导的家庭主妇;她们诸多光耀的名衔都是以丈夫的职位和姓氏冠之,除了象征丈夫所提供的物质生活水平,还暗含了她们自动地将自己束缚在婚姻的车轮上,被丈夫主导,缺失自我的人生。

李愫是台湾嘉义乡下有名的"女状元",师范大学毕业后申请到美国大学的硕士学位奖学金,称得上是有学识有能力的女性。当她的生活陷入困窘、为住处发愁的时候,她认识了富家子弟萧,一个月后李愫不必再为衣食住行大费周章,因为萧"决定娶她为妻",而她必定是如释重负地应允了。李愫从一开始就依靠丈夫的经济供养:在接受萧的求婚后,李愫拿着未婚夫给的信用卡置办嫁妆,尽管知道不合情理,但她还是劝解自己"在美国,谁又来那一套中国的古礼",她决定用未婚夫的钱奢侈一番,弥补自己简朴的过去;结婚后,李愫很快生下一对子女,每天忙于照顾孩子和丈夫的起居饮食,而丈夫的薪水足够一家人衣食无忧,这使李愫无暇、无心更没有必要再继续学业和赚取独立的经济来源;15年受豢养的生活使李愫习惯了衣食无忧,丧失了独立自主的能力,因此即使在分居后她的住房和生活费仍然是由丈夫提供的。

再如叶洽,她本来是台湾一所私立大学的毕业生,在大学课堂上还曾参与婚姻话题的讨论:"如果就为了那点安全感,结果以后两个人不快乐地住在一起,那么,这个代价实在是太大了。"但是当她面对实际问题时,却畏惧于乡镇教师的前途和没有异性依靠的寂寞,在明知王溪山木讷无趣、彼此无话可说的情况下,坚持认为"两个人在一起总比一个人强""自以为找到了可以依靠所在",宁愿仰仗王溪山的美国留学博士身份和可以为她挡风的宽阔胸膛,躲到彼此没有感情的丈夫身后做家庭主妇,寻求安逸和保护。婚后她与丈夫到了美国,她既不求职也不深造,只是在家中操持简单的家务或看看小说,和外界几乎没有接触,一切支出完全来自丈夫。婚姻固然应当以一定的物质基础为前提,但是女性如果以物质为衡量婚姻质量的核心标准,以物质保障为婚姻的关键目的,那么对于女性来说,仅凭物质的满足就可以缔造和维持婚姻关系也就不足为怪了。认识和行为的不一致显示了女性胆小脆弱的性格,而受教育程度与独立能力的不成比例则暴露了女性对于男性近乎本能的依赖。

(二)等待救赎的家庭主妇

在文学作品中,受人豢养、供人耍玩的女性常常被比作笼中鸟,然而张爱玲和施叔青小说中的家庭主妇"不是笼子里的鸟。笼子里的鸟,开了笼,还会飞出来。她(们)是绣在屏风上的鸟——悒郁的紫色缎子屏风上,织金云朵里的一只白鸟。年深月久了,羽毛暗了,霉了,给虫蛀了,死也还死在屏风上"①。施叔青的小说《困》和张爱玲的小说《等》贴切传神地描述和概括了这类女性的心理特征,她们不是娜拉,只是一群为了生活画地为牢的小人物,对于单调无味的生活和荒芜的精神世界,她们或麻木不知或有所醒悟或备感煎熬,但是由于没有独立自主的能力,或没有娜拉那样决绝的勇气,只能继续依附丈夫,消极等待丈夫的改变和救赎。

张爱玲笔下的家庭主妇,虽然性格有内敛开朗之别、相貌有美丑之分、家庭有贫富之差,但都没有自我,过着黯淡生活。《相见欢》《等》《鸿鸾禧》等小说塑造了这类女性的群像:娄太太与庞太太木讷,前者疲于应对丈夫、子女、亲朋的考验,后者整天坐守推拿诊所,除了呲着龅牙跟来往的病人打招呼,百无聊赖地漱漱口、看看天,实则无甚可守;童太太看似豪爽能干,一边气势十足地扬言要上山出家、要离婚,一边找出种种不能实现的理由,事实上她不敢,也不想;伍太太与奚太太都是弃妇,对于丈夫娶妾一事,前者闭口不谈,后者为之辩解,都希冀丈夫回心转意……长年封闭在狭隘的生活里,太太们都像戴面具一样带着落寞、自足的笑,看似相谈甚欢,实则自说自话。小说题目"等"极具象征意味,不仅指她们在等待推拿筋骨,更象征了她们在精神和命运的困境里茫然地等待,等待丈夫回转心意,生活有所改变,却不知道能否等到,只是"生命自顾自走过去了"。

八位太太代表的是一种女性,即"都处在一种无法独立自主的附庸的社会地位上,婚姻名存而实亡,灵魂僵毙麻木;除了金钱与名位之外一无所有——包括自己的心"②。由于时代和自身的局限,她们缺乏个性,思想愚钝,没有独立自主能力,只能依赖婚姻维持生活,与丈夫的关系不和谐,生活单调乏味。此外,她们认识不到自己的悲哀,丈夫是她们糟糕生活的罪魁祸首,同时是她们在物质生活、身份地位和思想观念上的唯一依靠,因此只能空自等待丈夫的改变,作为救赎的唯一途径。

比起张爱玲小说中的太太,施叔青笔下的主妇更加年轻化,受教育程度更高,社会地位也居于上层,最主要的是,形象更为多样、复杂。施叔

---

① 张爱玲:《张爱玲作品集》,大众文艺出版社2005年版,第284页。
② 林佩芬:《看张〈相见欢〉的探讨》,金宏达主编《回望张爱玲:华丽影沉》,文化艺术出版社2003年版,第162页。

青是一位社会意识较强的作家，因此她不仅塑造了一系列典型的女性形象，表现女性的性格心理特征与命运，而且通过这些复杂多样的女性形象，深入探究女性的出路。

26岁的博士太太叶洽是不敢独立、困守婚姻的女性代表，她是家中的独生女，上过大学，害怕孤独寂寞，不敢独自面对毕业后的生活，仓促中嫁给留美博士，以为就此安稳一生。然而，在美国生活了一年多后，她仍然语言不通，处处无法适应，不能外出求职，甚至不能单独外出购物，也不曾打算通过学习改变自己。她成天将自己关在家里，除了做家务和看小说，就在埋怨和痛苦中等待丈夫完成博士论文，完成授课材料，等待丈夫的工作和生活发生改变，等待丈夫来关心她、了解她。因为丈夫的笨拙和沟通的失败，导致叶洽的期望变成绝望，最后"叶洽找到了酒。从此，她躲入酒里"。叶洽始终"不懂自己怎么会掉到这种生活方式里"，她从来不去认真思考使她陷入困境的罪魁祸首不是高层公寓，也不只是丈夫，正是从来不做改变、不做反省的她自己；面对问题，她总是不做任何努力地一味逃避，她先是从毕业前途和寂寞情感的焦躁躲到婚姻里，当婚姻出现问题时她总是等着丈夫改变、等着丈夫拯救她，最后从失败的婚姻生活躲到自我麻痹的酗酒里，她的世界里除了"困"就是"等"。不敢独立、不愿自主、不做努力的消极等待只能是更加虚无的困境。

与坐以待毙的叶洽不同，施叔青笔下的其他女性具有一定程度的自我意识，大多主动求变、寻找解决问题的办法。吴贞女在婚姻之初就做出各种努力，试图改变与丈夫的关系，每次吵架之后她总是要将家具重新摆设一番，"企图创造出一个不同于先前的空间感觉，好让吵完后的她可呼吸自如，继续与丈夫在同一屋檐下过日子"。李愫出身台南农家，其门不当户不对的婚姻很快出现了问题，因为无法适应上流社会觥筹交错的生活，她曾经屡次向丈夫提出异议，被丈夫否决之后她试图通过改造自己配合丈夫的生活。当她终于醒悟自己任由丈夫操纵妆扮的木偶身份，她怒斥丈夫"我白天当你的老妈子，晚上让你带出去展览，像只色彩鲜艳的鹦鹉，只差不会说人话，在床上，我又是你不花钱的娼妓，你当不当我也是个人"。这是一个觉悟的、即将摆脱木偶命运的娜拉。

《窑变》的主人公方月，是一个在困境和迷茫中不断摸索的女性形象。在台湾她是一位小有名气的作家，跟随丈夫来到香港，在陌生的城市里，方月面临着和叶洽、李愫一样的婚姻和精神困境，迷失了自我。她找不到自己的位置，不仅与整日忙于股票交易的丈夫渐行渐远，对于最钟爱的写作也意兴阑珊，每天早上她都"找不到理由起身，她拉起床单，把自己从头到脚蒙住，挺尸一样，希望就此不再醒来"。然而方月并没有像叶涉、李慻一样放弃自己，而是决心一切从头开始——她像赴战场一样参加了应聘，被录取为博物馆的助理编辑。朝九晚五的工作不仅让她重拾充实的生活，而且使她结识了文物鉴赏家姚茫，他们一起品尝美酒美食，欣赏珍贵文物，方月逐渐习惯了追随姚茫的生活，并且自以为找到了新的、充实有意义的人生。事实上，她再次丢失了自我。直到初恋情人何寒天出现，一语道破，才让方月意识到自己的生活是多么狭隘空虚，她开始反思生活该如何继续。小说最后，方月决定一个人离开香港，独自探寻漫漫前路。

维多利亚俱乐部采购主任徐槐的妻子周鸣琴是施叔青塑造的一个较为特殊的形象，以丈夫卷入贪污贿赂案为界将周鸣琴对比鲜明的两面表现了出来。周鸣琴是很多家庭主妇的真实写照，她性格沉闷，相貌平平，不施脂粉，产后发胖的身体常常穿着色调灰暗的肥大衣服。丈夫操持家庭的大小事情，无事可做的她总是"双手平放膝头，沉默地坐着，沉陷于自己的世界，眼睛藏在阴影里。她天天这样坐着，以这种姿态来抗议生命本身的无聊烦闷……这个没曾被引发的生命一直沉睡"。直到丈夫面临囹圄之灾，无法继续担负平日的职责，"从来不给她机会的这个女人，趁丈夫无力防备，脱颖而出"，婚后从未持家的她一手操办家庭琐事，独自面对警察的查抄，为丈夫摒挡邻人异样的目光，与丈夫手握手、头挨头地商议对策。多年的安逸生活和冷漠婚姻没有使她丧失独立处理问题的品格和行为能力，最可贵的是这一切仍然是以她惯有的、默默的、不紧不慢的方式进行。同样面对强大的政府机器和卑劣的金钱世界，《冤》中的吴雪始终不能理性地寻找解决困难的办法，最终不胜煎熬变成了疯子。读者可以确信，即使徐槐被捕入狱，周鸣琴也能独立支撑家庭。因此，在大法官、名律师、经理、政府官员等诸多人物云集的《维多利亚俱乐部》里，周鸣琴是一个不起眼却又很有光彩的人物。施叔青写下周鸣琴在家变前后的差异也许意在说明只要给家庭主妇这类女性机会，她们也可能变得独立自主，可以施展独当一面的能力。

但是，这个机会能否出现、何时出现都是悬而未决的，如果机会久久不出现，她们的生活和命运仍然是在他人的掌控和空虚的等待中度过。况且，她们真的有足够的能力和勇气解决问题、打破困境拯救自我吗？李慻想摆脱丈夫的奴役和虚伪破碎的婚姻，但是丈夫为了前途不答应离婚，而她除了期冀丈夫的释放，没有其他有效的办法。另外，施叔青通过《后街》告诉读者李慻与丈夫分居后没有能力和勇气外出工作来养活自己、仍然伸手向丈夫索取生活费的事实,她根本还是原来那个接受丈夫供养、等着被丈夫释放的李愫。吴贞女更可悲,使她痛苦的不仅是不近人情的丈夫,更是丈夫所在的绝望空虚的生活,她没有其他异性可以寻求慰藉,没有父母兄弟可以投靠,没有美好的往事可以回忆,她是无路可走的一个人。迷茫的吴贞女巧遇普度众生的佛教弟子,皈依了佛门,看似得到点化和解脱的吴贞女仍然执迷不悟地"等"着,她恭敬礼佛是为了等待佛祖昭示她的丈夫戒掉酒瘾、回头是岸,等待丈夫给她一个孩子,改变寂寞可悲的生活。她们虽然做出了努力和挣扎,但其困顿的境遇并未得到有效的改善,并且在其主动改变命运的行为表象之下隐存的仍然是女性等待救赎的悲哀事实。

二 职场女性:进步与倒退

随着社会的进步,越来越多的女性在接受教育之后到社会上谋职就业,在部分领域与男性展开竞争,甚至取得了耀眼的成就。由张爱玲小说到施叔青小说女性形象的变化,可以很明显地发现这种进步。女性不再唯婚姻为职,纷纷步入政治、经济、文化领域,成为职场女性,但新的问题和困境也随之产生。

(一) 突出男性重围的职场女性

相比较张爱玲笔下的太太、"女结婚员"们,施叔青没有"将她的人物封闭在家庭范围之内,而常常让她们进入其他社会领域,这就超越了张爱玲将人物拘囿于家庭的局限,而具有较为广阔的活动天地"①。这造就了她笔下一批活动于社会大舞台的职场女性。"施叔青作品的女主人公大都具有七巧与流苏性格中的或是敏感、机巧、或是狡猾、崇尚虚荣,以及性变态倾向的因素。这些女人的共同特征是都具有一种强悍性、主动进攻的精神,她们都不甘心任从命运的摆布,她们为保卫自己的利益进行抗争。"② 而这一特征尤其表现在施叔青小说中精明能干的职场女性身上。

在张爱玲的时代,争取独立和能够独立的女性已经出现,不仅实现了经济上的自立,也能够决定自己的命运,因此在张爱玲塑造的女性形象中,有一小部分是女教师和女店员,身份区别于众多困守在婚姻围城内外的太太和小姐,虽然其就业范围狭窄、收入较低,但是她们已经可以养活

---

① 李子云:《施叔青:完不了的故事——关于创作的通信之五》,《昨日风景》,浙江文艺出版社1991年版,第280页。
② 李子云:《施叔青:完不了的故事——关于创作的通信之五》,《昨日风景》,第277页。

自己、贴补家用；尽管她们还有很多缺点和不足，但她们勇敢地突破了旧观念、旧家庭的束缚，不依靠父母和婚姻的庇护，独立经营自己的人生。匡漤珠是"一个简单的穷女孩子"，寡言少语却极为倔强，经同学介绍在一家外国人开的药店里上班。她以练习英文、学习打字、打发无聊时间作为在外做事的理由，尴尬地应对亲戚朋友的盘问。然而漤珠在工作中"拨着电话，四面看着，心里很快乐"，这是因为工作不仅能让她赚取微薄的薪水，为自己购买向往已久的衣物及请弟弟妹妹吃零食，更能让她离开那个守旧不前、破落嘈杂的家，得到属于自己的空间。虞家茵也是迫于困窘的经济外出谋职，她性格内敛、善良、倔强，贫困却不贪图金钱。她与雇主夏宗豫产生感情，游手好闲的父亲却借机敲诈，劝她嫁作姨太太过上衣食无忧的生活时，她果断地拒绝，不卑不亢地维护自己的尊严和感情，最后她决定摆脱父亲和感情纠葛，独自到厦门谋生。

进入六七十年代，随着经济社会的发展，女性在较大程度上实现了社会地位的平等和经济地位的独立，成为社会的"半边天"。都市竞争激烈的商业环境培养出大批适应商业发展需要的职业女性。施叔青笔下的职业女性，大都打扮得精心得体、光鲜亮丽，更具好强的个性和强烈的进取心。在职场上，她们任职于不同机构，勤于工作、擅长交际，与男性平等地共事或竞争。在婚姻和恋爱问题上，她们由于经济独立可以自主，不再唯马首是瞻，即使婚姻失败或情感失意，也不影响正常的生活。

《一夜游》中的雷贝嘉堪称代表。她出身经济拮据的多子女家庭，自小渴望走出困窘的境地，跨入上流社会，因此她为人处事的风格就是一旦遇到机会就费尽心思地与人结交、争取利益。她借助男友职位之便从一家小广告公司转到电影节的公关部门担任宣传助理，但她并不满足于此，她常以电影节的总策划自居，将负责总策划的伊芳视为竞争对象，"与之明争暗斗。任是伊芳生性平和，不具野心，诚为香港专业女性少有的异类，雷贝嘉对之仍视为眼中钉，千方百计企图撵走她"。在某一届国际电影节上，雷贝嘉花费心思打探消息，安排相熟的媒体在机场迎接一位著名的印度导演，更一待导演露面就抢在伊芳之前握手迎接，而这一幕恰被事先招呼过的记者拍下并登到报上，并且在迎接酒会上受到印度领事与导演的亲切相待，这使雷贝嘉大出风头并载誉而归。雷贝嘉追逐名利的能力和心机，使男友和同事都深为惊奇。而一路顺风顺水的愫细，本是温室里备受呵护的花朵，高中毕业即出国留学，读完硕士回到台湾很容易地谋到了广告公司的高薪职位。丈夫的移情别恋让愫细经历了人生第一次挫折，但她没有悲伤欲绝，而是保持了充分的冷静，维护尊严，痛苦过后"她当以前的愫细是死了，对新的自己凝视片刻，走出浴室拴上门的那一刹那，愫细回复了她对自己的信心"，她可以很好地活下去。之后，愫细在公司遭遇危机时脱颖而出，被老板委以重任，升为部门主管，踌躇满志地投入新职位。

香港和台湾浓烈的商业气氛不仅吸纳了众多年轻女性就职，而且培养出一批在职业战场上拼杀的"女将"——她们是职场女强人，是"一些能干到极点的女人，她们分散在洋行、律师楼、银行担任高级要职，个个野心勃勃，一心想往上爬"；无论是工作还是感情上她们向来不依赖男性，她们"每天打扮得体大方，披甲上阵，在写字楼大展雌威，与男人争天下，拿出本事证明女人不是次一等的人物"，她们太过好强能干的性格使身边的男性纷纷敬而远之，过了最佳婚恋年龄仍然形单影只。她们把辛苦赚来的薪水花费在购买奢侈品上，把自己从头到脚武装得无懈可击，常在下班后成群结队地去酒吧和美容店放松自己，度过闲暇时间。她们不仅不依赖男性，甚至视男性为草芥，轻视那些结婚生子的女人。女将们的独立自强固然值得赞赏，但是她们的极端行为不禁让人产生疑问："世人认为女人生小孩，天经地义，女将们的反应却是一脸鄙夷，她们究竟是不是女人？"应当注意的是，如果独立自主是以丧失女性特有的心理和生理特征为代价，这仍是女性的不幸。

(二) 寻求男性庇护的职场女性

施叔青和张爱玲的"注意力都集中上层社会中那些不能独立的女性，无论在经济上、人格上，以及心理、情感上都不能独立的女性"①。比起20世纪40年代的上海和香港，在70年代之后直至21世纪的香港和台湾女性完全有能力不依靠他人，独立自主生活，然而情感上的缺失、追求奢侈的物质享受等因素，又从根本上促使部分现代女性仍然依赖男性、寻求庇护。由张爱玲到施叔青小说中有独立能力的职场女性，我们可以发现现代女性的变与不变。

在张爱玲的小说中，职业女性虽然只有吴翠远、虞家茵等屈指可数的几个，但毕竟实现了经济上的独立。她们的另一个特点是，都被环境捏造得中规中矩，"整个的人像挤出来的牙膏，没有款式"；对于物质、情感和欲望，她们也有强烈的期望，但是被奋力抑制，不敢表达、不敢追求。任教于大学英语系的吴翠远，在家是一个好女儿，在学校是一个好学生，

---

① 李子云：《施叔青：完不了的故事——关于创作的通信之五》，《昨日风景》，浙江文艺出版社1991年版，第282页。

现在是一个好老师,尽管在地位上取得了独立,但个性呆板、生活单调,看到男学生写下的几句肆无忌惮的作文就脸红心跳,在暂时封锁的电车上与陌生的已婚男子似真似假地恋爱,自以为是地倾听对方诉苦、谈起两人的打算,都是她极为空虚的内心和匮乏的情感,以及对异性的渴望使然。她们像是沉睡的火山,内心的欲望和冲突被她们自身及所处的时代所压抑。

在施叔青小说的女性人物中,职业女性占据半数,她们是矛盾的,兼具独立性和依赖性,她们接受过高等教育,有一份足够维持精致生活的工作,有能够独自应对种种问题的能力,但是她们极为欠缺信心,害怕自立的寂寞和艰苦,渴望通过男性获得物质满足、情感和情欲慰藉,因此始终"自觉或不自觉地寻求男性的荫蔽,不敢摆脱自己的依附地位"。如朱勤是爱萧的,然而在这份错综复杂、委屈小心的恋情里,朱勤坚持的不是爱情,而是来自男性的情感慰藉,害怕孤独寂寞的"朱勤受不了一个人,如果她让他走了,以后的日子,她将寂寂寞寞地过"。马安贞之所以离不开徐槐,是因为徐槐提供的奢侈生活。她就职于旅行社,虽然毫无经济压力,但没有经济能力享受上等人的奢侈生活,而徐槐恰恰能满足她。从初次约会的高档西餐、精致的纪念卡,再到各种名牌衣物和首饰,她拥有的越多,就越是舍不得离开,直到徐槐因受贿案被捕调查,不能再继续提供原有的奢侈生活,她才毅然决然地与他断绝关系。来自台湾乡下的常满姨因为男人吃了很多苦头,但由于情欲的需要,她常常"晚上睡不着,起来满屋子乱转,煎熬得她差点跑到街上,当众把衣服脱下,大喊:'要我吧,把我拿去吧!我再也受不了哟!'"所以她半辈子讲的、怨的、念的都是男人。

在这些内心充满矛盾的女性身上,施叔青找到了现代女性不能独立的根本原因:一半是金钱,"另一半是她们的寂寞——在一个看似平等开放,其实仍然是以男性为中心的社会里,无论是已婚的、工作只是点缀性质的女性(方月),还是离婚的、事业成功的'女强人'(愫细),都无可避免地被'寂寞'这个怪兽狠狠地追赶啃啮着……归根结底来说,(女性的不能独立)是否还是由于作为女性的社会角色,这么多年来,心态上仍然是依附的、从属的、'第二性'的呢"[①]。即使是最具先锋精神的女强人,"那一双双被酒精染红的眼睛,泄露了她们内心的秘密,都在呼喊着空虚,其实她们只是在嘴巴上逞强,心里何尝不羡慕"。刻意地与男性

---

① 李黎:《更接近白先勇的"台北人"系列——也谈施叔青的小说》,李子云《昨日风景》,浙江文艺出版社 1991 年版,第 297—298 页。

极端对立不是实现女性独立自主的正确方式,更不应当以牺牲女性正常的心理和生理特征为代价,而且女将们鄙薄男人和结婚生子的女人可能都是表象,背后却是她们对男性及其庇护求而不得的渴望。无论是愫细、朱勤,还是"女将们",只要尚未具有独立自主的精神心理,就还会继续选择生存在男性的庇护下。

由于时代和环境的巨变,对于物质、情感和欲望,施叔青笔下的女性们已经无须像匡漾珠、吴翠远一样掩饰和压抑,可以奋力追求、恣肆享受,同时在坚守与放逐自我的矛盾里,尚未完全丧失自我批判和反思的精神。"作为受过高等教育的知识女性,她们贪图物质享受,有了自立的条件却不能或不愿自立,自觉或不自觉地找寻男性的庇护。(同时)'叹世界'的要求与保持个人尊严的要求在她们内心里不断发生冲突,生命与意识的矛盾纠结缠绕,传达着她们无法排遣的精神困顿。"① 如愫细在果断地结束失败的婚姻后,开始了新生活,然而寂寞如影随形,她渴望男性的庇护。在一个暴雨骤降的夜晚,愫细终于不堪寂寞投入洪俊兴的怀抱,尽管她几次三番地试图与之中断来往,然而"愫细抗拒不了他肉的诱惑。感情的事容易办……不过要断绝这种肉欲的吸引,只怕难极了。无数次她发过誓,不让他接近,可是往往守到最后一刻,她拼得全身骨头酸楚透了,然后,洪俊兴把手向她伸过来,她的自持一下子崩溃,又情不自禁地向他投怀送抱了"。逐渐地,愫细开始习惯和喜爱享受洪俊兴提供的高档生活、乐意被他花钱装扮起来,并且理所当然地认为只要她想要的东西、想去的地方,洪都应当给她、带她去。那个最初"满脑子男女平等的思想,他(洪俊兴)也提议送她衣饰,愫细却回过头,狠狠瞪了他一眼,说这是什么年代了,还兴这一套落伍的玩意儿"的愫细,已经被精致的西餐、高档的酒吧、欧美的流行时装、镶钻的首饰等各种奢侈品包围,即将迷失自我。在《愫细怨》结尾,有所顿悟的愫细推开了洪俊兴手中的钻石,独自在海边徘徊,最后"用尽平生之力大呕,呕到几乎把五脏六腑牵了出来"。香港作家黄碧云的小说《呕吐》讲述的是女主人公叶细细在情感激烈得无法用言语表达时总是剧烈地呕吐。愫细的呕吐也许正意味着她对自己的质疑和指责,以及摆脱困境的急切渴望。

由张爱玲到施叔青,女性的"悲剧还在演,只不过女主角由小媳妇熬成(或者说,进化成)新时代的女性了——外形是新女性,骨子里精

---

① 杨利娟:《都市女性的情殇——论施叔青都市小说中女性情感状态》,《世界华文文学论坛》2003年第2期。

神上好像还是旧社会的妾妇,似乎永远背负着女性的'原罪',还是在为男人受罪、哭泣、翻肠搅肚得呕吐"①,在形形色色的女性形象背后,是女性自始至终没有摆脱的困境,不具独立人格精神、追求奢侈物质生活的女性是无法真正走上独立之路的。台湾女作家袁琼琼在小说《自己的天空》中,立意探寻女性如何寻找、开辟独属于女性自己的天空,然而女性有了独立的工作、无所顾忌地寻觅情人、勇敢直接地追求情爱,就算是寻找到自己的天空吗? 消极固守或极端对抗都是走不通的路。女性怎样才能解决物质、情感、情欲的三重困境,这是值得作家们深入探究的问题。

三 男性群像:"好人"和"完美"的丈夫

一直以来,施叔青和张爱玲小说中的女性形象备受瞩目,研究成果颇丰,男性形象则较少得到重视。施叔青和张爱玲的小说大多以女性形象为主人公,与之关联密切的男性往往作为配角出现,但正是男性以丈夫或情人的身份主导了女性的生活和命运,他们处理两性关系的态度和手段从根本上决定了两性关系的走向。两位作家以敏感尖锐的目光审视男性在社会和家庭中扮演的角色,成功地塑造了一系列男性人物,表现不同性格、身份的男性对于女性及其命运的影响,探讨男性之于家庭和女性的意义。

(一)"完美"的丈夫

男权社会赋予了男性根深蒂固的"男尊女卑"意识和支配女性命运的特权,男性除了在社会中扮演不同的角色,在各个领域担任大大小小的职位之外,在家庭中更是一家之主,在两性关系上往往占据主导地位。施叔青和张爱玲都着重塑造了"完美"的好丈夫形象。如果说张爱玲小说中的佟振保、娄嚣伯、米先生等已具雏形,那么施叔青小说中的萧、徐槐、洪俊兴等人物,则将"完美"丈夫的虚伪、自私、专制演绎到极致。

"男权社会的道德观要求男人给养家用,但是允许男人在婚姻之外寻找女人;与要求于女人的贞操观念刚好相反。男权社会对这种允许往往有鼓励的意思。"② 如张爱玲所说,"也许每一个男子全都有过这样的两个女人,至少两个",一个是圣洁苍白的妻子,一个是热烈有趣的情妇。对于施叔青和张爱玲笔下体面的丈夫们来说,妻子是生活的必需品和装饰品,情人是他们满足情欲和虚荣的玩物。由于妻子和情人都关乎他们的声誉甚

---

① 李黎:《更接近白先勇的"台北人"系列——也谈施叔青的小说》,李子云《昨日风景》,浙江文艺出版社1991年版,第298—299页。
② 高全之:《张爱玲的女性本位》,金宏达主编《回望张爱玲:华丽影沉》,文化艺术出版社2003年版,第170页。

至前途，所以妻子最好是安分守己的，而情人最好是不为外人所知、听任摆布的，因此他们全都按照自己的利益需求、行为准则支配和塑造女性的生活。

以佟振保与萧为例。

一方面，他们要做周围人眼中的"完美"丈夫。首先，他们的一切行为都以需要为目的，振保之所以不娶玫瑰和娇蕊是因为他清楚地知道"这样的女人，在外国或是很普通，到中国来就行不通了。把她娶来移植在家乡的社会里，那是劳神伤财，不上算的事"；娶烟鹂是因为他需要贤惠圣洁的妻子，而身家清白、大学毕业、温柔秀丽的烟鹂符合他的标准。萧需要一个吸引外国宾客的妻子，所以他娶了黄皮肤的李愫，并将她"装扮成洋客人心目中神秘的黄肤色公主"，说他指定的话、做他指定的事；他需要幸福家庭、好好先生的声誉，因此在外出应酬的宴会上妻子被他"象公主般被侍候着，在人面前装模作样"，实际上李愫平日里就像丈夫的老妈子一样。其次，他们永远是对的，没有过错也不会犯错；他们认为自己在外奔波忙碌，让妻子和儿女过着安逸的生活，家人理所当然地要充满感激和满足；一旦出现打破他们认可和预期的事，他们就会极度愤怒、不解。如佟振保一直认为自己对妻子很好，为建立这个稳固的家庭牺牲了很多，然而他心中苍白圣洁的妻子却与小裁缝偷情，对于妻子的"不知好歹"他产生了愤怒和不解。萧从来不在乎妻子的情绪和看法，他永远是对的，是辛苦付出的，妻子理所应当地要顺从。当李愫提出离婚时，这使"一向绝对自我中心的萧，觉得太不给他面子了。再怎样，李愫也没有权在他面前提出这种要求"，萧感到愤怒不已，他在外辛苦奔波给了李愫富裕安逸、出入上流社会的生活，她竟然轻视他对家庭、事业的付出。最后，他们感觉到了危险的信号，妻子不符合他们原则的行为不仅打破了他们"完美"丈夫的假象，而且动摇了他们创立起来的秩序与权威。佟振保自以为秩序井然的小世界被妻子偷情所颠覆，他在盛怒之下决心毁掉自己创立的小世界，砸碎他一手塑造的"完美"假象——他公开嫖妓、不再拿钱回来养家。但是在短暂的纵容和发泄过后，佟振保的责任心又回来了，继续做好丈夫，维持他的世界。萧害怕婚变后的连锁反应，破碎的婚姻极有可能影响他在上司和同事心中的形象，更有可能耽误他的前途。因此"萧用了种种借口向对他婚姻起了疑心的朋友、属下解释，在人家快要开始不相信他的时候，李愫适时地回来了"，但是李愫是回来要求办理离婚的。萧为了婚姻的谎言和"完美"的形象不被识破，他要求妻子继续演戏，甚至在司机和佣人面前都要故作亲昵。这是因为他们并不真正懂得变故的根本原因，即使知道他们也不会为此改变，他们是自己绝对的权威和中心。

另一方面，在情人那里他们仍然坚持扮演"完美"的形象。萧在朱勤面前，是一个被妻子伤害的丈夫，是一对可爱的孩子的父亲，是一个在家庭和事业的夹缝里艰难谋生的男人。种种伪装的目的在于让情人全心地痴情于他、心甘情愿被隐匿在后街，而不妨害他"完美"丈夫的形象。其次，他们将情人处置得极为"完美"。佟振保不能让娇蕊给他制造麻烦，毁坏他的名声，他只想让她做他的情妇，因而在麻烦发生前他以母亲的反对、舆论的批判搪塞娇蕊，干净利落地断绝关系。之后虽然有些懊悔，但更多的是对自己精明果断能力的惊奇和赞叹。在结婚后萧是"一个绝对自私的男人，为了巩固他的职位，萧可以毫无考虑的牺牲朱勤，把她困在后街，一辈子不带她出来"。他很谨慎地与朱勤交往，他从来不带朱勤去他家中，只是每天下班后到朱勤的小公寓共度两个小时，也不将朱勤介绍给他的朋友或者同事，不与朱勤共赴公共场合（只有一次在朱勤的再三恳求下，同去了有纸门遮挡的日本餐厅），所以对于萧的家人、佣人、同事和朋友来说，朱勤是不存在的，他可以随时抽身而去。即使朱勤走出后街向众人说明真相，也不会有人相信她，因为"萧的朋友，她一个也不认得，如果她跑去告诉他周围的人，说萧如何骗她，恐怕人家只有把她当疯子看。对他们来说，朱勤根本不存在的"。可以说萧在与朱勤交往的开始就计划好了，牺牲朱勤，保证他的所作所为不会对自身造成负面影响。对于萧和佟振保来说，李愫、朱勤和烟鹂、娇蕊、玫瑰及与她们的情感、情欲都是身外物，她们都不是他们的爱人，他们最爱的是自己。无论如何掩饰和辩解，他们都是虚伪自私、霸道专断、自以为是的人。

施叔青描写最多的是中年男性。他们有稳定的家庭和收入不菲的职业，或出于情感慰藉的需要，或出于虚荣的心理，为自己找了一个更为年轻热烈的情人，在妻子和情人之间做起了"完美"的丈夫。洪俊兴爱愫细，也爱愫细年轻的容貌和身体，而且高高在上的愫细成了他的情人并逐渐接受他的物质堆砌，这极大地满足了他的虚荣心。看着用他的钱装扮得花枝招展的愫细，洪俊兴简直乐得合不拢嘴，"这点钱他花得起，也乐意花，有能力装扮自己的情妇，是他这类男人生命当中最骄傲的大事之一，何况这样一来好像把两人之间的悬殊做了一种奇妙的平衡"。但是洪俊兴没有忘记自己丈夫的身份，是妻子与他同甘共苦走过了艰辛的创业岁月，他不能抛弃妻子和家庭，因此"无论多晚，他总是起身穿戴，回到他所抱怨的妻子身边，去做他尽责任的丈夫"。身为维多利亚俱乐部采购部主任的徐槐对待妻子和情人的泾渭分明更是将其采购天赋发挥到极致。初恋情人涂玉珍的嫌贫爱富使徐槐受了伤害，不仅促使他在事业上积极向上，而且使他对涂玉珍型的女人敬而远之，在甄选结婚对象时选择了与之截然不同的周鸣琴——一个看着令人放心并不引人注目的女人。多年后升上了采购部主任的徐槐已经有了足够的金钱和信心在婚姻之外寻找另外的女人，偶然地先后邂逅了马安贞和涂玉珍。对如今的涂玉珍他满怀报复性的炫耀，再次会面时他将自己"从头到脚，把精心装饰一身名牌以潇洒不经意的姿态呈现在她眼前，由她势利的、青春已逝的中年女人的眼睛，琢磨自己发达的程度"，他要让这个当初轻视他的女人后悔，以此减轻曾经受到的伤害。认识了年轻苗条的马安贞后，他越发嫌恶身材发福、无趣的妻子，他用私拿的公物赠予她，用收受的贿赂带她享受各种豪华的衣饰和餐饮。但是徐槐只是将之作为满足情欲和虚荣心的存在，他不会为了情人损害家庭。当他面临囹圄之灾时，情人成了无用之人，默默无闻的妻子却以沉稳机智的举动帮助了他。

（二）一群"好人"

张爱玲说"世界上的好人比真人多"①。在施叔青和张爱玲的小说中几乎没有坏人，即使是给他人制造了痛苦不幸的人物，如七巧、虞老先生和雷贝嘉、萧等也都不是严格意义上的坏人。"好人"一称源自张爱玲在《红玫瑰与白玫瑰》中对佟振保的评价，既指那些将两性关系处理得完美妥帖的"完美"丈夫，也包括了为人处世极富条理、恪守社会标准、活得中规中矩的男性。施叔青和张爱玲在讽刺地书写面面俱佳的"好人"表象背后刻意揭示的是虚伪自私、墨守成规、怯懦无奈的男性性格与心理特征。

在张爱玲与施叔青的男性世界里"好人"并不少见，他们普遍具有以下五个主要特点：性格稳重、谨慎内敛，有较强的进取心；在工作上兢兢业业、精明能干，事业有成，深得上司的重用和同事的赞赏；热情好客，待人接物彬彬有礼，是亲人朋友眼中的绅士；婚姻和谐，妻子贤惠贞洁、全心全意为家庭服务，是他人眼中的模范夫妻；大多有一个隐秘的情人，带给他们情感的慰藉或欲望的满足，且不会损害其家庭和身份。张爱玲笔下的吕宗桢、范柳原、乔其乔、哥儿达先生和施叔青笔下的王溪山、洪俊兴、庄水法、徐槐、杨传梓等，可以说是不同程度的"好人"，其中以佟振保和萧为典型代表。佟振保是赫赫有名的"好人"，他总是以一套

---

① 张爱玲：《张爱玲作品集》，大众文艺出版社2005年版，第167页。

有条有理的标准严格要求自己和身边的人,建立了自己的好前途、好家庭、好名声。对待妻子儿女,谁都没有他那么有责任心,"侍奉母亲,谁都没有他那么周到;提拔兄弟,谁都没有他那么经心;办公,谁都没有他那么火爆认真;待朋友,谁都没有他那么热心,那么义气,克己"。萧出身于富商家庭,取得了美国一流大学的博士学位,在大公司里找到了一份高薪工作,之后他尽心尽力地工作升职,为了实现事业理想"争取、设计、安排了十年,每一次,用尽心血",给总公司留下了极好的印象,最后被派到台湾分公司做负责人。不仅前程似锦、家庭幸福——甜美的妻子和可爱的孩子,而且是众所周知的翩翩绅士,在众人眼里萧无疑是好男人的典范。

然而,这并不是"好人"最真实的一面。他们首先是狭隘苛刻的,只有符合他们标准、遵守他们规则的人和事才能出现在他们的世界里,他们处处好、时时好的目的在于:他们可以按照自己的观念确立规则,以他们的方式支配周围的人,进而占据绝对的主导地位。佟振保就认为所有人都应当按照他的规则生活;萧也一直认定自己永远是对的,而李悰应该感恩戴德地听命于他。其次,"好人"是自私自利的,并非默默付出不求回报,他们自觉付出很多才使这个小世界得以维持,自我的欣慰不能满足他们的成就感和虚荣心,他们需要别人的感激、服从和敬意。因此萧总觉得为这个家牺牲了很多,李悰应该充满感激;佟振保也总是"觉得人家欠着他一份敬意,一点温情的补偿。人家也常常为了这个说他好,可是他总嫌不够,因此特别努力去做分外的好事"。最后,"好人"是虚伪的,并不是表面上的谦谦君子或翩翩绅士。萧在公共场合对妻子极尽温馨体贴之能事,实际上对妻子总是颐指气使;他隐藏情人,隐瞒与妻子婚姻破裂的事实,坚持每晚回家做儿女的好父亲,都是为了维护声誉,将自己美化为众人心中的"好人"。佟振保在勾引朋友太太前后都陷在巨大的矛盾之中,不是为朋友和娇蕊,因为在佟振保看来,曾是交际花的娇蕊是个任性的已婚妇人,即使与她有了私情,他既不用愧疚也不必负起责任;佟振保的痛苦和矛盾是为了他自己,因为"他不能不对自己负责……(当初)他的举止多么光明磊落,他不能对不住当初的自己"。施叔青和张爱玲揭下了男人的重重伪装,暴露出他们最真实的心理状态。

施叔青曾说:"我不相信完美。每个人都像一团揉皱了的纸团,有太多面。"① 面具之后隐藏的多是自私虚伪,可能还有男性人物的怯懦与无

---

① 白舒荣:《自我完成 自我挑战:施叔青评传》,作家出版社2006年版,第172页。

奈，因为在现实生活里男性也同样可能是受害者和可怜可悲之人。张爱玲《封锁》中的吕宗祯是"一个齐齐整整穿着西装戴着玳瑁眼镜提着公事皮包"的银行会计师，他是关心女儿学业和成长的好父亲，他是尽管不情愿但还是为妻子跑到小胡同买回菠菜包子的丈夫，他是文明的乘客、顾客，他是遵纪守法的市民，这些好人身份架构起他的世界，他要维持这个虽然乏味但是有条有理的天地。然而一旦得以进入陌生封闭的环境，无须继续维持惯有的秩序和原则，他就取下了道貌岸然的伪装，有意与年轻女性搭讪、调情。吕宗祯也是可悲的，他尽管对平常的生活心生厌恶，但他就像那只重新爬回巢里的乌壳虫，不敢思考更不敢突破生活的封锁。

张爱玲对男性始终持有一种既嘲讽、批判，又同情、理解的兼容态度；施叔青的男性观则呈现出阶段性，从讽刺批判逐步发展为张爱玲式的多元态度。不同的观念影响了她们对男性形象的塑造。施叔青在"香港三部曲"之前多以极端的对立来描写男女关系，以尖锐苛刻的态度塑造男性形象。"后来随着年纪增长，关怀的这个层面（男女关系）会越来越宽阔。那也许会用一种宽容的态度去看待男女关系。"在2011年接受"搜狐文化客厅"访谈时施叔青如是说。这也意味着她能够以更为冷静宽容的态度审视男性、塑造男性形象，既淋漓尽致地刻画他们虚伪、自私、专断等缺点，也表现他们的艰辛、衰颓和无奈。《约伯的末裔》和《倒放的天梯》塑造了木匠江荣和漆匠潘地霖两个生活在社会底层的男性形象，以现代主义的手法展现了他们现实的痛苦，他们憨厚老实的外表下都藏着一颗敏感脆弱的心，他们固然经历过苦难但这不足以将人生打败的不幸却击倒了他们，使他们从此一蹶不振。《窑变》中的姚茫和《驱魔》中的沙、顾廷来自衣食无忧的中上层社会，年届中年的顾廷依然充满魅力，姚茫和沙虽年逾耳顺之年却优雅有品位，然而在"不是年轻得可以从头来起，又没有老到愿意放弃一切"的尴尬处境里，声名在外、看似高贵光鲜十足的他们实则疲倦衰颓，在经历失败的婚姻和生活之后随波逐流地交际应酬。姚茫徜徉在文物瓷器里，沙与一条狼狗相伴，顾廷放肆于烈酒和不同的女人，不愿意也不敢为自己或为爱人而做出改变，他们是既"没有心力往前，又不能回头面对那千疮百孔的过去"的人，人生的沧桑和岁月的流逝使他们变得怯懦、自私和无奈。

第三节　施叔青与张爱玲小说艺术比较

施叔青将张爱玲小说奉为"文学创作的圣经",她说:"张爱玲特有的敏锐细致深深感染了我……在技巧表现上,我受她的影响很深。"① 施叔青在小说创作上形成了既受张爱玲影响又有自我创新的小说艺术,使其作品在众多港台作家作品中脱颖而出,彰显出独特的艺术魅力。

一　叙事:重复衍生与反复吟咏

王德威在《张爱玲,再生缘——重复、回旋与衍生的叙事学》一文中认为张爱玲的小说创作有"原就生成的'踵事增华'的冲动。我以为这一冲动所构成的'重复'(repetition)、'回旋'(involution),及'衍生'(derivation)的叙事学,不仅说明张腔的特色,也遥指其人的题材症结"②。这里所说的重复、回旋与衍生的叙事学,具有三层含义:第一,作家从不同的叙事视角、叙事时空反复书写一些事件或细节,产生独特的艺术效果或寄托一定的内蕴,集中体现了作家的叙事艺术;第二,作家对自我的重复与衍生,即发生在同一作家的多篇或多部小说之间,作家重复并衍生地书写相同的主题、题材与人物,凝聚了作家的小说风格;第三,作家之间发生的关于相近题材、人物、主题的重复与衍生书写,代表了作家创作在整体上的传承关系。以此观照施叔青小说,尤其是"香港三部曲"和"台湾三部曲"运用的"反复吟咏""声东击西相互呼应"的叙事艺术,既有异曲同工之妙,又有独特的创新和超越。

(一)重复叙事与反复书写

施叔青的反复书写和张爱玲小说的重复叙事是不同的。张爱玲重复、回旋与衍生的叙事学主要体现在小说内容上,在一个人或一类人身上出现重复的或相似的情节,施叔青的反复叙事则运用在小说的内容与形式两方面,重复讲述、描写相同或相似的事件、细节。

傅雷曾批评《连环套》的叙事如"一套又一套戏法(我几乎要说是噱头),突兀之外还要突兀,刺激之外还要刺激,仿佛作者跟自己比赛似

---

① 白舒荣:《自我完成　自我挑战:施叔青评传》,作家出版社2006年版,第268页。
② 王德威:《张爱玲,再生缘——重复、回旋与衍生的叙事学》,《落地的麦子不死》,山东画报出版社2004年版,第20页。

的，每次都要打破上一次的纪录"①。事实上，无论是《连环套》还是其他小说，重复叙事并非由于小说内容贫乏，反复描写细节也并非曲意迎合读者，通过重复性的故事凸显人物和强化主题，正是张爱玲小说重复与衍生叙事学的精粹。张爱玲小说大多采用第三人称全知视角，偶用第一和第二人称，绝大多数的视点都被固定于一或两个人物，从头到尾都从他的角度进行叙述。《等》以第三人称全知视角叙述了五位太太某个午后的生活片段——不幸福的婚姻、空虚的生活、茫然等待的生命。《连环套》以"我"为角度讲述霓喜如何与四个男人循环似的同居、勾搭调情、撒泼被弃。《相见欢》中以伍太太和伍苑梅为视点，荀太太一遍又一遍地讲述被异性盯梢的"奇遇"，伍太太则重复地做出回应。《鸿鸾禧》以玉清、娄太太为主要叙述角色，情节起于玉清筹备婚礼，发展于娄太太"没有表情"的生活，戛然而止于玉清的婚礼，种种迹象都表明玉清即将"翻版"娄太太的生活，小说留下的空白巧妙地成为重复的开始。每个角色都是对另一角色的重复和补充，使小说人物形象更加鲜明，主题更为深厚。

施叔青从《维多利亚俱乐部》开始，小说中就"常有一些重要事件和细节，在不同时段循环出现，被反复书写着（施叔青称之为'反复吟咏'）"②，在文本中具体表现为先是按照故事主线叙事，"突然离开主线，揪住其中的一个线头生发开去，等把这个故事整体有关的岔道，津津乐道得差不多、要回到主线的时候，往往旧事重提，把前面已经说过的重要情节再重复一遍，以便接上被疏离了的话茬往下叙述"③，构成小说内容和形式上的重复叙事。"香港三部曲"和"台湾三部曲"基本都是按照这样的文本结构叙事。

情节的转换和重复常常通过转变叙述角色来完成。中篇小说《微醺彩妆》的叙述视点在医生杨传梓、报社编辑吕之祥、商人邱朝川和王宏文、外交官唐仁、家庭主妇吴贞女等人物间不断转换，小说由16节构成，叙述角度发生了由杨传梓诊断吕之祥的病情—吕之祥回忆失去嗅觉、赴宴品酒—邱朝川盘算红酒生意—唐仁做起红酒生意—吕之祥病情恶化—吴贞女试图改变丈夫等近10次的变化。《维多利亚俱乐部》分别从徐槐、岑灼、威尔逊等多人的视角叙述俱乐部高层贪污受贿案的始末，从大法官黄威廉、官员法兰西斯·董、律师碧加和吴义的角度讲述了案件的审理过

---

① 迅雨：《论张爱玲的小说》，金宏达主编《回望张爱玲：华丽影沉》，文化艺术出版社2003年版，第13页。
② 白舒荣：《自我完成 自我挑战：施叔青评传》，作家出版社2006年版，第271页。
③ 白舒荣：《自我完成 自我挑战：施叔青评传》，第397页。

程,以马安贞的角度讲述案发前后与徐槐的恋情始末,既有重复又相互补充地构成了小说的叙事。在"香港三部曲"中,施叔青都选择了两个以上主要人物的叙述视点。《她名叫蝴蝶》以黄得云和亚当·史密斯为角度切入叙述1894年的香港,如作家反复述说起"一八九四年那场鼠疫夺去二千五百五十二人",在史密斯的视角下,鼠疫是灾难,不仅给他的工作带来极大的麻烦和危险,害死了重用他的洁净局上司,而且使深受刺激的他误入南唐馆,与华人妓女结合,成了他一生的污点;在黄得云的视角下,鼠疫使妓院生意寥落,并使她与史密斯相识,就此改变命运。《遍山洋紫荆》则以黄得云、屈亚炳、骆克和怀特等人为角度叙述了1894—1898年的香港历史,在英国政府官员骆克和怀特的视角下,展现的是英国人武力侵占新界的过程;在屈亚炳的视角下,展现的是新界被清政府官员"贱卖"的过程,这也成了他升官发财的垫脚石;而黄得云则被屈亚炳抛弃,进入公兴押并逐渐发迹。《寂寞云园》分别以黄蝶娘与"我"为叙述人,内外相携、详略相辅地讲述黄得云的中晚年生活及黄家儿孙的发迹史与现状。在此基础上,"香港三部曲"在整体上也完成了对黄家三代人和香港百年历史重复和衍生的叙述。

反复书写并非简单机械的复述,"每一次的重复,都会强调同一事件的某个侧面,或补充丰富一些细节,或起递进的作用,如此不仅使事件本身更加丰富和完整,而且这些分别强调或补充的内容,都是故事本身和发展不可缺少的元素"[①],这是施叔青小说重复叙事的艺术效果。《遍山洋紫荆》中"洋紫荆"意象被反复述说,主要出现了以下三次:第一次是作者对洋紫荆植物属性的客观叙述,第二次是悲愤的乡民眼中由子弟的血肉尸骨化成的洋紫荆,第三次是壮志满怀的黄得云、黄理查眼中生命力极为旺盛的洋紫荆。前后三次详细叙述,内容虽然相同,视角却是截然不同的,分别补充强调了洋紫荆意象的一个侧面,丰富了洋紫荆所代表的深刻内涵:在殖民者眼中,它是卓越功勋战绩的象征,在香港华人眼中,它是被害同胞生命的延续,三次反复书写完整地呈现了洋紫荆成为香港之花并象征香港的过程。由此可见,不同叙述人的所见所闻所感是不同的,这些差异和分歧极大地丰富了小说内容,这也许正是施叔青不断转换视角重复叙事的目的。

(二)重复叙事下的叙事顺序

"现代叙事学所真正关心的是小说家对故事时间的具体安排,它形成

---

① 白舒荣:《自我完成 自我挑战:施叔青评传》,作家出版社2006年版,第271页。

通常所谓的叙事时间。这种时间由于是通过具体的叙述话语而实现的，故又称之为文本时间。"① 而"叙事艺术的时间性不在于像音乐那样直接采取时间的形式，恰恰相反它只能通过突出空间来表达时间"②。施叔青和张爱玲小说的重复叙事在叙事顺序的运用和转换上呈现出的明显特征，对小说的叙事时间和空间形成了一定影响，即随着叙事顺序的变化，小说的叙事时空会发生相应的转换。

张爱玲小说大多按照时间顺序铺展情节，叙事时间较为短暂，一般在几天或几个月内，叙事空间也较为固定、有限。如《沉香屑：第一炉香》从薇龙初访梁太太开始，到再访后住下，到与乔琪恋爱纠葛，再与之结婚，一系列事件都发生在几个月中，且基本仅限于梁家别墅。《倾城之恋》则以流苏结识范柳原之前和之后的顺序，故事集中于上海白家公寓和香港浅水湾饭店。只有少数篇目使用倒叙和插叙，叙事时间和空间发生转变，如《创世纪》中先是以匡潆珠为叙述人，顺叙当下没落的家庭生活和恋爱，接着以老太太紫微为叙述人，倒叙清末时期的家族往事。《沉香屑：第二炉香》先以某天"我"在图书馆开篇，很快转入以第三人称倒叙罗杰的婚姻悲剧。《等》《连环套》《相见欢》《鸿鸾禧》等运用了重复叙事学的小说中，亦是如此。

为了达到特殊的艺术效果，施叔青谋求叙事上的创新，在叙事顺序上，施叔青的前期小说比较固定，多用顺叙，偶用倒叙和插叙，中后期小说的叙事顺序则比较复杂，顺叙、插叙、倒叙不断交织变化——在按照时间顺序叙事时，不断倒叙或插叙前面已经叙述过的事件，叙事时间和空间发生极大的变化，这构成了施叔青小说的重复叙事。"就本体而言，故事时间是文本时间的基础和参照，现代叙述可以最大限度地歪曲它并将它隐蔽起来，但不能无视它的存在。否则，叙事文本中的时间也会因失去依托而不复存在，其最轻结果是导致审美接受方面的无序化。"③ 交织使用的叙事顺序，使施叔青小说的叙事时空不断变化，极大地挑战了读者的阅读习惯。

在《她名叫蝴蝶》中，她说："为了顾及前后呼应，我特意安排前一章的情节在后一章里反复出现，像音乐的主题曲一样反复吟咏，造成余音袅袅，诗情蕴藉的效果。"④ 如第三章中详细叙述鼠疫过后为了祈福消灾，

---

① 徐岱：《小说叙事学》，商务印书馆2010年版，第278页。
② 徐岱：《小说叙事学》，第289页。
③ 徐岱：《小说叙事学》，第278页。
④ 施叔青：《遍山洋紫荆·自序》，台北洪范书店1995年版，第3页。

劫后余生的香港人请来广州粤剧优天影剧团在大王庙前搭棚演戏，而黄得云受到史密斯的疏离，失落之下盛装打扮前去听戏，对武生姜侠魂一见倾心，决心加入戏班；第四章开始就说"公元一八九四年，香港摆花街南唐馆前妓黄得云，失宠于豢养她的英国人亚当·史密斯，严寒冬夜由佣妇陪侍，提着灯笼走出跑马地成合仿的唐楼，到湾仔大王庙看神功戏，从鼠疫瘟神手中逃生的香港人，请了广州的粤剧班南下酬神演戏消灾……黄得云下决心跟戏班子走"，再现了前一章的主要情节。《遍山洋紫荆》则"撷取一段段与香港有关的历史、传说，甚至动植物，放在每一章之前，作为引言，以期达到声东击西呼应之效"①。如第一章"你让我失身于你"，楔子记叙了1849年两名英国军官在赤柱调戏华人妇女，引起村民愤怒，海盗徐亚保挺身相救、杀死军官，而殖民政府却颠倒是非，通缉徐亚保、立碑纪念两名恶徒，正文写自卑、虚伪的屈亚炳被黄得云吸引，与之姘居，又鄙薄黄得云的妓女身份和曾被上司史密斯豢养的经历，为了增强信心、自我安慰，"每次与黄得云上床过后，他重复地讲给她听发生在赤柱，海盗徐亚保挥刀杀死侵犯民女的两英军的故事……屈亚炳一味强调海盗头子徐亚保神出鬼没本领高强，每次结尾总是略去圣约翰教堂为英国军官立碑纪念不讲"。楔子与正文的内容相互重叠，既相互呼应，又形成鲜明对比，殖民者的暴行下，凸显的是被殖民者孱弱的精神状态和病态的心理。

　　反复书写赋予了小说独特的艺术效果，"搅乱了传统小说顺流而下的遗传与惯性，明显地影响了小说的叙事时间，造成了故事时间的穿插与倒错，打破了传统小说的因果律，消解了悬念，促使读者停顿和思考，不受叙事激流的左右"②。同时，小说的叙事空间也随之变化。"香港三部曲"和"台湾三部曲"的叙事大空间分别固定于香港和台湾，小空间分别固定在南唐馆、成合仿唐楼、公兴押、云园及戏班、乌秋家、石府、同知府等具体活动场所，叙事时间却在一百年里穿插、交错。《行过洛津》以倒叙和插叙为主要叙事顺序讲述了台湾的百年历史，小说开篇叙述中年许情来到洛津，故地重游，回忆起多年前洛津的人和事，之后三个时间维度——嘉庆中叶16岁的许情"第一次随泉香戏班渡海到洛津来演戏"、嘉庆末年19岁的他"随着泉州宜春七子戏班到府城安平演王船戏"、咸丰初年中年的"泉州锦上珠七子戏班的鼓师许情横渡海峡到洛津"，不断

---

① 施叔青：《遍山洋紫荆·自序》，台北洪范书店1995年版，第3页。
② 白舒荣：《自我完成　自我挑战：施叔青评传》，作家出版社2006年版，第279页。

交织变化,叙述了洛津不同时期的繁华和衰败风貌,以及许情和阿婠等人的命运变迁。《风前尘埃》的叙事时间是从19世纪末台湾被清政府割让给日本直至20世纪90年代,在叙事过程中施叔青集中叙述的是日本占领台湾初期、抗日战争时期、母亲横山月姬老年时期和无弦琴子的当下,也是反复交织的,叙事空间也随着叙事时间的变化而反复在日本、中国台湾之间交错。

(三)重复叙事下的衍生

围绕相同的题材、人物和主题进行创作也是重复与衍生叙事学的一种表现,从施叔青和张爱玲各自的创作来看,她们都不断地重复书写固定的主题、题材和人物。

关于张爱玲小说的重复叙事,学术界有过讨论。王德威认为:"可以视为她交代自家心事、重述心理创伤的冲劲;'私语'浮生现世,反拨写实主义的修辞技术,沉溺于被'封锁'的文明僵局,以毒攻毒的生存伎俩。更重要的是,张明白藉着'无意义'的回想,琐碎的生活观照,真伪参差,历史记忆才以重三叠四的形式来到我们眼前。"① 这段论述既有精辟独到之处,但也有夸大之嫌。如张爱玲弟弟张子静所说:"我们从小就生活在遗老、遗少的家庭阴影中,见到、听到的,都是那些病态的人和病态的事。"② 阴暗病态的生活经历和充满伤痛的回忆可以说是张爱玲小说创作的唯一源泉,这不仅形成了张爱玲小说的特色,也导致了局限——屡屡重复书写病态的人物和故事,而这也是张爱玲移居美国后重写《金锁记》的关键原因。

张爱玲认为"只要题材不太专门性,像恋爱结婚,生老病死,这一类颇为普遍的现象,都可以从无数各各不同的观点来写,一辈子也写不完"③,即使是相同的题材和人物,如果作家从不同的叙述角度、运用不同的叙事结构,也可以获得各自不同甚至更为出彩的艺术效果。中英文版的《金锁记》和《怨女》是张爱玲重复和衍生叙事的代表,事实上在此之前张爱玲就常常以重复叙事的笔法反复书写:《倾城之恋》《红玫瑰与白玫瑰》等反复叙述的是痴男怨女的婚恋故事;《等》之于《相见欢》《鸿鸾禧》,反复书写的是女人无望等待、悲怆苍凉的人生;《怨女》之于

---

① 王德威:《张爱玲,再生缘——重复、回旋与衍生的叙事学》,《落地的麦子不死》,山东画报出版社2004年版,第24页。
② 张子静:《〈金锁记〉与〈花凋〉的真实人物》,金宏达主编《回望张爱玲:昨夜月色》,文化艺术出版社2003年版,第5页。
③ 张爱玲:《写什么》,《流言》,北京十月文艺出版社2006年版,第113页。

《金锁记》，重复并衍生叙述了一个出身底层的女人愤求生存的悲怆史。

关于小说的题材、人物和主题，施叔青不同时期的小说创作各有其写作重点，早期以故乡鹿港的奇人异事为主要的叙事客体，中期以都市旷男怨女灯红酒绿、情爱纠葛的生活为叙述内容，后期以香港百年历史和台湾百年历史为主。细读施叔青早期小说会发现有几个故事或细节镶嵌于多篇小说里，被反复叙述两次甚至三次：在镇上行驶了百年之久的老火车头难耐寂寞，化身为绅士前往娼寮寻欢的传说在《那些不毛的日子》和《摇摆的人》中被细致地叙述了各一遍；疯癫病患者发病的场景——犯病者以头为圆心，向四方旋转身体绕圆圈，分别发生在《约伯的末裔》中老吉女人的弟弟、《那些不毛的日子》中王玫姬的妹妹和《她名叫蝴蝶》中的仆妇阿梅等人的身上；《那些不毛的日子》中"我"看到的那双垂出帐子的如死人穿的鞋在《她名叫蝴蝶》中也两次为黄得云所见。这些反复的故事和细节在小说内容上并没有特别的含义，之所以被反复书写是因为关于故乡鹿港的记忆是作家积累的第一笔丰富的文学素材，每当她书写故乡时这些真实且印象深刻的见闻就会流淌于笔端。反复书写关于故乡的记忆碎片体现的正是施叔青对故乡鹿港的恋恋深情。

围绕相同的主题和人物，《困》《后街》等小说与"香港的故事"系列反复叙述的是都市旷男怨女在金钱与情感里的欲望追逐和奋力挣扎，可以说每个人、每段故事都是其他人与其他故事的映像和补充。如"列在'香港的故事'之九的《驱魔》，与《愫细怨》和《窑变》在思想内容、主题以及作者身影的介入等方面，有许多内在联系。也可以说，《驱魔》是《愫》《窑》两篇的浓缩和变形"①。其实《驱魔》可以说是施叔青对《愫细怨》《窑变》《一夜游》等小说的重复与衍生——"我"是在灵与欲中挣扎的愫细与方月，表面风光、内心颓唐的老男人沙是姚茫，婚姻失败、迷失了自我、徜徉于酒色的顾廷是伊恩，"半个世纪前艳光四射的女歌星"和跟班似的年轻男人是顾影香与梁辛，戴着粗俗不堪的领带、一副谄媚相的小商人是洪俊兴。相因相袭却又似是而非的重复，塑造了人物的群像，凸显了小说共同的主题。

从宏观上看，施叔青小说可以看作对张爱玲小说的重复和衍生，她"所写的正是张爱玲所写的同一族类的人物、同一类型的故事的三十年后的发展"②。一方面，如前文两章所论述的，在小说的主题、题材和人物

---

① 白舒荣：《自我完成　自我挑战：施叔青评传》，作家出版社2006年版，第159页。
② 李子云：《施叔青：完不了的故事》，浙江文艺出版社1991年版，第277页。

上施叔青小说与张爱玲小说是一脉相承的，以相似类型的人物和"完不了的故事"叙述了若干相近的主题；另一方面，施叔青作为一位极具挑战和创新精神的作家，虽然深受张爱玲小说的影响，却没有刻意地僵化地模仿，她自身独有的人生经历和文学观念使其小说关注的领域更宽广，并且极具时代和地域特色。

二　语言：新旧相融与新旧变迁

施叔青和张爱玲的小说语言风格都经历了不同的变化。"早期的张爱玲一枝笔千娇百媚、华丽浓艳而且音韵铿锵——甚至过于堆砌而显得冗长松散——到了《秧歌》《怨女》时期，张爱玲的文字逐渐进入精省徐缓与醇厚深沉的境界。"[1] 施叔青的早期作品，如《约伯的末裔》《池鱼》等因为现代主义手法过重，小说语言晦涩难懂；从《回首，蓦然》等作品开始，尤其在"香港的故事"系列里施叔青小说形成了固定的语言风格——"富于色彩感和行动感，与西方现代派用知觉表现思想的特征一脉相承，看起来有时很不理性，但却耐人寻味"[2]；进入历史小说创作后，施叔青有意将绮丽缠绵的古代文风融入自己的语言风格里，以营造小说特殊的时代和地域氛围。

张爱玲的小说语言被许多学者认为是传统与现代相结合的代表。"纯就文字形式而言，张爱玲糅合了古典白话小说（如《金瓶梅》《红楼梦》）与 20 世纪初西方言情说部的特色，创造了一种紧俏世故、新旧并陈的叙述方式"[3]，而且"它的鲜明色彩，又如一幅图画，对于颜色的渲染，就连最好的图画也赶不上"[4]。但也由于过分套用旧小说语调、辞藻过于繁复华丽而饱受诟病。这种语言特点，一是源自她长期熟读《红楼梦》《海上花》《金瓶梅》等旧小说，写作技巧和艺术风格都深受影响。二是在她看来"颜色这样东西，只有没颜落色的时候是凄惨的；但凡让人注意到，总是可喜的，使这世界显得更真实"[5]，这让她大量使用色彩绮丽的词汇来刻画人物的性格和心理，表现景物的特征。如写人，烟鹂尽

---

① 林佩芬：《看张——〈相见欢〉的探讨》，金宏达主编《回望张爱玲：华丽影沉》，文化艺术出版社 2003 年版，第 160 页。
② 郑岩：《传统与现代之间——施叔青小说简论》，《台港澳文谭》2009 年第 4 期。
③ 王德威：《张爱玲成了祖师奶奶》，《落地的麦子不死》，山东画报出版社 2004 年版，第 1 页。
④ 《新中国报社》记者：《〈传奇〉集评茶会记》，子通、亦清主编《张爱玲评说六十年》，中国华侨出版社 2001 年版，第 80 页。
⑤ 张爱玲：《谈音乐》，《流言》，北京十月文艺出版社 2006 年版，第 177 页。

管"穿着灰地橙红条子的绸衫,可是给人的第一印象是笼统的白",因为她为人呆板无趣;如写物,《沉香屑:第二炉香》里愫细"蓝阴阴的双眼皮"、哆玲妲的"苔绿绸子围巾"、像眨着眼睛的"碧绿的汽油灯",尤其多次出现的"白得发蓝,小蓝牙齿",寻常事物发生的陌生化效果渲染了小说沉重、阴森、悲哀的气氛。三是刻意以这种语言营造小说特殊的时空氛围,迁就读者的审美感受,即如张爱玲所说:"至于《连环套》里有许多地方袭用旧小说的词句——五十年前的广东人与英国人,语气像《金瓶梅》中的人物……我当初的用意是这样:写上海人心目中的浪漫气氛的香港,已经隔有相当的距离;五十年前的香港,更多了一重时间上的距离,因此特地采用了一种过了时的辞汇来代表这双重距离。"① 以至于"翻开《金锁记》等张爱玲的小说,给予人的一个强烈印象是,到处都活跳着我们见惯了的《红楼梦》的语言。那不是遣词造句的刻意模仿,而是从笔端自然流泻出来的,随同人物的口吻、声气、心态、神韵一齐呈现出来的活的语言"②。在张爱玲的小说中,无论是描写刻画人物、讲述情节、描写场景,这种新旧融合、富有色彩的语言几乎俯拾即是,并且已经达到炉火纯青的艺术境界。

从文本上来看,在《等》这篇小说中,张爱玲的小说语言已经出现"绚丽归于平淡"的迹象,开始进入精省徐缓与醇厚深沉的境界。如写人:"包太太长得丑,冬瓜脸,卡通画里的环眼,下坠的肉鼻子,因为从来就没有好看过,从年轻的时候到现在一直处于女伴的地位,不得不一心一意同情着旁人。"如写物:"里间壁上的挂钟滴嗒滴嗒,一分一秒,心细如发,将文明人的时间划成小方格;远远又听到正午的鸡啼,微微的一两声,仿佛有几千里地没有人烟。"在小说最后,以一句"生命自顾自走过去了"作结,深具哲理意味。在《怨女》《秧歌》等创作时期,语言越发精省徐缓、醇厚深沉。

小说的基本特点"就是用语言创造世界,即以抽象的'人为符号'创造既非直观又充分具象的人生阁楼"③,因此作家的语言艺术在很大程度上决定了小说的风格色调。为了创作出更好更具新意的作品,施叔青的小说语言在晦涩难懂、古艳浓丽和平淡无奇之间转换,这正是她不断自我完成、自我挑战的努力。

---

① 张爱玲:《自己的文章》,《流言》,北京十月文艺出版社 2006 年版,第 18—19 页。
② 吕启祥:《〈金锁记〉与〈红楼梦〉》,金宏达主编《回望张爱玲:华丽影沉》,文化艺术出版社 2003 年版,第 401 页。
③ 马振方:《小说艺术论》,北京大学出版社 1999 年版,第 12 页。

施叔青曾说："我的小说讲究语言，受张爱玲影响很大。"① 熟读张爱玲小说的读者对于施叔青小说中反复出现的桃红、紫红、柳绿、湖绿、宝蓝、孔雀蓝等斑斓色彩一定不会感到陌生，深受张爱玲小说影响的施叔青通过自己的敏锐感触和苦心经营创造了极富色彩感的语言。施叔青偏爱使用富有色彩的语言，运用华丽的语言表现形形色色的人物、渲染色调各异的环境。综观施叔青的小说，富有色彩感的语言初见端倪于她的前期作品，在"香港的故事"系列作品里逐渐形成，在"香港三部曲"和"台湾三部曲"中发展至高潮。在《壁虎》《约伯的末裔》《泥像们的祭典》等早期小说里，偶尔一用的绮丽语言是为小说的现代主义色彩服务的，但十分新颖独特，如"苍凉的红色草原""橘红色的眼泪""任何植物都染上了海水的颜色，甚至一朵朵的扶桑花，也被染成一种妖艳的深红""原本靛蓝、深棕的色调，此时显得格外凝重，浓得让我喘不过气来"。在《回首，蓦然》《牛铃声响》之后，尤其在"香港的故事"系列中，施叔青已经可以运用自如地通过瑰丽华靡的语言为小说的人物和景物涂抹上最为醒目、贴切的颜色，这不仅使人物更为生动传神、场景和情节更加真实可信，而且使小说更具深蕴——颜色不仅是人和物呈现的客观特征，而且可以寓指人物的命运和身份，衬托人物的心境，营造小说相应的氛围。过气女星兼当红制片人顾影香"秋香色浮暗花软绸的旗袍下，露出一大截胭脂红滚边的长裤，麻花髻的头发当中，却有一绺染成海藻的颜色，绿幽幽地垂下来"，鲜艳颜色的搭配暴露出她大胆开放的性格和极力引人注目的心思。"一套深蓝色新西装"在情场得意的庄水法身上衬得他从头到脚一身新，潇洒神气，一旦情场失意"他那身新的深蓝色西装似乎旧了些，皱了些"，其实西装的颜色并没有改变，改变的是人物的情绪。

从《她名叫蝴蝶》等作品开始，施叔青的小说语言愈加瑰丽，不仅以富有色彩感的语言塑造人物的性格、身份、心理，而且以之描写环境，渲染小说的氛围。她自述在《她名叫蝴蝶》的写作过程中，"我自觉像画画一样，握着彩笔，一道道不厌其烦地为我的人物涂脂抹粉。我在为我心爱的蝴蝶敷彩时，用的是宝石蓝、胭脂红等鲜亮的色调烘染出一个滟淫巾钗、珠镠玉摇的摆花街青楼红妓，同时也没忘记在她周遭涂下阴影，晕染

---

① 李昂：《我们三个姊妹与张爱玲》，金宏达主编《回望张爱玲：华丽影沉》，文化艺术出版社 2003 年版，第 219 页。

暗色的调子"①。刚出场的黄得云还是13岁的少女，她身穿"洗白了的碎花短褂"、耳戴赤铜耳环、脚穿半旧的绊扣布鞋。成为妓女后她"被打扮得像一朵花，穿上红云缎襟衫，腰系翡翠洒花绸裙，满头珠翠"，或是"秋香色浮暗花，滚着细细孔雀蓝边"的旗袍，内衣和被褥甚至镜台的遮灰布都是"红艳艳"，俨然一位摆花街南唐馆滟淫巾钗、珠锵玉摇的青楼红妓。在被亚当·史密斯赎身后，离开妓院时她穿了一身朴素的碎花绸衣，显示了她厌恶这卑微龌龊的职业、渴望从良的心情；但仍是娼妓身份的她为了取悦情人很快恢复了昔日的浓妆艳抹——"簇新三厢三滚的桃红绒地绣花大袄……下身洒花洋绉裙"，或是"大镶大滚的鲜黄大袄配以桃红绒地裥裙"。在被英国情人抛弃后，为了即将出生的孩子和情人屈亚炳，她"不愿再去穿从前那些青、绿色属于娼妓颜色的服饰"，改穿"半新不旧的蓝夏布衫裤，也有碎花棉布做的，花色已褪"的粗衣布裤，这无疑是她渴望安稳平凡生活的心理写照。在年岁渐长尤其家产不断累积而身份渐高之后，稳重典雅的暗色系与少许鲜艳颜色的搭配成为黄得云身上的主色调。施叔青以富有色彩感的语言，不仅描绘出黄得云在不同时期的身份和心理，而且营造了小说或富丽喧嚣或平淡静谧的不同氛围，词汇的"众彩纷呈"充分表现了作家极富色彩感的语言特色。

　　施叔青在"香港的故事"系列取得超前的成就之后并未止步，而先后决定为香港和台湾的百年历史作传，为了营造小说的历史氛围，制造时空上的距离感，她刻意地将其业已形成的语言风格与古艳凄婉的古代文风融合，将具有古典韵味的语言融入现代语言中，以新旧文字的融合营造新旧意境的交错，在一定程度上也实现了"新旧文字的糅合，新旧意境的交错"。

　　应当说，在"香港三部曲"之前，施叔青的语言已经形成了基本风格，但为了在"香港三部曲"中营造小说在时间和空间上的氛围，她有意将古典诗词文曲的语言引入自己的语言风格里。即如作家自述在《她名叫蝴蝶》的构思过程中，"在文学语言上，因为是抱着怀旧的情怀来写这部小说，总觉得应该找到适合的语言来营造那份历史的氛围，我重温古典诗词文学里的闺怨闲愁，创出古艳凄婉的文体，把时间推远到一百年前，藉用文风制造时代的距离感，希望读起来像凝视一帧古风泛黄的照片"②。为了实现新旧文字的交融，施叔青主要采取了引用和化用两种方式。因此无论是

---

① 施叔青：《我的蝴蝶》，《她名叫蝴蝶》，花城出版社1999年版，第5页。
② 施叔青：《我的蝴蝶》，《她名叫蝴蝶》，第5页。

"香港三部曲",还是"台湾三部曲",为了营造语言上的时代感,施叔青在小说中引用或化用了许多诗词文曲和史书记载,不仅有效地还原和再现了历史,而且使语言古今相融,富有节奏和韵律感。在《行过洛津》中,施叔青多引用诗词作为文本想象的印证,既丰富了小说内容,又使小说语言充满诗意和韵味。在第一章前两节十几页的篇幅里,施叔青就引用了四首诗词。如"置身一片残砖破瓦,凭吊破败前的荣光,许情不胜欷歔,所见满眼萧条,真应了地震后流传洛津街头的一句《竹枝词》:转眼繁华等水泡,大街今日堪骑马"。音韵、对仗工整的诗词与作家文白相杂的叙述相结合,使小说的语言十分具有节奏感,增添了优美的韵味。

施叔青不仅引用文言诗词戏曲和史书典故,她还尝试通过化用诗词曲赋将古典语言与现代语言重新整合为古艳凄婉的文体,使之不受地域的限制和时间的界定,实现新旧语言更好地融合。这一努力在《她名叫蝴蝶》和《行过洛津》中比较明显。"她黄得云好比拔野菜充饥的王宝钏,日夜苦守寒窑愁怀难消,她的薛平贵却找到了他同种的代战公主与她相濡以沫去了……她怜惜自己容光渐损,愁怀闷难遣。<u>唐楼凄清,青色的月光爬过窗前的玫瑰椅,映在方地砖上,血液凝冻的颜色</u>",细读之下即可品味出直线所画语句的语言几乎具有词曲的格调。施叔青用极富诗意又带有古典韵味的语言渲染了凄清幽怨的氛围,也将主人公的离愁别恨表达得悲戚缠绵。"戏棚上粉腻脂柔,直逼红粉佳人,一颦一笑,一起一坐,描摹妇人神态,传神写照。饰演五娘的玉芙蓉,凝思不语,无言却对,唱到五娘思君,长夜寂寞,无情无绪转过身去,便腿上床,背影写满了思君情苦,单身独卧,又嫌孤衾无趣,幽幽起身,身段做工美得令人叹赏,而一曲曲倾诉相思的唱曲更是凄绝美绝,五娘懒于梳妆,揽镜自照,镜中人憔悴损,玉芙蓉星眸乍回,另同知朱仕光几乎不能自禁。"在这一大段文字里,施叔青如写骈体文一般所用的几乎都是四、六字的短句,行文流利、节奏分明。

科林伍德认为:"作家也只有在对词汇有所选择并具有一定语调的情况下,才会发表自己的思想,这种选择和语调表现了他对这种重要性的感受。"① 从施叔青与张爱玲小说的语言风格及其艺术效果来看,她们都是深具这种感受性的作家。张爱玲小说语言的过于华丽和过度套用旧小说的特点为傅雷及后世诸多学者诟病,但是就像张爱玲所说:"我喜欢素朴,

---

① [英]罗宾·乔治·科林伍德:《艺术原理》,王至元等译,中国社会科学出版社1985年版,第270页。

可是我只能从描写现代人的机智与装饰中去衬出人生的素朴的底子。因此我的文章容易被人看做过于华靡。"① 应当说为了配合小说的内容选择相应的语言风格，施叔青"如此自我颠覆，是在为自己的创作拓展另一个空间"② 的努力是可贵的。但是比起张爱玲语言的炉火纯青，施叔青小说语言为了形式的华丽而花费大量精力刻意进行文字游戏和过度堆砌细节是华过于实的，不仅导致语言风格做作、不自然，而且影响了人物的塑造和情节的铺展。这一弊病在《她名叫蝴蝶》最为严重，黄得云被新旧交融、富有色彩的语言修饰得光彩照人、精致娇媚，但是人物形象却始终模糊不清，叙事也是举轻若重。

三 修辞：比喻、象征、讽刺

修辞手法，不仅是诗人和散文家创作文学作品必备的手段，也是小说家刻画人物和描摹场景的工具。"小说家们对文体修辞功能的关注，目的是通过它来获取各种艺术效果。在不同的作家那里，由于个性上的差异，这种效果应该会有不同，而生活本身的丰富多彩也进一步加强了这种不同。"③ 施叔青和张爱玲都是极为注重艺术效果的小说家，对于她们来说，修辞不只是修饰和调整语言的手段，更是制造独特意象、增强小说艺术魅力的工具。

（一）隐喻和明喻

"一般来说，比喻只是意象的平面推移，所依据的是喻体与喻旨之间在外部的类同或相似，其结果仅仅只是旧的意象取道于一种新的渠道的复活；与此不同，隐喻是意象在不同层次间的递进与深入，所依据的是喻体与喻旨内部的某种对应与接近，其结果是新意象的诞生。"④ 在比喻手法的使用上，张爱玲多用隐喻，施叔青则多用明喻，隐喻较少。

几乎在张爱玲的每篇小说中，都可以轻而易举地找到使用隐喻的例子，而张爱玲总能挑选出与本体高度契合的喻体，使隐喻不仅是一种手法，而且使本体和喻体之间构建起深层次的内涵。首先，张爱玲擅于搭配精妙的本体和喻体。如："（振保）觉得他旧日的善良空气一点一点偷着走近，包围了他，无数的烦忧与责任与蚊子一同飞绕，叮他，吸吮他。"将佟振保固有的观念比作无味无形的空气，不可见却沉重无比，将各种烦

---

① 张爱玲：《自己的文章》，《流言》，北京十月文艺出版社 2006 年版，第 15 页。
② 施叔青：《遍山洋紫荆·自序》，花城出版社 1999 年版，第 4 页。
③ 徐岱：《小说叙事学》，商务印书馆 2010 年版，第 372 页。
④ 徐岱：《小说叙事学》，第 426 页。

恼与责任比作重重萦绕的蚊虫，虽然细小但使人烦躁无比。其次，大多富有双关性，是对人物关系或处境的映照，因而具有别具深意的意蕴。如："她（愫细）又吹了那朵花，笑了一笑，把它放在手心里，两只手拍了一下，把花压扁了。"以被拍扁的喇叭花隐喻愫细对罗杰的"温情"折磨，以及她在无意导致的巨大舆论压力下，迫使罗杰无奈自杀的命运；又如："荀太太探身去弹烟灰，若有所思，侧过一只脚，注视着脚上的杏黄皮鞋，男式系鞋带，鞋面上有几条细白痕子。"皮鞋上几道隐约可见的痕迹喻指荀太太名存实亡的婚姻和乏善可陈的生活处境。最后，以隐喻手法描写景物往往具有渲染氛围的作用。如："宝蓝瓷盘那一棵仙人掌，正是含苞欲放，那苍绿的厚叶子，四下里探着头，像一窠青蛇，那枝头的一捻红，便像吐出的蛇信子。"

相对于张爱玲精妙、委婉、内涵丰富的隐喻，施叔青小说中的比喻则较为简洁、直接，但无论是描摹人物还是写景状物，她所制造的比喻关系及其效果也极为出彩。如描写人物："杜伊芳挽着皮包，倚在门框上，红蓝相间的丝质洋装，使她看起来象只钉在门框上的凄艳的蝴蝶标本。"蝴蝶标本是没有生命气息的物件，作家将之作为鲜活人物的喻体，贴切地写出了杜伊芳冷漠的性情，也含蓄地表现了她所处的寂寥生活。又如："马臣士夫人从阳台往下看，花园已经一片荒芜，迷宫中徒剩一窝吐信的绿色的蛇。"本体清新的绿色植物，喻体却是阴鸷恐怖的蛇，渲染出阴森沉闷的气氛，映照了马臣士夫人不安的心理。另外，施叔青善于将抽象的本体与具体的喻体联系起来，把微妙的人物心理或处境化为具体可见可感的客观意象。如："她在待价而沽，任由洪俊兴用金山银山把她堆砌起来，条件是她屈就。"这里将愫细比作明码标价的商品，将她与洪俊兴的关系比作买卖。又如："外边很高的夜空，暗暗中有几点星星，仿佛躺在天幕底下，等着奸污的盛装女尸，雷贝嘉觉得一无遮挡。"这句话中有一明一暗两个比喻，将夜空的星星比作盛装女尸，而雷贝嘉就是那具等着被奸污的盛装女尸，一明一暗两个比喻不仅形象地表现了人物强迫自己抛弃尊严的复杂心理，而且不留情面地揭露了雷贝嘉"半卖"的本质。

（二）局部象征与整体象征

严家炎、余斌等学者认为在感觉的敏锐、比喻的精妙、象征的贴切等方面很少有人能与张爱玲媲美。而由现代主义文学滋养成长的施叔青，从处女作《壁虎》开始便精心构建大量的象征，不仅从局部上作为表现人物关系和特定情境的手段，推进故事情节的发展，而且从整体上赋予小说深厚的意蕴。

张爱玲小说多用局部象征服务于铺展故事，别具一格的象征在张爱玲的每篇小说里几乎俯拾即是。如乔琪乔烟卷上的火光熄灭象征薇龙的彻底沉沦；白四爷所拉胡琴的曲调，则是流苏曲折婉转的命运；黄金枷锁象征七巧固守的金钱；等等。

在象征手法的运用上，施叔青有两个特点。

第一，以小见大，象征对象逐渐变化、扩大。在前期作品中，象征所指的对象比较小、固定，如以壁虎寓指人的感官情欲，以再也找不到的花园象征逝去的童年，以倒放的天梯寓指人无法自主的生存困境，以古旧的红木床寓指对故乡的归属感，以呕吐寓指愫细的反思觉醒，以寒天黑暗凄清的梦象征人生惘惘的威胁等。其后，在《牛铃声响》中，先以牛铃响声象征了故乡，在开头和结尾处出现过两次的牛铃响声则首尾呼应地象征了无根的海外华人对故乡深厚的怀念和依恋；《后街》中先以后街寓指朱勤的情人地位，而后作为女性不独立、不勇敢就无法走出困境的象征。到"香港三部曲"，施叔青以黄翅粉蝶象征黄得云，再以黄得云作为香港的象征；以洋紫荆花象征新界子弟为守护家园被杀的魂灵，又将洋紫荆作为香港的象征；以姜侠魂和屈亚炳、史密斯与修洛等人物分别象征殖民地香港、中国和英国。

第二，使用象征的范围大，贯穿于多篇小说的始终。在小说的整体象征上，象征不仅是作为手段，而是作为小说内容和形式的主体"渗透于整个小说结构中，象征让读者的视线射到小说之外的广大背景上，只有跃出小说描绘的实存世界，才能把握到暗示者与暗示对象之间的隐喻关系"[1]。如小说《倒放的天梯》，以"倒放的天梯"为题并且贯穿于故事始终，紧迫的现实使潘地霖最初将吊桥看作"登上桥板，一阶阶可通往天堂。变成一座倒放的天梯"，悬挂于天梯之上满足了他渴望逃离与获得尊严的心理；然而他随后发现自己陷入了更加一无所依的不堪困境，再次渴望逃离到安稳的地面，"既然吊桥是一具倒放的天梯，我要缘着它一步步走下来，我渴望重新登上地面，我已倦于这种无休止的腾空晃摇了"；双重逃离而不得之后，他放弃了自我，甘于做没有思想的木偶。小说不只以抽象的题目制造象征意味，而且有超出小说直接描写对象的言外之意，即存在的困惑和苦难。小说《池鱼》虽以"池鱼"为名，但是通篇却没有出现这一意象，反而小说人物王琨、阿蒙与其母等每个人都像是即将干涸的池中之鱼，象征的是人龌龊苟延生命的生活，小说整体的象征

---

[1] 余斌：《张爱玲传》，广西师范大学出版社2001年版，第158—159页。

意味十分明显。

(三) 讽刺：一轻一重，一热一冷

讽刺的功能主要在两个方面，"在创作主体方面是作家创作个性的一种体现，有助于作品的风格化；在创作客体方面是多姿多彩的社会生活在进入艺术反映领域时的一种需要，有助于丰富小说的审美品格，开拓小说对生活的审美把握能力"[①]。在施叔青和张爱玲小说中讽刺的修辞手法也比较常见。

从创作客体来看，施叔青和张爱玲都运用讽刺的手法描写现实和人性的美丑，但两位作家在讽刺的程度上有轻重之别。张爱玲的讽刺总能抓住最丑陋或最可笑的一点，可谓一针见血，如《沉香屑：第一炉香》中嘲讽梁太太与卢兆麟调情时"两个人四颗眼珠子，似乎是用线穿成一串似的，难解难分"，一旁的乔琪乔"只管在梁太太面前穿梭似的踱来踱去，嘴里和人说着话，可是全神凝注在梁太太身上，把那眼风一五一十地送了过来"；《倾城之恋》以开篇的争吵讥讽三爷、四奶奶等人的刻薄与势利。《封锁》《琉璃瓦》《连环套》《花凋》《红玫瑰和白玫瑰》《等》《留情》《鸿鸾禧》《五四遗事》等小说，几乎全篇都贯穿着讽刺手法，惊警世故地将虚伪的亲情、伪善的原则、自私的人性等嘲讽得淋漓尽致。

施叔青虽然也运用讽刺手法，但程度较轻。如与王溪山约会时叶洽一厢情愿的含情脉脉，李梅诚惶诚恐地试穿地摊凉鞋，愫细在自家冰柜的冷牛舌与豪华西餐之间的取舍，纳尔逊太太家过不完的中西节日和不中不西的除夕布置，自诩拯救文化遗产、实则谋取巨额私利的古董走私，名为小市民伸张正义、实则形同虚设的政府法援处等。在《常满姨的一日》《一夜游》等少数作品中，施叔青使用了大量的讽刺。常满姨一出场，施叔青就将她在上层白人前的礼貌斯文和对待下层黑人的骄横，形成鲜明的对比；想到自己每天与上等洋人接触，"常满姨在路上不觉也罢背脊一挺，颈脖一昂。突然，斜里飞过来一张破报纸，'砰'一声，蒙了常满姨一脸，踉跄地颠前几步"。她跳槽前对女主人虚伪的洋派十足的安慰，之后处处跟主人争平等，对"饿瘦的"之尖酸刻薄，对阿辉作品的浮想联翩，对阿辉的纠缠与幻想等。施叔青在予以讽刺的同时，也体现出对常满姨的同情。

从创作主体来看，施叔青和张爱玲小说中讽刺手法的运用体现了她们不同的人生观念和创作态度。不同的时代、家庭、教育、情感等人生经历

---

① 徐岱：《小说叙事学》，商务印书馆2010年版，第400页。

及文学才华等因素，无不影响着作家的观念和创作。张爱玲"是一个活泼的讽刺作家……她同简·奥斯汀一样，态度诚恳，可是又能冷眼旁观；随意嘲弄，都成妙文。这种成就恐怕得归因于她们严肃而悲剧式的人生观"①。人生观的形成与人生经历关系密切，张爱玲的小说世界正是她在现实中奋力挣脱的灰暗世界，因此她的人生观比较悲观苍凉，在小说创作上态度极为冷峻，总是不遗余力地暴露和讽刺，"在处理（小说）环境与人物的关系上，大都将那个腐败的环境作为压迫人性的力量，而写人的时候，又是集中笔力揭示出人性遭受摧残后的种种畸变，淋漓尽致地表现了她们的狡诈、贪婪、冷酷、残忍的行为与心理状态"②。与张爱玲小说相比，施叔青小说的主观色彩相当浓厚，对物质世界和人性情欲缺乏客观的表现和批判，即如陈映真所说"即使有，也是轻省的、不触及要害的、和善意同情的"，因而缺少震撼人心的力量。这种既警醒讽刺又叹赏同情的矛盾态度应当归因于施叔青的人生经历与思想观念。施叔青曾说自己与张爱玲最大的不同在于不同的人生观，张爱玲是悲观苍凉的，她是乐观进取的，不会过于灰暗消极地看待人生；与张爱玲的人生相比，施叔青无疑是幸福的，她笔下的小说世界是她身在其中甚至极为享受的，有些人物身上甚至投射了她自己的影子。对于她们各自的小说世界来说，张爱玲更多的是冷眼旁观者，施叔青则是参与其中，甚至偶作反思者。这从根本上决定了张爱玲与施叔青一冷一热的创作个性。

在众多港台作家作品中，施叔青小说别具异象。她的小说题材广泛，主题深刻，艺术手法多变。就整体而言，施叔青小说深受张爱玲小说的影响，传承了张爱玲的文学衣钵。在小说主题方面，她们都关注人们物质和精神的双重困境，试图表现现实世界表面华美、内在丑陋的两重性。在小说人物方面，她们都塑造了一系列经典的人物形象，敏感细致地刻画了无法独立和不敢独立的女性世界，以及虚伪自私的男性形象。在小说艺术方面，她们都运用重复、回旋与衍生的叙事机制，讲究语言的色彩感和文白相融，大量使用精妙贴切的修辞，使小说别具艺术魅力。

然而，施叔青毕竟不是张爱玲，更不愿被视为张爱玲的模仿者，因此无论是小说题材、主题还是人物形象、艺术手法，施叔青总是不断自我挑

---

① 夏志清：《中国现代小说史》，复旦大学出版社2005年版，第262页。
② 李子云：《施叔青：完不了的故事——关于创作的通信之五》，《昨日风景》，浙江文艺出版社1991年版，第286—287页。

战、力求创新。她瞩目都市生活，书写人被极端物化的物质困境；关注女性命运，塑造了在物质、情感、情欲三重困境中寻找出路的女性人物；别具创作雄心，分别将香港和台湾作为主角，为其跌宕起伏的百年历史作传；追求多变的艺术手法，小说风格多变。以上这些自我创新和蜕变，都是施叔青不同于张爱玲的独特之处。

第八章 高阳与二月河清代叙事比较论

　　中国历史上下五千年，充满了曲折离奇、风云变幻的故事，历来是文学创作取之不尽的源泉。历史小说以其独有的艺术魅力和审美特质深受读者欢迎。高阳自1962年发表《李娃传》以来，三十余载笔耕不辍，共出版了七十余部九十多册长篇历史小说等。高阳的历史小说"化史为诗"，将"小说"与"历史"完美结合，兼及历史感和趣味性，吸引了众多读者，所谓"有井水处有金庸，有村镇处有高阳"，其作品在华人社会分布之广、影响之大可与金庸比肩。大陆的当代历史小说创作在20世纪80年代也开始进入高潮期，不少作家加入了历史小说的创作队伍，优秀作品层出不穷，其中二月河及其"落霞系列"以大气磅礴的史诗品格受到了评论界和普通读者的肯定与好评，在社会上刮起了一股流行风潮，形成"二月河现象"。

　　高阳和二月河的成功很大程度上得益于历史题材的选择。他们都对清王朝历史显示了浓厚的兴趣。二月河"落霞系列"《康熙大帝》（四卷）、《雍正皇帝》（四卷）、《乾隆皇帝》（六卷）选取清初康熙、雍正、乾隆三朝的社会历史为背景；而高阳的历史小说中，以清代历史为题材的作品无论从数量还是质量上来说都占了非常重要的部分，代表他历史小说最高成就的《慈禧全传》（六卷八册）及"胡雪岩系列"（三卷七册）都是以清末历史为叙述对象，此外还有"红曹系列"（四卷十二册）、《乾隆韵事》《李鸿章》《翁同龢》《恩怨江湖》《状元娘子》《再生香》等。清朝处于中国封建王朝的最后一个阶段，又因为异族的统治而使它在封建王朝史中具有特殊的地位，满族统治者在强大的汉文明面前不仅没有重蹈元朝的覆辙，反而将满、汉文化兼收并蓄，带领中国走向封建社会的最后一个高峰。然而，在世界性范围的进步和变革的影响下，清朝也处于不断转型的过程中。但是，清末统治者的因循守旧、夜郎自大使中国社会的发展止步不前，落在了其他国家的后面，也为中华民族带来了无尽的灾难和耻辱，封建社会由此走向了末路。这段历史中矛盾冲突复杂、尖锐，对它进行重现和剖析既有利于挖掘传统文化的精华，展现民族精神，也有利于通过对历史的反思表达作家对现实的观点。

高阳、二月河都把艺术目光投向中国最后一个封建王朝充满风云变幻的历史时空，为我们描绘出一幅幅波澜壮阔的历史画卷，通过真实地重现历史人物面貌和历史事件真相，开掘传统文化的深层内涵；通过在现实精神观照下对历史的重构，来探究历史与现实之间的内在联系。他们的清代叙事历史感与现代感并重的特点，以及雅俗共赏的审美品格也为历史小说创作提供了良好的借鉴。

大陆和台湾，由于历史和文化的同源，在历史小说创作方面虽然存在差异，但在创作理念、创作宗旨及创作方法上是相通的。本章从史传传统的承继、现代意识的张扬、精英意识和大众意识的兼容三个方面把两位作家结合起来考察，试图通过对他们清代叙事的分析、比较，探讨二者的共同点，并在共性基础上寻找差异性。

第一节 史传传统的承继

中国传统历史小说始终与"史"保持着难舍难分的关系，前者总是以后者为最高标准，因此以史书而形成的史传传统对于中国传统历史小说具有潜移默化的影响力。史传文学开创的叙事模式成为后世历史小说竞相模仿的对象，而史传文学中所具有的故事情节、人物性格、矛盾冲突等文学性因素也为后来者提供了现成的借鉴。除了文学形式和方法等技术层面的继承和延续，史传传统体现在高阳、二月河清代叙事中更多的是审美趣味和文化精神的沿袭。"实录"精神的指导，反映时代的写作目的，以人为中心的历史意识都为他们的作品营造出与史传文学一脉相承的传统文化气质。

一 传统叙事模式的继承和发展

中国叙事文学的发展模式不同于西方，没有篇幅巨大、情节曲折的史诗。作为中国传统叙事文学开端的是各种类型的史书。中国历代评论家们对此也早有定论。清代章学诚明确表示"叙事实出于史学"[①]。史书所开创的叙事模式为中国传统叙事文学提供了范本并对其创作产生了深刻的影

---

① 赵治余：《在历史的理性与感性之间》，华中师范大学出版社2005年版，第4页。

响。传统历史小说受"史传"文学的影响,继承并发扬了这种叙事方式上的特点。本章将从叙事视角、叙事时间和叙事空间三个方面,对高阳和二月河的历史小说在"史传"叙事模式的继承和发展方面进行论述。

(一) 叙事视角

传统叙事文学大多采用全知全能叙事角度,这种类似于"说书人"的叙事角度在叙述时不参与情节,完全以一种局外人、旁观者的身份展现事件的发生、发展和结局。这种叙事角度便于全面了解事件的整个面貌,深入探寻情节发展的各个细节,知晓作品中各个人物的一举一动,甚至他们内心世界的细微变化。叙述者无所不在,无处不在,"有权利知道并说出书中任何一个人物都不可能知道的秘密"①。

在《左传》《战国策》《史记》等史书中,作者一般都是作为局外人从旁叙述历史事件和历史人物,叙述事件的前因后果,预测事件发展的将来,不受时空的限制,视角可以在空间和场景中进行多方位的转移。这种方法在描写战争场面时尤为方便,可以写出在同一时间战争双方的各种活动,让读者在毫无障碍的情况下了解双方的排兵布阵和战略战术。从叙事者的角度来说,没有任何军事秘密可言。而在描写人物时,运用全知全能叙事角度可以写出人物全天候的行动,更可以深入人物的内心,揭示其内心活动。

受史书全知全能视角的影响,中国传统叙事文学也几乎都是不自觉地沿用这一叙事角度。《三国演义》以第三者角度讲述"古今兴亡事",述说汉末天下分合大势。这段历史中事件千头万绪,人物繁杂众多。但在叙事时,作者充分利用第三者全知全能的优点,忽而曹操"煮酒论英雄",忽而孔明"草船巧借箭",将头绪众多的事件照顾得面面俱到,全面呈现汉末三国鼎立的局面。以"赤壁之战"为例,东吴军周瑜战前定谋,黄盖用苦肉计,阚泽下诈降书,庞统献连环计。而曹操一方,"宴长江曹操赋诗,锁战船北军用武",最后孔明借东风,周瑜火烧赤壁。叙事者超然于故事之外,从旁观者的角度,甚至是一种居高临下的角度来叙述战争发展的全过程。其中每一个人物的活动都无所遁形,战争双方的情况也随叙事要求而自由变换,但往往只用"却说"二字就将时空如镜头一样切换,使读者掌握到整个战场的动态。

这一叙事视角继续被现代历史小说吸收和借鉴。高阳和二月河的清代叙事作品也都采用了这种方法。以高阳《慈禧全传》为例,该作品从咸

---

① 赵治余:《在历史的理性与感性之间》,华中师范大学出版社2005年版,第4页。

丰末年"辛酉政变"后慈禧第一次"垂帘听政"写到其生命的结束,描述了她作为王朝最高统治者的政治生涯,也展示了清末内忧外患局面下的社会面貌。全知全能叙事视角自由转换时空的特长在这种有一定"补史"意义的作品中能够得以更好地发挥。作者运用全知来容纳尽可能多的社会画面,表现不同人物、不同社会阶层的生活状态及他们在政治斗争中的尔虞我诈。因此,在《慈禧全传》中,读者看到的是一幅丰富的社会图画。宫廷争斗、官场密谋、党派倾轧,甚至众多人物在这一系列政治斗争中内心的考量、思想的变化等"法不传六耳"之事都难逃叙事者的眼睛,事无巨细都被交代得清清楚楚、明明白白。在描述慈安焚毁咸丰皇帝的朱笔遗诏这一情节时,有一段文字生动地记录了慈禧当时的心理活动:

> 自己一生争强好胜,偏偏有这么一个短处在别人手里!"东西毁掉了",却毁不掉人家打心底轻视自己的念头。毕生相处,天天见面,一见面就会想起此病,无端矮了半截。就象不贞的妇人似的,虽蒙丈夫宽宏大量,不但不追究,而且好言安慰,但自己总不免觉得负疚良深,欠了个永远补报不完的情,同时还要防着得罪了她,会将这件事抖露出来,于是低声下气,刻刻要留心她的喜怒好恶。这日子怎么过?①

这是慈禧内心的所思所想,无法也不可能向第二个人去倾诉。然而却是最符合人物当时心境的描写,作者运用全知视角却可以准确地把握并表现慈禧的内心想法,使故事情节变得更加丰满,立体地展示了慈禧争强好胜的性格,也为后来慈安的暴毙埋下伏笔。

在二月河的清代叙事作品中,全知全能叙事角度也是最主要的叙事方式之一。"落霞系列"以康熙、雍正和乾隆三位皇帝的帝王生涯为主线,集中反映清代中前期的社会生活。在《康熙大帝》第一卷"夺宫"中,康熙与鳌拜为最高皇权进行着你死我活的权力斗争,斗争双方表面波澜不惊,但在平静的表象下到处是暗涛汹涌、明争暗斗。除了康熙与鳌拜两大势力的对立外,还穿插进了鳌拜与班布尔善的互相勾结与利用。这种政治权谋上的你来我往,虽然不像战场那样硝烟弥漫,真刀真枪,但是敌对集团之间私下里各种活动与部署却更令人觉得惊心动魄。二月河运用全知全

---

① 高阳:《清宫外史》(上),中国友谊出版公司1984年版,第264页。

能视角细微地表现出这些争斗的每一处细节。无论是索额图、熊赐履和魏东亭奉康熙密诏密议诛除鳌拜的策略，还是鳌拜集团在鳌府密谋篡位计划，这些活动的共同特点就是"机密"，可是作者却如同有一双窥伺在旁的眼睛，洞悉一切。而且，这些密谋在同一时间不同地点发生，而读者在全知视角的帮助下能够自由转换场景，如同看沙盘演练，能够轻松了解全盘计划。在自由出入的叙事视角的帮助下，文本也展现出了少年康熙的成熟冷静、鳌拜的飞扬跋扈与班布尔善的奸诈狡猾。

高阳和二月河的清代叙事中所运用的全知全能视角是和中国史传文学一脉相承的，在表达方式和表达效果上有着共同的特点，而在具体表现方面又存在着差异。高阳的作品，叙事者始终隐藏得很深，在叙事时尽量做到客观陈述，对于事件和人物不轻易下主观的判断，而是运用细节来表现好恶，展示人物性格。而二月河在进行细节描写时，会不时发表自己的看法，带着点"说书人"评点特征。此外，为了使情节更加曲折，二月河作品中偶尔也采用有限人物视角来增强表达效果，制造悬念，其特点是视角始终来自一个特定人物，从他的角度看所叙述的事件。如《乾隆皇帝·风华初露》第三十七回"绘声绘色阴气森森"，乔引娣弑君全过程是通过宫女那拉氏所见所闻表达出来的。作者限制了叙述者的权限，读者只能从窗外那拉氏的眼睛来了解雍正之死的真相，乾隆的心情想法穿插其中，印证着当年那惨烈的人伦悲剧。读者通过那拉氏的述说体会她当时惊慌恐惧的心情。惊险的场景加上阴森气氛的渲染，营造出紧张凶险的现场氛围，产生扣人心弦的张力，增强了文本的表达效果，牢牢吸引住读者的注意力。

（二）叙事时间

叙事是和人的生活经验紧密联系着的，生活中的习惯自然影响着叙事的习惯。中国人的时间观念不同于西方，在时间标示上按照"年—月—日"的顺序从大到小排列，而西方人则恰恰相反，这反映在叙事上便形成了独特的叙事模式。杨义在论及中国人的时间观念对叙事的影响时说："在中国人的时间标示顺序中，总体先于部分，体现了他们对时间整体性的重视。他们以时间整体性呼应着天地之道，并以天地之道赋予部分以意义。在以后的分析中可以发现，这种以时间整体性涵盖时间部分的思维方式，深刻地影响了中国叙事文学的结构形态和叙事程式。"[1] 他认为中国传统小说"往往首先展示一个广阔的超越的时空结构"，而西方小说则

---

[1] 杨义：《中国叙事学》，人民出版社1997年版，第122页。

"往往从一人一事一景写起",这是由于"中国人以时间整体观为精神起点"①。时间在中国传统叙事文学中被赋予了超越本身的哲学意义和象征意义。

高阳、二月河的清代叙事以历史为依托和主线。叙事中历史时间和叙事时间因为作者的选择而存在矛盾,有时历史时间跨越长但叙事时却一笔带过,有时历史时间短,发生在几个月甚至几天内的事情作者却大书特书。这种历史时间和叙事时间的比较使得作品布局上呈现快慢、疏密结合的动态效果,也有利于表达作者创作主旨。

高阳"胡雪岩系列"分为《胡雪岩》《红顶商人》《灯火楼台》三部,分别描述了胡雪岩发迹、辉煌、败落三个阶段。在第一部中,胡雪岩结识王有龄,以其为靠山,"依靠官府、利用漕帮、结识外商买办、网罗赌徒、拉拢富商,终于发迹于战乱的年代,在上海、杭州立足"②。故事到此戛然而止。在《红顶商人》里出现的胡雪岩已经是沪杭一带的巨商大贾,在王有龄城破殉国后,他投入左宗棠门下,为其筹供军饷、设立采立局经手购买外洋火器,为左宗棠西征立下汗马功劳。《红顶商人》以胡雪岩成功借成中国第一笔外债结尾,时年为同治七年。此后,赏穿黄马褂的红顶商人的荣耀及事业巅峰的盛况在《灯火楼台》中作者只用一篇800字左右的前记进行了简单的交代,正文开始时已是光绪七年。对于历时14年"鲜花着锦,烈火烹油"的辉煌,作者十分吝惜笔墨。每部书的结尾和下一部的开始之间都隔了相对较长的历史时间,但叙事非常简单,几句议论和概述就转瞬十几年,叙事速度较快。而在作者重点叙事的时间段内,几天、几个月间发生的事却动辄上万字,叙事速度慢了许多。通过一快一慢的比较可看出作者叙事侧重和叙事意图,高阳为胡雪岩作传,并不是要记录他富可敌国的资产和奢华的生活,具有现实意义的是胡雪岩白手起家从无到有,又从有到无的传奇经历,以及这背后隐藏的深层原因。叙事速度较慢的几个历史时间段是胡雪岩人生的重大转折点,他一生的际遇,无论成功或失败都由这几个时间段内发生的事情所造成。与王有龄的结识使得胡雪岩能借官府的力量买空卖空,从而创建自己的商业帝国;与左宗棠的相交使他攀上事业的顶峰,恰又是因为依靠左宗棠而得罪了李鸿章派系从而种下失败的种子。叙事焦点集中的几个时间段概括了胡雪岩一生的起伏,通过他有代表性的经历表现清末商业社会中官商

---

① 杨义:《中国叙事学》,人民出版社1997年版,第130页。
② 高阳:《胡雪岩·编后小语》,《胡雪岩》,中国友谊出版公司1986年版,第1193页。

勾结的生存状态，以及中国传统商人在党派倾轧、外商入侵的夹缝中挣扎、败落的悲剧命运。这种时间速度上快慢有致的操作，使叙事焦点得以突出，节奏感明显。

历史时间与叙事时间的比较是文本外部的比较，文本内部还存在另一组对比关系，即叙事时间与时间本真状态的比较。

时间是线性发展的，具有不可逆性。为了解决线性时间和立体空间之间的矛盾，无论史书或传统叙事文学都在叙事时间上尝试了某些变通，利用插叙、倒叙、补叙和预叙等方法来解决在情节演绎时所遇到的空间难题。然而，无论采取哪一种方法都没有破坏叙事上时间的自然性与整体性，在大方向上，情节发展时间与自然时间依然保持一致。

所谓"倒叙"，是指"对故事发展到现阶段之前的事件的一切事后追述"①。即先叙述结果，或从中间截取一段，然后再回顾故事发生的原因，使人产生强烈的寻根探奇的兴致。高阳作品《灯火楼台》里"螺蛳太太"的出场就使用了倒叙法。这一章的开头："胡雪岩这年（按：光绪七年）过年的心境，不如往年，自然是由于七姑奶奶中风，使他有一种难以自解的歉疚之故。不过，在表面上是看不出来的，胡家的年景，依旧花团锦簇，繁华热闹。其中最忙的要数'螺蛳太太'。"②

这一情节发生在光绪年间，然而之后却没有按顺序叙述胡雪岩为什么心境不如往年的原因，而是转而回到同治六年，用三个章回的篇幅倒叙胡雪岩和"螺蛳太太"罗四姐重逢、定盟、结合的经过。这三个章节脱离了前文叙事时间顺序，所叙述的也尽是儿女情长的"琐事"。与胡雪岩办理的筹供军饷等"军国大事"相比似乎"小题大做"，仔细推敲一下其实别有深意。"螺蛳太太"之所以能够得到胡雪岩倾慕，并进而成为胡府当家人的原因，是由于她处事精明，行为得体大方，又眼光独到，胸有丘壑，很有些商业头脑。胡雪岩为献殷勤送了张定期存折给她，存银一万两，"螺蛳太太"落落大方，坦然收下。几天之后，她与洋人打交道，用这些钱为胡雪岩买下了极具升值潜力的地皮。这件事使胡雪岩对她更加刮目相看，在倾慕之上又多了分敬佩。迎娶"螺蛳太太"就不仅是为了满足情欲的需要，更重要的是胡雪岩的事业上又多了个可信任、有头脑的帮手。高阳没有把"螺蛳太太"的故事和胡雪岩其他风流韵事一起混入他的发迹史中来谈，而是专章专节叙述显得郑重其事。"螺蛳太太"地位超

---

① 罗钢：《叙事学导论》，云南人民出版社1994年版，第135页。
② 高阳：《灯火楼台》，生活·读书·新知三联书店2006年版，第153页。

然，不同于其他莺莺燕燕，是助胡雪岩达到事业顶峰的贤内助，也是胡雪岩事业败亡的牺牲品。因此这种叙事时间上的谋略服务于作者所要表达的情感，更加突出了人物命运的悲剧感。

中国传统叙事文学中预叙是一大特点。《红楼梦》里贾宝玉梦游太虚幻境翻阅《金陵十二钗》正册、副册及又副册，其中所录图画与诗文用种种隐喻来暗示大观园内诸女子命运，是诗化的预叙，具有"象征诗一般的审美张力"①，为后世小说创作提供了经典形态。受其影响，高阳、二月河清代叙事作品虽然已经不像传统小说那样在作品的开头用"楔子""得胜头回"等方式对正文进行简单预言，以宏观的态度对人生、历史进行透视。但是在行文中，还是常见一些人物对话或景物描写等对历史发展趋势进行预示。《乾隆皇帝·风华初露》中尹继善与孙嘉淦讨论"革命"的话题，说道："如今实话实说，皇上要创极盛之世，已经是看得见、摸的到的事了。但'极盛'而后，必定是月圆而蚀、器盈而亏，皇上博学多识，焉有不知之理？"②这段对话把王朝行程与提前叙述的王朝结局交织在一起，暗示他们今天所做努力不过是为了让那"蚀"而"亏"的结果晚一点到来而已，尽量延长落霞灿烂的时间。这些暗示性预叙渗透到全书的行文脉络中去，为王朝的发展定下了悲凉的基调。

另外还有补叙和插叙，都是作者为了使文章的内容完整，结构严谨和谐所使用方法，它们使时间超出现有的叙事中心，出现短时间的前移或后退。但与倒叙和预叙相比，篇幅较短，所蕴含的意义也远不及前两种方法。但高阳或二月河的清代叙事作品，无论采用哪种叙事时间方式，都不足以改变整个叙事文本的时间顺序，其时间整体性没有改变，按照历史发展顺序进行演义，于无情的时间法则下，展现时代变迁的悲欢离合。

(三) 叙事空间

中国传统叙事文学习惯将人物活动放在一个固定的空间环境内进行，并且这个固定的空间隐含着某种象征性意义。如《红楼梦》中的宁、荣二府。叙事空间并不局限于地域上的界线，不同阶层的人物活动还形成了一个生存空间。下面就将从这两个方面入手，分析高阳、二月河清代叙事作品叙事空间设置背后作者寄托的审美意趣。

人物的交往聚集产生故事，因而不同人物会集的场所除了故事情节的需要外，还蕴含着深刻的文本意义。无论高阳还是二月河，在他们的清代

---

① 杨义：《中国叙事学》，人民出版社1997年版，第157页。
② 二月河：《乾隆皇帝·风华初露》，河南文艺出版社2000年版，第456页。

叙事中，宫廷是一个重要的地域性空间，在他们大部分的作品里，紫禁城是人物活动集中的大舞台。宫廷作为封建统治最高权力的所在，充满了威严感和神秘感，刺激着人们的好奇心，使人产生一探究竟的欲望。在作者细致认真的考证下，宫廷内的生活慢慢揭开了它神秘的面纱，成为故事发生的场景展现在读者面前。在同一座紫禁城内，康熙皇帝少年即位，便智擒鳌拜；此后力排众议，平定"三藩"之乱；开博学鸿词科收天下士子之心，收复台湾统一中国版图。所有文治武功从计划安排到指挥收功都是在皇宫内完成的，文臣武将协助康熙在紫禁城内为大清盛世奠定了基础。而在康熙晚年，太子两废两立，各皇子为争储位，兄弟阋墙，九子夺嫡，围绕权力中心进行你死我活的争斗，骨肉之情荡然无存。乾隆年间，乾隆皇帝以宽为政，治国安邦，一心要创大清盛世，但是阴影里的罪恶也在悄然发生——后宫之中，妃嫔为争宠，为巩固地位，私下禁锢有孕宫女，传染天花恶疾给年幼皇子，其手段之狠一点也不下于政治斗争，甚至更残忍，更令人防不胜防。至清末，两宫太后垂帘听政，两宫太后之间、慈禧与皇帝之间、太后与亲贵大臣之间关系微妙，互相猜忌。皇宫不是耽于安逸的天上人间，而是需要步步为营、谨慎行事的名利场。皇帝以下的各色人等为了一己贪念及生存的需要设计别人也被人设计，尔虞我诈中小心经营着自己的天地。而皇帝为了维护自己的统治，在各斗争派系间寻求平衡点，又打又拉努力使各方"为我所用"，维持权利的中心地位不动摇。皇宫中的每一个人，上至九五之尊，下至太监宫女，为了自己利益都身不由己地参与到这个残酷的战场中去。"这皇宫禁苑像是每一间房子里都有故事，都有鬼……"① 然而这些却都还掩盖在祖宗家法、上下伦常的脉脉温情之下，更加凸显皇宫内部的复杂、阴暗、凶险、残酷。

除了具象的空间，各历史人物还活动在一个抽象的空间内，它没有围墙，没有房屋，不是具体的地域范围，可是在这个空间中，人物的生存活动同样影响着小说的发展进程，蕴含了作者深层的创作旨趣。

高阳、二月河清代叙事中人物众多，无论他们的命运是好是坏，际遇如何，他们都在所属阶层中努力求存。阶级是人物生存的无形空间，但是这个空间却制约着人物的活动，限制着他们的行为。在高阳、二月河所塑造的人物中，大臣是数量最多、着墨最多的人物群体，他们是封建统治这棵大树的枝枝丫丫，通过他们皇权才能得以实施，帝国才能得以维护。大臣们共同生存于仕人阶级中，处于阶级层次的中间部分，有他们独特的生

---

① 二月河：《乾隆皇帝·风华初露》，河南文艺出版社1996年版，第369页。

活方式和思维方式。大臣的功名大多由读书而来，读书人讲究礼仪再加上重视身份，因此大臣间交往，公有公的制度，私有私的礼节，访客所着服装，迎客所站位置，送客所需程序等都有约定俗成的一套，虽然烦琐但却丝毫马虎不得，成为这个阶层中人生活的潜规则。读书人还讲究养气，处乱不惊，进退有矩，言谈得体，举止大方，要处处维护"人臣"风范。这是仕人阶级的标准，虽然秉性各不相同，但要生存在这个圈子内就必须尽量向这个标准靠拢，顽劣如李卫者也要遵守这些规则，装也要装出"读书养气"的样子来。然而这个阶层中人身处权力斗争的旋涡，要么随波逐流，要么逆流而上，说话做事小心谨慎，因此表面尽管"官样文章"，内心却有着自己的小算盘。《乾隆皇帝·风华初露》第四十五回，巡抚尹继善将鄂善推入伪奏折一案中，自己从而从容脱身，免除了将来可能牵连出来的巨案。损人利己的行为背后是为官的迫不得已，尹继善身居高位既要维护一方安定，又要揣测帝王心思，同时还要小心惹祸上身，为自己、为大局着想便无法顾及道德的界限。《翁同龢》《慈禧全传》中的翁同龢则是个悲剧性的人物。他以状元的身份涉足官场，后又成为一代帝师，一生处于政治风云的中心，在各种政治势力的夹缝中小心翼翼地维持自己的地位，既想耍手段攀高位，但又以清流之首自居，在不断的矛盾尴尬中来回摇摆，最终落得个郁郁而终。大臣中有名臣有贪官，但是在复杂的官场中并不能用二元对立的方法来简单判断，因为他们生存的空间是个是非黑白并不十分清楚的地方。抽象的空间包容了相当大的信息量，使空间叙述具有更深层的含义，寄托了作者深刻的情感，显示出其特有的空间意识和表达深度。

二　实录原则的借鉴与创化

实录是史传的一种本质属性，更是史家的最高原则，要求"有是事而如是书"，也就是客观地将发生的历史"如是"地按其本来面目记载下来。晋太史董狐冒着权势压迫的危险，记下"赵盾弑其君"；齐国太史兄弟三人，前赴后继，几条性命就为换下"崔杼弑其君"的记载。这些不畏强权，为了历史的真实甚至不惜牺牲生命的史官为后代的史家树立了楷模。司马迁继承并发扬了这种传统，他撰写《史记》"不虚美，不隐恶"，秉笔直书，书法无隐，成为"实录"的榜样，被扬雄称为司马迁"实录"[1]。至此，实录的原则作为史传的精神内涵深深渗透进中国文学的肌

---

[1] （汉）扬雄：《法言·重黎》，《诸子集成》（第9卷），岳麓书社1996年版，第26页。

理中去。

史传作为我国传统小说的前源,其实录精神不可避免地对传统小说产生深刻影响,尤其是对于传统历史小说来说,它本就是历史与小说的有机结合体,追求历史的真实是传统历史小说创作的一项重要原则。中国的文学传统历来对"实"高度评价,文人在创作历史小说时都有着"补正史"的潜在理想。同时,读者和批评者也将"实录"作为评判作品优劣的重要标准,他们更加关注的是小说里的史实,甚至将小说当作史书来看待。因此在传统历史小说创作中,对待历史的实事求是的严谨态度是基本也是最重要的要求。

然而对于传统历史小说而言,它并不能像历史文献那样只有事实记录而不经艺术加工。因此在坚持以实录为前提的基础上,历史小说的创作呈现出"以文运事"和"因文生事"相结合的特点。金圣叹认为"以文运事是先有事生成如此如此"①,那么对于历史小说的创作者们而言,他们的首要任务就是找出这个"事"的真实面目,从而要求他们"博考文献,言必有据",以真实的史实为根本来构架历史故事和历史人物,这对作家的历史知识和考据功夫提出了很高的要求,也是实事求是的实录精神的重要体现。要做到这一点并不是件简单的事情,它需要花费大量的时间和精力去翻阅历史文献,积累相关历史资料,史料的翔实掌握是创作的基础和源泉。二月河几十年一直坚持不懈地通读史书,他宣称自己在三十岁之前已经读遍二十四史,在动笔创作"落霞系列"之前,十分重要的准备就是极其可观的史料累积。他由《红楼梦》研究开始,进行了大量的清朝历史的阅读和研究,其中不仅有所谓的正史,也有众多的像《清稗类钞》《清朝野史大观》之类的稗官野史。高阳出生于书香世家,从小在传统文化氛围中耳濡目染,再加上对历史的浓厚兴趣,他具有渊博的历史知识,虽然他自谦为历史研究的门外汉,但是从他出版的《清朝的皇帝》《红楼一家言》等史学专著来看,他对历史,尤其是清朝的历史有着十分独到的见解。正是凭借着长期积累起来的深厚的史学功底,高阳和二月河才能创作出历史感强、思想性高、文化内涵丰富的清代叙事作品。正如高阳自己所说:"胡适之先生的'拿证据来'这句话,支配了我的下意识,以至于变得没有事实的阶石在面前,想象的足便跨不开去。"② 由此可见高阳

---

① 金圣叹:《读第五才子书法》,林乾主编《金圣叹评点才子全集》(第三卷),光明日报出版社1997年版,第19页。
② 高阳:《历史·小说·历史小说》,《手掌上的夕阳》,百花文艺出版社2001年版,第131页。

的创作是时刻以历史的"证据"为基础的,只有在掌握了史实的基础上,其作品才有想象和发挥的空间。因此,我们在高阳和二月河的作品中时常可看见如史书般的记录。高阳《玉座珠帘》中同治选后大婚这一情节,从皇帝亲授如意立后、"纳征"下聘,到皇后出临、大婚盛典等一系列礼仪都被描写得生动逼真。若没有对清朝皇室婚俗体制有过精心的研究,断然无法写出如此细致、严谨的宫廷典礼。二月河"落霞系列"里对皇宫景观、宫廷奏议、开科取士也有准确生动的描述。作品中这些细节的插入不仅在叙事上起到补充的作用,更重要的是营造出真实的历史感,为小说增添了浓厚的历史氛围,就如同将时光倒流,场景又拉回到几百年前一样,渲染出古典的艺术气氛。

然而,史传并不意味着绝对的客观。事实上,由于记录中人的参与,在主观历史意识和客观环境的影响下,史书的绝对客观就只能是一个追求的目标。材料的选择、组合,以及措辞和语式的选用,都有可能带来某种偏颇,这种偏颇不可能被完全消除而只能尽量被克服。实录也并非说史传所记全是历史上发生过的事实在文字中得到实实在在的再现。事实上,当人们选择用语言文字这种符号来再现社会和历史的时候,它所显现的就并非原原本本的历史面貌。总有历史事件因种种原因在各类史书中无法明确地被记录下来,要么含混不清,要么干脆弃而不论,历史面目芜杂难厘,虚实难辨。因此,历史小说作家们并不能只局限于将正史简单改写成为"文不甚深,言不甚俗"的"讲史演义",人云亦云。而应该广罗材料、实地考察、抉择考订,从纷繁芜杂的历史记录中厘清事件发展脉络,在史料的基础上进行认真精密的思索、考证和研究,以清醒的理性精神去审视历史,探查历史谜案的真相,这样才能创作出有理有据、令人信服的作品,才最能体现实录原则的实事求是精神。高阳和二月河都在历史考证方面颇有心得,他们的作品并不是文献资料的通俗演绎,而是在再现那一段历史时加入了自己的理性思考。在二月河塑造的众多人物形象中,雍正皇帝是十分成功的一个。历史上的雍正刻薄寡恩、睚眦必报,在各种正史、野史和民间传说里,他弑父、逼母、篡位、杀兄、屠弟,是个无道昏君。但二月河笔下的雍正却勤于国政、改革积弊、整肃吏治、励精图治,是清前期康、雍、乾百年盛世中承前启后的英明君主。而关于"传位十四子""传位于四子"的改遗诏篡位的传说,二月河更是用有力的论据和合理的推断进行了驳斥。可以说,雍正在二月河的笔下得到了平反,历史的误读在实事求是的探索精神下得以调整。

二月河清代作品中的史实是作为故事的基本架构对情节予以支撑,而情节性才是更为重要的因素。在不违背大的史实的原则下，为了使情节更加完整，人物形象更加立体，二月河并不拘泥那些小的史实。相比较而言，高阳的作品则具有更为浓厚的学术色彩，他并不刻意经营曲折离奇的情节，而十分重视各种物品、景观、诗文、辞章的来历典故。作品中随处可见这样的例子，或直接陈述，或借助于人物之口发表他在诸如董小宛身世生死之谜、漕帮发展演变史、曹雪芹家族秘辛等历史课题上独到的发现。有时甚至为了交代某个历史典源，高阳不惜牺牲情节的连贯性转而交代另一件事情的前因后果和来源始末，而所叙述的内容和故事的主要情节往往又不大关联。如《胡雪岩》（一）中，述及尤五替王有龄、胡雪岩接风、饭后去逛邑庙的情景：

饭后去逛邑庙，近在咫尺，便都走着去了。邑庙就是城隍庙……①

接着便开始城隍庙的话题，从城隍神的来历，到现任城隍的身份及上海城隍庙的格局、豫园的兴废等，高阳的思绪好像"跑野马"一般脱离了尤五与王有龄初次结识这个主要情节。然而这正是高阳作品独特之所在，他不顾结构的严谨而在作品中表达丰富的典故知识，正是为了使其作品尽可能多的包含所叙述历史时段的特色，包括习俗、民风、地理、世情等，全面反映社会的方方面面。

所谓"以文运事"一向被公认为是"实录"的代名词，而"因文生事"则说法不一。有观点认为其代表的是"想象虚构"，而我们以为这二者都是实录原则的表现，都体现了传统历史小说的写实精神。在金圣叹看来"因文生事""只是顺着笔性去，削高补低都由我"②，然而"顺着笔性"并非顺着想象力去做天马行空的虚构，其"削高补低"也是在客观的历史环境这个基础上进行的有益补充，和"以文运事"一样是为了真实再现历史画卷而采取的不同形式。历史小说归根到底仍是小说，不可能只靠大量的史料堆砌，而必须有故事情节的起承转合和人物命运的发展。

"以文运事"以各种文献资料为基础，作为凭借的各类史书虽然客观真实，但毕竟是以"现代"之笔来记录过往之历史，历史已经过去，而

---

① 高阳：《胡雪岩》（一），生活・读书・新知三联书店2006年版，第150页。
② 金圣叹：《读第五才子书法》，《金圣叹评点才子全集》（第三卷），光明日报出版社1997年版，第19页。

撰述者并未亲历。正如钱锺书指出的："上古既无录音之具，又乏速记之方，驷不及舌，而何其口角亲切，如聆謦亥欠欤？或为密勿之谈，或乃心口相语，属垣烛隐，何所据依？如僖公二十四年介之推与母偕逃前之问答，宣公二年鉏麑自杀前之慨叹，皆生无傍证，死无对证者……"① 面对这种文献记载的缺失，史家在追叙真人真事时，也不得不"遥体人情，悬想事势，设身局中，潜身腔内，忖之度之，以揣以摩"②。史家尚且如此，更何况历史小说创作。作者不可能在创作历史小说时只叙述有文献资料做支撑的史实，为了情节的完整和人物形象的塑造，他们必须进行想象虚构。而与一般小说不同的是，历史小说的虚构不能毫无根据，不能脱离历史背景，即使被金圣叹奉为经典的《水浒传》，其丰富的想象力和不拘泥于史书的虚构也都受到历史背景的影响，不能跳脱出北宋社会生活场景的制约，不可能如金圣叹所说"只是顺着笔性削去，削高补低都有我"那样自由。因此"因文生事"其实是对"实录"的更高要求，要求作品不仅要做到在典章制度、风俗民情等上的"形似"，还要做到文化、场景上的"神似"，形神兼备的作品才能完美地体现"实录"的精神，才是历史小说的上乘之作。

在做到"形似"的同时，高阳和二月河都对"神似"给予了相当的重视，作品中的人物说话、行事符合他们所处的时代和地位。虽不见于史料，却是在史实基础上充分发挥其想象虚构而来的，合乎作品反映的历史情境和历史发展的内在规律，所营造出的文化环境与小说的历史氛围浑然一体，令人信服，体现出强烈的现实主义精神。高阳和二月河都对清代历史有过深入细致的研究，并为之做了大量考证。二月河曾对雍正的《大义觉迷录》进行过仔细研究，并对雍正朝的迷案做出自己的史学论断；高阳出版了《清朝的皇帝》一书，对清朝13位皇帝及其事有过精心的梳理，并对某些历史遗留问题做出了自己的论断。可以说他们对待历史的态度是实事求是、认真负责的，这就使他们历史小说中所涉及的历史知识，大到历史事件，小到一个称谓、一个器具都真实可考。因此，他们的清代叙事作品不但呈现了真实的历史脉络和历史人物，而且所涉及的官制、礼仪、科举、风俗、服饰、器物、宗教、文学等诸多方面都追求真实准确。这些历史知识在小说中很好地融入了叙事情节当中，对史料运用形神兼备，灵活有生气。无锡船家的精致船菜、上海风月场中的纸醉金迷等，作

---

① 钱锺书：《管锥编》（第一册），中华书局1979年版，第164页。
② 钱锺书：《管锥编》（第一册），第165页。

者为人物设定的这些活动场景犹如一个历史的气场,为小说增添了浓浓的历史情调。就如同作家刘斯奋所说:"为使小说这朵花绿叶繁枝,不但要注重历史事件本身的表现,举凡当时社会生活的各个方面——政治、经济、军事、文化,包括哲学、宗教、体育、建筑、习俗、礼仪、烹饪、科技、教育、法制、灾异等等,都应当视为使我们的作品的'枝叶'变得丰满繁茂的重要材料。"① 这样创作出来的历史小说并不是历史事件的平面展示,而是整个时代的立体图景,看得到日常生活的不同层次。历史的真实面貌即使不是作者亲历,但是以此为依据而设想出来的情节、场景于情于理都符合逻辑,做到历史大环境的真实,达到较好的思想艺术效果。

实录是史传的一种本质属性,同时又成为中国传统小说的一个突出特点,高阳和二月河清代叙事中高扬的"实录"精神相当鲜明地反映了他们和史传传统的渊源关系。"以文运事"和"因文生事"的完美结合,直接秉承并提升了史传实录传统,使得他们的作品真实可感,具有史诗的艺术品格,也证明了历史小说在尊重史实的基础上兼顾历史与艺术的可能。

三 以人为中心反映时代的历史意识

自《左传》开始,古代史官们就开始注重人的主体意识在历史中的作用,此后司马迁以人为史学研究的中心,将每一个他认为代表某一历史时代的历史人物的事迹归纳为一篇传记。《史记》中本纪、世家、列传共112篇人物传记,囊括了社会各阶层、各行业的人物,记录他们在历史活动中的地位与作用,开创了纪传体体裁。自此之后,通过人物形象来认识历史,反映时代就成为史官们自觉维护的历史意识,进而影响传统叙事文学的叙述方式,通过人物来传达作者的艺术理想,展现历史风貌和时代风情。历史小说作为历史与小说的结合体,在这一方面表现得更为突出。《三国演义》中有名有姓的人物达1191人,其中曹操、刘备、诸葛亮、关羽、张飞等人物形象深入人心,成为中国传统艺术长廊中的典型形象。与此同时,他们也成为三国那个风云际会时代的代名词,是那段历史的产物同时也反映当时的时代特色。可见,历史小说最重要的标志应该是写人,是塑造出鲜活的人物形象。

高阳在他的清代历史小说中塑造了众多人物形象。《慈禧全传》《翁同龢》等着重描绘了统治阶级上层的人物活动;《曹雪芹全传》以中下级

---

① 刘斯奋:《一孔之见》,《文学评论》1995年第6期。

官吏为关注对象；而"胡雪岩系列"、《恩怨江湖》《小白菜》等则将艺术目光投向了生活于社会底层的普通百姓的日常生活。上至朝廷里决策国家大事的帝王将相，下至江湖中汲汲于营生的贩夫走卒，立体地描绘出清代各阶层人物生活图景，并通过他们生活与交往反映出清王朝社会百态。这其中以胡雪岩最具有代表性。高阳的"胡雪岩系列"由《胡雪岩》《红顶商人》和《灯火楼台》三部组成，共3部7册，描述了清末红顶商人胡雪岩从一名普通的钱庄伙计而一跃成为同治、光绪年间全国最大钱庄"阜康钱庄"主人的传奇经历，再现了清末同光年间清王朝复杂的社会生活，以及处于转型期的民族经济在政府和外商双重压力下的生存状态。文本以胡雪岩的命运变迁为主线，从市井生活写到官场倾轧，从江湖儿女写到王公大臣，有官商勾结后的权钱交易，也有官场派系间的幕后争斗，还有生活在社会底层的人民在经济和权势双重压力下的生活。小说全景式地展现了当时的社会历史场景，从政治、经济、文化等各个角度来探寻清末社会积贫积弱状况背后的根本原因。高阳以太平天国运动前后的"同光中兴"为历史背景，描述了在国内外动荡的局势下，胡雪岩利用官场和江湖帮派两方面的力量发迹江南，以及最后败落于左宗棠、李鸿章派系斗争的个人经历，栩栩如生地写出了一系列人物形象，如胡雪岩、王有龄、罗四姐、七姑奶奶、尤五、古应春等。史书中有关胡雪岩的记载不多，凭借着零碎的史料，我们仅仅知道：胡雪岩（1823—1885），原名胡光墉，原籍安徽绩溪，早年家境贫寒，后到杭州一家钱庄当学徒，满师后升为钱庄跑街。结识了候补官员王有龄后，胡雪岩开始经营自己的钱庄生意，随着王有龄官运的一路畅通，在他的提携下，胡雪岩生意也越做越大，除了钱庄以外，还大做生丝、军火、药材生意，"其子店遍于南北，富名震乎内外，金以为陶朱猗顿之流，官商寄顿资财动辄巨万，尤足以壮声势"①。王有龄兵败自杀后，胡雪岩以左宗棠为奥援，办西征军饷、筹借外债、创船政局，达到个人事业的顶峰，成为晚清首屈一指的富商大贾及唯一一位赏穿黄马褂的商人。然而胡雪岩的事业并没有一帆风顺地继续下去，在与外商生丝大战失败后，又遭到上海金融风潮的影响，作为其事业根本的"阜康钱庄"倒闭，同时引发一系列生意上的失败，胡雪岩终于宣告破产，家产全部被查抄，最后潦倒零落而终。高阳将胡雪岩置于真实的历史背景中加以描写，让人物活动于一系列重大事件之中，如太平天国运动、左宗棠西征、开放海禁等，实录的精神使得作品历史感强烈。虽然可供参

---

① 刘体仁：《异辞录》（卷二），上海书店1984年版，第25页。

考的胡雪岩生平资料不多，但在此基础上塑造出来的形象却真实生动，有血有肉，具有强烈的时代特征。高阳擅长描写人物内心曲折细密的心计活动过程，通过他们的所思所想表现人物性格，这一点在塑造胡雪岩这个形象时表现得尤为突出。

胡雪岩的成功得益于天时、地利、人和，以及两个可遇不可求、可一不可再的机会。在高阳笔下，胡雪岩表现出非凡的洞察力和魄力，在把握机会时显示出过人的智慧，其中他的人际交往能力表现得尤为突出，能轻松自如地和各类人物建立良好关系。他在与不同阶层、不同身份的人打交道时，进退有据，随机应变，妥善地根据人的不同身份采取不同的相处方式。与左宗棠的结识就充分显示了胡雪岩笼络人心的神奇力量。左宗棠初见胡雪岩对他并不以为然，高高在上地以上级对待下级的态度例行公事。胡雪岩揣度他的心理，对症下药，先以一万担大米作为突破口，改变自己在左宗棠心中"重利轻义"的印象，继而的一席话让左宗棠欣赏之余大有引为知己之感，不仅一改初见面时的态度，还把酒言欢，畅谈今后合作事宜。会面的短短一段时间内，左宗棠对待胡雪岩的礼数发生了三次变化，由下令落座到升炕对座，最后宽衣对酌，荣枯顷刻间发生重大改变。以左宗棠倨傲的个性和自视甚高的态度，胡雪岩都有把握应付并引为奥援，其与人交际来往，收买人心的本领可见一斑。对待官吏，胡雪岩深谙官场潜规则，以利诱为主；对待漕帮兄弟，他遵守江湖规矩，以义气为先；对待商业伙伴，又以诚恳的态度作为合作的保证，对张胖子、刘不才、古应春等人因材而用，发挥他们的特长，因此他才充分利用了时代给予他的机遇。在与各色人等打交道的过程中，胡雪岩所表现出来的长袖善舞显示了他胸有主见、聪明圆滑、善于笼络人心的独特性格。

二月河也成功塑造了众多丰满有个性的人物形象。勤政爱民的帝王，忠心耿耿的大臣，忧国忧民、以天下为己任的知识分子及敢爱敢恨、美丽勇敢的女性，他们一起构成了清王朝百年盛世的历史画卷。与高阳不同的是，二月河更注重的是叙事的情节性，在一个个矛盾冲突中凸显人物特征。雍正皇帝胤禛是二月河历史人物画廊中成功的人物形象之一。二月河写出了胤禛从死忠于太子的"办差阿哥"到残酷的夺嫡斗争中心机深沉的"雍亲王"，至外表刻薄、内心孤独的"雍正皇帝"的历史性变化。康熙末年，康熙晚年倦勤，太子的庸碌无为引起众阿哥争位野心。胤禛身为公认的"太子党"，一门心思辅佐皇太子整顿国务，为清理户部亏空，他和十三阿哥不惜得罪大批官员，公然和"八爷党"对抗。虽然因太子临阵退缩，致使户部亏空清理功亏一篑，但胤禛在这件事上展示出的政治才干和魄力，引起了康熙的注意。户部清理事件之后，胤禛看出太子是个"扶不起的阿斗"，对他彻底失望的同时也产生了争夺最高皇权的念头。九子夺嫡的争斗你死我活，皇家骨肉间再没有亲情人伦可言，平静的表面下暗涛汹涌。雍正表面不动声色，甚至还做出才德不具、无意争位的表象，可是内心对于皇位的渴望却一天比一天强烈。他听取幕友邬思道的劝告，揣摩康熙心思用意，在保障"大将军王"十四阿哥西征事件上交出了令康熙满意的答卷，为夺嫡成功增添了最重要的砝码。即位之后，雍正一心要整肃贪风，刷新吏治，开一代新风。然而"树欲静而风不止"，不甘心失败的"八爷党"处处与他作对，使雍正皇权无法得以彻底行使，也致使他为了家国利益而进行的革除弊端的新政得不到正确的理解，反而落下"刻薄寡恩"的骂名。再加上原本与他"共患难"的亲人、朋友都因为种种原因，在心理上和他拉开距离，使雍正心中的郁结无法发泄，"冷面王爷"变成了"寂寞帝王"。二月河通过情节发展、矛盾冲突及人物命运的叙述，诉说了雍正身处这一系列事件中的心路历程，探寻他性格形成、发展的真正原因，从而也凸显了雍正性格中孤独的一面。

　　高阳和二月河的清代叙事作品，都是以描述历史人物的生平为线索，诉说在深广的历史背景下"人的历史"。与此同时，通过人物富有历史特征的典型事件和情节，展示历史对于人的影响，述说在特定的历史环境和历史条件下，人的行为方式的特殊性，从而窥探整个时代的特点，进一步突出以人为中心反映时代的历史意识。

　　同样以胡雪岩和雍正为例。胡雪岩在未发迹之前，只是钱庄的一名伙计，虽然有精明的头脑但却没有展示手段的机会，直到和王有龄结识，从此他依附上了官府这棵大树，利用政府的权力买空卖空，在短时间内积累了可观的财富并赢得了经营钱庄最重要的信誉。此后他攀缘左宗棠，大做军火生意，创船政局也使用的是相同的手段，打着官商的旗号大发利市。胡雪岩之所以能够取得如此大的成功，关键在于他看清了清末中国社会"官本位"思想对社会的影响。清朝是中央高度集权的社会，经济形态仍然是以自给自足的农业经济为主，若没有官府力量的支持，商业经营所需的运输、流通、销售等环节都无法顺利进行。况且，清末同治、光绪年间，社会动荡不安。在内，太平天国运动方兴未艾；在外，国外列强虎视眈眈。政局的不稳定造成经济的混乱状况，但也为擅于把握时机的人提供了大展拳脚的舞台。胡雪岩就是其中的佼佼者，他的经商之道并非依照常规模式从资金的点滴积累开始，而是充分利用政府财力、人力、权力资源为自己的商业王国奠基。胡雪岩白手起家依靠的不是物质层面上的资本，而是广阔的人际网络及这个网络对地方财政的影响力。此外,中国历来是重"仕"而轻"商",商人即使拥有富可敌国的资产也无法取得与之相当的社会地位。胡雪岩本无心做官,可"他在官场打了几个滚,深知'身份'的重要。倒不是为了炫耀,而是为了方便"①。官员身份除了免除与各级官吏打交道时的尴尬,更重要的是为胡雪岩的生意带来了更多的机会和便利。随着他的品级的越来越高,他的事业版图扩张得也越来越大,这是胡雪岩事业成功的重要因素之一,同时也是导致他悲剧命运的重要原因。因为和官场的联系过于紧密,官场势力间的争斗就不免祸及他的个人事业。当左宗棠退出军机处与李鸿章的斗争处于下风之时,就注定了胡雪岩败落的命运。胡雪岩一生大起大落的传奇经历被打上了深刻的时代烙印,只有在那样的历史环境下,处于中国社会特定的文化氛围中,才会出现"胡雪岩"这样极具中国特色的例子,这是政治、经济、文化等多方面合力作用下的产物。

而雍正皇帝在推行新政时面临的种种困难,感受到的无奈和孤独也是由时代的影响所造成的。登基之初,雍正踌躇满志,要一洗康熙末年以来的颓风,惩办贪墨,推行新政。他支持李卫官绅一体纳粮和田文镜官绅一体纳粮当差。这都是增加国家税收、减轻老百姓负担的好方法,但是却触犯了统治阶级中大地主群体的利益,也侵犯了读书人心中神圣的"名教地位"。原本为维护王朝统治的行为却得不到理解和支持,连自己的儿子也深不以为然。这致使雍正孤独的性格更加走向极端,在身心俱疲的情况下心力交瘁。二月河安排雍正因乱伦而自戕,这一情节虽过于离奇而损害了艺术的真实性,但表现出的雍正绝望的心情却是真实可感的,符合他在重重重压之下孤立无援的心境。造成这种局面的根本原因就在于雍正的行为和当时历史环境的不协调。在当时的历史条件下,雍正是权力持有者,在他的背后是一个个既得利益集团,君权只是维护这个集团利益的工具,权力持有者的任务就是尽可能多地为这个集团谋取种种权益。无论是谁,即使身份贵为帝王,若侵犯了他们的利益,所有的政治抱负和理想都只能如空中楼阁、镜花水月般可望而不可即。所推行的政策即使再有效,再为老百姓所称道也只能是昙花一现,得不到理解和支持。雍正执政的悲剧是与时代对抗的悲剧,即使身为帝王,也必须遵守时代发展的规律,受历史环境的制约。

综上所述,高阳和二月河清代叙事作品中的人物鲜活生动,形象立体

---

① 高阳:《发迹江南》(上),南海出版公司1998年版,第202页。

而富于个性,不是历史上千篇一律的面貌,而是"历史的人",具有所处时代的特点,反映着当时的时代特征。"人的历史"和"历史的人"的结合,讲述人对于时代的作用,同时也强调时代之于人的影响。这是从史传继承而来的以人为本反映时代的历史意识在历史小说中的体现,两者的结合使得历史小说更加具有浓厚的历史感和时代感,从更加广阔和深远的角度重现了历史面貌。

第二节　现代意识的张扬

如前所述,高阳、二月河的清代叙事脱胎于史传文学传统,从中吸收了很多有益的营养。然而,他们的清代叙事毕竟不是史传文学,也不同于中国传统小说,创作的社会基础已经发生了很大的变化。史传文化传统虽然根深蒂固地存在于中国人的精神世界中,但自五四运动以来,经过近百年民主思想的洗礼,民主、科学的现代精神也在很大程度上影响作家的创作。高阳、二月河以几百年前的清朝历史为写作题材,但是他们在创作时都带有现实的观照在里面,因为"只有包蕴了作家'现实'的理解和认同的'历史'才能真正进入'历史小说'的范畴"[①]。历史小说的创作过程其实是作者运用自己的价值标准将史实上升到史识的过程,是对历史的一种全新诠释,而不仅仅是历史教科书般的简单展现。

如果没有现代意识,就古说古,与时无涉,历史小说就不可能在现代社会中产生震撼力和启悟性。创作主体只有从现实关怀出发,独具慧眼地发掘出历史中最能引发当代读者共鸣的那部分内容,并以此统摄作品,才能创作出真正优秀的历史小说。只有在现代意识烛照下,史料才可能由毫无生气的"文献知识"上升为"意义知识",历史小说才能在追求史实精神的基础上表现出历史的意义指向,才能启发读者从中获得融古通今的现实生存体验。

高阳、二月河在艺术地描写清代历史时,对历史对象所做的整体把握已在相当程度上跳脱了传统的羁绊,并力图运用近代文明诸价值尺度对之进行批评。这便使得他们的小说"在富有传统儒雅审美意趣的同时,又

---

① 陈子平:《〈孽海花〉在历史与小说之间》,《苏州大学学报》(哲学社会科学版)1994年第2期。

令人强烈地感受到那一种源于传统而又超越于传统的精神气质来"①。

一 现代意识观照下"劝惩"的批评精神

"惩恶劝善"是中国古代史家的传统,孔子的《春秋》系统化了这种褒贬劝惩原则和写作方法,以"春秋笔法"和"微言大义"蕴含主观褒贬之义,明是非,别善恶,针砭时事,为后人树立一个辨别是非善恶的标准。自此之后,经司马迁、刘勰等人的大力推崇及官修史籍的弘扬推广,"劝惩"精神成为中国史官著史的不二法门。正因为这种劝诫、褒贬的作用,"劝惩"精神使得历史著作具有治理国家、规范社会秩序伦理制度的作用。历史小说不像史书那样承载过多的政治教化功能,但是人类某些历史不断重演,古人遇到的历史情境,今人也有可能遇到。因此记录古人所作所为、所思所想的历史小说多少会对现代人产生有益的启示。

克罗齐说:"只有对现实生活产生兴趣才能进而促使人们去研究以往的事实,所以这个以往的事实不是符合以往的兴趣,而是符合当前的兴趣,假如它与现实生活的兴趣结合在一起的话。"② 因此历史小说家在创作的时候总是先要对历史人物的性格和历史事件进行理性的思考,经过带有主观意识的梳理和分析,只有符合他们历史意识和现实生活兴趣双重标准的历史人物和事件才能进入他们创作视野。而创作出的作品总是带有作者主体的审美判断,具有作者主体的感情色彩和情感倾向,而这种感情色彩和情感倾向因为现代意识的观照而具有鲜明的时代色彩。

当今社会的文化现象,精神的力量已微乎其微,人们处于众声喧哗之中,却缺少了一往无前的精神指引。二月河写"落霞系列",以清王朝初期的政坛为主要描写对象,写皇帝的治国安民和政治中的机谋权变,并没有为为政者作史鉴以正今日政坛是非的"雄心",他的主观意识是为了表现:"我血液中的两种东西,一是'爱国',二是华夏文明中我认为美的文化遗产。我们现在太需要这两点了。我想借满族人初入关时那种虎虎生气,振作一下有些萎靡的精神。"③ 中国几千年历史中,像清初祖孙三代那样的皇帝并不多见,他们倾其才能经邦纬国、安民抚世,一代接一代地励精图治,不仅开创了"康乾百年盛世",而且使中国的封建统治达到了一个顶峰,迎来了它最后的辉煌。二月河在作品中花了大量的篇幅描写康

---

① 吴秀明、陈择纲:《高阳历史小说论》,《文学评论》1996年第4期。
② [意]克罗齐:《历史和编年史》,张文杰等编译《现代西方历史哲学译文集》,上海译文出版社1984年版,第293页。
③ 二月河:《二月河作品自选集》,河南文艺出版社1999年版,第239页。

熙、雍正、乾隆三代皇帝奋发图强、开拓进取，创造欣欣向荣、蓬勃向上的国家的努力，透射出强劲的精神力度。

康熙名为守成，实为开国之君。面对尚未稳定的社会局面，他文治、武功双管齐下，一方面崇尚汉族文化，遵守孔孟之道，开博学鸿词科收服天下士子之心，缓解满汉之间尖锐的民族矛盾；另一方面剪除权臣，将专制政权集于一身。为统一大清版图，他先撤三藩，然后收复台湾，最后征服噶尔丹。管理民政方面，康熙推行轻徭薄赋的政策，减轻百姓负担，治理黄河，疏通漕运。一系列政策稳定了社会局势，也使满族统治实至名归，大清王朝从此开始了自己的历史。

雍正是康乾盛世承前启后的关键人物，康熙留给他的并不是花团锦簇的大好局面。由于康熙末年的吏治腐败加上九子夺嫡的内耗，朝廷内外危机重重。雍正的皇位得之不易，继位后依然面对很多压力和阻力，八爷党始终视他为眼中钉，为他设置不少障碍，试图削弱甚至谋夺他的皇权。然而雍正面对这一切沉稳镇定，不动声色地各个击破。雍正大力整顿吏治，惩贪除恶，厚薪养廉；民生上推行摊丁入亩、耗羡归公的改革，有效避免了土地问题上的弊端。一系列政治、经济上的改革一扫康熙朝末年的颓风，使社会稳定，经济发展，为乾隆盛世打下了深厚的基础。

乾隆是中国历史上最有福气的皇帝，康熙、雍正两朝打下很好的基础，他自己也励精图治，一心想成为康熙一样的圣明君主。乾隆继位之后，一改雍正刻薄、压抑的施政方式，以宽为政，轻聚敛，薄征赋，减徭役，清狱讞。然而这并不代表他软弱可欺，对于贪污腐化、渎罪不负责任的官员，他毫不手软，与其父雍正相比有过之而无不及。他对待人才也不拘一格，任人唯贤，大胆起用年轻官员，如傅恒、刘墉等都是他一手提拔上来的国家栋梁，对屡次冲撞他的窦光鼐不仅不怪罪，还欣赏他耿直的古大臣风范而不断重用。乾隆一生以康熙为榜样，所以文治武功上也要做出相当的成绩。他平定"一枝花"和大小金川的叛乱，在苗疆推行改土归流，组织修订《四库全书》，农业上也采用轻徭薄赋的政策，经济繁荣，国库充足，使当时的社会经济达到清朝历史的顶峰。这虽然表现了他好大喜功的个性，但是客观上也为国家创造出了繁荣昌盛的社会景象。

把历史的视野转移到现代社会，虽然清初那一套政治生活中的机谋权变已不适应现代社会，但是康熙、雍正、乾隆三代皇帝及他们领导的朝廷上下官员所表现出的锐意进取的精神和国家安定昌盛所展现出的大国气度不仅能让今天的人们产生强烈的民族自豪感，更能激励大家积极向上，努力进取。

"劝惩"的精神与"资治"的社会功能是相辅相成的，惩恶劝善是一种手段，其最终目的是"资治"，"过往的历史并没有中止意义，它将沿着时间之维和今天构成了息息相关的连锁关系。这必然导致了人们'以史为鉴'的自觉。"① 读者在阅读历史小说的同时，对小说家展现的历史必然有不同的阅读体会，以此体会来印证当今的社会生活，因此历史小说不自觉地产生了另一种社会功用。"胡雪岩系列"就是成功的例子之一。

高阳的"胡雪岩系列"，叙述了胡雪岩在商业经营中运用种种手段出入政、商两界并最终建立了庞大商业帝国的盛景。小说中所呈现的错综复杂的商场百态，反映出的旧中国的商场文化，不经意间成为意图从商者揣摩经营之道的宝典。此外"由于《胡雪岩》是以商人和官场结合得比较密切的小说，不少外国商人为了打开中国市场，从此书研究作起，企图从前人的行动中找出当今中国大陆商、政之间的微妙关系。所以此书在西方人中广为流行。"② 这一结果肯定是高阳在创作之初未曾预料到的，是在他意料之外产生的社会功效。

那么"胡雪岩系列"中所叙述的事迹对今天的商业活动到底有哪些借鉴作用呢？且不论政、商之间的互相制约、互相利用，单就商业经营手段来讲，该系列作品为今人提供了不少启示。第一，胡雪岩具有强烈的商品意识、市场意识。他深刻体会到商品品牌的重要性，因此在创业过程中不断把塑造阜康品牌放在首位。他以钱庄起家，信誉是他事业的生命，军人在他的钱庄里存钱，即使战死沙场，所存款项仍然能一分不少地送到其家人手里。良好的信誉为阜康钱庄创出了品牌，人们把钱存在阜康十分放心，这样也就为胡雪岩带来了更多的生意。对于胡雪岩来说，信誉、品牌、生意是三位一体的，就如同他所说的"做生意的道理都是一样的，创牌子最要紧"。也正因为此，他才冒死突破太平军的重重封锁到上海购买粮食，而在明知希望渺茫的情况下，仍将粮船开到杭州城外等足天数，在他肯定无法运粮入城之后，才对城三拜后绝望地离去。胡雪岩此番举动不仅是由于对杭州巡抚王有龄的情、对困在杭州城内百姓的义，更是由于他视信誉为生命的观念所致。长期积累下来的良好信誉使阜康成为行业内的金字招牌，获得了极大的市场占有率，为胡雪岩旗下商业帝国的进一步扩展打开了市场，奠定了坚实的基础。第二，胡雪岩能准确地看出各人身上的优点，并善加利用。在别人眼里一无是处的人在胡雪岩的手下却能尽

---

① 南帆：《故事与历史》，《文学评论》1995年第6期。
② 古继堂：《台湾小说发展史》，春风文艺出版社1989年版，第321页。

展所长，如鱼得水。刘不才本是个吃喝嫖赌无所不精的纨绔子弟，但是胡雪岩却慧眼识人，看中了刘不才的"外场"本事，用他来与各色人等交际往来，充分发挥了他的公关才能，为自己事业广结人缘。胡雪岩还善于笼络人心，与人交往时注重动之以情、晓之以理、喻之以利，以真诚的态度赢得友情和帮助。他事业上的伙伴，无论是王有龄、张胖子，还是古应春、松江老大尤五都对他死心塌地，心甘情愿地共赴危难。这些朋友为胡雪岩的生意铺开了一张关系大网，为他的商业活动提供了很多信息和便利。另外，胡雪岩还对商机保持特有的敏锐感。他以办钱庄起家，但他高瞻远瞩，经商范围并不局限于此，还做浙江传统的丝、茶生意，开设胡庆余药堂，办典当行，成为左宗棠幕僚后还插手中外军火买卖。多渠道、多方面的投资，使胡雪岩在短时间内积累了大量的财富。

与胡雪岩的崛起一样，他的迅速败亡对今天的人们来说一样具有警示作用。除去胡雪岩所处的政治、社会环境的影响，他的失败也是由于他豪奢无度、不思进取的行为所导致的。成为大名鼎鼎的"财神"之后，胡雪岩大兴土木建造豪宅，声色犬马不加节制，娶十二房姨太太，并为每位姨太太盖一座小楼；为母亲大寿设七处寿堂，连摆七天流水席。种种铺张浪费、骄奢淫逸的事情数不胜数。因此，许多阿谀奉承的小人投其所好，"奉承得他不知天高地厚"，往日引以为傲的识人眼光也因此丧失了准确度。正如七姑奶奶所说："这几年小爷叔用的人，大不如前，有的本事有限，有的品性不好。"①《灯火楼台》中有这么一段情节，胡雪岩听从古应春等人的劝告准备整顿旗下典当行，管总唐子韶害怕胡雪岩清理账目之后发现自己舞弊之事，因此设下美人计，让自己的小妾色诱胡雪岩，让他打消清理整顿计划。而此时的胡雪岩早已不是当初面对巧笑情兮的阿珠仍能冷静自持、一心想着生意的胡雪岩，他屈服在美色之下，打消了原本商量好的计划。这些行为都表明胡雪岩已经在庞大的财富权势中迷失了本性，渐渐失去了原有的进取心和上进心，同时也为他商业帝国的倒塌埋下了失败的种子。

多种经商手段使胡雪岩成为晚清首屈一指的红顶商人，即使放在现在社会中，这些方法也还没有过时，随时给有志于搏击商海的人以启示，启发他们经营的理念及做人的道理。胡雪岩失败的经历也为后来者敲响了警钟，要汲取他的教训，不能在安乐中忘了奋斗过程的艰辛。高阳用现代意识去理解诠释出的"胡雪岩系列"作品因此也在不经意间表现出了强烈

---

① 高阳：《灯火楼台》（上），生活·读书·新知三联书店2001年版，第152页。

的现实性。

高阳、二月河都深谙"劝惩"的精义,在构思过程中充分利用了现代眼光和现代立场。但是绝没有影响他们历史主义的意识,他们的清代叙事作品没有做形似神不似的牵强附会,也不是借古讽今的影射之作,而是执着于对历史真相与历史规律的探究,以及对小说艺术魅力的追求和对当今民生国运的执着关注。将历史和现实、古人和今人、成功和失败、经验和教训都联系起来,进行认真的比较思考,以达到借古鉴今的作用。

二 传统道德伦理史观的突破

历史观是人们对社会历史的总的看法,是人的主体性在历史理解过程中所表现出来的对历史、现实、人生的体验和认识。对于历史小说作者来说,历史观是决定历史小说创作走向的重要因素,它支配着作者对待历史的态度,对于选择哪一类型的历史人物及哪一段历史进行重新演义起着至关重要的作用。

中国封建社会结构是由"农业—宗法"组合而成,宗法关系对社会制度、文化结构等都有着重大的影响。"宗法制社会强调人伦道德观念,它使中国社会形成一个以伦理意识为中心的系统,并且巧妙地将宗教、哲学、政治都纳入伦理道德的轨道。"[①] 伦理思想融入中国史学文化领域便形成了以道德伦理为核心的历史观。它支配了中国传统小说,尤其传统历史小说的创作。《三国演义》里曹操"挟天子以令诸侯",谋夺东汉皇权,威胁汉献帝的宗主地位,因为破坏宗法社会的伦理规范而备受世人指责。而同样是鼎立三分的一方势力,刘备却因为"皇叔"的身份,便被看成维护宗族的正义代表。曹操奸诈、狡猾与刘备忠厚、宽仁的形象对比,正是道德伦理史观在传统历史小说中的体现。

然而,高阳、二月河生活的社会环境已经不再是封建的宗法社会,虽然某些传统文化的影响依然存在。但是作为受到各种哲学思想和民主思想洗礼的现代人,作为对历史有独到见解的研究者,他们对历史的看法不再局限于道德伦理的条条框框之内,而是在科学的历史观指导下,有了更为深入的理解,从而创作出视野开阔、分析客观、见解独到的历史小说作品。

受种种客观原因的影响,自民国以来我们对清朝的印象都糅合了汉族中心主义和民主主义两层色彩。一提及清朝,首先映入脑海中的就是残酷

---

① 郭丹:《史传文学:文与史交融的时代画卷》,广西师范大学出版社1999年版,第11页。

统治、腐败专制、闭关自守、丧权辱国。清朝的统治者因为近代中国所遭受到的种种灾难及"异族"身份而一直受到双重的否定,进而忽视了他们在中国历史上所作出的贡献和功绩。然而高阳、二月河在这一点上却抱着"不从众"的看法,他们选取清朝的历史人物、历史事件加以描写,所涉及的人物既有清王朝立国之初的帝王,也有清末动荡局势下的名臣;所反映的历史事件既有官场上的政治风云,也有普通百姓的经济生活。他们试图通过这些人物和事件再现中国封建社会最后一个王朝的兴衰成败和功过得失。

在选择了历史时段之后,接着就是选择主人公了。人物是历史的创造者和见证者,他们反映着时代的特色。从他们身上我们可以看到社会文化、风俗民情的影响。因此选择哪一类人物及哪一时期的人物作为叙述对象便体现了作者对于历史的认识以及写作意图。

自民国以来,慈禧一直是顽固保守、奢侈腐败、丧权辱国、骄奢淫逸的代表。她两次垂帘,把持朝政,在她的统治下清政府对于帝国主义列强的侵略一味退缩,签订了一系列不平等条约;同时,她不顾国家危难和民族存亡,为了自己豪奢的生活挪用军费,致使北洋水师装备不足,在甲午海战中全军覆没;她面对帝国主义列强军队的威胁,竟然弃社稷、人民于不顾,连夜脱逃;她为维护自己的权力,阻挠维新变法的实施,残忍杀害"戊戌六君子",囚禁光绪皇帝。似乎晚清的国耻都是由慈禧一手造成,也使得慈禧祸国殃民的形象深深地印刻在了人们的心里。然而,《清史稿》中却记载:"同治初,寇乱未弭,兵连不解,两太后同心求治,登进老成,倚任将帅,粤、捻荡平,滇、陇渐定。"①"穆宗冲龄即阼,母后垂帘。国运中兴,十年之间,盗贼划平,中外乂安。"② 由此可见,正史中的慈禧是个有功于国家、有功于社稷的贤明后妃。她辅助年幼的皇帝治理国家,任用有为将帅平定国内局势,创造了"同光中兴"的局面。这种评价在习惯以"男尊女卑"的宗法道德思想为标准的正史中是不多见的。不同的历史观产生了两种截然不同的评价,两相对照形成鲜明对比,也模糊了慈禧历史上的真实面貌。

那么,慈禧究竟是怎样的一个人?她长达四十八年的秉政历史究竟有着什么样的历史必然性?她对于处于内忧外患中的晚清社会又有着怎样的影响?她作为一个女性处于政治权力的斗争中又有着怎样的心路变

---

① 赵尔巽等撰:《清史稿》,中华书局 1976 年版,第 8926 页。
② 赵尔巽等撰:《清史稿》,第 848 页。

化？高阳试图通过《慈禧全传》给出一个与以往历史和观念不一样的结论，重新界定慈禧的历史地位。所以，我们看到了这样一个慈禧：她果断，能干，咸丰时期，就利用替皇帝批阅奏折的机会了解内外局势，熟悉朝章制度，细细揣摩为政之道。然而又不同于一般后妃，她是个有主见、有野心又工于心计的人。咸丰驾崩以后，为了达到掌权的目的，确保她的地位，她巧妙部署，联合慈安，拉拢恭王，发动了辛酉政变，最终成功实行两宫垂帘听政。大权在握之后，她努力学习处理政务的方法和驾驭臣子的手段，在恩威并施中寻求权力的制衡点，确保了最高皇权的稳定。在慈禧执政的过程中，她知人善任，果断有魄力，她看中曾国藩、左宗棠、李鸿章等汉臣的军事才干和对清王朝的忠心，大胆任用他们消灭太平天国，镇压西部回乱，平定捻军。在处理政务时，她不辞劳苦，每天细心批阅奏折，并认真求教，细心研究，顾及各方面的利害关系，思维之缜密让经验丰富的各级官员刮目相看。在中国受到外国列强的侵略之时，慈禧并没有一味惧外，起初在张之洞等主战派的鼓动之下，慈禧也想一战而扬国威，做好了战争的思想准备。然而无奈于中国国力的衰弱和内部的腐败，与列强的战争几乎每战必败，中法战争、中日甲午战争及庚子事变中都重复着同样的境况。纸上谈兵的翰林、御史等虽然在议论和战问题时滔滔不绝、信心十足，奏折条陈上写得也是条条是道，但是真正到了战场上却全无良策，一败再败。清王朝再也没有与国外列强抗争到底的信心和资本，慈禧也只有依靠李鸿章去签订一系列丧权辱国的条约。中国向来以大国自居，而慈禧又生性争强好胜，向外来侵略者低头绝非慈禧的本意，然而作为清王朝的最高统治者，在当时恶劣的情势下只有做出这样的选择以确保政权的稳定，这是历史环境下的迫不得已。然而高阳也并不掩饰慈禧的缺点，他在作品中入木三分地刻画了慈禧对于权利近乎痴迷的欲望。第一次垂帘时，恭王以摄政王的名义统领军机，成为事实上的掌权者。慈禧并不满足于名实不符的地位，多次因小事而对恭王施以严谴，使得恭王从敢于任事、锐意改革的摄政王变成谨小慎微、人云亦云的闲散王爷。慈禧还多次撤裁、调换军机班底，李鸿藻、景廉、宝鋆等都因受到不同程度的处分而相继退出政治舞台，慈禧最终成为事实上的独裁者。大权在握之后，对权力的独占欲望及肆意滥用是造成慈禧身后骂名的最主要原因，慈禧一直对自己位于慈安之后而耿耿于怀。在慈安烧掉了咸丰的朱笔遗诏之后，慈禧为免除独掌大权的后患，竟狠心将慈安毒死。光绪帝试图进行改革，触及了慈禧的利益，削弱了她的权力，她竟公然在臣下面前审问皇帝，意图逼迫光绪帝自陈罪过，为进一步废帝埋下伏笔。更为残忍的是，慈禧病重自知将不久于人世，为免死后光绪复出对她不利，她临终前竟下旨处死光绪。恩将仇报，泯灭姐妹情、母子情都是缘于她对权力的执着，而权力的滥用更为国家、人民带来了无穷无尽的灾难。她不顾国力衰弱、国库空虚、军费严重不足等情况，借光绪皇帝大婚的名义挪用海军军费修建清漪园，致使甲午海战中，北洋水师因装备原因而惨败给日本海军，中国因此而遭受又一次耻辱。战败的赔款让原本已困顿不堪的中国社会更加举步维艰，使得中国老百姓穷苦的生活雪上加霜。她的贪婪与追求享乐也为社会风气带来了极坏的影响，贪污、受贿、卖官鬻爵在清末官场上比比皆是，清王朝的内部腐败到了不可收拾的地步。

对于慈禧这么一个饱受争议的人物，高阳在作品中并没有做过多评价，在客观、科学、民主的历史观影响下，充分利用史料，全面展现慈禧功过是非掺杂的一生。他以春秋史笔刻画她的功过，肯定她当政的艰难和为政的努力，也不避讳她为一己私利而为国家、人民带来的灾难，突破了以往以偏概全的传统观念，全面客观地还原了慈禧的历史面貌。

二月河帝王系列历史小说在 80 年代末横空出世。同时期的历史小说作品还有唐浩明的《曾国藩》《张之洞》和凌力的《少年天子》等，形成了又一次历史小说热潮。与以姚雪垠《李自成》为代表的当代文学史中第一次历史小说热不同的是，二月河等作家选择的历史人物不再局限于农民起义领袖，而是选择了他们的"对立面"——帝王将相、才子佳人。表面上来看只是中心人物选择上的变化，然而隐含其中的却是历史观的大转变。《李自成》等作品所表现出来的历史观带有强烈的意识形态色彩，强调用阶级斗争的立场和观点来解释历史，通过政治视角来概括历史，表达"农民起义和农民战争才是历史发展的真正动力"的思想。到了 80 年代末，历史小说作家都不约而同地将目光从农民起义领袖身上转移到了封建社会的统治阶层，很明显他们的历史观和以前的创作者已有很大的不同，他们对历史发展做了重新审视。在他们看来，历史不再只是由农民起义和农民战争推动的，而是由人民群众和"圣君贤相"共同创造的，后者的作用甚至被认为更显著。"在某种程度上，皇帝是封建传统文化的浓缩与聚焦，他们的行为和思维方式一定程度上决定了整个社会大的走向和历史变革，揭示出了他们的思想和言行，也就自然从根处触摸到了历史文化的深层内涵；而他们的臣子们则是这种思想和行为方式的承载者和体现者。……所以说，在传统文化的变迁当中，皇帝的好恶自始至终都代表着主流文化和社会意识，决定着社会发展的走向。"① 正是在这种创作背景下，二月河赋予他的帝王系列小说以一种超越的精神，建立了一种超越了阶级的和传统道德伦理的历史观，从而避免对历史做出局部的、暂时的、正义与非正义的、文明与愚昧的简单判断，力求把握历史运行的某种内在动力。

二月河的清代叙事作品选择的是清王朝的最鼎盛时期，生动地再现了三位帝王创建的辉煌伟业，然而他却为他的清代叙事作品取名为"落霞系列"，这"一方面是展示了国家很绚丽、很灿烂；另一方面，就是说太阳要落山了，黑暗就要到来了。任何一种事物它都有产生、发展、兴旺到衰落到灭亡这样一个过程。当事物发展到极盛时期，也就像太阳终归要落山一样，谁也阻挡不了，这是一种必然的趋势"②。看似宿命论的观点其实却深具唯物史观的精髓，以康熙、雍正、乾隆百年盛世为叙述对象，却冠以"落霞"之名，一冷一热的对比中蕴藏了深刻的含义，颇具思辨性。当一个事物发展到极致的时候，往往也是其内部矛盾开始暴露之时，达到顶峰之后无论往哪个方向走都是下坡路。在这种历史观的指导下，二月河在再现这段辉煌历史的同时也揭示出了繁华背后隐藏的危机。他艺术地描绘了统治集团内部的权力斗争、皇权争斗的恶性循环，也通过人物的遭遇来展现当时社会中不同观念的对立及阶级间的冲突，通过各种社会矛盾的产生、激化、爆发的过程，深刻地揭示出王朝败亡的历史必然性。

高阳和二月河清代叙事突破了传统道德伦理历史观，他们认为社会历史的发展是多种力量、多种因素相互扭结、冲撞、交织的结果，更注重寻找历史合力作用下的规律性，支撑他们作品的是多元复合的历史观。他们在创作时既注意政治因素，又注意经济文化因素；既注意社会因素，又注意自然因素；既注意历史的必然性，又注意历史的偶然性。总之，不把历史看成周而复始不断循环的固定模式，而是所有因素作用的结合体，表现着不同时代的风貌。高阳、二月河清代叙事所展示的是清朝二百多年里多种力量、多种因素互相作用、互相影响而产生的王朝历史，这里面有阶级之间的斗争，也有阶级内部的斗争；有民族之间的斗争，也有思想观念的斗争；有人性的对立，也有对"美"的追求；有真情，也有丑恶……而这些矛盾冲突也不是被简单地分成壁垒分明的两大阵营，而是你中有我，

---

① 张德礼等：《二月河历史叙事的文化审美建构》，人民出版社2005年版，第57页。
② 冯兴阁、梁桦、刘文平主编：《聚焦"皇帝作家"二月河》，广东人民出版社2003年版，第85页。

我中有你，多种势力并存并峙，充分体现了清王朝社会的复杂纷繁。而生活在这个社会中的人也是多面貌的，很难用"好""坏"来简单区分。康熙、雍正、乾隆、慈禧、恭王、胡雪岩，无论他们身份如何，都是那个复杂社会中的典型人物。他们的性格是在历史环境中逐渐形成的，社会历史环境对他们的行为起到了至关重要的作用。高阳、二月河运用多元复合的历史观多视角地向历史广度和深度开掘，摒弃了二元对立的认知模式，使他们作品呈现出了不同以往的新意。

三 复杂人性的多维呈现

卡西尔说："艺术和历史学是我们探索人类本性的最有力的工具。"[①]这句话表明了艺术、历史和人性的关系。而作为艺术和历史学兼而有之的历史小说，则更加容易再现在特定历史情境中真实、复杂的人性。但是，中国古代历史小说在处理人性时却稍嫌简单，其普遍存在的缺点是人物性格单一化。鲁迅曾批评《三国演义》人物描写时的不足："欲显刘备之长厚而似伪，状诸葛之多智而近妖。"《三国演义》尚且如此，其他历史小说的人物塑造就更有明显的简单化倾向了。究其原因，并不仅在于艺术观念上的偏颇，而在于历史观的不当。传统道德伦理史观有强烈的宗族、宗主观念，讳言长者、贤者及尊者的缺失。所以在作品中，人物一旦被定型便朝着两个极端发展，奸雄因为他的恶而被全盘否定，虽然有美的一面也不加赞扬；英雄则因为他的美而被热烈歌颂，而其恶的方面却被一笔带过，甚至完全忽略。"美"与"丑"，"好"与"坏"形成了壁垒分明的二元对立关系，完全忽视了人性的复杂与多变。人性并没有固定的性质，而是随着环境和条件的变化而变化，无论是"性本善"还是"性本恶"的观点都有失偏颇。人有着自己的七情六欲，"他们既有性格，又有内心生活，有他个性中情感与现实的矛盾冲突，有他的困难，他的坚强与软弱，他的迫不得已"[②]。

高阳、二月河敢于突破传统的历史观念，重视在伦理枷锁下挣扎的人性，因此受"美者尽美，恶者尽恶"的传统道德观念束缚较少。在表现人物时不扁平化，不脸谱化。在历史事件错综复杂的演变过程中，叙述人物思想的变化过程，以及背后诸多的影响因素，充分展示人性的复杂和多变。无论是康熙、雍正，还是慈禧、胡雪岩，他们都是活生生的立体的

---

① ［德］恩斯特·卡西尔：《人论》，甘阳译，上海译文出版社1985年版，第261页。
② 金庸：《读〈张居正传〉》，《〈张居正〉评论集》，长江文艺出版社2004年版，第176页。

人，是有独特命运的生命个体，有爱有恨，有喜悦也有悲哀，更有特定环境下的无可奈何与身不由己。也只有当一个人具有了这所有的情感，"历史的人"才能形象分明地区别于其他而成为独立的个体。

要在表现人性方面做到"面面俱到"，就要尽量按自然的状态来塑造人物、安排情节，对人性中原生态的东西不做过多的修正。二月河的《康熙大帝》之所以一经问世便受到多方好评，便在于康熙这个人物不同于以往的历史小说主人公扁平式的形象，而具有丰富的人格魅力。二月河极力赞颂康熙治国的文治武功，但并没有单纯地将他写成深谋远虑、雄才大略的"完美"化身。而是在展现他作为一个"帝王"的文韬武略的同时，也表现出康熙身上作为一个"人"的多重性格。康熙作为中国历史上为数不多的明君，创建了无比辉煌的业绩，他"精算术，会书画，能天文，通外语，八岁登极，十五岁庙谟独运智擒鳌拜，十九岁乾纲独断，决意撤藩，四下江南，三征西域，征台湾，靖东北，修明政治，疏浚河运，开博学鸿词科，一网打尽天下英雄——是个文略武功直追唐宗宋祖，全挂子本事的一位皇帝"[①]。但是，古往今来多少帝王，资质、性格、机遇可与康熙比肩的大有人在，为什么只他创出了这么一番震古烁今的事业，历史的必然与偶然的结合并不是毫无理由、随机随意的，而是由复杂的历史条件和人的多重性格组合决定的。二月河在对康熙进行艺术转化时，一方面根据自己独到的历史眼光，按照人性的尺度，通过众多历史事件如智擒鳌拜、撤除三藩、疏浚河运、统一台湾、远征噶尔丹等来描写康熙的聪慧、冷静、深谋远虑、仁政爱民，一个贤明的"千古一帝"跃然纸上；另一方面，他在表现"美"的一面的同时也不忘康熙作为一个"人"自私阴暗的一面。皇帝名为天子，富有天下，但其实在光鲜的表面之下皇帝所承受的是常人无法想象的各种压力。康熙自八岁登基起就身不由己地卷入政治争斗之中，他十五岁设计捉拿鳌拜，实际上他十三四岁时便已定下全盘计划，然后暗中部署，等待机会。这诚然和康熙天性聪颖、冷静睿智有关，但也脱离不了他从小耳濡目染的宫廷争斗、政治争斗的影响，沉重的生存状态使他没有了十几岁少年应有的童心，而脱胎为手腕高明的政治家。在"夺宫"中，他将军权交给九门提督吴六一，暗中又下密诏给魏东亭以防吴六一有变。但对从小和自己一起长大的、忠心耿耿的魏东亭，他也不能完全相信，在其身边安插了一个卧底以监视魏的行动。猜忌心是康熙性格中的阴暗面，是他人性中的弱点。放在政治中使他小心

[①] 二月河：《雍正皇帝·九王夺嫡》，长江文艺出版社1991年版，第83页。

谨慎，步步为营，无往而不利。然而放在爱情中却是导致悲剧的根源，康熙爱慕土谢图汗公主阿秀并纳其为妃，恩宠有加。后来偶然得知阿秀流落江湖时曾钟情于治河能臣陈潢，便怀疑她至今仍不能忘情于陈潢。猜疑加上嫉妒使向来知人善任的康熙冲昏了头脑，假借捉拿明珠党羽的名义将陈潢锁拿下狱，致使治理初见成效的河运功亏一篑。后来虽及时省悟但悔之晚矣，陈潢带着未竟的事业撒手人寰，失望至极的阿秀也留下年幼的十三阿哥胤祥出宫静修。这于康熙，不能不说是其辉煌帝王生涯的缺憾。及直晚年，康熙倦勤，对太子一意姑息，终带来骨肉伦常之变。他对于"九王夺嫡"的残酷争斗采取"放鹿中原"的态度，是要在儿子们的斗争中观察他们的秉性能力，挑选出合格的继任者以全自己一生之名。这其中所设计谋划的种种，为政可说是"帝王心术"，而对于人性来说却不能不归结为自私狡诈、狠毒无情。"天家本就无骨肉之情可言"，人性在权势面前是软弱的和扭曲的。康熙一生为成为出色的政治家而努力，最终也成功地成为中国历史上为数不多的开明皇帝，但是为此他也付出了许多作为人的乐趣。二月河将两种矛盾的情感充分地展现出来，丰富并深化了康熙思想性格的内涵，使之有效地避免了因过分典型化造成的"一荣俱荣，一损俱损"的毛病，而且也为全面、历史地再现清初社会生活提供了切实的保障。

　　高阳是个有着强烈传统文化精神的"旧式文人"，受儒家文化思想影响极深，在他的作品中也处处体现着儒家文化以"仁""礼"为中心的思想观念和道德规范。在此思想的影响下，高阳在他的早期某些作品中塑造出的主人公完全是按照儒家行为规范而量身定做的典型，如《大将曹彬》中的曹彬，《铁面御史》中的刘天鸣。他们忠君、爱国，极具儒家风范，是凝聚了中国传统文化精神的理想化人物。高阳为他们塑造了完美的道德人格，在他们身上似乎找不到缺陷，只有"美"的单方面表现，而见不到任何人性的复杂面，因此也使人物形象显得较为简单和片面，难以给人留下深刻的印象。但是在科学历史观的观照下，高阳在坚持传统文化精神的基础上对历史人物的选择和表现方面进行了有益的尝试。以具有现代性的价值观念来衡量历史人物的功过得失，全方位、多角度地展示人在不同环境、不同阶段的变化，不仅有"善"，也有"恶"，还有介于两者之间的不知所措和无可奈何，从而使人物形象丰满立体，具有传统和现代交融的独特魅力。

　　高阳在清代叙事中塑造的几个女性人物形象最能体现高阳在人物观上的变化，在中国传统文学中，由于观念上对女性的偏见和不公使得女性很难取得与男性平等对话的权利，忽视女性所作出的努力，更加忽视她们内心的矛盾与挣扎。《慈禧全传》不再单纯地书写男人的历史，而开始关注历史中女性的存在和影响，给慈禧以公正评价并从人性角度表现其生活的方方面面。在《慈禧全传》中出现的慈禧不再是人们印象中那个善于玩弄权术、祸国殃民的荒淫君主。她也有着努力维持政局、如履薄冰的艰难；也有作为一个母亲对于儿子既希望其独当一面又害怕自己大权旁落的矛盾心态。种种复杂的性格集于一身，不加矫饰，使得人物形象立体而有说服力，追求一种自然天成的状态。正如有研究者所指出的，高阳写慈禧"没有单纯地从她狡猾、乖戾的性格以及荒淫误国处落笔，把她写成单向'恶'的化身，而是根据历史的逻辑努力揭示出慈禧身上以独裁性格基质为核心的矛盾对立的多重性格，把她还原为一个活生生的人"①。作为政治人物她表现出在权力争夺中的复杂人性，而当她还原为一个女人的时候，慈禧的身上更加集中了不同的人性特点。她欣赏恭王的英姿飒爽、顶天立地的气质，产生了短暂的爱慕之情，这是女性渴望爱情、渴望依靠的心理表现。文宗不能给她以温暖和安全感，只有权力能使她安心，但是当恭王以成熟稳健的形象出现时，慈禧的心不自觉地产生了微妙变化。当慈禧以母亲的身份出现，她所表现出来的也不全是严厉与挑剔。她也曾试图效法辅佐顺治、康熙两代帝王的孝庄皇后教养同治、光绪皇帝成人，关心他们的生活和心情变化，培养他们成为圣祖明君，也有慈爱可亲的一面。只是当这一切和她的权力欲发生冲突的时候，权力的诱惑超越了亲情，利害关系掩盖了和谐融洽的气氛，母子演变成了权力争夺的两极。而她对荣寿公主的态度，更表现了她作为女性、作为长辈母性的一面。慈禧对荣寿公主，最初是宠爱，加上荣寿公主知礼识大体更得到慈禧的重视。及至荣寿公主因为被指婚而早寡，慈禧心中自然存有愧疚与怜惜。又因为荣寿公主生父恭王的被黜，歉疚之情更深。"这爱、重、怜、歉四个字加起来，竟奇怪地起了畏惮之心。"② 这些看似矛盾的表现出现在同一个人的身上没有造成人物性格的混乱，反而因为多角度的展现而使得人物形象真实立体，符合人性的自然状态。

　　《红楼梦断》里的震二奶奶也是个十分出彩的女性人物形象，她是个王熙凤式的人物，是大家族里威风八面的当家人，曹府上下包括她的丈夫震二爷在内都对她又敬又怕。她待人接物手段圆滑、恩威并施，紧紧把持

---

① 吴秀明、陈择纲：《高阳历史小说论》，《文学评论》1996年第4期。
② 高阳：《母子君臣》，中国友谊出版公司1984年版，第147页。

着曹家的财政大权,千方百计利用当家的便利谋取私利。即使在曹家被追缴亏空的紧急时刻仍然安着私心,以至于亏空清理不及,曹家几代基业瞬间瓦解。但同时她也是个精明能干、冷静有主见的人。在大祸临头之际,还能够条理清楚地分析各种利害关系,为将来家族的生存做打算。她性情刚烈,争强好胜,思路快也有决断。同时也极好面子,在她看来"活着就是为了面子,也只有面子,才值得拼命去挣"①。曹震在众人面前揭破她和曹世隆之间的私情,又设计偷了她所有的私房钱,震二奶奶又羞又愧,被弄得灰头土脸,人前人后抬不起头来。而此时曹家被追缴亏空已到刻不容缓之际,眼看一场大祸将至,她心里打定主意要用最激烈的方法为自己重新赢得敬意并挽救曹家于危难之中。最终面对查账官员的步步紧逼,震二奶奶举刀自戕,一死以殉曹家,用自己生命换回曹家上下的平安也换回了面子。然而作为女性,虽然她行为处事之狠、辣不亚于男子,但也不乏女性柔情的一面,她与曹震夫妻间的相处,表面上她占尽上风、咄咄逼人,但是心里最深处仍然渴望得到丈夫的理解和安慰。尽管曹震先前要尽手段揭她私情,偷她私房钱,闹得个不可开交,但是在曹家处于危难之际,曹震的一句体贴的话就让她红了眼圈,以前种种委屈也全部烟消云散。此外,她对芹官的关心和爱护也充分表现了她人性中温暖的一面。对所有人都防着算计着的震二奶奶对待芹官却是关怀备至、小心呵护,把他当亲弟弟一样疼爱,将一片爱心都付予了这个小叔,他们之间的关系不是姐弟而胜似姐弟。曹家即将遭遇不测,她首先顾及的是芹官的安全,表面上为的是"芹官是咱们家的一棵苗,将来长成大树,让全家遮荫,都指望着他,当然也要格外看住"②。然而内心深处更多的是对芹官的一片爱心,临行相赠的金刀、首饰无不寄托了她对芹官重振家声的殷切希望。即使在她弥留之际,她最惦记的还是芹官的前途未来,临终的血谏惊心动魄,更让人感受到刚强外表下柔软的内心。除了曹老太太,"这个世界上真是想把一颗心掏给芹官的,只怕只有她一个"③。

文学是人学,人物的历史面貌是复杂的。在史书中可以选取最具代表性的事例来表现,但是在小说中则要尽量全方位、立体式地展现人物的全貌。高阳和二月河清代叙事作品表现了人性最真实的面貌,成功地展现了"立体的人"。洋溢在这些叙述中的情感深深震撼了读者的心灵,而从中

---

① 高阳:《延陵剑》,生活·读书·新知三联书店2006年版,第571页。
② 高阳:《延陵剑》,第526页。
③ 高阳:《延陵剑》,第571页。

散发出来的人性光芒也让人回味无穷。高阳、二月河清代叙事里复杂人性的多维展示在给人以真实、立体观感的同时，也显示出在现代意识观照下多角度、多层次的人性描写对文学本质要求的适应。

第三节　精英意识和大众意识的兼容

在通俗文学创作格局中，知识精英作家与市民大众之间的关系是难以截然分开的，他们的关系就像金字塔的尖端与基座的关系一样，不能互相脱离。不接受市民大众文化趣味的知识精英作家只能困于象牙塔内孤芳自赏，而大众文学若没有知识精英作家在思想性、审美性上的引导则容易滑入庸俗文艺的泥潭。通俗文学的健康发展离不开知识精英作家与市民大众文学观上的互相影响、互相渗透、互相制约，任何一方的缺失都是不合时宜的。

李瑞腾认为："好的通俗文学必然好看，此外就是要有思想深度，能启迪读者的向上提升，我想大家都有这样的期待。"① 高阳、二月河清代叙事以"雅俗共赏"的审美品格应答了这种期待。

一　知识精英的审美引导

历史小说虽然属于"俗"文学范畴，但是当历史小说家"进入创作状态时，他面对的是历史，想到的是社会，他就不能不对自己的创作方法，创作态度进行严肃的思考和认真的选择，并且比其他文学样式更加责无旁贷地为自己的作品负责"②。因此，历史小说作家和"雅"文学作家一样对自己所从事的文学事业有所追求，并以严肃负责的态度为自己的文学信仰而奋斗。他们从兴趣出发探究历史的经验、教训，在作品中反映社会的世相人情，通过这种世相人情映象出我们民族的传统文化心态。因此，好的历史小说除了满足大众"读史"的需要，还蕴含了丰富的传统文化内容，使读者能获得许多有益的知识，开阔自己的视野与眼界。

高阳和二月河的清代叙事作品便是这一类优秀历史小说的代表。他们从史传传统中探寻有益的创作手法和治史态度，站在"学者化"的文化

---

① 李瑞腾：《台湾通俗文学略论》，台湾中兴大学中国文学系主编《第三届通俗文学与雅正文学全国学术研讨会论文集》，2002年，第348页。

② 郭丹：《史传文学：文与史交融的时代画卷》，广西师范大学出版社1999年版，第50页。

立场，以强烈的历史意识和严谨的学风进行创作，从文化的视角切入历史，再现几百年前历史人物的文化品格和社会文化的方方面面。他们所追寻的并不是简单地"补正史之阙"，而是对传统文化的再现和重构。正如二月河所说："我尽可能地从传统道德中摄取了带有活力的，有营养的东西赋予我的人物，让读者从这些人物与命运的抗拒联合体中去体味中华文明浩然无际的伟大。"[①]

在创作之初，高阳和二月河在浩如烟海的史学著作中不断研究、思考，这个皓首穷经的过程不仅为他们的历史小说提供了翔实可靠的历史资料，也为他们再现民族传统文化打下了坚实的基础。

中国传统文化是以儒、释、道三种文化互相作用而生成的文化共同体，儒家文化处于中心地位。高阳和二月河清代叙事中表现了不少极具儒家文化内涵的人和事，开掘出儒家匡扶社稷、救世济民的积极作用。

二月河"落霞系列"中，康熙、雍正、乾隆治国虽然手段不同，宽、紧有别，但是"施仁政"是一以贯之的。他们祖孙三代勤政爱民，大胆改革，发展生产都是本着"予民休息"的想法，是为了百姓的安定幸福。这些都是儒家文化中"仁"的思想闪光，"康熙、雍正、乾隆他们祖孙三代皇帝，以'敬天法祖、勤政爱民'为座右铭。医治战争浩劫遗留下来的创伤，努力实现中国传统文化长期提倡和颂扬的仁政，给中国平民百姓带来了一个世纪的和平与繁荣"[②]。

相较于帝王来说，小说中一大批深受儒家思想熏陶的知识分子的言行举止更能体现传统文化的精华。伍次友、方苞、邬思道、熊赐履、张廷玉等人的身上集中体现着儒家"达则兼济天下，穷则独善其身"的思想。他们以天下为己任，时刻不忘救世济民的宗旨。伍次友本是赴试的考生，但他不畏鳌拜的权势，在决定他前途的考卷上洋洋洒洒地作了一篇《论圈地乱国》，直击鳌拜痛处。他全然不顾考试可以带来的功名利禄，而以一介布衣指陈国政，与权臣公然对抗。这种"知其不可为而为之"大无畏精神正是儒家思想中"忠君""爱国"的另一种表现。除了儒家文化之外，在这些古代知识分子的身上也能找到释、道的思想及其他流派文化的影子。他们虽然以儒家思想为正统，但却不学程朱理学刻板不知变通，而是诸子百家兼容并包。伍次友、邬思道作为"帝师"所传授的"帝王之道"便是汲取各种流派思想的精华，从而去虚务实，在治国上发挥最大

---

① 二月河：《二月河作品自选集》，河南文艺出版社1999年版，第240页。
② 凌力：《〈暮鼓晨钟〉后记》，《暮鼓晨钟》，北京出版社1997年版，第890页。

的效用。功成身退后，他们选择或皈依佛门或悠游山林，既是"独善其身"的体现，也表现着他们身上"四大皆空""天人合一"的人生观和世界观。

　　高阳和二月河一样塑造了许多具有传统文化精神的历史人物，他们以这些人物形象介入历史，传达了重现文化传统的创作意图。不仅如此，高阳清代叙事中还浸染了浓厚的地域文化色彩。他以最熟悉的吴越地区为背景展开历史叙述，重新演绎了小桥、流水、人家的吴文化风韵。"胡雪岩系列"中，人物主要活动在杭州、湖州、苏州及上海等吴文化区域，通过人物的活动，高阳在读者面前展现了一幅幅生动的清代吴越地区生活场景图：纵横城市水路的"无锡快"，曲径通幽处的南国佳人，以及色泽明爽、味道清淡的南方饮食。所涉及的商业领域也无不具有江南地区的特色，如南方钱庄运营程序、丝行生意的门类规矩、养蚕作丝的过程和风俗等等。除了物质层面的文化展示以外，高阳还赋予他笔下的人物以吴文化的思想特性，江南地区文风兴盛，文人士子便成为吴文化最具代表性的文化符号。江南士子平和文弱、清雅脱俗，学识丰富又有些清高矜持，多少带有名士习气。《曹雪芹全传》中的曹雪芹，就是此类人物的代表。曹雪芹虽出生包衣人家，但是世居江南，自祖辈起就和文人来往频繁，家庭环境的熏陶加上自己的聪明勤奋，曹雪芹成长为典型的江南士子。他风流潇洒、情趣高雅，虽有满腹经纶但不愿应考，又心高气傲不屑于和内务府的包衣佐杂为伍。整天沉浸于各类杂学之中，行事不拘泥于小节。但是却优柔寡断，缺乏魄力。这一类的人物在高阳的小说中还有很多，以他们身上的共同特性反映吴文化精神层面的特质，表现出了在江南斜风细雨、青砖黛瓦下培养出的细腻、儒雅的文化品格。

　　为使故事情节的发展、人物行动的展开有更加广阔的历史空间，高阳和二月河还在他们的清代叙事中充分展示了当时的社会生活画面。从宫廷礼仪到典章文物、从衣帽服饰到名酒佳肴、从勾栏瓦肆到青楼酒馆等，色彩斑斓地展现了清朝社会的民俗景观。小说中穿插了大量民间风俗活动，如君臣之间斗机锋对对联、元宵节开灯会制灯谜、豪门贵族请戏班开堂会等。而高阳和二月河对各种名点佳肴的细致描写，如曹雪芹宴客的"无材汤"、"无锡快"的精致船菜、旗人宴客的白肉等，更从饮食文化的角度反映了当时社会各阶层的生活原生态。高阳、二月河在小说中有关民俗文化方面内容的展示依稀可见《红楼梦》的影子。他们借鉴《红楼梦》的表现方式不仅是源于对《红楼梦》的礼敬，更多的应该是出于对《红楼梦》重现文化、再现历史的观念的认同，通过民俗文化的集中表现显示对传统文化重建的期盼。

高阳、二月河清代叙事所蕴含的文化品质大大提升了作品的品位和生命力,知识精英作家参与"俗"文学的创作所表现出的高层次无疑对提高大众文化审美起到了积极的作用。"从总的方面看,历史小说的萌生,是新的社会发展阶段中人民大众尤其是市民重新认识和评价历史的产物,而有文化素质和艺术修养的文人作家的加盟,则使历史小说创作获得了质的提升。"①

需要指出的是,高阳以其严谨的学风、文风在尊重历史、尊重"实录"原则的前提下从不特别渲染历史人物的私隐以迎合某些低级趣味。慈禧荒淫无道在民间传说和稗官野史中流传甚广,然而高阳在《慈禧全传》中却从未正面表现这一方面的内容。在第一部《慈禧前传》中,对于慈禧顾影自怜与苦守空房的痛苦心境,作者更多寄予的是理解和同情。而在《胭脂井》开头提到的"骨蒸"和太后小产血崩等隐秘,高阳仅轻描淡写地点了一笔,以后就避而不谈了。通观全文并没有表现慈禧如何偷情泄欲的情节,都是点到为止,不事张扬。这反映了高阳高雅的艺术格调和创作旨趣,并不靠这些隐私的东西来吸引眼球,而是着眼于人与历史的互动作用,着眼于历史大环境下人性的演变。

二月河对其作品也抱有相当严肃的态度,但遗憾的是在他第三部作品《乾隆皇帝》中过多的男女性爱描写使得作品流于庸俗化。诚然,描写乾隆和众多女子之间的感情纠葛是为了表现乾隆多情风流的性格,带有王朝逐渐走向没落的颓废与荒唐。可是过多过滥的场面叙述无法使人产生美感,在表现人性方面也并没有起到多少积极作用。这种作法使人不得不怀疑其用意是对于社会上存在的低级趣味的迎合,这非但起不到知识精英应有的引导作用,反而产生了极坏的影响。虽然这极有可能是为了商业性目的,为了增加销量而做出的妥协,但是不可否认的是,这为他的作品带来了不好的效果,对读者大众产生了不良的审美引导。

二 大众期待视野的反作用

通俗小说固然因为知识精英作家的参与和引导而具有强烈的主体性,呈现"雅"的一面。但毕竟还是"写俗人俗事给俗众作为茶余饭后的谈助"②,还是要与大众相通才能充分显示它的独特魅力。而从通俗文学

---

① 欧阳健:《历史小说史》,浙江古籍出版社2003年版,第26页。
② 范伯群、孔庆东主编:《通俗文学十五讲》,北京大学出版社2003年版,第15—16页。

的商业性方面来考虑，也必须考虑大众的欣赏口味和欣赏习惯，这样才能在通俗文学市场化的竞争中立于不败之地，才能有风行一时的发行量。高阳和二月河作品的广泛流传都是文学性与商业性结合的产物，作为历史小说作家，他们都纷纷将读者反映作为自己创作的动力。二月河曾多次声称普通读者才是他在意的对象，他说："当读者与专家发生矛盾时，我尽量地去迎合读者。"① 可见，"二月河从来都未曾把精英文化的先锋追求当作历史小说创作的终极价值，而更多的是将目光注视着民间下层和大众文化，在世俗性的价值判断上实现文学对大众欣赏情趣的尊重"②。而高阳的读者遍及海内外各阶层，读者的普及正是他写作动力的来源。他曾经说："能刺激我的创作欲历久不衰，是另一个客观因素，在写完《红楼梦断》四部曲时，我做了一首诗：'梦断红楼说四陵，疑真疑幻不分明，倘能搦笔娱人意，老眼犹挑午夜灯'，有时实在懒得写，但只要一想到《联副》编辑部告诉我，一断稿必有读者打电话来问，我就自然而然地会坐倒写字台前铺纸提笔了。"③ 从这一段话可知高阳是十分重视读者的，因此也可以理解，他的小说虽然相当注重历史考证，却不曾流于艰涩难懂的困境，而能获得众多读者的青睐，是因为他的心里有读者，虽然他从未明确表示过对读者的迎合。

　　从接受美学的观点来看，读者不仅在作家创作完成之后的文学阅读过程中发生能动作用，而且在作家创作之始这种作用就已经存在。为此，姚斯提出了"期待视野"这一概念。作家在创作之前，为了贴近读者，不得不考虑自己读者的期待视野，并对之做出预测，考虑自己的新作品能否引起读者的兴趣并为读者所接受。甚至在创作过程中，作者也要自觉或不自觉地修改自己的创作方向，调整表现方法，以适应读者的期待视野。

　　20世纪80年代西风东渐，各种流派的作品在文坛上你方唱罢我登场，各流派作者以各自的人生观与文学观追寻自己的文学信仰，寻根文学、先锋文学、新写实等也在中国知识阶层中广泛流传。但实事求是地说，这些"主义"及"方法"实在有些曲高和寡，对于大众来讲没有多少实际意义。他们不明白那些文学方法上的创新在文学史地位上的重要性，也不明白隐藏在无情节性的文本背后的人文关怀，从大众对历史小说

---

① 《创作之秘：政治智慧与艺术想象相结合》，冯兴阁、梁桦、刘文平主编《聚焦"皇帝作家"二月河》，广东人民出版社2003年版，第86页。
② 张德礼等：《二月河历史叙事的文化审美建构》，人民出版社2005年版，第103页。
③ 高阳：《我写历史小说的心路历程》，《手掌上的夕阳：高阳散文选》，百花文艺出版社2001年版，第95页。

的审美趣味与审美心理来看，他们更喜欢既具有艺术性，又具有娱乐性的艺术作品。如果二者不可兼得，他们宁愿为了娱乐性而舍弃艺术性，因为更多的读者感兴趣的是故事的本身及故事本身所包含的历史知识等。大众所喜闻乐见的仍然是完整的"因果链"式情节，决定历史小说成功的关键因素似乎还在于它的大众化与通俗化。

二月河"落霞系列"充分显示了通俗小说情节性强的特点。他运用多种手段来制造矛盾冲突。诸如公案小说的悬念、侠义小说的江湖恩怨、言情小说的感情纠葛等。《乾隆皇帝·风华初露》第一回"申家店伙计戏老板，雷雨夜府台杀道台"，道台贺露滢被杀一案就具有明显的公案小说的特点。二月河在写这一段情节时运用了种种手法营造紧张的气氛，雷雨、闪电、忽明忽暗的烛光，窗外偷看的小路子惊恐的心情……所有这些制造出了令人毛骨悚然的杀人现场，使小说的一开头便引人入胜。此后贺露滢案的发展曲折离奇、波折重重，一个接一个的悬念让人不自觉地融入作品的故事情节中去，迫切地想知道这一冤案最后的结果，因而产生继续阅读下去的兴趣。直到二十八回"刑部验尸案中生案，相府谈话话里藏话"，杀人元凶刘康被绳之以法，贺露滢沉冤得雪，读者才长出了一口气，大有痛快淋漓之感。此外，侠义小说的桥段也在"落霞系列"中大量出现，胡宫山、李云娘出神入化的武功；刘统勋、刘墉父子和黄天霸师徒追剿"一枝花"的过程；弘历在黄河上被弘时指派的人追杀，情节曲折惊险，武功神奇高妙与武侠小说相比也毫不逊色。而一枝花、飘高、贾士芳等人撒豆成兵、呼风唤雨则带有明显的玄幻武侠色彩。虽然这些于重现历史、反映时代特色并没有多少助益，却使情节更加离奇，充满了神秘色彩。而作为人物形象的有益补充，二月河写了苏麻喇姑、李云娘与伍次友的恋情；锁儿与周培公的爱情悲剧；刘墨林和苏舜卿的风流韵事；雍正和小福、引娣的人伦惨剧；乾隆和棠儿、王汀芷等众多女子的情感故事，使得他的帝王系列小说在历史与严肃的政治风云中流露出脉脉温情。

既写传奇就要有传奇人物，以他们具有戏剧性的人生经历来激起民间阅读的兴趣。"落霞系列"里描写了许多具有传奇经历的人物，如李卫、高士奇等。以他们奇特的际遇和出人意表的行事，满足了市民大众对传奇人物的期待和想象。李卫幼年贫寒，沦为乞丐，在人市上被雍正买为家奴，但他聪明伶俐，精明能干，从一个街头小混混做到位极人臣的"模范总督"。他总领天下缉捕事宜，手牵黑、白两道，采用以盗治盗的方法，捉拿甘凤池，手刃贾士芳，收服清帮为朝廷所用；他做官不按理出牌，用街头混混的方式主理一方政务，用打油诗取士，用鼓儿词的方式宣传国家大政，对秦淮风月课以重税以弥补亏空。高士奇一世洒脱，从秋风秀才到潦倒举人，知遇于康熙荐为博学鸿儒科，终成一代名相。他做人圆滑，左右逢源，周旋于纳兰明珠、索额图朋党之间，荣归故里后飘回南山悠然自得。他们人生经历曲折传奇具有趣味性，读者在读到他们的经历时更能产生一种阅读的愉悦。

二月河把历史、人情、侠义、公案、奇遇等因素熔于一炉，设置的情节跌宕起伏、引人入胜，读来让人爱不释手，充分表现了中国通俗小说的民族特色，具有中国老百姓喜闻乐见的民族形式。所谓"人人争说二月河"，并不是说二月河成了当下的"前卫"或"时尚"，而是说二月河以传统的写作方式，再度激起了民间潜伏已久的阅读渴望和趣味期待。

制造丝丝入扣、引人入胜的情节不是高阳的强项。他也并不刻意追求这种故事情节上的陌生化，甚至对传统小说固有的"事件—情节"模式也不甚在意。纵观他的清代叙事作品如《慈禧全传》《胡雪岩》《红楼梦断》等，其中都没有一个贯穿始终的决定性情节，而是以作品中大量的轶闻、典故取胜。他所讲述的这些逸闻趣事可读性很强，能牢牢吸引住读者的注意力，以至于在以连载形式刊出时也不会因为连续多日的"跑野马"而失去读者，反而产生新的看点而使人连续不断地看下去，这不能不说是通俗小说中的"另类"。如《灯火楼台》中，胡雪岩和螺蛳太太在酒席上闲聊天，自然而然地谈到了"顾绣"，因此引出了一大段关于顾绣的话题："中国的刺绣分三派，湖南湘绣、苏州苏绣之外，上海独称'顾绣'，其中源远流长，很有一段掌故……"① 小说由此而完全脱离了胡雪岩和螺蛳太太之间的谈话，而转向明朝嘉靖年间"露香园"顾名儒、顾名世一族中女眷以别具一格的刺绣技艺而开创"顾绣"一派的典故。中断故事的主要情节而转而叙述次要情节，甚至毫无关系的其他内容在高阳小说中时常出现，有时在所穿插的情节内思绪又飘忽到另一段轶闻上，读者阅读起来如同打开一层又一层的宝盒，惊喜不断。

此外，在小说表现形式及语言表达上，高阳和二月河古今交融的写作特点再次体现。二月河在作品中采用了章回体形式，每回都有一个对仗工整的回目，通俗易懂，充分照顾普通市民大众的欣赏习惯，如"谋臣计议保皇策，逆种各起屠龙心""往事今事难解难分，旧情新情齐集心头""风雪夜君相侃大政，养心殿学士诉民瘼"等。但又不完全是传统的章回体模式，而是做了适应现代人阅读习惯的改良，还融入了很多西方小说叙

---

① 高阳：《灯火楼台》（一），生活·读书·新知三联书店2006年版，第162页。

事方式。而在语言表达方面,高阳、二月河在"实录"精神的指引下,语言的使用既考虑人物的身份、时代,也顾及了读者理解接受的需要。以现代白话文为基质,贯穿着通俗易懂的文言文,不失历史感的同时也不会因为文言过于艰涩而使读者难以理解,表现出典雅之美。

高阳、二月河的成功在很大程度上取决于普通的市民大众,决定于他们为市民大众着想的创作思路,以及对读者期待视野的了解和适应。作为治学严谨、学有所长的学者,以知识精英的身份站在市民大众的认识基点上研究他们的需求,满足他们的期待,并在创作过程中充分调动自己的知识储备,以增强作品的趣味性和娱乐性,使其更适合市民大众的欣赏要求。在市场化的现代社会,他们的清代叙事不仅适应了市民大众的欣赏口味,也顺应了时代的要求。因此,他的作品在普通市民大众中产生了其他文学作品所不能产生的效应,而这种效应在当今社会对文学的发展和社会风气的培养都起到了很好的促进作用。

三 互动状态下的趋同

接受美学认为,读者的"期待视野"与文学作品之间存在一个审美距离,这个审美距离是个体的"期待视野"在具体阅读中形成并不断发生变化的。当读者与文学作品中的角色距离过大或过小,都可能因为读者的接受心理而导致漠然。因而从某种程度上来说,期待视野与作品之间的距离决定着文学作品的艺术特性。因此也就不难理解为什么某些具有探索创新意义的作品得不到大众的肯定,因为他们超越了读者所能接受的范围,与读者期待视野距离过大而无法得到认同。同样,若作家只为了追求经济效益,不注重对大众审美趣味的正确引导,制造那些在内容上迎合寻求刺激,展览色情的低级趣味,语言粗俗,情节荒诞的作品也是无法得到肯定的。也许会有一时的销量,但随着时间的推移,很快便会被读者抛弃甚至唾弃。"从文化生产的角度来看,文学只能在雅俗之间徘徊,有宏愿的作者则尝试去整合,走雅俗共赏的道路,如果还坚持极雅,只能孤芳自赏;极俗也不行,最后只是制造了一些文化垃圾而已。"[①]

新时期以来,文学观念得以拓展与深化,关于文学中"雅"与"俗"的困扰正逐渐淡化。多元文学观念的交汇融合为"俗"文学发展提供了一定的空间,加上文学市场化进程的加快,文学的商品属性被重新认识,

---

① 李瑞腾:《台湾通俗文学略论》,台湾中兴大学中国文学系主编《第三届通俗文学与雅正文学全国学术研讨会论文集》,2002年,第348页。

娱乐功能也逐渐被强化。读者作为文学消费的主体，对文学的肯定被赋予了无上的权力。

随着消费时代的到来，文学加快了走向市场、走向大众化的步伐。随着物质生活的大大丰富，人们生活节奏加快，审美趣味、审美观念也发生了明显的变化。读者意识到，阅读本身也是一种娱乐、消遣的审美消费活动。他们开始意识到自身对文学作品阅读的主动性地位，意识到可以按照自己的兴趣、意愿进行主动积极的选择。而随着读者在文学消费过程中主体地位的确认，在商品价值规律这个杠杆的作用下，作品的生存决定着作家的生存，作家在现实生活和消费市场面前不得不面对读者的需要，考虑与市场接轨。"因此，通俗小说作家特别注意读者的反馈信息，特别关心文化市场的行情，再结合自己的特长之所及，看看对读者能贡献些什么体裁或什么题材的作品，以满足读者的胃口。"① 这一观念的转变也使读者通过阅读参与到文学创作活动中去，他们的兴趣指向在一定程度上成为通俗小说作家创作的风向标。

读者倾向于阅读那些具有通俗语言风格、反映公众审美倾向、能够满足他们阅读心理的通俗文学作品。通俗小说是和中国传统小说一脉相承的，他们继承了传统小说的写法和精神，是用中国的民族文学形式创作出来的具有中国特色的叙事作品。相较于"五四"以来的新文学来说，他们才是中国传统文学的嫡系传人。在历史形成的精神文化氛围里，这种一脉相承的文化传统形成了一种"无孔不入，甚至渗透到人们脑细胞和梦幻中的'集体无意识'"②，对文学接受活动起着定向、定性的作用，左右着人们对小说阅读、欣赏的态度，使人们不自觉地遵循既成的审美规范来决定小说的接受与评价。分析高阳、二月河的清代叙事我们可清楚地看到这种"集体无意识"的体现，在他们的清代叙事中历史题材、史传传统及传统文学形式三个方面的因素使其具有浓厚的中国韵味，对于大众接受有着先天的优越性。高阳、二月河历史小说的广受欢迎，不仅表明当代中国最大多数的文学读者，仍然生活于渊源极深的史传传统里，而且表明他们的清代叙事作品与当代中国读者在阅读和心理对话中具有广泛的"视界交融"——作品的视界和读者的视界共同融合在统一的历史文化背景中。

对市民大众期待视野的观察、适应和尊重为高阳、二月河赢得读者奠定了基础。他们了解大众，适应大众的期待视野，具有强烈的接受意识，

---

① 范伯群、孔庆东主编：《通俗文学十五讲》，北京大学出版社2003年版，第12页。
② 朱立元：《接受美学》，上海人民出版社1989年版，第172页。

并使自己作品的视界和读者的期待视界达到了融合。这种适应和融合是主动的,不是被动的,是积极的,不是消极的,是在不丧失自身的主体性基础上与读者保持适度的审美距离。对大众的适应并不等于迎合和迁就,更不是因循守旧,没有创新和提高,作者应该带领读者走向审美的理想境界,帮助他们提升到较高的思想境界上来。高阳、二月河清代叙事所表现出来的强烈的现代意识、现代精神及重现传统文化的企图,对提高大众审美情趣、引导大众审美方向起到了积极的作用。他们对百姓耳熟能详的民间传说、著名的风物掌故的描述,以及对文化遭毁弃的痛心疾首,都沉浸着浓郁的知识分子的忧患情感。他们运用科学的历史观、人生观烛照历史,以现代人的思维重新定位历史人物、历史事件,一反过去以偏概全的观念,批判性地继承了传统文化中的有益的东西,喻"劝惩"于历史的叙述。读者在阅读他们创作的作品中时获得了新奇感、陌生感,从而进一步提高自己的感受能力和鉴赏水平,实现审美上的自我超越,在"俗"文学中体现了"雅"文学的社会功效。

"现代社会呈现的是一个去中心、重多元、众声喧哗的活泼文化,在文学艺术风气方面则是雅俗共赏,大俗见大雅、大雅见大俗。"[①] 高阳、二月河清代叙事立足于"特缘时势要求"与"以合时人嗜好"这两个方面,紧跟时代的脚步,满足市民大众的欣赏口味,既产生了强大的吸引力,也具备了一定的启蒙力度,实现了"雅""俗"互动状态下的趋同。

---

① 徐照华:《序》,台湾中兴大学中国文学系主编《第三届通俗文学与雅正文学全国学术研讨会论文集》,2002 年,第 348 页。

主要参考文献

白少帆等:《现代台湾文学史》,辽宁大学出版社1987年版。
白舒荣:《施叔青评传》,作家出版社2006年版。
白杨:《穿越时间之河——台湾"创世纪"诗社研究》,吉林大学出版社2013年版。
白杨:《台港文学:文化生态与写作范式考察》,吉林大学出版社2009年版。
包恒新等:《台湾香港文学论文选:全国第二次台湾香港文学学术讨论会专辑》,海峡文艺出版社1985年版。
蔡雅薰:《从留学生到移民——台湾旅美作家之小说析论(1960—1999)》,万卷楼出版社2001年版。
曹禺:《曹禺论创作》,上海文艺出版社1986年版。
陈剑晖:《诗性散文》,广东教育出版社2009年版。
陈丽芬:《现代文学与文化想像——从台湾到香港》,书林出版社2000年版。
陈辽主编:《世纪之交的世界华文文学:第八届世界华文文学国际研讨会论文集》,江苏社科院出版社1996年版。
陈辽主编:《我与世界华文文学》,香港昆仑制作公司2002年版。
陈平原:《中国小说叙事模式的转变》,北京大学出版社2003年版。
陈谦:《文学生产、传播与社会》,秀威科技出版社2010年版。
陈义芝主编:《台湾现代小说史综论》,联经出版事业有限公司1998年版。
陈昭瑛:《台湾与传统文化》,台湾大学出版社2011年版。
陈仲义:《台湾诗歌艺术六十种》,漓江出版社1997年版。
程光炜:《中国当代诗歌史》,中国人民大学出版社2003年版。
大会学术组选编:《台湾香港与海外华文文学论文选:第三届全国台湾与海外华文文学学术讨论会》,海峡文艺出版社1988年版。
单德兴:《对话与交流——当代中外作家、批评家访谈录》,麦田出版社2001

年版。

丁帆：《中国大陆与台湾乡土小说比较史论》，南京大学出版社2001年版。

丁帆：《中国乡土小说史》，北京大学出版社2007年版。

杜国清：《诗情与诗论》，花城出版社1993年版。

范伯群、孔庆东主编：《通俗文学十五讲》，北京大学出版社2003年版。

范伯群、朱栋霖：《1898—1949中外文学比较史》，江苏教育出版社1993年版。

方忠：《20世纪台湾文学史论》，百花洲文艺出版社2004年版。

方忠：《多元文化与台湾当代文学》，文化艺术出版社2011年版。

方忠：《台湾散文纵横论》，江苏教育出版社2008年版。

方忠：《台湾通俗文学论稿》，中国华侨出版社2000年版。

费勇：《洛夫与中国现代诗》，东大图书公司1994年版。

福建人民出版社编：《台湾香港文学论文选：首届台湾香港文学学术讨论会专辑》，福建人民出版社1983年版。

复旦大学台港文学研究所编：《台湾香港澳门暨海外华文文学论文选：第四届全国台湾香港暨海外华文文学学术研讨会论文选》，海峡文艺出版社1990年版。

傅德岷：《散文艺术论》，重庆出版社2006年版。

［德］格哈特·马勒茨克：《跨文化交流》，潘亚玲译，北京大学出版社2001年版。

公仲：《世界华文文学概要》，人民文学出版社2000年版。

公仲、江冰主编：《走向新世纪：第六届世界华文文学国际研讨会论文集》，人民文学出版社1994年版。

公仲、汪义生：《台湾新文学史初编》，江西人民出版社1989年版。

古继堂：《台湾小说发展史》，春风文艺出版社、辽宁教育出版社1985年版。

古远清：《从陆台港到世界华文文学》，新锐文创2012年版。

古远清：《余光中评说五十年》，文化艺术出版社2008年版。

广东省社科院文学所编：《台湾香港澳门暨海外华文文学论文选：第五届台湾香港澳门暨海外华文文学国际学术研讨会》，海峡文艺出版社1993年版。

郭丹：《史传文学：文与史交融的时代画卷》，广西师范大学出版社1999年版。

［美］海登·怀特：《后现代历史叙事学》，陈永国、张万娟译，中国社会

科学出版社 2003 年版。

洪子诚、刘登翰：《中国当代新诗史》，人民文学出版社 1994 年版。

胡德才：《多元文化共建的世界华文文学》，中国华侨出版社 2011 年版。

［美］华莱士·马丁：《当代叙事学》，北京大学出版社 1990 年版。

华侨大学中文系编：《永恒的文化记忆：第 11 届世界华文文学国际研讨会论文集》，海峡文艺出版社 2004 年版。

黄锦树：《文与魂与体——论现代中国性》，麦田出版社 2006 年版。

黄万华：《多元文化语境中的华文文学：第十三届世界华文文学学术研讨会论文集》，山东文艺出版社 2004 年版。

黄万华：《多元文化语境中的华文文学》，山东文艺出版社 2004 年版。

黄万华：《中国和海外：20 世纪汉语文学史论》，百花文艺出版社 2004 年版。

黄重添、庄明萱、阙丰龄：《台湾新文学概观》，鹭江出版社 1986 年版。

黄宗洁：《生命伦理的建构：以台湾当代文学为例》，文津出版社有限公司 2011 年版。

［德］孔汉思、库舍尔：《全球伦理》，何光沪译，四川人民出版社 1997 年版。

［美］拉里·萨默瓦、理查德·波特：《文化模式与传播方式》，麻争旗等译，北京广播学院出版社 2003 年版。

黎湘萍：《台湾的忧郁》，生活·读书·新知三联书店 1994 年版。

黎湘萍：《文学台湾——台湾知识者的文学叙事与理论想像》，人民文学出版社 2003 年版。

李欧梵：《上海摩登——一种新都市文化在中国 1930—1945》，北京大学出版社 2001 年版。

李欧梵：《现代性的追求》，生活·读书·新知三联书店 2000 年版。

李瑞腾主编：《台湾文学二十年 1978—1998：评论二十家》，九歌出版社 1998 年版。

李有成、张锦忠主编：《离散与家国想像——文学与文化研究集稿》，允晨文化出版社 2010 年版。

梁一萍主编：《亚美之间——亚美文学在台湾》，书林出版社 2013 年版。

［美］列奥纳多·斯威德勒、保罗·莫泽：《全球对话时代的宗教学》，朱晓红等译，四川人民出版社 2014 年版。

林丹娅：《当代中国女性文学史论》，厦门大学出版社 2003 年版。

林淇瀁：《书写与拼图：台湾文学传播现象研究》，麦田出版社 2001 年版。

林幸谦：《狂欢与破碎：边陲人生与颠覆书写》，三民出版社 1995 年版。
刘登翰：《华文文学：跨域的建构》，福建人民出版社 2007 年版。
刘登翰、朱双一：《彼岸的缪斯》，百花洲文艺出版社 1996 年版。
刘登翰等：《台湾文学史》，海峡文艺出版社 1991 年版。
刘海平：《文化自觉与文化认同：东亚视角》，上海外语教育出版社 2008 年版。
刘俊：《悲悯情怀——白先勇评传》，花城出版社 2000 年版。
刘俊：《世界华文文学整体观》，人民文学出版社 2007 年版。
刘小枫：《拯救与逍遥》，华东师范大学出版社 2007 年版。
刘小新：《华文文学与文化政治》，江苏大学出版社 2011 年版。
刘中树、张福贵、白杨主编：《世界华文文学的新世纪：第十四届世界华文文学国际学术研讨会论文选》，吉林大学出版社 2006 年版。
卢汉超：《台湾的现代化和文化认同》，八方文化企业公司 2001 年版。
陆士清主编：《新视野新开拓——第十二届世界华文文学国际学术研讨会论文集》，复旦大学出版社 2002 年版。
陆卓宁主编：《和而不同：第十五届世界华文文学国际学术研讨会论文集》，广西人民出版社 2008 年版。
吕正惠：《文学经典与文化认同》，九歌出版社 1995 年版。
吕周聚：《中国当代先锋诗歌研究》，中国广播电视出版社 2001 年版。
罗振亚：《中国现代主义诗歌史论》，社会科学文献出版社 2002 年版。
马大康：《诗性语言研究》，中国社会科学出版社 2005 年版。
［德］马克斯·韦伯：《新教伦理与资本主义精神》，于晓等译，陕西师范大学出版社 2006 年版。
马振方：《小说艺术论》，北京大学出版社 1999 年版。
欧阳健：《历史小说史》，浙江古籍出版社 2003 年版。
彭志恒：《海外中国：华文文学和新儒学》，花城出版社 2005 年版。
钱超英：《诗人之死——一个时代的隐喻》，中国社会科学出版社 2000 年版。
钱虹：《本土内外：从"台港文学"到"世界华文文学"》，山东文艺出版社 2004 年版。
［美］乔纳森·弗里德曼：《文化认同与全球性过程》，郭建如译，商务印书馆 2003 年版。
饶芃子：《比较文学与海外华文文学》，复旦大学出版社 2011 年版。
饶芃子：《世界华文文学的新视野》，中国社会科学出版社 2005 年版。

[美] 萨义德：《东方学》，王宇根译，生活·读书·新知三联书店 2007年版。

汕头大学台港及海外华文文学研究中心、亚洲华文作家文艺基金会编：《期望超越：第十一届世界华文文学国际研讨会暨第二届海内外潮人作家作品国际研讨会论文集》，花城出版社 2000 年版。

佘树森：《散文艺术初探》，福建人民出版社 1984 年版。

施淑：《两岸文学论集》，新地文学出版社 1997 年版。

宋如姗、李松编：《2009 海峡两岸华文文学学术研讨会论文选集》，中国现代文学学会 2009 年版。

台湾中央大学中文系编：《世界华文文学新世界：世界华文作家协会第五届会员代表大会研讨会论文集》，世界华文作家协会 2003 年版。

王德威：《落地的麦子不死》，山东画报出版社 2004 年版。

王德威：《想象中国的方法》，生活·读书·新知三联书店 1998 年版。

王德威、黄锦树：《原乡人——族群的故事》，麦田出版社 2004 年版。

王赓武：《中国与海外华人》，台湾商务出版社 1994 年版。

王剑丛、汪景寿等：《台湾香港文学研究述论》，天津教育出版社 1991 年版。

王晋民：《台湾当代文学》，广西人民出版社 1986 年版。

王列耀：《宗教情结与华人文学》，文化艺术出版社 2005 年版。

[美] 韦勒克、沃伦：《文学理论》，刘象愚等译，生活·读书·新知三联书店 1984 年版。

吴立昌：《精神分析与中西文学》，学林出版社 1987 年版。

吴晟：《中国意象诗论探索》，中山大学出版社 2000 年版。

夏志清：《中国现代小说史》，复旦大学出版社 2005 年版。

肖成：《大地之子：黄春明的小说世界》，作家出版社 2006 年版。

新地文学社主编：《文学百年飨宴：21 世纪世界华文文学高峰会议论文集》，新地文化艺术 2011 年版。

徐岱：《基础诗学——后形而上学艺术原理》，浙江大学出版社 2005 年版。

徐岱：《小说叙事学》，商务印书馆 2010 年版。

许志英、邹恬：《中国现代文学主潮》，福建教育出版社 2001 年版。

颜敏：《在文学的现场：台港澳暨海外华文文学在中国大陆文学期刊中的传播与建构（1979—2002）》，中国社会科学出版社 2011 年版。

杨匡汉：《扬子江和阿里山的对话——海峡两岸文学比较》，上海文艺出版社 1995 年版。

杨匡汉：《中国文化中的台湾文学》，长江文艺出版社 2002 年版。
杨义：《中国现代小说史》，人民文学出版社 1988 年版。
杨义：《中国叙事学》，人民出版社 1997 年版。
杨振昆等主编：《世界华文文学的多元审视：第七届世界华文文学国际学术研讨会论文集》，云南大学出版社 1996 年版。
姚家华：《朦胧诗论争集》，学苑出版社 1989 年版。
叶维廉：《中国现代作家论》，联经出版事业公司 1977 年版。
尹鸿：《悲剧意识与悲剧艺术》，安徽教育出版社 1992 年版。
余斌：《张爱玲传》，广西师范大学出版社 2001 年版。
臧宏、张海鹏主编：《中国传统文化论纲》，安徽教育出版社 1996 年版。
张德礼等：《二月河历史叙事的文化审美建构》，人民出版社 2005 年版。
张法：《中国文化与悲剧意识》，中国人民大学出版社 1989 年版。
张京媛主编：《当代女性主义文学批评》，北京大学出版社 1992 年版。
张炯：《世界华文文学与中国》，花城出版社 2012 年版。
张毓茂：《东北现代文学史论》，沈阳出版社 1996 年版。
赵凌河：《中国现代派文学引论》，辽宁人民出版社 1990 年版。
赵遐秋：《生命的思索与呐喊：陈映真小说气象》，作家出版社 2006 年版。
赵小琪：《台湾现代诗与西方现代主义》，长江文艺出版社 2004 年版。
赵玉明：《世界华文作家协会第五届会员代表大会学术论文及地区工作报告》，世界华文作家协会 2003 年版。
中国社科院文学研究所编：《走向 21 世纪的世界华文文学：第九届世界华文文学国际研讨会文选》，中国社会科学出版社 1999 年版。
钟怡雯：《经典的误读与定位：华文文学专题研究》，万卷楼出版社 2009 年版。
钟怡雯：《内敛的抒情：华文文学论评》，联合文学出版社 2008 年版。
钟怡雯：《亚洲华文散文的中国图象：1949—1999》，万卷楼出版社 2001 年版。
朱德发：《20 世纪中国文学理性精神》，上海人民出版社 2003 年版。
朱光潜：《悲剧心理学》，人民文学出版社 1983 年版。
朱立立：《知识人的精神私史——台湾现代派小说的一种解读》，生活·读书·新知三联书店 2004 年版。
朱立元：《接受美学》，上海人民出版社 1989 年版。
朱双一：《百年台湾文学散点透视》，海峡学术出版社 2009 年版。
庄明萱等选编：《台湾作家创作谈》，海峡文艺出版社 1985 年版。

庄伟杰：《智性的舞蹈华文文学、当代诗歌、文化现象探究》，百花洲文艺出版社 2006 年版。

庄园编：《文化的华文文学：华文文学研究方法论争鸣集》，汕头大学出版社 2006 年版。

宗白华：《美学与意境》，人民出版社 1987 年版。

邹友峰、冒建华、穆乃堂主编：《中原论剑：第二届世界华文文学论坛文集》，甘肃人民美术出版社 2008 年版。

后　　记

在《20世纪海峡两岸文学比较研究》这部书稿即将付梓之际，我有一些感想和体会要与读者分享。

我系统地从事海峡两岸文学的比较研究始于上个世纪九十年代。之所以关注这一领域的研究，源自于两个原因。一是当时在参加现当代文学研讨会时，学者们的论题大都不涉及台湾文学的研究，而在台湾文学的研讨会上，专家们往往也不会探讨现当代文学问题，这种割裂和隔离，难以真正形成20世纪中国文学的整体观。二是我在学术生涯的起步阶段从事的是现当代文学研究，从鲁迅到二三十年代的乡土文学到四十年代的赵树理和解放区文学，一直到八十年代的朦胧诗和先锋小说，我都有过专门的研究，而在八十年代末我因缘际会又系统地接触到了台湾文学，这为我的学术研究打开了一扇别样的窗子。从此以后，我便有意识地将两岸文学同置于20世纪中国文学的整体格局中加以考量，进行两岸文学的比较研究。既有两岸作家的个案比较，也有散文、诗歌、小说等文体的比较研究；既有文学思潮的影响研究，也有两岸文学的宏观关系研究。在这过程中，在恩师范伯群、许志英先生的影响下，我渐渐形成了整合两岸、兼容雅俗的文学研究观。

20世纪的中国经历了大动荡、大变革，海峡两岸关系也处于不断的变化之中。因《马关条约》一纸割台，台湾沦为日本的殖民地，在经历了长达50年的被殖民之后，1945年才又回到祖国的怀抱。期间，在大陆五四新文化运动和新文学革命的影响下，台湾文学也走上了一条革新之路，实现了新旧文学的转换；在寻求个性解放、民主自由、民族独立解放的过程中，两岸文学形成了反帝反封建的共同的文学主题。在光复后的几年里，台湾文学和大陆文学实现了合流。台静农、魏建功、梁实秋等一批大陆赴台作家直接把大陆新文学传统带入台湾，台湾文学伴随着台湾社会的光复进程同步实现了发展和提高。1949年，新中国宣告成立，国民党政权败退台湾，两岸此后经历了长达30年的政治上和军事上的对峙，文学的发展处在分流状态。50年代以后的大陆，随着社会主义革命和社会主义建设的不断推进，社会主义的文学事业也在蓬勃向前发展，出现了革命现实主义和革命浪漫主义相结合的文学。而同时期的台湾，由于特殊的政治历史原因，出现了现代主义文学、怀乡文学和反共战斗文艺等，走上了与大陆迥然有别的文学发展道路。1979年元旦，全国人大常委会发布了《告台湾同胞书》，两岸关系逐渐得到了改善，尤其是1987年台湾当局宣布解除"戒严令"，两岸关系迅速回升。在这过程中，两岸的文学交流明显增加。到了世纪末，台湾的"台独"势力抬头，尤其是2000年陈水扁上台，竭力推行"去中国化"。两岸的文学关系又出现了倒退。在20世纪两岸文学分分合合的过程中，文学的丰富性和多样性得到了鲜明的呈现，台湾文学在整个20世纪中国文学中的特殊性和独特地位也得到充分凸现。因此，研究20世纪海峡两岸文学关系，对于建构20世纪中国文学的整体观，对于充分认识20世纪中国文学的丰富性、完整性，有着重要的意义。

本书聚焦于20世纪海峡两岸文学关系，对两岸文学进行了多层面多角度的研究。这是一个复杂的文学问题，也是一个重要的学术课题。在21世纪的当下，它是台湾一些"去中国化"的人竭力要否认或回避的问题。但无论承认也好，回避也好，否认也罢，这个问题一直在那里存在着，等待着人们去开掘，去梳理，去研究。

2014年，我以此为课题申报了国家哲学社会科学基金项目，获准立项。我在原有基础上组织课题组继续展开研究。本书是课题组全体成员智慧和友谊的结晶。各章节具体分工如下：绪论（方忠），第一章（杨永晨），第二章（邓永明），第三章（徐婷婷），第四章（张玉韩），第五章（陈兴丽），第六章（朱倩），第七章（刘文丽），第八章（郑菡）。

自然，关于20世纪海峡两岸文学的研究，还可以进一步拓展和延伸。我将为此继续付出努力。也期待学界同仁共同参与，不断取得新的成果。

感谢中国社会科学出版社的大力支持！在出版过程中，责任编辑郭晓鸿女士付出了许多心血，谨致谢忱！

方　忠
2022年12月于江苏师范大学